Leuchtturm
Begräbnisstätte
von Ty Kern
Strandräuberbucht
Schloss der
Familie de Kersaint
Pérec-
Laboratorien

Nicole Jamet
Marie-Anne Le Pezennec

DOLMEN

... vergessen sollst du nie

Nicole Jamet
Marie-Anne Le Pezennec

DOLMEN

... vergessen sollst du nie

Thriller

Aus dem Französischen von
Susanne Schmitz

Knaur

Originaltitel: Dolmen
Originalverlag: Editions Michel Lafon, Paris

Die Folie des Schutzumschlags sowie die Einschweißfolie sind
PE-Folien und biologisch abbaubar.
Dieses Buch wurde auf chlor- und säurefreiem Papier gedruckt.

Umschlaggestaltung: ZERO Werbeagentur, München
Umschlagabbildung: Getty Images
Satz: Adobe InDesign im Verlag
Druck und Bindung: Ebner & Spiegel, Ulm
Printed in Germany
ISBN-13: 978-3-426-66221-2
ISBN-10: 3-426-66221-3

DOLMEN
... vergessen sollst du nie

PERSONEN

Marie Kermeur, Kommissarin
Jeanne Kermeur, ihre Mutter
Milic Kermeur, ihr Vater
Loïc und Gildas Kermeur, ihre Brüder
Nicolas Kermeur, Loïcs Sohn

Christian Bréhat, Maries Verlobter
Anne Bréhat, seine Schwester

Yvonne Le Bihan, Inhaberin der Keramikmanufaktur
Gwenaëlle Le Bihan, ihre Tochter
Pierric Le Bihan, ihr Sohn
Philippe Le Bihan, Gwenaëlles Mann
Ronan Le Bihan, Gwenaëlles und Philippes Sohn

Yves Pérec, Arzt und Bürgermeister von Lands'en
Chantal Pérec, seine Frau
Aude Pérec, seine Tochter

Arthus de Kersaint, Schlossherr
Pierre-Marie de Kersaint, sein Sohn
Armelle de Kersaint, Pierre-Maries Frau
Juliette de Kersaint, Pierre-Maries und Armelles Tochter

Commandant Lucas Fersen,
Spezialist für rituelle Mordfälle aus Paris

Patrick Ryan, Schriftsteller

Stéphane Morineau, Gendarm auf Lands'en

Franck Caradec, Kollege von Marie Kermeur
bei der Kripo Brest

1

Mit leisem Lächeln beobachtete ich, wie die Menschen, die mir eigentlich nahe standen, fröhlich den Junggesellenabschied vorbereiteten. Sie wussten alle nicht, dass am nächsten Tag niemandem mehr nach Lachen zumute sein würde.

Oder nach Heiraten.

Ich leerte mein Glas in einem Zug und bahnte mir mit den Ellbogen einen Weg zum Ausgang. Mein Abschiedsgruß ging in dem munteren Treiben unter.

Ich lief über die Pier und vorbei am Rathaus, das am äußersten Ende des Hafens lag. Dort schlug mir der raue Wind vom Meer entgegen. Keine drei Wochen mehr bis zum Sommer, und doch war es trotz des strahlenden Sonnenscheins empfindlich kühl und der Nordwestwind fegte in Böen über die Insel.

Die Touristen hatten dieses von Riffen und gefährlichen Strömungen umgebene Stück Fels und Heide, das regelmäßig im Nebel verschwand und bei schwerer See völlig vom Festland abgeschnitten war, lange Zeit gemieden. Sie verbrachten ihre Ferien lieber auf den Inseln des Morbihan. Die lagen nördlicher. Und verkehrsgünstiger.

»Lands'en« bedeutete nicht zufällig Ende der Welt.

Inzwischen gab es eine regelmäßige Schiffsverbindung nach Brest, die Überfahrt dauerte knapp eine Stunde. Es war davon die Rede, im kommenden Jahr einen Flugplatz zu bauen. Und ein weiteres Hotel sowie ein Zentrum für Thalasso-Therapie …

Die älteren Inselbewohner behaupteten, Lands'en sei dabei, seine Seele an den Teufel zu verkaufen.

Ich, der ich besser informiert war, und noch einige andere, deren Geheimnis ich kannte, wussten, dass die Insel ihre Seele längst verkauft hatte.

Gegen Blut.

Der Ort lag bereits weit hinter mir und ich kam schließlich dort an, wo alles begonnen hatte. An der nördlichsten Spitze der Insel. Der wildesten. Ty Kern.

Der Zöllnerpfad führte an der oberen Kante einer Felswand entlang, die steil zum Meer abfiel und in einer kleinen Bucht endete, voller Klippen, scharf wie Entermesser. Von diesem Pfad ging auch die kleine Steinbrücke zum alten Leuchtturm ab, der schon seit mindestens zwanzig Jahren nicht mehr in Betrieb war.

Nach Ansicht der alten Inselbewohner hätte man es niemals zulassen dürfen, dass ein Schriftsteller in die winzige Wohnung einzog, die einst den Leuchtturmwärter beherbergt hatte. Dass der Schriftsteller Ire war, machte die Sache nicht besser. Die alten Leute hier misstrauten allen Ausländern, woher sie auch kamen. Wer von den Inselbewohnern akzeptiert werden wollte, musste mindestens Bretone sein, möglichst seit mehreren Generationen, und möglichst ein Kind dieser Insel. Wie ich.

Obwohl ich diese Gegend, in der ich in meiner Kindheit gespielt hatte, in- und auswendig kannte, hielt ich unwillkürlich den Atem an, als ich die Menhire von Ty Kern vor mir aufragen sah. Sechs Granitriesen umstanden, dem offenen Meer zugewandt, einen Dolmen, und der Sage nach röteten sie sich bei steigendem Mond noch immer vom Blut der Strandräuber.

Ich betrachtete die Monolithen, die in der Junisonne täuschend harmlos aussahen, einen nach dem anderen. Bei meinem Lieblingsstein, dem mit dem Profil eines alten Elefanten, verharrte ich ein wenig länger. Dann legte ich meine Hand auf den warmen Stein des Dolmen.
Bei der Berührung wurde mir eiskalt.
In der nächsten Nacht war aufsteigender Mond. Es würde Blut fließen. Es würde nicht ratsam sein, hier herumzulungern …

* * *

»Hör auf zu zappeln! Davon kommt er auch nicht schneller zurück!«
Marie neigte den Kopf, um ihre Mutter sehen zu können, die zu ihren Füßen kniete und ihrer Anweisung mit einem heftigen Ruck am Saum Nachdruck verliehen hatte. Jeanne war im Jahr zuvor siebzig geworden. Sie hatte kurzes graues Haar und das ausgezehrte, früh gealterte Gesicht von Frauen, die häufig rauer Witterung ausgesetzt sind.
»Er ist bei Morgengrauen in Saint-Malo losgesegelt. Und er hat den Wind im Rücken. Er müsste längst da sein«, seufzte die angehende Braut.
»Wenn dein Vater auf Thunfischfang ging, blieb er sechs Monate lang weg«, bemerkte Jeanne und musterte den Rock des Kleides kritisch. »Und du wirst schon nach wenigen Stunden nervös … Halt still!«
Das von einer fernen Vorfahrin kunstvoll bestickte Spitzenkleid war im Laufe der Jahre immer wieder länger gemacht worden, da die jungen Frauen, die es als Braut trugen, von Generation zu Generation größer wurden. Bei jedem Herauslassen des Saums waren kaum merkliche feine Linien zurückgeblieben. Sie ähnelten den Strichen, mit denen man im Türrahmen das Wachsen seiner Kinder festhält und die mit der

Zeit blasser werden, ohne je ganz zu verschwinden. Jeanne allerdings neigte keineswegs dazu, rührselig in der Vergangenheit zu schwelgen. Ihr genaues Hinschauen hatte nur einen Zweck: Sie wollte sichergehen, dass durch das mehrfache behutsame Waschen die Spuren der Jahre weitgehend getilgt worden waren und das Kleid genau die richtige Länge hatte, das heißt den Boden berührte, aber nicht darüber schleifte. Befriedigt rappelte sie sich auf und drehte ihre Tochter zum Spiegel um.

»Wie auf den Leib geschneidert!«

Mit hochgezogenen Brauen betrachtete sich Marie in dem großen Standspiegel. In ihren grünen Augen stand ein fragender Blick, als wäre ihr das Bild im Spiegel unbekannt, ja geradezu fremd.

Das Weiß des Kleides unterstrich ihren perlmuttfarbenen Teint und brachte ihr rötlich blondes Haar zur Geltung. Sie flocht es gewöhnlich zu einem Zopf, doch heute fiel es ihr offen über die Schultern und bis zur Taille. Haar wie das der Fee Morgane, behauptete ihr Verlobter Christian. Eine grünäugige Meerjungfrau, die das Zeug dazu hatte, allen Seeleuten der Welt den Kopf zu verdrehen. Die Männer, mit denen sie vor Christian befreundet gewesen war, hatten gesagt, sie sei schön. Jetzt glaubte sie ihnen.

Scheu lächelte sie der Unbekannten im Spiegel zu. Doch plötzlich zogen sich ihre Brauen zusammen, denn der Spiegel zeigte auch ihre Mutter, die sich gerade auf die Zehenspitzen stellte, um den Musselin-Ballen vom oberen Kleiderschrankbord zu ziehen.

»Warte, ich hol ihn runter!« Marie wirbelte herum.

Doch Jeanne zog schon am Stoff – und riss noch einen weiteren Gegenstand mit, der dumpf auf den Holzboden polterte. Sie sprang zurück und bekreuzigte sich flüchtig, als sei das Ding vom Teufel besessen. Und genau so empfand Jeanne es auch.

Es handelte sich um eine Automatik-Pistole. Eine Sig pro 9-mm-Parabellum. Eine gefährliche Waffe, die sie nie aus Brest hätte mitnehmen dürfen. Denn wenn ihre Vorgesetzten davon erfahren hätten, hätte ihr das einen weit schlimmeren, wenn auch weniger verletzenden Tadel eintragen können als den Vorwurf, den sie aus den blitzenden Augen ihrer Mutter las. Marie griff hastig nach der Pistole, ließ sie in einer Schublade verschwinden und schloss diese ab.

»Nun zieh doch nicht so ein Gesicht! Sie ist nicht geladen«, murmelte sie mit einem leicht aggressiven Unterton, als wäre sie auf frischer Tat ertappt worden.

Sie trat zu Jeanne, deren Gesichtsausdruck sich fast unmerklich verändert hatte, und neigte den Kopf, damit der Schleier festgesteckt werden konnte. Sie lächelte schuldbewusst.

»Das ist doch nur ein Werkzeug für meine Arbeit«, fügte sie besänftigend hinzu.

»Du hättest das Werkzeug bei denen da lassen können«, bemerkte Jeanne und befestigte die duftigen Wolken aus Musselin in Maries Haar.

Bei denen da. Jeanne hatte sich nie zu einer anderen Bezeichnung für den SPRJ, die regionale kriminalpolizeiliche Dienststelle in Brest, durchringen können. Wenn sie nach dem Beruf ihrer Tochter gefragt wurde, antwortete sie stets ausweichend, Marie sei Beamtin im Innenministerium.

Marie schaute noch einmal auf ihr von zartem Musselin umschmeicheltes Gesicht im Spiegel, doch der Zauber war verflogen.

Auch ihre Gedanken flogen davon. Zu denen da.

Sie war nicht auf das kleine Abschiedsfest gefasst gewesen, das ihre Kollegen für sie organisiert hatten, daher war ihre erste, ein wenig kühle Reaktion, dass dies kein Abschied für immer sei.

»Sobald ihr klar wird, dass sie den Falschen geheiratet hat, kommt sie zurück.«

Franck hatte ihr Unbehagen gespürt und war ihr zu Hilfe geeilt, mit seiner üblichen heiteren Leichtigkeit – und einer Spur Wehmut, weil er selbst ihre Liebe nicht hatte erlangen können. Alle hatten gelacht, Marie ein wenig lauter als die anderen.

Ein üppiger Mund, volle Wangen und der Teint eines jungen Mädchens. Trotz seiner dreißig Jahre war Leutnant Franck Caradec mit einem Puppengesicht geschlagen, dem jegliche Männlichkeit abging, wie er immer klagte. Er machte sein Gesicht sogar für sein Junggesellentum verantwortlich, das er zunehmend lästig fand. Obwohl er fünf Jahre jünger war als die ranghöhere Marie, hatte es eine kurze Liaison zwischen den beiden gegeben, die jedoch in beiderseitigem Einvernehmen und vor allem auf Drängen Maries in einer Freundschaft endete.

Ein Jahr. Ein Sabbatjahr, in dem sie keinen Fuß in ihr Büro setzen würde, Francks dumme Bemerkungen nicht ertragen musste und nicht mehr wettern durfte gegen den allgemeinen Schlendrian, die Geldknappheit, die Hierarchie, die Kaffeemaschine, die Rechtsverfahren. Zwölf Monate keine Verhöre, Delinquenten und Nachforschungen, kein Beschatten und Beobachten mehr.

Doch Marie mochte ihren Kopf noch so sehr im weichen Musselin vergraben und sich innerlich vorbeten, sie sei glücklich, sie wusste es besser.

All das würde ihr fehlen. Und zwar schrecklich.

Niemand hatte verstanden, dass sie zu den Bullen, den »Flics«, wollte. Ihre Entscheidung war wie eine Sturmflut über die Familie Kermeur gekommen. Und Jeanne hatte die allgemeine Stimmung auf ihre Weise zum Ausdruck gebracht – lapidar. »Du warst schon immer ein Sorgenkind.«

Marie wusste, dass von ihren Brüdern keine Unterstützung zu erwarten war, auch wenn sie ihre Schwester liebten. Oder gerade weil sie ihre Schwester liebten. Zudem hätten Loïc und Gildas nie gewagt, ihrer Mutter zu widersprechen. In Lands'en genossen die Frauen der Hochseefischer schon seit langem den Respekt, der einem Familienoberhaupt zukam. Man hörte auf sie.

Maries Vater hatte sich damit begnügt, auf seiner Pfeife herumzukauen, und kein Wort gesagt. Milic war keineswegs einverstanden mit dem Entschluss seiner Tochter, auch wenn er ihr immer alles durchgehen ließ. Er wusste eben, dass nichts und niemand sie von ihrem Beruf abbringen konnte.

Nichts und niemand. Außer Christian.

*

»Da ist er!«

Marie entwand sich ihrer Mutter, stürzte auf den Balkon der Hotelsuite und riss dabei eine Wasserkaraffe um, die ihren Schleier völlig durchnässte. Der Musselin leuchtete so weiß wie das vom Südwestwind geblähte Großsegel des Schoners. Hinter dem Steuerrad zeichnete sich die hoch gewachsene und kräftige Gestalt des Skippers ab.

Er war noch zu weit entfernt, als dass man seine Züge hätte erkennen können, doch sie musste nur die Augen schließen, um das breite Lächeln zu sehen, das zwei Reihen herrlich weißer Zähne freilegte – ein Seebärenlächeln, hatte sie als kleines Mädchen immer gesagt. Und das blonde Haar, das sich im Nacken kringelte, die himmelblauen Augen, die gebräunte Haut, den ewigen Dreitagebart und die breiten Schultern, an die man sich so schön anschmiegen konnte.

Ein Bretone, der Korsarenblut in sich hatte, das meinte auch Milic.

Marie schlug die Augen wieder auf.

Alle Zweifel, die sie gerade noch geplagt hatten, verflüchtigten sich, als der Zweimaster sich gegen den Wind drehte, um in den Hafen einlaufen zu können, und der Steuermann die

Hand aufs Herz legte und sich mit strahlendem Lächeln tief vor ihr verneigte.

Im letzten Januar waren sie sich im Hafenamt von Saint-Malo in die Arme gelaufen. Er wollte seinen alten Schoner anmelden, sie war einer Schleuserbande auf der Spur.
Es hatte sie beide sofort erwischt.
Allerdings – liebten sie sich schon seit vielen Jahren …
Sie war noch nicht ganz sechs Jahre alt gewesen, als sie todernst verkündet hatte, eines Tages werde sie ihn heiraten. Der zehn Jahre ältere Christian hatte Mühe gehabt, nicht lauthals zu lachen. Dann hatte er das empfindsame, stolze Gesichtchen betrachtet, das zu ihm hochsah, mit ernsten, großen grünen Augen, in denen sehr rasch der Zorn aufflammen konnte. Er hätte sagen können, sie sei für ihn wie eine kleine Schwester, aber sie erwartete etwas anderes von ihm als eine so ausweichende, banale Antwort. Daher hatte er mit ihr gesprochen wie mit einer Erwachsenen. Eine Bindung einzugehen passe nicht in seine Pläne. Schon als ganz kleiner Junge habe er nur eins gewollt: die Meere befahren.
Doch dann hatte er ein Versprechen abgelegt, das sie nie vergaß: Sollte er je heiraten, dann sie und keine andere.
Mit fünfzehn ging sie als Internatsschülerin aufs Lycée Kérichern in Brest. Christian, der bereits als ein großes Talent des französischen Segelsports betrachtet wurde, verließ Lands'en, um zum ersten Mal allein die Welt zu umsegeln. Zehn Jahre später ging Marie als Leutnant zur Kriminalpolizei und Christian gewann die fünfzehnte Rumrouten-Regatta von Saint-Malo nach Guadeloupe.
Beide kehrten so häufig wie möglich auf ihre Insel zurück, doch – ob es nun eine Laune des Schicksals war oder schlicht terminbedingt – nie zur selben Zeit. Die Verbindung wurde nur durch Gildas, Loïc und Anne aufrechterhalten: ihre Brüder und ihre beste Freundin, oder auch seine Schwester und

seine besten Freunde. Von ihnen erfuhr er, was sie gerade tat. Sie hingegen brauchte nur die Zeitung zu lesen, wenn sie wissen wollte, was er trieb.
Auf den Tag genau dreißig Jahre nach dem Heiratsantrag des kleinen Mädchens beugte Christian das Knie, um das Mädchen, das längst zur Frau geworden war, anzuflehen, sie möge ihn heiraten.

Sie warf sich an seine Brust, als hätte sie ihn nicht noch abends zuvor gesehen, und zog ihn ins Innere des Schoners mit seinen glänzenden Mahagoniwänden, an denen die Messingbeschläge schimmerten. Wenn es nur nach ihr gegangen wäre, dann hätten sie die Doppelkabine gar nicht mehr erreicht.
Doch Christian nahm sich gern Zeit. Um sie anzuschauen. Sie zu spüren. Sie zu riechen. Das sei der Vorgeschmack aufs Beste, pflegte er zu sagen. Ihr kam es so vor, als hätte er Angst, sie zu zerbrechen. Die Liebe mit ihm hatte etwas Sanftes, Zärtliches, ja Keusches. Manchmal fand sie es schade, dass er sie nicht mit derselben Leidenschaftlichkeit liebte, mit der er das Meer eroberte, doch in solchen Momenten schalt sie sich selbst als ewig unzufrieden.
Die harten Seemannshände konnten so zart sein, wenn sie Marie streichelten, dass ihr schwindelig davon wurde. Sie erkundeten ihre Wangen, glitten über die sanft geschwungenen Lippen und das willensstarke Kinn, um dann in ihr Haar einzutauchen, während ihre Münder sich fanden. Endlich fielen sie, sich innig umarmend, aufs Bett, ihre Beine verflochten sich, und das leichte Wiegen der Wellen steigerte noch ihre Lust.

*

Das Hotel *L'Iroise,* neunzehn Zimmer und eine Suite, dazu ein Restaurant mit Blick auf den breiten weißen Sandstrand und die offene See, gehörte Loïc und war wegen der Hochzeit ausnahmsweise für Touristen geschlossen.
Gildas entdeckte sie als Erster.
»Ach, kommt ihr doch noch?«
Er stürzte dem Paar entgegen und umarmte Christian, bis dieser sich lachend wehrte. Inzwischen war auch Loïc bei ihnen angelangt und erstickte sie in Umarmungen, und dann kam Nicolas, Loïcs Sohn. Erstaunlich blaue Augen mit goldenen Pünktchen. Noch keine sechzehn und schon ein Blick wie ein ausgewachsener Mann, dachte Marie, leicht aus der Fassung gebracht.
Gildas und Loïc warfen einen schiefen Blick auf ihre Schwester, deren glänzende Augen mit den dunklen Schatten einiges darüber verrieten, wie sie und ihr Verlobter die beiden letzten Stunden verbracht hatten. Sie sah, dass ihre Brüder die Augen senkten, es war ihnen offenbar peinlich, unwillentlich zu Zeugen ihres Privatlebens geworden zu sein. Marie fühlte sich ertappt wie als kleines Mädchen bei irgendwelchen Dummheiten.
»Wir werden es mit Sicherheit wieder tun!« Ihr Ton war herausfordernd. »Und zwar oft!«
Angesichts der betretenen Mienen der beiden Brüder, die wie Chorknaben erröteten, brachen Christian und Nicolas in lautes Lachen aus.
Wieder einmal staunte Marie darüber, wie ungeheuer ähnlich sich ihre Brüder sahen. Man hätte sie für Zwillinge halten können. Dabei hatten Gildas und Loïc Kermeur als Kinder völlig unterschiedlich ausgesehen. Doch im Laufe von vierzig Jahren war einer zum Ebenbild des anderen geworden, wie vom Meer geschliffene Strandkiesel. Die gleichen hellen Augen in tiefen Augenhöhlen, dieselbe Art, sich zu bewegen, zu lachen, dieselbe Hitzköpfigkeit. Nur eins war unterschied-

lich: das Haar. Gildas dunkelblondes Haar fiel ihm bis auf die Schultern, Loïc, der wie die Mutter früh ergraut war, ließ es sich sehr kurz schneiden.
Auch Marie lachte.
»Ja, lacht nur, ihr Heidenpack!«, sagte Gildas. »Trotzdem muss die Braut die kommende Nacht der Tradition gemäß allein in ihrem Bett verbringen.«
»Die Männer in die Kneipe, die Frauen in die Falle«, bestätigte Loïc.
»Also wirklich, Jungs«, protestierte Christian und verzog das Gesicht zu einer Grimasse. »Aber ich darf doch wohl vorher wenigstens noch duschen? Oder will es die Tradition, dass ich bis zur Hochzeit stinke?«
»Dazu sagt die Tradition weiter nichts, oder, Brüderchen?«, fragte Loïc.
Der ein Jahr Ältere schüttelte ernst den Kopf.
»Dafür lässt sie dir ausrichten, dass du dich Punkt acht Uhr abends in der Kneipe deiner Schwester einzufinden hast, wo dir die Männer dieser Insel zeigen werden, was es heißt, sein Junggesellenleben standesgemäß zu verabschieden.«
Loïc warf dem Skipper einen Schlüsselbund zu, den dieser geschickt auffing.
»Oberster Stock. Hochzeitssuite. Du wirst sehen, ich hab mich nicht lumpen lassen.«
»Warte, ich will nur schnell mein Hochzeitskleid wegräumen!«, rief Marie Christian zu, der schon nach seinem großen Seesack griff. »Nur so aus Aberglauben.«

Sie musste lächeln, als sie sah, dass ihre Mutter das Kleid schon unter einer Hülle hatte verschwinden lassen, weniger zum Schutz vor Staub als zum Schutz vor neugierigen Blicken. Der Schleier jedoch, den Marie so schwungvoll eingeweiht hatte, als sie zum Balkon gestürzt war, und den Jeanne vor dem offenen Fenster zum Trocknen aufgehängt hatte, lag

zusammengeknüllt auf dem Boden. Wahrscheinlich hatte er sich im leichten Wind losgerissen und war dort gelandet.
Mit einem Mal krampfte sich Maries Magen in dumpfer Angst zusammen. Ihr Instinkt riet ihr, vorsichtig zu sein, wegzulaufen, weit weg, und sich nicht umzudrehen.
Sie hörte jedoch nicht darauf, sondern hob die Wolken aus Musselin auf. Dann erstarrte sie vor Grauen.
Ein Blutfleck breitete sich auf dem Tüll aus.
Marie verlor ihre Selbstbeherrschung und ließ den rot befleckten Stoff los. Er sank, einer geöffneten Blüte gleich, anmutig zu Boden.
Mitten in dem Musselin lag der blutige Körper einer toten Möwe.
Maries Schrei war auf allen Etagen zu hören.

2

Es war kurz nach Mitternacht, als der Streit zwischen Gildas und Ryan ausbrach.
Anne war es gewesen, die Christian beiläufig vorgeschlagen hatte, Ryan zu seinem Junggesellenabschied einzuladen.
»Als Spezialist für keltisches Brauchtum wird er ganz bestimmt wissen, dass alle jungen Männer der Insel zu diesem Fest kommen. Vielleicht ärgert er sich, wenn man ihn außen vor lässt.«
»Und sagt dann seine Signierstunde ab?«
Anne Bréhat war schon immer ein Büchernarr gewesen und hatte heimlich davon geträumt, einmal ein literarisches Café zu eröffnen. Doch dafür hätte sie Lands'en verlassen müssen. Also hatte sie ihren Ehrgeiz heruntergeschraubt und im Hinterzimmer der Kneipe, die früher von ihrem Vater geführt worden war, eine kleine Buchhandlung aufgemacht. Sehr zum Kummer der Stammgäste, die hier an Regentagen Karten zu spielen pflegten. Trotzdem kamen sie weiterhin. Notgedrungen. Es gab keine andere Kneipe am Hafen.
Christian sah seine Schwester erröten und stellte wieder einmal fest, dass ihr Humor völlig anders geartet war als sein eigener. In Wahrheit hatte sie gar keinen. Nicht, dass es ihr an der nötigen Intelligenz gefehlt hätte, sie nahm nur einfach immer alles wörtlich. Sie, die sonst so zurückhaltend war, hatte sich heftig ins Zeug gelegt. Die Worte überstürzten sich,

als sie den Schriftsteller verteidigte. Es sei wirklich etwas Ungewöhnliches, dass ein Mann von solchem Format auf die Insel komme. Und bleibe.
Angesichts des prüfenden Blicks, den ihr Bruder ihr zuwarf, hatte sie ihren Eifer gleich darauf mit einem kurzen Lächeln herunterzuspielen versucht und noch rasch hinzugefügt:
»Ich will nur nicht, dass er uns für Bauerntrampel hält, das ist alles. Aber letztlich ist es deine Sache.«
Für Christian ging das alles in Ordnung. Wenn es diesem Patrick Ryan gelang, seine Schwester zum Lachen zu bringen, sollte er ihm willkommen sein, Insulaner oder nicht.

Das Bier floss schon seit Stunden in Strömen, als der Schriftsteller in die Kneipe trat. Er ließ den Blick durch das verräucherte Lokal schweifen, über die rasch zusammengestellte Band und das Tablett voller Gläser, das wie von selbst über die Köpfe hinwegwanderte. Er lächelte, als er Anne – die ebendieses Tablett in die Höhe reckte – aus dem Knäuel fröhlich lärmender Männer auftauchen sah.
»Wir dachten schon, Sie kämen nicht mehr! Die haben fast alles ausgetrunken.« Ihr Tonfall war entschuldigend.
»Das ist mein erster bretonischer Junggesellenabschied. Ich hätte ihn um nichts in der Welt versäumen wollen!« Er musste fast schreien, um den Lärm zu übertönen.
Da trat Christian auch schon zu ihnen. Er warf einen prüfenden Blick auf diesen Mann, dem es gelungen war, das Herz seiner kleinen Schwester zu rühren, und schüttelte ihm die Hand. Der Händedruck war fest und verbindlich. Er gefiel ihm. Christian drückte Ryan ein Glas in die Hand und stieß mit dem Rand seines eigenen dagegen: *»Yec'hed mat!«* Dann ging er zurück zu den anderen, die schon lautstark die Fortsetzung seiner Geschichte forderten.
»Wo war ich stehen geblieben? Ach ja … Als ich die Vendée Globe gewonnen hatte …«

»Ich hab ihm sein erstes Schiff gebaut!«, unterbrach Gildas ihn grölend.
»Aber ich hab ihm beigebracht, gegen den Wind zu kreuzen!«, brüllte Loïc.
Und dann fielen die anderen wieder in das Gespräch der Kermeur-Brüder ein.
»Mag sein, aber er ist derjenige, der in einer Woche zur Transatlantik-Regatta aufbricht!«
»Und zwar einhand und ohne einen Hafen anzulaufen – das gefährlichste Rennen der Welt!«
»Kleinigkeit für einen, der mit dem Meer spricht!«
»Darf ich weiterreden?«, protestierte der Skipper. »Also, als ich den Vendée Globe gewonnen habe, dachte ich, das wäre der schönste Tag meines Lebens …«
Der Rest ging in schallendem Gelächter unter.

Anne war in die Küche gegangen, um frische Gläser zu holen, und erspähte von dort aus Ryan, der allein am anderen Ende der Bar lehnte. Diskret betrachtete sie ihn: Er war um die Sechzig und gehörte zu den Männern, die durch ihre Falten nur noch attraktiver wurden. Gut geschnittene Kleidung. Kein Gramm Fett, soweit sie sehen konnte. Und ein Lächeln, das geradewegs zu ihrem Herzen vordrang – wenn auch nicht bis zu seinen eigenen schiefergrauen Augen. Einen winzigen Moment lang glaubte sie in ihnen etwas wie Trauer zu sehen, als er Christian beobachtete, der gerade zum x-ten Mal glücksstrahlend erklärte, der schönste Tag seines Lebens sei der Tag gewesen, an dem Marie ihm ihr Jawort gegeben habe.
Dann rief jemand nach Anne und lenkte so Ryans Blick auf sie. Verwirrt wandte sie sich wieder ihren Pflichten zu.
Die Augen des Schriftstellers folgten ihr. Eine seltsame Frau. Sie hatte einige Tage gebraucht, bis sie ihn endlich auf ihr Vorhaben ansprach, eine Signierstunde für seinen Roman zu

veranstalten. Und das mit so sorgfältig gewählten Worten, dass es ihm vorkam, als hätte Anne sie auswendig gelernt. Er warf einen Blick auf die Auslage in der Bücherecke und runzelte die Stirn. Das Stehpult, auf das Anne am Vormittag seinen Roman gelegt hatte, war leer.

Da sah er Gildas auf sich zukommen, mit dem schwankenden Gang jener, die ein wenig zu tief ins Glas geschaut haben, und begriff, was aus seinem Buch geworden war.

»He, Schriftsteller! Du musst doch wissen, was das zu bedeuten hat!«

Gildas' Stimme war belegt, sein Atem stank nach Alkohol. Ryan musste sich beherrschen, um nicht zurückzuweichen.

»Was was zu bedeuten hat?«

»Eine Möwe, die sich zum Sterben in einen Brautschleier legt, was heißt das deiner Meinung nach?«

Ryan schwieg und Gildas fuchtelte ihm mit dem Buch *Und die Steine sprachen* vor dem Gesicht herum. Eine rote Banderole verkündete, es handle sich um einen Mystery-Thriller. Eine Gattung, die gerade sehr gefragt war.

»Du bist doch der Autor von diesem Ding hier, oder? Also, was meinst du?« Gildas rülpste geräuschvoll.

Ryan zuckte leicht mit den Schultern. »Dass es weder der richtige Ort noch der richtige Zeitpunkt ist, darüber zu sprechen, und dass du besoffen bist.«

»Nicht so sehr, dass ich einen Angeber nicht erkennen könnte. Spezialist für keltische Sagen, meine Fresse!«

Wütend schleuderte er das Buch auf den Tresen. Einige Gläser wurden dabei umgestoßen, und schließlich fiel es zu Boden.

Niemand achtete darauf. Nur Anne.

Ryan machte aus der Ferne ein beschwichtigendes Zeichen in ihre Richtung, bückte sich, glättete die vom Sturz zerknitterte Banderole, legte das Buch auf die Theke und blickte dann Gildas fest in die schon glasigen Augen.

»Ein Schleier, der sich in ein Leichentuch verwandelt, ist ein Vorzeichen für Unglück, das über die Familie der Braut kommen wird.«

Abermals zuckte der Schriftsteller mit den Achseln, als er sah, wie Maries Bruder die Kiefer anspannte.

»Es gibt immer einen Weg, das Unglück zu bannen. Los! Sprich dich aus!«

»Es ist alles andere als exakte Wissenschaft und vielleicht gefällt dir auch nicht, was du zu hören bekommst.«

»Los, sag's!«

Ryan nahm in aller Ruhe eine Zigarette aus dem Etui.

»Die Alten sagten, dass man die Zukünftige jagen müsse, solange sie noch Jungfrau sei.«

»Du Scheißkerl!«

Anne am anderen Ende des Raums erschrak, als Gildas Ryan am Hemdkragen packte und dessen Gesicht ganz dicht an sein eigenes heranzog. Abrupt stellte sie das Tablett auf den Tresen und lief zu einem knapp dreißig Jahre alten Mann, dessen offenes Gesicht und fröhlicher Blick nicht im Geringsten vermuten ließen, dass er den beeindruckenden Titel »maréchal des logis-chef« trug und der örtlichen Gendarmerie vorstand.

»Stéphane, sieh mal nach, was Gildas da treibt. Ich glaube wirklich, er will ... O Gott!«

Ryan, sichtlich verärgert, hatte Gildas mit einem kurzen Haken rückwärts gegen einen Tisch geschickt, der unter dem Höllenlärm zersplitternder Gläser umstürzte. Das Ganze trug jedoch nur zur Heiterkeit der Männer bei, die viel zu betrunken waren, um sich über dergleichen aufzuregen.

Stéphane Morineau hielt sich nicht mit Höflichkeitsfloskeln auf. Er packte Ryan fest an der Schulter.

»Sie dürfen Ihren Rausch in der Zelle ausschlafen.«

»Ich habe doch nur ein Bier getrunken! Er hat den Streit gesucht!«

»Aber Sie haben ihn geschlagen. Und außerdem – bei ihm ist das was anderes.«
»Ausländer haben immer Unrecht, ja?«
Der junge Gendarm hielt seinem Blick stand.
»Oft.«
Ryan ließ sich achselzuckend mitziehen, gefolgt von den traurigen Blicken Annes, die jedoch nicht öffentlich für ihn Partei zu ergreifen wagte.
Bevor sich die Tür der Kneipe hinter ihm schloss, sah Ryan noch, wie Loïc seinem Bruder auf die Beine half und ein leeres Glas schwenkte.
»Wir brauchen was zu trinken!«
Das Gelächter setzte wieder ein. Fett und dröhnend.

*

Aus dem Meer stieg wabernder Nebel auf, der die Riffe mit einem dunstigen, an feuchten Atem erinnernden Schleier umgab. Die Farne auf dem Steilfelsen wiegten sich sanft in der Brise. Der steigende Mond warf sein bleiches Licht auf Ty Kern. Nie waren die Menhire imposanter als in diesem Halbdunkel, in dem sie wie dunkle Massen wirkten, die jeden Augenblick lebendig zu werden drohten.
Es gab zwar keine greifbaren Gründe dafür, doch die Atmosphäre schien aufgeladen mit bösen Vorzeichen.
Plötzlich tauchten sechs geisterhafte Gestalten auf, düstere Boten, die von dem Pfad, der die Küste entlangführte, herkamen. Gleichmäßig schritten sie hintereinander her, an den Menhiren vorbei, und verschwanden nacheinander hinter dem Dolmen, als hätte der flache, behauene Granitblock sie verschluckt.
Dann erschien eine siebte Gestalt.
Sie hatte einen seltsamen Gang, zögerlich und stockend. Sie folgte den anderen nicht zum Dolmen, sondern begab sich zu

einem dicht daneben liegenden Hügelgrab, wo sie reglos stehen blieb.
Dann kehrte wieder Stille ein. Nur die Brandung war noch zu hören, die zwanzig Meter tiefer, in der Strandräuber-Bucht, an die Riffe schlug.

*

Salzwasser drang in ihre Kehle, sie kämpfte gegen das Ersticken und fühlte, wie eine heftige Strömung sie in die Tiefe zog. Sie wehrte sich, strampelte mit den Füßen, grub die Fingernägel in den Fels, um wieder an die Oberfläche zu gelangen. Sie spürte gar nicht, wie ihr die scharfen Kanten ins Fleisch schnitten, bis sie endlich auftauchte und Luft bekam. Vor ihren schreckgeweiteten Augen färbte sich der Schaum rot ... Schrille Schreie hallten durch die Nacht, ein Echo auf ihren eigenen stummen Schrei ...
Zur Fötushaltung zusammengekrümmt, die Knie unter dem Kinn, die Arme fest um den Körper geschlungen, den Mund geöffnet, als ringe sie verzweifelt nach Luft, so schreckte Marie aus dem Schlaf, schweißgebadet.
Sie stürzte hinaus auf die Terrasse und atmete mehrmals tief durch, bis ihr Herz wieder halbwegs normal schlug. Zum Teufel mit den Traditionen. Sie war versucht, zu Christian zu laufen, sich in seine Arme zu werfen und sich ganz fest an ihn zu schmiegen, um diese quälende Angst zu vertreiben.
Für einen Augenblick wurde das Bild des blutroten Schaums von dem des blutbefleckten Musselins überlagert. Dann blickte Marie aufs Meer hinaus, auf die kleinen Wellen, deren silberne Kämme sanft im Mondlicht schimmerten, und schüttelte über sich selbst den Kopf. Die See war doch keine Feindin. Es war nur ein Albtraum gewesen.
Sie wollte gerade zurück ins Zimmer gehen, als eine flüchtige Bewegung ihren Blick auf sich zog. Sie kniff die Augen zu-

sammen, spähte ins Dunkel und entdeckte schließlich eine Gestalt. Sie kam vom Strand her angerannt und sah sich so oft nach hinten um, dass man fast hätte meinen können, sie würde in panischer Angst vor einem Verfolger fliehen.

Der Polizisteninstinkt war Marie nicht nur zur zweiten Natur geworden, er war ihre Natur. Sie fasste die Gestalt genauer ins Auge. Sie war groß und schmal, also konnte es nicht Loïc sein. Außerdem lag die Hafenkneipe am entgegengesetzten Ende. Und warum sollte ihr Bruder auf diese heimliche Art nach Hause laufen? Selbst wenn er einen über den Durst getrunken haben sollte, so erwartete ihn dort doch keine scheltende Ehefrau!

Marie trat rasch auf die Terrasse hinaus, um der Gestalt, die sich nun verstohlen dem Gebäude näherte, folgen zu können. Doch dann erkannte sie im Licht einer Gartenleuchte die schwarzen Locken ihres Neffen. Sie waren völlig zerzaust und sein Hemd war schief zugeknöpft.

Marie lächelte. Jeanne hatte Recht, ihr Job stieg ihr allmählich zu Kopfe, so sehr, dass sie das Meer für blutrot hielt und ihren Neffen für einen gemeinen Einbrecher. Zwölf Monate ohne all die Gewalt, die nun einmal zu ihrem Beruf gehörte, würden ihr gewiss gut tun.

Marie ging in ihr Zimmer zurück, fest entschlossen, den Albtraum, der sie schon als ganz kleines Kind verfolgt hatte, zu vergessen.

Doch drei Stunden später – sie hatte nicht wieder einschlafen können und joggte jetzt über den Zöllnerpfad – hatte sie ihn immer noch nicht vergessen. Normalerweise verschaffte ihr das Laufen einen freien Kopf und verjagte alle unangenehmen Gedanken. Doch diesmal ließen sie sich nicht abschütteln, in einer Art Endlosschleife folgten sie dem Rhythmus ihrer Schritte. Die Möwe. Der Schleier. Der Schaum. Das Blut. Die Möwe …

Und diese schrillen Schreie, die die Nacht durchschnitten … Marie blieb stehen, denn sie hörte sie immer noch, diese Schreie.

Und dann sah sie sie. Ein ganzer Schwarm Möwen, die laut schreiend über ihren Kopf hinwegflogen und hinter der Kante des Steilfelsens verschwanden.

Verblüfft über diesen großen Schwarm und das seltsame Verhalten der Vögel lief sie weiter. Die Unruhe beschleunigte ihren Schritt. Vorbei an den Menhiren, am Hügelgrab und bis an die Kante, hinter der die Möwen wie japanische Kampfflieger steil nach unten gestoßen waren.

Die Wellen der auflaufenden Flut leckten schon über den Sand der zwanzig Meter unter ihr liegenden Bucht. Der Vogelschwarm kämpfte dort erbittert um etwas, das eigentlich nur ein gestrandeter Delfin sein konnte.

Aber woher kam dann diese seltsame, quälende Unruhe?

Atemlos kletterte sie an den Felsen hinunter zur Bucht und rannte am Eingang der Grotte vorbei, in der die Strandräuber einst ihre Beute horteten. Sie schrie, um die hysterischen Vögel, die in ihrem Eifer bislang keine Notiz von ihr nahmen, zu vertreiben.

Flüchtig kam etwas Orangefarbenes in ihr Blickfeld. Angst überwältigte Marie. Sie hob Kieselsteine auf und schleuderte sie in Richtung der Möwen.

Endlich flogen sie davon, ärgerlich krächzend und heftig mit den großen Flügeln schlagend, und Marie konnte sehen, woran sie so gierig gepickt hatten. Sie wusste längst, dass es kein Delfin war.

Obwohl sie schon viele Leichen gesehen hatte, würde sie nie den schrecklichen Anblick des halb aus seiner Höhle hängenden Auges vergessen, und auch nicht die großen blutenden Wunden, die die Möwen mit ihren messerscharfen Schnäbeln gerissen hatten.

Was orangefarben aufgeleuchtet hatte, war der Schal des auf

dem Rücken liegenden Mannes. Er hatte ihn schon am Abend vorher getragen.
Gildas.
Marie sank neben ihm auf die Knie, überwältigt von einem Kummer, der weit in ihre Kindheit zurückreichte. Sie war versucht, sich neben Gildas auszustrecken und zu warten, bis die Flut sie beide unter sich begraben und mitreißen würde. Als sie ihre Hand in die ihres Bruders schob, ertastete sie einen Zettel, den er umklammerte.
Vorsichtig löste sie ihn aus seinen Fingern und faltete ihn auseinander. Sie erschrak, als sie die bretonische Aufschrift las:

Für Marie, so wird es der Hohe Herr beschließen,
Licht wird flammen und Blut wird fließen
aus dem Herzen von Stein.

3

Stéphane Morineau schaltete den Allradantrieb zu, um die holprigen hundert Meter, die zwischen dem Sträßchen und dem Hügelgrab lagen, zu bewältigen. Er hielt neben dem Krankenwagen, öffnete die rechte hintere Wagentür und bedeutete Ryan, er könne jetzt gehen. Ryan würdigte ihn keines Grußes, sondern ging sofort auf die junge Frau zu, die mit dem Rücken zu ihm an der Steilwand stand.

»Wir kennen uns nicht, aber man hat mir viel von Ihnen erzählt … Ich heiße Patrick Ryan. Es tut mir …«

Die Worte erstarben ihm auf den Lippen, als sich Marie zu ihm umwandte. Diese von Gram erfüllten grünen Augen, das kleine Kinn, das sie tapfer hochreckte und doch nicht daran hindern konnte, zu zittern … Für einen Sekundenbruchteil glaubte sich Ryan von einem Trugbild genarrt, doch er fasste sich, vertrieb diesen flüchtigen Eindruck und brachte seinen Satz zu Ende: »… Leid.«

Die Floskel wirkte aus seinem Mund nicht banal, sicher weil er sie mit ehrlichem Mitgefühl ausgesprochen hatte. Das zaghafte Lächeln, zu dem sich Marie zwang, ging ihm zu Herzen. Er verbeugte sich kurz und wandte sich ab, um der Bergungsmannschaft zu helfen. Sie hatten Gildas' Leichnam auf eine Bahre geschnallt und versuchten nun, ihn hinaufzuziehen. Ein Mann mit einem deutlichen Glatzenansatz leitete

von unten das Manöver. Es war wegen des steilen Felsens nicht ganz ungefährlich.
Stéphane trat zu Marie. Er rang sichtlich nach Worten, begnügte sich dann jedoch mit einem, wie er hoffte, alles sagenden Blick und schloss sich den anderen Männern an.
Als die Bahre oben ankam, erhob sich eine Windbö. Die Plane wehte hoch und entblößte Gildas' furchtbar zugerichtetes Gesicht.
Stéphane krümmte sich abrupt, wandte sich um und verschwand hinter seinem Geländewagen, wo sich sein revoltierender Magen in einem heftigen Schwall entleerte.
Latexhandschuhe, Plastiktüten, gelbes Band, Warndreieck ... Er durchwühlte den Kofferraum auf der Suche nach einem Lappen, mit dem er sich den Mund abwischen konnte. Vergebliche Mühe. Beschämt, aber dankbar nahm er das Papiertaschentuch, das Marie ihm hinhielt.
»Es ist meine erste Leiche«, murmelte er. Dieses Geständnis, mit dem er zugleich seine geringe Berufserfahrung eingestand, fiel ihm schwer. »Ich könnte mich in den Hintern ...«
Sie wollte schon antworten, es mache nichts, aber da erzählte er ihr, was sich am Vorabend in der Kneipe zugetragen hatte. Sie senkte kurz die Lider.
Ihr Bruder hatte sich ihretwegen geschlagen. Für sie. Für Marie ...
»Hätte ich letzte Nacht bloß Gildas eingebuchtet, und nicht den Schriftsteller! Wenn ich bloß ...«
Der Rest verlor sich im Papiertaschentuch.
Marie hätte dem jungen Gendarmen gern gesagt, dass er nichts dafür könne, dass Selbstvorwürfe zu nichts nutze seien. Stattdessen nahm sie einen der Plastikbeutel und schob vorsichtig den Zettel hinein. Nicht jammern, handeln.
»Kopieren Sie ihn und schicken Sie das Original sofort an Leutnant Caradec, Kripo Brest«, sagte sie und hielt Stéphane den Beutel unter die Nase. »Ich möchte wissen, ob außer Gil-

das und mir noch jemand anderes seine Fingerabdrücke darauf hinterlassen hat. Meine liegen dort vor. Legen Sie zum Vergleich die Fingerabdrücke meines Bruders bei.«
»Woher bekomme ich die?«
»Na, woher wohl?«
Stéphane schluckte mühsam. Bei der Vorstellung, einem Toten die Fingerabdrücke abnehmen zu müssen, war ihm derart unbehaglich, dass er die Sache gern noch ein wenig hinausschob und, um seine Fassung wiederzugewinnen, lieber den Text auf dem Zettel studierte.
Verblüfft blickte er auf.
»Marie – sind etwa *Sie* damit gemeint? Und der Rest, was hat der zu bedeuten?«, fragte er und machte eine entschuldigende Geste. »Ich verstehe kein Bretonisch.«
»Der hat zu bedeuten, dass wir keine Minute verlieren dürfen!«
Der Gendarm legte automatisch den Finger ans Käppi. Keine Sekunde lang nahm er daran Anstoß, dass ihm ein anderer Polizist die Befehlsgewalt aus der Hand genommen hatte, die doch eigentlich ihm zukam. Als er die Tür seines Geländewagens zuschlug, öffneten sich gerade die des Krankenwagens, um die Bahre mit der Leiche aufzunehmen.

Marie ging rasch zu dem Mann mit dem beginnenden Kahlkopf hinüber. Yves Pérec. Einziger Arzt der Insel und derzeitiger Bürgermeister von Lands'en. Wie sein Vater vor ihm. Und sein Großvater. Von seinen Vorfahren hatte er die blauen Augen geerbt, die stets sehr kühl dreinblickten – das einzig Interessante an seinem etwas weichlichen Gesicht. Er war fünfundvierzig Jahre, wirkte jedoch mit seinem Bauchansatz und der nicht sonderlich eleganten, aber teuren Kleidung älter. Seine Sprechweise zeugte noch vom feuchtfröhlichen Vorabend.
»Ich weiß gar nicht, was ich sagen soll. Dein Bruder … Wir

haben gestern alle viel zu viel getrunken ... Und dieser Unfall ...«

»Es war kein Unfall.«

Yves' Miene verdüsterte sich, er starrte Marie an, deren sichtbarer Kummer ihrer Schönheit keinen Abbruch tat. In diesem Augenblick erinnerte sie ihn an eine Pieta, nur dass in den Augen der trauernden Muttergottes gewöhnlich nicht dieses besondere Blitzen lag, das er jetzt in ihren wahrnahm. Ein jagdlustiges Blitzen. Sein Unbehagen wuchs.

»Wie kommst du da drauf? Gildas war total betrunken! Nebenbei bemerkt, das waren wir alle.«

Er öffnete kurz seinen Jackenkragen.

»Guck dir das an!« Drei sehr deutliche Kratzer zogen sich über seinen Hals. »Als ich um ein Uhr morgens nach Hause kam, bin ich in die Thujahecke gefallen.«

Marie schien ihn gar nicht zu hören.

»Nimm ihn mit in deine Praxis. Und behalt ihn da, bis ich für seinen Transport ins gerichtsmedizinische Institut von Brest gesorgt habe.«

Der Arzt sah sie an, als hätte er eine Wahnsinnige vor sich, und er hätte sicher versucht, sie wieder zur Vernunft zu bringen. Doch sie hatte ihn einfach stehen lassen.

Marie wartete, bis sie allein war, und trat dann noch einmal an den Rand des Steilfelsens, um einen letzten Blick in die Bucht zu werfen. Die vor- und zurückrollenden Wellen der steigenden Flut wuschen das Blut ihres Bruders vom Strand. Färbte sich der Schaum tatsächlich rot? Oder war das nur die Auswirkung ihres allzu gegenwärtigen Albtraums?

Im nächsten Augenblick wies der Sand keine Spur der Tragödie mehr auf.

Ganz anders als Maries Herz.

*

Der Mann ging auf sie zu, gequält von schmerzlichen Gefühlen. Unter seinem linken Arm, den er fest an seine Seite presste, ragte ein Haufen alter Lumpen hervor, die vor langer Zeit einmal weiß gewesen sein mochten. Trotz seines stämmigen Körperbaus waren seine Bewegungen sanft und zögerlich. Als er hinter ihr angekommen war, streckte er den rechten Arm aus. Seine grobschlächtige Hand näherte sich ihrer Schulter.
Pierric Le Bihan war zweiundvierzig Jahre zuvor mit einer angeborenen Missbildung der Hüften, die zu einem dauerhaften Hinken geführt hatte, zur Welt gekommen. Als er gerade sechs Jahre alt war, hatte man ihn nach einer schrecklichen Unwetternacht gefunden, wie er halb tot vor Kälte über die Heide irrte. Seither hatte Pierric kein Wort mehr gesprochen und seine geistige Entwicklung war an diesem Punkt stehen geblieben. Boshafte Zungen behaupteten, er sei bereits geistig behindert zur Welt gekommen, was auch nicht weiter erstaunlich gewesen wäre, denn sein Vater, Hervé Leguellec, hatte allgemein als Inseldepp gegolten. Doch waren sich alle einig, dass Pierric noch halbwegs gut davongekommen war. Vor allem hatte er von seinem Vater nicht die Neigung zur Gewalttätigkeit geerbt. Oder sie zumindest bisher nicht gezeigt.
Die schwere Hand fiel auf Maries Schulter. Marie schwankte und erstickte einen Aufschrei. Doch die Hand stieß sie nicht etwa vorwärts, sondern zog sie im Gegenteil heftig nach hinten. Als Marie Pierric erkannte, entspannte sich ihr Gesichtsausdruck und sie bat ihn mit sanfter Stimme, sie loszulassen. Doch er packte sie nur noch fester, hob sie fast vom Boden, und seine Züge waren von einem Schrecken verzerrt, den Marie falsch interpretierte: Natürlich, er hatte Gildas' Leiche gesehen und war ganz aufgewühlt.
»Ich weiß, Pierric, es ist schrecklich, aber du musst nach Hause gehen, Gwen macht sich bestimmt schon Sorgen …«

Er schüttelte leidenschaftlich den Kopf und wiegte sie von einer Seite zur anderen, während sein Mund unverständliche Laute formte. Offensichtlich wollte er ihr etwas mitteilen, aber was? Marie hatte weder Zeit noch Lust zum Rätselraten. Sie schob ihre Hand in seine Pranke.
»Führ mich hin.«

Die ersten Sonnenstrahlen streichelten die nach Osten ausgerichteten Menhire. Über einen der grauen Riesen zogen sich zwei purpurfarbene Rinnsale.
Blut!
Mit angehaltenem Atem hob Marie den Blick. Das Blut schien auf der Vorderseite des Menhirs mitten aus dem Herzen eines tief in den Granit gemeißelten Zeichens zu quellen.

... und Blut wird fließen
Aus dem Herzen von Stein ...

Ein v-förmiges Zeichen. Ausgebreitete Flügel. Ein Vogel. Eine tote Möwe im Schleier. Möwen, die sich um Gildas' Leichnam streiten.
Ein Schwindel ergriff Marie. Blitzartig kehrte die Erinnerung an die Ereignisse des Vortags zurück. An Gildas, der kalkweiß geworden war, als er die tote Möwe im blutigen Schleier erblickt hatte.
Christian hatte es Zufall genannt. Ein Kind, das mit einer Steinschleuder auf eine Möwe gezielt hatte. Ein Schleier vor einem offenen Fenster. Ein armes Tier, das dort gestorben war. Weiter nichts. Jeanne hatte den Schleier schnell weggebracht, um die Schäden auszubessern. Man werde nichts mehr sehen, hatte sie gesagt.
Zufall. Daran hatte sich Marie geklammert. Das war das Einfachste, das Beruhigendste, genau wie bei dem Albtraum, der sie wieder heimgesucht hatte.

Doch jetzt wusste sie, dass all das miteinander in Verbindung stand.
Die Möwe. Der Schleier. Der Schaum. Gildas. Sie.
»Gestern Abend war steigender Mond.«
Sie fuhr zusammen, als diese Worte plötzlich hinter ihr erklangen. Sie wirbelte herum und sah in Ryans graue Augen. Er beantwortete ihre Frage, noch bevor sie sie stellen konnte. »Ich war auf dem Zöllnerpfad, aber ich habe nichts gesehen. Nur Pierric Le Bihan, der sich vor diesem Menhir ein bisschen seltsam aufführte.«
Sie warf noch einen Blick auf Pierric, der sich humpelnd entfernte, das Lumpenbündel fest an sich gedrückt. Dann wandte sie ihre Aufmerksamkeit wieder Ryan zu.
»Sie sprachen vom steigenden Mond«, sagte sie und betrachtete ihn prüfend. »Sie kennen also die Strandräuber-Legende?«
»Sie ist sogar der Grund für meinen Aufenthalt hier, weil sie Thema meines nächsten Romans sein wird. Und der Legende nach …«
»… röten sich die Menhire bei steigendem Mond immer noch vom Blut der armen Opfer – behauptet man zumindest«, unterbrach sie ihn schneidend. »Glauben Sie ans Übernatürliche?«
»Alle glauben daran«, entgegnete er vorsichtig. »Sie etwa nicht?«
»Und Sie glauben wirklich, meine Rückkehr sei der Auslöser für all das?«
Diese Direktheit! Sie gefiel ihm immer besser.
Am liebsten hätte er ihr gesagt, es tue ihm Leid, dass er Gildas gegenüber nicht ruhig Blut bewahrt habe. Doch er wusste intuitiv, dass es nicht Entschuldigungen waren, die sie jetzt brauchte, sondern eine Antwort auf die Frage, die sie quälte. Er gab ihr die, die er für die ehrlichste hielt.
»Ich glaube, dass man auf die Zeichen achten sollte«, sagte er sanft. »Sie haben immer eine Bedeutung.«

Ein Schauer überlief Marie. Gildas hatte am Tag zuvor fast wortwörtlich dasselbe gesagt. Sie würde sich ihr ganzes Leben dafür hassen, dass sie nicht auf ihn gehört hatte.
Ryan erzählte ihr, dass ihm ein Armband aufgefallen war, das sich auf halber Strecke zwischen dem Leuchtturm und dem Hügelgrab im Graben verhakt hatte. Er habe es nicht angerührt, weil es möglicherweise wichtig sei, aber er könne ihr die Stelle zeigen.
Sie folgte ihm, doch nicht, ohne sich noch einmal nach dem Stein umzusehen, der immer noch Blut absonderte.

*

»Dein Bruder ist von uns gegangen ... und du hast nichts Besseres zu tun, als Polizistin zu spielen? Sei vorsichtig, meine Tochter. Wer das Böse sieht, zieht es an!«
Marie spürte, wie ihr Magen bleiern wurde. Sie war zu ihrer Mutter gegangen, um mit ihr gemeinsam zu weinen. Doch Jeanne hatte sie abgewehrt, sobald ihr klar wurde, dass Marie bei ihrem Entschluss bleiben würde, Gildas' Leichnam nach Brest zu überstellen. Von diesem Augenblick an hatten sich ihre Züge zu einer Maske verhärtet.
Das Fischerhäuschen, in das sie sich alle geflüchtet hatten, weil das festlich hergerichtete Hotel sie zu sehr an die abgesagte Hochzeit erinnerte, stand am Hafen. Es hatte der im Vorjahr vom Gemeinderat beschlossenen Aktion, alle Fassaden der Häuser verschönern zu lassen, bislang entgehen können.
So sehr war der Friede des Hauses Kermeur noch nie erschüttert worden, noch nicht einmal, als Marie der Familie damals mitteilte, sie habe sich auf der Polizeischule angemeldet.
Was war geschehen mit diesen Menschen, die sie so sehr liebte? Der Kummer über Gildas' Tod allein reichte nicht als Erklärung für den Zorn, der die versammelte Familie erbeben ließ, als Marie von den eingeleiteten Schritten berichtete.

»Ich habe meine Vorgesetzten angerufen und darum gebeten, dass man mich hierher abstellt, solange es erforderlich ist.«
Unnötig zu erwähnen, dass Commandant Lefloch von der Kripo Brest erst die staatsanwaltliche Zustimmung einholen musste, bevor er ihr grünes Licht geben konnte.
»Was meinst du genau mit ›erforderlich‹?«, erkundigte sich Christian betont ruhig. »Nur falls du's vergessen hast: Ende nächster Woche müssen wir nach England. Und im Gegensatz zu unserer Hochzeit kann die Transatlantik-Regatta nicht verschoben werden.«
Als wäre Christians verhüllter Vorwurf, der sie traf wie eine Ohrfeige, nicht schon schlimm genug gewesen, musste auch Loïc noch einen Pfeil abschießen.
»Keine Sorge, Kumpel. Unsere Super-Detektivin wird die Wahrheit in null Komma nichts herausgefunden haben, oder etwa nicht, Schwesterchen?«
In ihrer Verzweiflung fixierte Marie angestrengt die Gegenstände in dem Raum mit der niedrigen Decke. Hier hatte sie ihre ganze Kindheit verbracht, sie kannte die Herkunft jedes Ziergegenstands, und zu allen hätte sie die passende Geschichte erzählen können. Jedes Ding an seinem Platz, das war Jeannes Devise, die sie bis zum Überdruss wieder und wieder herbetete. Also hatte sich auch nichts verändert.
Und doch war alles anders.
Maries Blick heftete sich Hilfe suchend auf ihre Mutter: Gildas war das Kind, das ihr entrissen worden war, ihr Erstgeborener, den Jeanne mehr als die anderen verhätschelte, weil er keine Frau gefunden hatte, die sich um ihn kümmerte. Wollte Jeanne denn nicht wissen, wer ihn ihr genommen hatte?
Dann glitt ihr Blick weiter zu ihrem Bruder, der nervös Zuckerstückchen auf dem Wachstuch zerkrümelte. Sie merkte, dass er nur mühsam seine Wut über das Geschehene im Zaum hielt.
»Und du, Loïc?«, fragte sie dumpf. »Du sagtest doch immer,

Gildas sei dir mehr als ein Bruder. Und du willst nicht wissen, warum er sterben musste? Und wer diese Nachricht geschrieben hat, die er in der Hand hielt?«

Loïc erhob sich so abrupt, dass sein Stuhl umstürzte.

»Alle mochten ihn! Niemand auf der Insel hätte ihm das Geringste antun können. Mehr muss ich nicht wissen. Und wenn du etwas anderes glaubst, dann bist du übergeschnappt!«

Er ging und die Tür krachte hinter ihm ins Schloss.

Einige Minuten später verließ auch Jeanne leise den Raum. Christian murmelte etwas von einem dringenden Anruf, da er sein Team nicht warten lassen dürfe, und verdrückte sich ebenfalls. Nur Milic harrte noch für einen Moment bei Marie aus.

»Was sie dir auch sagen werden, du gibst nicht auf. Und was sie mir auch sagen werden, ich halte zu dir.«

Dann machte er sich auf den Weg zu seinem Fischkutter in der Hoffnung, er könne seinen Kummer im Meer ertränken.

Marie blieb allein in der Stube mit der niedrigen Decke zurück. Sie brauchte nur die Augen schließen, dann hallte das Lachen der Kinder, die sie gewesen waren, von den Wänden wider.

Sie schluckte die aufsteigenden Tränen herunter – für den Kummer war auch später noch Zeit – und dachte über zwei kleine Details nach: Nicolas' Panik, als er von Gildas' Tod erfuhr. Dieselbe Panik, mit der er mitten in der Nacht ins Hotel zurückgekehrt war. Und sie dachte an das Armband mit Aude Pérecs Tauftaler, das Ryan im Graben entdeckt hatte. Aude, fast fünfzehn Jahre alt. Und, wie alle Mädchen der Insel, bis über beide Ohren in Nicolas verliebt.

Sie hatte eine erste Spur.

4

Gwenaëlle Le Bihan war heute früh, als sie es gehört hatte, sofort zum Hafen gefahren. Ungeduldig hatte sie in der Nähe vom Haus der Kermeurs gewartet.

Eine Stunde später kam Loïc heraus.

Sie folgte ihm in großem Abstand. Er lief einfach geradeaus, hatte offensichtlich kein Ziel, hörte ihre Rufe nicht und blieb erst stehen, als er am Ende der Mole angekommen war.

Sie trat näher und rief noch einmal leise seinen Namen. Er wandte ihr ein hassverzerrtes Gesicht zu.

»Bist du jetzt zufrieden? Jetzt wird er nichts mehr sagen können!«, stieß er hervor.

Pierrics vierundvierzigjährige Schwester hatte sich nicht ganz unverdient den Ruf erworben, eine gefährliche und herrschsüchtige Frau, eine Volksaufrührerin zu sein.

Und doch wich sie zurück, als hätte Loïc sie geschlagen.

Die Bilder der letzten Nacht schossen ihr durch den Kopf. Sie hatte geglaubt, zum Besten aller gehandelt zu haben. Wenn diese Geschichte ruchbar wurde, war es aus mit ihnen beiden. Gwen war zu allem bereit, um Loïc zu behalten, aber sie war auch zu allem bereit, um zu verhindern, dass er sie ins Unglück stürzte.

»Warum Gildas? Warum nicht ich? Oder du?«, fuhr er dumpf fort. »Wir sind alle gleich schuldig.«

»Und ich noch ein bisschen mehr, meinst du das?«

Er sah, wie sich ihre blauen Augen verschleierten und sich der bittere Zug um ihre vollen Lippen vertiefte.
Im nächsten Augenblick warf er sich in ihre Arme und bat sie unter Tränen um Verzeihung.

Erst spät am Vormittag kam sie in der Manufaktur an. Die Nachricht von Gildas' Tod hatte sich schon in allen Werkstätten herumgesprochen. Auch die Geschichte vom blutenden Menhir. Gwen machte allem Tratsch ein wirksames Ende.
»Der Erste, den ich sagen höre, die Strandräuber seien zurückgekommen, kann sich beim Arbeitsamt melden«, verkündete sie ebenso laut wie eisig.
Dann lief sie die Treppe zum Obergeschoss hinauf, wo sich die verglasten Büros befanden, und trat in das Büro ihrer Mutter.
Von Yvonne hatte Gwen das blonde Haar geerbt, die lebhaften und aufmerksamen blauen Augen, die üppigen und sinnlichen Formen, aber auch den stählernen Charakter und die Kämpfernatur.
Yvonne war ein Arbeitstier, sie ließ sich von keinem Schicksalsschlag und keiner Anforderung unterkriegen. Als Dreizehnjährige hatte sie Brot ausgetragen. Mit achtzehn hatte sie Leguellec geheiratet, und vier Jahre später stand sie als Witwe da – mit zwei Kindern und einer guten Lebensversicherung, die sie in eine Fayence-Manufaktur gesteckt hatte: Trinkschalen mit Henkel und keltische Heiligenfigürchen.
Das Unternehmen machte inzwischen einen Umsatz, von dem viele Konkurrenten nur träumen konnten, und bot mehr als der Hälfte der Inselbewohner Lohn und Brot. Manche Neider sagten, das Erfolgsstreben der Le Bihans kenne keine Grenzen. Und in der Tat hatte Gwen ihre Mutter dazu überredet, das Unternehmen zu erweitern, was nicht nur Gelder, sondern auch weiteren Grundbesitz erforderlich machte. Erstere hatte man bei den Banken ohne Schwierigkeiten locker machen können, doch Letzterer musste erst von der Gemein-

de genehmigt werden. Die Abstimmung darüber, ob die umliegenden Flächen zu Bauland umgewidmet werden durften, sollte in zwei Tagen stattfinden.
Yvonne legte den Telefonhörer auf, als ihre Tochter die Tür hinter sich schloss. An ihrem verächtlich verzogenen Mund sah Gwen, dass es gleich um Pierric gehen würde.
»Dein Idiot von einem Bruder ist wieder mal gesehen worden, wie er sich auf Ty Kern herumtrieb.« Yvonne wirkte sehr missmutig. »Nach allem, was passiert ist, fehlte uns das gerade noch.«
»Ich kann ihn nicht in den Keller schicken«, erwiderte Gwen.
»Aber nach Sainte-Guénolé. Ich habe gerade angerufen. Es ist ein Zimmer frei geworden. Morgen kann er kommen.«
Sainte-Guénolé. »Institut für Menschen in Not« nannte man es schamhaft. In Wahrheit ein Irrenhaus, und Gwen war es kalt den Rücken hinuntergelaufen, als sie es besichtigt hatte. Sie liebte Pierric und hatte sich damals seiner Einweisung dorthin wütend widersetzt. »Wenn er geht, gehe ich auch«, hatte sie gedroht.
Yvonne liebte ihre Tochter sehr, deshalb hatte sie nachgegeben. Und sich gleichzeitig gesagt, dass sie es eines Tages sehr bereuen würde.
Gwen brachte das Gespräch auf Gildas.
»Sein Tod ist wirklich sehr ärgerlich«, befand Yvonne, womit ihr Totengebet für ihn wohl gesprochen war. »Aber wenn man bedenkt, was er immer in sich hineingeschüttet hat, wäre er schließlich doch an Leberzirrhose krepiert. So hat er wenigstens nicht gelitten.«
Philippe war eingetreten, ohne dass die beiden ihn bemerkt hatten. Aber das machte ihm nichts aus, Gwens Mann hatte sich daran gewöhnt, unbemerkt zu bleiben.
Außer seinen sanften großen Augen und seinen Pianistenhänden war an ihm nichts auffallend. Er sah völlig unbedeutend aus. Als Zweiundzwanzigjähriger hatte er mit ein paar

Freunden seine Ferien auf der Insel verbracht und sie dann nie wieder verlassen. Es hatte ihn einfach umgeworfen, dass eine Frau, die so sexy war wie die sechs Jahre ältere Gwen, ihn liebte. Er heiratete sie, weil sie mit ihrem gemeinsamen Sohn Ronan schwanger war, nahm den Posten eines Buchhalters in der Manufaktur an – und begriff sehr schnell, dass auch die Schwiegermutter zur Mitgift gehörte. Philippe fühlte sich ihr nicht gewachsen und hatte bald kapituliert, ohne auch nur in die Schlacht gezogen zu sein.

Er hatte sich oft gefragt, was Gwen an ihm gefunden haben mochte, doch nachdem er Yvonne besser kannte, vermutete er, dass sie einfach das mütterliche Handlungsmuster wiederholte: Sie heiratete einen Schwächling, dessen Namen sie nicht tragen wollte und den sie nach Lust und Laune demütigen konnte. Philippe hatte keine besonders hohe Meinung von sich selbst …

Aber Gildas hatte er gemocht und war ehrlich betrübt über seinen Tod. Deshalb mischte er sich jetzt in das Gespräch ein.

»Er liebte seine Insel sehr und deshalb wollte er nicht, dass man überall baut und sie verhunzt«, sagte er. »Er hätte gegen die Erweiterung der Manufaktur gestimmt. Sein Tod passt euch also gut in den Kram, oder?«

»Dass meine Tochter dumm genug war, Sie zu heiraten und sich von Ihnen ein Kind machen zu lassen, bedeutet noch lange nicht, dass Sie hier was Besseres sind als ein Angestellter«, bellte Yvonne. »Ich warte immer noch auf die Bilanz!«

Gwen machte keine Anstalten, ihren Mann zu verteidigen. Also zog sich Philippe zurück. Während er die Tür schloss, hörte er noch seine Schwiegermutter, die ihn schon vergessen zu haben schien:

»Loïc muss unbedingt die Klappe halten. Glaubst du, er steht das durch?«

»Er würde nie etwas gegen mich unternehmen«, antwortete Gwen.

»Das ist auch besser so.«
Philippes Rücken wurde steif. In der vergangenen Nacht war er zwei Mal aufgestanden, um Tabletten gegen eine quälende Migräne zu schlucken. Beim zweiten Mal, kurz nach drei Uhr morgens, hatte er bemerkt, dass sich seine Frau unauffällig ins Haus schlich. Und er hätte schwören können, dass sie einen sehr verzweifelten Eindruck machte. Einen Augenblick lang überlegte er, ob er Marie davon erzählen sollte, doch dann beschloss er, diese Sache für sich zu behalten. Man konnte nie wissen, wozu es gut war.

*

Der alte Schlossherr kam nur selten zu den Hochzeiten und Beerdigungen der Inselbewohner. Im Allgemeinen schickte er lediglich Blumen und überließ alles Übrige seinem Sohn Pierre-Marie und seiner Schwiegertochter Armelle, die sehr beflissen war, wenn es darum ging, dem geehelichten Namen und der damit verbundenen gesellschaftlichen Stellung gerecht zu werden. Doch Gildas war der Sohn von Jeanne Kermeur, die ihnen seit mehr als vierzig Jahren den Haushalt führte, und deshalb hatte Arthus de Kersaint sich höchstpersönlich herbemüht.
Die Limousine hielt vor dem Rathaus. Christian ging zu ihr hinüber, damit der Patriarch nicht aussteigen musste.
Mit seinen über achtzig Jahren, seiner an einen alten Elefanten erinnernden Statur und der auffällig gekrümmten Nase war Arthus de Kersaint ein Ehrfurcht gebietender Mann. Dieser Eindruck wurde noch verstärkt, weil er sich nie ohne seinen Gehstock blicken ließ, dessen silberner Knauf mit dem Familienwappen verziert war.
Gildas' Tod hatte ihn derart verstimmt, dass er sich bis zum Mittagessen hatte hinlegen müssen.
Im großen Speisesaal des Schlosses hatte Arthus anschließend

seinen Sohn Pierre-Marie, allgemein PM genannt, gemustert, der ihm gegenübersaß und mit aufreizender Langsamkeit seine gekochten Eier pellte. Der Erbe der de Kersaints – rotblond, ständig ein Tuch um den Hals geschlungen, blasiert und von der zweifelhaften Überzeugung durchdrungen, er sei mit einer gefährlichen Intelligenz gesegnet – sah nach genau dem aus, was er war: ein degenerierter letzter Spross.
»Gildas' Tod ist ein harter Schlag für uns«, murmelte Arthus.
»Doch wohl vor allem für seine Familie, denke ich.«
PM warf einen Blick ins Anrichtezimmer und auf seine Gattin, die sich dort zu schaffen machte.
»Das Eiweiß ist glibberig! Sie wissen doch, wie sehr ich das verabscheue, Armelle!«
Arthus kämpfte den wütenden Impuls nieder, seinem Sohn eins mit dem Stock überzuziehen. Schon als kleiner Junge hatte PM manche Tracht Prügel bezogen, wenn er seinen Vater mit seinen Nörgeleien zur Weißglut brachte.
»Lass deine Frau in Ruhe. Sie tut ihr Bestes, um Jeanne zu vertreten«, sagte er eisig. »Die Abstimmung ist verdammt noch mal wichtiger als deine hart oder weich gekochten Eier. Und dass Gildas, dessen Stimme uns sicher war, gerade jetzt gestorben ist, könnte den Le Bihans zugute kommen.«
»Verzeihen Sie, Vater, dass ich Ihnen widerspreche, aber es könnte ganz im Gegenteil unsere Pläne fördern.«
»Tatsächlich?«
»Christian ist bestimmt heilfroh, wenn man ihn von seinen Anteilen an der Werft befreit, jetzt, wo sein Geschäftspartner den Laden nicht mehr in Gang hält. Und ich habe vollstes Vertrauen zu Ihrer Fähigkeit, lieber Vater, Jeanne dazu zu überreden, uns die Anteile ihres verstorbenen Sohnes zu überlassen.«
Arthus warf ihm einen Blick zu, der seine Überraschung ausdrückte. Sollte PM doch einen Funken Verstand haben? Oder gar denselben Traum hegen wie er selbst? Die Zeiten, als die

de Kersaints uneingeschränkt über Lands'en geherrscht hatten, waren längst vorbei. Doch die Hoffnung, alles könne wieder werden wie in der guten alten Zeit, war immer noch tief im Herzen des alten Herrn verwurzelt. Und dazu mussten die im Laufe der Jahrhunderte von den Vorfahren, denen ihre Bequemlichkeit mehr wert gewesen war als das väterliche Erbe, veräußerten Ländereien zurückgekauft werden.
PM, angestachelt durch das ihm sonst so selten geschenkte väterliche Interesse, konnte der Versuchung nicht widerstehen, durch weitere Klugheit zu glänzen.
»Außerdem hätte Gildas am Ende doch geredet ...«
»Geredet? Worüber denn?«, erkundigte sich Arthus mit alarmiertem Unterton.
PM unterdrückte eine Grimasse. Herr im Himmel, warum hatte er bloß nicht den Mund gehalten?
»Na los, erklär's mir!«, donnerte der Patriarch.
PM geriet kläglich ins Stottern. Juliettes unverhofftes Auftauchen rettete ihn aus der Verlegenheit – allerdings nur vorläufig, wenn er den Blick richtig interpretierte, den ihm sein Vater zuwarf, bevor er sich dem jungen Mädchen zuwandte.
Juliette, fünfzehn Jahre alt, blond, schön, mit engelhafter Ausstrahlung, war die Einzige, die den alten Herrn beschwichtigen konnte. Vielleicht, weil sie seiner verstorbenen Frau Gaïdick so ähnlich sah.
»Ich war mit Aude und Nicolas unterwegs«, log sie frech und schenkte ihrem Großvater ein schuldbewusstes Lächeln. »Es tut mir Leid, dass ich zu spät komme, Großpapa.«
Arthus lächelte flüchtig zurück, bevor er sich wieder seinem Teller widmete. Seine Enkelin musterte ihn noch einmal verstohlen und amüsierte sich innerlich darüber, wie leicht sie ihren Großvater einwickeln konnte. Wenn er gewusst hätte, dass sie die halbe Nacht außer Haus gewesen war und vor allem mit wem, dann hätte ihm das sicher den Appetit verschlagen.

Genau das dachte auch PM. Hätte er bloß den Mund gehalten! Der Alte würde ihm so lange zusetzen, bis er die Wahrheit herausbrächte, und PM würde ihm gestehen müssen, wo er die letzte Nacht verbracht hatte und weshalb. Schon beim Gedanken daran überlief ihn ein Frösteln, und er schob das glibberige Ei, das langsam zu gerinnen schien, angewidert von sich.

*

Loïc stellte hart die Kaffeetasse zurück auf den Tresen im Speisesaal. Sichtlich geschockt sah er Jeanne an, die vor ihm stand.

»Ich kann es einfach nicht glauben, Maman! Aber warum hast du uns nie die Wahrheit über sie gesagt? Warum?«

»Um euch zu schützen, deinen Bruder und dich«, antwortete sie kurz angebunden.

»Uns zu schützen?«

Etwas wie Verzweiflung schien sie fest umklammert zu haben und ihre Stimme klang dumpf, als sie weitersprach.

»Jetzt verstehst du hoffentlich, warum du schweigen musst.«

Loïcs Stimme wurde hell vor Angst.

»Das ändert überhaupt nichts! Der da oben weiß alles, und er will Blut!«

Er ging hinter den Tresen und griff, ohne aufzublicken, nach einer der Flaschen, die über der Bar hingen. Scotch. Er schenkte sich eine ordentliche Portion ein und leerte das Glas in einem Zug.

Jeanne runzelte besorgt die Stirn. Loïc war das labilste ihrer Kinder, sie wusste, sie würde ihn abermals festhalten müssen, damit er nicht ertrank. Als dreizehn Jahre zuvor seine Frau Catherine starb, war er buchstäblich zusammengebrochen. Alkohol, Medikamente, Depressionen – Loïc hatte keine drei Monate gebraucht, ehe er völlig am Ende war. Diesem Abstieg zur Hölle hatte Jeanne ein Ende gesetzt, indem sie ihn zwangsweise in eine psychiatrische Klinik im Morbihan hatte einweisen lassen, in der man dank der Verbindungen von Yves Pérec ein Zimmer für ihn frei machte. Nach sechs Monaten Behandlung und Gesprächstherapie war er wieder auf die Insel zurückgekehrt.

Ein Jahr später wendete sich das Schicksal endlich. Jeanne gewann im Lotto und das Hotel *Iroise* wuchs aus dem Boden.

Sie nahm ihm die Flasche aus der Hand.

»Nicht Gott hat diesen anonymen Brief an deinen Bruder geschickt«, schimpfte sie. »Irgendjemand gräbt die Vergangenheit aus, und glaube mir, dieser Jemand ist absolut real.«

»Aber wer? Und warum?«

An der Rezeption klingelte das Telefon. Loïc machte Anstalten hinzugehen, doch Jeanne hielt ihn zurück.

»Lass nur.«

Sie sah ihn unverwandt an.

»Marie muss unbedingt aus allem herausgehalten werden, hörst du, Loïc? Hast du mich verstanden?«

»Ja, doch, Maman. Natürlich. Himmel noch mal! Wäre ich bloß zusammen mit Gildas nach Hause gegangen! Stattdessen hab ich ihn angebrüllt, er solle kein solcher Angsthase sein, und ihn neben Yves stehen lassen.«

Verzweifelt ließ er den Kopf in die Hände sinken.

»Willst du damit sagen, Yves Pérec war der Letzte, der ihn gesehen hat?«

Bei dem plötzlich scharfen Ton seiner Mutter hob Loïc den Kopf. Jeannes Gesichtsausdruck jagte ihm einen kalten Schauer den Rücken hinunter.

»Du glaubst doch nicht etwa ...?«, murmelte er und brach dann ab, so furchtbar war ihm der Gedanke. »Nein ... Nein ... Gildas war sein Freund.«

»Wer alles zu verlieren fürchtet, kennt keine Freunde mehr.«

Loïc holte schon Luft, um den Arzt zu verteidigen, da fiel

ihm ein, dass Yves darauf bestanden hatte zurückzubleiben.
Um auf Gildas zu warten.
Letzte Nacht auf dem Steilfelsen.

*

Die Pérec-Laboratorien erstreckten sich über zwei Hektar Land direkt am Meer und waren von einer üppigen Vegetation umgeben, die eher den ungeheuren Ausgaben für den Gärtner als dem alles andere als milden Klima zu verdanken war. Das vom alten Pérec in den siebziger Jahren gegründete Unternehmen war auf die Erforschung und Herstellung von kosmetischen Produkten aus Algen und Plankton spezialisiert und hatte sehr davon profitiert, dass alle Welt plötzlich Naturkosmetik kaufen wollte. Als der alte Pérec starb, übernahm Yves, der wie sein Vater praktischer Arzt war, die Leitung der Labors, ohne deshalb jedoch seine Praxis aufzugeben. Er behauptete gern, er habe keine Wahl gehabt. Er war der einzige Arzt auf der Insel, denn nur wenige Jünger des Äskulap zog es in die Einsamkeit von Lands'en. Für Yves hingegen hatte sich die Frage nie gestellt. Hier war er geboren, hier würde er sterben. Seine Lebensphilosophie war relativ simpel: lieber Herr im eigenen Haus als Diener in der Fremde.

»Ich sage dir doch, sie glaubt nicht an einen Unfall!«
Yves ging nervös in seinem Sprechzimmer auf und ab und presste das Handy ans Ohr.
Der Raum war groß und so sparsam möbliert, dass er fast leer wirkte. Marmorfußboden, ein Mattglasschreibtisch, ein niedriges schwarzes Ledersofa. Minimalistisch und leblos. Der einzige Ausreißer: Ein großer alter Schrank, der eine ganze Wand einnahm, bewahrte seit vielen Generationen die Erinnerung an die medizinische Vergangenheit der Inselbewoh-

ner auf. Liebevoll gepflegt, wurde er vom Vater an den Sohn weitergegeben. Durch eine halb offen stehende Tür sah man das angrenzende Behandlungszimmer.
Yves verdrehte die Augen zur Decke.
»Ich weiß, dass das ein Problem ist, aber ich hätte kaum mehr unternehmen können, ohne damit aufzufallen.«
Nervös tastete er in seinen Schubladen nach der Zigarette, die er dort aufhob, seit er zu rauchen aufgehört hatte. Für den Fall eines Schicksalsschlags. Und dass Marie ihn daran gehindert hatte, den Leichnam zur Bestattung freizugeben, war ein verdammt harter Schicksalsschlag. Ganz zu schweigen von ihrem Entschluss, ihn an die Gerichtsmedizin weiterzuleiten.
Er hatte dagegen aufbegehrt. »Dein Bruder ist an einem Schädelbruch gestorben, als er auf die Felsen stürzte.«
»Ich habe ihn auf dem Sand gefunden«, hatte sie mit diesem gewissen trotzigen Gesichtsausdruck, der den Kermeurs zu Eigen war, widersprochen.
»Wahrscheinlich ist er bei seinem Sturz gegen die Felsen geschlagen.«
»Gildas wurde doch schon schwindelig, wenn er nur auf einen Hocker stieg! Und dann soll er an einer Kante entlangbalanciert sein, neben der es zwanzig Meter steil nach unten geht?«
»Hör mal, Marie, er hatte fast drei Promille im Blut. Bei einem solchen Alkoholgehalt sind mir schon Leute untergekommen, die sich für einen Vogel hielten!«
»Und dass man sein Blut über einen Menhir fließen lässt, ist dir das auch schon untergekommen?«
In dem Moment hatte Yves es für klüger gehalten, die Taktik zu ändern. Wenn eine Autopsie die einzige Möglichkeit war, Maries Zweifel zu beschwichtigen, dann musste sie eben durchgeführt werden. Aber Gildas den Händen fremder Menschen ausliefern, die sich womöglich die neuesten schmutzigen Witze erzählten, während sie seine Brusthöhle öffneten und die inneren Organe herausnahmen …

»Dein Bruder hätte den Gedanken gehasst, das weißt du, und auch ich hasse den Gedanken, ihm das anzutun. Aus Respekt ihm gegenüber – und das biete ich dir wahrhaftig nicht fröhlichen Herzens an: Überlass es mir.«
Obwohl sie gerührt gewesen war, hatte sie sein Angebot abgelehnt.
»Du bist … Du stehst ihm zu nahe, als dass du die nötige Distanz aufbringen könntest. Und du hast auch nicht die erforderlichen Geräte.«
Yves hatte kapituliert. Er hatte schon damit gerechnet, dass sie ablehnen würde, und gewisse Maßnahmen ergriffen, um sich selbst vor jedem Verdacht zu schützen.
Marie sammelte die Gegenstände ein, die ihr Bruder bei sich gehabt hatte. Die Kollegen aus Brest würden mit der Fünfzehn-Uhr-Fähre kommen, um den Leichnam abzuholen und ins gerichtsmedizinische Institut zu bringen. Ob Yves dafür sorgen könne, dass der Leichnam ihres Bruders dann an der Anlegestelle wäre?
Yves konnte dafür sorgen.

Als er sich den Finger in der Schublade klemmte, unterdrückte er einen Fluch. Jetzt, jetzt sofort brauchte er die Zigarette! Sollte diese verdammte Coursin sie beim Putzen weggeworfen haben, dann würde er sie … Doch endlich fand er sie, sie war unter dem Heftapparat eingeklemmt.
Die heisere Stimme am anderen Ende schrie etwas.
»Was?«, bellte Yves ins Handy. »Ja, natürlich hab ich nachgesehen. Außer den Eheringen, seiner Brieftasche, einigen Fotos und ein wenig Kleinkram hatte er nichts Verräterisches in den Taschen.«
Er wollte gerade das Zündholz anreißen, als er stutzte. Der anonyme Brief! Herr im Himmel! Wie hatte er den nur vergessen können? Gildas hätte ihn bei sich tragen müssen. Sollte Marie ihn bei ihm gefunden haben? Nein, dann hätte sie schon einen

Teil der Wahrheit erraten. Wo also war er? Yves erging sich kurz in allen möglichen Vermutungen, gelangte jedoch zu keiner zufrieden stellenden These. Eins jedenfalls war sicher: Dieser Brief durfte nie wieder auftauchen. Nie wieder.
Und was Marie anging, so musste man sie irgendwie dazu bringen abzureisen. Und zwar schnell.
Die Stimme am anderen Ende war ganz seiner Meinung.
Yves legte auf, zündete endlich die Zigarette an und nahm einen tiefen ersten Zug. Ihm wurde davon fast so schwindelig wie damals, als er zehn Jahre alt war und gemeinsam mit Gildas, Loïc und Christian die Maispapierzigaretten des alten Bréhat geklaut und heimlich hinter den Menhiren geraucht hatte.
Seine Gedanken wanderten kurz zu Gildas, doch dann verscheuchte er ihn aus seinem Kopf. Maries Bruder hätte am Ende doch geredet. Sein Tod war bedauerlich, aber er kam ihm gelegen. In einigen Tagen würden die Kratzspuren an seinem Hals verheilt sein, und alles käme wieder ins Gleis.

Yves öffnete die Glastür zur Terrasse und bewunderte von ferne seine Villa, die auf einem Felsvorsprung thronte. Klare Linien, Glasfassaden und ein Pool. Eine Hymne ans Meer. Was ja auch angebracht war, wenn man bedachte, woher er die Mittel für seinen Lebensstil bezog.
Er betrachtete auch den schattigen Tennisplatz neben der Villa, auf dem eine hoch gewachsene dunkelhaarige Frau die Bälle zurückschlug, die ihr in regelmäßigen Abständen von einer Ballwurfmaschine zugespielt wurden.
Chantal hatte es aufgegeben, ihn umstimmen zu wollen – er spielte lieber Golf –, und sich stattdessen lieber auf die Freunde ihrer Tochter gestürzt. Sie spielten gern mit ihr, weil sie so in den Genuss des schönen Platzes kamen. Die kleine de Kersaint kam einmal in der Woche, genau wie Ronan Le Bihan oder auch das Mädchen, das Anne in der Kneipe aus-

half. Aber der Eifrigste und Begabteste war unbestreitbar der junge Kermeur. Nicolas.
Yves runzelte die Stirn, als er den Méhari in die Zufahrt einbiegen und neben dem Tennisplatz halten sah. Warum fuhr Marie zu ihm nach Hause? Hatte er sich bei dieser Geschichte mit der Autopsie zu weit aus dem Fenster gelehnt? Nein, er hatte es sehr geschickt angestellt und er hätte schwören können, dass sie zutiefst beeindruckt war von seiner Hochherzigkeit. Genau wie er hätte schwören können, dass sie ihm die Geschichte von seinem Sturz in die Hecke abgekauft hatte. Wollte sie trotzdem überprüfen, ob er wirklich um ein Uhr morgens zurückgekommen war, wie er ihr auf die Frage, was er in der letzten Nacht getan habe, geantwortet hatte? In diesem Fall bräuchte er sich keine Sorgen zu machen. Unter dem Vorwand, er schnarche und sie brauche ihre zwölf Stunden Schönheitsschlaf, hatte Chantal ihm die bittere Pille der getrennten Schlafzimmer verabreicht. Damals hatte es ihn ein wenig gekränkt, doch jetzt konnte er sich dazu nur gratulieren.
»Madame Lasalle ist gerade gekommen, Herr Doktor. Soll ich sie ins Behandlungszimmer bringen?«
Er fuhr zusammen, wandte den Kopf und nickte. Die junge Angestellte bemerkte die Zigarette in seiner Hand, entfernte sich jedoch wortlos.
Yves drückte die Zigarette aus. Sie schmeckte plötzlich bitter. Als er ins Behandlungszimmer ging, fiel ihm plötzlich ein, dass er unter Chantals Tür Licht gesehen zu haben glaubte, als er nach Hause kam. Um drei Uhr morgens. Beim Gedanken, sie habe ihn womöglich gehört, brach ihm der kalte Schweiß aus.

Marie drückte die Gittertür des Tennisplatzes auf und war schon einige Meter gegangen, bevor Yves' Frau, die sich ganz auf ihre Vorhand konzentrierte, ihre Anwesenheit bemerkte.

Die Pariserin. So nannten die Inselbewohner Chantal Pérec, wenn sie unter sich waren. Dabei lebte sie seit mehr als zwanzig Jahren auf Lands'en. Sie verdankte diesen Spitznamen weniger einer gewissen hochnäsigen Verachtung der Einheimischen als ihrer speziellen Art, die Insulaner spüren zu lassen, dass sie rein gar nichts mit ihnen gemein hatte. Im Übrigen war sie aus Rennes gebürtig.

Schlank und muskulös, strahlend weiße Zähne, volle Lippen – mit ihren vierzig Jahren ging Chantal mühelos als Dreißigjährige durch, was das Ergebnis ständiger Pflege ihres Körpers mit Naturkosmetik war. Faltenjagd war für sie zur Vollzeitbeschäftigung geworden. Sie hätte ohnehin ansonsten nicht viel anfangen können in diesem Nest.

Ein Hauch von Verärgerung erschien in ihrem Gesicht, doch sie fasste sich schnell und zwang sich zu einem Lächeln, während sie der jungen Polizistin entgegenging. Sie fand gewählte und angemessene Kondolenzworte, wodurch sie einmal mehr ihre vornehme Abstammung und ihr gutes Benehmen unter Beweis stellte.

Und doch spürte Marie ihre Nervosität. Ihre Erklärungen für die Abwesenheit ihrer Tochter Aude waren viel zu ausführlich, offenbar glaubte sie sich verteidigen zu müssen.

Marie beschloss, ihren Vorteil weiter auszubauen, und zog das Armband, an dem mehrere Anhänger klimperten, aus der Tasche. Einer der Anhänger war ein Tauftaler mit dem Namen Aude Pérec.

Chantals strahlendes Lächeln gefror. Und wieder machte sie viel zu viel Aufhebens, das durch nichts gerechtfertigt wurde, schon gar nicht durch ein Armband, dessen teuerster Anhänger kaum mehr als zwanzig Euro gekostet haben dürfte.

»Meine Tochter wird so froh sein, dass ihr Armband gefunden wurde! Sie sucht es schon seit Tagen. Normalerweise hütet sie es wie einen Augapfel. Wo war es denn?«

»Am Steilfelsen, wo sie es verloren hat …«

Marie machte eine kurze Pause, bevor sie, Pérecs Frau fest im Blick behaltend, hinzufügte: »Letzte Nacht.«
Chantals Lächeln war weg. Mit einem Schlag.
Einen Augenblick lang hörte man auf dem Platz nur das regelmäßige »dum … dum …« der Ballwurfmaschine.

*

Nicolas versuchte noch einmal, sie anzurufen, und wurde wütend, als er zum x-ten Mal an die Voicebox geriet. Er beäugte seinen Vater, der mit Jeannes Unterstützung die letzten handgestickten Tischdecken zusammenlegte. Seine Großmutter holte sie nur zu besonderen Gelegenheiten aus dem Schrank und Tante Maries Hochzeit hätte eine solche Gelegenheit sein sollen.
Er hinterließ eine weitere Nachricht mit der dringenden Bitte um Rückruf und beendete die Verbindung.
Nicolas konnte keinen klaren Gedanken mehr fassen, seit Marie ihn eine Stunde zuvor in die Enge gedrängt hatte. Er war schon völlig baff gewesen, als er erfuhr, dass sie ihn gegen drei Uhr morgens hatte nach Hause kommen sehen, aber als sie ihm dann auch noch das Armband unter die Nase hielt, geriet er in Panik.
Schließlich behauptete er, er sei in der letzten Nacht mit Aude auf dem Steilfelsen gewesen, aber sie hätten nichts gehört und gesehen. Er bat Marie, ihm das Armband zu geben und keinen Aufstand zu machen, und als sie ablehnte, brannten ihm die Sicherungen durch.
Seine Tante war sichtlich überrascht über seine heftige Reaktion und fing an, ihn mit Fragen zu bombardieren. Zum Glück verbrachte Aude den Tag auf dem Festland, so hatte Nicolas ein wenig Zeit, um sich die beste Erklärung zurechtzulegen.
Aber warum rief sie nicht zurück?

Und wie hatte sie nur dieses Armband verlieren können?
Er hatte es ihr geschenkt, zur Feier des Tages, an dem sie einen Monat zusammen waren.
»Es ist eines der beiden kostbarsten Dinge, die man mir je geschenkt hat«, sagte sie, als sie es sich ums Handgelenk legte.
Das versetzte ihm einen seltsamen Stich.
»Und das andere?«, fragte er.
Lächelnd befestigte sie einen Tauftaler daran.
Seither hatte sie das Armband immer getragen. Bis zur letzten Nacht.
Nicolas mochte sich seinen Kopf noch so sehr zermartern, um eine Erklärung dafür zu finden, wie es im Heidekraut hatte landen können, immer überwältigten ihn die Bilder ihrer Umarmungen. Die Liebe, die er für sie empfand, war so heftig, dass sie ihn selbst erschreckte. Für sie würde er alles tun.
Vor allem den Namen von Gildas' Mörder verschweigen.

*

Der L-förmige Raum maß sicher hundert Quadratmeter. Von überall hatte man Aussicht aufs Meer. Ein hölzerner Balkon zog sich über die gesamte Breite, er hing buchstäblich über den Wellen. Eine in den Fels gehauene Treppe führte zu einer kleinen privaten Bucht.
Die Inneneinrichtung glich der Praxiseinrichtung. Karg. Fast klinisch.
Chantal kam zu Marie zurück, ein Glas Zitronenlimonade in der Hand. Sie hob das Glas leicht in Maries Richtung. Diese schüttelte den Kopf.
»Wirklich nicht? Ich mache sie selbst, ohne Zucker.«
Natürlich.
Doch Marie lehnte wieder dankend ab und sah Chantal zu, wie sie in kleinen Schlucken trank. Das Klimpern der Eis-

würfel im Glas verriet, dass die Ruhe, die Yves' Gattin erneut an den Tag legte, wohl doch nicht ganz echt war.
Marie schwieg. Das war eine der wirksamsten Methoden, sein Gegenüber aus dem Gleichgewicht zu bringen. Die härter Gesottenen hielten lange durch. Doch die meisten fanden das Schweigen bald unerträglich und gaben ihren Widerstand schon nach weniger als einer Minute auf.
»Und selbst wenn Aude letzte Nacht mit Nicolas auf dem Steilfelsen gewesen sein sollte, sehe ich keinerlei Bezug zu Gildas' Tod.«
Dreißig Sekunden. Chantal war eine leichte Beute. Marie hüllte sich weiterhin in Schweigen. Chantal setzte das Glas hart klackend auf den Tisch.
»Was bezwecken Sie eigentlich? Dass mein Mann Nicolas wegen Verführung einer Minderjährigen belangt? Aude ist noch keine fünfzehn. Ich kann mir schon vorstellen, was für ein Gesicht Ihr Bruder Loïc machen wird.«
Während des Verhörs durchläuft der Verdächtige mehrere Phasen, und zwar meistens in dieser Reihenfolge: zuerst Lügen. Dann Drohungen. Der Versuch, an das Verständnis des Polizisten zu appellieren. Auflehnung. Kapitulation. Und endlich das Geständnis. Chantal hatte die ersten beiden Phasen schon hinter sich, als Nächstes würde sie an das gute Herz der Beamtin appellieren.
Wie auf einer Theaterbühne versuchte sich die Arztgattin jetzt an einem traurigen Lächeln. Es gelang perfekt. Genau wie die Sanftheit ihrer Stimme.
»Verzeihen Sie, Marie. Sie sind wirklich die Letzte, die ich attackieren dürfte. Sie wollten gerade heiraten … Das alles ist so schrecklich …« Mit perfekt manikürtem Finger schob sie eine Strähne zurecht.
»Glauben Sie mir: Wenn meine Tochter irgendetwas über den Tod Ihres Bruders wüsste, hätte sie es mir gesagt. Sie sagt mir alles.«

Marie nickte und bemerkte die kaum wahrnehmbare Erleichterung. Chantal war überzeugt, diesen Punkt gewonnen zu haben, ihr Gesicht entspannte sich.
Nach einer Weile erhob sich Marie zögernd.
»Gut«, sagte sie und machte Anstalten, das Armband wieder in die Tasche zu stecken. »Ich werde mich also damit begnügen, ihr das Armband zurückzugeben, und wenn sie Nicolas' Geschichte bestätigt …«
»Nein! Tun Sie das nicht!«
Marie hielt inne und bereitete sich auf den Angriff vor, den Chantals plötzlich verhärtete Züge verhießen.
»Es macht Ihnen sicher Spaß, der Pariserin die Hölle heiß zu machen, nicht wahr? Muss ja eine hübsche Abwechslung für Sie sein: mal eine Bürgerliche statt der üblichen Typen. Ich dachte, Sie wären darüber erhaben, Marie Kermeur, aber Sie sind genau wie die anderen. Stur und kleingeistig.«
Sie ließ sich auf eins der weißledernen Sofas fallen und vergrub den Kopf in den Händen. Kapitulation. Die Geständnisse würden nicht lange auf sich warten lassen.
Marie hatte plötzlich den Wunsch, rasch zum Ende zu kommen.
»Dieses Armband gehört gar nicht Aude, nicht wahr?«
Keine Antwort.
»So oder so werde ich es am Ende doch erfahren …«
Chantal hob den Kopf und sah sie an. Nun war die Zeit der Geständnisse gekommen. Marie ahnte bereits, dass sie ihr nicht gefallen würden.
»Es gehört mir. Ich habe Audes Tauftaler daran gehängt. Ich habe nicht bemerkt, dass ich es verloren hatte.«
Der kleine Nico. Unwillkürlich sah Marie vor ihrem inneren Auge, wie er ihr die Ärmchen entgegenstreckte und quer durch das Wohnzimmer der Kermeurs auf sie zulief, noch ganz unsicher und schwankend wie ein Rehkitz. Diese Liaison zwischen Chantal und Nicolas schockierte sie eigentlich gar nicht

so sehr wegen des Altersunterschieds – wenngleich ... Aber sie bekam allmählich den Eindruck, dass alle, die sie liebte und zu kennen glaubte, zu Unbekannten wurden.

*

Als er sich der kleinen Bucht näherte, stellte Nicolas den Motor ab und schob, bis zu den Knöcheln im Wasser watend, seinen Jet-Ski in eine Felshöhle, so dass er vom Haus der Pérecs aus nicht zu sehen war. Das Ganze dauerte keine Minute. Die Macht der Gewohnheit. Leise stieg er die Felstreppe hinauf und blieb erschrocken stehen, als er Marie sah, die sich gerade von Chantal verabschiedete.
»Ich flehe Sie an, Marie, geben Sie mir das Armband zurück.«
»Das darf ich nicht, Chantal. Es gehört zu den Beweisstücken des Falls. Aber das alles wird so lange wie möglich eine Sache zwischen Ihnen, Nicolas und mir bleiben.«
»Danke.«
»Ich tue es nicht Ihretwegen.«
Nicolas wartete, bis der Motor des Méhari nur noch leise zu hören war, dann betrat er die Villa. Chantal hob den Kopf und fuhr zusammen, als sie seinen blitzenden blauen Augen begegnete. Sie senkte den Blick als Erste.
»Marie wird Aude nichts über die letzte Nacht erzählen«, sagte sie kurz.
»Ich kenne meine Tante, die Sache ist für sie noch nicht erledigt, darauf kannst du wetten. Wenn sie erst erfährt, was wirklich passiert ist ...«
Chantal schaute ihn ängstlich an. Ihre Stimme wurde dumpf.
»Sie darf es nie erfahren. *Nie.*«
Nicolas' Blick wurde ausweichend. Sie trat zu ihm, nahm sein Kinn in die Hand, hob seinen Kopf und sah ihm fest in die Augen.
»Versprich mir, dass du nichts sagst.«

Er nickte matt. Sie streichelte ihm flüchtig über die Wange.
»Wir sollten uns für eine Weile nicht sehen.«
Ihr nicht mehr nahe sein, sie nicht mehr berühren, spüren, streicheln. Das würde er nicht fertig bringen. Er nahm diese Frau, die in so kurzer Zeit zum Mittelpunkt seines Lebens geworden war, in die Arme.
»Ich habe Lust auf dich.«
Dieselben Worte wie damals, einige Monate zuvor, als er nach einem besonders schweißtreibenden Match zu ihr unter die Gartendusche getreten war, um ihr beim Festdrehen des Duschkopfs zu helfen, der das Wasser in alle Himmelsrichtungen versprühte. Ein Blick hatte gereicht.
Später hatte sich Chantal mit den üblichen Gewissensbissen herumgeschlagen, die in solchen Fällen zu Gebote standen. Sie war mehr als doppelt so alt wie er, auch wenn man es ihr nicht ansah, also viel zu alt. Der Fehltritt durfte sich nicht wiederholen. Schon seit drei Monaten stand dieser Entschluss fest – und wurde jedes Mal neu gefasst, wenn sie bei seinem Anblick schwach geworden war.
Auch diesmal wirkte der Zauber wieder und Chantal ließ sich in ihr Schlafzimmer ziehen.
Kaum hatten sie die Tür geschlossen, da war sie es, die ihn auszog, vor ihm niedersank und ihn in den Mund nahm. In ihrem aufflammenden Begehren vergaß sie, dass Yves sie jeden Augenblick ertappen konnte, genauso, wie sie die Schrecken der vergangenen Nacht auf dem Steilfelsen vergaß.

5

Die Fähre hatte schon angelegt, als der Méhari am Hafen hielt.

Von dem marineblau lackierten Schornstein stachen die kursiven weißen Buchstaben ab. *Compagnie de l'Iroise.* Eines Tages würde er die Gesellschaft aufkaufen, hatte Gildas immer gesagt, und dann brächte das Schiff die Touristen direkt zu Loïcs Hotel …

Marie ging an Bord. Jeanne und Loïc standen an der Bahre, auf der Gildas' in einen Sack gehüllte Leiche lag. Sie wunderte sich nicht über die Abwesenheit ihres Vaters. Er hatte sie zwar unterstützt, aber dennoch war es ihm genauso unerträglich wie den anderen, dass Gildas ins Gerichtsmedizinische Institut nach Brest gebracht wurde. Milic war fromm, auch wenn er oft mit einem spöttischen Lächeln einräumte, es handle sich mehr um Aberglauben als um echten Glauben. Dem Landesbrauch nach durfte ein Toter Lands'en nicht verlassen, sonst nämlich wurde seine Seele womöglich dazu verdammt, ewig zwischen Himmel und Meer umherzuirren und nie Frieden zu finden. Milic liebte seine Tochter, doch er wollte nicht, dass die Seele seines Sohnes Qualen litt.

Jeannes Augen schienen Marie zu durchbohren, und bei dem Blick, den Loïc kurz auf ihr ruhen ließ, wurde ihr eiskalt. Sie hätte schwören können, dass sie ihm Angst einjagte. Schlimmer noch: Grauen!

Sie nahm sich zusammen und verscheuchte ihr Unbehagen, bevor sie zu den beiden Männern ging, die ein wenig abseits auf sie warteten. Franck Caradec drückte seiner Kollegin liebevoll die Hand, um ihr verschämt zu verstehen zu geben, dass er ihren Kummer teilte. Doch dann kam er zum Wesentlichen.

»Es sind nur deine Fingerabdrücke darauf, keine anderen.« Er gab ihr das Original des Zettels, den sie bei Gildas' Leiche gefunden hatte, zurück.

»Noch nicht mal die von Gildas?«, fragte sie leise. »Soll das bedeuten, man hat ihm diesen Zettel erst nach seinem Tod in die Hand gedrückt?«

»Möglich. Die verwendete Tinte gehört zu den handelsüblichen. Genau wie das Papier. Mehr haben die Leute im Labor nicht herausfinden können. Tut mir Leid. Aber da ist noch etwas – die Blutprobe, die du mir geschickt hast ... das Blut stammte von Gildas.«

Marie konnte nur mühsam ihre Tränen unterdrücken und hielt Franck einen weiteren Plastikbeutel hin, in dem Fragmente eines Handys lagen.

»Das gehört Gildas.« Sie schluckte und berichtigte sich: »Es gehörte Gildas. Beim Sturz ist es völlig zertrümmert worden, und auch das Meerwasser hat einigen Schaden angerichtet, aber vielleicht kann man über die SIM-Karte noch etwas herausfinden. Es ist eilig, Franck, also mach den Kriminaltechnikern ein wenig Dampf. Sobald du etwas Konkretes hast, ruf mich an.«

So flüchtig es auch war, Francks Stirnrunzeln entging ihr nicht.

»Irgendein Problem?«

»Ich hatte es nicht so verstanden, dass *du* den Fall bearbeiten sollst«, antwortete er vorsichtig.

Er wollte noch etwas hinzufügen, aber schon ertönte das Horn der Fähre zum Zeichen des Aufbruchs. Marie verab-

schiedete sich rasch, denn sie sah Jeanne und Loïc von Bord gehen. Sie wollte ihnen folgen, doch da kam Christian.
Es berührte sie tief, wie traurig er aussah. Seit dem Familienkrach hatte sie mehrmals versucht, ihn zu erreichen, aber sein Handy war immer besetzt gewesen.
»Ich begleite Gildas bis Brest«, sagte er knapp.
Als das Horn zum letzten Mal erklang, streifte sie seine Wange mit einem Kuss.
Erst im nächsten Augenblick fiel ihr auf, dass er ihr nicht vorgeschlagen hatte mitzukommen.

*

An der Anlegestelle hatte sich eine Gruppe gebildet. Eine solche Versammlung der Inselbewohner am Hafen hatte es zuletzt beim Fischerfest gegeben.
Diesmal hatten sich alle von der Arbeit losgerissen, allerdings weniger, um einem der Ihren ein letztes Lebewohl zu sagen – sie wollten vielmehr ihr Missfallen gegenüber dieser jungen Frau bekunden, die es wagte, ihre Tradition mit Füßen zu treten. Die Werftarbeiter, die Angestellten der Keramik-Manufaktur und der Laboratorien, die einfachen Fischer und Stammtischhelden, sie alle musterten Marie mit derselben unverhohlenen Feindseligkeit. In vorderster Reihe Jeanne und Loïc, die Familie Le Bihan und Yves Pérec. Weiter hinten Ryan und Anne Bréhat, bei der sich Ryan gerade für den Auftritt am Vorabend entschuldigt hatte. Trotz ihrer Traurigkeit hatte sie sich darüber gefreut.
Und ausnahmsweise hatten sich auch die de Kersaints eingefunden. Allerdings mischten sie sich nicht unters Volk – ihre Limousine parkte vielmehr in einer gewissen Entfernung.

* * *

Ich sah, wie sie sich ihnen stellte. Sich auf die Lippe biss, damit ihre Stimme nicht zitterte. Als Kind der Insel verstand sie den Zorn der anderen Inselbewohner. Als Tochter der Kermeurs beweinte sie den Tod ihres Bruders. Als Polizeibeamtin wollte sie wissen, wer ihn getötet und sein Blut auf dem Menhir hatte fließen lassen – und so auf makabre Art und Weise an die schmerzliche Vergangenheit der Insel erinnert hatte.
Alles hätte ich erwartet, nur nicht, dass mich dieses von niedergekämpftem Kummer gezeichnete Gesicht rühren würde. Ich wusste, dass sie es schwer haben würde, auch sie, aber ich wusste nicht, dass es in mir widerhallen würde wie ein unerträglicher Ton.
Dann sah ich, wie sich, als sie die Mauer des Hasses vergeblich zu durchbrechen versuchte, in ihrem Gesicht wütende Entschlossenheit breit machte.
»Ich werde die Wahrheit herausfinden, mit euch oder ohne euch. Ohne euch wird es nur ein bisschen länger dauern.«
Wie hatte ich mich solchen Gefühlsduseleien überlassen können? Wie hatte ich einen einzigen Augenblick lang glauben können, Marie sei unschuldig? Mitleid mit ihr haben können? Also wirklich! Vor allem war sie doch ein Bulle. Ein dreckiger Bulle.
Voller Kälte hörte ich, was sie danach sagte.
»Ihr sollt mich nicht verurteilen, ihr sollt mir helfen.«
Einen nach dem anderen sah ich all jene an, die ihr hätten helfen können, die jedoch geschworen hatten, das Geheimnis bis in den Tod zu bewahren.
Sie wussten ja nicht, wie nahe sie ihm waren.

* * *

Die Fähre legte schon ab, als Pierre-Marie de Kersaint endlich ausstieg, um den Kermeurs zu kondolieren. Spontan umarmte er Jeanne – sie war in seiner Kindheit die einzige Erwachsene gewesen, die ihm echte Zuneigung entgegengebracht hatte. Dann drückte er Loïc die Hand.
»Wenn Sie Rat brauchen wegen der Werft, Sie können sich jederzeit an mich wenden.«
»Danke, aber Christian kümmert sich darum«, war Loïcs lakonische Antwort.
PM drang nicht weiter in ihn, sondern zeigte auf den Wagen, in dessen Fond sich hinter der halb heruntergelassenen Fensterscheibe Arthus' Adlerprofil abzeichnete.
»Vater bittet, ihn zu entschuldigen, seine Arthrose macht ihm heute wieder sehr zu schaffen.«
Der alte Herr behielt den schwarzen Hut auf, als er Jeanne zunickte. Yvonne Le Bihan hatte sich keine Einzelheit dieser Szene entgehen lassen.
»Diese Aasgeier! Ich wette, die haben schon ein Auge auf die Werft geworfen!«, zischte sie ihrer Tochter zu.
Dann beschloss sie, der Auftritt habe lange genug gedauert, trat einen Schritt vor und fiel Marie, die gerade ankündigte, sie werde die Untersuchung gemeinsam mit Polizeichef Morineau durchführen, ins Wort.
»Wir hier auf Lands'en haben unsere Angelegenheiten immer unter uns geregelt. Die Polizei hat hier nichts zu suchen. Hau ab, Marie Kermeur!«
In der Menge erhob sich ein dumpfes Murmeln, leise skandierten plötzlich alle: *Hau ab … Hau ab … Hau ab …*
Yvonne gab das Signal zum Aufbruch, indem sie sich umdrehte und davonging.
Als sie an der Limousine der de Kersaints vorbeikam, warf sie Arthus einen kurzen Blick zu.
»Na, wenigstens einmal sind wir einer Meinung, oder?«
Er erwiderte ihren Blick und schien unmerklich zu zwinkern,

bevor er die Scheibe nach oben fahren ließ und seinen Fahrer anwies, ihn zum Schloss zurückzubringen.
In weniger als einer Minute war der Hafen menschenleer.
Marie schluckte ihre Enttäuschung und ihren Kummer herunter und wandte sich an Stéphane Morineau, der unschlüssig von einem Fuß auf den anderen trat.
»Gildas hat die Kneipe gegen ein Uhr morgens verlassen. Anne hat gesehen, dass er Richtung Werft ging.«

*

Der älteste Sohn der Kermeurs hatte nicht widersprochen, als Jeanne ihm nach dem Rückzug ihres Bruders Joseph aus dem Erwerbsleben sagte, er solle die Werft übernehmen. Dass Gildas lieber Seemann geworden wäre, spielte keine Rolle. Schließlich ging es doch um Schiffe, auch wenn nur Fischkutter gebaut wurden. Als die Werft zehn Jahre zuvor in Schwierigkeiten geraten war, hatte Christian, dem es zu jener Zeit finanziell sehr gut ging, Geld in die Firma gesteckt und war damit automatisch zum Geschäftspartner geworden.
Die Namen Kermeur und Bréhat standen nun nebeneinander auf der Fassade.
Wie sie es auch im Familienstammbuch tun sollten, dachte Marie, bevor sie, Morineau auf ihren Fersen, resolut in die Werkshalle trat.
Ein gutes Dutzend Handwerker – Schreiner, Zimmerleute, Anstreicher – arbeiteten schweigend an den festgekeilten Schiffsrümpfen. Christian, der jetzt vorübergehend die Leitung übernommen hatte, hatte ihnen einen freien Tag angeboten, aber sie hatten gesagt, es lasse sich alles leichter ertragen, wenn sie etwas zu tun hätten.
Sie alle hatten Gildas gemocht.
Marie ging an einem Fischkutter vorbei, dem nur noch eine Farbschicht fehlte. Sie bemerkte, dass sich ein junger Arbeiter

hinter dem Rumpf versteckte, und gab Stéphane einen Wink, er möge allein weitergehen. Dann lief sie rasch um den Rumpf herum, um sich den Jungen vorzuknöpfen.
Der Rotschopf war knapp sechzehn Jahre alt und hatte viele Sommersprossen im Gesicht, die nun aber kaum noch zu sehen waren, weil er über und über errötete.
»Na, Paul? Du möchtest wohl lieber mit auf die Gendarmerie kommen?«
»Wir ... wir haben nichts Böses getan«, stotterte der Lehrling, »ich wollte meiner Freundin nur das Schiff zeigen.«
Aus seinem konfusen Gestammel ging schließlich hervor, dass er in der vergangenen Nacht mit seiner Freundin in der Kajüte des Kutters geknutscht hatte, als plötzlich Gildas aufgetaucht war.
»Wir haben uns versteckt und wollten abwarten, bis der Chef wieder weg war. Wir dachten, er würde nicht lange bleiben, aber er ist mindestens zehn Minuten dageblieben. Wir haben gehört, wie er stritt.«
»War jemand bei ihm?«, fragte Marie scharf.
»Nein. Er hat telefoniert.«
»Und was hat er gesagt?«
»Weiß ich nicht. Wir hörten nur, wie er schrie: ›Du kommst, oder ich geh zur Polizei!‹«
Der Junge erzählte noch, dass sie gesehen hätten, wie Gildas kurz darauf weggelaufen sei, sehr schnell und sehr wütend.
»Um halb zwei morgens.«
»Und das war alles?«
»Ich glaube, ja.«
Er runzelte die Stirn.
»Das heißt, jetzt, wo ich darüber nachdenke ... Er sah vor allem so aus, als hätte er Schiss ... Ich weiß ja nicht, ob das wichtig ist, aber als er ging, der Chef, da hielt er ...«
Ein dumpfes Knarren unterbrach ihn. Im Bruchteil einer Sekunde sah Marie, dass die Balken nachgaben – im nächsten

Moment würde das fünf Tonnen schwere Schiff auf sie stürzen. Sie riss den schreckensstarren Paul buchstäblich mit sich zu Boden und rollte ihn zur Seite, während der Rumpf in einer Wolke aus Staub und Holzsplittern herunterkrachte.

Lediglich ein Unfall, wie die polizeiliche Untersuchung später ergeben sollte. Es wurde kein Grund dafür gefunden, dass die Holzbalken nachgegeben hatten. Paul konnte von Glück sagen, dass Marie gerade neben ihm stand. Das jedenfalls versuchte sie sich einzureden, obwohl ihr eine leise innere Stimme zuraunte, dass vielleicht überhaupt nichts passiert wäre, wenn sie nicht in der Werft gewesen wäre.
Sie betrachtete die Trümmer auf dem Boden. Schiffbruch noch vor dem Stapellauf, dachte sie.
Dann fand sie den Umschlag auf Gildas' Schreibtisch. Er war leer. Ihr fiel ein, was Paul gesagt hatte, nachdem er sich vom Schock erholt hatte.
Als der Chef wegging, hielt er einen Brief in der Hand ...
Der Umschlag war mit einem jetzt aufgebrochenen Siegel verschlossen gewesen. Als Marie ihn mechanisch wieder schloss, sah sie, was es darstellte. Sie wurde blass.
Ein V. Wie das Zeichen vorn auf dem blutenden Menhir.
Das war kein Zufall. Hier hing alles miteinander zusammen.

*

Schwere Wolken trieben am Himmel. Heftiger Wind war aufgekommen und bald würde es einen Schauer geben, doch Marie merkte von allem nichts. Sie stand am Rande des Steilfelsens, versuchte wieder einmal, Christian zu sprechen, und erreichte wieder nur den Anrufbeantworter. Dabei war er bereits aus Brest zurückgekehrt: Der Anzug, den er auf der Fähre getragen hatte, lag auf dem Bett in ihrem Hotelzimmer.

Das jedenfalls hatte Loïc ihr unfreundlich mitgeteilt.
»Du solltest dich lieber um deinen Typen kümmern, sonst bist du ihn bald los.«
»Er wird es schon noch verstehen.«
»Was verstehen?«, donnerte ihr Bruder. »Gildas ist tot, verdammt noch mal! Da gibt es nichts zu verstehen!«
»Ich denke … Es ist, als … als stünde ich auf irgendeine Weise mit seinem Tod in Zusammenhang.«
»So ein Quatsch!«
Dass Marie ihren Vornamen auf dem geheimnisvollen Zettel in Gildas' Hand gefunden hatte, schien nur eine Bestätigung des unguten Gefühls zu sein, das sie überkommen hatte, noch bevor sie – war es wirklich erst zwei Tage her? – Lands'en betreten hatte. Und zwar genau in dem Moment, als die Fähre an dem Steilfelsen vorbeifuhr. Unerklärlicherweise und ohne dass ein einziges Wölkchen den heiteren Himmel getrübt hätte, war mit einem Mal alles dunkler geworden, als sie an Ty Kern vorüberkamen, und die sechs Menhire waren ihr wie sechs düstere Drohungen erschienen.
Loïc hatte sie mit einem bellenden Auflachen unterbrochen.
»Gleich wirst du noch behaupten, dass die Möwe in deinem Schleier ein düsteres Vorzeichen war.«
»Genau das glaubte Gildas, und jetzt ist er tot«, gab sie starrsinnig zurück. »Und wenn nun wirklich das Unglück über unsere Familie gekommen ist?«
In drei Sätzen hatte sie ihm von dem Vorfall auf der Werft erzählt.
»Wenn das so ist, dann tu doch, was Ryan zur Beschwörung des Schicksals empfohlen hat: Verschwinde!«, hatte er kühl geantwortet.
Nun betrachtete sie die Wellen, die sich machtvoll an den Riffen der Strandräuberbucht brachen, und schwankte. Ryan, der sie vom Leuchtturm aus entdeckt hatte und unbemerkt zu ihr gekommen war, streckte rasch seinen Arm nach ihr

aus, sonst wäre sie abgestürzt. »Sind Sie verrückt? Sie müssen doch wissen, dass die Felskante nicht stabil ist!«, schrie er sie an und zog sie zurück.
Als er ihr Gesicht sah, wurde er freundlicher.
»Sie sind ja ganz blass. Sie sollten sich ausruhen ...«
»Wollen Sie mir etwa auch raten, dass ich weggehen soll?«, fragte sie bitter.
Sein anfänglich erstauntes Gesicht entspannte sich und er lächelte amüsiert.
»Interessieren Sie sich wirklich für die Meinung eines Hergereisten?«
Marie zuckte leicht mit den Achseln und wandte sich zum Gehen. Er hielt sie am Arm zurück.
»Ich bin ganz egoistisch und würde es daher sehr bedauern, wenn ich Sie hier nicht mehr sähe. Ich war am Hafen. Ich fand Sie sehr mutig. Und auch sehr schön ...«, fügte er nach einer kleinen Pause hinzu.
Ryan sagte es so natürlich, dass sie keinen Anstoß daran nahm.
Er zeigte auf die immer tiefer hängenden Wolken, ein Gewitter war im Anmarsch. Gerade habe er sich einen Tee gemacht, sagte er. Sie verstand es als Einladung, die sie umso lieber annahm, als sie ohnehin gern mehr über ihn erfahren hätte. Etwa hundert Meter gingen sie wortlos nebeneinander her, doch als sie sich der kleinen Brücke zum Leuchtturm näherten, brach Marie das Schweigen.
»Glauben Sie wirklich an Vorzeichen?«
»Ich bin Ire und alle Iren werden von Kind an mit Legenden gefüttert.«
Sie warf ihm einen etwas spöttischen Blick zu. Er verstand, dass er nicht länger um den heißen Brei herumreden durfte, und wurde ernst.
»Ich habe schon so viel Unerklärliches erlebt, dass ... Ja, ich glaube daran. Genauso, wie ich auch an das Jenseits glaube

und an die Botschaften, die uns aus dem Jenseits erreichen, wenn auch oft auf verschlungenen Wegen.«

»Und wie lautet Ihrer Ansicht nach die Botschaft eines blutenden Menhirs?«

Einen Augenblick lang betrachtete er die Wellen, die sich schäumend unter der Brücke brachen.

»Sie verweist ganz klar auf die Strandräuber. Auf das kollektive Gedächtnis der Insel. Und der in den Stein gemeißelte Vogel könnte sich auf die keltische Göttin Rhiannon beziehen, deren Vögel es vermochten, Tote aufzuwecken und Lebende sterben zu lassen. Das alles beruht natürlich nur auf ...«

Er unterbrach sich, als er sah, dass sie ihm nicht mehr zuhörte.

Mit leicht erweiterten Pupillen fixierte sie einen Punkt hinter seiner Schulter, und dabei wechselte der Ausdruck ihres Gesichts von Überraschung zu Sorge und schließlich zu Verständnislosigkeit.

Neugierig wandte er sich um und entdeckte Christians Schoner, der gerade die Felsspitze von Soaz umrundet hatte und nun mit geblähtem Großsegel aufs weite Meer hinaussteuerte. Am Horizont zuckten die ersten Blitze.

»Keine Sorge«, sagte er sanft. »Seeleute kehren immer in den Heimathafen zurück.«

Marie nickte abwesend, murmelte eine Entschuldigung, dass sie gern ein andermal mit ihm Tee trinken würde, und entfernte sich. Hastig tippte sie Christians Nummer in ihr Handy. Mehrmals ertönte das Freizeichen, dann wurde sie mit dem Anrufbeantworter verbunden. Maries Nachricht war kurz.

»Ruf mich möglichst bald an. Ich liebe dich.«

Ihr Blick folgte dem Schoner, der den Wolken entgegensegelte, direkt hinein ins Unwetter. Und wenn er nicht zurückkehrte?

Die ersten Regentropfen zerplatzten auf der Windschutzscheibe, als sie an ihrem Wagen ankam. Sie öffnete die Tür. Ein Windstoß ließ die Papiere auf der Ablage aufwirbeln. Schnell setzte sie sich auf den Fahrersitz, schlug die Tür hinter sich zu und sammelte alles wieder ein. Sie zuckte zusammen, als sie einen aus einem Taschenkalender gerissenen Zettel entdeckte.

Ich erwarte dich dort, wo du mir das Jawort gegeben hast.

Seit wann lag diese Nachricht da? Hatte sie den Zettel etwa übersehen? Verwirrt blickte Marie wieder zum Horizont, vor dem der Schoner immer kleiner wurde, dann las sie Christians Satz noch einmal. Nach kurzem Zögern ließ sie den Motor an.

6

Die Wolken, die sich immer stärker zusammenballten, hatten den Sieg über das verblassende Tageslicht davongetragen, und es war stockdunkel, als Marie zu der verfallenen Abtei fuhr.

Im Scheinwerferlicht sah sie die imposante und geheimnisvolle Silhouette des Gebäudes aufragen, von dem nur noch die hohen gotischen Bögen und einige Stützwände standen.

Sie knipste eine kleine Taschenlampe an und trat gerade in dem Augenblick ins Kirchenschiff, als ein Blitz die nach oben offenen Mauern in sein blendendes Licht tauchte und ihnen das Aussehen eines steinernen Skeletts verlieh. Marie fuhr zusammen, doch dann lächelte sie über sich selbst und dachte an die unvergesslichen Versteckspiele in ihrer Kindheit und die herrlichen Schauer, die ihr dabei über den Rücken gelaufen waren. Alle Kinder der Insel liebten diesen Abenteuerspielplatz der besonderen, historischen Art.

Wie Christian sie aufgefordert hatte, ging sie auf die der Jungfrau Maria geweihte kleine unterirdische Kapelle zu.

Im Näherkommen bemerkte sie ein Foto zu Füßen der Madonna, das ganz offensichtlich ins Auge fallen sollte. Neugierig nahm sie es in die Hand, und wieder lächelte sie. Die unklare Angst, die sich ihrer bemächtigt hatte, als sie Christian davonsegeln sah, verflog mit einem Schlag, als sie seine Handschrift erkannte.

Es gehört uns, meine Geliebte, ich wollte dich damit überraschen.
Auf dem Foto war ein typisch bretonisches Haus zu sehen. Sie hatten es einige Monate zuvor besichtigt.
»Mein Traumhaus«, hatte sie damals begeistert zu ihm gesagt.
Eine Woge der Zärtlichkeit überkam sie. Der Arme, er hatte sich so viel Mühe mit dieser romantischen Inszenierung gemacht und dann, voller Stolz auf diese Überraschung, bestimmt ungeduldig auf sie gewartet. Um schließlich enttäuscht wegzugehen, weil sie nicht zum Rendezvous erschienen war.
Sie steckte das Foto in die Tasche. Irgendwie fand sie Christians Vorgehen ein bisschen seltsam ... Warum hatte er sie nicht einfach angerufen?
Eine Art Röcheln direkt hinter ihr ließ sie herumfahren. Sie leuchtete die Krypta aus. Nichts. Vielleicht hatte sie nur den Wind gehört.
Plötzlich leuchtete in einigen Metern Entfernung etwas auf. Marie erstarrte.
Doch dann erlangten ihr Polizisteninstinkt und ihre Berufserfahrung die Oberhand. Sie knipste ihre Taschenlampe aus und bewegte sich leise durchs Dunkel. Mit einem Mal war das Licht verschwunden.
Marie verlor die Orientierung.
»Wer ist da? Antworten Sie, wer ist da?«, rief sie und versuchte ihrer Stimme einen entschlossenen Klang zu geben.
Doch sie hörte nur das bedrohlich grollende Unwetter. Vorsichtig bewegte sie sich aufs Mittelschiff zu.
Sie wollte die Krypta gerade verlassen, als unvermittelt eine Grauen erregende Gestalt vor ihr aufragte.
Sie war groß und wuchtig und erinnerte Marie an einen mittelalterlichen Mönch, denn sie trug ein Gewand aus grober Wolle – unter dessen Kapuze anstelle eines Gesichts jedoch nur schwarze Leere war.

Mit einem Aufschrei sprang Marie zur Seite.
»Wer sind Sie?«
Sie knipste die Lampe gerade noch rechtzeitig an, um die düstere Gestalt hinter einem Pfeiler verschwinden zu sehen.
Marie bezwang ihre Angst, zog ihre Waffe und ging geradewegs auf den dunklen Bereich zu, in dem die seltsame Erscheinung sich anscheinend gerade aufgelöst hatte.
Etwas prallte auf ihren Rücken.
Der Schlag nahm ihr fast den Atem. Sie wirbelte herum und erschrak. Vor ihr stand der Mönch und aus dem unsichtbaren Gesicht schlug ihr sein Atem entgegen:
»Geh weg, Verfluchte ... Geh weg ...«
Der weite Ärmel schnellte nach oben, er traf Maries Arm so heftig, dass die Waffe mehrere Meter weit wegflog.
Mit dem Verstand war diese Situation nicht mehr zu bewältigen. Marie reagierte nur noch instinktiv. Ihr Blick folgte der Waffe, sie wollte ihr nachsetzen, verharrte aber mitten in der Bewegung.
Ein zweiter Mönch, dem ersten zum Verwechseln ähnlich, ragte vor ihr auf.
Vor Schreck gelähmt, konnte sie dem Schlag nicht ausweichen, der sie zu Boden streckte.
»Du bist verflucht, Marie«, murmelte er mit Grabesstimme.
Ihr Gehirn weigerte sich, diese Botschaft zu entschlüsseln, es klammerte sich an den Lichtreflex auf ihrer 9-mm-Pistole, die nicht mehr weit entfernt lag. Sie kroch darauf zu und streckte schon die Hand danach aus, als plötzlich eine dritte Erscheinung aus dem Schatten auftauchte und ihr die gesichtslose Kapuze zuwandte.
Marie griff nach der Pistole, machte eine Rolle rückwärts und sprang auf die Füße. Für einen kurzen Augenblick erleuchtete ein Blitz die riesige Kathedrale. Sie war leer.
Erbarmungslos hallten die schrecklichen Worte in Maries Kopf wider.

Verflucht, verflucht, verflucht ...
Jetzt brach das Unwetter mit voller Wucht los. Aus den dunklen Wolken prasselte heftiger Regen. Marie entschloss sich zur Flucht.
Als sie am Portal ankam, wurde ihr der Weg erneut von einer Kapuzen-Gestalt versperrt. Marie nutzte ihren Schwung, rannte weiter und warf sich auf sie. Beide stürzten zu Boden.
Der Mann reagierte schneller als sie, er zog seine Waffe und schrie: »Keine Bewegung! Polizei!«
Völlig erstarrt blickte sie in das Gesicht des Angreifers.
»Commandant Fersen, kriminalpolizeiliche Brigade Paris!«
Beim Aufprall war das große Plastikcape weggerissen worden und vor Marie stand ein Mann in einem eleganten, wenngleich völlig durchnässten und schlammbeschmierten Anzug.
Er verzog das Gesicht, als hätte er Schmerzen, und rieb sich den Magen.
»Was fällt Ihnen ein, mich so zu überfallen? Sind Sie völlig durchgeknallt, oder was?«
Marie erwachte langsam aus ihrer Benommenheit. Sie richtete sich auf und zog ihren Polizeiausweis.
»Capitaine Kermeur, Kriminalpolizei Brest! Und ich bin diejenige, die überfallen wurde.«
»Von wem?«
»Von ... Kommen Sie, wir müssen sie finden!«
»Aber wen?«
Statt einer Antwort packte sie den Mann und zog ihn in das Kircheninnere.

Das Wasser lief ihm aus den Kleidern, während Lucas Fersen Marie folgte und mit seiner Stablampe in alle Winkel der großen Kathedrale leuchtete. Er war völlig hingerissen von dieser bildschönen Frau, deren leichtes Sommerkleid ihr vor Nässe am Körper klebte und die ihm voller Eifer eine völlig unglaubwürdige Geschichte über gespenstische Angreifer

auftischte. Eins war ihm klar: Wäre sie weniger hübsch gewesen, würde er jetzt nicht in sintflutartigem Regen mit ihr durch den Schlamm waten, sondern säße neben ihr in einem trockenen Krankenwagen, der sie zur nächsten psychiatrischen Klinik brächte.
»Kopflose Mönche … Und gesprochen haben sie auch noch, aha …«
Der Sarkasmus in seiner Stimme überraschte Marie. Sie richtete ihre Lampe auf ihn und ertappte ihn, wie er ihren Körper anzüglich von oben bis unten betrachtete. Leise schimpfend machte sie sich auf den Rückweg.
»Bei diesem Regen finden wir sowieso keine Spur.«
»Endlich ein vernünftiges Wort.«
»Halten Sie mich etwa für verrückt?«
»Wie kommen Sie nur darauf? Sich nächtens und mitten in einem Unwetter in einer verfallenen Abtei von kopflosen Mönchen überfallen lassen – was sollte daran verrückt sein?«
Als sie wieder am Portal angelangt waren, hob er sein verschmutztes Regencape auf und legte es ihr um die Schultern. Sie dankte ihm zerstreut.
Er sah demonstrativ auf ihre Brüste.
»Keine Ursache. Es ist eher meinetwegen, ich möchte lieber einen klaren Kopf bewahren.«
Marie warf ihm einen aufgebrachten Blick zu und ihre Stimme klang unwillkürlich aggressiv, als sie fragte:
»Was hatten Sie eigentlich hier zu suchen?«
»Ich hatte gerade mal Lust, mir einen nagelneuen Anzug und ein Paar Weston zu versauen«, knurrte er und trat ostentativ in eine Pfütze.
Sie spürte, dass er allmählich wütend wurde.
»Warten Sie … Das Foto, das ich zu Füßen der Madonna gefunden habe, das kann ich mir nicht ausgedacht haben«, sagte sie rasch. »Mein Verlobter hat es wohl schon ziemlich früh

heute Morgen dort hingestellt und auf mich gewartet, und als ich nicht kam, ist er sauer geworden. Deshalb schmollt er jetzt draußen auf dem Meer.«
»Schmollt auf dem Meer?«
Als Fersen spürte, wie der Matsch zwischen seinen Zehen hochquoll, explodierte er.
»Sie beide haben sich wohl im Irrenhaus kennen gelernt, was? Man muss wirklich verrückt sein, um bei einem solchen Scheißwetter in See zu stechen!«
»Das ist auch nicht verrückter, als in Weston-Schuhen und einem Scheißanzug durch die Einöde zu wandern!«
So viel Schlagfertigkeit brachte ihn dann doch aus dem Konzept. Nun musste er sich auch noch beschimpfen lassen! Fersen riss die Beifahrertür von Maries Wagen auf, stieg ein und schlug sie laut wieder zu.
Marie setzte sich hinters Steuer.
»Kommen Sie direkt aus Paris?«
»Ich war in Brest. Ich habe da gerade eine Sache für das ›Département des Crimes rituels‹ abgeschlossen.«
»Département für was?«
»Die Abteilung für Ritualverbrechen … Sie kümmert sich um alle Tötungsdelikte, deren Umstände – ja, wie soll ich sagen? Deren Umstände nicht so recht zu verstehen sind. Wie etwa ein blutender Menhir. Oder – warum nicht? – kopflose Mönche.«
Marie fuhr zusammen.
»Tötungsdelikte? Es stimmt also, mein Bruder ist vom Steilfelsen gestoßen worden.«
»Nein. Er war schon tot, als er hinunterstürzte.«
Er sah, dass sie bleich wurde, und bot ihr an, das Steuer zu übernehmen. Doch sie ließ wortlos den Motor an.

*

»›Scheißanzug‹ – also wirklich! Das ist ein echter Klassiker von Cerruti, die lebt wohl hinterm Mond«, brummte Lucas Fersen, als er seine durchweichte Anzugjacke sorgsam über einen der Heizkörper in der Gendarmerie drapierte.
Doch sein Groll verflog beim Anblick von Marie, die sich im Nachbarbüro umzog. Er machte einen Schritt zur Seite, um sich bessere Sicht auf die schlanke und sinnliche Figur zu verschaffen. Ein echter Stimmungsaufheller.
Der heiße Kaffee verströmte einen vertrauten und beruhigenden Duft. Marie schenkte Fersen eine Tasse ein und stellte sie ihm hin. Er dankte ihr mit einem Lächeln, dann kam er zur Sache.
»Damit eins klar ist: Ich glaube nicht an übernatürliche Phänomene. Alles ist immer erklärlich. Ich möchte möglichst alle Fakten hören, und zwar möglichst genau.«
Marie erzählte ihm brav alles, was sie über die Ereignisse seit Gildas' Tod wusste.
Während sie sprach, betrachtete sie ihren Kollegen, der derweil die Akten prüfte. Fersens weiches braunes Haar fiel ihm in die Stirn und beschattete seine braunen Augen, die alles scharf beobachteten und zuweilen das Innere seines Gegenübers zu durchschauen schienen, ohne jedoch das geringste Persönliche von ihm selbst preiszugeben.
Es ärgerte sie, dass er ihr offenbar gar nicht genau zuhörte und zwischendurch sogar leicht ironisch lächelte. Sie fand sein Verhalten provozierend und aufreizend. Dieser Mann schien ja ein ziemlich übersteigertes Selbstbewusstsein zu haben!
Er unterbrach sie mitten in einem Satz, um sein Befremden darüber zu äußern, dass die Zeugenaussagen sowohl ihres Neffen Nicolas als auch die von Chantal Pérec nicht in der Akte enthalten waren.
Marie hielt seinem Blick stand.
»Ich wüsste nicht, wozu es gut wäre, einen Skandal heraufzu-

beschwören und zwei Familien zu entzweien, solange es für die Untersuchung nicht unbedingt erforderlich ist.«

»Aha, Sie erteilen mir also eine Lektion in Sachen Berufsethos.«

»Immer noch besser als billige Ironie.«

Einen Augenblick lang starrten sie sich schweigend an. Fersen fand zwar die Kühnheit – und, wie er sich eingestehen musste, auch die Schönheit – dieser jungen Frau nach wie vor faszinierend, doch er fragte sich, wieweit er ihr trauen durfte.

Er hatte sich vor seiner Anreise informiert. Marie Kermeur war eine hervorragende Polizistin: intelligent, mutig, seelisch ausgeglichen. Aber bei dieser seltsamen Geschichte, die ihn in dieses abgelegene Nest verschlagen hatte, war ihre Familie gleich doppelt betroffen, wie er wohl wusste.

»Was halten denn Sie von diesem ›blutenden Menhir‹?«, fragte er.

Marie seufzte. Sie hatte den Stein von allen Seiten untersucht, die Tiefen des eingemeißelten Vogelzeichens ausgelotet, doch außer den Blutspuren hatte sie nichts Außergewöhnliches finden können.

»Was ist eigentlich der Trick dabei?«

»Es gibt keinen Trick.«

Lucas betonte jedes Wort. »Es handelt sich doch wohl lediglich um eine Inszenierung, sie enthält eine Botschaft, und ich will wissen, welche und für wen.«

Marie zögerte kurz. Fersens brüske Art lud nicht gerade zum Weitersprechen ein, doch früher oder später würde er die Zusammenhänge selbst erkennen.

»Die Strandräuber-Legende«, sagte sie leise.

»Ach, jetzt kommt auch noch eine Legende …«

Nun packte sie doch der Zorn.

»Diese Legende ist Teil unserer Geschichte! Sie erzählt, dass schon einmal, und zwar vor zweihundert Jahren, Blut auf den

Menhiren von Ty Kern geflossen ist. Wenn Sie die außer Acht lassen, dann werden Sie die Leute hier nie verstehen und gar nichts erreichen.«

»Alle Achtung! Sie sind ganz schön direkt, was?«

Marie ertrug Fersens ironischen Tonfall nicht länger. Sie stand auf und ging im Büro auf und ab. Fast wäre sie über den Rollenkoffer gestolpert, den er mitten im Raum stehen gelassen hatte. Offensichtlich hatte er sich in der Gendarmerie gleich zu Hause gefühlt und, ohne jemanden zu fragen, das größte Büro für sich beansprucht, das Büro von Morineau.

Lucas Fersen lehnte sich in seinem Sessel bequem zurück und lächelte leise, während er sie aus halb geschlossenen Augen betrachtete.

»Also, was ist mit dieser Legende? Nur zu, ich liebe es, wenn man mir Geschichten erzählt.«

Dieser Typ hatte wirklich die Gabe, sie zur Weißglut zu bringen, doch sie bezwang sich. Sie öffnete einen Schrank und nahm ein Schlüsselbund heraus.

»Das Ty-Kern-Museum in der Nähe der Begräbnisstätte steht ganz im Dienste dieser Legende, da gibt es nicht nur den vollen Text zu sehen, sondern alles, was auch nur im Entferntesten damit zu tun hat.«

Sie ließ das Schlüsselbund vor ihm auf die Schreibtischplatte fallen. Lucas erhob sich sofort.

»Nichts wie hin.«

»Jetzt?«

Riesige, schaumgekrönte Wellen, auf den Klippen ein Dreimaster mit aufgerissenem Rumpf, am Strand Leichen und Leichenteile … Der alte Stich, vor dem Fersen jetzt stand, war wirklich schaurig.

»Die *Mary Morgan* war im 18. Jahrhundert das einzige Fischerboot der Insel«, erklärte Marie. »Sie ist zu einer sechsmonatigen Fangreise ausgelaufen und nie zurückgekehrt. Auf

Lands'en brach eine Hungersnot aus, und deshalb beschlossen sechs Inselbewohner, das Überleben aller zu sichern, indem sie die Schiffe ausraubten, die auf hoher See kreuzten. In stürmischen Nächten befestigten sie Laternen an den Hörnern ihrer Kühe und führten sie an den Steilfelsen über der Bucht. Von diesen Lichtern getäuscht, kamen die Schiffe vom Kurs ab und zerschellten an den Riffen. Die Strandräuber schnitten den Überlebenden die Kehle durch und plünderten die Laderäume.«

Fersen fixierte eine Szene, die besonders barbarisch wirkte: Einer der Strandräuber hielt eine junge Frau, die ihn anzuflehen schien, bei den Haaren gepackt. Ein Blutschwall strömte aus der Kehle, die er ihr gerade durchgeschnitten hatte.

»Aha, der freundliche Umgang mit Fremden hat hier also Tradition«, witzelte er.

Marie zuckte nur die Achseln und erzählte weiter.

»Diese Massaker und Plünderungen dauerten zwei Jahre. Bis zu der schrecklichen Nacht, als die Strandräuber wieder ein Schiff vom Kurs abbrachten und die Seeleute ermordeten ... Und dabei nicht wussten, dass es die Fischer der *Mary Morgan* waren, die endlich heimgekehrt waren.«

Lucas lachte sarkastisch auf.

Marie beschloss, nicht darauf einzugehen, und trat an ein großes Modell, das die Monolithen von Ty Kern darstellte. Sechs kleine Figuren repräsentierten die sechs Männer, die auf den blutigen Menhiren geopfert wurden. Ungerührt erklärte Marie ihrem Kollegen, wie die Frauen der Insel die Strandräuber gekreuzigt hatten, um sie dafür zu bestrafen, dass sie die *Mary Morgan* an den Klippen zerschellen lassen und ihre Männer ermordet hatten.

Fersen lächelte sie spöttisch an.

»Sind die Frauen hier immer noch so?«

»Wir haben Temperament. Lachen Sie ruhig, aber die Kinder, die hier aufwachsen, sind alle von der Geschichte fasziniert.«

»Ein wunderbares Mittel, eine weitere Generation von Strandräubern zu erziehen.«
»Die Führung ist beendet«, erwiderte Marie nur und ging auf die Tür zu.
Sie wollte möglichst schnell ins *Iroise,* um zu sehen, ob Christian endlich zurückgekehrt war.
Fersen schien ihre Ungeduld überhaupt nicht zu bemerken. Versunken betrachtete er die Überreste der *Mary Morgan.*
Da gingen plötzlich sämtliche Lichter aus.
Lucas stolperte und schimpfte leise. Er hörte Maries sarkastische Stimme: »Keine Angst. Ich bin bei Ihnen. Es liegt nur am Gewitter.«
Sie ging zum Sicherungskasten. Für einen kurzen Moment erhellten die Blitze den großen Saal und verliehen den Gegenständen ein gespenstisches Aussehen.
Marie wollte den Sicherungskasten gerade öffnen, als ihr Blick auf ein Flimmern an der gegenüberliegenden Wand fiel. Es wurde schärfer und für einen Sekundenbruchteil standen deutlich lesbar Leuchtbuchstaben an der Wand.

Für Marie, so wird es der Hohe Herr beschließen,
Licht wird flammen und Blut wird fließen
aus dem Herzen von Stein.

Marie wurde blass, als sie abermals diese persönliche Botschaft an sie las. Sie empfand dieselbe dumpfe Angst wie beim Erwachen aus dem schrecklichen Albtraum, der sie seit ihrer Rückkehr auf die Insel quälte.
Lucas wurde ungeduldig.
»Brauchen Sie Hilfe?«
Sie drückte auf den Sicherungsschalter, und alles wirkte wieder normal.
Er bemerkte ihre Blässe.
»Geht's Ihnen nicht gut?«

»Haben Sie die Leuchtschrift gesehen?«
»Eine Leuchtschrift? Wo?«
Schweigend zeigte sie auf die Wand. Lucas fragte sich nicht zum ersten Mal, ob sie sich über ihn lustig machte, aber ihm schien, als hätte sie ihre vorherige Selbstsicherheit verloren. Aufmerksam ließ er seinen Blick durch den Raum gleiten. Nichts. Er konnte ein Lächeln nicht unterdrücken, als er fragte: »Und was stand da in dieser Leuchtschrift?«
Marie erzählte ihm von dem Brief, den Gildas in der Hand gehalten hatte, und dessen Wortlaut nun auch hier an der Wand aufgetaucht war. Doch als sie Lucas' Gesichtsausdruck sah, gab sie auf.
»Eigentlich weiß ich es auch nicht genau … Wahrscheinlich war es nur der Widerschein der Blitze … Tut mir Leid, ich bin müde.«
Diese junge Frau weiß mehr, als sie sagt, dachte Lucas. Womöglich deckte sie ihre Familie oder andere Inselbewohner. Gleich bei seiner Ankunft hatte er die Verschlossenheit der Leute gespürt und ihr solidarisches Misstrauen gegenüber dem Fremden, der er für sie war.
»Danke für die Führung.«
Marie wandte sich zum Gehen. Lucas folgte ihr auf dem Fuße und sagte dabei leichthin: »Jedenfalls werden Sie mir fehlen …«
Sie drehte sich um.
»Wie meinen Sie das?«
»Man hat mich mit der Untersuchung beauftragt, und ich gedenke sie allein durchzuführen.«
Angesichts ihrer Verblüffung fuhr er gleich fort: »Der Staatsanwalt meint, Sie seien persönlich zu sehr involviert, um einen klaren Blick zu behalten. Er hat Ihren Antrag, mit dem Fall betraut zu werden, abgelehnt.«
Der Zorn brachte wieder Farbe in Maries Gesicht.
»Sie haben das von Anfang an gewusst und mir nichts ge-

sagt!«, schimpfte sie. »Erst pressen Sie mich aus wie eine Zitrone, und dann wollen Sie mich wegschicken?«
»Es wäre ohnehin nicht gegangen.«
»Was?«
»Sie und ich …«
Er sah sie mit einem seltsamen Lächeln an.
»Ich hätte mich nicht voll und ganz auf die Arbeit konzentrieren können …«
»Sie haben doch einen Knall!«, explodierte Marie.
»Ganz im Ernst, liebe Kollegin. Wer weiß, was Sie noch über Ihre Anverwandten herausfinden? Oder noch Schlimmes erleben?«
»Wie meinen Sie das?«
»Dieser bretonische Satz nennt einen Hohen Herrn, also ziemlich sicher Gott. Und das ist häufig der Hinweis auf einen Serienmörder, einen Verrückten, der sich mit einer göttlichen Mission betraut glaubt.«
Noch mehr Morde … Marie erschauerte bei dem Gedanken.
»Ihre ganze Familie stammt von der Insel«, fuhr Lucas fort, »Sie kennen hier alles und jeden …«
»Und Sie kennen hier überhaupt niemanden«, gab sie zurück. »Niemand wird Ihnen helfen, wenn ich nicht dabei bin.«
»Sollten Sie die Untersuchung behindern wollen, werden Sie dafür geradestehen müssen.«
»Ihre Drohungen können Sie sich sparen! Ich werde die Insel erst verlassen, wenn ich den Mörder meines Bruders gefunden habe!«
»Sie wollen also Ihre Karriere aufs Spiel setzen?«
Wütend zückte Marie ihren Dienstausweis und drückte ihn Lucas mitsamt ihrer Dienstpistole in die Hand.
»Ich quittiere den Dienst. Recht so?«
Sie öffnete die Tür und warf ihm von der Schwelle aus die Museumsschlüssel zu.
Fersen hob die Schlüssel auf und sah sich im Nachhinein in

seinem kompromisslosen Vorgehen bestärkt. Diese junge Frau hatte ganz offensichtlich einen schwierigen Charakter, er hätte tatsächlich nicht mit ihr zusammenarbeiten können. Er schloss das Museum ab und wandte sich nach ihr um. Aber er entdeckte nur noch die immer kleiner werdenden Rücklichter des Méhari.

»Diese verdammte Bretonin!«, brüllte er, während er seinen Rollenkoffer aufhob, den sie gnadenlos in eine Pfütze befördert hatte.

Natürlich hatte es wieder angefangen zu regnen.

»Scheiß-Bretagne!«

*

Marie steckte ihr noch feuchtes Haar zu einem Knoten zusammen. Der Regen prasselte gegen die Fenstertüren der Hotelsuite. Das Unwetter schien in der Nacht an Heftigkeit zuzunehmen und Christian war immer noch nicht zurück.

Als sie in die Hotelhalle hinunterging, genehmigte sich Loïc hinter seinem Rezeptionstresen gerade einen Schnaps. Marie konnte sich einen vorwurfsvollen Blick nicht verkneifen. Er fing ihn auf und reagierte mit einem gereizten Achselzucken. Sie versuchte ihn in ein Gespräch zu ziehen.

»Wie ist er nur auf den verrückten Einfall gekommen, bei dem Wetter loszusegeln …«

»Es gibt nichts Besseres als schlechtes Wetter, wenn man trainieren will«, knurrte Loïc und wandte ihr dann den Rücken zu, um das Gespräch zu beenden.

Marie ertrug dieses Schweigen nicht lange. Lieber ließ sie es auf eine Auseinandersetzung ankommen, die sie immerhin an die Kabbeleien aus ihrer Kindheit erinnern würde.

»Der Staatsanwalt hat einen Bullen geschickt, der die Untersuchung durchführen soll. Einen Spezialisten für Ritualdelikte … Er kommt aus Paris …«

Der Pfeil hatte getroffen. Loïc fuhr herum, seine Augen blitzten vor Wut.
»Wenn du nicht so einen Wind gemacht hättest, wäre er nie hergekommen!«
»Glaubst du etwa, ein blutender Menhir könnte geheim gehalten werden? Damit du's weißt: Er hat mich von den Ermittlungen ausgeschlossen, und ich hab den Dienst quittiert. Zufrieden?«
»Endlich mal 'ne gute Nachricht!«
»Verdammt noch mal!« Jetzt geriet Marie in Rage. »Wie kannst du nur so blöd sein? Der Kerl ist nicht von hier! Er wird nichts und niemanden schonen, wenn es darum geht, die Wahrheit herauszufinden! Verstehst du denn nicht, dass du mir lieber helfen solltest?«
»Lass mich in Frieden!«
»Hilf mir, Loïc, und bring die anderen auf meine Seite.«
»Das kannst du gerne selbst tun. Morgen ist eine Gemeinderatssitzung. Wie du weißt, sind da alle wichtigen Leute versammelt.«
Marie setzte gerade zu einer Erwiderung an, als sich die Hoteltür öffnete und Lucas Fersen erschien.
Er troff vor Nässe und war so erschöpft, dass er nicht einmal mehr versuchte, einen Anschein von Würde zu wahren.
Marie konnte ein Lächeln nicht unterdrücken. Sie ließ ihren Blick demonstrativ über die durchnässten Kleider, die schlammigen Schuhe und den verdreckten Koffer wandern.
Er wich ihrem spöttischen Blick aus und näherte sich dem Rezeptionstresen, um nach einem Zimmer zu fragen.
»Wir sind ausgebucht«, beschied ihm Loïc.
Lucas sah düster auf das nahezu volle Schlüsselbord, dem zufolge fast alle Zimmer frei sein mussten.
Marie setzte ihr schönstes Lächeln auf.
»Aber mir zuliebe wird mein Bruder sicher noch ein Eckchen für Sie finden.«

Loïc warf ihr einen überraschten Blick zu, reichte aber Lucas widerstrebend einen Schlüssel. Fersen steuerte ohne ein weiteres Wort auf den Aufzug zu und hinterließ dabei, ähnlich wie eine Schnecke ihre Schleimspur, einen feucht-schlammigen Streifen.

Nachdem sich die Aufzugtüren geschlossen hatten, neigte sich Marie zu Loïc.

»Ich hab ihn lieber hier unter Kontrolle. Notfalls mitsamt seinen Sachen …«

Ihr Bruder musterte sie so misstrauisch, als wäre sie eine Fremde. Sie verstand diesen Blick nicht. Er nahm einen letzten großen Schluck Schnaps, griff nach seinem Regenmantel und den Wagenschlüsseln und ging dann wortlos an ihr vorbei zur Tür.

»Wo willst du hin?«

»An die Luft«, sagte er barsch und verschwand grußlos.

Marie war ratlos. Die liebevolle Zuneigung, die immer zwischen ihnen beiden geherrscht hatte, war plötzlich in kalte Aggression umgeschlagen. Warum stand er ihrem Bemühen, die Wahrheit über Gildas' Tod herauszufinden, so feindselig gegenüber? Hatte er etwas zu verbergen? Wohin wollte er zu dieser Uhrzeit und bei solchem Wetter? Mit wem wollte er sich treffen?

Marie erschrak. So weit war es schon gekommen, dass sie ihren eigenen Bruder verdächtigte! Doch das Verhalten ihrer Familie weckte einfach ihr Misstrauen, und zwar allen gegenüber. Warum waren Loïc, Jeanne und sogar Christian so wild entschlossen, sie an ihren Nachforschungen zu hindern und zum Verlassen der Insel zu bewegen?

Trotz der Angst, die sie dabei erneut überkam, rief sie sich die seltsame Szene in der Abtei noch einmal möglichst genau ins Gedächtnis.

Wer sollte sich schon vor Mönchsgeistern fürchten? Fersen hatte sicher Recht: Es wäre viel einfacher gewesen, sie zu töten. Es handelte sich also erneut um eine Inszenierung, die nur für sie bestimmt war. Wer auf Lands'en hatte ein Interesse daran, ihr so viel Angst einzujagen, dass sie die Insel verließ?

Ihr stockte der Atem, als sie daran dachte, dass es Christian gewesen war, der sich mit ihr in der Abtei verabredet hatte. Doch dann verbot sie sich diesen Gedanken, denn lange bevor sie den Zettel gefunden hatte, hatte sie sein Schiff davonsegeln sehen.

Trotz allem schien es unglaublich, dass sie die Einzige sein sollte, die die Wahrheit über Gildas' seltsamen Tod herausfinden wollte. Und dass man ihr genau das vorwarf, kam ihr noch eigenartiger vor.

Ein Gefühl von Ungerechtigkeit, Einsamkeit und Kummer überfiel sie.

Als sie kurze Zeit später im Bett lag, weinte sie noch lange, bis sie endlich in unruhigen Schlaf fiel.

*

Die Stoffbahnen von Maries Himmelbett bewegten sich in einem Luftzug. Sehr langsam und leise öffnete sich die Zimmertür.

Marie schlief und bemerkte den Schatten nicht, der sich im Halbdunkel näherte und sich jetzt über sie beugte. Doch als er sie berühren wollte, fuhr sie hoch.

Sofort spürte sie die Gefahr. Sie stieß einen schrillen Schrei aus, schlug um sich und stieß den Angreifer, der sie festzuhalten versuchte, heftig von sich. Auch der Mann schrie vor Schmerz auf, nachdem sie ihm einen kräftigen Schlag versetzt hatte. In einer festen Umklammerung rollten sie auf den Boden.

»Marie! Marie, ich bin's doch!«, rief Christian.

Er rappelte sich hoch und knipste das Licht an. Und Marie

erblickte ihren Verlobten, durchnässt, zerzaust und immer noch völlig verblüfft über ihre panische Reaktion.

»Entschuldige, ich ... Ich hatte einen Albtraum«, stammelte sie.

Die Zimmertür flog weit auf.

In der Öffnung stand Lucas Fersen, die Waffe im Anschlag.

»Loslassen! Stehen bleiben!«

Marie rappelte sich hoch, Christian wandte sich um, und beide starrten verdutzt auf Fersen.

»Wer ist denn das?«, fragte Christian und betrachtete ihn wie einen Geisteskranken.

Marie machte die beiden Männer miteinander bekannt und fand die Situation recht belustigend.

»Commandant Lucas Fersen ... Christian Bréhat, mein Verlobter ...«

Lucas steckte die Waffe wieder weg und verfluchte sich innerlich, denn ihm war sofort klar, wie lächerlich er sich durch sein Eingreifen gemacht hatte. Jetzt musste er sich tausendmal bei diesem Typen entschuldigen und ihn dann mit diesem Prachtweib allein lassen.

»Verzeihung«, sagte er knapp, bevor er seinen kläglichen Rückzug antrat.

Es blieb also Marie überlassen, ihrem Liebsten zu erklären, wer dieser Fersen war und warum er ihr die Ermittlungen aus der Hand genommen hatte.

»Gar nicht so dumm, dieser Flic, letztlich finde ich es nicht schlecht, dass er dich ablöst. So kommst du wenigstens aus der Gefahrenzone.«

Marie runzelte die Stirn. Es erbitterte sie ein wenig, wie zufrieden Christian damit war, dass sie nicht an der Untersuchung teilnehmen sollte.

Sie zog ihm die nassen Sachen aus und überlegte, ob sie ihm von ihren Erlebnissen in der Abtei erzählen sollte. Doch die

Berührungen hatten eine zu große Wirkung. Sie kam nicht mehr dazu, die Sache zur Sprache zu bringen.
Später, dachte sie, als sie aufs Bett fielen.

Am nächsten Morgen erwachte Marie in einem von Sonnenlicht erfüllten Zimmer.
Sie betrachtete Christian, der noch tief und fest schlief. Zwei senkrechte Falten über der Nasenwurzel zeugten davon, dass er trotzdem nicht ganz entspannt war.
In der Nacht hatten sie sich aneinander geklammert wie Kinder. Auch er fühlte sich offenbar, als hätte man ihm plötzlich seine Kindheit und all seine Träume geraubt. Sein Leben, das geprägt war von seiner Liebe zu ihr und der Liebe zur See, hatte sich durch den Mord an seinem Freund verändert.
Er hatte Marie gestanden, dass sie ihm plötzlich sehr fern war. Mit erwartungsvoll klopfendem Herzen habe er den Zettel in ihren Wagen gelegt und dann in der Abtei stundenlang auf sie gewartet, um sich mit ihr über den Kauf ihres künftigen Heims zu freuen. Er habe sich sehr verlassen gefühlt, als sie nicht kam.
»Ich habe Angst, dass du all unsere Pläne vergisst, die Reisen, unser Haus, das Kind … Verlass mich nicht, Marie, ich brauche dich …«
Natürlich hatte sie protestiert, aber trotzdem war sie sich, als sie ihn zu trösten versuchte, nicht mehr so sicher gewesen, dass sie all die Versprechen halten würde, die sie gerade erneuerte.
Marie seufzte. Doch dann versuchte sie das Unbehagen zu verscheuchen, das ihr Denken vergiftete. Ganz leise, um Christian nicht zu wecken, stand sie auf.

7

Der leere Stuhl machte Gildas' Abwesenheit überdeutlich.
Yves Pérec, angetan mit seiner Bürgermeisterschärpe, hatte eine Schweigeminute zu Gildas' Ehren vorgeschlagen.
Die um den großen Tisch versammelten Ratsmitglieder hatten genickt. Im Ratssaal herrschte eine beklemmende Atmosphäre. Anwesend waren unter anderen Loïc und Milic Kermeur. Ihre Gesichter waren ausgehöhlt vom Schmerz. Auch Gwenaëlle Le Bihan war dort und auch sie wirkte tief bewegt. Ihr gegenüber saß Pierre-Marie de Kersaint, allem Anschein nach in schmerzhafte Gedanken vertieft. In Wahrheit versuchte er mit dem Fingernagel einen hartnäckigen Fleck von seiner Hose zu kratzen.
Yves ergriff wieder das Wort. Er kündigte den Tagesordnungspunkt an, der die Abstimmung darüber betraf, ob ein Teil der Inselflächen – insbesondere der Flächen, die zu einer Erweiterung der Keramikmanufaktur dienen könnten – zu Bauland erklärt werden sollten. Gwen, die an diesem Tagesordnungspunkt natürlich am meisten interessiert war, öffnete ihren Aktendeckel als Erste.
Sie schrie auf.
Dann nahm sie langsam einen Bogen heraus und las stockend vor, was darauf stand: »›Die Abstimmung ist manipuliert. Der Bürgermeister wurde bestochen.‹«

Sie starrte immer noch auf das Blatt und fügte hinzu:
»Gezeichnet: Gildas.«
Die allgemeine Ungläubigkeit wandelte sich rasch zu großer Verblüffung: Sie alle fanden diese Mitteilung in ihren Ordnern.
Alle Blicke richteten sich auf Yves Pérec, der fast an seiner Empörung erstickte.
»Ihr werdet doch nicht glauben …«, brachte er mühsam hervor und sah einen nach dem anderen an.
Dann versuchte er seiner Stimme Festigkeit zu geben.
»Ich habe mir absolut nichts vorzuwerfen! Das ist … Das ist ein sehr übler Scherz …«
Pierre-Marie pflichtete ihm aufgebracht bei: »Natürlich! Diese Anschuldigung ist im höchsten Maße geschmacklos! Und unsinnig!«
»So unsinnig nun auch wieder nicht!«, erwiderte Gwen scharf und ihre blauen Auge blitzten PM an. »Kein Mensch wäre erstaunt zu hören, dass die Pérecs und die de Kersaints irgendein Süppchen miteinander kochen! Ihr steckt bestimmt unter einer Decke, um ein Abstimmungsergebnis zu verhindern, das uns erlauben würde, die Manufaktur zu erweitern. Aber wenn wir nicht erweitern, machen wir Pleite, das wisst ihr sehr genau!«
»Solange ein de Kersaint lebt, werden wir euch mit allen Kräften daran hindern, Lands'en zu verschandeln!«
»Er gibt's zu! Da hört ihr's! Er gibt's zu.«
»Du und deine Mutter, ihr würdet für Geld doch alles tun! Die Le Bihans sind entweder Monster oder verrückt!«
»Du Miststück! Sollen wir mal deine Leichen aus dem Keller holen?«
Ein lauter Faustschlag auf den Tisch ließ sie verstummen.
Obwohl es gar nicht zu ihm passte, hob Milic Kermeur die Stimme. »Haltet den Mund! Nehmt wenigstens so viel Rücksicht auf Gildas' Tod, dass ihr den Mund haltet!«

Da erst bemerkten sie, dass Marie in der offenen Tür stand. In der nun eingetretenen Stille ging sie zum Tisch, nahm einen der Briefe und las ihn. Bestürzt hob sie die Augenbrauen. Milic verließ wortlos den Raum, im Vorbeigehen legte er seiner Tochter die Hand auf die Schulter. Loïc folgte ihm, doch er hatte nicht einmal einen Blick für sie übrig.
Die Sitzung wurde vertagt.

Er ist auffallend nervös, dachte Marie.
Yves Pérec ging aufgebracht in seinem Büro hin und her. Er wollte unbedingt sofort und persönlich herausfinden, auf welchem Wege und mit wessen Hilfe diese Briefe in die Mappen der Ratsmitglieder gelangt waren. Marie musste ihn fest am Arm packen und zu sich hindrehen, damit er sie ansah.
»Yves, antworte mir! Wo warst du in der Nacht, in der Gildas starb?«
»Hör auf, Marie. Ich sage dir das zu deinem eigenen Schutz und weil ich's wirklich gut mit dir meine! Hör auf!«
»Mit der Suche nach der Wahrheit, meinst du?«
»Manche Wahrheiten sind tödlich. Es könnte die Büchse der Pandora sein, die du öffnest. Gib auf!«
Dass er sie offensichtlich ehrlich warnen wollte, schockierte Marie.
Sie setzte zu einer Antwort an, doch plötzlich stand Fersen in der Tür. Er schien erst überrascht und dann bestürzt darüber zu sein, Marie bei Pérec zu sehen.
»Klopfen Sie nie an?«, fragte sie spöttisch.
»Vielleicht sollte ich Ihnen lieber auf die Finger klopfen.«
Er baute sich vor ihr auf.
»Zum letzten Mal: Wenn Sie sich in die Ermittlungen einmischen ...«
Doch Marie ließ ihn gar nicht ausreden. Mit einem unschuldigen Gesichtsausdruck fiel sie ihm ins Wort.
»Der Herr Bürgermeister sollte uns trauen, und nun über-

legten wir gerade, auf welchen Termin wir die Heirat verschieben.«
Lucas ließ sich natürlich nicht täuschen: Sie machte sich ganz offen über ihn lustig. Mit einer knappen Handbewegung wies er sie zur Tür.

Zwei aufgestochene Reifen. Das heißt nein, alle vier ...
Der Geländewagen der Gendarmerie, den Lucas anscheinend benutzt hatte, war gründlich bearbeitet worden. Die Inselbewohner hatten eben eine entschiedene Abneigung gegen Fremde, sehr zur Freude Maries, die ihnen diese Fremdenfeindlichkeit sonst so gern vorwarf.
Sie hörte eine Autotür zuschlagen und drehte sich um.
Yves Pérec brauste davon. Marie fühlte Ärger in sich hochsteigen. Fersen hatte es wohl nicht lassen können, Yves im Zuge seiner Befragungen darüber aufzuklären, dass seine Frau ein Verhältnis mit Nicolas hatte.
Dann sah sie Fersen aus dem Rathaus kommen. Er blickte Pérecs Wagen nach, der in der Ferne verschwand. Seltsamerweise hielt er sich ein Taschentuch an die Nase, und als er direkt auf sie zukam, begriff sie mit einer gewissen inneren Genugtuung, dass sich Pérec immerhin noch die Zeit genommen hatte, Fersens Taktlosigkeit zu bestrafen.
Marie blieb reglos stehen. Sie würde sich keine Gelegenheit entgehen lassen, ihn darauf hinzuweisen, wie schwer ihm die Arbeit in einem eindeutig feindseligen Umfeld gemacht werden würde.
Lucas, der sich anscheinend um ihre Anwesenheit so wenig scherte wie um ihr spöttisches Lächeln, schob sie mit einer Geste beiseite, als verscheuche er eine Fliege, und wollte die Tür des Geländewagens aufschließen.
Er stockte in seiner Bewegung, als er die platten Reifen bemerkte.
Mit ausdruckslosem Gesicht wandte er sich Marie zu.

»Gut, dass Sie hier geblieben sind. Wo steht Ihr Wagen?«
Marie war so überrascht, dass sie ihren Protest kaum artikulieren konnte, doch Fersen kümmerte sich ohnehin nicht darum, sondern streckte die Hand aus.
»Den Schlüssel! Ich brauche Ihren Wagen.«
Am Klang seiner Stimme erkannte sie, dass ihr trotz ihrer Wut keine Wahl blieb. Auf dem Weg zu ihrem Auto erklärte sie energisch, dass sie selbst fahren würde, sonst müsse er eben ohne den Wagen auskommen.

»Langsamer fahren! Langsamer! Das ist ein Befehl!«
Marie kannte sämtliche Straßen der Insel bis ins letzte Schlagloch und raste über die kurvige Küstenstraße, um ihn zur Villa der Pérecs zu bringen.
Lucas, der den Zustand seiner geschwollenen Nase im Spiegel der Sonnenblende überprüfte, wurde von dem durch die Kurven tanzenden Méhari durchgeschüttelt.
»Ich werde Sie wirklich noch einsperren lassen!«, bellte er.
»Dann werden Ihnen die Leute auch nicht mehr erzählen«, antwortete Marie gelassen. »Vor allem, wenn sie erfahren, dass Sie in der Familie Pérec auf vage Vermutungen hin ein Hauen und Stechen ausgelöst haben …«
Lucas sah sie verstohlen von der Seite an.
»So vage nun auch wieder nicht«, entgegnete er. »Ich habe mit dem Gerichtsmediziner in Brest telefoniert, er hat unter den Fingernägeln Ihres Bruders Blutspuren entdeckt. Und ich wette mit Ihnen, dass man es bei den Analysen, die gerade durchgeführt werden, als das Blut von Pérec identifizieren wird.«
»Sind Sie Hellseher?«
»Nein, aber ich kann logisch denken. Die Fingernägel des Mordopfers wurden nach seinem Tod sorgfältig gebürstet, aber trotzdem wurde das Blut nicht vollständig entfernt. Und der Einzige, der eine solche Säuberung vornehmen konnte,

war Yves Pérec – in seiner Praxis nämlich. Meiner Ansicht nach stammen die Kratzspuren an seinem Hals keineswegs von einer Thujahecke.«

Er bemerkte, dass Marie, die ihm konzentriert zuhörte, unwillkürlich das Tempo verringert hatte, und sprach ihr seinen tief empfundenen Dank aus.

Als einzige Antwort zog sie einen der anonymen Briefe, die sie aus dem Rathaus mitgenommen hatte, aus der Tasche und reichte ihn ihm.

»Sie arbeiten mit mir zusammen? Das finde ich aber wirklich nett ...«

»Ich habe lediglich Mitleid mit Ihnen. Inzwischen sind Sie wahrscheinlich der Einzige hier auf der Insel, der noch nicht weiß, was sich vorhin im Rathaus zugetragen hat.«

Lucas verbarg seinen Unmut und gab sich blasiert.

»Ich werde ihn ins Labor schicken, aber ich bin sicher, die finden nichts. Ich glaube nicht, dass es einen Zusammenhang mit dem Mord und der Inszenierung am Menhir gibt. Irgendjemand hat die Situation ausgenutzt, um auf ziemlich erbärmliche Weise ein privates kleines Hühnchen zu rupfen.«

Er sah Marie an.

»Glauben Sie nur nicht, dass Sie mich mit diesen Informationsbröckchen, die Sie mir hinwerfen, dazu bewegen können, Sie wieder an den Ermittlungen zu beteiligen: Sie sind störrisch, frech und stecken wahrscheinlich bis zum Hals in dieser Geschichte mit drin ...«

Wortlos trat Marie das Gaspedal bis zum Anschlag durch.

»Und gemeingefährlich sind Sie auch«, fügte er hinzu und klammerte sich an seinen Sitz.

*

Mit kreischenden Reifen hielt Marie vor der Villa der Pérecs. Als sie sich der Eingangstür näherten, hörten sie Schreie. Marie warf Lucas einen wütenden Blick zu.
»Na, sind Sie jetzt zufrieden?«
Sie wartete seine Antwort nicht ab, sondern stürzte ins Haus. Yves hatte völlig die Fassung verloren. Er schrie seine Frau an, die sich in eine Ecke des Raums kauerte und mehr schlecht als recht seinen Schlägen auszuweichen versuchte.
Es sei ja nichts Neues, dass sie ihn betrüge, aber hier, auf Lands'en, und noch dazu mit einem Sechzehnjährigen, das sei ekelerregend!
Fersen musste seine ganze Kraft aufbieten, um Yves zu packen und an weiteren Gewalttätigkeiten zu hindern.
Während Marie Chantal, deren Gesicht von Yves Schlägen gezeichnet war, auf die Beine half, stieß Fersen Pérec auf das Sofa, wo dieser in sich zusammensackte und völlig apathisch hocken blieb.
Entweder zeugt diese Haltung von einem schwachen Charakter, dachte Lucas, oder er will mir genau das suggerieren.
Er legte Yves die Hand auf die Schulter.
»Ich muss Sie bitten mitzukommen, Monsieur Pérec. Ich nehme Sie vorläufig in Gewahrsam.«
Marie spürte, wie Chantal erschauerte, aber sie las weder Erstaunen noch so etwas wie Widerstand in ihrem Gesicht.
Pérec fuhr vom Sofa auf und protestierte.
»Sie haben nichts gegen mich in der Hand!«
»Soll ich es Ihnen aufzählen? Die Anklage in dem mit ›Gildas Kermeur‹ gezeichneten Brief, das fehlende Alibi, Kratzspuren am Hals …«
»Das waren die Äste, die …«
»Oder aber die Folgen eines Kampfs, der im Mord endete!«
»Ich habe Gildas nicht umgebracht, er war mein Freund«, sagte Pérec stöhnend und wandte sich an Marie. »Sag du es ihm, hilf mir doch …«

Marie, die sich unter Lucas' scharfem Blick außerordentlich unbehaglich fühlte, drehte sich weg und kümmerte sich weiter um Chantal, deren aufgeplatzte Lippe blutete. Fersen legte Yves die Handschellen an und richtete dann das Wort an Chantal.

»Bitte kommen Sie so bald wie möglich zur Gendarmerie, um Ihre Aussage zu machen.«

Es folgte eine gebieterische Handbewegung in Maries Richtung. »Kommen Sie.«

Sie sah ihn herausfordernd an.

»Wieso? Chantal braucht Hilfe.«

Fersen machte auf dem Absatz kehrt und zog Yves mit sich, der den Raum verließ, ohne seine Frau noch eines Blickes zu würdigen.

Marie lief rasch ins Badezimmer, auf der Suche nach dem Medizinschrank. Sie säuberte und verband Chantals Gesichtsverletzungen, ohne etwas zu sagen oder zu fragen.

Als junges Mädchen, daran erinnerte sie sich noch gut, war ihr angesichts der schönen, stets parfümierten Chantal immer allzu deutlich aufgefallen, dass sie selbst nur ein ungehobelter Wildfang war. Sie konnte gut nachvollziehen, dass Chantals Eleganz eine große Anziehung auf Nicolas ausübte.

Sie drückte Chantal in einen Sessel, kauerte sich vor sie hin und sah sie schweigend an. Dann fragte sie sanft nach Aude.

»Aude ist bei ihrer Freundin Juliette de Kersaint.«

»Vielleicht wäre es besser, sie für einige Zeit zu Ihren Verwandten aufs Festland zu schicken, meinen Sie nicht?«

Chantal senkte den Blick und nickte ernst. Dann ging Marie unvermittelt zum Angriff über.

»Sie haben Yves auf dem Steilfelsen gesehen, als Sie mit Nicolas zusammen waren.«

Die Frau des Arztes rührte sich um keinen Millimeter.

»Wenn Sie von seiner Unschuld überzeugt wären, hätten Sie ihn verteidigt.«

Chantal krümmte sich. Eine Träne fiel auf ihr elegantes Kostüm. Schweigend betrachtete Marie das Tröpfchen Salzwasser, das auf dem Seidenrock zu einem etwas größeren dunklen Fleck verlief, und gab Chantal Zeit, über ihre Worte nachzudenken. Es flossen noch ein paar Tränen, ehe Chantal mit ernster, fast klangloser Stimme widerstandslos, ja fast erleichtert ein Geständnis ablegte.
»Wir hörten laute Stimmen, es war gegen drei Uhr morgens. Sie gingen nur wenige Meter entfernt an uns vorbei, ohne uns zu bemerken … Yves beschimpfte Gildas …«
»Hat er ihn bedroht?«
»Ja«, flüsterte sie, ganz in ihre Erinnerungen versunken. »Er schrie, er werde alles tun, um ihn zum Schweigen zu bringen … Nicolas und ich sind so schnell wie möglich weggerannt, jeder zurück nach Hause …«
»Und als Sie von Gildas' Tod erfuhren, dachten Sie, Yves sei schuld. Und Sie baten Nicolas zu schweigen.«
Chantal nickte. Inzwischen flossen die Tränen in Strömen.
»Wenn wir etwas gesagt hätten, wäre unser Verhältnis herausgekommen. Ich konnte meinen Mann ja auch nicht denunzieren …«
Langsam strich sie die fleckige Seide ihres Rocks glatt und nahm dann mit erstaunlich ruhiger Hand eine Zigarette aus der Packung.

Fersen quetschte den Arzt schon eine ganze Weile lang aus. Yves blickte nicht einmal auf, als seine Frau und Marie ins Büro traten.
Lucas unterdrückte seinen Ärger. Sie kamen just in dem Augenblick, als er Pérec endlich entlockte, dass dieser tatsächlich Zuwendungen von den de Kersaints erhalten hatte.
Chantal fiel aus allen Wolken.
»Warum hast du das getan?«
Langsam wandte sich Pérec seiner Frau zu und betrachtete

sie geistesabwesend. Dann begann er zu reden, mit eintöniger Stimme und so, als spräche er vor allem zu den beiden Polizeibeamten.

»Sie ist schön, nicht wahr? Und Schönheit ist sehr teuer … Seit ich sie kenne, habe ich ihr nie einen Wunsch abgeschlagen, ich habe allen ihren Launen, all ihrer Schwäche für den Luxus nachgegeben. Haus, Schmuck, Pelze, Reisen, für sie ist nichts gut genug … Ihretwegen schufte ich wie ein Irrer in meiner Praxis und in den Labors. Aber die Geschäfte laufen sehr schlecht … Ich habe mich immer weiter verschuldet, Hypotheken auf die Labors aufgenommen …«

Chantal wurde blass.

»Warum hast du mir nichts davon gesagt?«

Ihre Stimme zitterte. Vor Mitleid mit ihrem Mann oder aus Verzweiflung darüber, was sie gerade über ihre finanzielle Situation erfahren hatte?

»Um es dir zu ersparen, meine Liebe«, presste er hervor. »Um dich nicht zu verlieren. Komisch, was? Jetzt kann ich es dir ja sagen: Auch das Haus ist bis an die Grenze mit Hypotheken belastet, wir besitzen gar nichts mehr, nur noch leere Konten. Die de Kersaints haben mir sehr viel Geld angeboten, und nur dafür, dass ich eine Abstimmung ein bisschen in ihrem Sinne beeinflusse … Was glaubst du wohl, warum ich eingewilligt habe? Damit du glücklich bist, damit du ein leichtes Leben hast.«

Er lachte traurig auf.

»Und all das war völlig umsonst. Du hast mich betrogen, wieder einmal, einmal zu oft, und noch dazu so erbärmlich … Wenn ich deinen kleinen Nicolas, diesen Drecksack, zu fassen kriege, bringe ich ihn um!«

»Verschlimmern Sie Ihre Lage nicht noch, Monsieur Pérec«, mahnte Lucas.

»Wo er auch sein mag, ich werde ihn finden. Dafür soll er mir bezahlen … Und dir werde ich nie verzeihen!«

»Jetzt reicht's!«
Fersen wollte sich an Marie wenden, um sie wegen ihres Neffen zu beruhigen.
Doch sie war nicht mehr da.

Marie war auf dem Weg zum Schloss der de Kersaints.
Um eine Länge Vorsprung zu behalten, wollte sie unbedingt vor Fersen herausbekommen, ob Arthus und PM Pérecs Geständnis bestätigten.
Sie fragte sich, wie weit die beiden gegangen wären, um ihre Wünsche durchzusetzen. Erneut stieg die Übelkeit, die sie schon in der Gendarmerie verspürt hatte, in ihr auf. Sie ließ alle Fenster herunter und atmete tief ein, um sich durch die frische Luft Erleichterung zu verschaffen.
Diese ganze Geschichte widerte sie an. Nicht etwa, weil sie schockierender gewesen wäre als die Dinge, die sie bei der Kripo in Brest erlebt hatte, sondern weil sie es nicht ertrug, dass die vertrauten Menschen von Lands'en einer nach dem anderen ihre Schattenseiten offenbarten. Wie blind sie gewesen war, als sie noch glaubte, ihre Insel sei eine heile Welt, frei von all der Korruption und den faulen Kompromissen, die anderswo üblich waren!

*

Hinter der nächsten Kurve tauchte die dunkle Silhouette des Schlosses auf. Marie riss sich von ihren Überlegungen los und fuhr durch die Einfahrt auf das Schlossgelände.
Im Garten entdeckte sie ihre Mutter. Sie trug einen Wäschekorb.
Marie wunderte sich, dass Jeanne arbeiten gegangen war, und es tat ihr weh, zum ersten Mal feststellen zu müssen, dass sie mühsam ging wie eine alte Frau. Sicher lag es weniger an dem schweren Wäschekorb als an der Bürde des Kummers. Marie

hatte Jeanne nie klagen hören, obwohl ihre Mutter immer sehr viel Arbeit gehabt hatte – mit dem Verkauf der Fische, mit ihren drei Kindern und der Anstellung bei den de Kersaints. Zum ersten Mal fiel ihr auf, dass Jeanne nie ein Wort über das verloren hatte, was sich bei den de Kersaints zutrug. Nie war sie auch nur im Geringsten indiskret gewesen.
Als Jeanne den Wagen hörte, drehte sie sich um. Sie blieb stehen und blickte ihrer Tochter ausdruckslos entgegen.
Marie hätte sie am liebsten in die Arme genommen und geküsst, doch Jeannes starre Haltung und ihr harter Blick hielten sie davon ab. Also versuchte sie ihre ganze Zärtlichkeit in ihre Stimme zu legen.
»Maman, du hättest nicht arbeiten gehen sollen …«
»Wenn ich bei deinem Bruder hätte Wache halten dürfen, wäre ich jetzt nicht hier. Und offensichtlich hast auch du deine Arbeit nicht unterbrochen.«
Der scharfe Klang der Worte traf Marie wie eine Ohrfeige. Ihr stiegen die Tränen in die Augen.
»Maman, bitte, streite nicht mit mir.«
Für einen Moment milderte ein Ausdruck von Trauer Jeannes strenges Gesicht. Sie spürte, dass sie ihre Tochter verletzt hatte. Sie gab ihr einen flüchtigen Kuss auf die Wange und ging dann zu der massiven Eingangstür voraus. Marie nahm ihr den Wäschekorb aus den Händen und wunderte sich darüber, dass ihre Mutter sie gar nicht nach dem Grund für ihr Kommen fragte.

Sie waren kaum eingetreten, da erschien Armelle de Kersaint in der Eingangshalle. Ein beigefarbenes Twinset und flache Mokassins unterstrichen noch ihren hageren Körper. Ihr Gesicht war spitz und ungeschminkt, und auch die Perlenkette, die sie über einem klassischen Tuch von Hermès trug, konnte den Eindruck von Strenge nicht mildern.
Der Blick, den sie auf Marie richtete, war kühl und forschend.

Sie ließ sie gar nicht erst zu Wort kommen, sondern fragte knapp nach ihrem Anliegen.
Doch schon übertönte Pierre-Marie de Kersaints ölige Stimme die Worte seiner Frau.
»Marie Kermeur! Lassen Sie nur, Armelle, sie kommt sicher meinetwegen ...«
Marie hob den Kopf und entdeckte PM oben auf der Steintreppe. Armelle entließ Marie aus ihrem prüfenden Blick und begann, Jeanne demonstrativ herumzukommandieren.
»Trödeln Sie nicht so! Sie werden in der Küche erwartet. Ich möchte, dass Sie sich selbst übertreffen für unseren lieben Gast Patrick Ryan! Na, los ...«
Marie fröstelte. Sie fühlte sich in der düsteren Eingangshalle des alten Herrenhauses absolut unwohl. Die Granittreppe wurde von Rüstungen flankiert. An den Wänden vermittelten alte Waffen, Wappen und einige Jagdtrophäen den Eindruck, als sei die Zeit hier schon Jahrhunderte zuvor stehen geblieben.
Erst als plötzlich Juliette de Kersaint auftauchte, schien ein Frühlingswind durch die Halle zu gehen. Das zarte und hübsche junge Mädchen küsste Marie spontan auf die Wangen und raunte ihr dabei zu, sie habe gerade Aude Pérec zur Fähre gebracht und sie der Obhut ihrer Großmutter mütterlicherseits anvertraut.
»Was habt ihr beide denn für Geheimnisse?«
PM war lautlos die Treppe heruntergekommen. Juliette warf ihm ein Lächeln zu und eilte die Treppe hinauf.
»Nun, mit wem habe ich die Ehre? Mit der Tochter unserer Haushälterin oder mit der Ex-Polizeibeamtin?«
PM kann sich seine herablassende Art und seinen Sarkasmus einfach nicht verkneifen, dachte Marie. Sie kannten sich seit je, doch wegen des Standes- und auch des Altersunterschieds von immerhin zehn Jahren hatten sie nie mehr als einen Gruß und einige Floskeln ausgetauscht.

PM zog Marie geradezu in Richtung Bibliothek. Er sei entzückt, ihre Fragen beantworten zu dürfen, erklärte er.
»Ich werde mir allerdings das Vergnügen machen, auch Ihnen einige Fragen zu stellen«, säuselte er. »Ich möchte gern aus erster Hand erfahren, was es mit den Gerüchten auf sich hat, die im Augenblick kursieren. Es ist ja so aufregend! Endlich passiert mal etwas in diesem Nest!«
»Ich versichere Ihnen, dass der Mord an meinem Bruder kein Gerücht ist«, erwiderte sie knapp und brachte ihn damit zum Schweigen.
Mit betretenem Gesichtsausdruck hielt er ihr die Bibliothekstür auf.

Sosehr das übrige Schloss auch an eine mittelalterliche Grabkammer erinnerte, die Bibliothek war wirklich faszinierend. Auf den Holzregalen standen dicht an dicht die alten Bücher und in der Luft lag ein Geruch nach altem Papier und Bienenwachs. PM schwatzte schon wieder weiter. Es sei ihm einiges zugetragen worden über die Ankunft eines Commandant Fersen und darüber, dass dieser Marie die Untersuchung aus der Hand genommen habe. Daraus schließe er, der Grund für ihr Kommen sei ausschließlich privater Natur …
Doch Marie unterbrach ihn und kam ohne Umschweife zur Sache.
»Yves Pérec behauptet, dass Sie ihm Geld gegeben haben, damit er Einfluss auf die Abstimmung im Gemeinderat nimmt.«
»Was? Aber das ist ganz und gar unwahr!«
Sie fuhren zusammen, als plötzlich eine hohle Stimme ertönte: »Das ist absolut wahr!«
Marie und PM hatten nicht bemerkt, dass Arthus de Kersaint reglos wie eine Statue in einem riesigen Lehnstuhl saß. Langsam tauchte das Adlerprofil des alten Mannes aus dem Schatten auf. Marie straffte sich unmerklich. Jedes Mal, wenn sie

die imposante Erscheinung und das seltsame Gesicht des Schlossherrn sah, war sie beeindruckt.
Gelassen und selbstsicher fuhr er fort: »Ich habe Pérec zweihundertfünfzigtausend Euro angeboten. Ich wusste, dass er in finanziellen Schwierigkeiten ist.«
Sein undurchdringlicher Blick richtete sich auf Marie und seine schmalen Lippen entblößten sekundenlang die Zähne. Vermutlich sollte es ein Lächeln sein. Bei den nächsten Worten nahm seine Stimme einen liebenswürdigen Klang an.
»Natürlich wurden alle Regeln der Kunst beachtet, damit diese geschäftliche Transaktion völlig legal erscheint. Wenn Sie unsere Buchhaltung überprüfen möchten …«
»Wie nett, dass ich auch davon erfahre!«
PMs Überraschung und Verstimmung wirkten echt.
»Zweihundertfünfzigtausend Euro – das scheint mir aber sehr viel Geld, bloß um zu verhindern, dass die Manufaktur der Le Bihans vergrößert wird«, stellte Marie fest.
Arthus stand auf und stützte sich dabei auf den Stock mit dem silbernen Knauf. Seine Stimme klang sehr autoritär, als er erklärte, anders als Loïc mit seinem idiotischen Modernisierungswahn und als die Le Bihans, die aus Geldgier zu jeder Naturzerstörung bereit seien, wolle er selbst den besonderen Charakter seiner Insel und das, was von ihrer ursprünglichen Natur noch erhalten sei, um jeden Preis bewahren.
Marie musste sich zwingen, ihm ins Gesicht zu sehen.
»Können Sie sich erklären, wie es kommt, dass Ihr Geschäft mit Pérec im Rathaus enthüllt wurde, und noch dazu auf so makabre Weise?«
Der Patriarch verzog das Gesicht.
»Keine Ahnung. Nur Pérec und ich wussten von der Sache. Es sei denn, er war so dumm, seiner Frau davon zu erzählen. Sie wissen ja besser als ich, wie leichtfertig sie ist. Nicht wahr?« Er sah Marie mit einem verächtlichen Blick an.
Marie musste eine Anwandlung von Angst unterdrücken, als

ihr klar wurde, dass er über Chantals Verhältnis mit ihrem Neffen informiert war. Sie wechselte das Thema, konnte jedoch nicht verhindern, dass sie die nächste Frage unnötig laut stellte.

»Wissen Sie, ob jemand in der Nacht, in der mein Bruder ermordet wurde, das Schloss verlassen hat?«

PM konnte sich offensichtlich nicht länger beherrschen, er kläffte regelrecht.

»Wie kommt sie dazu, solche Fragen zu stellen? Sie hat den Verstand verloren! Da kann sie uns ja gleich des Mordes bezichtigen!«

Arthus brachte seinen Sohn mit einer gebieterischen Geste zum Schweigen, wandte ihm demonstrativ den Rücken zu und schützte Marie so vor PMs Blicken.

Dann beugte er sich zu ihr und sagte mit einer Honigsüße, die ihr die Galle hochtrieb: »Mein liebes Kind, leider, leider schlafe ich sehr schlecht, ich höre das geringste Geräusch, und wenn jemand vorgestern Nacht das Schloss verlassen hätte, dann, das können Sie mir glauben, hätte ich es mitbekommen.«

PM hatte offenbar das Gefühl, seinen Vater unterstützen zu müssen, und rechtfertigte sich lautstark.

»Genau! Übrigens bin ich noch nicht einmal zum Junggesellenabschied Ihres Verlobten gegangen. Ein Verzicht, der mir leicht fiel, ich finde wirklich wenig Gefallen an solchen Besäufnissen mit billigem Wein, und ich …«

»Pierre-Marie, würdest du Mademoiselle Kermeur zur Tür bringen, bitte.«

Der Satz fiel wie ein Fallbeil.

Bevor Marie die Bibliothek verließ, drehte sie sich noch einmal zu dem hochmütigen alten Mann um.

»Ich muss Sie warnen, mit Commandant Fersen werden Sie nicht so leichtes Spiel haben.«

Dann schloss sich die Tür hinter ihr.

Arthus stieß PM den Stock in den Rücken, damit er sich umdrehte, und starrte ihn böse an.
»Deine Nerven taugen auch nicht mehr als dein Gehirn!«, knurrte er. »Und du solltest dieses Mädchen nicht für dumm halten! Ich befehle dir, mir auf der Stelle zu sagen, wo du in der Nacht, in der Gildas starb, warst und was du getan hast!«
PM sah ihn von der Seite an, sagte aber nichts.
»Ich habe dich um drei Uhr morgens nach Hause kommen sehen! Also?«
PM genoss noch einen Augenblick des Schweigens, dann lächelte er.
»Ich bin aus dem Alter raus, in dem man über alles Rechenschaft ablegen muss«, sagte er herausfordernd.
»Ich will es wissen! Bereitet es dir so viel Probleme, mir zu antworten?«
»Kein einziges, Vater. Es gibt kein Problem. Nicht mehr.«
Sein Lächeln vertiefte sich, doch es stand in völligem Gegensatz zu seinem feindseligen Blick. Er drehte sich um und ging.

8

Auf dem Markt tuschelten die Klatschweiber genüsslich über alle Ereignisse der letzten Tage. Dann schwärmten sie aus und trugen die Geschichte weiter, um sich an den erschreckten Gesichtern der anderen zu weiden.

Gwen hatte noch nie zu denen gehört, die ihre Zeit mit Klatsch verschwendeten. Scheinbar gleichgültig ging sie über den Markt, ließ sich aber kein Detail entgehen.

»Ein Verbrechen? Das ist doch nicht die Möglichkeit!«

»Und das Blut, das aus dem Menhir floss, war Gildas' Blut?«

»Du meine Güte! Wie damals bei den Strandräubern!«

»Der Polizist aus Paris soll Doktor Pérec verhaftet haben!«

»Und dann hat der Arme noch erfahren müssen, dass seine Frau ihn mit dem kleinen Kermeur betrügt!«

Gwen blieb abrupt stehen. Am anderen Ende des Platzes lud Loïc Kisten in den Kombi des Hotels. Das Gerücht würde bald auch zu ihm dringen.

»Das ist doch nicht möglich. Sie ist zwanzig Jahre älter!«

»Diese Chantal, wenn die einen Mann will ... Und der kleine Kermeur hat bestimmt seinen Spaß gehabt!«

Dieses Mal hatten zwei Frauen nahe bei Loïc gestanden. Und er hatte alles mitbekommen. Er ließ eine Kiste fallen und packte eine der Frauen am Arm.

»Was fällt Ihnen ein, solche Sachen über meinen Sohn zu erzählen? Sind Sie verrückt geworden?«

»Das weiß doch inzwischen jeder. Lassen Sie mich los!«
Gwen rannte los, um die arme Frau zu befreien, die jammerte und beteuerte, sie habe doch nur die Wahrheit gesagt.
»Gwen, sag, dass das nicht wahr ist!«
Ihr verlegenes Schweigen war Antwort genug. Loïcs verkrampftes Gesicht wurde kalkweiß. Er drehte sich um und stieg in seinen Kombi.
»Loïc! Loïc, warte!«
Doch er war schon losgefahren. Die Heckklappe stand noch offen, einige der Kisten rutschten von der Ladefläche und die Krebse freuten sich über die günstige Gelegenheit zur Flucht.

Aus Arthus' verächtlichen Worten hatte Marie geschlossen, dass sich die Affäre zwischen Chantal und Nicolas schon herumgesprochen hatte. Deshalb machte sie sich schleunigst auf den Weg ins Hotel.
Sie wusste, wie gewalttätig ihr Bruder im Affekt werden konnte. Daher wollte sie gern in der Nähe sein, wenn er von Nicolas' Verhältnis mit Chantal erfuhr.
Wirklich, ihr Neffe ließ sich aber auch in die unmöglichsten Geschichten ziehen! Ein Jahr zuvor hatte sie schon einmal eingreifen müssen: Er hatte sich zur Teilnahme an einem gefährlichen »Spiel« überreden lassen, das schließlich ein böses Ende nahm. Ein Jugendlicher war erstickt, als er eine »Initiations-Mutprobe« bestehen wollte, die ihm die anderen Jugendlichen aufgezwungen hatten. Die ermittelnde Polizei von Brest hatte es als Unfall betrachtet, und in der Presse waren die Namen der allesamt minderjährigen Jugendlichen zum Glück nicht genannt worden.
Marie hatte Loïc nicht erzählt, was sie im Zuge der damaligen Ermittlungen entdeckt hatte: Nicolas war Mitglied einer so genannten Druiden-Sekte, die die Blauäugigkeit der Jugendlichen für kleinere Drogengeschäfte nutzte.

Wieder einmal warf sie sich vor, dass sie sich nach dem Tod ihrer Schwägerin nicht besser um ihren Neffen gekümmert hatte. Er war damals erst drei gewesen – sie hatte das blasse, verschlossene Gesichtchen auf dem Friedhof noch vor Augen. Er hatte nicht geweint, er hatte sich einfach der allzu grausamen Realität verweigert und sich in seine Traumwelt zurückgezogen.
Loïc, der den Verlust seiner Frau nicht verkraften konnte, hatte Nicolas der Obhut seiner Eltern überlassen. Jeanne vergötterte ihren Enkel, aber sie war nicht immer liebevoll im Umgang mit Kindern. Auch Marie hatte als Kind darunter gelitten, und genau wie sie damals flüchtete sich auch Nicolas oft zu Milic, mit dessen Schweigsamkeit er besser zurechtkam als mit dem energischen Umgangston seiner Frau.

Nicolas' Kopf schlug hart gegen die Wand.
Loïc hatte sich nicht mehr in der Gewalt. Er merkte gar nicht, welche Schmerzen er seinem Sohn zufügte, während er ihn beschimpfte.
»Du bist schlimmer als ein Hund! Was du getan hast, ist ekelhaft, du widerst mich an!«
»Aber hör mir doch zu! Es ist nicht, wie du denkst, Chantal und ich, wir lieben uns …«
Loïcs Zorn steigerte sich nur noch. Er schlug zu, Nicolas konnte ausweichen, doch sein Vater verlor das Gleichgewicht und stolperte gegen einen Schrank.
»Chantal ist eine Nutte, das weiß die ganze Insel! Diese Schlampe lässt sich in Brest von jedem ficken, der Lust auf sie hat!«
Nicolas ertrug es nicht mehr. Er stürzte sich auf seinen Vater und versetzte ihm einen solchen Schlag, dass er zu Boden ging.
»Nicolas!«, schrie Marie, die in diesem Augenblick ins Haus kam.

Sie ging dazwischen, doch der Junge, außer sich vor Wut, versuchte, sie wegzustoßen, um wieder über seinen Vater herzufallen. Nur mit großer Mühe konnte sie ihn umklammern. Er weinte vor Zorn. Loïc war noch am Boden.
»Du kleiner Dreckskerl, du hast mich geschlagen, das werde ich dir nie verzeihen!«
Nicolas stammelte wutbebend, das sei ihm scheißegal, niemand dürfe Chantal beleidigen, sie sei der einzige Mensch, den er je geliebt habe.
Loïc stand mühsam auf. Voller Abscheu sah er seinen Sohn an.
»Ich will dich in diesem Haus nicht mehr sehen. Auch nicht mehr auf dieser Insel. Gleich morgen steck ich dich in ein Internat, wo sie mit Kerlen wie dir fertig werden, das garantiere ich dir!«
»Das meinst du doch nicht ernst, lass mich mit ihm reden«, bat Marie.
»Niemand, egal wer, soll mehr mit ihm sprechen!«
»Papa ...«
»Du bist nicht mehr mein Sohn!«, brüllte Loïc.
»Das darfst du nicht sagen!«, protestierte Marie. »Nico, ich schwöre dir, das meint er nicht ernst!«
»Raus! Raus hier!«
Loïc packte seine Schwester unsanft am Arm und schob sie aus dem Zimmer. Nicolas lag gekrümmt auf seinem Bett, seine Schultern zuckten.

Zwei Stunden später klopfte Marie leise an seine Tür.
»Nicolas? Nico, antworte doch ...«
Die Tür war abgeschlossen. Er reagierte nicht.
Loïc erschien und befahl ihr noch einmal, seinen Sohn in Frieden zu lassen. »Ich will nicht, dass du dich in unsere Angelegenheiten mischst!«
Sie roch seinen Atem. Er hatte getrunken, und da sie wusste,

dass das cholerische Temperament ihres Bruders durch Alkohol nur noch mehr angeheizt wurde, gab sie keine Widerworte, sondern versuchte ihn zu beschwichtigen.
Während sie hinunter zur Bar gingen, sprach sie leise auf ihn ein, doch Loïc richtete seinen Zorn jetzt gegen Marie.
»Du hast schon genug Unheil angerichtet! Seit du wieder auf der Insel bist, gibt es eine Katastrophe nach der anderen. Merkst du denn nicht, dass du uns Unglück bringst?«
»Hör auf! Damit habe ich nichts zu tun! Was habt ihr plötzlich alle gegen mich? Was habe ich euch getan? Ich kämpfe darum, dass der Tod von Gildas aufgeklärt wird, ich lasse meinen Job sausen, ich ...«
»Kein Mensch hat dich um irgendwas gebeten! Keiner! Wenn du uns helfen willst, dann verschwinde!«
Er stapfte in sein Büro und schlug die Tür hinter sich zu. Marie blieb zurück, wieder einmal aus dem Gleichgewicht gebracht von dieser unverständlichen Ablehnung, auf die sie ringsum stieß.

Um sich zu beruhigen und wieder Ordnung in ihre Gedanken zu bringen, ging Marie lange am Hotelstrand spazieren. Sie dachte an Christian und sehnte sich danach, bei ihm zu sein.
Sie schaltete ihr Handy ein. Elf Nachrichten von Christian. Sie biss sich auf die Lippen. Wie hatte sie ihn nur für so viele Stunden völlig vergessen können?
Er teilte ihr mit, dass er wegen eines Pressetermins kurz nach Brest müsse, aber am selben Abend zurückkomme. Sie solle jedoch nicht auf ihn warten, sie würden sich dann im Hotel treffen.
»Ich umarme dich, meine Liebste«, hatte er noch gesagt und dann aufgelegt.
Marie versuchte zurückzurufen, doch inzwischen hatte anscheinend er sein Handy ausgeschaltet.

Die Nachricht, die sie ihm hinterließ, war besonders liebevoll, da sie sich ein wenig schuldig fühlte.

*

»Familie Pérec ... Familie Kermeur.«
Ganz stolz auf sein Werk, händigte Morineau Fersen sämtliche Informationen aus, die er auf dessen Befehl über die beiden Familien gesammelt hatte. Annick, seine Sekretärin, hatte ihn dabei tatkräftig unterstützt. In einem Anfall von Arbeitseifer hatte er auch alle bekannten Informationen über Patrick Ryan zusammengetragen und die beiden letzten Bücher des Schriftstellers beigefügt.
»Bei dem muss man vorsichtig sein, der ist nicht von hier.«
»Genau wie ich«, hatte Lucas bemerkt, um Morineau ein wenig in Verlegenheit zu bringen.
Der Fachmann für Ritualverbrechen hatte Mühe, sich auf die Akte Kermeur zu konzentrieren. Hartnäckig flogen seine Gedanken zu Marie.
Er lächelte bei der Erinnerung an ihren Körper unter dem regennassen Kleid, an die runden Brüste mit den spitzen Brustwarzen ... Er hatte schon viele hübsche Frauen gesehen und so manche näher kennen gelernt, doch eine wie Marie Kermeur war noch nicht darunter gewesen.
Er musste zugeben, dass ihn die Gedanken an sie aufwühlten. Gewohnt pragmatisch suchte er nach einem Grund dafür. War es der offene Blick ihrer grünen Augen? Ihre Art, ihm Widerstand zu leisten? Ihr störrischer Charakter? Nein, es war nicht definierbar, es war ... Das Klingeln des Telefons riss ihn aus seinen Betrachtungen.
Wortlos hörte er dem Anrufer zu, dann legte er auf.
»Morineau!«
Der junge Gendarm steckte seinen Kopf durch die Tür.
»Das war die Kripo Brest, sie werden Pérec morgen in aller

Frühe abholen. Für die Nacht vertraue ich ihn Ihrer Obhut an.«
Morineau verzog das Gesicht, wagte aber keinen Protest.
Fersen streckte sich, als er vom Stuhl aufstand, dann griff er nach seiner Jacke. Er nahm Ryans Bücher und las die Titel. *Und die Steine sprachen* und *Der Kalvarienberg von Carridwen.* Womit er sich nicht gerade von den Ermittlungen ablenken würde.
Bevor Fersen ging, bat er Morineau, ihm auch ein Dossier über die Werftarbeiter zusammenzustellen.
Jetzt tat Morineau doch seinen Unmut kund.
»Ich dachte, wir hätten den Schuldigen«, knurrte er mit einer Kopfbewegung in Richtung Pérecs Zelle.
»Schon mal was von der Unschuldsvermutung gehört? Solange ich noch nicht das Untersuchungsergebnis zu seiner Blutprobe habe, gehen die Ermittlungen weiter.«
Sobald Lucas das Büro und die Tür hinter sich geschlossen hatte, machte Stéphane seinem Ärger laut Luft.
»Was dieser Kerl sich einbildet! Morineau, tun Sie doch bitte dies, tun Sie doch bitte das …«
Die Tür war wieder aufgegangen, Fersen hatte alles gehört.
»Und wo wir schon mal dabei sind, mein lieber Morineau, erstellen Sie mir doch bitte ein Dossier über die de Kersaints. Gute Nacht!«
Stéphane warf einen genervten Blick in die Zelle, in der sich Pérec mit dem Gesicht zur Wand ausgestreckt hatte, und ließ sich dann auf einen Stuhl fallen.

*

Armelle de Kersaint war ganz aufgeregt, weil sie einen echten Schriftsteller zum Abendessen erwartete. Sie hatte ausnahmsweise einen Hauch Lippenstift aufgelegt und ihren Diamanten aus dem Tresor geholt.

Die de Kersaints hatten selten Gäste. Sehr gelegentlich luden sie ausgesuchte Mitglieder des bretonischen Adels ein – die am wenigsten ruinierten, die traditionsbewusstesten – und einige nützliche Personen des öffentlichen Lebens, wie etwa den Staatsanwalt von Brest und seine Frau Carline, die entsetzlich darunter litt, dass sie keinen Titel besaß.
Auch heute Abend waren der Staatsanwalt und seine Frau anwesend. Armelle machte sich ein Vergnügen daraus, Carlines Schmerz noch zu vertiefen. Sie ließ die Lüster und Kerzen strahlen und holte das wappenverzierte Silberbesteck und die mit den Initialen der de Kersaints bestickte Tischwäsche hervor.
Das Gespräch drehte sich natürlich ausschließlich um den blutenden Menhir. Arthus versuchte das Thema zu wechseln, doch Carline und Armelle waren so fasziniert von Ryan, dass sie ihn mit Fragen über sein spannendes Fachgebiet löcherten: die mit Romantik verbrämten keltischen Sagen und Riten, wie man sie im Augenblick auf Lands'en leibhaftig erlebte – es war ja so aufregend!
Ryan war ganz in seinem Element. Charmant und jovial beantwortete er ihre Fragen, erwähnte die Legende der *Mary Morgan* und erzählte vom Blut der Opfer auf den Menhiren. Mit boshaftem Vergnügen berichtete er, aus einem alten Zauberbuch gehe hervor, dass auch ein de Kersaint unter den Strandräubern gewesen sei und, an einen der Menhire gefesselt, ein trauriges Ende gefunden habe …
»Sollten Sie Dokumente über diese Legende und die ihr zugrunde liegenden Tatsachen haben, so wäre ich sehr froh, wenn Sie mich hineinschauen ließen …«
Arthus' Miene verdüsterte sich, zumal PM Ryan eifrig unterstützte.
»Aber ja! An diesem Thema ist Vater sehr interessiert, nicht wahr?«
»Alles, was mit der Legende mittelbar oder unmittelbar zu

tun hat, habe ich dem Museum gestiftet. Es scheint mir wenig ratsam, in diesen alten Geschichten zu stochern und womöglich einen schwachen Geist dafür zu begeistern …«

Heftiges Scheppern unterbrach ihn. Ein Silbertablett war auf die Steinplatten gefallen. Alle sahen Jeanne an, die auf der Schwelle stand und der es gerade entglitten war. Ryan reagierte als Erster auf ihre gestammelten Entschuldigungen. Und als Armelle sie barsch anfuhr, verteidigte er sie freundlich. Er finde es sehr tapfer von Madame Kermeur, dass sie trotz der traurigen Ereignisse in ihrer Familie zur Arbeit erschienen sei …

»Es ist schrecklich, einen Sohn zu verlieren, auf welche Weise auch immer …«

»Vater weiß das sehr genau, auch er hat den Verlust meines ruhmreichen älteren Bruders nie verwunden«, bemerkte PM.

Ryan entging Arthus' Unbehagen durchaus nicht, doch er vermochte seine Neugier nicht zu zügeln.

»Was ist ihm denn zugestoßen?«

Armelle mischte sich hastig in das Gespräch ein – hocherfreut, endlich Ryans Aufmerksamkeit auf sich zu ziehen.

»Mein Schwager starb den Heldentod, er fiel im Kugelhagel des Algerienkriegs. Leider hatte ich nicht das Glück, ihn kennen zu lernen, und …«

Sie bemerkte die offenkundige Verärgerung ihres Schwiegervaters und unterbrach sich.

»Und … und ich schlage vor, wir gehen jetzt hinüber ins Speisezimmer«, sagte sie als vollendete Gastgeberin.

*

Marie fühlte sich in ihrem Zimmer wie in einem Hamsterrad. Sie hatte sich vergeblich auf die ersten Seiten eines Romans zu konzentrieren versucht. Der Gedanke, der ihr am frühen Abend gekommen war, entwickelte sich langsam zur fixen

Idee. Sie hielt es nicht mehr aus und warf das Buch auf den Tisch.

Leise verließ sie ihr Zimmer, zog den Generalschlüssel, den sie sich an der Rezeption »ausgeliehen« hatte, aus der Tasche und ging in Lucas' Zimmer.

Nachdem sie sich im Raum umgesehen hatte, öffnete sie den Kleiderschrank. Sie lächelte mitleidig, als sie die fein säuberlich aufgereihten feinen Schuhe sah, allesamt glänzend gepflegt, bis auf ein Paar, das völlig von Wasser und Schlamm verdorben war.

Sie setzte ihre Suche fort und stieß auf einen kleinen Koffer, den sie, ohne zu zögern, öffnete. Er enthielt verschiedene Akten, die Marie vorsichtig durchblätterte, um die Überschriften zu lesen. Bei einer stockte sie: »GILDAS KERMEUR – AUTOPSIEBERICHT«.

Mit zitternden Händen zog sie die Akte aus dem Stapel und begann sie zunehmend fassungslos zu lesen.

Die Tür öffnete sich lautlos.

»In flagranti!«, tönte es von der Schwelle. Lucas Fersen.

Marie erschrak heftig und legte die Akte sofort zurück. Dann richtete sie sich auf und blickte ihm in die Augen.

»Okay, ich habe mich erwischen lassen. Ich werde die Folgen tragen.«

Sie ließ ihn nicht aus den Augen, während sie ihm die Handgelenke hinhielt, und wagte sogar ein halb herausforderndes, halb charmantes Lächeln.

Lucas schluckte. Um Haltung bemüht, griff er nach dem Dossier. »Seltsam, diese kleinen roten Stellen, die man an Zeige- und Mittelfinger gefunden hat. Hat sich Ihr Bruder Drogen gespritzt?«

Marie schüttelte spontan den Kopf. Gildas hatte zwar dem Alkohol reichlich zugesprochen, aber als er zum ersten und einzigen Mal an einem Joint gezogen hatte, war er völlig durch den Wind gewesen.

Lucas redete weiter.
»Die Laborleute meinen, diese Stellen sähen ein bisschen so aus wie Einstichstellen.«
»Das könnte vielleicht erklären, wie der Mörder an das Blut gekommen ist, das er dann über den Menhir hat fließen lassen.«
»An den Fingerspitzen so große Mengen Blut abzunehmen ist praktisch unmöglich.«
»Und ein Menhir, der blutet, ist praktisch möglich? Sie sollten die Laborleute bitten, noch genauer nachzuforschen.«
Lucas verspürte einen Adrenalinstoß. Diese Kleine hatte wirklich Nerven! Er hätte sie ohne weiteres wegen Einbruchs verhaften können, und jetzt gab sie ihm gute Ratschläge, wie er seine Arbeit tun sollte!
Er sah sie mit einem Blick an, der streng sein sollte, und zeigte auf die Tür.
»Raus! Gehen Sie ins Bett.«
Zu seiner Überraschung ging Marie brav zur Tür. An der Schwelle wandte sie sich um und schenkte ihm ein engelhaftes Lächeln.
»Gute Nacht, Chef.«
Leise schloss sie die Tür und Lucas blieb mit einer erschreckenden Einsicht zurück: Diese junge Frau brachte ihn völlig aus der Fassung.
Wieder in ihrem Zimmer angelangt, war Marie ausnahmsweise mit sich zufrieden. Sie hatte diesem Polizisten – der, das musste sie zugeben, gar nicht so unangenehm war, wie sie geglaubt hatte – die Stirn bieten können.
Sie sah auf die Uhr und nahm seufzend ihr Buch wieder zur Hand. Eigentlich war der Krimi langweilig, die Wirklichkeit bot immer noch weit mehr Anlass zum Staunen …
Sie blätterte eine Seite um und bemerkte dabei einen Lichtreflex auf dem weißen Papier. Sie las noch einige Zeilen weiter, doch dann leuchtete wieder ein flüchtiges Licht auf.

Marie hob den Kopf.
Das Licht kam vom Leuchtturm!
Sie stürzte auf den Balkon und traute ihren Augen kaum.
Das Leuchtfeuer, das schon seit mehr als zwanzig Jahren nicht mehr gebrannt hatte, warf seinen Schein in regelmäßigen Abständen über die Landschaft.

*

Auf der Fahrt zum Leuchtturm ließ Marie den Blick zwischen den regelmäßig wiederkehrenden Strahlen und der Straße hin- und herwandern.
Plötzlich erlosch das Licht.
Verdutzt verlangsamte sie das Tempo. Es war wirklich zum Verrücktwerden.
Doch Ryan würde sicher eine Erklärung dafür haben. Sie beschleunigte wieder.
Mit der Hand versuchte sie ein Tierchen zu verscheuchen, das gerade ihr Bein berührt hatte.
Es war nicht sehr wahrscheinlich, dass der Schriftsteller die komplexe Mechanik des Leuchtturms instand gesetzt und wieder in Betrieb genommen hatte, ohne irgendjemandem etwas davon zu sagen.
Wieder wurde sie von einem Ungeziefer belästigt. Sie sah kurz an ihren Beinen hinunter, konnte aber in der Dunkelheit nichts entdecken. Doch nun kitzelte es auch am anderen Bein.
Marie schaltete die Innenbeleuchtung des Wagens ein und schrie laut auf: Lauter Krebse kletterten an ihren Beinen und an ihrer Jacke hoch!
Einer hatte bereits ihren Hals erreicht. Marie schnippte ihn weg und erschrak noch heftiger, denn inzwischen klammerten sie sich zu Dutzenden an sie, sie hingen in ihrem Haar, fielen ihr in den Ausschnitt, in die Stiefel, kletterten an ihren Schenkeln hoch, an ihrem Rock …

Sie kämpfte wie in einem Albtraum und versuchte panisch, die Tiere loszuwerden, die sie jetzt auch an ihrem Rücken fühlte. Die kleinen Scheren ritzten ihre Haut. Marie ließ das Steuer los.

Ihr Wagen kam ins Schleudern. Sie konnte ihn nicht mehr kontrollieren. Schon schlingerte er unaufhaltsam auf den Abgrund zu.

Ein helles Licht kam ihr entgegen und blendete sie. Marie schrie abermals auf. Sie verstand nicht mehr, was vor sich ging, sie konnte nichts mehr kontrollieren. Der Aufprall war ebenso plötzlich wie hart.

Ihr Wagen war zum Stehen gekommen.

Dann wurde sie sich wieder der wimmelnden Krebse bewusst. Sie versuchte die Tür zu öffnen, war jedoch von Angst und Ekel so zittrig, dass sie es nicht fertig brachte.

Eine Gestalt näherte sich ihrem Wagen und riss die Tür auf. Marie sprang wie eine Verrückte hinaus und schüttelte sich hektisch, um sich von den Tieren zu befreien. Erst nachdem es ihr gelungen war, sah sie zu der Gestalt hoch. Sie erkannte Ryan, der sie verdutzt betrachtete.

»Was fällt Ihnen denn ein, mitten in der Nacht Krebse durch die Gegend zu kutschieren?«

Marie hatte ihre Nerven noch nicht wieder unter Kontrolle.

»Ich kutschiere keine Krebse durch die Gegend, ich weiß ja nicht einmal, woher sie kommen!«

»Allem Anschein nach aus Ihrem Wagen«, erwiderte Ryan unerschütterlich ruhig.

Doch Marie war nicht nach Scherzen zumute. Sie ließ sich auf einen Stein sinken und blieb wie gelähmt sitzen, völlig außerstande, Ordnung in ihre Gedanken zu bringen.

Nach einer Weile brach Ryan das Schweigen mit einem Seufzen.

»Trotzdem wäre es nicht schlecht, wenn Sie mir das alles erklären würden. Ich habe gerade meinen Wagen kaputtgefahren, um Ihren daran zu hindern, über die Felskante zu stürzen. Außerdem ist es fast Mitternacht und ich wollte hier nicht übernachten.«

Marie riss sich zusammen und bat um Entschuldigung. Dann fiel ihr das Leuchtfeuer wieder ein.

»Haben Sie die Lampenanlage im Turm reparieren lassen?«, fragte sie rasch.

Ryan hob die Brauen, dann seufzte er wieder. Bisher hatte er Marie geschätzt, obwohl er sie kaum kannte, doch jetzt fand er sie sehr rätselhaft. Aber da sie auf dem Thema beharrte, lud er sie kurz entschlossen ein, in dem Leuchtturm hinaufzusteigen und den Zustand der Anlage zu überprüfen.

Ihre Autos hatten zum Glück nur Blechschäden, so dass die beiden langsam in Richtung Leuchtturm fahren konnten. Ryan hatte zuvor Maries Wagen sorgfältig nach weiteren unliebsamen Gästen abgesucht.

Während sie die lange Wendeltreppe hinaufstiegen, erzählte Marie ihm, was ihr unterwegs passiert war.

Oben angekommen, stellte sie mit Hilfe der starken Stablampe, die Ryan ihr geliehen hatte, überrascht fest, dass die elektrischen Kabel völlig verrottet, vom Salz angefressen und bestimmt nicht mehr funktionstüchtig waren. Sie legte sogar die Hand auf die riesige Glaslinse, um sich zu vergewissern, dass sie nicht warm war.

Wieder einmal wallte die vertraute dumpfe Angst in ihr auf. Sie litt doch nicht an Halluzinationen! Erneut versuchte jemand ihr Angst einzujagen, indem er sie mit einem Phänomen konfrontierte, das mit der Strandräuber-Legende im Zusammenhang zu stehen schien …

Ryan spürte ihre Verwirrung.

»Diese Krebs-Invasion war jedenfalls äußerst real, da wollte Ihnen eindeutig jemand schaden …«

Sie sah ihn an. Er schien ihre Gedanken gelesen zu haben.

Ryan sprach weiter: »Nur Sie können wissen, wer ein Interesse daran hat, Sie zu erschrecken und sogar nach Ihrem Leben zu trachten …«

Sie konnte und wollte sich nicht vorstellen, dass jemand auf der Insel, den sie seit Jahren kannte, ihr so übel wollte, dass er …

»Was hatten Sie denn zu dieser Uhrzeit auf der Straße zu suchen?«

Ryan lachte überrascht auf.

»Also, das muss man Ihnen lassen, Sie bleiben in jeder Situation absolut professionell!«

Der Abend bei den de Kersaints sei ziemlich langweilig gewesen, erklärte er, der Staatsanwalt von Brest und seine Frau hätten wie Statuen auf ihren Stühlen gesessen, er habe sich verpflichtet gefühlt, für Unterhaltung zu sorgen, und sich dieser Aufgabe tapfer entledigt. Zu Hause habe er dann aber festgestellt, dass ihn der Abend so genervt habe, dass er dringend noch eine Abwechslung benötigte. Deshalb habe er sich kurz entschlossen noch einmal auf den Weg gemacht, um bei Anne in der Kneipe ein Glas Bier zu trinken.

Sie standen Seite an Seite, die Arme auf das Geländer der Plattform gestützt. Eine leichte Brise spielte mit Maries Haar.

Der Mond verschwand zwar ab und zu hinter einem Wolkenschleier, doch die Nacht war so hell, dass sie fast die ganze Insel sehen konnten. Etwa zwanzig Meter unter ihnen brachen sich die Wellen am Fuß des Leuchtturms. Ihre Gischt, die weiß zu ihnen heraufleuchtete, fiel rauschend wieder in sich zusammen. Marie spürte, dass Ryans Blick auf ihr ruhte.

»Ein seltsamer Ort zum Leben«, bemerkte sie, um das Schweigen zu brechen.

Ryan nahm sich Zeit für die Antwort. Er ließ seinen Blick schweifen.

»Hier fühle ich mich frei … Im Gleichgewicht zwischen Himmel, Erde und Meer …«
Seine Stimme klang sanft, sie hatte einen Beiklang von verborgener Trauer, der Marie bewegte. Sie fühlte sich wohl in Ryans Nähe. Dieser Ort, seine Anwesenheit und vor allem seine Stimme wirkten fast wie ein Zauber auf sie. Ein seltsamer Mensch, eine seltsame Entscheidung, sich hier häuslich niederzulassen.
»Man muss die Einsamkeit lieben«, dachte sie laut.
»Eine Gewohnheit, auf die ich nicht mehr verzichten kann …«
Mit einer raschen und zarten Geste legte er ihr seine Jacke über die Schultern.
»Haben Sie keine Familie?«, fragte Marie leise.
Er erklärte, er habe seine Eltern sehr früh verloren und praktisch keine Verbindungen mehr nach Irland, woher er stamme, auch habe er weder Frau noch Kind.
»Ich bin Ihnen eben zu spät begegnet«, sagte er und lächelte sie zärtlich an.
Marie sah ihm in die grauen, leicht verhangenen Augen und er wich ihrem Blick nicht aus. Ein verwirrendes Gefühl, das sie nicht zu definieren vermochte, ließ sie erschauern. Sie fasste ihr Haar zusammen und brach den Bann des Augenblicks.
»Für einen Iren sprechen Sie aber ziemlich akzentfrei …«
Wieder lachte Ryan.
»Vertrautes Gespräch oder Verhör, bei Ihnen weiß man das nie … Ich lebe schon sehr lange in Frankreich … Sie sind ein bemerkenswerter Mensch.«
Halb erfreut, halb verlegen gab sich Marie einen Ruck, entschuldigte sich dafür, dass sie ihm noch gar nicht für seine Hilfe gedankt hatte, und verabschiedete sich rasch unter dem Vorwand, ihr Verlobter warte sicher auf sie und mache sich womöglich Sorgen.

Ryan blickte den beiden kleinen roten Lichtern nach, die auf der Straße hin und her tanzten … Jedes Mal, wenn er dieser jungen Frau begegnete, war er zugleich gerührt und voller Bewunderung. Sie hatte wirklich Mut, jedes Hindernis schien ihre Entschlossenheit noch zu steigern, und wer glaubte, sie würde die Suche nach der Wahrheit aufgeben, kannte sie schlecht. Er konnte nur hoffen, dass sie gut auf sich aufpasste.

9

Als sie vor dem Hotel ankam, schaute Marie hinauf zu den Fenstern ihres Zimmers. Es brannte Licht und sie sah Christians auf und ab gehenden Schatten. Sie eilte hinauf, zwar ein wenig schuldbewusst, weil sie ihn hatte warten lassen, aber froh darüber, sich endlich an seine Schulter schmiegen zu können.

Doch dazu gab er ihr keine Gelegenheit. Er war verärgert.

»Wo hast du bloß gesteckt? Ich hab mir Sorgen um dich gemacht!«

Er zeigte auf Maries Handy, das auf dem Bett lag.

»Ich konnte dich noch nicht einmal anrufen!«

»Ich hab gestern auch auf dich warten müssen, als du mitten in einem Unwetter und ohne mir etwas davon zu sagen in See gestochen bist …«

»Wo warst du?« Christian ließ sich nicht ablenken. »Immer noch mit deinen Ermittlungen beschäftigt? Kannst du die Finger nicht davon lassen?«

Marie war hin- und hergerissen zwischen Zorn und Enttäuschung. »Ich habe eigentlich etwas anderes erwartet als eine Szene … Christian, wir haben lange genug über unsere Berufe diskutiert, für uns beide ist der Beruf eine Leidenschaft, wir haben beschlossen, dass wir sie beide nicht aufgeben werden. Du wirst doch jetzt nicht wieder mit diesem Thema anfangen wollen …«

»Ich möchte dich daran erinnern, dass du eigentlich für ein Jahr beurlaubt bist.«
»Dabei sehne ich mich gerade jetzt so sehr nach Verständnis und Trost!«
Er sah, wie traurig sie war, und bat um Entschuldigung.
»Ich hatte solche Angst, dass dir etwas passiert ist! Ich könnte es nicht ertragen, dich zu verlieren …«
Marie zuckte zusammen. *Sie zu verlieren?* Beispielsweise bei einem vorsätzlich herbeigeführten Autounfall? Mit aller Macht versuchte sie ihr Misstrauen zu verdrängen.
Sie murmelte leise, sie habe es einfach im Zimmer nicht ausgehalten und sei noch einmal zum Steilfelsen gefahren. Wieso brachte sie es nicht fertig, ihm zu erzählen, was ihr zugestoßen war? All das nahm sie sich selbst übel: dass sie ihm nicht wirklich vertrauen konnte, dass ihr manchmal völlig idiotische Verdächtigungen durch den Kopf schossen, aber auch, dass sie ihm jetzt schon zum zweiten Mal etwas verschwieg und ihn somit belog.
Die Schuldgefühle stimmten sie milder. Sie hatten schon genug Zeit damit verloren, aufeinander zu warten, es wäre unsinnig, weitere Zeit mit Streiten zu verschwenden.
Christian vergrub sein Gesicht in Maries Haar.
»Wir müssen aufpassen, meine Liebste, wir müssen aufpassen, dass uns beiden nichts passiert … Glaub mir, wir müssen Lands'en verlassen …«
Sofort versteifte sich Maries Körper. Christian spürte es und hielt sie auf Armeslänge von sich ab. Er blickte ihr tief in die Augen, während er ihr gut zuredete.
»Ich weiß, wie wichtig es dir ist, die Wahrheit über Gildas' Tod zu erfahren, aber was hilft es dir, wenn du herausfindest, dass er in eine schmierige Bestechungsaffäre im Gemeinderat verwickelt war?«
»Es ist nicht nur das!«
»Marie, vielleicht ist es besser, wenn man nicht alles weiß. Ich

weigere mich, mir meine Erinnerung an Gildas beschmutzen zu lassen. Und unsere Zukunft ist doch wichtiger, findest du nicht? Sie liegt anderswo, nicht auf diesem kleinen Fleckchen Fels. Lands'en ist die Welt unserer Kindheit, mehr nicht, wir müssen uns von ihr trennen.«

Marie war so traurig über das Gefühl, nicht mehr auf einer Wellenlänge mit Christian zu sein, dass sie nicht antwortete. Sie schmiegte sich an ihn, sog seinen Geruch ein, doch zum ersten Mal fand sie nicht sofort den Frieden, den sie sonst dabei immer verspürte.

Er schob die Hände unter ihren Baumwollpulli. Sie spürte ihre angenehme Wärme, spürte seinen Mund, der über ihre Haut glitt und Liebesworte flüsterte. Es tröstete sie ein wenig, und langsam löschte das Verlangen, das seine Zärtlichkeiten in ihr weckten, ihr Unbehagen aus.

Sie schloss die Augen und beschloss einen Waffenstillstand. Jetzt würde sie sich nur noch auf das konzentrieren, was er ihr zu schenken verstand.

*

Morineau hatte sich gerade über eine Vier-Personen-Pizza »Vulcano« hergemacht. Er saß gemütlich an einem der leeren Schreibtische, vor sich den offenen Pizzakarton. Doch seine mahlenden Kiefer standen still, als er hörte, wie sich die Eingangstür öffnete.

Nicolas stand im Türrahmen.

»Was zum Teufel willst du denn hier?«, fragte Morineau verärgert und mit vollem Mund.

»Mit Pérec sprechen«, gab der Junge sichtlich angespannt zurück.

Beim Klang von Nicolas' Stimme war der Zelleninsasse aufgesprungen. Wütend brüllte er den jungen Mann an: »Du verdammtes kleines Miststück! Reicht es dir nicht, dass du

mit meiner Frau geschlafen hast? Musst du auch noch herkommen und mich verhöhnen?«
»Sie liebt mich! Sie hat sich für mich entschieden! Das müssen Sie endlich begreifen. Mit mir will sie zusammenleben, nicht mit Ihnen! Es hat keinen Zweck, sie daran hindern zu wollen!«
Halb verrückt vor Zorn umklammerte Pérec die Gitterstäbe.
»Du Schwein! Das schwöre ich dir: Sobald ich hier rauskomme, werde ich dich zur Rechenschaft ziehen!«
»Sie will nichts mehr von Ihnen wissen, Sie können uns nichts tun.«
»Ich zieh euch das Fell vom Leibe! Ich mach euch zu Hackfleisch!«
Stéphane, der sich der Lage vorübergehend nicht gewachsen fühlte, drängte den Jungen mit aller Kraft zur Tür hinaus und schloss hinter ihm ab.
Pérec tobte indessen weiter und versprach seiner Frau und ihrem Gigolo den Tod und Schlimmeres. Der Gendarm trat ans Fenster.
Nicolas stieg gerade zu seiner Geliebten ins Auto. Chantal ergriff seine Hand und versuchte ihn zu besänftigen.
Nicolas bebte vor Wut. Nie wieder werde sich dieser Kerl ihr nähern dürfen, schwor er, niemals wieder dürfe er sie berühren! Chantal hatte die ganze Zeit Ruhe bewahrt. Sie warf einen Blick auf das Gebäude.
»Nico, beruhige dich doch, überlass alles mir. Ich verspreche dir, wir tun, was wir uns geschworen haben.«

Die Lichter waren aus, nur das bläuliche Flackern der Sicherheitslämpchen war noch zu sehen.
Durch das vergitterte Zellenfenster schien der Mond und hüllte Pérec in ein weißes Dämmerlicht. Er hatte sich schon seit Stunden nicht mehr gerührt. Mit dem Gesicht zur Wand lag er auf der Pritsche.

Stéphane lag weit zurückgelehnt in seinem Stuhl, seine Augen waren geschlossen.
Ganz langsam und leise bewegte sich das Schloss der Eingangstür, dann senkte sich die Klinke und die Tür öffnete sich.

*

Maries Gesicht war unter den verschwitzten Haarsträhnen kaum zu sehen. Sie und Christian schliefen eng umschlungen. Durch die halb offene Balkontür fiel das erste Morgenlicht.
Das schrille Klingeln des Telefons wirkte wie ein Stromschlag. Marie fuhr auf und nahm reflexartig den Hörer ab. Eine Stimme schrie ihr ins Ohr. Maries Gesicht, noch ganz verschlafen, verkrampfte sich.
»Beruhigen Sie sich, Stéphane, schreien Sie doch nicht so … Was? Ich verstehe überhaupt nichts … Was? … Aber beruhigen Sie sich doch! Ich komme.«
Sie sah Christian an, der sich im Schlaf kaum gerührt hatte, und machte sich daran, das Bett so leise wie möglich zu verlassen. Doch plötzlich tauchte der Arm ihres Liebsten aus den Laken auf, legte sich um sie und zog sie mit einem Ruck an sich. Sie versuchte sich zu befreien, doch Christian lockerte den Griff nicht. Sie erklärte ihm, Stéphane brauche dringend Hilfe.
»Na und? Soll sich doch dieser fremde Flic drum kümmern …«
Marie verzog verärgert das Gesicht, doch sie gab Christian einen Kuss auf die Stirn und sagte begütigend, es sei wirklich dringend und sie müsse unbedingt hin.
Er ließ sie los, wandte ihr wütend den Rücken zu, wühlte sich unter die Decken und grummelte, dann werde er eben allein ausschlafen.
Marie sprang aus dem Bett, raffte ihre Sachen zusammen und

verschwand im Bad. Während sie sich hastig anzog, überlegte sie, ob sie Fersen wecken und mit zur Gendarmerie nehmen sollte. Ja. Das musste sie tun. Allerdings würde sie ihn darauf hinweisen, dass Stéphane reflexartig bei ihr angerufen hatte, weil er ihr vertraute und nicht ihm.

Energisch trommelte sie an Fersens Zimmertür. Keine Reaktion. Sie ließ nicht locker. Als sich nach einer Minute noch nichts rührte, drückte sie auf die Klinke. Die Tür war nicht verschlossen.

Sie trat ein und sah Fersen aus dem Bad auftauchen, splitternackt und in der Hand ein Handtuch, mit dem er sich hastig bedeckte. Marie entschuldigte sich verlegen.

»Äh … Tut mir schrecklich Leid, Commandant, aber … Morineau hat gerade angerufen. Es ist dringend!«

»Das will ich hoffen. Ich hasse es, wenn man mich ungeschminkt sieht!«

Maries Verlegenheit steigerte sich noch, denn Fersen, der es nicht für nötig hielt, seine Rückfront zu bedecken, präsentierte ihr im Spiegel seinen wohl geformten Hintern.

Kurze Zeit später standen sie beide völlig verblüfft vor Pérecs Zelle.

Sie war leer. Aber abgeschlossen.

Morineau wirkte völlig aufgelöst.

»Das ist der absolute Wahnwitz! Es ist nicht möglich, es ist einfach nicht möglich! Er ist verschwunden! Das ist doch Magie, das ist doch nicht normal, genau wie das Blut, das aus einem Menhir kommt …«

Fersen befahl ihm resolut, den Mund zu halten und keinen Unsinn zu erzählen.

»Jemand ist hier hereingekommen, hat die Zelle geöffnet, Pérec rausgelassen und danach wieder abgeschlossen, das ist alles.«

»Das ist unmöglich! Ich trage die Schlüssel bei mir – da!« Morineau steckte die Hand in die Hosentasche.
Er erstarrte und seine Augen weiteten sich erschrocken.
»Die Schlüssel! Sie sind weg!«
Lucas hob hilflos die Hände.
Marie, die Latexhandschuhe angezogen und begonnen hatte, das Dienstzimmer zu durchsuchen, klimperte mit einem Schlüsselbund.
»Hier sind sie!«
»Das ist doch nicht möglich, das ist verrückt, total verrückt! Ich hätte doch merken müssen, dass man sie mir aus der Tasche zog! Ich hab nicht geschlafen, fast gar nicht! Das schwöre ich!«
Fersen war ziemlich verstimmt. Barsch forderte er Morineau auf, mit den Hampeleien aufzuhören. Dieser Gendarm ging ihm allmählich wirklich auf die Nerven. Gerade setzte er zu weiteren Verweisen an, als er plötzlich stockte. Sein Blick war auf einen Zettel auf der Pritsche gefallen. Marie folgte seinem Blick. Vorsichtig öffnete sie die Zellentür, und Lucas hob behutsam das Stück Papier auf, das sich als ein Umschlag erwies.
Stéphane konnte sich nicht zurückhalten. »Der gleiche Umschlag! Das ist der gleiche Umschlag wie der, den wir in der Werft auf Gildas Kermeurs Schreibtisch gefunden haben!«
»Ja. Nur, dass das Siegel dieses Mal leider völlig zerbröckelt ist.«
Lucas sammelte möglichst viele der Bröckchen auf und ließ sie in einen Plastikbeutel gleiten. Den Umschlag steckte er dazu. Wortlos trat er an seinen Schreibtisch und wurde aktiv: Lands'en musste umgehend abgeriegelt werden. Vom Handy aus rief er das Hafenamt an und veranlasste, dass niemand die Insel betreten oder verlassen durfte, ehe er am Hafen war.
Sobald sich die Tür hinter ihm geschlossen hatte, weinte sich Stéphane an Maries Schulter aus.

»Fersen wird mich drankriegen, so viel ist sicher! Er wird sagen, dass ich schuld daran bin, dass Pérec verschwunden ist!«

»Stéphane, nun regen Sie sich doch nicht so auf, beruhigen Sie sich …«

Sie ging an ein Telefon, um ebenfalls einige Anrufe zu tätigen, doch Stéphane geriet schon wieder in Aufregung. Er wedelte mit einem Fax, das gerade angekommen war.

»Da haben wir's! Vom Labor. Das Blut unter Gildas' Fingernägeln stammt tatsächlich von Pérec! Er ist der Mörder! Und ganz sicher hat er auch den Menhir zum Bluten gebracht. Und wenn er das kann, ist es auch kein Wunder, dass er verschwinden kann!«

Er klammerte sich an Marie.

»Er hätte auch mich töten können, ist Ihnen das klar? Und wenn er Ihren Neffen in die Finger kriegt, dann geht's uns schlecht, oder vielmehr, dann geht's dem Kleinen schlecht …«

»Was ist mit meinem Neffen?«

Morineau erzählte ihr, dass Nicolas spät am Abend zuvor auf dem Revier aufgetaucht sei und Pérecs Drohungen ziemlich unzweideutig gewesen seien.

Marie warf einen Blick auf Lucas' Schreibtisch und beschloss, Nicolas so schnell wie möglich zu warnen. Stéphane befahl sie, das Fax sofort zu Fersen zu bringen.

»Aber im Augenblick macht es wenig Sinn, ihm die Sache mit Nicolas zu erzählen. Versprochen?«

Im Hinausgehen tippte sie bereits eine Nummer in ihr Handy ein. Sie hoffte, dass Loïc sich melden würde und es fertig brächte, den Zorn auf seinen Sohn zurückzustellen und stattdessen für seinen Schutz zu sorgen.

Zum Glück meldete sich ihr Bruder sofort. Nachdem er ihr schweigend zugehört hatte, sagte er: »Mach dir keine Gedanken, ich sag Nico sofort Bescheid, er hat sich noch nicht aus seinem Zimmer gerührt.«

Marie war froh, dass sich Loïcs Zorn offenbar gelegt hatte. Sie saß bereits im Auto und war auf dem Weg zum Hotel.
»Sag ihm, er soll zu Hause bleiben, bis wir Yves wieder gefasst haben, ja?«
Loïc, das Handy am Ohr, war schon unterwegs zum Zimmer seines Sohnes. Er klopfte an, und zu seinem Erstaunen gab die Tür sofort nach und öffnete sich.
Das Zimmer war leer.
Loïc schrie in sein Handy: »Verdammt noch mal! Dieser kleine Mistkerl hat mich ausgetrickst! Das Bett ist völlig unberührt! Wenn er zu dieser Schlampe Chantal gelaufen ist, dann kann er was erleben, das schwöre ich dir!«
»Loïc, beruhige dich doch! Bleib ganz ruhig und hör mir zu!«, schrie Marie zurück.
Doch ihr Bruder achtete kaum auf ihre Worte, er rannte wütend im Zimmer umher, fiebrig suchte er nach einer Spur, nach einem Zettel, den sein Sohn ihm vielleicht hinterlassen hatte, und warf dabei alles durcheinander.
Marie hielt an und wendete mitten auf der Straße.
»Bleib, wo du bist, ich fahre zu den Pérecs. Durchsuch sein Zimmer, das ganze Hotel. Schau nach, ob sein Jet-Ski und der Motorroller da sind ...«
Doch Loïc hatte die Verbindung bereits unterbrochen. Er fühlte, wie ihm Tränen des Zorns und der Ohnmacht in die Augen stiegen. Jetzt war der kleine Mistkerl zu weit gegangen. Er scherte sich einen Dreck um seinen Vater, er hatte ihn sogar geschlagen, niemals hätte Loïc sich vorstellen können, dass der Kleine ... Nein, er war eben nicht mehr klein. Warum hatte er das nicht schon früher eingesehen? Schon seit Monaten bemerkte er Veränderungen an Nico, hundert Mal schon hatte er sich vorgenommen, ein längeres Gespräch mit ihm zu führen, es aber von Tag zu Tag aufgeschoben. Wieso war er nicht imstande gewesen, mit seinem Sohn zu reden?
Jetzt bestand die Gefahr, dass die Bindung zwischen ihnen

endgültig zerbrach. Eine unerträgliche Vorstellung, zumal sich Loïc einen Großteil der Schuld selbst zuschreiben musste.

Sein Zorn war verraucht. Inzwischen hatte er nur noch Angst. Er setzte sich auf das Bett seines Sohnes und betrachtete die vertrauten Gegenstände, als könne er mit ihnen Zwiesprache halten.

*

Obwohl es noch so früh am Morgen war, stand die Eingangstür der Villa der Perecs offen.

Marie trat vorsichtig ein. Alles war still, niemand antwortete auf ihre Rufe. Sie durchquerte das große Wohnzimmer und ging zu den Schlafzimmern. Auch sie waren leer. In Chantals Zimmer bemerkte sie einen offenen Kleiderschrank.

Einige Kleidungsstücke fehlten, die Schubladen des Sekretärs waren ausgeräumt und ein kleiner Wandsafe stand offen. Er enthielt nur noch leere Schmuckkästchen. Chantal hatte offenbar rasch alles Wertvolle zusammengerafft und sich davongemacht. Ganz sicher mit Nicolas.

Routinemäßig inspizierte Marie auch das Badezimmer. Sie runzelte die Stirn und schnupperte. Ein Brandgeruch stieg ihr in die Nase.

In der Badewanne lag ein Haufen halb verkohlter Papiere. Marie nahm eine Epilierpinzette vom Waschbecken und hob die Asche hoch.

Einige Bögen waren vom Feuer verschont geblieben und Marie erkannte Nicolas' Handschrift.

»... was du willst, aus Liebe zu dir würde ich alles tun, das schwöre ich dir, meine Geliebte ...«

Seine Briefe an Chantal. Marie zögerte kurz, dann sammelte sie vorsichtig alle Papierfetzen ein, die noch Lesbares aufwiesen.

Sicherheitshalber rief sie noch Nicolas' beste Freunde an, um sie nach seinem Verbleib zu fragen. Vergebens. Wie hatte das Paar fliehen können? Der kleine Fischkutter ihres Vaters fiel ihr ein. Nicolas konnte bestens damit umgehen. Seit der Junge laufen konnte, hatte Milic ihn mit aufs Meer genommen und Nicolas hatte ihn bis vor kurzem gern begleitet. Es machte ihm Spaß, seinem Großvater zu helfen.
Eilig verließ Marie die Villa, setzte sich in ihr Auto und fuhr zu den Fischbassins ihres Vaters.
Sie kamen gerade in Sicht, als das Handy klingelte. *Fersen,* stand auf dem Display. Sie wies den Anruf ab.

*

Loïc stöberte immer noch in den Sachen seines Sohnes und fühlte sich ihm dadurch plötzlich wieder näher. Etliche Gegenstände erinnerten ihn an gemeinsame Erlebnisse. Er entdeckte Weihnachts- und Geburtstagsgeschenke, erinnerte sich an die Freude des Jungen unter dem Weihnachtsbaum. Und an die Stunden, die sie beide in einem Laden verbracht hatten, um einen Fotoapparat auszusuchen … Er würde mit Nico sprechen, er würde ihn wieder zur Vernunft bringen – er musste ihn nur finden.
Loïc betrat die Garage, in der sich Nicolas' Motorroller befand. Er lag auf der Seite. Loïc richtete ihn auf und bemerkte dabei den großen Mülleimer, dessen Deckel ein Stück offen stand. Beiläufig wollte er ihn schließen, doch dann klappte er ihn ganz hoch.
Er sah ein Stück Jeansstoff.
Neugierig beugte er sich über die Tonne und zog ein zusammengerolltes Kleiderbündel hervor.
Nicolas' Sachen. Warum hatte er sie weggeworfen? Loïc breitete sie aus.
»O nein …«

Die Angst zerriss ihn, seine Hände zitterten und er ließ Hemd und Hose fallen: Sie waren voller Blut.

*

Der Fischkutter schwankte friedlich auf den Wellen. Milic war an diesem Tag nicht aufs Meer gefahren. Er hatte einiges an seinen Fischbassins auszubessern gehabt, die sich direkt am Hafen befanden.

Jetzt hörte Milic seiner Tochter schon seit einer Weile aufmerksam zu, voller Trauer darüber, dass er ihr nicht helfen konnte. Doch er verstand zumindest, warum sich Nicolas in letzter Zeit von ihm entfernt hatte.

Marie setzte sich niedergeschlagen auf eine Holzbank, die vor einem der Bassins stand.

Milic legte ihr liebevoll die Hand auf den Kopf, ehe er zu einem der höher gelegenen Bassins ging. Sein Gang war noch schwerer geworden.

Sie blickte ihm nach. Ihr Vater erinnerte sie an einen Albatros. Genau wie dieser große Vogel war er an Land unbeholfen und schwerfällig. Wirklich er selbst war er nur auf dem Meer, dann verschmolz er mit der Natur und verstand sich besser mit den Elementen als mit den Menschen.

Das Handy riss sie aus ihren Gedanken. Es war Loïc.

»Was? … Nicolas' Kleider … Wo?«

Ihre Stimme wurde lauter.

»Blut? Warte, fass nichts an, beruhige dich, bitte beruhige dich doch«, sagte sie immer wieder, als könne sie dadurch ihre eigene Angst dämpfen, die ihren Bruder nur in noch schlimmere Panik stürzen würde.

Ein rauer Aufschrei ließ sie hochschrecken. Milic.

Sie sah, wie er taumelte. Sein Blick war starr in das Bassin gerichtet. »Papa!«, schrie Marie.

Sie rannte zu ihm, ohne das Gespräch mit Loïc zu beenden.

»Nein! O nein!«
Sie stand neben ihrem Vater und konnte den Blick nicht von dem Becken unter ihnen abwenden: Im Gewimmel der Taschenkrebse und Seespinnen lag, fast verdeckt von den großen Krustentieren, eine Leiche. Nur ein Bein war zu erkennen.
Milic fasste nach der Hand seiner Tochter. Beide hatten denselben schrecklichen Gedanken.
Nicolas.
Loïcs Wagen raste heran. Er hielt auf dem Weg neben den Bassins. Maries Schrei am anderen Ende des Telefons gellte ihm noch in den Ohren.
Schon von weitem sah er seine Schwester, Milic hielt sie in den Armen. Der alte Mann starrte immer noch auf das Bassin, das jetzt mit einer alten Plane abgedeckt war.
Loïc hatte das Gefühl, sein Herz werde in einem Schraubstock gehalten. Er rannte auf die beiden zu, wartete gar nicht erst ab, bis einer etwas sagte, und zog die Plane vom Becken. Er stand vor dem von den Krebsen zerschnittenen Leichnam und stieß einen tiefen Seufzer der Erleichterung aus.
Vor ihnen lag Yves Pérec.
Loïc wandte sich ab. Dann sah er seinen Vater und seine Schwester an. In ihren Augen entdeckte er dieselben Gefühle, die er selbst empfand. Maries Stimme war tonlos.
»Ich habe Commandant Fersen benachrichtigt. Er ist bestimmt schon mit Morineau und seinen Leuten unterwegs. Besser, du verschwindest jetzt und suchst weiter nach Nicolas. Niemand hat ihn die Insel verlassen sehen, soweit ich weiß. Mir ist lieber, du findest ihn, und nicht Fersen.«
»Du glaubst doch nicht etwa, er hätte …« Loïc schien an seinen Worten zu ersticken.
»Nein, eigentlich kann ich es mir nicht vorstellen. Aber sein Verschwinden und das Blut an seinen Sachen sprechen nicht gerade für ihn …«

Sie brach ab, als sie die Zweiklangsirene eines der beiden Gendarmeriefahrzeuge hörte.
Loïc zögerte nicht länger, er rannte zu seinem Wagen und hechtete hinters Steuer. Marie fühlte, wie ihr Vater ihr den Arm um die Schultern legte.
»Lass deinen Bruder nicht allein. Er ist unberechenbar. Ich kümmere mich um den Flic. Geh, mein Mädchen.«
Marie drückte sich kurz an ihn. Sie wusste, dass er die Sache sehr gut regeln würde, und sie war ihm dankbar.
Sie war fast an ihrem Wagen angelangt, da wurde ihr klar, dass es zu spät war. Fersen hatte ihr den Weg abgeschnitten. Er sprang aus dem Geländewagen und sprach sie schon von weitem an.
»Sie haben vermutlich Besseres zu tun, als meine Fragen zu beantworten?«
»Habe ich etwa die Wahl?«
Er antwortete nicht darauf, sondern ging gleich zur nächsten Frage über, die er so gleichgültig stellte, dass sie ihn dafür hasste.
»Wer ist es?«
»Ihr Mörder – ermordet.«
Fersen ignorierte den Sarkasmus in ihrer Stimme und forderte sie nur auf, ihm zu den Bassins zu folgen.
»Und was hatten Sie hier zu suchen?«
Jetzt kam Milic dazu und begann ihm haarklein von der Entdeckung zu erzählen, was Fersen wirksam von weiteren Fragen abhielt. Marie freute sich über die Solidarität und die Geistesgegenwart ihres Vaters. Unauffällig machte sie ein paar Schritte zum Weg hin, doch Lucas warf ihr einen strengen Blick zu. Seufzend setzte sie sich auf eine kleine Steinmauer.
Fersen geriet in helle Wut, als er sah, wie Morineau unbeholfen und unter Missachtung der elementarsten Vorschriften an dem Leichnam herumzerrte und dabei möglicherweise Indi-

zien zerstörte, mit deren Hilfe die Laborfachleute den Tathergang hätten rekonstruieren können. Er stürzte zu ihm und schob ihn rücksichtslos beiseite.
Dann zog er Latexhandschuhe über und bog vorsichtig die Hände des Toten auseinander, um die Innenseiten der Finger zu untersuchen.
Da waren sie, auf dem Zeige- und dem Mittelfinger.
Kaum wahrnehmbare Einstichstellen, wie sie der Gerichtsmediziner auch an Gildas Kermeurs Fingern gefunden hatte.
»Stecken Sie die Hände jeweils in eine Tüte«, wies er Morineau knapp an, der jedoch riss nur verständnislos die Augen auf. »Die Hände, Morineau«, wiederholte Lucas und fuchtelte ihm mit seinen eigenen unter der Nase herum. »Tüten darüberstülpen!«
Während Stéphane den Befehl in fiebriger Hast befolgte, strich Lucas das vom Blut verklebte Haar des Mordopfers zur Seite. Die Wunde befand sich am Hinterkopf, dort, wo der beginnende Haarausfall die rosige Haut des Schädels durchscheinen ließ.
Bei der Autopsie käme garantiert heraus, dass Yves und Gildas auf dieselbe Art und Weise getötet worden waren, darauf würde Lucas jede Wette eingehen. Er legte Yves' Kopf wieder auf den Boden. Da bemerkte er einen winzigen Fetzen Papier, der im Mundwinkel des Toten klebte.
Lucas wollte ihn vorsichtig mit dem Fingernagel wegschieben, bemerkte jedoch Widerstand und öffnete erst die Lippen und dann die Kiefer des Mordopfers, um nach und nach einen aufgerollten Zettel aus dem Mund zu ziehen. Er entfaltete das vom Speichel feuchte Blatt.

Für Marie, so wird es der Hohe Herr beschließen,
Licht wird flammen und Blut wird fließen
aus dem Herzen von Stein.

Marie … Automatisch sah er zu der kleinen Mauer und unterdrückte einen Fluch, als er feststellen musste, dass sie nicht mehr da war.
»Wo ist sie?«, schrie er Milic an.
»Ins Hotel«, sagte dieser und erzählte ihm, was sich zugetragen hatte.

*

Als Marie in die Waschküche stürzte, leerte Loïc gerade einen Kanister Benzin in einen großen steinernen Bottich. Sie begriff sofort, was er vorhatte.
»Es nutzt nichts, wenn du Nicos Sachen verbrennst!«, rief sie und lief zu ihm. »Schon gar nicht, wenn er unschuldig ist!«
Doch Loïc schien sie nicht zu hören, er bemerkte ihre Gegenwart erst, als sie ihm den Kanister zu entwinden versuchte. Das Gesicht, das er ihr zuwandte, war verzerrt von Hass, genauso wie die Worte, die er ihr entgegenschleuderte.
»Verschwinde, Marie! Du gehörst nicht zu uns!«
Marie wollte nicht zulassen, dass der Schmerz sie überrollte. Sie umklammerte den Kanister und kämpfte verzweifelt mit Loïc, dessen Kräfte durch den Zorn nur noch größer wurden. Sie beide achteten nicht auf die Benzinspritzer, die sich überall verteilten, auf ihre Kleider, auf den Boden ringsum. Obwohl Marie alle Muskeln anspannte, erlahmte sie für einen kurzen Augenblick – lange genug für ihren Bruder, der sie fortstieß und ein Feuerzeug aus der Tasche zog. Er ließ die Flamme aufspringen. Sie spiegelte sich kurz in seinen geweiteten Pupillen.
Marie vergaß alle Vorsicht. Sie rannte in ihn hinein wie ein Stier in einen Torero und sah das Feuerzeug noch wegfliegen, bevor sie einen harten Schlag ins Gesicht bekam und zu Boden ging. Ihr Kopf schlug dumpf auf. Irgendetwas rann ihr über das Gesicht – wahrscheinlich Blut aus einer Platzwunde,

dachte sie noch, bevor sie das Bewusstsein verlor. Sie merkte nicht mehr, dass das Benzin sich entzündet hatte und das Feuer unaufhaltsam auf sie zurückte.
Loïcs Wut verrauchte. Wie erstarrt verfolgten seine Augen die Flammen, die seine Schwester bereits umzüngelten und jetzt an ihren Kleidern leckten.
»Verflucht! Stehen Sie nicht so rum! Holen Sie einen Feuerlöscher!«
Lucas stürmte herein und schnappte sich eine Tischdecke, die zum Trocknen über einer Leine hing. Er stieß Loïc aus dem Weg, sprang in den Feuerkreis und warf die Decke über Marie, um die Flammen zu ersticken. Loïc, endlich aus seiner Erstarrung erwacht, half ihm dabei.
Lucas beugte sich über die blasse junge Frau.
Plötzlich stand Valentines Gesicht vor ihm.
Zehn Jahre war das Ganze jetzt her. Sie verdiente sich ihre ersten Polizistinnensporen, mit der Unbekümmertheit und dem Optimismus der Jugend, die sich für unsterblich hält. Eines Morgens war sie zu einem Einsatz gefahren und nicht mehr zurückgekehrt.
Niemand in der Abteilung hatte gewusst, dass sie liiert waren.
Lucas hatte darauf bestanden, bei der Aussegnung dabei zu sein. Bevor der Sarg für immer geschlossen wurde, hatte er, von allen unbemerkt, ein kleines Kästchen hineingelegt. Der Diamant mit Brillantschliff wog mehr als ein Karat, der Ring war aus Weißgold. Einige Tage vor dem Einsatz hatte er ihn gekauft und dann auf den richtigen Moment für den Heiratsantrag gewartet. Der richtige Moment war nie gekommen. Ein bis zum Hals mit Crack voll gestopfter Junkie hatte es nicht haben wollen … Der Sargdeckel hatte sich über Valentine geschlossen. Über Valentine und dem Ring. Und über Lucas' Herz.

Das Erste, was Marie sah, als sie erwachte, waren Lucas' braune Augen direkt über ihr. Und darin eine diffuse Angst, die jedoch so rasch verschwand, dass sie glaubte, sich getäuscht zu haben.

»Also wirklich, man kann Sie einfach nicht allein lassen!« Vergeblich versuchte er mit seinen Worten seine Erschütterung über ihren Anblick zu überspielen.

Genau die Sorte Gefühl, mit der er sich nie wieder belasten wollte.

Er runzelte die Stirn, als Marie Anstalten machte aufzustehen.

»Bleiben Sie ruhig liegen, ich rufe Hilfe.«

Doch Marie erhob sich trotzdem.

Er betrachtete ihre Kleidung, die an manchen Stellen angesengt war, und das Blut, das über ihre Wange lief. Dann nahm er ein Papiertaschentuch und drückte es ihr fest auf die aufgeplatzte Braue.

»Ich weiß ja, dass die Leute hier in der Gegend einen harten Schädel haben, aber ich möchte, dass Sie ärztlich untersucht werden.«

»Nur falls Sie es vergessen haben: Der einzige Arzt der Insel ist tot«, brachte Marie mühsam heraus und nahm ihm das Taschentuch ab.

Er hielt ihrem Blick einen Augenblick lang stand, dann zuckte er die Achseln und griff nach seinem Handy, ohne sich weiter um sie zu kümmern.

»Morineau? Fersen hier. Kommen Sie sofort mit Ihren Leuten hierher ins Hotel.«

Er verdrehte die Augen.

»Ja, natürlich zu Loïc Kermeur! Kennen Sie noch ein Hotel auf Lands'en?«

Er unterbrach die Verbindung und runzelte die Stirn, als er bemerkte, dass Marie die Gelegenheit genutzt und sich neben Loïc gestellt hatte. Es fiel Lucas extrem schwer, ihren Bruder

vor ihren Augen zu verhaften, aber sie ließ ihm keine Wahl. Er war fest davon überzeugt, dass Loïc wusste, wo sein Sohn war, und hoffte, dass die Inhaftierung ihn zur Zusammenarbeit bewegen würde.
Lucas sagte: »Ich nehme Sie wegen Verdunklungsgefahr in Gewahrsam.«
Marie lachte höhnisch auf und sagte: »Glauben Sie wirklich, er hätte so viel Angst, wenn er wüsste, wo sein Sohn ist?« Maries Augen blitzten vor Wut und Verzweiflung.
»Lassen Sie mich mit ihm sprechen. Ich kenne meinen Bruder, Sie werden gar nichts aus ihm herausbringen, wenn Sie ihn attackieren.«
Er gönnte ihr keine Antwort. Bislang wusste er nicht einmal, ob Nicolas Yves Pérec überhaupt hatte töten können. Aber sein Vater schien immerhin so sehr an seine Schuld zu glauben, dass er – wenn Lucas die Situation richtig einschätzte – potenzielle Beweisstücke vernichten wollte. Und das war Anlass genug für ein Verhör.
»Wollen Sie mir wirklich helfen?«, fragte Lucas Marie eisig, während er die Handschellen herausholte. »Dann mischen Sie sich nicht mehr ein. *Capito?*«
Marie öffnete den Mund zu einer Entgegnung, doch Loïc kam ihr zuvor, seine Stimme klang müde.
»Tu, was er sagt, Marie. Bitte.«
Ihr war, als habe er noch leise »Verzeih mir« hinzugefügt, und sie gab seufzend auf.

10

Die Hochzeitssuite war leer, das Bettzeug lag in einem Knäuel auf dem verlassenen Bett. Marie hielt sich nicht lange mit Grübeleien über Christians Abwesenheit auf. Angesichts dessen, was ihr da aus dem großen Standspiegel entgegenblickte, war sie eigentlich ganz froh, dass er sie jetzt nicht sehen konnte.

Wenige Minuten später zeugte nur noch eine sorgfältig verpflasterte Augenbraue von dem Drama, das sich in der Waschküche zugetragen hatte. Und die würde in wenigen Tagen verheilt sein. Doch Marie wusste, dass die wirklichen Wunden nicht so schnell heilten.

Als sie unten aus dem Aufzug kam, sah sie Jeanne und Christian im leeren Speisesaal sitzen. Komplott. Das war das Wort, das ihr spontan in den Sinn kam. Sie sprachen tatsächlich von Marie und wechselten noch nicht einmal das Thema, als sie näher trat.

»Ich habe unsere Abreise vorverlegt«, sagte Christian. »Leider sind wir zu Gildas' Beerdigung nicht mehr hier.«

»Er wäre der Erste, der Marie zu einem baldigen Aufbruch drängen würde«, sagte Jeanne.

»Darf ich auch etwas zu meiner Terminplanung sagen, oder ist das zu viel verlangt?«

Wieso sahen die beiden sie an, als hätte sie etwas Ungehöriges geäußert? Warum konnte sie ihnen nicht glauben, wenn sie beteuerten, sie wollten sie nur schützen? Wovor? Vor wem? Warum hatte sie so sehr das Gefühl, dass sie mehr Angst vor ihr hatten als um sie? Warum war Jeanne weggegangen, ohne ihr zu antworten? Warum ergriff Christian mit ihrer Mutter Partei gegen sie?

»Hör auf mit deinen Fragen! Jeanne hat Angst um dich und möchte dich in Sicherheit wissen, weit weg von hier. Das ist doch zu verstehen, oder?«

Nein, das verstand sie nicht. Und die Tatsache, dass Christian die Abreise auf den folgenden Tag festgelegt hatte, ohne sie vorher zu fragen, versetzte sie in eiskalte Wut. Doch er ereiferte sich sogar noch.

»Es war von Anfang an klar, dass wir zusammen nach Plymouth fahren würden!«

»Und dass Gildas ermordet werden würde, war das auch von Anfang an klar?«

Marie bereute diesen Tiefschlag sofort, als sie den Schmerz in Christians Gesicht sah. Selbst im Zorn hätte sie so etwas nicht sagen dürfen.

Er ließ ihr keine Zeit für eine Entschuldigung.

»Du machst mir Sorgen, Marie«, sagte er tonlos. »Wo ist die Frau, die ich liebe? Die Frau, die vor mir steht, ist so verschlossen, so hart ... ja, egoistisch!«

Egoistisch? Sie wollte ihm ins Gesicht schreien, dass er der Egoistische sei. Er, der bloß an seine Regatta dachte, während ihre Familie trauerte. Doch die Worte blieben ihr in der Kehle stecken. Sie rannte weg, aus dem Haus, auf den langen Sandstrand und aufs Meer zu, auf dem sich gerade größere Wellen bildeten.

Das für die Region Brest angesagte Unwetter war nicht mehr weit.

Christian holte Marie erst ein, als sie schon fast am Wasser war. Er musste sie fast zu Boden werfen, um sie zum Stehen zu bringen. Er schob die langen Haarsträhnen beiseite, die ihr

ins Gesicht wehten, sah in ihre tränennassen Augen und bat sie, ihm zu verzeihen.
»Versuch doch, mich zu verstehen, meine Liebste«, sagte er leise und sah ihr eindringlich in die Augen. »Ich will nicht mein ganzes Leben lang Angst um dich haben müssen.«
»Glaubst du etwa, ich hätte keine Angst um dich, wenn du auf See bist?«, protestierte sie. »Aber ich akzeptiere es einfach, denn ich habe nicht das Recht, dich darum zu bitten, das Segeln aufzugeben. Es ist dein Lebensinhalt. Ich war bereit, beruflich eine Pause einzulegen, weil ich dich liebe. Aber nun zwingen mich die Umstände, ihn wieder auszuüben.«
Sie sah ihn flehend an.
»Lass mich bis Ende der Woche bleiben, wie wir es vereinbart hatten.«
»Was erhoffst du dir in so kurzer Zeit?«
»Dass ich erfahre, was mit Nicolas ist.«
Er sah sie lange an, bevor er antwortete.
»Und ich habe dein Wort, dass wir aufbrechen, sobald du weißt, was mit ihm ist?«
Sie nickte ein wenig zu schnell. Und ohne mit der Wimper zu zucken.

*

Die von einem Sturm Windstärke sieben gerüttelten Wanten peitschten die Masten, und selbst die im sicheren Hafen fest vertäuten Schiffe schienen vom Veitstanz befallen. Ein paar vergessene Reusen segelten buchstäblich durch den Hafen und strandeten vor den Containern der Werft, deren Rolltor heruntergelassen war. Die Wellen schlugen schon fast über die Pier.
Die Insel war auf unbestimmte Zeit vom Festland abgeschnitten.
Es war nicht ungewöhnlich, dass die Hotelterrasse bei schlech-

tem Wetter unter Wasser stand. Die Flut trieb die Wellen weit aufs Land und überschwemmte die tiefer gelegenen Gebiete. Doch diesmal spülte sie sogar die Gartenmöbel weg, denn niemand hatte daran gedacht, sie fortzuräumen.
Loïc saß mit Handschellen gefesselt in einer Ecke der Waschküche und verfolgte mit trübem Blick, wie Lucas, der sich Gummihandschuhe übergezogen hatte, die halb verbrannten Kleidungsstücke in einen großen Plastikbeutel legte. Dann reichte er den Beutel einem von Morineaus Untergebenen, Leroux. Obwohl er erst vierzig Jahre alt war, lichtete sich sein Kopfhaar schon deutlich, und wie zum Ausgleich trug er einen dichten Schnauzbart.
»Ich will die Untersuchungsergebnisse so schnell wie möglich erfahren.«
»Das müssen Sie dem Sturm sagen, Commandant.«
»Soweit ich weiß, gibt es auch hier auf der Insel Labors!«
»Schon, aber die Leute befassen sich da vor allem mit Algen und Plankton.«
»Umso besser, dann freuen sie sich über die Abwechslung«, knurrte Lucas. »Sobald man die Ergebnisse hat, sollen sie auch nach Brest geschickt werden, damit sie mit Yves Pérecs Blut verglichen werden können. Und sobald Sie hier fertig sind, kommen Sie zur Arztvilla nach und helfen mir bei der Hausdurchsuchung.«
Das Unwetter stellte Fersens Geduld auf eine harte Probe, zumal die Verstärkung, die er angefordert hatte, um die Insel nach Nicolas abzusuchen – auch wenn er sie wahrscheinlich schon verlassen hatte –, so bald nicht ankommen würde. Als er wissen wollte, wann die Fähre wieder verkehren würde, hatte man ihm empfohlen, sich mit dieser Frage lieber direkt an den lieben Gott zu wenden.
Den restlichen Vormittag über kam Lucas nicht von seiner Palme herunter und Morineau musste seine schlechte Laune und die Fragen ertragen, die auf ihn einprasselten.

»Haben Sie die Praxis von Pérec versiegeln lassen? Haben Sie die Suchanzeige betreffend Nicolas Kermeur und Chantal Pérec an die Kripo Brest gefaxt? Haben Sie im Hafenamt Bescheid gesagt, dass kein Schiff den Hafen verlassen darf?«
Die letzte Frage war dann doch zu viel für Stéphane.
»Wer bei diesem Sturm ausläuft, muss doch total beknackt sein«, knurrte er.
»Na schön, dann tun Sie eben so, als wäre der Mörder *total beknackt«*, äffte Lucas den jungen Gendarm nach.
Dann zeigte er auf Loïc.
»Worauf warten Sie noch, bis Sie ihn aufs Revier bringen? Auf ein Geständnis?«, bellte er.

Ein heftiger Windstoß ging Gwen voraus, als sie das Hotel betrat. Blätter wirbelten herein und sanken dann zu Boden. Gwen sah Morineau und in dessen Schlepptau Loïc aus der Waschküche kommen und fuhr sich mechanisch mit der Hand durch das störrische kurze Haar. Ihre Brust wurde eng, als sie bemerkte, dass Loïc mit Handschellen gefesselt war. Das Gerücht entsprach also der Wahrheit.
»Haben Sie den Verstand verloren, Stéphane?«, zischte sie und fixierte den Polizisten eisig. »Nehmen Sie ihm sofort die Handschellen ab!«
»Ich kann nicht, Madame Gwen«, antwortete Stéphane mit einer vagen Kopfbewegung zur Waschküche. »Ich habe meine Befehle …«
Doch ihrer nächsten Bitte konnte er nicht widerstehen. Sie durfte eine Minute mit Loïc sprechen, sie mussten nur in Sichtweite bleiben. Er entfernte sich einige Meter und suchte sich, da er nicht recht wusste, wessen Zorn er mehr fürchtete, Gwens oder Fersens, einen Platz, von dem aus er sowohl die Waschküchentür als auch Gwen und Loïc im Auge hatte.
»Ich besorge dir einen Anwalt, der dich da rausholt«, raunte Gwen Loïc zu. »Mach dir keine Gedanken.«

»Es ist zu spät«, murmelte er. »Verlass die Insel, bevor sie dir zum Grab wird.«
»Ohne dich? Niemals.«
»Verdammt noch mal, Gwen!«, fuhr er sie leise an. »Begreifst du denn nicht, dass wir alle draufgehen werden?«
»Die anderen geben sich Mühe, ruhig Blut zu bewahren. Ich bitte dich, versuch du es auch.«
»Und wenn es einer von uns ist, der uns auf die Liste der aussterbenden Arten gesetzt hat? Ist dir der Gedanke nie gekommen? Ich zumindest kann ihn nicht loswerden, seit Gildas diesen Brief erhalten hat. Niemand konnte es wissen. Niemand.«
»Aber das wäre doch völlig unsinnig«, widersprach Gwen, allerdings etwas unsicher. »Jeder von uns verliert alles, wenn das Geheimnis ans Licht kommt.«
»Alles? Wirklich? Und wenn es ganz im Gegenteil darum geht, alles zu bekommen? Denk doch mal nach, Gwen! Wer von uns hat wohl das größte Interesse daran, dass die anderen verschwinden?«
Gwen sah Stéphane auf sie zukommen. Sie hatten also keine Zeit mehr für solche Diskussionen. Sie brachte ihren Mund dicht an Loïcs Ohr.
»Ich werde Nicolas finden, das verspreche ich dir, mein Geliebter.«
Ihre Lippen streiften seine Wange in einem leichten Kuss, dann warf sie einen mordlustigen Blick auf Stéphane, der Loïc bereits zum Ausgang zog.
»Wenn Sie nach Gildas' Tod den Mumm gehabt hätten, die Ermittlungen in die Hand zu nehmen, wäre es gar nicht erst so weit gekommen!«
Dann ging auch sie. Doch der Zweifel, den Loïc in ihr geweckt hatte, nagte an ihr.

Trotz der heftigen Sturmböen hatten sich viele Menschen vor dem Hotel eingefunden, nachdem das Gerücht von Loïcs Verhaftung die Runde gemacht hatte. Nun sahen sie hilflos zu, wie der Gendarmeriewagen Maries Bruder zur Polizeistelle abtransportierte.
Als Lucas das Hotel verließ, empfing ihn ein eisiges Schweigen, das nur vom Pfeifen und Tosen des Winds gebrochen wurde. Er musterte die kompakte Mauer aus Feindseligkeit, als sich plötzlich eine harte, schneidende Stimme erhob.
»Na, bist du jetzt zufrieden, du Unglücksvogel?«
Erst als er sah, dass Marie auf der Türschwelle erschienen war, begriff er, dass die Schmähung nicht ihm galt.
»Merkst du denn nicht, dass du allen nur Unglück bringst, seit du auf der Insel bist?« Yvonne packte Marie, die sich einen Weg durch die Menschen zu bahnen versuchte, am Arm.
»Jetzt reicht's aber!«, donnerte Lucas und stieß Gwens Mutter weg. »Gehen Sie nach Hause! Alle!«
Er legte Marie mitfühlend die Hand auf den Arm und bat auch sie, allerdings in freundlicherem Ton, in ihr Zimmer zu gehen.
»Ich kann nicht immer auf Sie aufpassen!«
»Da sollten Sie sich keine Illusionen machen«, gab Marie kühl zurück. »*Sie* brauchen *mich,* und nicht etwa umgekehrt.«
Und wie zum Beweis für diese Feststellung hastete im selben Moment ein alter Mann auf sie zu und überfiel sie mit einer Nachricht auf Bretonisch, die bei den Umstehenden nicht nur bewirkte, dass sie sich hastig bekreuzigten, sondern auch aufgeregte Kommentare abgaben: *Die Steine erwachen wieder zum Leben … Ankou schlägt zu … Das Blut der Strandräuber …*
Unter anderen Umständen hätte Marie ein diebisches Vergnügen an Lucas' Hilfe suchendem Blick gehabt, doch jetzt erklärte sie nur tonlos, noch ein Menhir habe zu bluten begonnen.

Als Fersen, fest gegen den Wind gestemmt, der ihm mit hundert Stundenkilometern entgegenfegte, bei der Begräbnisstätte ankam, war Ryan schon da und betrachtete den Menhir, dessen Blutrinnsale sich unter dem heftigen Wind kräuselten.
Lucas hatte bereits einiges erlebt, seit er sich mit Ritualverbrechen befasste, aber dies hier war sein erster blutender Menhir. Schon etwas Besonderes, wie er zugeben musste.
»Waren das nicht Sie – mit dem Buch über die sprechenden Steine?«, fragte er nach einem prüfenden Blick auf den Schriftsteller, denn er war innerlich zu dem Schluss gekommen, dass ein so gut gekleideter Typ kein Einheimischer sein konnte.
Ryan nickte und nannte ihm seinen Namen, während er ihm die Hand entgegenstreckte.
»Sie müssen Commandant Fersen sein.«
Auch bei ihm klang es mehr nach einer Feststellung als nach einer Frage. Lucas nickte und schüttelte ihm wortlos die Hand. Dann wandte er seine Aufmerksamkeit wieder der Stirnseite des Menhirs und dem eingemeißelten Zeichen zu, aus dem das Blut quoll.
Ein ovaler Kreis mit zwei vertikalen Strichen darüber.
»Nach der Möwe der Krebs«, murmelte Ryan. »Natürlich.«
»Sie sagen das, als handle es sich um eine logische Abfolge.«
»Gewissermaßen ja«, antwortete Ryan. »Am Abend vor Gildas' Tod fand Marie Kermeur eine blutige Möwe in ihrem Brautschleier. Am nächsten Morgen entdeckte sie die Leiche ihres Bruders, über den sich bereits die Möwen hergemacht hatten.«
Er zeigte auf den von polizeilichen Absperrbändern umgebenen Menhir. »Und dann begann der Menhir mit dem Vogelsymbol zu bluten.«
»Aha ... Und was hat sie gestern gefunden?«, erwiderte Lucas sarkastisch. »Einen Hummer mit Majonäse auf ihrem Teller?«
Der Schriftsteller gestattete sich ein dünnes Lächeln.

»Nicht ganz.«
Dann erzählte er kurz, wie Marie durch den Angriff der Krebse fast ums Leben gekommen wäre.
»Auch wenn man nicht an Vorzeichen glaubt, ist das beunruhigend, das müssen Sie zugeben.«
Lucas setzte zu einer Antwort an, doch da entdeckte er Pierric, der sich still genähert hatte und, sein Lumpenbündel an sich gepresst, in einigen Metern Entfernung stehen geblieben war. Er starrte sie aus seinen leicht vorquellenden Augen an. Dieser seltsame Blick verursachte Lucas ein gewisses Unbehagen, obwohl ihm Ryan versicherte, Pierric sei trotz seines bizarren Äußeren völlig harmlos.
»Glauben Sie etwa, der Mörder kündigt Marie die Morde an, die er verüben will?«, fragte Fersen.
»Sie sind der Bulle«, wich Ryan ironisch aus. »Ich befasse mich lediglich mit diesen übernatürlichen Phänomenen, mit den Legenden ...«
»Eine Legende ist nichts weiter als eine Geschichte über historische Begebenheiten, die von fantasievollen Menschen ausgeschmückt wurden«, erklärte Lucas nachdrücklich. »Und die Leute hier leiden wahrhaftig nicht an Fantasielosigkeit.«
»Ich an Ihrer Stelle würde nicht behaupten, die Geschichte der *Mary Morgan* sei nicht wahr. Ich hätte viel zu viel Angst, sämtliche Insulaner gegen mich aufzubringen. Die Leute hier hängen an ihrer Vergangenheit, auch wenn sie nicht besonders rühmlich ist. Und was den blutenden Menhir angeht, der ist nicht der Fantasie entsprungen, sondern eine Tatsache.«
»Es gibt immer eine Erklärung«, erwiderte Lucas leicht gereizt. »Ich werde sie finden, und wenn ich bis ans Ende meiner Tage auf diesem Haufen Steine hocken bleiben und Bretonisch lernen muss.«
Ryan zeigte auf den Leuchtturm.
»Wenn ich Ihnen in irgendeiner Weise behilflich sein kann – Sie wissen ja, wo ich wohne.«

Lucas nickte und sah ihm nach, wobei sein Blick noch einmal dem von Pierric begegnete. Er zückte sein Handy und befahl Morineau, unverzüglich anzurücken und die Neugierigen zu vertreiben, bevor aus der Begräbnisstätte ein Kirmesplatz würde.
Dann umkreiste er den Menhir. Er hatte die Hoffnung nicht aufgegeben, doch noch herauszufinden, wie zum Teufel eine Tonne Granit es fertig brachte, blutige Tränen zu vergießen.
Pierric folgte ihm bei diesem Rundgang, blieb stehen, wenn Lucas stehen blieb, ging weiter, wenn dieser weiterging, ganz nach Art eines Kindes, das einen Erwachsenen imitiert. Lucas war genervt und gab sich alle Mühe, dieses Spiel zu ignorieren, doch schließlich hielt er es nicht mehr aus. Er fuhr herum, um diesen grobschlächtigen Kerl ein für alle Mal zum Teufel zu jagen – und erstarrte.
Weit und breit war kein Mensch zu sehen.

*

Gwen hielt das Versprechen, das sie Loïc gegeben hatte. Sie überredete ihre Mutter, die Manufaktur für einen Tag zu schließen und sämtliche Angestellte auf die Suche nach Nicolas zu schicken.
»Betrachte den Verdienstausfall doch einfach als Investition«, sagte sie zu Yvonne. »Wenn ich mich um Yves' Nachfolge im Bürgermeisteramt bewerbe, brauche ich jede Stimme. Die Leute hier vergessen nicht so schnell – sie werden sich daran erinnern, dass wir alles getan haben, um einen der Unseren wiederzufinden.«
Yvonne ließ sich schließlich überzeugen und rief sofort alle Angestellten zusammen, um von der Galerie aus zu ihnen zu sprechen.
Die Rede war ein Meisterstück und Gwen bemerkte bewundernd, wie ihre Mutter beiläufig am Ast der de Kersaints sägte,

indem sie darauf hinwies, dass ein solcher Akt der Solidarität eigentlich vom Schloss hätte ausgehen müssen. Doch die Le Bihans stünden dem Volke aufgrund der nie verleugneten bescheidenen Herkunft einfach näher und ergriffen daher diese Initiative.

»Ich dachte, *du* wolltest dich um das Bürgermeisteramt bewerben, und nicht deine Mutter!«, flüsterte Philippe seiner Frau zu.

Gwen sah ihn kurz an und ließ ihn dann stehen. Trotz seines unschuldigen Blicks hatte sie die Stichelei durchaus richtig verstanden. Nicht, dass sie verletzt gewesen wäre. Wenngleich … Gwen hatte sich nach Pierric umgesehen, doch er hatte sich mal wieder in Luft aufgelöst, und ihr wurde eiskalt bei dem Gedanken, dass er sich womöglich abermals am Steilfelsen herumtrieb.

*

»Sehr schön, dann richten Sie bitte dem Herrn Staatsanwalt Folgendes aus: Wenn die Verstärkung, wie ich es erbeten hatte, bereits gestern aufgebrochen wäre, dann säße sie jetzt nicht auf dem Festland fest und müsste nicht abwarten, bis das Unwetter abzuflauen geruht!«

Lucas brüllte in sein Handy, um den Sturm zu übertönen.

»Freiwillige zur Mithilfe auffordern?«

Er konnte gerade noch das gelbe Absperrband einfangen, das Stéphane nach einem ungleichen Kampf von einer Bö aus der Hand gerissen worden war.

»Man sieht, dass Sie die Einheimischen nicht kennen. Bestenfalls spucken sie mir ins Gesicht, schlimmstenfalls verstecken sie den kleinen Kermeur … Ja, genau. Auf Wiederhören.«

Er half Morineau, auch den zweiten Menhir in die Absperrung einzubeziehen, und sah dann hinüber zu den beiden Untergebenen von Morineau, die sich auf dem Steilfelsen ge-

gen den Wind stemmten und nach Indizien suchten, mit denen eigentlich niemand rechnete.
Stéphane verzog das Gesicht, als Lucas ihm sagte, er und seine Leute sollten abwechselnd bei den Menhiren Wache halten, bis die von ihm bestellte Video-Überwachungsanlage vom Festland herübergebracht und installiert worden sei.
»Aber wir haben den Begräbnisplatz jetzt doch abgesperrt«, argumentierte er verzagt. »Damit ist doch klar, dass er nicht betreten werden soll. Im Allgemeinen halten die Leute sich hier an solche Verbote. Vor allem, wenn man bedenkt, was passiert ist …«
Die Worte erstarben ihm auf den Lippen, als er Lucas spöttisch auf Gwen zeigen sah. Sie marschierte, tief in einen Kapuzenmantel vergraben, entschlossen auf sie zu und überwand ohne zu zögern die Absperrung, um sich dann vor Lucas aufzubauen.
Sie hielt sich nicht lange mit einer Begrüßung auf, sondern fragte nur kühl, ob das Gerücht, das auf der Insel herumgehe, stimme und die Kultstätte gesperrt sei. Lucas staunte nicht zum ersten Mal über die Geschwindigkeit, mit der sich Neuigkeiten auf der Insel herumsprachen, und nickte.
»Ja, es stimmt. Und ich habe sogar die ganze Insel abgesperrt. Nur die Einwohner werden zum Festland reisen und zurückkehren dürfen. Natürlich erst, wenn es dem lieben Gott gefällt, die Fährverbindung wieder zuzulassen, das versteht sich von selbst«, fügte er mit grimmigem Vergnügen hinzu.
»Wenn die Insel zum Sperrgebiet wird, bedeutet das den Tod aller Gewerbetreibenden, die in der Touristensaison ihren Umsatz machen«, protestierte Gwen energisch. »Sie haben nicht das Recht, ganz allein eine solche Entscheidung zu fällen. Der Gemeinderat …«
»… hat in diesem Fall keinerlei Macht. Ich schon«, unterbrach Lucas sie kühl. »Damit das klar ist, verehrte Madame Le Bihan, die Zeiten, in denen Sie Ihre Angelegenheiten unter

sich regeln konnten, sind endgültig vorbei. Ob es Ihnen nun gefällt oder nicht, Sie werden sich an meine Anweisungen halten, sonst nehme ich Sie wegen Behinderung polizeilicher Ermittlungen in Gewahrsam. Volkstümlicher ausgedrückt, ich bin jetzt eine Art Allgewaltiger und entscheide über Wohl und Wehe von Lands'en. Und was den Tod des bretonischen Fremdenverkehrs angeht, so werden Sie mir verzeihen, wenn ich Ihre Bestürzung nicht teile, denn im Augenblick sind es die Inselbewohner, die sterben, und solange der Mörder nicht hinter Schloss und Riegel sitzt, bleibt die Insel abgesperrt.«

*

Gegen fünfzehn Uhr ließ der Sturm nach und die sintflutartigen Regenfälle gingen in den feinen, alles durchdringenden Nieselregen über, für den die Bretonen seit je das Geheimrezept zu hüten schienen. Bald würde der Fährverkehr wieder aufgenommen werden.

In der Hafenkneipe verteilten Anne und die Kellnerin belegte Brote und Grog an all die durchgefrorenen Freiwilligen, die schon seit Stunden die Insel nach Nicolas absuchten und jetzt eine kleine Pause einlegten, bevor sie weitermachten. Christians Schwester freute sich, dass auch Ryan dabei war, denn damit würde er sich die Sympathien sämtlicher Inselbewohner sichern.

Pausenlos öffnete sich die Tür. Jedes Mal richteten sich alle Blicke auf den Neuankömmling, doch jedes Mal schüttelte dieser seufzend den Kopf.

Nicolas blieb unauffindbar.

Armelle war der Ansicht gewesen, es sei mit der Familienehre der de Kersaints unvereinbar, sich nicht an dieser allgemeinen Mobilmachung zu beteiligen. Deshalb hatte sie ihren Gatten dazu verdonnert, an ihrer Seite viele Stunden durch die Gegend zu irren. Pierre-Marie wollte sich gerade mit einem ge-

nüsslichen Biss in ein üppig gebuttertes Brot dafür schadlos halten, als seine Frau es ihm aus der Hand nahm.
»Denken Sie an Ihr Cholesterin«, zischte sie leise und lächelte dabei huldvoll in die Runde. »Und an unsere Zukunft. All diese Leute hier sind Wähler, setzen Sie also Ihre süffisante Miene ab und nehmen Sie sich ein Beispiel an Ihrer Tochter: Mischen Sie sich unters Volk!«
Armelle hätte diesen Ratschlag sicher nicht gegeben, wenn sie hätte sehen können, wie ihre Tochter Juliette und Ronan Le Bihan den Sichtschutz, den ein dicht gedrängtes Grüppchen Jugendlicher bot, zu einigen liebevollen Berührungen nutzten.
Yvonne, die an der Bar lehnte, zeigte verächtlich auf Pierric, der heftig an dem Flipper neben dem Eingang rüttelte.
»Nun sieh dir diesen Blödmann an, dabei ist gar kein Geld mehr in dem Automaten«, raunte sie Gwen zu, die neben ihr auf einem Hocker saß. »Na, wenigstens kostet es nichts.«
Ihr Blick glitt weiter zu den de Kersaints. Sie gingen jetzt von Tisch zu Tisch, schüttelten Hände, lächelten leutselig und verteilten warme Worte. Yvonne verdrehte die Augen zur Decke, als PM lautstark verkündete, er gebe eine Lokalrunde, und damit natürlich allgemeine Begeisterung auslöste.
»Dieser Geier ist dabei, die Situation doch noch für sich auszunutzen«, kommentierte sie mit leichter Bitterkeit. »Wir haben den Laden also ganz umsonst für einen Tag dichtgemacht. Zumal Nicolas inzwischen über alle Berge sein dürfte.«
Sie brach ab, als sie PM auf sic zukommen sah. Er hatte zwei Gläser in der Hand, um den beiden Frauen heuchlerisch sein Mitgefühl auszusprechen – da doch die Gefahr finanzieller Einbußen bestünde, sollte die Insel noch länger abgeschottet sein.
»Wenn ich Ihnen in irgendeiner Weise behilflich sein kann …«, begann er honigsüß.
»Dein Geld stinkt, PM, genau wie du«, unterbrach Yvonne

ihn unverblümt und so laut, dass alle sie hören konnten. Mit einer Handbewegung wies sie das Glas zurück. »Riecht ihr anderen denn diesen Verwesungsgestank nicht?«

»Alte Hexe!«

Gwen packte PM beim Kragen und schüttelte ihn mit erstaunlicher Kraft. PM vergaß die Zurückhaltung, die ihm seine Stellung als Schlossherr eigentlich auferlegte, spuckte ihr ins Gesicht und hätte sie geohrfeigt, wäre nicht Morineau dazwischengetreten.

Im allgemeinen Aufruhr bemerkte niemand die Hand, die unauffällig den Inhalt einer Pipette in Yvonnes Glas leerte.

Yvonne kümmerte sich nicht um den Nieselregen, der ein Netz feiner Tröpfchen auf ihr Haar legte, sondern stapfte energisch voran, getrieben von der großen Angst, die ein Anruf eine halbe Stunde zuvor in der Kneipe bei ihr ausgelöst hatte. Wie hatte er die Wahrheit über ihre Kinder herausfinden können? Nur der alte Pérec, der Vater von Yves, hatte es gewusst, doch er hatte die Dokumente vor ihren Augen gefälscht. Sollte sein Sohn es herausbekommen haben? Yvonne verwarf diesen Gedanken sofort wieder: Yves war damals gerade erst zur Welt gekommen. Es war natürlich nicht ausgeschlossen, dass der alte Pérec ihm viele Jahre später davon erzählt hatte, um mit seinem Gewissen ins Reine zu kommen – allerdings bezweifelte sie sehr, dass er je ein Gewissen gehabt hatte –, und dass Yves es dann weitererzählt hatte. Aber wie auch immer, sie waren beide tot und konnten nichts mehr bezeugen. Sie würde also diesem Meister-Erpresser, der dumm genug war, sich mit ihr anzulegen, ein für alle Mal das Maul stopfen. Alles würde wieder in Ordnung kommen.

Dieser Gedanke beruhigte sie, als sie die Tür der im Halbschatten daliegenden Manufaktur aufstieß. Yvonne drückte auf den Schalter für die Beleuchtung der Werkstatt, doch vergeblich. Sie runzelte die Stirn.

Als sie leise durch den Teil der Werkstatt ging, in dem die Fayencen bemalt wurden, war sie auf der Hut. Sie war so vertraut mit der Umgebung, dass es ihr keine Mühe machte, den vielen mit noch unbemalten Keramiken überladenen Regalen auszuweichen. Die wie zu einer Parade aufgestellten weißen Figuren hatten etwas Martialisches, sie schienen Yvonne mit ihren blicklosen Augen zu verfolgen, während sie auf die Treppe zuging, die zu den Büros führte.
Der Schwindelanfall kam völlig überraschend.
Sie schwankte und klammerte sich an eins der Regale, um das Gleichgewicht zu halten. Ihr Herz, wie von einer Riesenfaust zusammengepresst, schien aus ihrer Brust entfliehen zu wollen. Sie versuchte sich mit flachem Atmen zu beruhigen, da hörte sie Schritte in ihrem Rücken.
Yvonne drehte sich um und griff dabei Halt suchend ins Regal.
»Du also, du verdamm…«
Yvonnes Worte gingen im Getöse der am Boden zerschellenden Keramiken unter. Die Regale brachen über ihr zusammen.
Ob der alte Pérec eine schriftliche Aussage über die Babys hinterlassen hat?, dachte sie noch, als sie mit dem Gesicht nach unten auf dem Boden lag. Dann vergingen ihr die Sinne.

11

Maries Herz war voller Hoffnung, als sie mitbekam, wie alle Einheimischen einträchtig die Insel durchkämmten. Erwachsene, Kinder, Greise ... Sogar die Leute vom Schloss hatten sich trotz des Unwetters der Suche nach Nicolas angeschlossen. Zum ersten Mal seit Gildas' Tod schienen ihr diese Menschen wieder dieselben zu sein wie sonst: streitlustig und mit einer großen Klappe, aber zutiefst solidarisch in der Not.

Marie hatte ihnen die Suche überlassen und war stattdessen in Nicolas' Zimmer gegangen. Vielleicht fand sie dort noch etwas, bevor es versiegelt wurde. Sie hatte die E-Mails ihres Neffen durchforstet und sogar seinen Terminkalender gefunden und sorgfältig gelesen. Sie hatte auch all seine in Brest wohnenden Schulfreunde angerufen, doch niemand hatte in letzter Zeit etwas von ihm gehört.

Einer jedoch hatte sich ein wenig ausführlicher geäußert.

»Nico hat schon seit langem viel zu viel zu tun, um sich mit seinen Kumpels zu treffen. Vielleicht wegen des Abiturs. Aber ich vermute eher, er hat eine Freundin. Sie sollten mal in dieser Richtung nachforschen.«

Marie hatte aufgelegt und an Chantal gedacht. Und an die Briefe, die Nicolas ihr schrieb. Die Bögen, die sie aus der Asche gerettet hatte, wogen plötzlich tonnenschwer in ihrer Tasche.

Was, wenn Nicolas so sehr von dieser Frau fasziniert war, dass er wirklich eine Dummheit begangen hatte? Sie verscheuchte diese Vorstellung, sie war einfach zu schrecklich. Stattdessen machte sie sich auf den Weg, um Loïc in der Gendarmerie zu besuchen.
Ihr Bruder war am Boden zerstört – in seinen Schmerz vergraben und in Selbstvorwürfe, weil er seinem Sohn gegenüber so brutal gewesen war.
»Ich würde es nicht ertragen, ihn zu verlieren«, flüsterte er erstickt.
»Dann hilf mir, Loïc! Hilf mir zu verstehen, was auf der Insel vor sich geht, seit ich zurückgekommen bin.«
Er blickte hoch und sah Maries Verletzung an der Augenbraue und den blauen Fleck, der sich langsam zur Wange hin ausbreitete.
»Das wollte ich nicht«, murmelte er so leise, dass sie ihn kaum verstehen konnte.
Sosehr sie ihn auch drängte, etwas zu sagen, sie hörte von ihm nicht mehr als ein schlichtes: *Tut mir Leid.* Auch ihr tat es Leid – und wie sehr! Was war nur aus ihrer innig verschworenen Beziehung von einst geworden?
Fersen betrat die Gendarmerie.

Zwanzig Minuten vorher hatte er die Verstärkung in Empfang genommen und den Leuten gleich nach Verlassen der Fähre einen kurzen Überblick über die Lage sowie Fotos und Personenbeschreibungen gegeben.
»Ich will, dass Sie jeden einzelnen Einwohner befragen. Besonders eingehend die Freunde von Nicolas Kermeur und die Bekannten von Chantal Pérec. Ich will wissen, ob sie nach Mitternacht einzeln oder zu zweit gesehen oder sonst wie bemerkt wurden. Befragen Sie die Fischer, die letzte Nacht ausgelaufen sind. Vor 18 Uhr will ich eine Auflistung aller Fahrzeuge, die sich auf dem Wasser bewegen können – Schlauch-

boote eingeschlossen – und die in den letzten zwölf Stunden den Hafen verlassen haben, und sei es nur für einige Minuten. Ich möchte über jeden verdächtigen Ortswechsel, jede überraschende Abreise, jeden ungewöhnlichen Besuch informiert werden, und seien diese Vorkommnisse noch so geringfügig. Kurz: Alles, was in irgendeiner Weise ungewöhnlich ist, interessiert mich. Wir bleiben in Verbindung.«

Zwischendurch hatte Lucas mehrfach Marie zu erreichen versucht, aber vergeblich.

Er hatte Loïc mehr als zwei Stunden lang verhört, als plötzlich irgendein Winkeladvokat aufgetaucht war, die Strafprozessordnung geschwenkt und einen Haufen Argumente ins Feld geführt hatte, um den Polizeigewahrsam zu verkürzen. Fersen hatte noch beim Staatsanwalt angerufen, jedoch – da er die nötigen schlüssigen und zwingenden Gründe nicht anführen konnte – kapitulieren müssen. Noch ein, zwei Stunden, dann wäre Loïc Kermeur wieder auf freiem Fuß. Was bei Loïc allerdings nicht mehr ausgelöst hatte als ein leichtes Schulterzucken. Auch jetzt saß er noch gebückt da, den Kopf in den Händen vergraben.

Was mochte er seiner Schwester gesagt haben?

Lucas nahm sich Annick vor. Die Sekretärin, schon auf Vorwürfe gefasst, verteidigte sich noch vor dem Angriff.

»Er ist ihr Bruder. Und außerdem würde Marie nie etwas Ungesetzliches tun!«

Fersen warf ihr einen zweifelnden Blick zu.

»Warten Sie, bis sie gegangen ist, dann lassen Sie ihn frei.«

»Da wird sie aber froh sein«, antwortete Annick erleichtert.

Lucas ging auf Morineaus Büro zu und bedeutete Marie mit einer knappen Kinnbewegung, sie möge ihm folgen.

Kaum hatte sie die Tür hinter sich geschlossen, explodierte er. Er habe es mehr als satt, immer von anderen zu erfahren, was sie ihm arglistig verschweige. Warum sie ihm nichts von den Krebsen in ihrem Wagen erzählt habe?

»Sie glauben doch nicht an Vorzeichen«, erklärte sie unschuldig. »Also hielt ich es für unnötig, Sie mit solchen Details zu belasten.«

Angesichts des Wutanfalls, den sie mit ihren unverfrorenen Worten bei Lucas auslöste, hielt sie es für ratsam, mit gesenktem Kopf dazusitzen und die Vorwürfe, die er voller Leidenschaft auf sie niederprasseln ließ, reaktionslos über sich ergehen zu lassen. Sie wartete ab, bis sein Wortschwall versiegt war, dann legte sie den kleinen Packen halb verkohlter Papierbögen auf seinen Schreibtisch und kam seiner Frage zuvor.

»Das sind Briefe, die Nicolas an Chantal geschrieben hat«, erklärte sie. »Sie werden daraus sehr leicht einen weiteren Verdachtsgrund gegen meinen Neffen ableiten können, zumal einer der Briefe besonders kompromittierend ist. Ich für meinen Teil bin jedoch nach wie vor sicher, dass er nichts mit Yves' Tod zu tun hat.«

Lucas nahm den obersten Brief und überflog ihn. Nicolas hatte darin unter anderem geschrieben, Yves werde bald kein Hindernis mehr zwischen Chantal und ihm sein.

Er sah Marie an.

»Morineaus Leute haben die Villa der Pérecs heute Vormittag durchsucht. Dies hier haben sie wohl übersehen«, bemerkte er, wobei ihm völlig klar war, dass sich Marie vorher eingeschlichen hatte.

»Alles weist darauf hin, dass die schöne Chantal die Segel gesetzt und auf Nimmerwiedersehen entschwunden ist.«

»Und Sie schließen daraus, dass sie und Nico die Wonnen der Liebe genießen, nachdem sie den lästigen Ehemann aus dem Weg geräumt haben.«

»Die Hypothese der grausamen Liebenden ist nicht schlechter als jede andere.«

»Aber warum hätten sie Yves töten sollen?«, wandte Marie ein. »Er war doch schon aus dem Verkehr gezogen.«

»Für wie lange?«

Lucas stand auf und legte die Briefe in eine der Akten.

»Sie wissen genauso gut wie ich, dass die Justiz nicht vollkommen ist – der Verfahrensfehler ist zum Schrecken aller Polizisten geworden. Sie verbringen inzwischen mehr Zeit damit sicherzustellen, dass sie auch nicht gegen den kleinsten Absatz der Prozessordnung verstoßen haben, als mit der eigentlichen Ermittlungsarbeit. Es gab also keine Garantie dafür, dass Yves wegen Mordes an Gildas angeklagt und verurteilt werden würde. Zumal ich auch gar nicht mehr so sicher bin, dass er ihn getötet hat. *Herr im Himmel!«*, schrie Lucas plötzlich auf und starrte auf einen Punkt hinter Marie.

Verdutzt sah sie sich um. Zwei schaufelförmige Hände glitten über die Fensterscheiben und hinterließen große Blutschlieren.

Ein zu einer Grimmasse verzerrtes Gesicht presste sich ans Fenster.

Pierric.

Der Geländewagen der Gendarmerie stand vor der Keramikmanufaktur.

Erst als Marie klar geworden war, dass Pierric nicht verletzt war und das Blut an seinen Händen nicht von ihm stammte, konnte sie sich aus seinen Grimassen und aus der Tatsache, dass er mit dem Zeigefinger wütend immer wieder auf denselben Punkt der an der Wand hängenden Inselkarte tippte, etwas zusammenreimen. Und dann hatte sie Lucas buchstäblich gezwungen, sie mitzunehmen.

»Als was?«, hatte Lucas gebellt.

»Als Übersetzerin«, hatte sie im gleichen Ton geantwortet.

Yvonne hatte Glück gehabt. Sehr viel Glück. Das Regal, das sie umgerissen hatte, war vom gegenüberstehenden Regal abgebremst worden, sonst hätte das Gewicht sie erschlagen.

Dennoch war ihr Gesicht außergewöhnlich blass und ihre Nasenflügel waren eingefallen. Lucas hatte einige Mühe, den Puls zu finden. Aber er fand ihn. Während Marie den Rettungsdienst anrief, untersuchte er sorgsam Yvonnes Hände, um sie dann vorsichtig wieder auf den Boden zu legen. Maries stumme Frage beantwortete er mit einem Kopfschütteln.
Auf den Fingerkuppen waren keine Einstichstellen.
»Ihr Gesicht ist unversehrt, also ist sie wohl mit dem Gesicht voran zu Boden gefallen. Und wahrscheinlich hat sich Pierric blutige Hände geholt, als er sie umdrehte«, sagte Marie und zeigte auf die kleine dunkelrote Pfütze unter Yvonnes Kopf.
Lucas hob ihn sachte an. Die Wunde am Hinterkopf war voller Keramik- und Holzsplitter, die im geronnenen Blut klebten.
»Es wird nur schwer festzustellen sein, ob das Regal von ganz allein umgefallen ist oder ob jemand ein bisschen nachgeholfen hat«, sagte Lucas ein wenig später, als er von der Büroetage zurückkam.
Marie hob fragend die Brauen, und er erklärte ihr, die Tür zum Büro des Buchhalters stehe sperrangelweit auf und eine Metallkassette, die ganz sicher Bargeld enthalten habe, sei aufgebrochen worden.
Er beobachtete Pierric, der neben seiner Mutter kniete und ihre Bewusstlosigkeit nutzte, um ihr glücklich lächelnd das Haar zu streicheln.
»War er schon immer stumm?«, fragte er Marie.
Sie verneinte und erzählte von der Sturmnacht, in der Pierric aufgegriffen worden war, verwirrt und stumm. Niemand wusste, warum er die Sprache verloren hatte.
»Wenn Gwen nicht wäre, hätte Yvonne ihn schon vor langer Zeit ins Heim gesteckt.«
»Vielleicht hätte sie das besser getan«, murmelte Lucas.
»Glauben Sie etwa, er hat sie überfallen? Sehen Sie doch, er betet sie an.«

»Das eine schließt das andere nicht aus …«
Marie wollte gerade etwas erwidern, als ihr ein weißer Draht ins Auge fiel, der unter den Keramikscherben vorschaute. Als sie daran zog, kamen zunächst Ohrhörer und schließlich der Gegenstand hervor, zu dem sie gehörten: ein metallicblauer Mini-I-pod.
»Vier Gigabyte Flash-Speicher«, hatte ihr der Verkäufer erklärt. »Da können Sie tausend Songs drauf speichern.«
Marie hatte das kleine Ding zwar ein wenig teuer gefunden, sich dann aber einen Ruck gegeben. Schließlich hatte sie nur einen Neffen, und mit sechzehn Jahren war er in einem wichtigen Alter.
Nicolas' Augen hatten vor Freude gestrahlt, als sie ihm den I-pod gleich bei ihrer Ankunft auf Lands'en überreicht hatte. Das war erst vier Tage her.

Die Leute hier schauen nicht aufs Geld – das war der erste Gedanke, der einem beim Betreten des Hauses der Familie Le Bihan in den Sinn kam. Und der zweite, dass sie eindeutig eine Vorliebe fürs Protzige hatten. Alles wirkte sehr neureich.
Das Haus in der Nähe der Manufaktur stammte aus den Siebzigern und war ein imposantes Bauwerk im neobretonischen Stil. Die beiden Türmchen, die es flankierten, waren nicht etwa der Laune des Architekten entsprungen, sondern dem unverhohlenen Wunsch Yvonnes, mit den de Kersaints zu rivalisieren. Ob die es nun wollten oder nicht, seither gab es zwei Schlösser auf der Insel.
Im Innern kontrastierten nachgemachte Antiquitäten mit kühlen Marmorböden und gefällige Genrebilder mit Porträts, auf denen eine Familiengeschichte erzählt wurde, die mit den Le Bihans rein gar nichts zu tun hatte.
In Yvonnes großem Schlafzimmer im ersten Stock hatte ein vom Festland per Hubschrauber angereister Arzt ein EKG-

Gerät aufgebaut und die Elektroden auf der Brust der alten Dame befestigt. Sie war wieder bei Bewusstsein. Der Arzt verfolgte die Kurven des Elektrokardiogramms. Gwen saß am Bett ihrer Mutter. Pierric hockte in einer Ecke, drückte sein Lumpenbündel fest an sich und hielt Maries schmale Hand in seiner Pranke.

Der Arzt ließ den Papierstreifen, der Wellen schlagend aus dem Gerät kam, sinken.

»Sieht aus wie ein Infarkt«, sagte er lakonisch.

»Sie sagen das, als wären Sie sich nicht sicher«, bemerkte Lucas und trat näher.

»Ich habe schon mit ihrem Kardiologen telefoniert. Bei der letzten Untersuchung gab es außer einer leichten Schwäche der Herzkranzgefäße nichts Ungewöhnliches.«

Er richtete einen prüfenden Blick auf seine Patientin.

»Sie haben keine Allergien? Sie haben in den letzten zwei Stunden nicht irgendwelche Schmerz stillenden Medikamente genommen? Codein, Meperidin, Morphin?«

Yvonne schüttelte schwach den Kopf. Der Arzt wirkte immer noch unschlüssig.

»Nun ja, Hauptsache, es ist alles wieder in Ordnung. Aber ich rate Ihnen, Ihr Herz baldmöglichst wieder untersuchen zu lassen.«

Er sah Gwen an.

»Wo kann ich mir die Hände waschen?«

»Ich zeige Ihnen das Badezimmer«, erbot sich Philippe, der schweigend an der Tür gestanden hatte.

Er war froh darüber, nicht dabei sein zu müssen, wenn Fersen den beiden Frauen mitteilte, dass man die in der Buchhaltung aufbewahrte Metallkassette – mit etwa zehntausend Euro für das, was man beschönigend als Porto- und ähnliche Ausgaben bezeichnete – aufgebrochen hatte. Und dass sie jetzt leer war.

In der Tat erlangte Yvonne, die bislang mit schwacher Stimme auf Lucas' Fragen geantwortet hatte, blitzartig ihre Kräfte zurück und erklärte, der Dieb des Geldes solle sich schon mal einen Sarg aussuchen.

»Was wollten Sie denn in der Manufaktur? Es wurde doch heute gar nicht gearbeitet?«

»Wer kein Nichtsnutz ist, hat immer etwas zu tun«, sagte sie spöttisch. »Einem Beamten wie Ihnen leuchtet das natürlich nicht ein.«

Statt einer Antwort zeigte ihr Lucas den I-pod, den Marie gefunden hatte.

»Dieses Gerät lag unter den Scherben, als wir Sie gefunden haben. Wir haben es überprüft, er gehört Nicolas Kermeur ...«

»Er hat ihn vermutlich verloren, als er Ronan besucht hat«, unterbrach ihn Yvonne bissig. »Die jungen Leute heutzutage wissen wertvolle Dinge gar nicht mehr zu schätzen.«

Lucas gestattete sich ein kurzes ironisches Lächeln.

»Geben Sie dem armen Beamten wenigstens Gelegenheit, sein Gehalt zu verdienen und Ihnen die Fragen zu stellen, bevor Sie sie beantworten, Madame Le Bihan.«

»Sie wollen doch nicht andeuten, Nicolas hätte meine Mutter überfallen und das Geld geraubt?«, rief Gwen.

»Ich vermute lediglich, dass er für sein derzeitiges Leben viel Geld braucht.«

»Wenn Nico in die Manufaktur gekommen wäre, hätten wir ihn gesehen«, widersprach sie ihm entschieden. »Wenn man bedenkt, dass nicht nur die Inselbewohner nach ihm suchen, sondern auch Ihre Gendarmen ...«

Lucas sah jetzt wieder Yvonne an.

»Sind Sie sich ganz sicher, dass Sie die Person nicht erkannt haben, die ...«

»Wie oft soll ich Ihnen noch sagen, dass ich nur Schritte gehört habe und dann gar nichts mehr? Ein schwarzes Loch. Keinerlei Erinnerung.«

Lucas warf einen Blick auf das Überwachungsgerät, das der

Arzt noch nicht ausgeschaltet hatte, und verfolgte für einen Augenblick die heftig ausschlagende Kurve.
»Nicht schlecht als Lügendetektor«, bemerkte er liebenswürdig und zückte gleichzeitig sein Handy, das zu vibrieren begonnen hatte.
»Ja, Morineau … Was?«
Seine Brauen gingen in die Höhe.
»Rühren Sie bloß nichts an. Ich komme.«
Rasch unterbrach er die Verbindung.
»Ich werde Ihnen jetzt ein wenig Ruhe gönnen, Madame Le Bihan. Nichts ist bei Gedächtnisproblemen besser als ein wenig Ruhe.«
Er machte sich auf den Weg zur Tür.
Marie löste vorsichtig ihre Hand aus Pierrics Pranke und folgte ihm voller Sorge.
Gwen wartete, bis ihre Schritte verklungen waren, und fragte ihre Mutter dann, wer sie kurz vor Verlassen der Hafenkneipe angerufen habe.
»Dieser Anruf hat dich so aufgebracht, dass du sofort gegangen bist. Du wolltest mich noch nicht einmal mitkommen lassen. Warum nicht?«
Yvonne riss sich die Elektroden ab. »Ihr geht mir alle auf die Nerven mit euren Fragen!«, schimpfte sie. »Verschwinde! Raus! RAUS!«, wiederholte sie laut, als Gwen zögerte.
Sie zeigte auf Pierric, der immer noch in der Ecke kauerte.
»Und nimm diesen Idioten mit, er geht mir erst recht aufs Gemüt.«

*

Das abgehackte Stück hing noch am Ring.
Lucas drehte sich zu Marie um und zeigte auf den leeren Platz zwischen den anderen am Ponton vertäuten Booten.
»Es handelt sich um ein Kajütboot mit zwei 90-PS-Motoren.

Und derjenige, der es gestohlen hat, war offensichtlich sehr in Eile.«

Marie sagte nichts.

Die Nachricht, dass vor der Insel Molène – wo die knapp unter der Wasseroberfläche liegenden Riffe auch erfahrenen Seeleuten Angst einjagten – ein Schiff in Seenot geraten war, der Fund des I-pod und der Diebstahl der zehntausend Euro ließen sie inzwischen das Schlimmste für ihren Neffen befürchten.

Als hätte er ihre Gedanken gelesen, milderte Lucas den Ton und riet ihr, nach Hause zu gehen. Er werde ihr Bescheid geben, sobald er Nachricht von der Seenotrettung habe. Just in diesem Moment tauchte Stéphane auf. Er hatte es so eilig, dass er auf dem Ponton, den der Nieselregen in eine Rutschbahn verwandelt hatte, beinahe lang hingeschlagen wäre.

Er hielt Lucas sein Handy entgegen.

»Das Labor, Commandant. Sie haben die Untersuchungsergebnisse von dem Blut, das auf den Kleidern des kleinen Kermeur war. Sie werden es nicht glauben. Ich möchte, dass die es Ihnen selbst sagen!«

Dreißig Sekunden später unterbrach Lucas die Verbindung. Er schien sprachlos vor Überraschung. Ihm war bewusst, dass Marie ihn flehend ansah.

»Das Blut … Das Blut ist von Yves Pérec, nicht wahr?«, fragte sie leise.

Lucas zögerte, dann nickte er.

»Ja, aber das ist noch nicht alles, Marie«, sagte er sanft. Man hat auch noch ältere Blutspuren gefunden.«

Es war das Blut von Gildas Kermeur.

* * *

Ich schloss mich der Mehrheit der Inselbewohner an, die ihre Suche wieder aufgenommen hatten, und ignorierte genau wie sie die zur Verstärkung angereisten Gendarmen. Im Ort, im Hafen, auf dem Steilfelsen, in den Buchten … Ich wusste, dass es Zeitverschwendung war, aber es hätte Verdacht geweckt, wenn ich mich ausgeschlossen hätte. Und außerdem wollte ich gern sehen, wie weit die Streitlust gewisser Insulaner – oder Insulanerinnen – ging. Deshalb blieb ich in der Kälte, genau wie die anderen.

Mein Geist driftete ab. In den Zynismus.

Kalt … Sehr kalt … Lauwarm … Wärmer … Es brennt! Nein, wieder warm … Kalt … Eiskalt …

Das hätte ich ihnen zurufen können wie damals als Kind, wenn wir einen Gegenstand versteckt hatten und die anderen danach suchen ließen.

Ich beobachtete sie, die Jungen und die weniger Jungen, die von Haus zu Haus gingen und in jeden Winkel schauten. Ich sah, wie die Hoffnung in ihren Augen geringer wurde, je mehr sich der Tag dem Ende neigte. Sollten sie doch alle zum Teufel gehen. Ich würde ihnen nichts sagen.

Ich wusste, wohin Nicolas verschwunden war. Und auch Chantal. Ich hatte sie in der Nacht zuvor bei der Gendarmerie herumschleichen sehen. Ich wusste, dass sie zusammen waren. Ich wusste, dass sie nicht zurückkehren würden. Sie sollten verflucht sein!

Ich hätte der Suche mit einem Wort ein Ende machen können. Der Suche und den Fragen. Und den Ängsten. Aber ich sagte dieses Wort nicht.

* * *

Marie saß am Steuer des Gendarmeriefahrzeugs, das sie in der Nähe des Pontons geparkt hatten. Sie hatte den Kopf in die Arme vergraben. Lucas öffnete die Beifahrertür und setzte sich neben sie. Er legte ihr freundschaftlich die Hand auf die Schulter und sagte leise, es tue ihm Leid. Marie blickte jäh auf. In ihren Augen glänzte eine Mischung aus Tränen und Wut.

»Niemals werde ich glauben, dass Nicolas Gildas getötet hat, nie! Gildas war sein Onkel und er liebte ihn!«

»Ich weiß«, sagte Lucas. »Aber seine Flucht spricht nicht gerade für ihn.«

»Es gibt keinen Beweis dafür, dass er der Dieb des Bootes war.«

»Wenn Sie etwas anderes annehmen würden, würden Sie jetzt nicht hier sitzen und auf den Seenotrettungsdienst warten.«

Sie senkte den Kopf und schwieg. Ein Schweigen, das Zustimmung signalisierte.

»Wenn Gildas Ihren Neffen und Chantal beim Vö...« – er korrigierte sich rasch – »beim Knutschen auf dem Steilfelsen erwischt hätte, wie hätte er dann Ihrer Meinung nach reagiert?«

»Er hätte ihm eine ordentliche Tracht Prügel verabreicht«, antwortete Marie ohne zu zögern. »Wissen Sie, obwohl er hin und wieder gern mal ein Glas trank und sehr extrovertiert wirkte, hatte mein Bruder eine sehr puritanische Seite. Er hat nie etwas gesagt, aber ich hatte immer den Verdacht, dass er in Gwen Le Bihan verliebt war und unverheiratet geblieben ist, weil sie schon verheiratet war. Andere hätten versucht, mit ihr ein Verhältnis anzufangen. Aber nicht Gildas. Es passte einfach nicht in sein Weltbild.«

Sie verschwieg dabei, dass auch Loïc verrückt nach Gwen war und Gildas niemals etwas getan hätte, was seinen Bruder hätte verletzen können.

Lucas hörte ihr zu, ohne sie zu unterbrechen. Er wusste, sie hatte sich viel von der Seele zu reden, und auf der Insel gab es nicht allzu viele, bei denen sie es hätte tun können.

»Stellen wir uns vor, Ihr Neffe hätte den Kopf verloren und sich zur Wehr gesetzt. Er hätte Gildas versehentlich getötet und ihn dann den Felsen hinuntergestoßen, um es wie einen Unfall aussehen zu lassen …«

»Aber die Botschaft in bretonischer Sprache, der blutende Menhir?«

»Eine Inszenierung, um die Spuren zu verwischen, entweder von ihm selbst ersonnen oder von jemandem, der ihn schützen wollte, wie beispielsweise Chantal.«

Marie schüttelte kaum merklich den Kopf, mehr um die Tränen in Schach zu halten, die sie erneut in sich aufsteigen fühlte, als um ihm zu widersprechen.

»Vielleicht … Ich weiß es nicht. Ich weiß nichts mehr. Ich muss allein sein«, flüsterte sie.

»Sie müssen sich vor allem mal richtig ausweinen.«

»Nein, es geht schon.«

Und dann waren die Tränen doch stärker. Marie konnte sie nicht länger zurückhalten und schluchzte wie ein kleines Kind. Obwohl Lucas bislang überwiegend zornig auf sie gewesen war, konnte er nicht verhindern, dass ihn eine Woge des Mitleids ergriff. Zum Teufel, er würde sich später mit seinen Gefühlen und deren Widersprüchlichkeit auseinander setzen.

Er zog Marie, die keinerlei Widerstand leistete, an sich, legte ihren Kopf an seine Schulter und verschwendete keinen Gedanken an sein kostbares Kaschmirjackett, dessen Aufschläge jetzt ihren salzigen Tränen ausgesetzt waren.

Die Scheiben des Wagens waren inzwischen beschlagen und vom Nieselregen trüb geworden, sodass niemand von außen hereinsehen konnte.

Eine Hand tastete nach dem Griff der Tür und öffnete sie brüsk.

So rasch die Bewegung auch war, mit der Marie und Lucas sich voneinander trennten, sie blieb Christian nicht verborgen.
»Das Schiff wurde gefunden, in sieben Metern Tiefe«, sagte er knapp zu Lucas, dann wandte er Marie sein ausdrucksloses Gesicht zu.
»Kann ich dich kurz sprechen?«
Christian hatte es nicht für nötig gehalten, ihr zu sagen, dass er mit der Rettungsmannschaft hinausfahren würde. Er kannte die Untiefen vor Molène gut genug, er hatte sie mehrfach meistern müssen und wusste, dass sie schon mehr als einem erfahrenen Seemann zum Verhängnis geworden waren.
»Die Männer sind zu dem Wrack hinuntergetaucht, aber es war niemand an Bord«, erklärte er. »Das Beiboot ist weg – was ein eher gutes Zeichen ist«, fügte er noch hinzu, um sie zu beruhigen. »Ich vermute, Nico hat sich damit ans Festland gerettet.«
»Es gibt keinen Beweis dafür, dass er derjenige war, der ...«
Sie brach ab, als sie den Gegenstand sah, den er aus der Tasche gezogen hatte und ihr jetzt unauffällig zeigte, sodass Lucas, der sich in einigen Metern Entfernung mit der Rettungsmannschaft unterhielt, nichts davon mitbekam.
Es war ein Kompass.
Christians erster Kompass. Er hatte ihn Nicolas geschenkt, als dieser mit dem Segeln anfing.
»Einer der Männer hat ihn an Bord des Wracks gefunden. Er hat mir sein Wort gegeben, dass er es für sich behält.«
Christian sah Marie eindringlich in die Augen.
»Ich habe ihn dir nur gezeigt, damit du weißt, dass Nicolas heil davongekommen ist.«
Marie verstand seine Worte sehr gut. Er erinnerte sie damit an das Versprechen, das sie ihm gegeben hatte: mit ihm abzureisen, sobald sie über das Schicksal ihres Neffen beruhigt sein konnte.

Sie versuchte auszuweichen. »Nicolas' Flucht zu decken ist nicht der beste Weg, ihm zu helfen.«
»Dann gib diesen Kompass Fersen und anschließend gehen wir.«
Sie nickte.
»Man könnte meinen, ihr beide hättet Frieden geschlossen.« Diese Bemerkung hatte sich Christian dann doch nicht verkneifen können.
»Wie dumm du bist«, murmelte sie liebevoll und blickte Lucas entgegen, der gerade auf sie zukam.
Christian, der Marie mit einer Art Besitzerstolz eng an sich drückte, erklärte Lucas kurz, dieser Kompass sei auf dem Wrack gefunden worden. Sie beide würden Lands'en mit der ersten Fähre am nächsten Morgen verlassen und müssten nun ihre Koffer packen.
Lucas stellte verblüfft fest, dass er sich über diese Neuigkeiten ärgerte. In Wahrheit war ihm der bloße Gedanke, Marie nicht mehr zu sehen, unerträglich, wie er sich eingestehen musste.
»Ich bin noch nicht mit Ihnen fertig«, wandte er sich an Marie. »Keine Sorge«, fügte er hinzu, ohne Christian dabei eines Blickes zu würdigen, »es dürfte schnell gehen. Es sind nur noch einige Punkte zu klären.«
Marie drückte sanft Christians Hand. Sie spürte, dass er Fersen am liebsten an die Kehle gesprungen wäre. Er gab ihr einen raschen Kuss und flüsterte ihr zu, er werde im Hotel auf sie warten.
»Ich glaube nicht, dass wir uns wiedersehen!«, rief er Fersen als Abschiedsgruß zu.
»Das Leben ist voller Überraschungen«, gab Fersen eisig zurück.
Christian ging davon. Nun hatte er einen Grund mehr, Marie möglichst bald von hier wegzubringen.

*

Es war schon später Abend. Marie stand auf dem Felsen über der Strandräuberbucht und war in einen inneren Widerstreit verfangen.
Die Unklarheiten, die Fersen mit ihr in der Gendarmerie besprochen hatte, stimmten mit ihren eigenen Fragen und Befürchtungen überein. Aus der Sicht des Spezialisten für Ritualverbrechen blieb – selbst wenn sich die These, dass Nicolas und Chantal die Morde begangen hatten, bestätigen sollte – Marie im Zentrum dieses Verbrechens. Die Möwe, die Krebse, die bretonische Botschaft. Alles führe zu ihr zurück, hatte er ihr gesagt.
»Sie sind ein wichtiger Zeuge, auch ohne Ihr Wissen. Und ich brauche Sie, um die Gründe dafür herauszufinden, das ist mir inzwischen klar geworden.«
Marie war über die Dringlichkeit seiner Worte erstaunt gewesen. Das sagte ausgerechnet er, der sie noch vor kurzem am liebsten persönlich von der Insel fortgebracht hätte? Wenn sie es nicht besser gewusst hätte, hätte sie vermuten können, dass ihm mittlerweile etwas an ihrer Gesellschaft lag.
»Wollen Sie damit etwa sagen, Sie möchten, dass ich mich an den Ermittlungen beteilige?«, hatte sie gefragt und hinzugefügt, sie brauche schon einen Beweis seines guten Willens, sonst werde sie über ein Bleiben gar nicht erst nachdenken.
Lucas zeigte auf die leere Zelle. Ihr Bruder sei schon seit mehreren Stunden wieder auf freiem Fuß, falls es das sei, was sie meine.
»Wenn Sie glauben, er würde Sie schnurstracks zu Nicolas führen, dann haben Sie nichts verstanden.«
»Gut, dann erklären Sie es mir«, sagte er und sah ihr in die Augen.
Als Antwort nahm sie nur den Telefonhörer ab und hielt ihn ihm hin. »Sobald der Staatsanwalt mich offiziell wieder zu den Ermittlungen abgestellt hat.«
Lucas machte hatte keinerlei Anstalten, den Hörer zu ergrei-

fen. Sie legte ihn mit Nachdruck wieder auf und zog ihre Jacke an. Dann ging sie zur Tür.

»Finden Sie es nicht seltsam, dass Ihr Neffe so viele Gegenstände als Spuren hinterlässt? Wenn er uns dringend davon überzeugen wollte, dass er die Insel verlassen hat, hätte er es genauso angestellt.«

Sie hatte kurz gestockt, sich jedoch nicht umgedreht.

»Denken Sie darüber nach, bevor Sie nach Plymouth aufbrechen.«

Hart war die Tür hinter ihr ins Schloss gefallen.

Diese außerordentlich treffende Beobachtung von Fersen verfolgte Marie auch noch am Steilfelsen. Sie dachte an Nicolas, aber auch an Christian, der im Hotel auf sie wartete und sich wohl schon fragte, wo sie blieb, zumal sie ihr Handy ausgeschaltet hatte, um in Ruhe nachdenken zu können. Sie machte sich gerade wieder auf den Rückweg zu ihrem Wagen, als eine kleine Bewegung ihre Aufmerksamkeit auf sich zog. Von weitem wirkte es ein bisschen wie Rauch. Die weiße, flüchtige Erscheinung schien mitten aus dem Dolmen aufzusteigen.

Neugierig näherte sich Marie dem riesigen Stein, der ihr bis zur Brust reichte, und erschrak, als sie erkannte, dass dort ein Stück eines blutbefleckten Brautschleiers, beschwert mit einem runden, flachen Stein, im Wind flatterte.

Rasch kletterte sie auf den Dolmen, doch als sie Halt suchend nach dem Stein griff, flog der Schleier davon und wurde vom Wind aufs Meer hinausgetragen.

Halb gelähmt vor Angst blickte sie dem Schleier eine Zeit lang nach, dann nahm sie den runden, flachen Stein in beide Hände.

Ihre Brauen hoben sich überrascht.

Es befanden sich Zeichen darauf. Zeichen, die ein grauer Staub jedoch unleserlich machte.

Marie musste ihren Finger mehrmals anfeuchten, um die Zeichen eins nach dem anderen freizulegen. Dann erkannte sie, dass es die gleichen Symbole waren wie auf den Stirnseiten der Menhire.
Fünf dieser Zeichen verteilten sich am Rand des Steines, das sechste, ein von kleinen Strichen umgebener Kreis, war in der Mitte.
Marie versuchte die Bedeutung dieser makabren Inszenierung zu erraten, doch plötzlich verschwamm ihr alles vor den Augen und sie konnte keinen klaren Gedanken mehr fassen. Vergeblich kämpfte sie gegen die Betäubung an. Ihre Beine gaben nach. Sie ließ den Stein fallen und brach auf dem Dolmen zusammen.

Der schrille Schrei gellte über die Heide und erschreckte Ryan, der in der kleinen Wohnung im Leuchtturm ins Schreiben vertieft war. Er griff nach einem Nachtglas und stürzte auf die Brüstung hinaus, um die Umgebung nach dem Urheber des Schreis abzusuchen. Plötzlich schien die Begräbnisstätte von sanftem, grünlichem Licht erfüllt.
Auf dem flachen Stein des Dolmens lag eine zur Fötusstellung zusammengekrümmte Gestalt und wand sich in Krämpfen.

*

Lucas telefonierte mit der Kripo Brest. Trotz der gründlichen Suche auf dem Festland blieb das Beiboot des von Nicolas gestohlenen Kajütboots unauffindbar.
»Notfalls müssen Sie jede einzelne Bucht absuchen. Ich rechne mit einer baldigen Erfolgsmeldung!«
Er legte gereizt auf und klebte einen großen, gepolsterten Umschlag zu, auf dem Maries Name stand.
»Ryan hat gerade angerufen«, sagte Stéphane, der ohne anzuklopfen in Lucas' Büro getreten war. »Er sagt, auf dem Dol-

men liegt eine Gestalt und schreit ... Vielleicht ist es eine Opferung!«
»Ihre Leute bewachen die Begräbnisstätte doch, oder? Sie sollen gefälligst nachsehen!«
Morineau trat unbehaglich von einem Fuß auf den anderen.
»Also ... es ist schon ziemlich spät«, stotterte er kläglich. »Die Jungs sind abergläubisch, und dann diese Geschichte mit den blutenden Menhiren ... Sie haben Schiss gekriegt.«
Lucas fluchte, als ihm klar wurde, dass die Steine unbewacht waren. Er schnappte sich sein Pistolenhalfter vom Kleiderständer und verließ das Büro, den Umschlag in der Hand.
Erst als er Annick bat, ihn im Hotel abgeben zu lassen, merkte er, dass Morineau ihm nicht folgte. Er ging noch einmal zurück in sein Büro.
»Kommen Sie mit, oder möchten Sie lieber als Nächster geopfert werden?«, fragte er grimmig.

Marie saß im Alkoven und ließ ihren Blick durch die kleine, kreisförmige Wohnung des Leuchtturmwärters gleiten – die Büroecke, das Notebook, die mit Büchern voll gestopften Regale und die Kochnische, in der sich Ryan gerade zu schaffen machte. Sie spürte immer noch die tröstliche Berührung seiner Arme, die sie vom Dolmen fortgetragen hatten.
»Leiden Sie unter Absencen?«, fragte er, ohne sich umzudrehen.
»Sie meinen wie Schlafwandler?«
Marie schüttelte den Kopf, und dann – sie hätte nicht zu sagen vermocht, warum, vielleicht, weil ihr Instinkt ihr sagte, dass sie ihm trauen durfte – erzählte sie von dem schrecklichen Albtraum, der sie quälte, seit sie wieder auf Lands'en war, und nach dem sie sich immer seltsam leer und verängstigt fühlte.
Sie zog die Decke enger um sich, in die er sie gehüllt hatte, bevor er ihr einen Tee kochte. Der werde sie wieder richtig

aufwärmen, hatte er gesagt. Und Recht gehabt. Das starke und süße Gebräu versetzte ihrem Körper den Energiestoß, den er dringend brauchte.

»Vielleicht sind Sie als Kind einmal fast ertrunken«, mutmaßte Ryan. »Das würde die riesige Welle erklären und das Gefühl, verschluckt zu werden.«

»Daran würde ich mich erinnern. Oder meine Familie hätte es mir erzählt ... glaube ich zumindest«, fügte sie leise hinzu, bevor sie sich wieder der dampfenden Tasse zuwandte.

Wie hätte sie sicher sagen können, was ihre Familie, deren Verhalten sie inzwischen überhaupt nicht mehr verstand, erzählt oder getan hätte?

Der Schriftsteller schien in ihr zu lesen wie in einem offenen Buch.

»Jeder hat seine verborgenen dunklen Seiten«, tröstete er.

»Ich nicht. Oder zumindest glaube ich es nicht«, sagte sie seufzend. »Wenn ich nur wüsste, warum ich immer diesen Albtraum habe!«

»Welchen Albtraum?«, fragte eine Stimme von der Tür her.

Maries Miene verdüsterte sich, als sie Lucas Fersen auftauchen sah. Er war wirklich der Letzte, dem sie ihre nächtlichen Abenteuer anvertrauen würde. Er würde ihre Geschichte gewiss schamlos zerpflücken.

Ryan begegnete ihrem Blick und sah plötzlich ein wenig schuldbewusst aus, als er zugeben musste, dass er die Gendarmerie benachrichtigt hatte.

»Was ist denn passiert?«, fragte Lucas. Das *schon wieder* hatte er gerade noch rechtzeitig unterdrückt.

»Sagen Sie es ihm«, forderte Marie Ryan unfreundlich auf. »Mir glaubt er sowieso nicht.«

Sie hatte sich nicht getäuscht. Zumal Morineau den Bereich um den Dolmen bereits abgesucht und nichts gefunden hatte.

»Ein Schleier, der davonfliegt, na schön. Aber ein Stein, der ... Also, Sie machen wirklich keine halben Sachen«, bemerkte

Lucas, nachdem Ryan ihm alles berichtet hatte. »Haben Sie das alles auch gesehen, Ryan?«
Ryan musste verneinen.
Marie ereiferte sich so, dass ihr die Decke ein wenig von den Schultern glitt.
»In Wahrheit wollte ich ein kleines Nickerchen halten«, spottete sie bitter. »Und dann kam der Dolmen vorbei, und ich kletterte drauf.«
Sie versuchte aufzustehen, doch ihre Beine gaben nach. Wenn Lucas sie nicht aufgefangen hätte, wäre sie gefallen. Ihren wortreichen Weigerungen, sich von ihm nach Hause bringen zu lassen, machte er dadurch ein Ende, dass er sich einfach von Ryan verabschiedete. Dabei gab er ihm zu verstehen, wie dankbar er ihm für sein Eingreifen war.
Erst im Wagen las Marie die vielen Nachrichten, die Christian, erst wütend und dann zunehmend besorgt, ihr geschickt hatte.
»Wenn Sie wollen, erkläre ich es ihm«, erbot sich Lucas.
»Besser nicht«, murmelte sie.
Sie drückte mit dem Zeigefinger auf die Löschtaste und fuhr dann zurück, als habe die Berührung der Taste einen heftigen Schmerz ausgelöst.
Alarmiert bremste Lucas, griff nach ihrer Hand, die sie ihm erstaunlicherweise nicht entzog, und hielt sie unter die Deckenbeleuchtung.
Da waren sie, auf dem ersten Glied von Zeige- und Mittelfinger.
Einstichstellen, genau wie bei Gildas und Yves.
»Ohne Ryan wäre ich jetzt tot«, sagte Marie tonlos.
Lucas widersprach ihr nicht. Er hielt ihre Hand immer noch fest, während er sich dafür entschuldigte, dass er ihre Geschichte über das Erlebnis auf dem Dolmen nicht geglaubt hatte. Er sei froh, dass sie die Insel am nächsten Tag verlassen werde, fügte er noch hinzu.

Marie entzog ihm ihre Hand, sagte jedoch nichts. Sorgenvoll fuhr er wieder an.

*

Christian zog nervös an einem Zigarillo und ging in der Hochzeitssuite auf und ab, als die Tür geöffnet wurde. Er fuhr herum.

Es war nur die Aushilfe von der Rezeption, ein schüchternes, kurzsichtiges Mädchen, das einen Brief, der für Marie abgegeben worden war, brachte. Angesichts seiner Verärgerung wurde sie blutrot und erging sich in gestotterten Entschuldigungen für ihr unangekündigtes Eindringen. Er unterbrach ihren Wortschwall, indem er ihr den Umschlag buchstäblich entriss. Das Mädchen zog sich fluchtartig zurück.

Aufgebracht warf Christian den Umschlag aufs Bett. Beim Aufprall öffnete er sich und gab seinen Inhalt preis. Eine Dienstmarke. Eine Waffe. Und eine Zeile, die seinen Zorn erst recht weckte.

Ich brauche Sie ... Lucas

Er warf das Ganze in eine leere Kommodenschublade, schloss sie ab und verließ das Zimmer.

Loïc, bei dem er Trost suchte, hatte schon zu tief ins Glas geschaut, um noch von großem Nutzen sein zu können.

»Sie ist deine Frau, verdammt noch mal!«, sagte er mit belegter Stimme. »Setz dich durch!«

»Ich kann sie nicht mit Gewalt auf die Fähre schleppen!«

»Wenn sie anders nicht von der Insel wegzubringen ist: doch!« Er schenkte sich großzügig nach.

Christian fragte sich, wie lange Maries Bruder, wenn er so weitertrank, wohl durchhielt, bevor er zusammenbrechen und alles erzählen würde.

Es war wirklich mehr als höchste Zeit, in jeder Hinsicht die Segel zu setzen.

Er zündete sich gerade noch ein Zigarillo an, als er Marie in die Halle kommen sah, dicht gefolgt von Fersen.
Marie erfasste alles mit einem Blick: den Vorwurf in Christians Augen und den stark alkoholisierten Zustand ihres Bruders.
An ihn wandte sie sich zuerst.
»Commandant Fersen hat gerade erfahren, dass man das Beiboot des Kajütboots in einer Bucht in Morgat gefunden hat. Nicolas hat es also geschafft«, fügte sie noch hinzu, um ihren Bruder zu beruhigen.
Aus dem Augenwinkel sah sie Christian lächeln. Er war offensichtlich erleichtert.
»Geschafft?«
Loïc sah sie aus blutunterlaufenen Augen an und lachte bitter auf. »Bis die Bullen ihn kriegen, wolltest du sagen!«
»Wichtig ist, dass es ihm gut geht«, sagte Marie mit besänftigender Stimme. »Um alles andere kümmern wir uns, wenn es so weit ist.«
»Marie hat Recht«, stimmte Christian ihr sofort zu. »Der Anwalt, der für deine Entlassung gesorgt hat, wird sich auch um deinen Sohn kümmern, mach dir keine Gedanken, Alter!«
Marie warf einen erstaunten Blick auf Lucas, der die Verdienste um diese Entlassung schamlos für sich beansprucht hatte. Man durfte ihm eben nicht trauen!
Christian zog sie schon an der Hand hinter sich her. Nun stehe ihrer Abreise wirklich nichts mehr im Wege, erklärte er.
Lucas holte sie ein, als sie gerade in den Aufzug steigen wollten. »Kann ich Sie kurz sprechen, Bréhat? Allein?«
»Jeder kommt also mal dran«, spottete Christian. »Das trifft sich gut, ich habe Ihnen nämlich auch was zu sagen. Fang schon mal mit Packen an, Liebes, ich komme in einer Minute nach.«
Marie sah noch, wie die beiden Richtung Terrasse davongingen, bevor sich die Aufzugtüren schlossen.

Was Christian Lucas zu sagen hatte, war einfach. Und er sagte es sehr direkt.
»Nichts und niemand wird meine Frau daran hindern, morgen früh mit mir abzureisen. Und Sie schon gar nicht.«
»Ihre Frau?« Fersen heuchelte Erstaunen. »Ach, Sie sprechen von Marie! In Anbetracht ihres Charakters kann ich mir kaum vorstellen, dass sie sich Vorschriften machen lässt. Nicht einmal von Ihnen. Aber davon abgesehen denke ich auch, es ist besser, dass sie geht. Weit weg von hier ist sie sicherer.«
Er sah Christian unverwandt an, ehe er hinzufügte: »Hoffe ich wenigstens.«
Christian warf Fersen einen verblüfften Blick zu.
»Wie meinen Sie das?«
»Mag sein, dass Marie die Geschichte mit der Verabredung in der verfallenen Abtei geschluckt hat, bei der ihr symbolisch das Haus ihrer Träume überreicht werden sollte«, antwortete Fersen und zeigte ihm die Polaroid-Aufnahme, bevor er fortfuhr: »Aber ich nicht. Anders als Marie liebe ich Sie natürlich auch nicht.«
Christians Augen verengten sich.
»Sie glauben wirklich, ich könnte ihr etwas antun?«
»Beabsichtigt war wohl vor allem, ihr große Angst einzujagen. Sie haben es ja selbst gesagt, Sie sind zu allem bereit, um sie von hier wegzubringen.«
»In der betreffenden Nacht war ich auf See«, erinnerte ihn Christian eisig.
»Ihr Schiff war auf See, das ist nicht ganz dasselbe.«
Er sah Christian ruhig an, der viel zu hektisch an seinem Zigarillo zog.
»Wissen Sie, wie man sich am besten davor schützt, von Zeugen identifiziert zu werden, wenn man ein Verbrechen begehen will? Man stattet sich so auffällig aus wie möglich. Man zieht beispielsweise eine gelbe Öljacke an oder fährt einen

Ferrari. Sie können sicher sein, dass die Zeugen ihr Augenmerk so sehr auf diese Ausstattungsstücke richten, dass sie die betreffende Person kaum beschreiben können. Und ich zum Beispiel habe, als ich mit der Fähre ankam, ihren Schoner gerade ablegen sehen …«

Er machte eine kleine genießerische Pause, bevor er weitersprach.

»Und ich hätte schwören können, dass der Mann am Steuer gut zehn Zentimeter kleiner war als Sie.«

»Und hätten sich damit getäuscht.«

Die Zigarillospitze glühte rot.

»Dazu passen das mitten im Unwetter gestohlene Kajütboot, Nicolas' Kompass, der sich so passend im Schiffswrack fand, und das Beiboot, das sorgfältig in einer Bucht von Morgat versteckt wurde«, fuhr Lucas unerbittlich fort. »Und all das, ohne die Hafenkneipe zu verlassen, wo Sie von Ihrer Schwester und ein paar Schnapsdrosseln gesehen wurden, wie die Herrschaften zweifellos beschwören werden. Sie bleiben wirklich auf Kurs, das muss ich Ihnen lassen.«

Er sah den Skipper fest an.

»Lassen Sie mich raten, Bréhat … Marie hat Ihnen nicht zufällig versprochen, Sie würde mit Ihnen abreisen, sobald sie über das Schicksal ihres Neffen beruhigt wäre?«

Christian nahm den Zigarillo aus dem Mund und zielte damit wütend auf Lucas.

»Jetzt hören Sie mir mal zu, Sie Idiot …«

Er hatte keine Gelegenheit mehr, den Satz zu vollenden. Lucas stieß ihn heftig gegen die Mauer und presste ihn dann mit eiserner Faust dagegen.

»O nein, *Sie* werden mir jetzt zuhören, Sie großer Korsar! Leider kann ich diese Frau nicht daran hindern, Sie zu lieben und mit Ihnen fortzugehen. Aber wenn sie jemals Ihretwegen leidet, dann kann der Ozean noch so groß sein, ich werde Sie finden!«

Damit ließ er ihn los.
»Wow, jetzt haben Sie mir aber Angst gemacht!« Christian hatte seiner Stimme einen spöttischen Klang geben wollen, doch es gelang im nicht ganz. Er schnippte seinen Zigarillo weg und verschwand ins Hotel.
Auf dem Weg zum Aufzug hatte er sich schon wieder unter Kontrolle. Der Bulle bluffte: Wenn er etwas gegen ihn in der Hand hätte, hätte er ihn längst festgenommen.
Lucas hob im selben Moment sorgsam den Überrest des Zigarillos auf. Allerdings nicht aus Gründen des Umweltschutzes, vielmehr wollte er ihn an das gerichtsmedizinische Labor schicken, damit die DNA des Speichels mit der etwaiger Haar- oder Hautfragmente auf dem Beiboot verglichen werden konnte.

Marie richtete sich auf, als Christian eintrat. Neugierig fragte sie, was Lucas gewollt habe. Dass sie den Vornamen benutzte, wenn sie von dem Bullen redete, versetzte Christian gleich wieder in Missstimmung. Unwillkürlich sah er zu der Kommode hinüber, in die er Maries Waffe und Dienstmarke eingeschlossen hatte.
»Er wollte, dass ich dich möglichst bald weit weg bringe.«
Er zwang sich zu einem Lächeln, das seine Augen nicht erreichte. »Na los, pack deine Tasche.«
»Warum will er das?«
»Damit du in Sicherheit bist.«
»Und du, was hast du ihm gesagt?«
»Ist bald Schluss mit der Fragerei?«
Sosehr sich Christian auch beherrschte, er konnte seine Verärgerung nicht ganz verbergen. Er ging ins Badezimmer und kam mit seinem Kulturbeutel wieder, den er in den großen Seesack stopfte.
Marie trat von hinten an ihn heran und umarmte ihn. Instinktiv spannte er seinen Körper an.

»Ich kann nicht weggehen«, sagte sie leise. »Nicht so. Und nicht jetzt.«
Christian hatte gewusst, dass sie das sagen würde. Er hatte es gewusst, seit er den Inhalt des großen Umschlags gesehen hatte. Sogar schon vorher. In Wahrheit hatte er immer gewusst, dass sie nicht mit ihm gehen würde.
»Wie habe ich nur glauben können, du würdest deinen Beruf vorübergehend aufgeben«, sagte er bitter. »Eigentlich hattest du nie die Absicht, es zu tun, nicht wahr? Du hast es nur gesagt, weil du wusstest, wie wichtig es mir ist. Und ich armer Tor habe dir geglaubt.«
»Ich habe es ernst gemeint, Christian. Und ich meine es immer noch ernst. Ich komme zu dir, sobald …«
Christian lachte höhnisch auf, als sie stockte.
»Sieh dich doch an. Du glaubst es ja selbst nicht!«
Er kämpfte mit dem Reißverschluss, bis der Seesack verschlossen war.
»Jetzt ist Schluss mit den Versprechungen, Marie. Entweder reisen wir morgen früh gemeinsam ab, oder es ist aus zwischen uns.«
Auf Maries Gesicht standen zuerst Verwunderung und Schrecken, dann sah sie nur noch furchtbar enttäuscht aus.
»Du hast kein Recht, so etwas von mir zu verlangen. Das ist gemein.«
»Ach ja? Und sein Wort nicht zu halten – wie nennst du das?«
Christian ging zur Kommode, schloss die Schublade auf und warf Dienstmarke und Waffe aufs Bett.
»Morgen um sechs erwarte ich dich auf der Fähre.«
Er schlug die Türe hinter sich zu.
Marie machte keinen Versuch, ihn zurückzuhalten.

12

Bei Tagesanbruch, wenn sich Dunst und Gischt, Tag und Nacht mischten, waren die Umrisse von Lands'en kaum auszumachen. Die Insel und der Ozean verschmolzen miteinander.

Die Alten pflegten zu sagen, dass die Welt der Toten und die Welt der Lebenden zu dieser Tageszeit, genau wie in der Abenddämmerung, miteinander in Kontakt träten. In diesen flüchtigen, vagen Augenblicken mischten sich die Geister, die Feen und die Kobolde unter die Lebenden, und wer dem Ankou mit seiner großen schwarzen Kapuze und der Sense über der Schulter begegne, entschwinde auf Nimmerwiedersehen ins Jenseits.

Ein blasser Sonnenstrahl zeichnete die Konturen des Realen nach. Die Feen verschwanden unter den Granitsteinen und die Kobolde unter den Heidesträuchern.

Das kurze Blöken eines Schiffshorns kündigte die erste Fähre des Tages an.

Anne stellte Christian einen kochend heißen Kaffee auf den Tresen.

Der Skipper sah mürrisch drein und wollte dem guten Zureden seiner Schwester keinen Glauben schenken: Marie habe noch Zeit zu kommen, und wenn sie nicht komme, müsse man sie verstehen, nach allem, was passiert sei, der Mord an ihrem Bruder, Nicolas' Verschwinden …

Christian fuhr zusammen, als er hörte, dass jemand die Kneipentür öffnete.
Anne sah, wie enttäuscht er war, als ein Dutzend lärmender Gendarmen eintrat. Die wenigen anwesenden Inselbewohner wandten sich ab und konzentrierten sich unwillig wieder auf ihre Kaffeebecher. Die Sache wuchs sich immer mehr aus, immer mehr ungebetene Gäste vom Festland würden sich auf der Insel herumtreiben.
Christian griff entschlossen nach seinem Seesack und stand auf.
Anne eilte um den Tresen herum zu ihm.
»Ich hätte nicht gedacht, dass sie mich eines Tages so enttäuschen würde«, sagte er leise, während er sie rasch auf die Wange küsste.
»Warte noch ein bisschen …«
»Sie kommt nicht mehr.«
»Hör doch, Marie liebt dich, seit …«
»Ich will ihren Namen nicht mehr hören«, unterbrach er sie und ging.

Marie trat auf den Balkon ihres Zimmers und zog sich dabei die Lederjacke über. Ihr zu einem dicken Zopf geflochtenes Haar ließ ihr Gesicht frei und betonte noch ihre Blässe. Sie hatte schlecht geschlafen.
Sie verkrampfte sich, als sie die Fähre tuten hörte, und musste sich zwingen, ruhig zu bleiben. Im Geiste sah sie Christian, wie er sich auf der Gangway noch ein letztes Mal hoffnungsvoll umsah.
Das letzte Tuten.
Marie stellte sich vor, wie verlassen und verraten er sich fühlen musste, und seufzte gequält auf. Doch dann straffte sie die Schultern und ging in ihr Zimmer zurück. Sie schnallte ihr Pistolenhalfter um, schob die Waffe hinein und verließ den Raum.

Ihr Klopfen an Fersens Tür war geradezu stürmisch, und als er, leicht überrascht, öffnete, ließ sie ihm keine Zeit für eine Äußerung.
»Wir haben zu tun. Ich warte unten auf Sie.«
Sie wirbelte herum und Lucas konnte gerade noch dem Zopf ausweichen, der unter seiner Nase vorbeiflog und einen leichten Duft hinterließ. Er lächelte, als er sah, wie sie mit energischen Schritten davonging.
Dieser Tag fing gut an.

Wenig später standen Marie und Lucas vor der Inselkarte, die in der Gendarmerie an der Wand hing. Gemeinsam rekapitulierten sie alle Informationen, dann suchte Lucas einen Filzstift. Morineau, begierig, sich nützlich machen, hielt ihm gleich die ganze Schachtel hin.
Fersen umkreiste mehrere Punkte auf der Karte und entwickelte dabei seine Hypothese.
»Hier der Steilfelsen und die Begräbnisstätte: Nicolas und Chantal werden von Gildas überrascht, ein Kampf, Nicolas tötet Gildas.«
Maries Miene verfinsterte sich.
»Versehentlich«, fügte er liebenswürdig hinzu. »Chantal und Ihr Neffe werfen die Leiche den Steilfelsen hinunter …«
»Und Yves Pérec? Er war mit Gildas auf dem Steilfelsen«, mischte sich Morineau ein.
Fersen wandte sich ärgerlich um.
»Er hat Recht«, bemerkte Marie sachlich.
Der Gendarm eilte mit stolzgeschwellter Brust zum Fax, das gerade einige Bögen auswarf.
»Zusätzliche Autopsieergebnisse über Yves Pérec!«, rief er. Er erwärmte sich sichtlich für die Ermittlung. »Das Labor hat eine hohe Mésadrol-Konzentration in seinem Blut festgestellt!«
Lucas nahm das Fax in Empfang und erklärte Marie, Mésa-

drol sei ein Morphinderivat der Kategorie A, ein sehr starkes Beruhigungsmittel, das auch zu Bewusstseinsveränderungen führen könne.
Er sah, dass Maries Gesicht kurz erstarrte.
»Kennen Sie jemanden, der dieses Medikament nimmt?«
Sie nickte widerstrebend.
»Im letzten Sommer habe ich ein Rezept für Mésadrol gesehen, es lag bei meinen Eltern auf dem Buffet. Meine Mutter erzählte, sie habe es für Arthus de Kersaint besorgen sollen.«
»Sehr interessant.«
Lucas sah, wie sehr ihr diese Entdeckung gegen den Strich ging, und bemühte sich bei seinen nächsten Worten um einen leichteren Ton.
»Ihre Mutter müsste uns doch sagen können, wer Arthus dieses Medikament verschrieben hat …«
»Um diese Zeit ist sie nicht zu Hause, sie arbeitet im Schloss«, antwortete Marie tonlos.
»Das trifft sich gut!«, freute sich Stéphane. »Dann kann man sich auch gleich den Alten vorknöpfen!«
»Morineau, Sie lassen uns in Ruhe arbeiten! Verstanden? Halten Sie erst mal hier die Stellung!«
Und schon schloss sich die Tür hinter den beiden Kriminalbeamten.
»Halten Sie erst mal hier die Stellung«, äffte Morineau Fersen zornig nach. »Blödmann!«

Unterwegs wechselten sie kein Wort.
Fersen respektierte Maries Schweigen. Er nahm an, dass sie sich wegen dieses Rezepts Sorgen machte.
Doch Maries Sorgen waren ganz anderer Art. Keinen Augenblick lang hätte sie angenommen, dass Jeanne in irgendeiner Weise in den Mord an Yves Pérec verwickelt sein könne. Aber ihre Mutter glaubte, sie sei mit Christian an Bord der ersten

Fähre gegangen. Jeanne hatte noch keine Ahnung, dass sie jetzt wieder offiziell und gemeinsam mit Fersen die Ermittlungen betrieb. Marie war zwar längst erwachsen, doch im Moment fühlte sie sich wie ein kleines Mädchen, das man bei einem Fehltritt ertappt hatte.

Jeanne hängte gerade Wäsche auf. Als sie ihre Tochter sah, wurden ihre grauen Augen so kalt, dass Marie erschauderte. Jeanne hielt sich nicht mit einer Begrüßung auf.

»Du hast ihn allein fortgehen lassen! Immer musst du deinen Kopf durchsetzen!«

Lucas, der einige Schritte zurückgeblieben war, kam nun rasch näher und stellte sich vor.

Jeanne musterte ihn wortlos und mit einem Gesichtsausdruck, als wäre er ein lästiges Insekt.

Das ärgerte ihn. Ohne Umschweife fragte er sie, wo das Mésadrol für Arthus de Kersaint aufbewahrt werde. Doch sie drehte ihm nur den Rücken zu und kümmerte sich weiter um die Wäsche.

»Maman, Commandant Fersen tut nur seine Pflicht. Yves Pérec wurde mit Mésadrol ruhig gestellt, bevor er umgebracht wurde.«

»Und erst gestern wäre Ihrer Tochter fast dasselbe passiert. Ist Ihnen das egal?«, setzte Lucas nach.

»Ich hatte ihr doch gesagt, sie soll gehen«, murmelte Jeanne. »Das Mésadrol ist im Medizinschrank«, fügte sie dann widerwillig hinzu und setzte sich dann Richtung Schloss in Bewegung.

Lucas erkannte, wie traurig Marie war, und versuchte ihr die Situation ein wenig leichter zu machen.

»Meine Eltern haben sich auch nicht damit abfinden können, dass ich zur Polizei gegangen bin …«

Sie warf ihm einen distanzierten Blick zu und folgte dann ihrer Mutter, ohne auf ihn zu warten.

Lucas beobachtete, wie Jeanne ihrer Tochter fast die Tür vor der Nase zugeschlagen hätte.
Wenigstens weiß ich jetzt, woher Marie ihr liebenswürdiges Naturell hat, dachte er.

Arthus de Kersaint ließ sie ziemlich lange im Salon warten. In dem großen kargen Raum herrschte eine bedrückende Atmosphäre. Lucas schob es auf die düster dreinblickenden Vorfahren der de Kersaints, die von den beiderseits zu Reihen angeordneten Porträts herabstarrten, als hielten sie Wache.
Er versuchte, die Atmosphäre zu entspannen, indem er Marie nach den Geschichten dieser edlen Ritter fragte. Sie zeigte auf eins der Gemälde, auf dem ein junger Offizier in stolzer Haltung dargestellt war. Ein Messingschildchen nannte seinen Namen: *Erwan-Marie de Kersaint. 1753–1782.*
»Er soll der Anführer der Strandräuber aus der Legende gewesen sein …«
Sie wurden von Arthus de Kersaint unterbrochen.
»Bitte verzeihen Sie, dass ich Sie warten ließ …«
Das Gespräch begann sehr höflich, und der imposante alte Herr gab offen zu, dass er immer Mésadrol im Haus habe, er brauche es, wenn sein Gelenkrheumatismus ihn besonders plage.
»Ihre Kollegin sollte das wissen, schließlich gibt mir ihre Mutter, die bei uns Hausangestellte ist, die Spritzen«, sagte Arthus.
Doch Marie reagierte nicht auf diese Spitze.
»Die Hausapotheke des Schlosses steht allen zur Verfügung, auch unseren Angestellten. Allerdings muss man schon einen gewichtigen Grund haben, um dieses außerordentlich wirksame schmerzstillende Medikament zu nehmen …«
Eine solche Redseligkeit ist bei ihm eher ungewöhnlich, dachte Marie.
»Ich vermute, Sie haben Chantal Pérec im Visier. Wirklich

kindisch von ihr, den Rezeptblock ihres Mannes zu benutzen. Zumal das Motiv so deutlich ist … Wo wir gerade dabei sind – haben Sie etwas von Ihrem Neffen gehört?«, wandte er sich mit geheucheltem Interesse an Marie.
Doch sie ließ sich auf das Spiel nicht ein, sah ihm fest in die Augen und fragte ihrerseits: »Wollen Sie die Labors und das Gelände zurückkaufen?«
»Aber gewiss. Madame Pérec wird angesichts ihrer Lage keinen allzu hohen Preis fordern. Übrigens beabsichtige ich, auch die Werft aufzukaufen.«
Diese Worte und die Arroganz, mit der er sie vorbrachte, ließen Marie auffahren.
»Das würde Christian niemals zulassen!«
»Da kennen Sie ihn schlecht, meine Liebe. Ihr Verlobter hat mein Angebot bereits mit sehr großem Interesse aufgenommen.«
Als er Marie blass werden sah, griff Lucas ein.
»Erzählen Sie mir doch, warum Gildas in der Nacht seines Todes, genauer gesagt um 1.30 Uhr, hier im Schloss angerufen hat.«
Ein außerordentlich wirksames Manöver. Marie, die zum ersten Mal davon hörte, zuckte zusammen, als sei sie von einer Mücke gestochen worden.
Auch Arthus hatte reagiert, wenngleich diskreter. Und sein Tonfall wurde entschieden.
»Ich selbst habe den Anruf entgegengenommen. Gildas war betrunken und seine Äußerungen schienen mir so wirr, dass ich keinen Sinn darin sah, Ihnen davon zu erzählen.«
»Und Sie haben sich elf Minuten lang wirres Zeug angehört? Dann sind Sie wirklich geduldig, Monsieur de Kersaint …«
Arthus ereiferte sich sichtlich.
»Wenn dieses Gespräch zum Verhör werden soll, rufe ich meinen Anwalt und den Staatsanwalt von Brest an, meinen Freund Dantec …«

»Das wird im Augenblick nicht nötig sein, denke ich.«
Fersen kapitulierte, er hatte nicht genug Belastendes, um eine Rüge des Staatsanwalts parieren zu können.
Als sie wieder in den Wagen stiegen, warf Lucas Marie heimlich einen Blick zu. Sie schmollte, aber das stand ihr gut: Die Augen unter der gewölbten Stirn waren verhangen, neben dem ärgerlich verzogenen Mund war ein Grübchen zu sehen, das Kinn war ein wenig vorgereckt. Wütend fand er sie entschieden hübscher als verängstigt. Er versuchte sich an einer Art Entschuldigung.
»Was das Handy Ihres Bruders angeht: Ich bin noch nicht dazu gekommen, Ihnen zu sagen, dass die Leute im Labor …«
»Hab ich etwa Rechenschaft von Ihnen verlangt?«
Nachdem Fersen diese scharfe Antwort kassiert hatte, blieb er schweigend sitzen, bis sie ihn verwundert ansah.
Er schüttelte den Kopf.
»Ich kann mir schlecht vorstellen, wie der alte Arthus de Kersaint Pérec betäubt und zu den Fischbottichen schleppt. Nicolas und Chantal hingegen …«
»Das ist Ihre Hypothese«, unterbrach sie ihn kühl. »Und wir sollten sie nicht noch einmal durchkauen, sondern feststellen, wer auf der Insel noch Mésadrol nimmt. Die Krankenunterlagen sind alle in Pérecs Praxis.«
»Sie haben Recht, fahren wir hin.«
Er schlug den Weg zu den Laboratorien ein, was er übrigens von Anfang an vorgehabt hatte. Innerlich lächelte er. Er hatte ihr ein wenig nachgegeben und wurde sogleich belohnt. Sie entspannte sich und löste ihren Zopf. Wieder nahm er den Duft ihres Haars wahr.

In den verlassenen Laboratorien roch es fade nach Algen und Meerwasser. Als Fersen auf den Lichtschalter drückte, flackerte die Beleuchtung zunächst und stabilisierte sich dann. Die beiden öffneten sämtliche Türen und schauten in die

Räume. Sie waren alle leer. Am Ende befand sich eine Tür mit einem Messingschild: *Dr. Pérec.*
Sie stand halb offen, die Siegel waren abgerissen.
Mit der Fußspitze stieß Fersen die Tür ganz auf und sie traten ein.
Ringsum herrschte wilde Unordnung. Die Schubladen des alten Schranks waren durchwühlt worden, überall lagen offene Krankenakten auf dem Boden.
»Es war jemand vor uns hier«, knurrte Lucas.
Marie seufzte verzagt.
»Wir werden Stunden brauchen, um alles wieder in Ordnung zu bringen und herauszufinden, was gestohlen wurde.«
Lucas hatte schon sein Handy in der Hand.
»Das beweist nur, dass wir auf der richtigen Spur sind ... Morineau? Ich hätte hier eine kleine Aufgabe für Sie ...«

*

Es war schon später Abend auf Lands'en, als Marie die Gendarmerie verließ, um sich die Beine zu vertreten, wie sie sagte.
Sie wählte die Nummer von Christians Handy.
Sie fühlte sich ihm gegenüber einfach schrecklich und wollte unbedingt mit ihm reden.
Sie erstarrte förmlich, als die automatische Ansage ihr mitteilte, es gebe keinen Anschluss mehr unter dieser Nummer.
Christian hatte seine Drohung offenbar wahr gemacht und sofort alle Brücken hinter sich abgebrochen.
Marie konnte es einfach nicht glauben, nie hatte sie sich ihre Zukunft ohne ihn vorgestellt, ihre gemeinsame Geschichte durfte einfach nicht so enden! Doch neben dieser Ungläubigkeit empfand sie gleichzeitig Zorn und auch verletzten Stolz.
Sie hatte plötzlich eine diffuse Angst vor dem Verlassenwerden und wurde flüchtig von einer sehr frühen Erinnerung heimgesucht: die ersten Schritte, die Hand, die einen loslässt,

der Schwindel, wenn man zum ersten Mal ganz allein geht, eine Mischung aus Angst und Lust angesichts des Unbekannten …

Unwillkürlich schüttelte sich Marie. Dann verscheuchte sie diese Erinnerung und verbot sich, weiter solchen Gedanken nachzuhängen. Sie ging zurück ins Büro.

»Jawohl, Monsieur Dantec, wir machen Fortschritte …«

Lucas warf Marie einen Blick zu und verdrehte die Augen zur Decke.

»Aber nein, das hat Monsieur de Kersaint ganz falsch verstanden, es handelte sich lediglich um ein paar Routinefragen … Doch, Fortschritte, aber wir befinden uns auf einer Insel, also mehr oder weniger am Ende der Welt … Natürlich, das ist keine Entschuldigung … Auf Wiederhören, Monsieur Dantec.«

Wütend schmiss er den Hörer auf die Gabel.

»Dieser alte Schakal de Kersaint hat keine Zeit verloren und gleich den Staatsanwalt angerufen«, knurrte er.

Marie schlug einen besänftigenden Ton an. »Warten Sie nur ab, wir werden sicher schon bald von ›Fortschritten‹ berichten. Nicolas und Chantal können schließlich nicht in alle Ewigkeit von Luft und Liebe leben, irgendwann kommen sie schon aus ihrem Bau …«

»Vielleicht sind sie doch noch auf der Insel …«

»Dann hätten die Hilfskräfte sie gefunden.«

Er sah, dass Marie nicht beruhigt war.

Wenn sie an Nicolas dachte, hatte sie nach wie vor ein ungutes Gefühl. Doch wozu sollte sie es Fersen sagen, er würde sich wie immer nur über sie lustig machen.

Während sie noch darüber nachdachte, hörte sie im Hintergrund ein leises Geräusch. Auch Fersen schien es gehört zu haben, denn er erstarrte ebenso wie sie.

Jemand machte sich leise am Schloss der Eingangstür zu schaffen.

Lucas war schon aufgesprungen und hatte seine Pistole gezogen. Er schob Marie hinter sich, um sie zu decken, doch sie machte sich los und zog ebenfalls ihre Waffe. Gemeinsam schlichen sie auf den Eingang zu.
Die Tür flog auf.
Morineau kam herein, die Arme voller Akten, die er mit einem Schrei fallen ließ, als er sah, dass Fersen und Marie auf ihn zielten. Sein Schrecken war so komisch, dass Marie in Lachen ausbrach, was seinen Ärger nur steigerte.
»Finden Sie das witzig? Ich habe meinen Schlüssel vergessen …«
Bestürzt blickte er auf die am Boden zerstreuten Akten.
»Und ich hatte sie alle schon geordnet«, klagte er in tragischem Tonfall.
Lucas steckte wortlos seinen Revolver weg, und Marie half Stéphane, die Papiere wieder aufzusammeln.
»Ich hab mir eine Heidenarbeit gemacht. Für nichts und wieder nichts! Es fehlte keine einzige Akte und keine einzige Seite! Und außer dem alten Kersaint nimmt niemand Mésadrol …«
»Entweder hat also der Besucher vor uns nicht gefunden, was er suchte, oder er ist gestört worden.«
Morineau hob ein altes Register auf, das sich von allein aufgeschlagen hatte. Er zuckte zusammen.
»Halt, hier fehlt ja doch etwas! Es sieht so aus, als hätte man hier was rausgerissen …«
Marie nahm es ihm aus der Hand und blätterte darin.
»Es ist das persönliche Register des alten Pérec … Man könnte meinen …«
Sie sah genauer hin und zeigte Lucas dann eine Stelle.
»Er hat Recht. Alle Seiten sind vergilbt, aber am Falz sieht man, dass zwei Blätter herausgerissen wurden, und zwar erst vor kurzem, denn an der Abrisskante ist das Papier heller … «
Lucas blätterte nun ebenfalls in dem Register.

»Das Fehlende betrifft das Jahr 1960 und Yvonne Le Bihan. Fragen wir sie also.«

»Wissen Sie, wie spät es ist?«
Der Empfang, den Gwen ihnen bereitete, war ebenso unterkühlt wie lapidar.
Yvonne schlafe, sie sei erschöpft. Sie würden mit ihren Fragen bis zum nächsten Morgen warten müssen.
Kaum hatte sie ihre Sätze zu Ende gebracht, schlug sie ihnen auch schon die Tür vor der Nase zu.
Marie fuhr sich mit der Hand übers Gesicht. Sie war müde und zugleich sehr entmutigt. Noch nie hatte Gwenaëlle sie so feindselig angesehen.
»Ich bringe Sie ins Hotel zurück«, sagte Fersen leise.
Marie schüttelte den Kopf.
»Gildas wird morgen beerdigt. Heute Nacht möchte ich bei meiner Familie sein …«
Lucas wusste nicht, was er tun sollte: sie zum Ausruhen bewegen oder ihr seine Bewunderung für ihren Mut aussprechen. Er begnügte sich mit einem stummen Nicken.

*

Seltsamerweise war bei den Kermeurs wenig von innerer Sammlung zu spüren. Milic hatte sich nicht davon abhalten lassen, zu seinen Reusen hinauszufahren, und Loïc wurde von einem dumpfen Zorn geschüttelt, der vor allem Ausdruck seiner Angst war. Er hatte sich vor seiner Mutter aufgebaut. Jeanne versuchte ihn zur Vernunft zu bringen.
»Außer uns beiden kann niemand über Marie Bescheid wissen …«
»Sie ist an all diesen schrecklichen Dingen schuld. Dass der Teufel hier überall Unheil anrichtet, liegt an ihr!«
»Halt den Mund!«

»Man muss ihm geben, was er will, dann hört das alles auf.«
»Niemals werde ich sie opfern. Hörst du? Niemals!«
»Willst du lieber deine eigenen Söhne opfern? Du hast sie immer mehr geliebt als uns!«
»Ich verbiete dir, so etwas zu sagen, es ist nicht wahr! Ich habe nur versucht, das Unrecht wieder gutzumachen, das ihr angetan wurde.«
Loïc ließ sich auf einen Stuhl fallen.
»Wir werden alle dran glauben müssen ...«
Jeanne wusste, dass er möglicherweise Recht hatte. Aber sie dachte und lebte schon seit so vielen Jahren mit einem Geheimnis ...
Sie musste bis zum Schluss ihre Pflicht tun und davon würde sie niemand abhalten können. Also kämpfte sie ihre Angst nieder, obwohl auch sie die Macht eines Schicksals fürchtete, das alles zunichte zu machen drohte, was sie in so vielen Jahren aufgebaut hatte.
Sie legte ihrem Sohn die Hand auf die Schulter.
»Du musst gehen, und zwar so bald wie möglich. Verlass die Insel und nimm Marie mit. Wenn du es nicht für sie tun willst, dann tu es für dich und für mich. Ich bitte dich ...«
Jeanne fuhr zusammen und verstummte.
Auf der Türschwelle stand ihre Tochter und sah sie aus harten Augen an. Jeanne fragte sich, wie lange sie wohl schon zugehört hatte.
»Bitte, Maman, lass dich von mir nicht unterbrechen ...«
Bei Maries tonloser Stimme zuckte sie zusammen.
»Zieh keine Schlüsse aus wenigen Worten, die du noch dazu falsch verstanden hast.«
Marie sah sie an. In ihren Augen stand eine Mischung aus Schmerz und Aufbegehren.
Wieder einmal fühlte sie sich abgewiesen. Mutter und Bruder sahen sie so seltsam an, sie waren so unzugänglich! Was hatte sie so sehr verändern können? Marie betrachtete Loïc, der

zusammengesunken auf seinem Stuhl saß und sich abgewandt hatte.
»Du hast gesagt: Wir werden alle dran glauben müssen ... Wen meinst du damit?«
»Du redest mit mir wie ein Bulle, nicht wie eine Schwester!«, zischte er. »Dann kannst du mir auch gleich Handschellen anlegen und mich einsperren!«
Böse und herausfordernd sah er sie an. Sie versuchte, diesen Blick zu erforschen, der sie verstörte, der auf jemand anders gerichtet zu sein schien, nicht auf sie.
Jeanne ging dazwischen.
»Marie, wenn du das tust, bist du nicht mehr meine Tochter!«
Wie konnte ihre Mutter so etwas sagen? Und auch in ihren Augen war keine Spur von Zuneigung, nur Entschlossenheit gegenüber einer Fremden.
Loïc stand auf und verließ das Zimmer. Marie machte Anstalten, ihm zu folgen, aber Jeanne packte sie fest am Arm.
»Lass ihn, er leidet so schon genug.«
»Meinst du etwa, ich würde nicht leiden?«
Ihre Mutter wich ihrem Blick aus, Marie machte sich los und ging hinaus in die Nacht. Dort gab es wenigstens keine Zeugen für ihre Tränen.

*

Niemand konnte schlafen in dieser Nacht. Weder Loïc noch Marie noch Fersen.
Um der Angst, die sie schon seit Stunden nicht abschütteln konnte, nicht völlig ausgeliefert zu sein, hatte Marie die wenigen Fläschchen Alkohol aus der Minibar ihres Zimmers geleert, jedoch ohne großen Erfolg.
Sie ging hinunter in die Bar und bediente sich aus der ersten Flasche, die ihr in die Hände fiel. Erst nach mehreren Anläu-

fen gelang es ihr, einen der Barhocker zu erklimmen. Dann nahm sie gewissenhaft ihr volles Glas in Angriff.
Sie hatte Lucas, der in einem der Sessel in der Halle saß und sie von ferne beobachtete, überhaupt nicht bemerkt. Er sah sie bedenklich auf ihrem Hocker schwanken und näherte sich leise. Marie schrie vor Schreck auf, als er sie wieder in die Senkrechte brachte.
Dann sah sie mit verschleiertem Blick zu, wie auch er hinter die Bar ging und sich großzügig bediente.
»In Ihrer Familie ist man ja ganz schön trinkfest …«
Sie runzelte die Stirn und versuchte mit einiger Mühe, Lucas zu fixieren. Er ließ die Eiswürfel in seinem Scotch klingeln, während er weitersprach.
»Trinken Sie lieber allein, so wie Ihr Bruder, oder darf ich Ihnen Gesellschaft leisten?«
»Was ist mit meinem Bruder?«, lallte sie.
Loïc habe sich eine Flasche geholt und sich damit in seinem Zimmer eingeschlossen, erklärte Lucas ihr.
»Er ist ein wenig depressiv, oder?«
Fersen erinnerte sich an die Personendossiers, die Morineau angefertigt hatte. Loïc war nach dem Tod seiner Frau in eine tiefe Depression gefallen. Marie nickte fast ein über ihrem Glas, aber sie konnte noch antworten.
»Wenn Nicolas etwas zugestoßen ist, kriegt er wieder eine Depression. Das hält er nicht aus.«
Sie streckte die Hand nach der Flasche aus, doch Lucas war schneller und schob sie weg. Marie fiel halb über den Tresen.
»Wenn Sie so weitertrinken, werden Sie es auch nicht aushalten …«
Sie protestierte, verlangte noch ein letztes Glas. Doch Lucas ließ sich nicht erweichen, sie gehöre jetzt ins Bett, sagte er fest. Marie schüttelte den Kopf und versuchte, ihm die Flasche zu entwinden. Dabei kamen sie sich so nahe, dass er spürte, wie sich ihre volle, weiche Brust gegen ihn drückte.

Dieses Mal unternahm er nichts, um sie wieder ins Gleichgewicht zu bringen.
Marie sah das Begehren in Lucas' Augen. Sie stieß ihn heftig zurück.
»Rühren Sie mich nicht an!«
»Was bilden Sie sich ein?«, gab er umso empörter zurück, als diese Empörung geheuchelt war. »Wenn Sie mir in die Arme fallen, dann soll es nüchtern und aus freiem Willen sein!«
Der Zorn, noch verstärkt vom Alkohol und von einem Gefühl der Demütigung, trieb Marie die Röte ins Gesicht.
Ungeschickt sprang sie vom Barhocker.
Lucas sah ihr lächelnd nach, als sie sich Richtung Aufzug entfernte, dann holte er sie mit drei großen Schritten ein und packte sie am Handgelenk.
Marie wehrte sich aufgebracht.
»Lassen Sie mich los! Lassen Sie mich sofort los, Sie Irrer!«
»Dann geben Sie mir meinen Schlüssel … Sie haben nämlich meinen von der Theke genommen …«
Marie starrte verwirrt auf den Schlüssel und erkannte, dass er die Wahrheit sagte. Lucas steigerte ihre Verlegenheit noch.
»War das nun versehentlich, oder muss ich annehmen, dass …«
Marie warf ihm einen mörderischen Blick zu und ließ den Schlüssel fallen, doch er fing ihn gerade noch auf.
»Es wird noch so weit kommen, dass auch ich an Zeichen glaube …«
Marie hatte ihm schon den Rücken zugekehrt. Stark ernüchtert ging sie zum Tresen zurück, holte ihren Schlüssel und bewegte sich dann nur noch leicht schwankend auf den Aufzug zu. Lucas, der sich des glücklichen Lächelns, das sich über seinem Gesicht ausbreitete, nicht bewusst war, sah ihr nach, bis sich die Türen hinter ihr schlossen. Dann ging er zur Bar zurück und schenkte sich noch ein Glas ein.

Loïc, ebenfalls alles andere als nüchtern, kam aus seinem Zimmer. Die leere Flasche in seiner Hand hatte nicht ausgereicht, um die Angst um seinen Sohn zu beschwichtigen. Er ging in sein Büro. Doch dann blieb er wie angewurzelt stehen.

Im Licht der kleinen Schreibtischlampe lag etwas Weißes. Er erschrak.

Ein Umschlag.

Seine Hand zitterte, als er ihn öffnete und den Brief herausnahm. Er las ihn mit angehaltenem Atem.

Auf dem Umschlag, den er fallen gelassen hatte, war ein Wachssiegel, darauf ein längliches Oval mit einem vertikalen Strich, genau wie auf einem der Menhire von Ty Kern.

13

Das Kielwasser der Fähre teilte eine fast stille silberne Wasserfläche. Es herrschte bestes Wetter, als die Fähre in Lands'en anlegte.
Obwohl sehr viele Menschen auf der Pier warteten, war nur das Geschrei der Möwen zu hören. Die Inselbewohner und vor allem die Mitglieder der Familie Kermeur blickten schmerzerfüllt auf Gildas' Sarg, den vier Männer von der Fähre heruntertrugen.
Marie sah sich unruhig um und beugte sich dann zum Ohr ihres Vaters.
»Wo ist Loïc?«
Milic zuckte ratlos die Achseln. Er nahm ihren Arm und folgte mit ihr dem Sarg, dem sich alle Inselbewohner in einer langsamen Prozession zum Friedhof anschlossen.

Wenig später überwachten Fersen und Morineau vom Kai aus das Abladen einer Palette.
Plötzlich riss ein Tau des Krans. Sämtliche Kisten fielen ins aufschäumende Wasser. Sie versanken sofort.
Fersen fluchte laut. Morineau verzog das Gesicht.
»Das ganze Videoüberwachungsmaterial! Das ist wirklich unglaublich! Haben Sie den bösen Blick?«
Lucas bewies es ihm, indem er ihn geradezu mit Blicken erdolchte.

»Na los, tummeln Sie sich, verdammt noch mal! Versuchen Sie zu retten, was zu retten ist!«
»Da ist jede Mühe vergebens. Wenn dieser Elektronikkram ins Meerwasser fällt, ist er hin.«
Lucas widerstand einem Impuls, auch Morineau im Hafenbecken zu versenken, und machte sich mit großen Schritten Richtung Friedhof auf den Weg.

Die Zeremonie vor dem Familiengrab der Kermeurs hatte gerade begonnen. Lucas hielt sich ein wenig im Hintergrund und beschloss, einen Rundgang über den Friedhof zu machen.
Vor allem zog ihn das einzige Mausoleum an, das natürlich der Familie de Kersaint gehörte. Die Stilmischung ließ vermuten, dass es immer wieder umgebaut worden war, wobei die einschneidendste Änderung, eine Neugestaltung in pompös-neogotischem Stil, wohl zu Beginn des 20. Jahrhunderts vorgenommen worden war.
Lucas bemerkte mit einem inneren Lächeln, dass gleich neben diesem stolzen Denkmal die Grabstätte der Le Bihans lag, ein von Plastikblumen und Sakralnippes übersätes Denkmal aus teurem Marmor. Er las die Inschrift aus goldenen Lettern und erfuhr, dass 1960 ein nur wenige Tage altes Zwillingspärchen gestorben war. In dem Jahr, das im Register des alten Pérec fehlte …
Von ferne verfolgte er den weiteren Verlauf der Beisetzung und beobachtete Marie, die ihm in ihrer schwarzen Kleidung sehr zart und anrührend erschien.

Marie stand zwischen ihren Eltern und war immer noch sehr besorgt über Loïcs Abwesenheit. Doch sie erkannte, dass sie nicht die Einzige war, die sich sorgte: Auch Gwenaëlle, die inmitten der vollständig erschienenen Sippe Le Bihan stand, schaute sich immer wieder diskret um.

Milic, der die Gedanken seiner Tochter erriet, erinnerte sie flüsternd daran, dass Loïc seit der Beerdigung seiner Frau keine Begräbnisse ertrug und seinen Kummer wahrscheinlich in irgendeinem Winkel in Alkohol ertränkte.
Jeanne brachte ihn mit einem strafenden Blick zum Schweigen.
Marie empfand die Kälte dieses Blicks wie einen Schmerz, der ihren Kummer noch vergrößerte. Sie schwankte. Da schob Jeanne ihren Arm unter den Arm ihrer Tochter und drückte ihr die Hand.
Überrascht und verwirrt konnte Marie ihre Tränen nicht länger zurückhalten. Impulsiv umarmte sie ihre Mutter und verbarg ihr Gesicht an ihrem Hals, wie sie es in ihrer Kindheit getan hatte – sehr zum Kummer von Gildas und Loïc, die ein solches Privileg nicht genießen durften.

Als die Trauergäste kondolierten, trug Armelle de Kersaint eine perfekt zu den Umständen passende Miene zur Schau, während PM, der an ihrem Arm hing, nur mühsam seine Langeweile verbarg. Einzig Juliette, die heimlich Blicke mit Ronan wechselte, schien wirklich betroffen.
Nach und nach machten sich die Leute schließlich in kleinen Gruppen auf den Weg zum Friedhofsausgang. Der Kies knirschte unter ihren Schuhen. Marie sah, dass Gwenaëlle sie beobachtete, und trennte sich kurz von ihrer Familie. Sie verstand, dass Gwen sie nicht ansprechen wollte, daher ergriff sie die Initiative und ging zu ihr.
»Hast du dich letzte Nacht mit Loïc getroffen?«
Gwen wirkte schockiert.
»Mach doch nicht so ein Gesicht! Ihr habt euch zwar sehr diskret benommen, aber ich weiß schon seit langem über euch beide Bescheid. Und wenn du's genau wissen willst, ich freue mich für ihn! Du bist die Einzige, die er hat.«
Einen Augenblick lang waren die beiden Frauen vereint in

ihrer Angst um Loïc. Sie vereinbarten, einander sofort zu benachrichtigen, wenn sie etwas von ihm hören sollten. Marie hätte dieses kurze Beisammensein gern verlängert, doch Gwen hatte sich schon abgewandt.
Sie hatte bemerkt, dass der Pariser Flic am Friedhofstor stand und ihre Mutter ansprach.
Fersen überfiel Yvonne ohne jede Rücksicht.
»Gibt es eine Verbindung zwischen dem Tod Ihrer Zwillinge im Jahr 1960 und den Seiten, die aus dem Register des alten Pérec herausgerissen wurden?«
Yvonne funkelte ihn wütend an.
»Das geht die Polizei gar nichts an!«
»Aber Sie leugnen nicht, dass es eine Verbindung gibt. Das ist auch eine Antwort.«
Fersen ging davon und überließ es der ehemaligen Bäckersfrau, ihm in Gedanken eine Axt in den Rücken zu schlagen.
Gwen sah deutlich, dass ihre Mutter kochte.
»Was wollte er?«
»Nichts. Ich geh zu Fuß nach Hause. Ich brauche frische Luft.« Yvonne entfernte sich zügig, verfolgt von einem nachdenklichen Blick aus den blauen Augen ihrer Tochter.

*

Stéphane steckte vorsichtig den Kopf durch Fersens halb offene Bürotür. »Darf ich?«
Fersen knurrte, ohne den Blick vom Computerbildschirm zu heben. Morineau fühlte sich dazu ermutigt, seinem Kopf einen Arm folgen zu lassen, einschließlich einer Plastiktüte mit einem Briefumschlag.
»Im Labor haben sie die Splitter des Wachssiegels, das in Pérecs Zelle gefunden wurde, zusammensetzen können.«
»Ich wette, es stellt ein Oval mit zwei schrägen Strichen dar. Einen Krebs.«

Morineau legte das Beweisstück und eine Akte auf den Schreibtisch. Seine Enttäuschung war ihm deutlich anzumerken.

»Wenn Sie's schon wussten, hätten wir uns die Mühe auch sparen können. Na schön. Und ansonsten stimmt die DNA an den Zigarillos mit der DNA von den auf dem Beiboot gefundenen Haaren überein ...«

Diese Neuigkeit schien Lucas zu interessieren. Er griff nach dem Bericht, und mit einem Mal stand so etwas wie Ekel auf seinem Gesicht.

»Dieser Scheißkerl!«

»Wer?«

»Möchten Sie, dass ich mir eine Aufgabe für Sie überlege?«

Stéphane zog sich blitzschnell zurück. Lucas tippte Maries Nummer auf seinem Handy ein.

Dieser Lump Bréhat hatte das Schiff auf Grund gesetzt, das Beiboot in Morgat versteckt und es so aussehen lassen, als hätte Nicolas das alles getan.

Lucas verzog das Gesicht, als er an den Anrufbeantworter geriet, und gab seinen Ärger unverhohlen zu erkennen.

»Rufen Sie mich sofort zurück! Und im Übrigen möchte ich Sie jederzeit erreichen können.«

Er unterbrach die Verbindung.

»Morineau!«

Langsam öffnete der junge Gendarm die Tür. »Ja?«

»Wissen Sie, wo Marie ist?«

»Sie suchte nach ihrem Bruder ... Meine Männer haben ihn aus der Strandräuberbucht hochkommen sehen. Wenn sie ihnen begegnet ist, ist sie vielleicht auch dorthin gegangen.«

Lucas verließ sein Büro so rasch, dass Morineau zur Seite springen musste.

»O bitte, gerne!«, schimpfte Stéphane hinter ihm her.

*

Maries Angst wurde immer größer. Vergeblich hatte sie praktisch jeden Ort abgesucht, an den sich Loïc hätte flüchten können.
Sein Bett im Hotel war unbenutzt geblieben, wie sie festgestellt hatte.
Sie betrat sein Büro. Beim Luftzug, der durch das Öffnen der Tür entstand, sprang das Fenster auf und alle Papiere flogen vom Schreibtisch.
Marie bemerkte nicht, dass ein Umschlag mit einem Wachssiegel und die Fetzen eines zerrissenen Zettels unter den großen bretonischen Schrank segelten, der einen Großteil des Zimmers einnahm.
Versehentlich kickte sie eine leere Flasche weg.
Sie hob sie seufzend auf. Dabei fiel ihr Blick auf eine offene Schublade, in der einige leere Röhrchen von Schlaftabletten und Stimmungsaufhellern lagen. Ihr Magen verkrampfte sich.
In diesem Moment vibrierte ihr Handy. Nach Fersen rief nun auch noch Annick an. Sie hörte die Nachricht der Sekretärin ab und war ziemlich erschrocken.
»Marie, Sie könnten nicht bitte herkommen? Hier geht etwas wirklich Seltsames vor, es betrifft Commandant Fersen. Bitte rufen Sie mich doch zurück …«

Die Sekretärin saß ganz allein in der Gendarmerie. Als Marie in die Diensträume stürzte, konnte die junge Frau ihre Angst nur mühsam beherrschen. Sie fiel Marie geradezu um den Hals.
»Kommen Sie! Fersen ist zur Strandräuberbucht gefahren, ich habe versucht, ihn zu erreichen, und jetzt hören Sie sich mal an, was da antwortet …«
Marie stellte sofort die Funkfrequenz des Polizeiwagens ein. Und wirklich, es war sehr seltsam, man hörte stoßweises Atmen, immer wieder unterbrochen von einer Art Stöhnen, Keuchen und Knurren.

»T24 an PC, bitte kommen! PC, bitte kommen!«
Doch Maries Rufe blieben ohne Erfolg und die seltsamen Geräusche hörten nicht auf. Sie stürmte davon, verfolgt von Annicks traurigem Blick. Offensichtlich behagte es ihr gar nicht, schon wieder allein bleiben zu müssen.

Marie sah den Polizeiwagen schon von weitem oben am Steilfelsen stehen. Sie stellte ihr Auto ab und rannte zu dem Geländewagen, der sich deutlich sichtbar bewegte, obwohl anscheinend niemand darin saß.
Mit gezogener Pistole schlich sie sich an und riss dann die Tür auf. Verdutzt ließ sie die Waffe sinken.
Im Fußraum kauerte Pierric, blies ins Funkgerät und spielte mit sämtlichen Knöpfen, konzentriert und begeistert wie ein Kind, das ein neues Spielzeug ausprobiert. Am liebsten hätte Marie ihn verprügelt. Und ihre Nerven wären wohl tatsächlich mit ihr durchgegangen, hätte sich Pierric nicht zu ihr umgedreht und ihr ein strahlendes Lächeln geschenkt, das ihren Unmut sofort besänftigte.
»Pierric! Komm da raus! Das ist kein Spielzeug! Raus da, na los!«
Marie zog ihn unter Aufbietung aller Kräfte aus dem Gefährt und schickte ihn nach Hause. Pierric, der nicht verstand, warum Marie ihm dieses hübsche Spielzeug verbot, trollte sich schließlich doch, sichtlich enttäuscht sein Stoffbündelchen knetend.
Lucas konnte nicht weit sein.
Marie lief über die Begräbnisstätte, vorbei am Hügelgrab, und schaute in die Strandräuberbucht hinunter.
Sie erkannte Fersens teure Kaschmirjacke auf Anhieb. Nur fand sie es komisch, dass er sie auf einem Felsen hatte liegen lassen, an einer Stelle, die bald unter Wasser sein würde. Wo er doch sonst immer so auf seine Sachen achtete!
»Lucas! Lucas! Lucas, antworten Sie doch!«

So schnell sie konnte, rannte sie den Abhang hinunter und war irgendwie verärgert, dass sie sich um diesen unerträglichen Typen dermaßen ängstigte.
Als sie in der Bucht ankam, ging ihr das Wasser schon bis an die Oberschenkel. Sie konnte Fersens Jacke gerade noch retten und warf sie auf einen Felsen ein Stück weiter oben.
Dann schrie sie weiter Lucas' Namen, vor allem in Richtung der Grotte, die sich langsam zu füllen begann. So schnell sie konnte, verschwand sie durch das Felsentor.
Die Grotte machte einen Knick, und hinter dem Knick entdeckte sie endlich Fersen. Er hockte ganz am Ende auf einem Felsen und leuchtete mit einer Taschenlampe den oberen Teil der Grotte aus. Allem Anschein nach war er sich der Gefahr nicht bewusst.
»Das Wasser steigt! Wir müssen hier raus! Schnell! Sind Sie denn völlig verrückt geworden?«
Völlig durchnässt und wütend über seine Unbekümmertheit kam Marie bei ihm an.
»Die Gendarmen haben Ihren Bruder aus der Bucht heraufkommen sehen, und da dachte ich, vielleicht hat sich Nicolas ...«
»Der ist nicht so blöd, dass er sich freiwillig in die Falle setzt! Raus hier! Schnell!«
Sie zog an seinem Hemd. Er verlor das Gleichgewicht und taumelte vom Felsen ins Wasser, das ihm fast bis zur Taille reichte. Die Wellen rollten heran, sanft, aber unaufhaltsam folgte eine auf die andere und das Wasser stieg unglaublich schnell. Wo sie an die Felswände stießen, bildeten die Wellen Strudel, die den Weg zum Ausgang noch erschwerten.
Wortlos kämpften sich Marie und Lucas voran.
Als sie die Bucht erreicht hatten, rollte eine größere Welle heran und begrub Marie unter sich. Lucas schrie auf, als er sie verschwinden sah. Er tauchte und öffnete unter Wasser die Augen, doch der aufgewirbelte Sand und der Schaum der

Wellen nahmen ihm jede Sicht. Er tauchte atemlos wieder auf und suchte die Wasseroberfläche nach einer Spur von Marie ab. Nichts. Ein Gefühl grenzenlosen Verlusts befiel ihn. Plötzlich sah er nicht weit entfernt ein dichtes Büschel Haare im Wasser schweben. Er packte aufs Geratewohl, was zu packen war, und zog. Nach Atem ringend tauchte Marie neben ihm auf.

Lucas war so erleichtert, dass er, der sonst so zynische und ungläubige Bulle, spontan Gott dankte.

Sie schwammen, bis sie wieder Grund unter den Füßen hatten, und ließen sich, als sie endlich außer Reichweite der Wellen waren, auf die Felsen fallen.

Fersen sah zu, wie sich Marie das Wasser aus dem Haar drückte. »Was für ein Glück, dass ich Sie rausfischen konnte, nicht wahr?«

Ihre Bewegungen erstarrten, sie sah ihn an wie einen Außerirdischen.

»Ohne mich würden Sie jetzt wie ein toter Fisch oben in der Grotte hängen! Wollten Sie sich umbringen, oder was?«

»Ich finde es wunderbar, dass Sie sich um mich sorgen«, säuselte er.

Marie war zu aufgebracht, um ihm zu antworten. Sie machte sich auf den Weg die Felsen hinauf. Er folgte ihr und betrachtete sie dabei mit sehnsüchtigen Blicken.

Oben auf dem Steilfelsen setzte sie sich hin und leerte, immer noch wütend, ihre Stiefel aus.

Er ließ sich neben ihr nieder.

»Als Sie hier oben auf dem Steilfelsen ankamen, haben Sie nach mir gerufen, oder?«

Sie warf ihm einen misstrauischen Blick zu. Aber er ließ nicht locker.

»Ich habe Sie gehört. Doch seltsamerweise schien Ihre Stimme aus der Grotte zu kommen. Deshalb bin ich so weit reingegangen.«

»Sagen Sie doch gleich, dass es meine Schuld ist!«
»In gewisser Weise schon … Wenn ich Sie sehe, verliere ich den Boden unter den Füßen …«
Sein selbstzufriedenes Lächeln trieb Marie erneut zur Weißglut. Sie unterdrückte eine Flut von Beschimpfungen, sprang auf und ging auf ihren Wagen zu.
»Warten Sie, ich möchte wissen, wo Sie standen, als Sie mich gerufen haben. Ich frage mich, ob es nicht einen Stollen oder eine andere Verbindung zwischen der Grotte und dem Steilfelsen gibt …«
Gereizt zeigte sie auf die Stelle.
»Da! Ich habe da gestanden! Aber wirklich, man muss schon eine blühende Fantasie haben, um …«
»Kommen Sie her!«
Lucas war an das Hügelgrab getreten und bewegte vorsichtig die Steine.
»Rühren Sie sie nicht an!«
»Sehen Sie doch, die Steine sind bewegt worden!«
Maries Zorn fiel in sich zusammen. Sie wusste nicht, warum, aber eine Welle schrecklicher Angst stieg in ihr hoch. Ihr ganzer Körper wurde steif und sie bekam keine Luft mehr, als sie sah, wie er die Steine wegräumte.
»Tun Sie das nicht!«
Sie war mit wenigen Schritte bei ihm. Lucas wandte sich um, erstaunt über den Schrei, den sie ausgestoßen hatte, und über die plötzliche Blässe in ihrem Gesicht.
»Das ist … Das ist eine Grabstätte«, flüsterte sie tonlos. »Und früher sagte man, wer an die Gräber rühre, wecke den Zorn der Toten.«
»Erzählen Sie mir nicht, Sie hätten Angst vor einem Haufen Steine …«
Marie starrte immer noch wie gelähmt auf die Steine.
Tatsächlich, irgendjemand hatte sie bewegt.
Die Angst lastete immer schwerer auf ihr. Verzweifelt ver-

suchte sich Marie an das Restchen klaren Verstandes zu klammern, das ihr noch geblieben war. Niemand auf Lands'en hätte es gewagt, das Hügelgrab zu berühren – niemand außer der Person, die es auch gewagt hatte, die Menhire zum Bluten zu bringen.

Nein, das war nicht möglich, es durfte nicht sein …

Sie spürte die Vorboten ihres Albtraums, etwas zog sie in die Tiefe, über alles legte sich ein Schatten … Marie versuchte zu schreien, um Lucas aufzuhalten …

Er hörte nur ein sehr leises Keuchen.

»Nein … Lucas …«

Er sah Marie schwanken, den Blick wie nach innen gerichtet, das Gesicht leichenblass.

Er war so erschrocken, dass er sie nicht davor bewahren konnte, auf das Hügelgrab zu sinken, wo sie sich zusammenkrümmte.

»Marie! Marie, öffnen Sie die Augen! Sehen Sie mich an!«

Sie reagierte nicht. Eine blutige Woge hatte sie unter sich begraben, sie befand sich auf dem tiefsten Grund ihres Albtraums. In ihrem Kopf hallten dumpfe Schläge, sie wurde in einen Strudel gezogen, er war unentrinnbar, sie erstickte. Das Donnern der Wellen, grelle Schreie menschlicher Stimmen, eine Hand, die ausgestreckt wurde und verzweifelt nach ihr tastete … Schreckliche Bilder und Geräusche zogen sie in ein schwarzes Loch.

Lucas erkannte, dass Marie, die leblos auf den Steinen lag, seine Rufe nicht hörte. Er hob sie auf, um sie ins Gras zu betten. Dabei lösten sich einige Steine und rollten von dem Grab. Um zu verhindern, dass sich weitere Steine lösten und womöglich Marie trafen, rückte Lucas einen größeren Block zur Seite.

Und da tauchte, fast vor seiner Nase, eine leichenfarbene Hand aus dem Hügelgrab auf.

Lucas wusste sofort, wem sie gehörte.

Er begriff nun, dass Marie ein Opfer ihrer schrecklichen Vorahnungen geworden war. Fast war er erleichtert, dass ihre Bewusstlosigkeit ihr diesen traurigen Anblick ersparte.
Nicolas' leblosen Körper.

*

Aus Aberglauben wollte kein Inselbewohner den Gendarmen beim Abräumen des Hügelgrabs helfen.
Fersen konnte sich nicht von Maries Seite losreißen. Nur sein Zorn darüber, dass der Hubschrauber des Zivilschutzes nicht schneller kam, überlagerte zeitweise seine Angst um sie.
»Commandant! Commandant, sehen Sie sich das an!«
Die Gendarmen umringten den Cairn und traten beiseite, als er sich näherte. Alle Blicke waren auf Nicolas gerichtet, dessen Körper sie schon fast freigelegt hatten.
An seiner Seite war langes, braunes Haar zu sehen, und eine Hand mit rot lackierten Fingernägeln. Chantal.
Das Schweigen wurde nur von einem gelegentlichen Klicken unterbrochen. Einer der Gendarmen machte Fotos vom Schauplatz des Verbrechens. Des *nächsten* Verbrechens. Fersen fühlte sich entmutigt, doch dann stieg, wie jedes Mal in einer solchen Situation, Wut in ihm auf. Er würde nicht aufgeben, bevor er den Menschen gefunden hatte, der grausam genug gewesen war, diese Leben zu zerstören.
Plötzlich fiel ihm etwas auf: Unter Nicolas' Körper ragten zwei kleine Stücke Papier hervor. Lucas zog sich eilig Latexhandschuhe über und zupfte vorsichtig daran. Auf diese Weise förderte er zwei durchnässte Bögen zutage.
Die Buchstaben waren fast unleserlich, doch er erkannte sofort die Risskanten. Lucas vermutete, dass es sich um die fehlenden Seiten aus dem persönlichen Register des alten Pérec handelte.

Der Wind der Rotorblätter drückte den Insulanern das Haar und die Kleider an den Körper. Sie waren gekommen, um den Hubschrauber, der die immer noch bewusstlose Marie nach Brest bringen sollte, abfliegen zu sehen.
Lucas war sehr besorgt um sie. Dennoch gestattete er es sich nicht, seine Pflicht zu vernachlässigen, und musterte die Insulaner einen nach dem anderen. Doch die Gesichter und Blicke blieben undurchdringlich.
Er entdeckte Ryan. Der Schriftsteller sah aus, als gehe ihm das Ganze sehr zu Herzen.
Yvonne und Gwenaëlle gehörten zu den Ersten, die sich abwandten und weggingen. Mutter und Tochter hatten den gleichen Gang, energisch und entschlossen.
Von den Kermeurs ließ sich verständlicherweise niemand blicken. Jeanne und Milic waren zu sehr mit ihrem Schmerz beschäftigt. Sie hatten einen Sohn und ihren Enkel verloren, sie hatten keine Ahnung, wo sich Loïc aufhielt, und ihre Tochter lag im Koma.
Lucas fand, dass diese Familie vom Unglück verfolgt war.
Als der Hubschrauber am Horizont verschwand, fühlte er sich sehr allein.

*

Lucas stand im Krankenhaus in Brest neben Maries Bett. Sie litt nicht, das hatte ihm der Arzt versichert, doch ansonsten hatte er nichts Genaues über ihren Zustand sagen können. Seit sechsunddreißig Stunden lag sie im Wachkoma, und das konnte noch Tage oder sogar Monate andauern.
»Ein übermäßig großer emotionaler Schock, der bei Bewusstsein nicht zu ertragen wäre, kann einen solchen Zustand auslösen. Und nur sie kann beschließen, ihn zu beenden.«
»Ist es unbedingt nötig, sie festzuschnallen?«
»Sie ist zeitweise sehr unruhig, sie könnte sich verletzen.«

Lucas wandte sich ab. Er ertrug es nicht, Marie so reglos daliegen zu sehen. Dazu liebte er ihre Wutanfälle, ihre Lebhaftigkeit inzwischen zu sehr. Es sah ihr gar nicht ähnlich, sich in die Bewusstlosigkeit zu flüchten, sich der Realität zu verschließen. Fast hätte er sie beschimpft.
Der Arzt riss ihn aus seinen Gedanken.
»Wollte sie nicht Christian Bréhat heiraten? Vielleicht sollte man ihn benachrichtigen …«
Was mischt sich dieser Typ in Maries Angelegenheiten ein, dachte Lucas aufgebracht.
»Die Familie Kermeur hat eine Nachricht an die Regattaleitung geschickt«, antwortete er knapp.

Bréhat war in Plymouth und befand sich mitten in den Vorbereitungen für die Regatta. Obwohl die Medien offiziell aufgefordert worden waren, so wenig wie möglich von den Geschehnissen auf Lands'en zu berichten, hatten sie sich diese dramatischen Neuigkeiten natürlich nicht entgehen lassen. Sie lobten den berühmten Segler, dessen Hochzeit wegen der Trauerfälle in der Familie seiner Braut hatte aufgeschoben werden müssen, für die außergewöhnliche Tapferkeit, mit der er sich unbeirrt auf die Regatta vorbereitete, obwohl seine Zukünftige im Krankenhaus lag.
Christians entschiedene Schritte hallten laut auf der Planke wider, die zu seinem Schiff führte. Er war völlig unempfänglich für die Fragen der Journalisten und die Blitzlichter der Fotografen, er registrierte nur noch, was für das Rennen von Belang war.
Wie jedes Mal vor einer Regatta war er so konzentriert, dass er geradezu abwesend wirkte.
Dennoch war es dieses Mal anders. Seine Verschlossenheit sollte den inneren Kampf verbergen, mit dem er seine Gedanken daran zu hindern versuchte, immer wieder zu Marie zurückzukehren. Ein paar Minuten musste er noch durch-

halten, bis zum Startschuss. Dann würde er wieder ganz dem Meer gehören, das wusste er, dann würde er – wie sonst auch – alles andere vergessen.

Obwohl auf der Insel solch schreckliche Dinge geschehen waren, hatte Anne wie immer einen Fernseher mit extragroßem Bildschirm gemietet. Auf diesem wollte sie wie sonst auch mit ihren Stammgästen und Christians Fans die Regatta verfolgen.
Als endlich der Startschuss erfolgte, stießen sie wie immer fröhlich und lautstark auf Christians Sieg an.
Doch das fröhliche Lärmen wurde nach dem Start jäh unterbrochen. Eine Frau stieß die Tür der Kneipe auf, starrte die palavernden Männer verstört an und schrie atemlos:
»Ty Kern! Auf Ty Kern blutet wieder ein Menhir!«

Im Licht der ersten Sonnenstrahlen rannen zwei Bluttränen langsam über den Menhir. Sie schienen genau unter dem fischförmigen Zeichen ausgetreten zu sein.
Die beiden Gendarmen, die Ty Kern hatten bewachen sollen, lagen bewusstlos auf dem Boden. Wie es dazu gekommen war, wer sie niedergeschlagen hatte – all das konnten sie sich später nicht erklären.

Marie wand sich, sie zerrte an ihren Gurten.
Doch sie war immer noch bewusstlos. Der Schweiß stand ihr in kleinen Tröpfchen auf dem Gesicht und sie warf den Kopf auf dem Kissen hin und her. Dann öffneten sich ihre Augen halb und ihr Mund formte unhörbare Wörter.
Sie spannte alle Kräfte an, um aus dem tiefen Nebel aufzutauchen. Ihr war, als riefe eine Stimme, die sie nicht recht erkennen konnte, nach ihr … Sie stemmte sich gegen das bleierne Gewicht ihrer Lider und glaubte einen Blick auf ein Gesicht zu erhaschen … Loïc? War er es? War er wirklich bei ihr?

Doch, es war sein Gesicht, das ihr erschien, wenn auch verschwommen, und manchmal drangen Fetzen seiner Stimme hinter ihre schmerzende Stirn. *Die Wahrheit erfahren … Wollte es unbedingt wissen … das Geheimnis … das schreckliche Geheimnis …* Marie, am Ende ihrer Kräfte, vermochte sich nicht länger an dieses immer leiser werdende Gemurmel zu klammern und an das verschwimmende und wie von Wellen bewegte Bild eines Gesichts, in dem sie Loïc zu erkennen glaubte …
Erschöpft glitt sie zurück in die Finsternis.

*

Gwen scheint einen schlechten Tag zu haben, und mit Grund, dachte Philippe, der sie heimlich beobachtete.
Allerdings hatte er sich auch einige hämische Bemerkungen über den armen Loïc erlaubt, der seinen Kummer jetzt vermutlich in irgendeinem Rattenloch in Alkohol ertränkte. Er hätte sich die Bemerkungen lieber verkneifen sollen, denn sein Sohn Ronan war ihm über den Mund gefahren.
»Kannst du nicht mal von was anderem reden? Nicolas ist mein Freund, und es tut mir sehr Leid für seinen Vater und für seine ganze Familie! «
Auch Yvonne hatte die Gelegenheit genutzt, auf ihrem Schwiegersohn herumzuhacken.
»Er hat Recht. Halten Sie den Mund. Ein armseliger Wicht wie Sie sollte sich keine Kritik erlauben, an wem auch immer.«
Gwenaëlle hatte sich aufgebracht in die Küche zurückgezogen. Von dort aus unternahm sie einen ihrer zahllosen Versuche, Loïc zu erreichen – und diesmal hörte sie endlich seine Stimme.
Welche Erleichterung!
»Wo bist du?«

»Bei Marie … Ich werde ihr alles sagen …«
»Wenn du das tust, bedeutet es das Ende für uns alle«, protestierte Gwen aufgeregt.
»Sieh dich doch um, es ist bereits alles zu Ende!«
Sie spürte Loïcs tiefe Mutlosigkeit und geriet in Panik.
»Du bist nicht der Einzige, den diese Geschichte angeht! Bitte denk an die Folgen, ich flehe dich an!«
»Eben, es hat schon zu viele Tote gegeben.«
»Aber Loïc, hör zu … Hallo? Hallo!«
Am anderen Ende war Stille. Er hatte die Verbindung unterbrochen. Gwen wurde leichenblass.
Eine Hand legte sich schwer auf ihre Schulter.
Es war Yvonnes Hand – wettergegerbt und vom Gelenkrheumatismus verkrüppelt, sah sie aus wie eine Raubvogelklaue, deren Krallen Gwen zu spüren bekam.
»Wirklich, die Männer in deinem Leben sind lauter Waschlappen …«
»Er hat Angst.«
»Eben.«
»Ich habe ihm gesagt, er soll den Mund halten, an die Folgen denken, aber …«
»Dieser Idiot!«
Gwen sah ihre Mutter an, die gelassen eine Jacke anzog, ihre Handtasche nahm, die Schlüssel, das Telefon, auf die Uhr sah …
»Wo willst du hin?«
Die einzige Antwort war ein bohrender Blick.
»Kümmer dich um ihn, wenn er zurückkommt, pass auf, dass er nicht rumquatscht!«
»Und Marie?«, murmelte Gwen.
Yvonne zuckte kaum mit der Wimper, doch sie zögerte kurz, bevor sie antwortete.
»Ich werde sie davon überzeugen können, dass sie besser schweigt.«

Gwenaëlle schlug die Augen nieder und ließ ihre Mutter gehen.

*

Enttäuscht inspizierte Stéphane den Belag des Sandwichs, das Annick ihm mitgebracht hatte. Gleichzeitig wachte er über das fleißig Papier spuckende Faxgerät. Er biss in das weiche Brot und ein dicker Majonäseklecks spritzte auf das Blatt, das gerade fertig bedruckt war. Stéphane sah sich verstohlen um. Fersen war in seinem Büro und überprüfte die Filme aus den Überwachungskameras, Annick plauderte mit ihm.
Stéphane nahm eine Papierserviette und wischte die Majonäse weg. Schade drum, sie war noch das Beste am Sandwich gewesen …
Dann endlich widmete er sich dem verschmierten Blatt Papier. »Nicht möglich! Wissen Sie was? Das Blut, das aus dem Menhir geflossen ist, war nicht von Nicolas!«
Lucas zuckte zusammen.
»Was?«
»Es ist Blutgruppe null, Rhesusfaktor negativ …«
Er betrachtete noch einmal sein Sandwich und warf es dann, von Ekel gepackt, in hohem Bogen in den Abfalleimer. Dann runzelte er die Brauen.
»Annick? Hatte nicht Marie Blutgruppe null negativ?«
Lucas erstarrte. Die Sekretärin zog die Stirn in Falten.
»Ja, kann sein, vielleicht haben Sie Recht …«
Sie hörten die Eingangstür zuschlagen. Fersen war aus dem Büro gefegt. Noch bevor Annick und Stéphane einen erstaunten Blick wechseln konnten, klingelte das Telefon. Annick nahm den Hörer ab.
»Gendarmerie-Lands'en-guten-Tag-was-kann-ich-für-Sie-tun? … O nein! Das ist doch nicht möglich, so etwas aber auch …«

Völlig verstört legte sie auf. Stéphane hing an ihren Lippen.
»Was ist los?«
»Das war die kriminaltechnische Abteilung ... Die Le Bihan ... Die Yvonne ... Sie haben die Seiten aus dem Register des alten Pérec rekonstruieren können ... Sie hat ... Sie hat ihre beiden kleinen Jungen umgebracht, eine Woche nach ihrer Geburt, weil sie behindert waren. Sie hat sie erstickt ... Herr im Himmel ...«

Fersen, der im selben Moment ein Telefonat beendet hatte wie Annick, stürmte durch den Hafen und überrannte in seiner Eile fast den Wachmann, der gerade seine Runde drehte.
»He! Was soll denn das? Seid ihr denn heute Abend alle vom wilden Affen gebissen?«
Lucas, der nur rasch eine Entschuldigung gemurmelt hatte, wollte auf das Gendarmerieboot springen, doch der letzte Satz des Hafenwächters ließ ihn aufhorchen.
»Warum haben Sie das gesagt? Hat es Probleme gegeben?«
»Nun, nicht gerade ein Problem, aber die Yvonne, ich meine Madame Le Bihan, hat eben per Telefon einen Affentanz aufgeführt, damit die letzte Fähre auf sie wartete, sie müsse was ganz Dringendes auf dem Festland erledigen, hat sie gesagt ...«
Lucas wartete den Rest der Erklärung nicht ab, sondern sprang auf das Polizeiboot. Er rief dem Kapitän zu, ihn unverzüglich nach Brest zu bringen.
Maries Blut war über den dritten Menhir geflossen. Logischerweise sollte sie also das nächste Opfer sein.
Der Kapitän drehte den Motor voll auf und das Schnellboot sprang über die Wellenkämme. Trotzdem runzelte Lucas ungeduldig die Stirn.
Warum, zum Teufel, war dieses Boot nur so langsam ...

Yvonne Le Bihan trat in Maries Zimmer.
Unter den Augen der Krankenschwester, die das Zimmer durch ein Fensterchen bewachte, setzte sie sich gelassen ans Bett der Kranken, die jetzt ruhig und reglos dalag.
Yvonne übte sich in Geduld und beobachtete die Krankenschwester. Warum wurde sie nicht endlich einmal zu einem anderen Patienten gerufen? Es verging eine lange Zeit, ehe die junge Frau ihren Platz schließlich doch verließ. Yvonne atmete erleichtert auf, erhob sich, nahm ein Kopfkissen von einem Stuhl und trat damit leise dicht an Marie heran.

Maries Lider flatterten ein wenig, als wolle sie die Augen aufschlagen. Ihre Atmung beschleunigte sich.
Sie spürte, dass jemand da war, und kämpfte noch einmal gegen den Nebel an, der sie verschlungen hatte. Sie wollte heraus aus diesem Abgrund, in dem eine Horde von Gespenstern herumwirbelte und sie festzuhalten trachtete. In manchen Augenblicken sah sie eine gelbe Lampe vor einem wassergrünen Hintergrund. Sie versuchte, sich daran zu klammern, doch dann schob sich Yvonnes Gesicht vor das schwankende Bild.
»Ich habe dir doch gesagt, du sollst deine Nase nicht in unsere Angelegenheiten stecken …«
Yvonnes kalter Blick und die Entschlossenheit darin nahmen Marie fast den Atem, sie hatte das schreckliche Gefühl, dass Yvonne sie endgültig in den albtraumhaften Abgrund zurückstoßen wollte, aus dem sie sich gerade unter solchen Mühen herausgekämpft hatte.
Mit dem Kopfkissen in der Hand beugte sich Yvonne immer dichter über Marie. Doch in diesem Augenblick trat die Krankenschwester ins Zimmer.
»Ich muss Sie bitten, das Zimmer zu verlassen. Ich habe einen Anruf von der Kriminalpolizei erhalten«, sagte sie streng.
Doch dann erkannte sie Yvonne und verfiel sofort in einen freundlicheren Ton.

»Ach, Sie sind es, Madame Le Bihan. Wie geht es Ihnen?«
»Ich ... Ich werde nicht lange bleiben.«
Marie wollte schreien. Sie unternahm übermenschliche Anstrengungen, um Alarm zu schlagen, sie spannte ihren Körper an, riss mit den Händen an den Gurten, doch Yvonne hatte sich geschickt zwischen das Bett und die Tür gestellt, die sich jetzt hinter der Krankenschwester schloss.
Yvonne tätschelte das Kopfkissen und sah dabei Marie an.
»Mir scheint, es geht dir besser, nicht wahr? Was ist los? Möchtest du aufstehen?«
Marie riss die Augen auf und stöhnte leise.
»Dein Bruder hätte nicht herkommen sollen ... Was mag er dir nur erzählt haben?«
Sie näherte das Kopfkissen Maries Gesicht, hielt jedoch inne, als sie hörte, wie die Überwachungsgeräte zu piepen begannen.
»Pssst, ganz ruhig, meine Kleine ...«
Gelassen betrachtete sie das Gerät und streckte die Hand nach einem Knopf aus ...
In dem Moment stürmte wie ein Rasender Fersen ins Zimmer.
»Rühren Sie sich nicht von der Stelle!«
Er sprang auf Yvonne zu, packte ihre Handgelenke und legte ihr Handschellen an. Yvonne ließ es verblüfft geschehen.
»Was ist denn in Sie gefahren? Sie sind ja nicht bei Troste, mein lieber Junge.«
Lucas beachtete sie nicht und bedeutete den beiden Polizisten, die hinter ihm ins Zimmer traten, sich um Yvonne zu kümmern. Er selbst beugte sich über Marie, redete ihr liebevoll zu und nahm ihr die Gurte ab.
»Es ist vorbei, ich bin jetzt da ...«
Marie, immer noch verstört, hielt sich an seinem Blick fest und lächelte schwach.
»Sie haben nichts mehr zu befürchten«, sagte er leise.

Yvonne hingegen reagierte sehr laut.
»Wollen Sie etwa andeuten, ich sei hergekommen, um ihr etwas anzutun? Wie können Sie so etwas auch nur denken!«
»Nehmen Sie sie mit auf die Dienststelle!«, befahl Lucas den beiden Beamten.
Marie versuchte sich aufzurichten. Lucas ahnte, dass sie etwas sagen wollte, und stützte sie, bis sie aufrecht saß. Mit leiser und brüchiger Stimme wandte sich Marie an Yvonne.
»Wer hätte nicht herkommen und mir alles erzählen sollen?«
»Wovon redest du?« Yvonne schüttelte mitleidig den Kopf. »Du musst dich ausruhen, Kleines … Armes Mädchen, nach allem was du durchmachen musstest! Erst stirbt Gildas, dann Nicolas …«
Mit Bedacht und grausam hatte sie den Dolch in die Wunde gestoßen. Sie hätte sich nichts Besseres ausdenken können, um Maries Frage auszuweichen.
In Lucas flammte Hass auf, doch er erlosch, als er die ungläubige Verzweiflung auf Maries Gesicht sah.
»Nicolas? Nein … Nein, nicht Nicolas!«
Lucas spürte, wie sie wankte und dann in seine Arme sank.
»Buchtet sie ein!«, brüllte Fersen.
Yvonne musterte ihn verachtungsvoll.
»Sie sind nicht imstande, einen kühlen Kopf zu behalten. Bei einem Bullen ist das schlecht«, sagte sie und drehte sich dann zu den beiden Polizisten um. »Sehen Sie denn nicht, dass wir stören? Worauf warten Sie noch?«
»In der Tat, worauf warten Sie noch?«, knurrte Lucas.
Unter anderen Umständen hätte er sich mit einer schneidenden Bemerkung gegen Yvonnes Anzüglichkeit gewehrt, doch er spürte Maries Kopf an seiner Schulter und ihre Tränen auf seinem Hals. Sie schluchzte laut auf.
Endlich schloss sich die Tür hinter den Beamten und Yvonne.
So rücksichtsvoll wie möglich erzählte Lucas Marie alles: wie er die Leichen von Nicolas und Chantal entdeckt hatte,

von den rekonstruierten Blättern aus dem Register, von dem Mord, den Yvonne an ihren behinderten Kindern verübt hatte …

Vorsichtig leitete er dann zu den Ermittlungen über, um Marie wenigstens ein bisschen von ihrem Kummer abzulenken.

Sie hob den Kopf und sah ihn an.

»Aber … Was war mit dem gestohlenen Schiff, dem Kompass, dem Beiboot, das man in Morgat gefunden hat? Wer konnte so gemein sein, uns alle glauben zu machen, Nicolas sei noch am Leben?«

Fersen behielt die Antwort für sich. Er drückte Marie stattdessen fest an sich und wiegte sie liebevoll. Eine unausgesprochene Einigkeit herrschte auf einmal zwischen ihnen, als wären sie beide in einer zarten Luftblase eingeschlossen.

Marie war so erschöpft, dass sie die nächsten Stunden verschlief. Lucas wachte bei ihr. Er fühlte sich gut, völlig im gegenwärtigen Moment aufgehoben, er konnte alles ausblenden, was es außer ihnen beiden gab. Zum ersten Mal seit sehr langem hätte er gern die Zeit angehalten.

Als Marie aufwachte, schien es, als habe sie ihre Energie zurückgewonnen. Keinen Augenblick länger hielt sie es in dem kleinen Krankenzimmer aus. Immerhin konnte Lucas sie überreden, den ersten Ausflug beim Kaffeeautomaten der Station enden zu lassen. Sie analysierte bereits alle Fakten, die er ihr berichtet hatte.

»Sie hat also ihre Kinder ermordet, weil sie schwer behindert waren! Und das war vor vierzig Jahren, es ist verjährt! Yvonne hätte Nicolas und Chantal nicht umgebracht, bloß weil die beiden das herausbekommen haben …«

»Aber Sie müssen sie wegen versuchten Mordes anzeigen.«

»Ich bin mir da nicht sicher … Übrigens, wo wir gerade beim Thema sind: Warum dachten Sie, dass ich womöglich in Gefahr bin? Der siebte Sinn?«

»Ein dritter Menhir hat zu bluten angefangen. Das Blut hatte Blutgruppe null negativ, genau wie Sie …«
»Da täuschen Sie sich, ich habe null positiv …«
Marie wurde bleich. In ihrem Gesicht zeichnete sich das Erschrecken über einen furchtbaren Gedanken ab. Lucas fürchtete schon, sie würde wieder ohnmächtig werden, aber sie fasste sich.
»Loïc! *Er* hat null negativ! Er ist in Gefahr! Wo ist er?«
Lucas konnte sie nicht aufhalten. Sie lief so schnell sie konnte zurück in ihr Zimmer, um sich anzuziehen. Nur wenige Minuten später stellte sie sich der Auseinandersetzung mit der Nachtschwester, bis diese endlich einwilligte, Marie eine »Entlassung auf eigene Verantwortung« unterschreiben zu lassen.
»Für meinen Bruder Loïc geht es um Leben oder Tod!«, argumentierte Marie.
»Aber Ihrem Bruder geht es doch sehr gut! Er hat sie besucht, kurz bevor Ihre Mutter kam …«
»Meine Mutter und Loïc? Sind Sie sicher?«
»Aber ja, wir haben sogar miteinander gesprochen, er bat um einen Umschlag für den Brief, den er Ihnen geschrieben hatte …«
»Welchen Brief?«
»Einen langen Brief, mehr kann ich Ihnen nicht sagen. Aber ich habe ihm jede Menge Blätter gegeben und einen Umschlag mit Krankenhausaufdruck. Er hat ihn da für Sie hingelegt …«
Sie zeigte auf den Nachttisch. Dort lag nichts.
»Er war noch da, als er wegging, da bin ich völlig sicher«, sagte die Krankenschwester verdutzt.
»Und meine Mutter kam danach?«
»Ja, wir haben uns noch einen guten Abend gewünscht.«
Marie und Lucas, beide in tiefes Nachdenken versunken, schwiegen. Die Krankenschwester zuckte schließlich die Achseln und ging.

Marie schien so sehr in ihre Gedanken vertieft, dass Lucas unruhig wurde.
»Geht es Ihnen gut?«
Sie sah ihn verwirrt an.
»Ich dachte, es wäre ein Traum gewesen«, sagte sie langsam. »Ich dachte, ich hätte geträumt, dass Loïc … Er war tatsächlich hier! Er hat versucht, mir etwas Wichtiges zu sagen … Ein Geheimnis. Ein schreckliches Geheimnis …«
»Ein Geheimnis, von dem Yvonne fürchtete, es könne ans Licht kommen. Das würde erklären, warum sie Sie aus dem Weg räumen wollte. Aber woher konnte sie wissen, dass Loïc es Ihnen anvertrauen wollte?«
Marie dachte sofort an Gwenaëlle.

14

Jemand hatte beobachtet, dass Loïc am Abend zuvor an Bord der letzten Fähre von Brest nach Lands'en gegangen war. Doch niemand hatte ihn auf Lands'en ankommen sehen. Sein Bett war immer noch unberührt. Das Hotel verlassen. Sein Büro leer.

Marie hatte beschlossen, es erneut zu durchsuchen, um sich so von ihrer Angst abzulenken. Sie hob ein paar Papierschnipsel auf, die unter dem riesigen bretonischen Schrank lagen. Wahrscheinlich hätte sie sie nicht weiter beachtet, wenn sie nicht einen Umschlag entdeckt hätte, der zwischen der Sockelleiste und einem der Füße klemmte.

»Fast wie Stücke eines Zeitungsartikels«, sagte Lucas, der die Fragmente begutachtete.

»Helfen Sie mir, dieses Ungetüm von der Wand wegzurücken!« Er runzelte die Brauen, irritiert über ihre plötzlich schroffe Stimme.

Der Schrank wog einiges und sie konnten ihn trotz vereinter Kräfte nicht weiter als etwa dreißig Zentimeter abrücken. Immerhin so weit, dass sich Marie in den Zwischenraum zwängen und mit zwei Finger den Umschlag hervorziehen konnte. Sie war wie elektrisiert, als sie ihn berührte. Noch bevor sie ihn näher untersuchte, wusste sie, dass er mit einem Wachssiegel versiegelt und leer sein würde, genau wie die Umschläge, die Gildas und Yves erhalten hatten.

Nur stellte das Siegel etwas anderes dar: ein längliches Oval mit einem vertikalen Strich. Nach Möwe und Krebs nun der Fisch.
»Trägt der dritte Menhir, der geblutet hat, dieses Zeichen?«
Sie stellte die Frage nur noch der Form halber, und Lucas nickte kurz. Wie Marie dachte auch er an die Fähre, die Loïc bestiegen, aber nicht wieder verlassen hatte.
»Wir müssen auf dem Meer nach ihm suchen.«

*

Vom Schiff aus konnte man die winzige Kapelle kaum von den Felsen unterscheiden, zwischen die sie eingeklemmt war. Sie war der heiligen Anne geweiht, der Schutzpatronin der Hochseefischer, und bot all denen Zuflucht, die einen Angehörigen zurückerwarteten, der zum Fischen aufs Meer hinausgefahren war. Und auch jenen, die keine Rückkehr mehr erhofften.
Jeanne hatte hier im Laufe der Jahre viel Zeit verbracht – als Milic auf den großen Fangschiffen nach Neufundland oder zu den Kerguelen fuhr und sie die heilige Anne hier auf Knien darum bat, ihn bald gesund zu ihr zurückzubringen.
Auch jetzt war sie wieder einmal hier in dem Halbdunkel. Der Tag neigte sich dem Ende und die vom Salz blind gewordenen Glasfenster ließen nur wenig Licht durch.
Den Kopf in die Hände vergraben, betete sie zu Gott um Vergebung ihrer Sünden.
»Ich habe getan, was ich für richtig hielt, wie damals, und nur um sie zu beschützen. Gib, dass Loïc mir verzeihen kann …«
Ihre Stimme brach. Tränen liefen über ihre Wangen, aber sie unternahm nichts, um sie aufzuhalten oder wegzuwischen.
Lange Zeit später richtete sie sich auf und nahm einen braunen Umschlag mit angerissenen Außenkanten aus ihrer Tasche.

In der Ecke links oben war ein Aufdruck mit der Adresse des Krankenhauses von Brest.
Sie zog die handbeschriebenen Blätter heraus. Dann stand sie auf und ging entschlossen zu den Kerzen, die neben dem Altar brannten. Ohne zu zögern setzte sie die Beichte ihres Sohnes in Brand.
Während sich die Blätter in den Flammen rollten und verdrehten, war ihr, als kreuzige sie ihn.

*

Im Satellitenfernsehen in Annes Hafenkneipe lief die ganze Zeit der Sender *Eurosport* und berichtete von der Transatlantik-Regatta. Das zehnte Rennen nahm allmählich höllische Züge an.
Die Segler hatten mitten im Nordatlantik nachts nacheinander drei Tiefs durchqueren müssen. Um ihrer Sicherheit willen hatten sie eingewilligt, die Route ein wenig nach Süden zu verlegen. Nur Bréhat hatte sich taub gestellt. Er hoffte, den durch ein gebrochenes Ruderblatt verursachten Rückstand aufholen zu können, indem er auf der direkteren nördlichen Route blieb.
Um fünf Uhr wurde in einer Sondermeldung bekannt gegeben, Christian Bréhats Einhandsegler Multi 60, Bretagne/Pays-de-Loire, habe bei sieben Meter hohen Wellen und einer Windgeschwindigkeit von fünfzig Knoten einen Mast verloren.
Alle sahen darin ein böses Vorzeichen.

Die ganze Nacht über hatten die Trawler die hundertfünfzig Kilometer Küste abgesucht. Manche hatten sich sogar mehrere Meilen vom Ufer entfernt. Die am Heck befestigten Schleppnetze kratzten über den Meeresgrund.
Die ganze Nacht über hatten die Seeleute unermüdlich ver-

sucht, mit zusammengekniffenen Augen das Dunkel über dem ölig glatt daliegenden Meer zu durchdringen.
Die ganze Nacht über hatte Marie an Bord des Polizeischnellboots, dessen starke Scheinwerfer jede noch so winzige Felsspalte ausleuchteten, mit schwindender Hoffnung nach einem Lebenszeichen Ausschau gehalten.
Die ganze Nacht über hatten die Inselbewohner im Hafen, vereint in derselben großen Angst, gewartet und gebetet und sich allenfalls für ein paar Minuten weggeschlichen, um sich bei Anne und einem Kaffee aufzuwärmen.

Der Morgen brach schon an, als die Fischkutter einer nach dem anderen in den Hafen zurückkehrten. Die erschöpften Seeleute gingen von Bord und versammelten sich in der Hafenkneipe. Anne erwartete sie mit einer Mahlzeit, die ihnen wenigstens den Magen wärmte, wenn auch nicht das schwere Herz.
Die meisten der Inselbewohner wollten sich schon auf den Heimweg machen, als das Polizeiboot direkten Kurs auf einen Fischkutter nahm, der noch auf dem Meer war, auf die *Pen-Ar-Cleuz.*
Die Leute machten noch einmal kehrt und starrten den beiden Booten entgegen, die jetzt rasch auf den Hafen zusteuerten. Kurz darauf legten sie an.
Die Menschen brauchten bloß Maries blasses Gesicht sehen, als sie das Polizeiboot verließ, und den besorgten Blick, den Fersen auf ihr ruhen ließ, um zu begreifen, dass ein weiteres Drama geschehen war.
Und als dann auch noch die Limousine vom Schloss kam und Jeanne ausstieg, gestützt von Armelle und Pierre-Marie, war es jedem klar.
Die Stille wurde nur vom Geschrei der Möwen unterbrochen. Schließlich öffnete man das Netz einen Meter über dem Kai. Es entließ eine Kaskade von silbrig schimmernden Sardinen,

die weich auf den Zement klatschten, während die Fischer sich ernst bekreuzigten.
Aus dem Haufen der schillernden Fischleiber ragte eine Männerhand.
Sie gehörte Loïc.

* * *

Ich sah Marie am Totenbett ihres Bruders knien. Verweint. Blass. Zum ersten Mal teilte ich ihr Gefühl von Ohnmacht. Ihr Leid. Ihren Zorn. Ihren Kummer. Sogar ihre Verzweiflung.
Ich verfluche das Schicksal, das sich mir in den Weg gestellt hat. Bréhat. Kermeur. Zwei für den Preis von einem, in wenigen Stunden.
Wenngleich das Schicksal gewissermaßen mit der ihm eigenen Ironie nur das vorweggenommen hat, was geschehen musste.
Doch was, wenn das Schicksal gar nichts mit Loïcs Tod zu tun haben sollte? Plötzlich schoss mir der Gedanke durch den Kopf, jemand habe vielleicht ein wenig nachgeholfen.
Aber wer?
Ich musterte die Gesichter der Umstehenden. Ich verfluchte sie. Ich suchte nach einem Zeichen, einem Indiz. Ich musste erraten, wer von ihnen sich das Recht herausgenommen hatte, ein Urteil zu vollstrecken. War der Schmerz im Gesicht jener Frau echt? Der Schrecken auf den Zügen jenes Mannes ungeheuchelt?
Ich würde es schon noch erfahren. Es war nur eine Frage der Zeit.

* * *

Die Fischer waren nach Hause gegangen, um geschützt vor fremden Blicken einen der Ihren zu beweinen. Anne stand hinter der Theke und spülte gerade die letzten Gläser. Sie warf einen Blick auf Marie, die zusammengesunken an einem Tisch in der Ecke saß. Vor ihr stand eine Tasse mit Kaffee, der längst kalt geworden war.
An genau diesem Tisch hatten sie beide seinerzeit sorglos und munter gesessen und festgestellt, dass – in Anbetracht der Regatta- und der Saisontermine – der 5. Juni der einzig mögliche Tag war, an dem sie Schwägerinnen werden konnten. Zu ihrer großen Verwunderung hatte Christian Einwände erhoben: Die 5 sei nicht seine Zahl, hatte er schließlich gestanden. Aber sie hatten ihn so sehr ausgelacht, dass er nachgeben musste. Warum hatten sie nicht auf ihn gehört?
Anne wäre am liebsten zu Marie gegangen, um sie in die Arme zu nehmen und mit ihr zu weinen. Doch sie zögerte, unwillkürlich befangen aufgrund eines Aberglaubens, der mit jedem Todesfall deutlicher in ihre Erinnerung getreten war. Die besonders Abergläubischen behaupteten sogar, die Tochter der Kermeurs sei schuld an dem Ganzen, weil sie allen Warnungen zum Trotz auf der Insel geblieben sei.
Und dann war da auch noch Christian, der im Nordatlantik in Seenot geraten war …
Anne zögerte immer noch, ihrem Impuls, Marie zu umarmen, nachzugeben, als Fersen hereinkam und ihr ein Zeichen gab, ihn mit Marie allein zu lassen.
Als er sie so trostlos dort in der Ecke hocken sah, hatte Lucas mit einem Mal Lust, alles hinzuschmeißen – Ermittlungen, Mörder, Menhire –, Marie diesen seltsamen Insulanern zu entreißen und sie weit weg zu bringen, irgendwohin, wo er ihren Schmerz, der sie mit jedem Tag ein wenig mehr zerstörte, lindern konnte.
Stattdessen setzte er sich nur auf den Stuhl ihr gegenüber. Er hatte den Eindruck, dass sie ihn gar nicht bemerkte, doch

dann hob sie den Kopf. »Wie konnte ich mir auch nur einen einzigen Augenblick lang einbilden, ich könne diesem Morden ein Ende setzen?«
Ihre Stimme war kummerschwer, fast tonlos.
»Welch ein Hochmut!«
»Wir *werden* dem Morden ein Ende setzen, darauf gebe ich Ihnen mein Wort.«
Maries Verzweiflung schnürte Lucas das Herz ab. Er legte seine Hand auf ihre. Sie war eiskalt.
Marie, durch diese Berührung in die Wirklichkeit zurückgerufen, zog ihre Hand zurück.
»Sie sollten sich von mir fern halten«, flüsterte sie. »Ich bringe allen, die mir nahe sind, nur Unglück.«
Ihr Mund verzog sich.
»Verflucht, verflucht ... Die kopflosen Mönche hatten Recht!«
»Sehen Sie mich an, Marie!«
Lucas hob die Stimme, doch erfolglos. Da schlug er mit der Faust auf den Tisch, so dass der Kaffee überschwappte und Anne erschrocken aus der Küche auftauchte.
»Sehen Sie mich an, verdammt noch mal!«
Marie richtete einen abwesenden Blick auf ihn. Ihre Augen waren leer.
»Kopflose Mönche können nicht reden, Marie«, sagte er langsam und deutlich. »Menhire bluten nicht auf Geheiß des Heiligen Geistes oder eines Kobolds, und Verfluchungen gibt es nur in den gestörten Hirnen einiger alter Unken auf dieser Insel oder aber in den so genannten historischen Bezügen, mit denen Ryan seine Bücher aufpeppt, damit sie sich besser verkaufen!« Er holte tief Luft.
»Sie irren sich«, murmelte sie. »Ich wollte die Zeichen nicht beachten, dabei wusste ich, dass sie nicht lügen. Meine beiden Brüder und mein Neffe mussten sterben, und auch Yves und Chantal. Es ist meine Schuld.«

Ihre Stimme brach.
Lucas setzte ihr auseinander, dass der Tod von Nicolas, Chantal und Loïc nicht in dasselbe Muster passte wie der Tod von Gildas und Yves. Erstere hätten keine Einstichstellen in den Fingern gehabt und es sei auch keine Botschaft in bretonischer Sprache bei ihnen gefunden worden. Er wusste nicht, ob Marie ihm überhaupt zuhörte, aber er hatte das verzweifelte Gefühl, sie werde fortgehen, wenn er zu sprechen aufhörte.
Also argumentierte er in jeder erdenklichen Weise, brillant, eloquent, bis er schließlich keine Worte mehr fand. Und schon stand sie auf, als wollte sie seine Befürchtung bestätigen.
Er hielt sie am Arm zurück. Sie schüttelte sanft den Kopf.
»Lassen Sie mich. Vergessen Sie mich.«
»Das kann ich nicht«, sagte er einfach.
Doch er ließ sie los.
Er sah ihr nach, als sie die Kneipe verließ und dabei, ohne es zu bemerken, den jungen Mann anrempelte, der täglich die Zeitungen austrug.
Mit einem dumpfen Knall landete ein Bündel *Télégramme de Brest* vor der Bar. Anne stieß einen erschreckten Schrei aus. Auf der Titelseite befand sich ein großes Foto von Yvonne Le Bihan, das bei einem Tag der offenen Tür in der Keramikmanufaktur aufgenommen worden war.

KINDSMÖRDERIN VON LANDS'EN
HINTER SCHLOSS UND RIEGEL
Vor vierzig Jahren brachte die Bäckerin
ihre neugeborenen Zwillinge um.

*

Gwenaëlle war vom Hafen aus losgefahren wie ein Roboter und wunderte sich nun fast, dass der Wagen unbeschädigt vor der Manufaktur angekommen war. Genauso mechanisch durchquerte sie die Werkstätten und ging hinauf in die Büros. Die Blicke, die ihre Angestellten heimlich wechselten, bemerkte sie nicht. Ihre Liaison mit Loïc war kein Geheimnis mehr, seit sie zwei Stunden vorher vor aller Augen auf dem Kai zusammengebrochen war.

Wie alle anderen auch hatte sie die Nacht am Hafen verbracht, und ihre sonst so klaren Augen waren rot gewesen vor Trauer um den Menschen, den sie immer geliebt hatte. Sie versuchte den schrecklichen Anblick ihres Geliebten zu verdrängen, seinen vom Meerwasser aufgedunsenen Körper, an dem bereits Fische und Krebse gefressen hatten. Doch sie wusste, dass diese Bilder sie bis ans Ende ihrer Tage verfolgen würden.

Immer wieder ging sie die Ereignisse seit Loïcs letztem Anruf durch, seine wilde Entschlossenheit, seiner Schwester alles zu sagen, und Yvonnes überstürzte Fahrt ans Festland.

Ich werde sie davon überzeugen können, dass sie besser schweigt.

Diese Worte hatten eine unheilvolle Bedeutung angenommen, seit Gwen wusste, dass Yvonne versucht hatte, Marie endgültig zum Schweigen zu bringen, und jetzt in Brest im Polizeigewahrsam war.

Gwen hatte ihre Mutter mit dem Mut der Verzweiflung verteidigt. Yvonne war eine harte, unerbittliche, vielleicht grausame Frau. Manchmal hatte sie sogar ein teuflisches Vergnügen daran, anderen seelischen Schmerz zuzufügen. Doch bis zum Versuch, einen Menschen auch körperlich zu vernichten, war es ein großer Schritt. Und ihre Tochter hatte sich hartnäckig geweigert, zu glauben, dass Yvonne diesen Schritt hatte tun wollen.

Aber dann hatte Lucas von den toten Zwillingen gesprochen. Und Gwens Gewissheit war ins Wanken geraten.

Wie ein Blitz durchfuhr sie der Gedanke an Pierric, den Yvonne immer gehasst und wie einen Hund behandelt hatte. Und sie dachte an die überwältigende Liebe, mit der ihre Mutter sie, die Tochter, seit ihrer Geburt überhäuft hatte.
»Eines Tages, mein Töchterchen, wird dir das alles gehören«, hatte Yvonne früher zu ihr gesagt, als sie mit ihr über die Baustelle der Manufaktur und des Hauses gegangen war. »Für dich lasse ich das alles bauen, und du wirst kämpfen lernen müssen, um es zu behalten.«
Gwen war damals noch keine fünf Jahre alt gewesen, doch sie hatte es nicht vergessen.
Ein schrecklicher Zweifel befiel sie. Yvonne hätte alles getan, um sie zu beschützen. Sogar Loïc getötet.

Vom Bürofenster aus hatte man einen direkten Blick auf das Haus. Deshalb sah Gwen ihren Sohn sofort, als er auf seinem Motorroller vorfuhr. Kurz vor dem Tor hielt er an und griff, ohne den Motor abzustellen, in den Briefkasten, aus dem die Zeitung herausragte.
Jetzt hatte sie nur noch Ronan. Sie betrachtete ihn einen Augenblick lang: groß, blond, mit feinen Zügen und sanften, braunen Augen, die er von seinem Vater geerbt hatte. Gerade ließ er die Zeitung fallen, um sein Handy aus einer der Taschen seiner Jeans vorzuzerren. Sein Gesicht wurde weich. Offenbar hatte er eine SMS erhalten.
Ein Mädchen, dachte Gwen gerührt. Doch sie wäre nie auf die Idee gekommen, dass die kurze Nachricht von Juliette de Kersaint gekommen war, der Tochter des Mannes, den sie verabscheute.
Dann wandten sich ihre Gedanken wieder ihren Sorgen zu. Sie sah nicht, wie ihr Sohn blass wurde, als er die Zeitung aufhob, und dann einfach den Roller liegen ließ und mit großen Schritten auf die Manufaktur zulief.
Es traf sie völlig unvorbereitet, als er in ihr Büro stürmte. Sein

verstörter Blick erschreckte sie. Sicher hatte er mittlerweile von ihrem Auftritt am Hafen erfahren. Gwen schämte sich inzwischen dafür, dass sie sich vor Loïcs Leichnam nicht hatte beherrschen können, dass sie einen Augenblick lang die Vorsicht außer Acht gelassen hatte, mit der sie ihre ehebrecherische Liaison all die Jahre verheimlicht hatte – und zwar vor allem, um Ronan zu schonen.
»Hast du wirklich geglaubt, du könntest mir das verheimlichen?«, schrie ihr Sohn sie jetzt an.
Gwen wurde übel, vergeblich suchte sie nach einer Erklärung, die ihn nicht verletzen würde. Doch dann sah sie das Titelblatt des *Télégramme,* mit dem Ronan ihr vor der Nase herumfuchtelte. Das also meinte er, nicht ihr Liebesverhältnis. Obwohl Gwen von dem Verbrechen ihrer Mutter wusste, wurde ihr eiskalt, als sie es schwarz auf weiß vor sich sah.
»Du wirst doch nicht glauben, was in diesem Käseblatt steht!«, empörte sie sich und warf die Zeitung in den Papierkorb. »Ein einziges Lügengewebe!«
»Warum ist Großmutter dann im Gefängnis?«
»Wegen eines Missverständnisses. Außerdem ist sie nicht im Gefängnis, sondern in Polizeigewahrsam, das ist etwas ganz anderes!«
Sie trat auf Ronan zu und musste den Kopf heben, um ihm in die Augen zu sehen. Gott, war der Junge groß geworden.
»Es ist nur üble Nachrede«, sagte sie und versuchte überzeugend zu klingen. »Ein Manöver, um unsere Familie in Misskredit zu bringen und die Pläne zur Erweiterung unserer Manufaktur zu durchkreuzen. Und ich weiß sehr gut, welcher Halunke diese böse Geschichte ausgesponnen hat.«
Ronan sah verwirrt zu, wie sie ihre Autoschlüssel vom Schreibtisch schnappte und losrannte. Auf der Treppe holte er sie ein.
»Du glaubst doch nicht im Ernst, die de Kersaints könnten sich so weit erniedrigen –«

»Diese Schakale sind zu allem fähig, mein Junge«, unterbrach sie ihn, »auch zu den schlimmsten Machenschaften, wenn sie sich einen Vorteil davon versprechen. Aber ich werde denen nicht freie Hand lassen, das kannst du mir glauben!«
»Ich komme mit!«
»Kauf lieber die übrigen Zeitungen in der Kneipe auf«, befahl sie und drückte ihm ein Bündel Geldscheine in die Hand. »Und lass sie verschwinden. Bitte, Ronan, tu, was ich sage.«
Wie sein Vater hatte ihr auch Ronan noch nie lange Widerstand entgegensetzen können. Und so kapitulierte er auch diesmal.

Pierric sah sie durch die Werkstätten gehen. Dann schlich er in das Büro seiner Schwester und holte die Zeitung aus dem Papierkorb.
Er strich sanft mit dem Finger über Yvonnes Gesicht und erst nach einer Weile begann er den Text Buchstabe für Buchstabe zu entziffern. Als er die Schlagzeile mit den beiden getöteten Babys verstanden hatte, wurden seine Augen weit vor Schrecken. Mechanisch schwenkte er seinen Kopf hin und her, immer und immer wieder …

Gwen wollte gerade in ihren Wagen steigen, doch da verstellte ihr ein mit dem Namen *Le Bihan* beschrifteter Lieferwagen den Weg. Sie unterdrückte einen Zornausbruch, als sie ihren Mann aussteigen sah, die Zeitung in der Hand.
»Mein armer Schatz, heute ist wirklich nicht dein Tag«, sagte Philippe in geheucheltem Mitgefühl. »Erst findet man deinen Liebhaber im Fischernetz, und jetzt sitzt deine Mutter in der Patsche.«
»Ich wusste gar nicht, dass du dich für Klatsch interessierst.« Sie riss ihm die Zeitung aus der Hand und warf sie auf den Beifahrersitz. Dann setzte sie sich ans Steuer.
»Weg da!«

Doch er hielt die Autotür fest, die sie gerade zuschlagen wollte.
»Deine Mutter ist ein Ungeheuer, Gwen, und aus dir hat sie auch ein Ungeheuer gemacht«, sagte er kalt. »Ohne sie hätten wir vielleicht die Chance gehabt, eine richtige Ehe zu führen. Ich wünsche ihr, dass sie möglichst langsam im Gefängnis verfault.«
»Zum letzten Mal: Weg da!«
Er rührte sich nicht.
Gwen ließ ihn nicht aus den Augen. Sie schlug die Tür zu, startete den Motor, setzte ruckartig zurück und ließ dann bei durchgetretenem Gaspedal die Kupplung kommen, so dass der Wagen einen Satz machte – direkt auf Philippe zu.
Philippes braune Augen waren plötzlich voller Panik und er warf sich zur Seite. Während er sich noch im Kies abrollte, verschwand der Wagen schon in einer Staubwolke.

*

»Dieses Mal bist du zu weit gegangen, du Miststück!«
Die Zeitung, die genau neben das mit einem Ball bestückte Tee gepfeffert wurde, unterbrach ihn mitten im Schwung.
Pierre-Marie de Kersaint ließ den Arm samt dem siebener Eisen langsam sinken und griff, ohne seine Lederhandschuhe auszuziehen, nach der Ausgabe des *Télégramme,* die sie ihm vor die Füße geworfen hatte. Rasch überflog er die fette Schlagzeile, dann sah er Gwen an und brach in ein Hohngelächter aus.
»Typisch Yvonne! Ein Jammer, dass sie dich nach der Geburt verschont hat …«
Er drückte ihr die Zeitung in die Hand und verstaute dann in aller Ruhe seinen Schläger im Caddie.
»Tut mir Leid, aber ich muss dich enttäuschen, Gwen, nicht ich bin der Urheber dieser Information. Allerdings muss ich

gestehen, dass sie mir sehr zupass kommt. Und nur weil sie meine Laune so sehr hebt, werde ich das böse Wort vergessen, mit dem du mich eben belegt hast«, fügte er ölig hinzu, während er konzentriert nach einem passenden Holz suchte.
»Du Lump! Ich bin sicher, Yves hat dir die Geschichte erzählt«, gab sie böse zurück. »Und du hast sie benutzt, um mir zu schaden, wenn es demnächst um das Bürgermeisteramt geht.«
»Als ob ich dergleichen nötig hätte, um dir zu schaden, mein armes Mädchen …«
Er nahm den Schläger in beide Hände, positionierte sich auf dem Synthetikteppich und ging leicht in die Knie.
»Bitte geh, du störst.«
Gwen schnappte sich den Ball vom Tee und baute sich mit zornrotem Gesicht vor ihm auf.
»Ich weiß genau, dass ihr, du und deine Familie, schon alles vorbereitet, um euch die Werft, die Laboratorien und das Hotel unter den Nagel zu reißen. Aber eins hast du vergessen, mein Lieber: Die Gemeinde hat ein Vorkaufsrecht auf die Gelände, und ich werde den Gemeinderat davon überzeugen, dass dem Größenwahn der de Kersaints Einhalt geboten werden muss.«
»Ich bezweifle stark, dass die hiesige Bevölkerung die Tochter einer Mörderin zur Bürgermeisterin wählt«, antwortete er und streckte die Hand aus. »Den Ball, bitte!«
»Bei all meinen Erfolgen habe ich nie meine einfache Herkunft geleugnet. Ich bin eine von ihnen, PM, und das wissen die Leute hier. Genauso wie sie wissen, dass du nur ein Hampelmann bist und dein Vater die Strippen zieht!«
Grimmig fuchtelte sie mit dem Golfball vor seinem Gesicht herum.
»Er möchte das Bällchen haben, der kleine Schatz? Da! Lauf und hol es dir!«
Sie warf es in hohem Bogen über seine Schulter.

PMs Gesicht hatte die Farbe des elfenbeinfarbenen Tuchs angenommen, das elegant im Halsausschnitt des mit seinen Initialen bestickten Hemds steckte.

»Weißt du, was er dir sagt, der Hampelmann, du alte Hexe?«, schnauzte er Gwen an.

»Der Lack blättert aber schnell ab«, spottete sie. »Dein Problem ist, mein lieber PM, dass du nicht die Nerven hast, eine Schlammschlacht wie die in einem Wahlkampf durchzustehen. *Ich* schon.«

Sie sah ihm tief in die Augen.

»Wenn du dich mir in den Weg stellst, mache ich dich platt, und wenn ich unser Geheimnis auf dem Marktplatz verkünden muss!«

Sie wandte sich zum Gehen und durchquerte den Übungsplatz, wobei sie ihre Absätze erbarmungslos in den kostbaren Rasen rammte, während PM noch die Schockwellen zu verkraften versuchte.

Er legte einen neuen Ball aufs Tee, umfasste den Schläger, baute sich breitbeinig auf und schlug dann mit aller Kraft gegen den Ball. Er flog nur etwa einen Meter an Gwens Ohr vorbei. Gwen zuckte nicht mit der Wimper.

»Nerven, PM!«, schrie sie nur, ohne sich umzudrehen. »Nerven!«

15

Marie packte gerade ihre letzten Sachen in die Reisetasche, während sie im Fernsehen mit halbem Ohr die Berichterstattungen in *Eurosport* verfolgte. Die letzten Bilder der Transatlantik-Regatta, die vor dem Unwetter aufgenommen worden waren, wurden unaufhörlich wiederholt. Sachverständige und Exchampions kommentierten die Tatsache, dass Christian Bréhat auf seiner Rennyacht einen Mast verloren hatte.

Eigentlich hatte Marie erst nach der Beisetzung von Loïc und Nicolas aufbrechen wollen, doch Jeanne hatte ihr kurz und bündig von einem Aufschub abgeraten.

Sie brauchen dich nicht mehr, du hättest vorher an sie denken sollen.

Vorher. Vorher. Dieses Wort hallte in ihrem Kopf wider wie ein Paukenschlag, sie war nicht mehr weit von einem Schwindelanfall entfernt, vielleicht wurde sie ja gerade verrückt.

»Du bist mein Licht … und mein Leben …«

Verrückt. Diese tiefe, warme Stimme, die sie hinter ihrem Rücken hörte.

Christian!

Sie fuhr herum und sah die himmelblauen Augen, das blonde Haar, den Dreitagebart …

Sein Bild im Fernsehen. Ein Satellitenbild, das von einer Videokamera übertragen wurde – allerdings mit Störungen.

Aber er war da, und er sprach mit ihr. Sie ging so dicht an den Bildschirm, dass sie ihn fast berührte.
»Mit dir … bis ans Ende, Marie … meine einzige Hoffnung … Verzeih, meine Geliebte …«
Verzeihen, aber was? Ihr Herz geriet aus dem Takt. Sie war es doch gewesen, die nichts verstanden hatte, die ihm hätte folgen müssen. Sie hatte doch den Irrtum begangen. Sie lachte unter Tränen. Sie hatte solche Angst gehabt, dass sie ihn verloren hätte, doch nun würde alles gut werden. Er liebte sie, er verzieh ihr … Sie streckte ihre Hand nach dem Bildschirm aus, doch plötzlich bekam das Bild Streifen und war weg.
Die Satellitenverbindung mit Christian Bréhat war unterbrochen.

Lucas schaltete den Uraltfernseher aus, den die Gendarmerie bei einer örtlichen Kirmes gewonnen hatte, und rief Marie an. Er geriet sofort an die Voicebox. Im nächsten Augenblick sauste er schon an Annick vorbei und lief zum Geländewagen.
Als er in den Hafen einfuhr, hatte die Fähre noch nicht abgelegt. Er entspannte sich, als er Marie sah. Dann zog er die Brauen hoch: Anne Bréhat stürzte sich wie eine Furie auf sie.
»Damals hättest du die Insel verlassen sollen!«
Marie steckte den Vorwurf klaglos ein und versuchte die Angreiferin zu beruhigen.
»Dein Bruder ist der beste Skipper der Welt, Anne, er wird es schaffen.«
»Der beste Skipper der Welt hat gerade SOS gefunkt!«
Christians Schwester sah, wie Marie bleich wurde, und Anne machte keinen Hehl daraus, dass sie sich freute, sie genauso leiden zu sehen, wie sie selbst litt.
»Im Fernsehen haben sie gesagt, es sei selbstmörderisch ge-

wesen, dass er nicht wie die anderen die südliche Route genommen hat!«

Sie schien außer sich vor Hass.

»Er brauchte dich, Marie, und du hast ihn im Stich gelassen. Ich habe nur noch ihn auf der Welt«, fügte sie im selben Atemzug hinzu. »Wenn ihm etwas zustößt, ist es deine Schuld.«

Lucas hörte gerade noch den letzten Satz.

»Haben Sie nicht allmählich genug davon, sie für alles verantwortlich zu machen?«, fuhr er sie an.

»Für Marie, so wird es der Hohe Herr beschließen ...«

Anne Bréhat warf ihm einen viel sagenden Blick zu.

»Das stand doch auf den Zetteln, die bei den Opfern gefunden wurden?«

Fersens schneidende Antwort wurde vom Horn der Fähre, das die Abfahrt nach Brest ankündigte, übertönt. Marie nahm ihre Reisetasche und ging, nachdem sie Anne noch einmal einen Blick zugeworfen hatte, auf die Gangway zu.

Lucas holte sie ein und nahm ihr fast gewaltsam die Reisetasche ab, um sie zu begleiten. Im Auto hatte er überlegt, wie er sie zum Bleiben überreden könne. Er war fest entschlossen, nur im äußersten Notfall das zu sagen, was sie wahrscheinlich dazu bewegen würde, ihre Meinung zu ändern. Danach würde sie ihn allerdings endgültig verabscheuen.

»Sie sind eine hervorragende Polizistin, Marie, Sie sind für diesen Beruf geschaffen, und Sie wissen es. Ihr Platz ist jetzt hier.«

»Außerdem bin ich noch Christians Verlobte«, antwortete sie. »Mein Platz ist jetzt an seiner Seite.«

»Was können Sie in Plymouth anderes tun, als zu warten und sich die größten Sorgen zu machen?«

»Ich möchte über all das nicht mehr reden.«

»Glauben Sie wirklich, man bräuchte bloß räumliche Distanz, um zu vergessen?«

Da sie nicht antwortete, versuchte er es auf die brutale Tour.

»Man bringt Ihre Brüder und Ihren Neffen um, und Sie suchen das Weite? Ich hätte nicht gedacht, dass Sie zu denen gehören, die Reißaus nehmen, Marie Kermeur. Aber vielleicht habe ich mich in Ihnen getäuscht!«

Wenn er gehofft hatte, sie mit diesem Tiefschlag aus der Reserve zu locken, so hatte er sich nicht getäuscht.

»Ich hatte ihm versprochen mitzukommen«, sagte sie schlicht. »Ich habe nicht nur nicht Wort gehalten, sondern habe mich auch, als wir uns zum letzten Mal gesehen haben, ihm gegenüber schlecht benommen.«

Sie waren an der Gangway angekommen. Sie streckte die Hand nach ihrer Reisetasche aus.

Wieder tutete das Horn. Er hatte nicht mehr viel Zeit.

»Er ist es, der sich Ihnen gegenüber schlecht benommen hat!«

Die Worte waren heraus. Jetzt konnte er nicht mehr zurück.

»Dieser Typ ist ein Schwein, Marie.«

Sie entriss ihm die Reisetasche und betrat die Gangway, doch bei seinem nächsten Satz blieb sie wie angewurzelt stehen.

»Er hat das Kajütboot gestohlen, er hat den Kompass darin liegen lassen, und er hat das Beiboot in Morgat versteckt, damit Sie glauben, Nicolas sei heil davongekommen, obwohl er tot und unter dem Hügelgrab verscharrt war!«

Lucas sah, wie sich Maries Schultern strafften, ihre Hand krampfte sich so fest um den Griff der Reisetasche, dass die Knöchel weiß hervorstanden. Schock. Innerer Kampf. Er erriet, wie schwer es ihr fiel, sich nicht herumzudrehen.

»Man hat DNA-Spuren von Bréhat an Bord des Beiboots gefunden.«

Ein unwiderlegbarer Beweis. Ihre Schultern senkten sich.

»Und das ist noch nicht alles, Marie«, sagte er voller Zorn auf den Menschen, der ihn zwang, diese Dinge auszusprechen. »Er gehörte zu den berühmten kopflosen Mönchen, die Sie in der Abtei angegriffen haben.«

Sie fuhr herum. Ihr hasserfüllter Blick traf ihn wie ein Peitschenschlag.
»So etwas hätte Christian nie getan! Sie lügen! In jener Nacht ist er aufs Meer hinausgefahren. Ich habe ihn gesehen.«
»Sie haben den Schoner gesehen, und genau den sollten Sie auch sehen. Ich wusste, dass Sie mir nicht glauben würden, aber rufen Sie doch einen gewissen Noël Legoff an, in Cancale, und fragen Sie ihn, wo er in jener Nacht war!«
Marie schien plötzlich gegen eine Übelkeit zu kämpfen.
»Es tut mir sehr Leid, Marie, aber Sie haben mir keine Wahl gelassen«, sagte er leise. »Ich brauche Sie.«
»Sie sind das Schwein!«
Er sah sie im Innern der Fähre verschwinden und wäre ihr vielleicht nachgerannt, wenn die Gangway nicht eingezogen worden wäre. Wäre er nicht in einem solchen inneren Aufruhr gewesen, hätte er bemerkt, dass Ryan an der Reling des Oberdecks lehnte und aufmerksam zugehört hatte.

Noch lange, nachdem die Umrisse der Insel sich im Dunst verloren hatten, blickte Marie nach Westen. Ihr war, als würde ein Teil ihrer selbst von ihr abgeschnitten.
»Die Leute hier sagen, sie trauern, wenn sie Lands'en verlassen müssen ...«, sagte Ryan und stützte sich neben ihr auf die Reling. »Und trotzdem müsse man manchmal fort, einfach um durchatmen zu können.«
Sie strich sich eine Haarsträhne aus dem Gesicht, die der Wind wieder dorthin zurücktrieb, und betrachtete ihn. Es verwirrte sie, dass er die Gabe zu haben schien, ihre geheimsten Gedanken zu erraten.
»Sie wollen nach Brest?«, fragte sie ablenkend.
Er wolle nach Paris, erklärte er, um sich am nächsten Tag mit seinem Verleger zu treffen. Sie nickte mechanisch und beobachtete schweigend, wie ein Basstölpel tauchte. Ein kurzer silberner Blitz auf dem dunklen Blau der Wellen.

»Ich habe es nicht verhindern können, Ihre lebhafte Diskussion mit Fersen anzuhören, und …«

»Ryan, damit das klar ist, ich mag Ihnen zwar mein Leben verdanken, aber ich habe nicht vor, es vor Ihnen auszubreiten!«, unterbrach sie ihn kühl.

Er lächelte reumütig. Sofort schämte sie sich, dass sie ihren Zorn, an dem er keinerlei Schuld hatte, an ihm ausließ. Sie legte ihm die Hand auf den Arm.

»Verzeihen Sie mir. Sie sind wirklich der Letzte, dem ich etwas vorzuwerfen habe.«

Ryan lächelte kurz, und um seine Augen bildeten sich Fältchen, für deren Charme wohl nur wenige Frauen unempfänglich wären, dachte Marie.

»Oh, ich stehe Ihnen jederzeit zur Verfügung.«

In seiner dunklen Stimme lag ein Hauch Ironie.

»Mein Fell ist dicker als das Leder eines Punchingballs.«

Sie lächelte unwillkürlich und beobachtete, wie er sich eine Zigarette suchte, die er, mit dem Rücken zum Wind, anzündete, bevor er wieder die Ellbogen auf die Reling stützte.

»Als ich zwanzig war, habe ich mich in Belfast bis über beide Ohren in ein Mädchen verliebt«, begann er halblaut. »Sie sind zu jung, um sich noch daran zu erinnern, aber in den sechziger Jahren waren der Religionskonflikt und die Ungleichheiten in Irland so groß, dass sich die Katholiken mit den amerikanischen Schwarzen, die für ihre Rechte kämpften, verglichen. 1967 mussten wir sogar demonstrieren, um die Bürgerrechte zu erhalten. Die Protestanten sahen darin ein Erwachen des Nationalismus, die Gruppierungen radikalisierten sich, und die Katholiken stellten sich schließlich unter den Schutz der IRA.«

Er zog noch einmal ausgiebig an seiner Zigarette, dann erzählte er weiter.

»Das nur, um Ihnen zu erklären, warum es damals nicht so gut war, wenn sich ein Katholik in eine Protestantin verliebte.

Ich wollte sie um jeden Preis sehen, auch wenn sie dabei in Lebensgefahr geriet. Fast wäre sie meinetwegen umgebracht worden.«
»Und wie ist das Ganze ausgegangen?«, fragte Marie, für einen Augenblick völlig von ihren eigenen Sorgen abgelenkt.
»Einige Jahre später haben wir uns getrennt.«
Er verzog das Gesicht zu einer komischen Grimasse.
»Nicht aus religiösen Gründen.«
Marie zuckte mit den Achseln.
»Ich sehe schon, worauf Sie hinauswollen, aber Liebe entschuldigt nicht alles. Wissen Sie, meine Eltern haben mich dazu erzogen, bestimmte Werte zu achten. Lügen, Verschleierung und Manipulation sind in meinen Augen nicht zu rechtfertigen.« Sie schüttelte den Kopf.
»Ich kann mir nicht vorstellen, dass sich Christian so feige verhalten haben soll.«
»Ihre Eltern hätten Ihnen auch sagen sollen, dass Menschen Schwächen haben.«
»Nicht Christian!«, widersprach sie wild.
Der Schriftsteller verbeugte sich mit einem knappen Lächeln und drang nicht weiter in sie.
Doch warum sollte Fersen Sie belogen haben?, schien der Blick zu fragen, den er auf ihr ruhen ließ.

*

Die grünen Augen Maries, deren Foto inmitten der Fotos von Gildas, Yves, Nicolas, Chantal und Loïc an der Pinnwand hing, schienen Fersen zu folgen, während er in seinem Büro auf und ab ging. Es war inzwischen Abend geworden und er war nicht imstande, sich auf etwas anderes zu konzentrieren. Die Augen schienen ihn zu verfolgen und zu verhöhnen. Er hatte gespielt und verloren. Und sie verloren.
Der Radioempfänger, der ständig auf RKB – Radio Kreizh

Breizh –, den einzigen Sender, der auf dieser Insel am Ende der Welt überhaupt zu empfangen war, eingestellt war, wiederholte gerade Christians herzzerreißende Botschaft an Marie. Lucas, der das Geschwätz nicht länger ertragen konnte, schaltete ihn wütend aus und griff nach seiner Jacke, als sein Blick auf die Monitore fiel, die die Bilder der Videokameras übertrugen, die auf Ty Kern installiert waren.

Herr im Himmel!

Eins nach dem anderen verschwanden sie.

Er drückte wild an den Knöpfen der Fernbedienung herum, doch vergeblich.

Die Bildschirme wurden einer nach dem anderen schwarz.

Eine Minute später rannte er schon aus dem Gendarmerie-Gebäude.

Über Handy versuchte er noch, Morineau zu erreichen. Er zählte sieben Klingelzeichen, bis dieser endlich abhob – hörbar aus Morpheus' Armen gerissen.

»Auf Ty Kern geht etwas Seltsames vor, die Videokameras sind ausgefallen. Ich bin schon dorthin unterwegs.«

»Und Sie möchten vermutlich, dass ich auch komme …«, knurrte Stéphane am anderen Ende der Leitung.

Lucas verdrehte die Augen zum Himmel.

»Vielleicht ist es auch nur ein Kurzschluss. Ich rufe noch mal an, wenn ich Sie brauchen sollte.«

Er unterbrach die Verbindung, zog den Ohrhörer heraus und warf ihn neben das Handy auf den Beifahrersitz.

Juliette trat mit aller Kraft in die Pedale ihres blauen Fahrrads. Ihr Rock flog im Wind, ihre Gedanken waren schon ganz bei der Neuigkeit, die sie Ronan überbringen würde und die ihr ganzes Leben ändern sollte. Sie würden ein Kind bekommen. Ein Kind. Ein Kind …

Kurz vor der Begräbnisstätte stieg Lucas auf die Bremse und fluchte, als er einen der Scheinwerfer explodieren sah.
Er sprang aus dem Wagen, öffnete reflexartig den Druckknopf seines Holsters und ging auf die Menhire zu. Im Licht der drei noch funktionstüchtigen Scheinwerfer wirkten die Granitriesen fast gespenstisch.
Eine Kultstätte mit Animation. Nur nicht mit der üblichen Musikberieselung. Steinerne Stille.
Er war fast am Dolmen angekommen, da explodierten auch die übrigen Scheinwerfer, einer nach dem anderen. Funken sprühten, und ein Scherbenregen ging auf Lucas nieder.
Er warf sich zu Boden und rollte unter die Steinplatte des Dolmen.
Die Landschaft ringsum lag im Dunkel. Wieder kehrte eine bedrohliche Stille ein.
Der Spezialist für Ritualverbrechen, der diese Ereignisse keinen Augenblick dem Zufall zuschrieb, kümmerte sich nicht weiter um die Glassplitter, die sich in seiner Kleidung verhakten, sondern suchte die Dunkelheit nach dem Heckenschützen ab, der gerade mit einer Serie wohlgezielter Schüsse die Scheinwerfer erledigt hatte. Nichts. Nada. Allerdings war sein Blickfeld durch die Kante des flachen Steins über ihm beschränkt.
Lucas dachte an sein Handy, das noch auf dem Beifahrersitz des Geländewagens lag, und fragte sich, ob Morineau wohl auch von sich aus anrufen würde. Und wenn ja, wie lange er brauchte, bis er auf sein Schweigen reagierte. Wahrscheinlich zu lange. Fersen ärgerte sich, dass er sich wie ein Idiot in die Falle hatte locken lassen. Er musste wieder aus der Höhle unter dem Dolmen heraus.
Er kalkulierte die Entfernung bis zu den Menhiren: etwa zehn Meter ohne Deckung, also zehn Mal die Gelegenheit, gesehen und abgeknallt zu werden. Aber er hatte keine Wahl. Mit gezückter Waffe spurtete er los. Seine Sohlen knirschten auf

dem Scherbenteppich, doch er erreichte unversehrt den Schutz des riesigen Menhirs, der aussah wie ein alter Elefant. In Anbetracht der Ausrichtung der vier Scheinwerfer und wenn seine rasche Berechnung von Achsen und Schusswinkeln stimmte, war er jetzt für den Fall, dass wirklich ein Heckenschütze auf ihn lauerte, wenigstens nicht mehr genau in dessen Schussfeld.

Wieder versuchten seine Augen das Dunkel zu durchdringen. Nichts.

Doch dann hörte er ein seltsames Rascheln. Es klang, als würden Seidenstoffe aneinander gerieben. Alle seine Sinne waren angespannt, er versuchte seinen Blick zu schärfen, um die Quelle des Geräuschs zu finden.

Er traute seinen Augen kaum. Eine schimmernde Luftgestalt flog rasch zwischen den Menhiren hindurch, dann über das Hügelgrab, um schließlich direkten Kurs auf den Steilfelsen zu nehmen.

Lucas stieß einen Fluch aus und rannte, ohne sich um etwaige Heckenschützen zu kümmern, dieser gespenstischen Erscheinung nach.

Er kletterte gerade über das Hügelgrab, da sah er sie über die Kante segeln und verschwinden. Als er endlich freie Sicht hatte und mit den Augen den weißen Sand der zwanzig Meter tiefer gelegenen Strandräuberbucht absuchte, hatte sich das Ding in Luft aufgelöst.

Und wieder hörte er in seinem Rücken das Geräusch, es wurde lauter.

Er fuhr herum. Die Gestalt in ihrem schillernden Schleier stürzte sich auf ihn wie ein Geier auf seine Beute. Er schoss mehrmals und wich schließlich unwillkürlich zurück.

Unter seinem Fuß bröckelte der Fels, er geriet aus dem Gleichgewicht und meinte, obwohl er nie an Geister geglaubt hatte, von einem Geist getrieben in die Tiefe zu stürzen. Als Letztes sah er noch das flüchtige Bild zweier grüner Augen, ein bleiches Gesicht über einer aufgerissenen, blutenden Kehle, umrahmt von im Wind wehendem Haar …

Seine Lider flatterten im gleißenden Licht. Das berühmte Licht am Ende des Tunnels, von dem so viele berichten, die dem Tod ganz nahe gewesen sind. Wahrscheinlich war er tot oder zumindest beinah. Allerdings funktionierte sein Gehirn noch und registrierte das Piepen eines Radargeräts und eine halb erstickte Stimme, die gerade etwas sagte: *Alles in Ordnung … Sie können ihn bald mitnehmen …*

Diese Idioten! Er musste ihnen sagen, dass er nicht tot war, sonst würden sie ihm noch einen Zettel an den großen Zeh binden und ihn in eine Kühlschublade stecken. Er zwang sich, die Augen zu öffnen, um ihre Aufmerksamkeit zu wecken, um ihnen zu sagen, dass …

Sein Herz stockte.

Da war sie, die großen grünen Augen sahen ihn an, das lange Haar umrahmte ihr Gesicht …

Er spannte alle Muskeln an und stieß die Gestalt mit beiden Armen von sich weg.

Dann rollte er um die eigene Achse. Wie ihm gleich anschließend klar wurde, zog er den Infusionsständer und das Überwachungsgerät, das er für einen Radarschirm gehalten hatte, mit sich nach unten.

Lucas hockte auf dem gekachelten Boden des Krankenhauszimmers und blickte in Maries überaus erstauntes Gesicht.

»Ein Albtraum …«, stammelte er und richtete sich auf. »Mit wem haben Sie gesprochen?«, fragte er dann misstrauisch.

»Mit dem Arzt. Er ist hinausgegangen, gerade bevor Sie …« Sie sah ihn aufmerksam an.

»Sie sehen aus, als hätten Sie ein Gespenst gesehen.«

»Sind Sie doch nicht nach Plymouth gefahren?«, erwiderte er ablenkend und zog mit einer Grimasse die Infusionsnadel aus seinem Arm.

»Ich sehe, Sie sind wieder im Vollbesitz Ihrer geistigen Kräfte, Commandant.«
Sie starrten sich an, einer so stolz wie der andere und mit dieser besonderen Ironie, mit der sie ihre Gefühle, die sie selbst nicht wahrhaben wollten, zu verbergen wussten.
»Lucas, was ist auf dem Steilfelsen passiert?«
»Ich bin zu nah an den Rand getreten, und da ...«
Er machte eine ausweichende Handbewegung. Sie sah ihn an, dann steckte sie die Hand in die Jackentasche, fischte mehrere Patronenhülsen heraus und warf sie aufs Bett.
»45er Patronenhülsen.«
Sie zeigte mit dem Kinn auf sein Holster, das im Kleiderspind hing.
»Abgeschossen aus einer HK Mark 23 desselben Kalibers, dem Lieblingsspielzeug der Spezialeinheiten.«
Wieder sah sie Lucas eindringlich an.
»Ich habe sie direkt an der Kante des Steilfelsens gefunden.«
»Dachte ich es mir doch, dass ich sie irgendwo verloren habe.«
»Was ist geschehen? Warum haben Sie die Hälfte des Magazins verschossen?«
»Sagen Sie mir lieber, warum Sie zurückgekommen sind.«
»Suchen Sie keinen Streit mit mir. Ohne mich wären Sie schon längst tot.«
»Sie haben Noël Legoff angerufen, nicht wahr?«
Statt einer Antwort warf sie einen Plastikbeutel aufs Bett.
»Sie hatten Recht. Die Papierfetzen aus Loïcs Büro stammten aus einem Zeitungsartikel. Im Labor haben sie typographische Vergleiche angestellt: die Type entspricht der, die beim *Télégramme de Brest* vor den siebziger Jahren verwendet wurde.«
Sie ging zum Kleiderspind, raffte seine Sachen zusammen und warf sie ihm zu.
»Wir haben einen Termin bei der Zeitung.«
»Wir?«

»Ganz offensichtlich kommen Sie ohne mich nicht zurecht«, sagte sie streng. »Und außerdem haben Sie jetzt lange genug im Bett gefaulenzt.«

Sie ging zur Tür.

»Unterwegs können Sie mir dann erklären, wie es möglich ist, dass ein Schütze, der bei allen Übungen so gut abschneidet, sechs Mal sein Ziel verfehlt.«

16

Am Himmel trieben dicke schwarze Wolken. Wind war aufgekommen und fegte über den Pont de Recouvrance, den sie auf der Fahrt zur Zeitungsredaktion überqueren mussten. Marie saß am Steuer und informierte Lucas über die Ergebnisse der vorläufigen Untersuchung, die auf Ty Kern durchgeführt worden war.

»Die Scheinwerfer sind ziemlich sicher aus großer Entfernung mit einer Steinschleuder zerstört worden. Jedenfalls ist das die einzige rational mögliche Erklärung«, sagte sie.

»Und die Kameras?«

»Das Stromaggregat ist durchgebrannt. Die Drähte hätten nicht die richtige Isolierung gehabt, sagen die Techniker vom Kriminologischen Institut.«

Sie bog rechts ab und nutzte die Gelegenheit, ihn prüfend anzusehen.

»Jetzt zu Ihnen ...«

So sorgsam er seine Worte auch wählte, als er ihr von den Geschehnissen auf dem Steilfelsen erzählte, sosehr er alles vermied, was ihren Spott hätte hervorrufen können, so sehr brach sie in schallendes Gelächter aus, als ihr klar wurde, dass er schlicht und einfach auf ein Gespenst geschossen hatte.

»Es war kein Gespenst!«, protestierte er aufgebracht und sprang aus dem Wagen, der ihnen von der Kripo Brest zur Verfügung gestellt worden war.

Sie stellte den Motor ab und stieg aus. Gemeinsam gingen sie auf eines der wenigen Gebäude zu, die den Zerstörungen des Zweiten Weltkriegs und dem barbarischen Nachkriegswiederaufbau entgangen waren. Die Fassade war mit einem Band in Rot und Weiß geschmückt, den Farben des *Télégramme de Brest.*

»Na schön. Es war nur ein unbekanntes Flugobjekt«, gab sie zurück und versuchte, wieder ernst zu werden. »Und womit hatte es Ähnlichkeit?«

»Mit Ihnen!«, erwiderte er aufgebracht. »Langes Haar, grüne Augen ... Nur dass ihm die Kehle durchgeschnitten war!«

Maries Lachen verstummte. Jetzt verstand sie, warum er so panisch reagiert hatte, als sie sich bei seinem Erwachen über ihn beugte.

»Sie glaubten, es sei wieder dieses Gesp..., dieses Ding, das Sie angriff.«

Er zuckte ratlos die Achseln, doch als sich die Glastüren vor ihnen öffneten, konnte er sich die Frage nicht verkneifen, woher sie gewusst habe, dass er auf dem Steilfelsen in Gefahr gewesen sei.

»Ihr sechster Sinn?«, spottete er.

Sie lächelte.

»Morineau. Er machte sich Sorgen. Ich glaube, im Grunde mag er Sie.«

Dann meldete sie sich und ihren Begleiter bei der Empfangsdame an, die deshalb ihr privates Telefonat unterbrechen musste.

Der Archivar war fast sechzig und wegen eines Autounfalls an den Rollstuhl gefesselt. Voller Stolz behauptete er, dass er das lebende Gedächtnis der Zeitung sei, für die er nun schon seit mehr als vierzig Jahren arbeite.

Er schob die CD-ROM, auf die Marie die Fragmente des Artikels hatte brennen lassen, ins Laufwerk. Bevor er die Suche startete, erklärte er den beiden, wie man mithilfe der Software unter den Tausenden von archivierten Artikeln denjenigen herausfinden könne, zu dem die Fragmente passten. Sie sollten sich melden, sobald sie ihn bräuchten, sagte er noch, dann rollte er zurück an seinen Schreibtisch.

Auf dem Bildschirm huschten die Artikelüberschriften vorüber. Dann verharrte das Bild auf einem Text. Eine zwanzigzeilige Notiz mit dem Titel: *DIE UNBEKANNTE VON MOLÈNE.*

»Der grausige Fund einer halb verwesten Frauenleiche, die sich in der Nähe von Molène im Netz eines Fischkutters verfangen hat«, las Marie halblaut vor. »Trotz eines Aufrufs an die Bevölkerung konnte die Tote nicht identifiziert werden. Man weiß über sie nur, dass sie etwa zwanzig Jahre alt war, langes braunes Haar hatte …«

Marie unterbrach sich und sah Lucas erschrocken an: »Und hier: Ihr Vorname war Mary, denn dieser Name war in das Medaillon eingraviert, das sie an einer Kette um den Hals trug!«

»Und dann das Datum«, rief Lucas. »5. Juni 1968. Am 5. Juni *dieses* Jahres gab es den ersten Mord auf der Insel. Den Mord an Ihrem Bruder Gildas.«

»Auf den Tag fünfunddreißig Jahre später.«

Lucas drehte sich nach dem Mann im Rollstuhl um.

»Was muss man tun, um weitere Artikel zu einem bestimmten Thema zu finden?«

»Welches Thema interessiert Sie?« Der Mann rollte auf sie zu.

»Die Unbekannte von Molène.«

»Da brauchen Sie nicht zu suchen. Es gibt keinen weiteren Artikel.«

Ein kurzes wehmütiges Lächeln huschte über sein Gesicht.

»Ich habe die Notiz da geschrieben. Ich war noch ganz jung und noch nicht angestellt. Es war mein erster Artikel. Ich wollte die Sache weiterverfolgen, aber der Redaktionsleiter fand, es gebe wichtigere Themen.«

»Werksbesetzungen bei Renault in Flins und bei Peugeot in Sochaux, die Auseinandersetzungen mit der mobilen Bereitschaftspolizei, der Tod des jungen Gymnasiasten Paul Tautin«, zählte Lucas mechanisch auf.

»Genau ... Die übrigen Ereignisse gingen in denen vom Mai 1968 unter. Kein Mensch interessierte sich für meine Unbekannte«, seufzte der Archivar. »Der Rechtsmediziner sagte, sie habe zwei Wochen im Wasser gelegen, und ohne die Fischer wäre sie wohl nie wieder aufgetaucht.«

»Und zu welchem Ergebnis kamen die Ermittler?«, fragte Marie.

»Ich weiß nur, dass es kein Tod durch Ertrinken war.« Er legte eine kleine Pause ein ... »Man hatte ihr die Kehle durchgeschnitten.«

Eine halbe Stunde später stellte Marie den Wagen vor der Dienststelle der Kripo Brest ab.

Franck Caradec und seine Leute hatten versucht, Yvonne Le Bihan ein Geständnis zu entlocken. Vergebens.

»Mein Kardiologe hatte mich für den Abend ins Krankenhaus eingewiesen, damit am nächsten Morgen in aller Frühe eine Serie von Tests durchgeführt werden konnte«, hatte sie immer wieder erklärt. »Ich habe die Gelegenheit genutzt, um der kleinen Kermeur einen kurzen Besuch abzustatten.«

Der Kardiologe hatte alles bestätigt. Obwohl man ihr mit al len Mitteln der Verhörtechnik zugesetzt hatte, hatte Yvonne sich nicht in den kleinsten Widerspruch verstrickt.

»Ein alter Drachen«, versuchte Caradec sie zu kategorisieren. »Nichts scheint ihr nahe zu gehen.«

Und doch bemerkten alle, dass sie, wenn auch nur kurz, erschauerte, als Lucas ihr den Artikel über die Unbekannte von Molène unter die Nase hielt.

»Eine junge Frau, die im Meer ertrunken ist, das ist schrecklich, mein Herz ist doch nicht aus Stein.«
Sie warf Marie einen Blick zu, bevor sie hinzufügte: »Das ist nur eine Redensart ...«
»Die schlecht zu einer Mutter passt, die kaltblütig ihre sechs Tage alten Zwillinge erstickt.«
»Warte, bis du selbst Kinder hast, Marie, dann weißt du, was wirklich leiden heißt.«
Ihre blauen Augen wurden dunkel.
»Falls du je welche haben wirst«, setzte sie nach. »Wo wir gerade dabei sind: Hast du von deinem Skipper gehört?«
Marie musste sich beherrschen, um mit fester Stimme weiterzusprechen.
»Loïc hat wahrscheinlich vor seinem Tod eine Kopie dieses Artikels erhalten, genau wie Gildas und Yves eine solche Kopie erhalten haben müssen. Ihr Tod hängt ganz sicher mit dem Tod dieser Frau zusammen ...«
»Dann musst du die Toten fragen«, unterbrach Yvonne sie schneidend.
Lucas griff ein, als er Marie unwillkürlich erbleichen sah.
»1968 waren die Mordopfer etwa zehn Jahre alt, genau wie Ihre Gwenaëlle.«
Yvonne zuckte unmerklich.
»Ich glaube, Sie haben Marie zu töten versucht, um Ihre Tochter zu schützen, Madame Le Bihan. Und ich glaube außerdem, dass Sie diejenige waren, die Loïcs Brief an seine Schwester vernichtet hat.«
Er sah, wie sie die Augen zum Himmel verdrehte, und fuhr fort: »Und wenn Sie sich nun getäuscht hätten? Wenn nun Ihre Tochter wegen Ihres Schweigens das nächste Opfer des Mörders sein sollte?«
Yvonne gähnte nur.
Die Tür öffnete sich halb, Franck Caradec gab ihnen ein diskretes Zeichen.

Sie folgten ihm in sein Büro und erfuhren zu ihrer großen Überraschung, dass die Ermittlungsberichte im Fall der Unbekannten von Molène aus dem Zentralarchiv verschwunden waren.
»Aber es muss doch Sicherungskopien geben«, sagte Marie, doch noch während sie es sagte, wurde ihr die Unsinnigkeit ihrer Äußerung bewusst.
1968 hatte die elektronische Datenverarbeitung noch in den Kinderschuhen gesteckt, mit Lochkarten und Fortran-Programmierung.
»Immerhin bleibt uns noch der Inspektor, der die Ermittlungen geleitet hat«, meinte Fersen.
Franck verzog das Gesicht: »Der ist vor drei Jahren an Krebs gestorben.«
Nun platzte Lucas doch der Kragen.
»Ich werde schließlich noch glauben, dass die Götter gegen uns sind!«
»In die Archive kommt nur, wer zum Haus gehört, und theoretisch muss man einen Haufen Formulare ausfüllen, bevor man ein Dokument mit herausnehmen darf. Ich möchte wissen, wann und wie diese Akte verschwunden ist, Franck.«
»Ich habe bereits eine interne Untersuchung eingeleitet, Marie, ich halte dich über die Ergebnisse auf dem Laufenden.«
Mit dem Kinn zeigte er auf den Zellentrakt.
»Und was machen wir mit der alten Hexe?«
»Wir haben nicht genug gegen sie in der Hand, um den Polizeigewahrsam zu verlängern«, sagte Lucas. »Lassen Sie sie noch ein oder zwei Stunden schmoren, und schicken Sie sie dann nach Hause.«
»Aber gern.«
Sie waren schon ein paar Meter entfernt, als Franck Marie nachrief: »Ach, übrigens, hast du den Typen gefunden, nach dem du gestern suchtest? Diesen … Noël Legoff?«
Marie wusste instinktiv, dass Lucas sie beobachtete, und be-

gnügte sich daher mit einem knappen Nicken. Kaum waren Lucas und sie vor dem Gebäude, baute sie sich, trotz des strömenden Regens, vor ihm auf.
»Na schön, Sie hatten Recht, Christian war nicht auf seinem Schoner an jenem Abend, an dem ich in der Abtei überfallen wurde. Er hatte ihn tatsächlich Legoff geliehen, mit dem er früher in einer Mannschaft segelte. Aber damit ist nichts bewiesen«, erklärte sie ohne Umschweife.
»Wenn damit nichts bewiesen wäre, wären Sie jetzt nicht hier, sondern würden in Plymouth auf Christian warten.«
Er sah, wie sich ihre Miene verdüsterte, und bereute seine Worte.
»Immer noch nichts Neues?«
»Das Unwetter ist aus dem Seegebiet abgezogen, morgen beginnt die Suche«, erwiderte sie knapp.

Die Fähre lag fest vertäut im Hafen, um den Wellen zu trotzen, die an die Pier brandeten. Lucas stand unter einem Vordach, das im Wind klapperte, und beobachtete, wie Marie mit einem der Angestellten der *Compagnie de l'Iroise* verhandelte, während er selbst das Handy ans Ohr presste, um besser zu verstehen, was der Gerichtsmediziner über die Autopsieergebnisse bei Nicolas Kermeur und Chantal Pérec zu sagen hatte.
Die Todesursache war bei beiden ein Bruch der Halswirbelsäule. Das musste in derselben Nacht geschehen sein, in der Yves aus seiner Zelle *verschwunden* war. Sie hatten weder Einstichstellen an den Fingern noch Mésadrol-Spuren im Blut. Für Fersen ließ das nur einen Schluss zu: Nicolas und Chantal waren getötet worden, weil sie zur falschen Zeit am falschen Ort gewesen waren.
Er unterbrach die Verbindung, als Marie, die inzwischen triefend nass war, auf ihn zurannte.
»Die Fähre nach Lands'en läuft erst aus, wenn das Wetter

besser ist. Und so grau, wie der Himmel aussieht, können wir noch von Glück sagen, wenn wir morgen hinüberkommen.«
Beim Anblick seiner sorgenvollen Miene beschwichtigte sie ihn gleich.
»Nun ziehen Sie doch nicht so ein Gesicht. Meine Wohnung ist ganz in der Nähe und das Sofa sehr bequem.«
Da es ohnehin nichts genutzt hätte, ihr die Neuigkeiten zu ersparen, berichtete er ihr von den Autopsieergebnissen. Sie kam zum selben traurigen Schluss wie er: Als Nicolas und Chantal zum Polizeirevier gefahren waren, um mit Yves zu sprechen, hatten sie vermutlich die Person gesehen, die ihn aus der Zelle herausgeholt und getötet hatte.
Und damit ihr eigenes Todesurteil unterzeichnet.

*

Maries Wohnung war voller Licht und Wärme. Das Schlafzimmer befand sich auf der Galerie über dem Wohnraum, in den eine winzige Küche integriert war und der von einem riesigen Fenster mit Blick auf die Reede dominiert wurde. Das sei ihre Art, die Verbindung mit Lands'en aufrechtzuerhalten, erklärte sie Lucas. Bei gutem Wetter könne man sich nämlich einbilden, den Leuchtturm von Ty Kern zu erkennen.
Für Lucas gab es nur ein einziges störendes Element: ein Bild von Christian mit strahlendem Zahnpastalächeln und Augen, die jede seiner Bewegungen zu verfolgen schienen.
Marie kam im Bademantel aus dem Badezimmer zurück und hatte um ihr Haar einen Handtuchturban gewickelt. Sein Blut geriet in Wallung. Vielleicht hätte er doch besser in einem Hotel übernachten sollen.
Um einen kühlen Kopf zu bewahren, brachte er die Sprache auf die Erscheinung am Steilfelsen, die man ja für den Geist der armen Mary, der man 1968 die Kehle durchgeschnitten hatte, hätte halten können. Vielleicht sei auch sie bei den Bot-

schaften gemeint gewesen, die man bei den Mordopfern hinterlassen hatte. Schließlich sei die bretonische Schreibung beider Namen gleich. Dann nämlich könne man, zumal die Morde an Chantal und Nicolas ziemlich eindeutig als »Kollateralschäden« zu betrachten seien, vermuten, dass der Mörder Rache für den ungesühnten Mord an dieser jungen Frau nehme.

»Auch Loïc hatte weder Einstichstellen an den Fingerkuppen, noch fand man eine Botschaft bei ihm«, gab Marie zu bedenken. »Doch selbst wenn wir annehmen, dass Sie Recht haben, dann müssten Gildas und Yves diese Mary ja getötet haben, als sie kleine Jungen waren.«

Sie schüttelte den Kopf, um diesen abscheulichen Gedanken zu vertreiben.

»Denken Sie doch an die Mutprobe von Nicolas' Kumpel damals«, wandte Lucas ein.

»Das war ein Unfall. Ein blödsinniges Spiel, das böse endete.«

»Vielleicht haben die Kinder Strandräuber spielen wollen, und die Sache ist entgleist.«

»Lucas, ihr ist die Kehle durchgeschnitten worden! Etwa von kleinen Jungen?«

Sie stand brüsk auf und trat an das Fenster, an dem die Regentropfen herunterliefen.

»Das werden Sie mir nie einreden können.«

Draußen war es dunkel geworden. Hinter der Scheibe waren die verschwommenen Lichter der Reede zu sehen, und weit dahinter, weit weg von allem und oft von der Welt abgeschnitten, lag Lands'en.

Er legte ihr die Hand auf die Schulter. War es diese Berührung, die das Begehren in ihr aufflammen ließ? Oder wollte sie einfach nur alles vergessen, was nicht mit dem Leben zusammenhing?

Marie wandte sich um, sah Lucas sanft an und bat ihn, mit ihr zu schlafen.
Er wusste, wie viel sie gerade durchmachte, und zögerte, doch sie hatte schon den Gürtel ihres Bademantels gelöst und ihn zu Boden gleiten lassen. Sie presste ihre Lippen auf seinen Mund, seine Widerstände schwanden. Er fühlte ihre zarten Brüste an seinem Körper und vergaß alle guten Vorsätze. Ihre Münder öffneten sich, ihr Atem mischte sich und ihre Hände gerieten auf Abwege.
Und plötzlich klammerte sie sich zitternd an ihn.
Er löste sich von ihr, hob ihr Kinn und sah, dass ihr die Tränen über die Wangen liefen.
»Ich hab solche Angst«, stammelte sie.
Er hob den Bademantel auf, hüllte Marie darin ein und gab ihr einen zärtlichen Kuss auf die Stirn.

Es war drei Uhr morgens, als ihn der Schrei vom Sofa, auf dem er endlich Schlaf gefunden hatte, hochtrieb. Er hastete die Treppe zur Galerie hinauf, indem er immer zwei Stufen auf einmal nahm. Sie lag zusammengekrümmt da, die Knie unter dem Kinn, die Arme um sich geschlungen, schweißgebadet, und gab zusammenhangslose Wörter von sich: *Welle … Meer … rot … Blut … Lichter … Neiiiin …*
Er nahm sie in die Arme, wiegte sie und flüsterte ihr beruhigende Worte ins Ohr. Ganz langsam kam sie zur Ruhe.

Einige Stunden später stiegen im Licht der ersten Sonnenstrahlen zwei Falcon-50-Hubschrauber vom Stützpunkt Lann-Bihoué auf, um das Nordatlantikgebiet abzusuchen, dessen Koordinaten Christian vor seinem Notruf durchgegeben hatte.
Als Marie aufwachte, hielt Lucas, der vollständig angezogen neben ihr schlief, ihre Hand.
Sie ging in die Küche und machte Kaffee. Sie brachte ihm eine

Tasse und entschuldigte sich für das, was am Vorabend geschehen war.
»Es war nur ein Albtraum«, sagte er freundlich.
»Ich meinte das, was … vorher geschehen ist«, stotterte sie.
»Sie meinen: Was nicht geschehen ist.«
Sie wurde rot, und er lächelte ihr zu.
»Machen Sie sich keine Gedanken, es ist schon vergessen.«
»Ah«, sagte sie, erstaunlicherweise verstimmt. »Nun, umso besser.«

*

Yvonne, die wie alle anderen auch seit dem Vorabend auf dem Festland festgesessen hatte, würdigte Marie und Lucas keines Blickes, als sie an diesem Morgen an Bord der Fähre ging und sich wie eine Galionsfigur am Bug niederließ.
Marie und Lucas lehnten schweigend an der Reling, als sich Ryan zu ihnen gesellte. Er war sichtlich froh, Marie wiederzusehen, machte jedoch weder zu ihrer eigentlich geplanten Abreise nach Plymouth noch zur Versöhnung mit Lucas irgendwelche Bemerkungen. Sie war ihm dankbar für so viel Feingefühl.
»Ich wollte Sie schon anrufen, Commandant«, sagte Ryan zu Lucas. »Als ich in Paris war, hab ich ein paar Kleinigkeiten recherchiert. Es geht um diese Botschaft auf Bretonisch.«
Er zitierte sie und fuhr dann fort:
»Der Begriff ›Licht‹, den der Mörder verwendet, bedeutet wahrscheinlich ›Wahrheit‹. Der ›Hohe Herr‹ hingegen ist nicht so leicht übersetzen. Es kann zum einen Gott bedeuten oder aber Licht. Oder es kann auch einfach nur der am höchsten Gestellte gemeint sein, der Familienvorstand oder der Älteste einer Familie.«
Lucas sah ihn mit halbem Lächeln an.
»Sagen Sie, ein Leuchtturm ist doch sehr hoch, und Licht

spendet er auch. Wenn man Ihnen so zuhört, könnten sehr gut Sie gemeint sein.«

Der Schriftsteller runzelte verdutzt die Stirn und brach dann in herzliches Gelächter aus.

»*Touché!*«

Immer noch lachend ging er davon. Marie sah ihm einen Augenblick lang nach, dann warf sie Lucas einen vorwurfsvollen Blick zu.

»Er ist der Einzige auf Lands'en, der uns ein bisschen behilflich ist«, sagte sie. »Und Sie haben eine etwas seltsame Art, ihm dafür zu danken.«

»So ganz abwegig war das nicht. Er wohnt gleich neben der Begräbnisstätte, er kennt sich mit Legenden aus und ist wenige Wochen vor dem ersten Mord auf der Insel aufgetaucht. Und außerdem ist er wie zufällig immer zur Stelle und mimt den Zorro, wenn Sie in Gefahr sind.«

»Sie haben eine Kleinigkeit vergessen: In der Nacht, in der Gildas ermordet wurde, saß er im Gefängnis.«

»Es ist nicht auszuschließen, dass er einen Komplizen hat.«

»Es ist auch nicht auszuschließen, dass Sie sich auf dem Holzweg befinden.«

»Haben Sie sein Buch gelesen? Keine ganz große Kriminalliteratur, und die Charaktere geraten manchmal zur Karikatur, aber die Geschichte hat einen guten Plot.«

»Ein Schriftsteller, der zum Mörder wird?«

Sie verzog zweifelnd das Gesicht.

»Im Allgemeinen ist es eher umgekehrt. Außerdem finde ich ihn recht sympathisch.«

Ein Grund mehr, Morineau ein bisschen graben zu lassen, dachte Fersen.

Eine Stunde später legte die Fähre an. Yvonne verließ, kaum dass die Gangway angelegt war, als Erste das Schiff.

Lucas sah ihr nach.

»Zum Teufel mit der Verjährung«, zischte er. »Auch nach vierzig Jahren ist ein Mord noch ein Mord. Ich finde es zum Kotzen, dass wir sie nach dem, was sie ihren Babys angetan hat, laufen lassen mussten.«

»Sie wird auf andere Weise dafür büßen.«

Und wie zur Bestätigung trat plötzlich eine Totenstille ein, als die Kindsmörderin die Gangway hinunterging. Die Menschen unterbrachen ihre jeweiligen Tätigkeiten, alle Blicke richteten sich auf sie, einige alte Frauen bekreuzigten sich, als sie vorüberging, und eine Schwangere zog instinktiv ihre Kinder an sich. Bei einigen der gemurmelten Kommentare war das Wort »Carridwen« zu hören, der doppelte Mond, die Göttin, die zugleich Dämon ist.

Niemand war gekommen, um Yvonne abzuholen, aber normalerweise hätte sich jemand gefunden, der sie ein Stück mitgenommen hätte.

Dieses Mal blieb sie allein und ging zu Fuß.

In der Keramikmanufaktur wurde sie in der gleichen Weise empfangen. Geflüsterte Kommentare begleiteten ihren Gang durch die Werkstätten. Gwen sah ihre Mutter von der Galerie aus auf sich zukommen: kerzengerade, mit vorgeschobenem Kinn und entschlossenem Blick. Zum ersten Mal sah sie in ihr, was sie war. Ein Ungeheuer.

Yvonne ging einige Stufen hoch, dann wandte sie sich um. Ihre Stimme klang dumpf:

»Niemand, außer Gott, hat das Recht, über mich zu richten, und Gott hat mir schon vor langer Zeit die Absolution erteilt.«

Ihr Blick erfasste jeden Arbeiter, jede Arbeiterin.

»Ich wünsche es keiner Mutter, dass sie eines Tages vor die grausame Wahl gestellt wird, die ich zu treffen hatte: ihre Kinder leben zu lassen und sie mit jeder Minute ein wenig mehr leiden zu sehen. Oder sie zu erlösen, damit sie in Frieden ruhen. Ich habe sechs Tage gebraucht, um den Mut für diese Entscheidung aufzubringen. Sechs unendliche Tage und sechs schlaflose Nächte. Was ich getan habe, habe ich aus Liebe zu ihnen getan, und nur deshalb war der alte Pérec bereit, die Augen zu verschließen. Ich habe niemandem etwas gesagt, auch meiner eigenen Familie nicht. Weil ich Angst hatte, man würde mich nicht verstehen. Man würde mich deshalb hassen. Heute wissen Sie es alle. Diejenigen von Ihnen, die dadurch in einen Gewissenskonflikt geraten, können gern gehen. Und zwar sofort.«

Sie hielt den Blicken stand, die sich einer nach dem anderen abwandten. Niemand wagte sich zu rühren. Dann ging sie weiter die Treppe zu den Büros hinauf, blieb kurz vor ihrer Tochter stehen, gab ihr zwei knallende Küsse auf die Wangen, und verschwand dann in ihrem Büro. Gwen brauchte einige Zeit, bevor sie reagieren konnte, und dann wandte sie sich an die Arbeiter.

»Worauf warten Sie noch? An die Arbeit!«

Sie wollte in ihr Büro zurückkehren, doch Philippe hielt sie zurück.

»Die anderen haben diese hübsche Rede vielleicht geschluckt. Ich nicht.«

»Du hast doch gehört, was Maman sagte«, spottete sie. »Niemand hält dich zurück.«

»Wäre doch interessant, deinen Bruder zu fragen, ob auch er lieber … Was sagte sie noch?«

Er schien in seinem Gedächtnis zu graben.

»Ach ja: *erlöst* worden wäre, wie die beiden anderen.«

Gwen machte sich wortlos von ihm los und ließ ihren Blick noch einmal durch die Werkstatt gleiten. Plötzlich wurde ihr klar, dass Pierric nicht mehr da war. Dabei hatte sie ihn noch wenige Minuten zuvor gesehen, das hätte sie schwören können.

Gwens Bruder war auf dem Steilfelsen. Leicht vorgebeugt beobachtete er, wie Marie und Lucas in die Bucht hinabkletterten.

In der Ausgabe des *Télégramme de Brest* vom 20. Mai 1968 hatte Marie eine winzige Spur gefunden. An jenem Tag nämlich, erklärte sie Fersen und nötigte ihn, mit ihr auf die Felsspitze von Ty Kern zu kommen, hätten in Frankreich zehn Millionen Menschen gestreikt.

Außerdem sei am selben Abend ein starkes Unwetter über die Küste des Finistère hereingebrochen. Sturmböen der Windstärke acht und fünf Meter hohe Wellen. Eine wahre Hölle. Und dann sei der Scheinwerfer des Leuchtturms, der damals noch in Betrieb gewesen sei, ausgefallen, und man habe keinen Elektriker für die Reparatur auftreiben können.

Lucas hob den Kopf und betrachtete den Leuchtturm, der an der äußersten Spitze der Felsnase stand.

»Kleine Jungen hätten dieses Zusammentreffen unglücklicher Umstände ausnutzen und Strandräuber spielen können, indem sie ohne Angst vor Entdeckung mit Laternen über den Steilfelsen spazierten«, sagte er. Denn ihm war klar geworden, worauf sie hinauswollte. »Man weiß, dass Marys Leiche etwa zwei Wochen im Wasser trieb, bevor sie herausgefischt wurde. Am 5. Juni, also zwei Wochen nach dem 20. Mai. Es passt alles zusammen!«

»Was jedoch weniger passt«, wandte sie ein, »ist die Tatsache, dass Mary vor Molène herausgefischt wurde. Wenn sie auf Lands'en umgebracht worden wäre, hätte ihre Leiche wegen der Strömungen viel weiter südlich gefunden werden müssen.«

»Man hätte sie in einem Boot weiter aufs Meer hinausbringen und dort ins Wasser werfen können.«

»Wer? Zehnjährige Jungen, die in Panik geraten sind?«

»Oder ihre Eltern.«

Blitzartig tauchte Jeannes Bild vor Maries innerem Auge auf. Ein verstörendes Bild. Sie verscheuchte es.
»Warum hätte eine zwanzigjährige Frau allein in einem Boot und noch dazu in einer Unwetternacht nach Lands'en kommen sollen?«
Lucas ging auf den Eingang der Grotte zu.
»Ich mag ja sehr begabt sein, aber alle Fragen kann ich auch nicht beantworten.«
Marie schaute unwillkürlich aufs Wasser. Nippflut. Sie fröstelte, als sie ihn in der Höhle verschwinden sah, und folgte ihm nur widerwillig und innerlich fluchend.
Er war schon ganz am hinteren Ende und ließ den Strahl seiner Taschenlampe über die Decke gleiten.
»Also wenn Sie Muscheln suchen wollen, werden Sie hier wenig Glück haben«, frotzelte sie.
»Als Sie neulich nach mir gerufen haben, waren Sie in der Nähe der Menhire und des Hügelgrabs, und ich war hier, genau hier. Und Ihre Stimme schien von oben zu kommen. Je länger ich darüber nachdenke, desto sicherer bin ich mir, dass es eine Art Stollen oder Kamin gibt, der zum Steilfelsen hinaufführt.«
»Aber selbst wenn es einen solchen Gang gäbe, was hätten wir davon?«, fragte Marie.
»Ich hasse es, wenn ich etwas nicht verstehe.«
»Und ich hasse es, hier zu sein.«
»Niemand hat Sie zum Mitkommen gezwungen.«
»Sie könnten Bretone sein!«, bemerkte sie angesichts seiner Sturköpfigkeit.
Er wollte gerade erwidern, ein solcher Satz aus ihrem Munde könne ja nur ein Kompliment sein, da erschütterte ein dumpfes Grollen die Felswände.
Sie hielten kurz inne, dann rannten sie beide instinktiv auf den Ausgang der Grotte zu, während das Beben immer stärker wurde.

Felsbrocken lösten sich und gingen nieder wie ein Meteoritenregen.
Die Freiheit war nur noch einige Meter entfernt, da schien sich der Steilfelsen unter einem Höllengetöse in zwei Teile zu spalten.
Lucas, der dicht hinter Marie war, hätte sie fast über den Haufen gerannt, als sie wie angewurzelt stehen blieb.
Auf das Getöse folgte Stille. Eine ebenso plötzliche wie bedrückende Stille.
Vom Ausgang war nur noch ein schmaler Spalt zu sehen, durch den Tageslicht fiel.
Lucas knipste seine Lampe an und versuchte die Staubwolke, die sich langsam auflöste, zu durchdringen.
Sie sahen die aufgehäuften Felsbrocken, die den Ausgang versperrten. Sie mussten es nicht erst versuchen, um zu wissen, dass sie nicht imstande sein würden, sie zur Seite zu rücken.
Mit einer winzigen Hoffnung im Herzen zog Lucas sein Handy aus der Tasche. *Netzsuche.*
Sie saßen in der Falle.
Dann sah er, wie sich Maries Augen weiteten, folgte ihrem Blick und erblasste.
Die ersten Wellen der Flut suchten sich schon ihren Weg zwischen den Felsbrocken hindurch.
Bald wäre die Grotte überflutet.

17

Gwen war direkt zum Steilfelsen gegangen, sie war sicher, dass sie Pierric dort finden würde. Und da saß er auch, dicht an der Kante, und betrachtete die Strandräuberbucht, die schon völlig von der Flut bedeckt war.

»Wie oft habe ich dir schon gesagt, dass ich dich hier nicht herumlungern sehen will!«, schrie sie und zog ihn rücksichtslos nach hinten. »Willst du unbedingt, dass Maman dich ins Irrenhaus sperren lässt? Nein? Ich will's auch nicht, aber wenn ich dich hier noch mal sehe, dann passiert genau das. Also reiß dich am Riemen!«

Pierric war in äußerster Erregung, doch die Wörter, die er zu formen versuchte, kamen völlig verquer und unverständlich heraus. Gwen stellte sich auf die Zehenspitzen, um ihm fest in die Augen zu sehen.

»Heute ist wirklich kein Tag zum Rätselraten. Also los, komm nach Hause.«

Als sie sah, dass er sich sträubte, entriss sie ihm sein Lumpenbündel und schwenkte es über dem Abgrund.

»Wir gehen nach Hause, oder ich schmeiß es runter!«

Die schlimmste Drohung überhaupt.

Pierric gab sich geschlagen und wandte sich zum Gehen. Sie gab ihm das Lumpenbündel zurück, das er eng an sich presste. Widerwillig ließ er sich mitziehen und verdrehte sich fast den Hals, um immer wieder nach hinten zu sehen.

Sie waren schon weit weg, als Maries und Lucas' Hilferufe zu hören waren.

*

Die beiden gaben das Rufen schließlich auf. Die Grotte war inzwischen zu zwei Dritteln mit grünblauem Wasser gefüllt.
»Es gibt bestimmt eine Lösung«, murmelte Marie.
»Es gibt nicht immer eine Lösung«, antwortete Lucas sanft.
Er klemmte die Taschenlampe in einen Felsspalt der Decke, trat zu ihr, bis er sie fast berührte, und streichelte ihr Gesicht mit seinen Augen.
»Ich habe noch nie eine Nacht lang eine Frau in den Armen gehalten, ohne dass etwas passiert ist.«
»Tut es Ihnen Leid?«
»Ja. Und nein.«
»Ich hätte es wirklich gern gehabt, wenn wir miteinander geschlafen hätten.«
Sie lachte bitter auf.
»Warum erscheint immer alles möglich, wenn alles unmöglich wird?«
»Weil man zum Wesentlichen kommt«, murmelte er.
Sie erschauerte.
»Ich habe Angst.«
Er nahm ihr Gesicht in seine Hände und hielt ihre Augen mit seinen fest.
»Sehen Sie mich bitte an, Marie. Sehen Sie mich an bis zum Schluss.«
»Ich verspreche es.«
»Es gibt einen Satz, den ich nur ein einziges Mal in meinem Leben gesagt habe. Ich dachte, ich wäre nie wieder imstande, ihn auszusprechen.«
Seine Stimme wurde heiser.
»Ich liebe dich.«

»Halt mich ganz fest«, antwortete sie sanft.
Sie hielten sich umschlungen, bis ihre Gesichter nur noch einen halben Meter unter der Decke waren. Dann verschmolzen ihre Münder zu einem letzten Kuss und sie ließen sich sinken.
Sie tauchten langsam zum Boden der Grotte hinab.
Plötzlich geriet Marie in Panik, sie strampelte mit den Füßen und kehrte zur Oberfläche zurück, wo sie ihre Lungen gierig mit der wenigen Luft füllte, die noch verblieben war. Lucas tauchte neben ihr auf.
»Ich will nicht sterben!«, schluchzte sie verzweifelt. »Nicht so. Nicht jetzt.«
In diesem Augenblick sah sie nur einen kleinen Reflex im Felsen, hervorgerufen von der Taschenlampe, die noch in der Felsspalte klemmte. War sie schon das Opfer von Halluzinationen?
Lucas sah, wie sie sich mit kämpferischer Energie an dem Felsen zu schaffen machte und mit bloßen Händen daran kratzte. Plötzlich fielen Steinbrocken herab. Doch Marie kratzte unermüdlich weiter. Bis sie ein kleines verrostetes Taschenmesser mit Perlmuttgriff freigelegt hatte.
»Das ist hier nicht von ganz allein hierher gekommen.«
Lucas, von einer absurden Hoffnung gepackt, nahm einen Brocken, der auf einem kleinen Felsvorsprung liegen geblieben war, in die Hand. Es zerfiel unter dem bloßen Druck seines Daumens.
»Zement!«, schrie er. »Das bedeutet, hier liegt etwas dahinter!«
Gemeinsam mit Marie bearbeitete er nun die Decke, und tatsächlich stießen sie auf eine Öffnung von etwa einem Meter Durchmesser. Lucas leuchtete hinein. Es schien der Eingang eines Tunnels zu sein, dessen Ende jedoch nicht zu sehen war. Vielleicht nur eine weitere Sackgasse? Doch was hatten sie noch zu verlieren?

Lucas half Marie in den Eingang hinauf und folgte ihr rasch, denn die Grotte war inzwischen fast völlig überflutet.
Der Tunnel stieg leicht an.
Etwa zwanzig Meter weit krochen sie auf allen vieren, dann erweiterte sich der Tunnel, und sie konnten sich aufrichten. Sie waren in einer natürlichen Höhle von mindestens zehn Meter Durchmesser angelangt, die das Meer vor Urzeiten geschaffen haben musste. In der Mitte stand ein roh in den Fels gehauener Altar, der genauso aussah wie der Dolmen von Ty Kern.
»Ein keltisches Heiligtum«, murmelte Marie fasziniert. »Diese Krypta ist ein echter heidnischer Tempel, eine Kultstätte. Hier hielten die Druiden ihre Rituale für die Seelen der Toten ab.«
Mit glänzenden Augen sah sie den Fachmann für Ritualverbrechen an.
»Ich frage mich, wie seine Existenz so lange verborgen bleiben konnte.«
»Und ich frage mich, wie wir hier rauskommen«, war seine pragmatische Antwort.
Er leuchtete das Gewölbe und dann die Seitenwände ab, und dabei entdeckte er die Zeichen. Sie waren in den Fels geritzt.
»Der Vogel, der Krebs, der Fisch …«, flüsterte er. Genau die gleichen wie auf den Menhiren.
Er leuchtete den Kreis noch einmal aus, dann runzelte er die Stirn.
»Sie sind alle da, bis auf eines.«
Marie entdeckte es. Es war in den flachen Stein des Altars eingemeißelt. Genau in der Mitte. Ein ovaler Kreis mit vertikalen Strichen. Wie eine Sonne.
Sie betrachtete die Zeichen und versuchte herauszufinden, woran sie das alles erinnerte.
»Der Stein, der wie ein Briefbeschwerer den Schleier festhielt!«, rief sie plötzlich. »Der Stein war rund, genau wie die-

ser Raum. Die fünf Zeichen waren ringsum angeordnet, und dieses« – sie zeigte auf die in den Altar eingravierte kleine Sonne – »war in der Mitte. Das war kein Zufall.«
»Mag sein. Aber deshalb wissen wir jetzt immer noch nicht, wo der Ausgang ist.«
»Vielleicht gibt es keinen.«
»Ich kann mir kaum vorstellen, dass die Druiden immer durch die Grotte und den engen Gang gekommen sind, um hier ihren Hokuspokus zu veranstalten.«
Sie verkniff sich einen Kommentar, und Lucas redete weiter.
»Wir dürften etwa vier oder fünf Meter unter der Erde sein. Pi mal Daumen würde ich sagen, wir sind genau unter der Begräbnisstätte. Es ist also kein Zufall, dass ich neulich Ihre Stimme zu hören glaubte. Dieser Raum wirkt wie ein Resonanzraum. Es muss also einen Ausgang geben.«
»Aber wenn das so wäre, müssten wir irgendwo ein bisschen Licht sehen, nicht?«
Als sie diese Worte aussprach, machte es Klick in ihrem Kopf.
Licht wird flammen. Licht. Sonne.
»Wir haben immer gedacht, Licht bedeutet Wahrheit«, sagte sie. »Vielleicht steckt eine verborgene Botschaft darin.«
Lucas verzog das Gesicht.
»Und die wäre?«
»Ein geheimer Mechanismus, der einen Durchgang zum Steilfelsen öffnet. Ein Mechanismus mitten im Stein. Mitten in diesem Zeichen.«
Noch während sie es sagte, drückte Marie auf die kleine Sonne, die in die Mitte der Altarplatte gemeißelt war.
Sie gab nach.
Sie warf Lucas einen triumphierenden Blick zu. »Na?«
»Das Ergebnis ist wirklich umwerfend.« Er grinste.
Doch sein Grinsen erstarrte, als man ein leises Klicken hörte wie das einer Pistole, deren Verschluss betätigt wird. Dann wurde die Höhle von einem dumpfen Vibrieren erfasst.

»Verdammt, das geht doch nicht schon wieder los mit …«
Er verstummte.
Vor ihren Augen drehte sich ein Stück der Felswand, aus der Decke schoss eine Lichtfontäne, die genau auf die Sonne der Altarplatte fiel.
Dann wurde es wieder still.
Wie vom Donner gerührt betrachteten sie die in den Fels gehauenen kleinen schmalen Stufen, die hinauf auf den Steilfelsen führten.
Marie betrat sie als Erste und ging still hinauf. Ihr war, als wandle sie auf den Spuren ihrer Vorväter. Es war ein ganz besonderer Augenblick.
Sie kamen unter dem Dolmen von Ty Kern heraus. Und wieder war sie es, die unter den Flechten an der Unterseite der flachen Steinplatte das sechste Zeichen entdeckte: die eingravierte Sonne, mit demselben Mechanismus versehen.
Marie betätigte ihn. Und alles verschloss sich wieder.
Sie sah Lucas an, dem es die Sprache verschlagen hatte.
»Jetzt wissen wir, wie unser Mörder hier kommen und gehen konnte, ohne gesehen zu werden. Er brauchte sich bloß in der Krypta zu verstecken.«
Fersen ärgerte sich. »Wenn ich bedenke, dass ich das Zeichen nicht entdeckt habe, als ich mich in jener Nacht unter dem Dolmen versteckte.«
»Wenn man in Lebensgefahr ist, kümmert man sich nur um das Wesentliche.«
Ihre Blicke verfingen sich ineinander, wurden intensiv. Mit einem Mal genierten sie sich ein wenig bei dem Gedanken, was sie in der Grotte gesagt haben mochten, als sie glaubten, sterben zu müssen. Und dann brachen sie in ein befreiendes Lachen aus.
Gerade diesen Moment hatte sich Stéphane Morineau für seinen stürmischen Auftritt ausgesucht. Seine Panik verwandelte sich in Wut, als sie immer weiterlachten.

»Ich versuche schon seit Stunden, Sie zu erreichen, um Ihnen etwas mitzuteilen, und Sie, Sie …«

Er war puterrot und geriet ins Stottern. Doch dann bemerkte er, dass die beiden völlig durchnässt und ihre Kleider stellenweise zerrissen waren.

»Wo haben Sie sich denn herumgetrieben?«

»In der Grotte«, sagte Fersen und lächelte Marie an. »Und herausgekommen sind wir auf dem Strandräuberweg.«

Dann wandte er sich an Stéphane, der sie immer noch verdutzt betrachtete.

»Was wollten Sie uns denn mitteilen, Morineau? Gute oder schlechte Nachrichten?«

»Gute.«

Der Gendarm reichte ihm einen Heftordner.

»Der Gerichtsmediziner ist sich sicher, dass Loïc Kermeur nicht ermordet worden ist – er hat Selbstmord begangen!«

Erst als er Marie blass werden sah, wurde ihm klar, was er gerade angerichtet hatte.

»Es … Es tut mir so Leid, Marie«, stotterte er, und wieder wurde sein Gesicht rot. »Ich dachte nur, Sie würden sich freuen … Ich meine … Immerhin ein Mord weniger … Und …«

In seiner Bestürzung rettete er sich zurück zu seinem Wagen und knurrte nur noch, sie sollten sich umziehen, wenn sie sich nicht erkälten wollten.

Lucas überflog den Autopsiebericht und ging dann zu Marie hinüber, die an der Kante des Steilfelsens stand.

»Ist der Gerichtsmediziner zu einem eindeutigen Ergebnis gekommen?«, fragte sie tonlos und starrte weiter aufs Meer.

»Er hat Meerwasser in der Lunge nachgewiesen und im Blut eine ungewöhnlich hohe Konzentration eines Antidepressivums.«

Die Polizei hatten zwei leere Röhrchen in Loïcs Taschen gefunden. Marie dachte an ihren Bruder. Er war zu ihr gekommen, als sie im Koma lag. Warum hatte sie nicht die Kraft gehabt, aufzuwachen und ihm zu helfen?

»Es gibt Dinge, die man nicht verhindern kann«, murmelte Lucas. Er dachte kurz an Valentine, deren Tod er auch nicht hatte verhindern können.

Und dann überlegte er, dass damit auch erklärt war, warum bei Loïc weder eine Botschaft noch Einstichstellen gefunden worden waren. Indem er sich selbst tötete, war er dem Mörder zuvorgekommen.

Er nahm Marie bei der Schulter.

»Kommen Sie, Sie zittern ja.«

*

Mechanisch und ohne recht zu wissen, was sie tat, ließ Marie heißes Wasser aus der Dusche laufen und begann sich auszuziehen.

Ihr Geist war überaktiv, als wäre alles, was sie in den letzten Stunden erlebt hatte, so intensiv gewesen, dass ihr Denken sich noch damit beschäftigen musste, um es wirklich zu verstehen.

Angst, Trauer, Tod und sogar die Liebe waren über sie hereingebrochen – extreme Gefühle, die sie immer noch so sehr bewegten.

Ein Geräusch rief sie in die Wirklichkeit zurück: Mit hörbarem Klappern war ein kleiner Gegenstand auf den Kachelboden gefallen, als sie ihre Hose über den Stuhl legte. Sie brauchte eine Sekunde, um sich an das Taschenmesser zu erinnern, das sie hastig eingesteckt hatte. Sie hob es auf und drehte es in ihren Händen, dabei erst merkte sie, dass sie vor Kälte schlotterte. Sie behielt das Messer in der Hand, als sie unter die Dusche ging. Wohlig streckte sie sich unter dem heißen Wasser und dachte flüchtig, dass es trotz allem noch möglich war, sich gut zu fühlen.

Sie öffnete die Hand und konzentrierte sich auf das kleine Messer. Sie rieb es, bis auf dem Schildpatt zwei Buchstaben sichtbar wurden: LK. Loïc Kermeur. Der Kummer war doch stärker als alles andere. Sie hob ihr Gesicht der prasselnden Dusche entgegen und ließ ihren Tränen freien Lauf, es war, als strömten sie über ihren ganzen Körper.
Als sie aus der Dusche kam, war ihr Kopf schwer, und ihre Augen blickten müde. Doch plötzlich erinnerte sie sich an etwas, das ihren Geist wieder wachrüttelte. Als Jeanne vor einigen Jahren beschlossen hatte, das Haus renovieren zu lassen, hatte sie alles ausgeräumt und ihren Kindern gesagt, dass sie ihre alten Sachen aus Kindertagen aussortieren und aus dem Haus schaffen sollten.
Marie konnte sich ganz genau an ein solches Taschenmesser erinnern. Gildas hatte es ihr damals gezeigt. Und sie beide hatten auch alles einer wohltätigen Organisation überlassen. Doch Loïc hatte ungeachtet ihres Spotts all seine alten Spielsachen und Kindheitserinnerungen in einen alten Koffer gepackt. *All meine Geheimnisse,* hatte er zu Marie gesagt und die Schätze in seinem Büro verstaut.
Sie wollte unbedingt nachsehen und begab sich dorthin.

Unter den Spielsachen und den Comic-Heftchen fand sie einen kleinen Stapel Spiralhefte.
Tagebücher, Jahr für Jahr geführt …
Fieberhaft suchte sie nach dem Heft von 1968, es war das letzte im Stapel. Anscheinend hatte Loïc seinem Tagebuch danach nichts mehr anvertrauen mögen. Sie blätterte rasch die Seiten durch und erschrak, als sie sah, dass die letzten Eintragungen vom 19. Mai stammten.
Der Tag vor dem Unwetter und wahrscheinlich der Tag vor Marys Schiffbruch.
Gierig entzifferte sie die ungelenke Schrift und blieb dabei an einem Satz hängen.

Heute haben wir ein Päckchen von Papa bekommen, und Gildas durfte die Briefmarken aus Neufundland behalten. Er hat jedem von uns ein kleines Taschenmesser geschickt. Sie sehen beide gleich aus, aber es sind unsere Initialen drauf ...
Die wenigen Worte, die danach folgten, beachtete sie nicht mehr.

»Jetzt wissen wir, dass Loïc und die anderen in der Nacht, in der Mary in Seenot geraten sein musste, in der Grotte waren. Das Taschenmesser, das sich noch an Ort und Stelle befand, die Aufzeichnungen, die genau einen Tag vor dem verhängnisvollen Unglück enden ...«

»Aber wir wissen nicht, was sie dort wollten.«

Marie und Lucas gingen durch die Strandräuberbucht. Er warf einen Blick auf die Kriminaltechniker, die Proben von den abgespaltenen Felsbrocken vor der Grotte einsammelten.

»Wenn man Sprengstoffspuren fände, wäre das eine interessante Spur«, bemerkte Lucas mehr zu sich selbst.

Marie war auf dem kleinen Strand stehen geblieben, der jetzt, bei Ebbe, zu sehen war, und betrachtete den steilen Felsen, den dunklen Eingang zur Grotte und das Meer, dessen sanfte Wellen nur darauf warteten, wieder hochzuschäumen.

»Meine Brüder haben mir so oft gesagt, dass dieser Ort gefährlich sei, dass ich es für ein regelrechtes Verbot hielt, der Bucht auch nur nahe zu kommen.«

»Sie müssen hier etwas sehr Schreckliches erlebt haben, wenn sie ...«

»Es können doch wirklich keine Kinder gewesen sein, die Mary die Kehle durchgeschnitten haben!«, ereiferte sie sich.

»Jedenfalls bin ich sicher, dass die Gründe für die Morde in den Ereignissen zu suchen sind, die sich vor fünfunddreißig Jahren zugetragen haben.«

Lucas ging an Marie vorbei und betrachtete noch einmal die Felsbrocken, die den Eingang zur Grotte versperrten.

»Man hat tatsächlich versucht, uns loszuwerden.«
»Nicht unbedingt. Vielleicht wusste derjenige, dass es einen Gang nach oben gab.«
»Und hätte uns in die Lage versetzt, diesen Gang zu entdecken? Damit wir etwas verstehen?«
»Ja, das ist möglich, ja …«
Seine Stimme hatte mit einem Mal einen so innigen Klang, dass Marie ihn überrascht anblickte.
Es waren keineswegs mehr die Ermittlungen, woran er dachte. Er dachte vielmehr an das, was er über seine Gefühle erfahren hatte, als er glaubte, sterben zu müssen. Marie war verwirrt, sie konnte weder etwas sagen noch seinem Blick standhalten, so deutlich war darin zu lesen, was er für sie empfand. Er verbarg nichts.
»Was ich Ihnen gesagt habe, als wir beide da festsaßen …«
»Oh, machen Sie sich keine Gedanken, ich hab es schon vergessen …«
»Ich nicht.«
Es hatte geklungen wie die Bestätigung einer Gewissheit. Er hatte die Worte zwar ernst ausgesprochen, aber auch mit einer gewissen Gelassenheit. Er lächelte sie liebevoll an und machte dann ruhig kehrt.
Schweigend kletterten sie die Felsen hinauf. Er streckte die Hand aus, um ihr über die letzte Etappe bis zur Oberkante des Steilfelsens zu helfen. Sie zog sie ein wenig zu langsam zurück und strich sich dann nervös das Haar glatt, bevor sie ihn entschuldigend anlächelte.
»Es ist so viel geschehen, in meinem Kopf geht es drunter und drüber … Solange dieser Mörder noch frei herumläuft, kann ich … Verstehen Sie das?«
»Ich werde mir Mühe geben … Dass wir ihn möglichst bald haben!«
Er lachte, als er Maries Verlegenheit sah, und fand sofort zu einem leichten Ton zurück.

»Sie sind doch eine traditionsliebende Frau, nicht wahr?«
»Hm ...«
»Sie wissen bestimmt, dass es bei der Polizei eine Tradition gibt, von der man niemals abweicht ...«
Sie zog misstrauisch die Nase kraus, ihr war nicht recht klar, worauf er hinauswollte, deshalb wartete sie vorsichtig ab.
»Wenn zwei Bullen gemeinsam dem Tode entronnen sind, duzen sie sich.«
»Ach. Nun, wenn es die Tradition so will ...«
Sie lächelte ihn an, froh über seine rücksichtsvoll heitere Art, und sah ihm dann zu, wie er die Umgebung auskundschaftete, als wäre er ein Spürhund auf Fährtensuche. Er dachte laut nach.
»Niemand wusste, dass wir die Grotte erkunden wollten?«
»Nein, niemand. Aber vielleicht hat uns jemand hingehen sehen.«
»Das dachte ich auch gerade ...«
Sie sahen gleichzeitig zum Leuchtturm hinüber.

Obwohl Ryan ausgegangen war, hatte er keine der Türen verriegelt. Maries Bedenken gegen diese improvisierte Hausdurchsuchung, noch dazu in Abwesenheit des Hausherrn, wurden rasch zerstreut. Der kleine Streit, den sie darüber ausfochten, diente eher dazu, sich ans Duzen zu gewöhnen. Obwohl es nur eine leichte formale Veränderung war, machte sie die Intimität greifbar, die sie geteilt hatten, und brachte sie daher stärker in Verlegenheit, als sie gedacht hätten.
Die winzige Wohnung bot kaum ein Versteck, sie war rasch durchsucht. Marie setzte sich an Ryans Computer und tippte auf der Tastatur herum, aber der Bildschirm reagierte immer nur mit *Zugang nicht autorisiert*. Während Lucas noch die Küchenschränke durchsah, blätterte sie in einigen Büchern. In einem sah sie etwas auf dem Vorsatzblatt, das sie erstaunte.

»Kommen Sie mal her! Äh ... Komm mal her!«
Gemeinsam beugten sie sich über das alte Buch und versuchten den halb verblichenen Stempel zu entziffern.
»Bibliothek der ... Haftanstalt?«
»Ja, Haftanstalt von ... Brest! Das ist doch nicht möglich!«
»Doch. Ich habe vergessen, es vor meiner Entlassung zurückzugeben.«
Lucas und Marie fuhren herum. Ryan, der geräuschlos nach Hause gekommen war, stand auf der Schwelle und sah sie an. Sein Gesichtsausdruck ließ keinerlei Schlüsse zu. Marie reagierte als Erste.
»Sie waren im Gefängnis?«
»Fünfunddreißig Jahre, drei Monate und zweiundzwanzig Tage, um genau zu sein.«
Ryans Ruhe und Gelassenheit waren beeindruckend.
»Weshalb?«
»Wegen Mordes an einem Polizisten.«

*

Auf der Fahrt zur Gendarmerie sah Marie in den Rückspiegel. Ryan saß auf der Rückbank und schien in aller Ruhe die Landschaft zu genießen. Er hatte sofort zugestimmt, als sie ihn verhören wollten, und sogar lächelnd hinzugefügt, er sei verwundert, dass Lucas und sie nicht früher auf seine Häftlingsvergangenheit gestoßen seien.
Als sie in den Hof einfuhren, kam ihnen Morineau entgegen, der ganz aufgeregt mit einem Dokument herumfuchtelte. Er hielt es Marie unter die Nase, noch bevor sie ganz ausgestiegen war.
»Ich habe Informationen über Ryans Vergangenheit. Raten Sie mal, was er auf dem Kerbholz hat!«
»Fünfunddreißig Jahre Gefängnis wegen Mordes an einem Polizisten«, antwortete Marie und öffnete die Tür.

Sie bedeutete dem Schriftsteller, ihr zu folgen, und beide gingen stumm an dem verblüfften Stéphane vorbei.
Lucas nahm ihm das Dokument aus der Hand und überflog es.
»Sagen Sie mal, Morineau, das hat aber wenig Ähnlichkeit mit dem, was Sie mir kürzlich angefertigt haben!«
»Da kann ich nichts dafür, sein Verleger hatte mir diese geschönte Biographie geschickt.«
»Überprüfen Sie, wo Ryan zu den Mordzeitpunkten und an dem Abend war, als ich auf dem Steilfelsen angegriffen wurde, und was er trieb, als wir in der Grotte festsaßen.«

Ryan saß Marie und Lucas, die methodisch ihre Fragen stellten, konzentriert gegenüber. Seine Stimme war noch tiefer geworden.
Er hatte nicht versucht, sein Strafregister zu verbergen, aber er war auch keineswegs stolz auf seine Heldentaten. Es war eine dumme, tragische Geschichte gewesen.
»An dem Abend damals trieb ich mich im Hafen von Le Havre herum. Ich kam von einem Treffen und wollte Gras kaufen. Eine Polizeistreife hatte mich beobachtet, sie rannten hinter mir her, und einer von ihnen bekam mich zu fassen. Ich wollte mich losmachen und stieß ihn weg … Der arme Kerl ist unglücklich gefallen und war auf der Stelle tot.«
All das war tatsächlich auch bis in die letzte Einzelheit in dem Dossier festgehalten worden, das Stéphane aus dem Polizeiarchiv bekommen hatte. Dann zeigte Lucas Ryan eine Fotokopie des Artikels über die Unbekannte von Molène.
»Diese Frau erlitt wahrscheinlich vor fünfunddreißig Jahren vor Lands'en Schiffbruch. Schuld daran waren vermutlich ein paar Jungen, die nicht wussten, was sie da anrichteten. Drei von ihnen sind jetzt tot: Gildas, Yves und Loïc …«
»Und was hat das mit mir zu tun? Bin ich als ehemaliger Häftling der ideale Verdächtige?«

Marie wies ihn darauf hin, dass die Mordserie kurz nach seinem Einzug in den Leuchtturm eingesetzt hatte.
Er sah sie peinlich berührt an.
»Sie zwingen mich dazu, Sie darauf hinzuweisen, dass sie noch genauer direkt nach Ihrem Eintreffen auf Lands'en einsetzte. Nur ziehe ich daraus keine Schlüsse.«
Lucas griff rasch in das Gespräch ein.
»Warum ist der Zugang zu Ihrem Computer durch ein Passwort beschränkt?«
»Ich hasse den Gedanken, dass irgendjemand lesen könnte, was ich gerade schreibe.«
»Rein zufällig einen Roman über die Strandräuber-Legende …«
Ryan seufzte und zwang sich zur Geduld. Das sei überhaupt kein Zufall, denn genau deshalb habe er sich auf der Insel niedergelassen. Er sei gekommen, um hier in Ruhe zu schreiben und zu leben, und er hoffe das auch in Zukunft tun zu können.
Ryan hatte sich so klar geäußert, dass Lucas und Marie nicht überrascht waren, als Morineau sämtliche Alibis bestätigte: Als sie in der Grotte festsaßen, war er in der Hafenkneipe. In der Nacht, als Gildas getötet wurde, hatte Stéphane ihn in die Ausnüchterungszelle gesteckt. Als Fersen auf dem Steilfelsen angegriffen wurde, war er in Paris. Und was die Nacht der Morde an Yves, Chantal und Nicolas betraf, da hatte er zunächst bei den de Kersaints zu Abend gegessen und anschließend Marie das Leben gerettet.
Lucas musste zugeben, dass seine Alibis hieb- und stichfest waren.
Schade, dachte er bei sich, Ryan hätte das ideale Profil. Marie hingegen fühlte sich erleichtert. Und konnte sich dabei nicht erklären, warum ihr dieser Mann so am Herzen lag.

Sie hatten Ryan nach Ty Kern zurückgefahren und sahen ihm nun nach, wie er zum Leuchtturm ging.

»Fünfunddreißig Jahre Gefängnis für einen unglückseligen Faustschlag, das ist ein hoher Preis.«

Lucas sah Marie überrascht an.

»Der arme Bulle hat auch einen hohen Preis gezahlt, oder? Ryan ist noch gut davongekommen. Damals gab es noch die Todesstrafe.«

Sie fuhren aufs Museum zu. In einem waren die beiden sich einig: Die Strandräuber-Legende stand ganz offensichtlich im Mittelpunkt dieses Falles. Alle Inszenierungen des Mörders bewiesen das. Aber wozu diente all das?

»Der Mörder will den Leuten Angst einjagen, sie terrorisieren. Es geht ihm nicht nur ums Töten, sondern ums Bestrafen, und alle sollen davon erfahren«, erklärte Lucas.

In dem verlassenen Museum studierten sie alle Kupferstiche, die von der Legende inspiriert waren. Man sah, wie die Strandräuber sich über die Fracht hermachten und den Überlebenden die Kehle durchschnitten.

Der Gedanke kam ihnen fast gleichzeitig: Die Strandräuber plünderten die Schiffsladungen, das heißt Lebensmittel und Werkzeuge, aber sie nahmen auch Schmuck, Silber und Gold.

Lucas zeigte auf eine aufgebrochene Kiste, aus der Münzen und Goldschmuck fielen.

»Aber ja, das ist es! Es gab eine Beute! Und Morineaus Dossier zufolge haben die Pérecs die Laboratorien etwa zwei Jahre nach dem Unglück bauen lassen! Ich werde die Kripo in Brest bitten, ihre Kontobewegungen ab 1968 zu überprüfen!«

»In meiner Familie gab es keinen plötzlichen Wohlstand in den Jahren nach 1968«, bemerkte Marie rasch. »Gildas hat seine Werft viel später vergrößert, und zwar mit Geld, das ihm die de Kersaints geliehen haben. Loïcs Hotel wurde noch viel später gebaut, und das wäre ohne die drei Millionen Franc, die Maman im Lotto gewonnen hat, nie möglich gewesen.«

»Und die Le Bihans?«, fragte Lucas.

»Yvonne war in den Sechzigern noch eine einfache Bäckerin, aber es wird erzählt, dass sie nach dem Tod ihres Mannes eine dicke Lebensversicherung ausgezahlt bekommen hat.«

»All das muss überprüft werden …«

Lucas spürte Maries würgende Angst. Es war nicht ausgeschlossen, dass sie etwas Schlimmes über ihre eigene Familie herausfinden würde. Er sprach ruhig weiter.

»Vielleicht gibt es außer diesen Familien noch andere, deren Lebensumstände sich nach 1968 grundlegend geändert haben.«

Sie lächelte ihm dankbar zu.

»Ich werde meine Eltern fragen. Und ich werde herauszufinden versuchen, mit welchen anderen Jungen Gildas, Loïc und Yves damals immer spielten …«

Er setzte sie vor dem Hotel ab, denn er selbst wollte noch mal in die Gendarmerie fahren.

Jeanne räumte gerade die Sachen ihres Sohnes auf. Marie sah sie geschäftig hin und her gehen, die Fenster von Loïcs Büro standen weit offen.

Lucas nahm rasch ihre Hand, bevor sie ausstieg.

»Pass auf dich auf. Ich möchte, dass du immer erreichbar bleibst, ganz gleich, was passiert. In Ordnung?«

»Mach dir keine Gedanken.«

»Ich könnte es nicht ertragen, dich zu verlieren.«

Marie wurde blutrot und warf einen ängstlichen Blick in Richtung ihrer Mutter.

»Niedlich«, bemerkte er amüsiert. »Man könnte meinen, du wärst erst fünfzehn.«

Widerstrebend ließ er ihre Hand los und fuhr mit ein wenig zu viel Gas an.

Lucas hat Recht, dachte Marie, in bestimmten Momenten und vor allem in Gegenwart ihrer Mutter fühlte sie sich weder ganz erwachsen noch war sie wirklich selbstsicher.

Jeanne verlor kein Wort darüber, dass Marie ihren Plan, nach Plymouth zu reisen, aufgegeben hatte. Mit knappen Bewegungen räumte sie Loïcs Sachen in verschiedene Kartons. Marie strich durchs Zimmer und nahm, um ihre Anwesenheit irgendwie zu begründen, ein Foto von einem Schrank. Es zeigte Loïc gemeinsam mit Gildas, Yves und Christian. Letzterer hob stolz einen Pokal in die Kamera. Die vier waren kaum älter als zehn.
»Die Unzertrennlichen … das waren sie schon immer, oder?«
Jeanne reagierte nicht, Marie musste sich weiter vorwagen.
»Die vier steckten doch immer zusammen … Wer gehörte eigentlich noch zu ihrer Bande, als sie klein waren?«
Jeanne drehte sich plötzlich zu ihr um und sah sie eisig an.
»Bist du zurückgekommen, um weiter deine schmutzige Arbeit zu tun?«
»Ich möchte wissen, mit wem meine Brüder spielten, als sie klein waren. Ist eine so harmlose Frage ein ausreichender Grund dafür, mich so anzugreifen?«
Marie hatte fast geschrien, so sehr kränkte sie die Feindseligkeit ihrer Mutter.
Jeanne drehte sich wieder um und räumte weiter. Sie wirkte niedergeschlagen.
»Ich kann mich nicht mehr erinnern …«
»Am 20. Mai 1968 herrschte ein schreckliches Unwetter. Loïc und Gildas waren in der Grotte am Steilfelsen. Was wollten sie da? So etwas vergisst eine Mutter doch nicht!«
»Ich weiß gar nicht, wovon du redest …«
»Das glaube ich dir nicht!«
Jeanne drehte sich wieder zu ihrer Tochter um, sie schien ihre Wut kaum zügeln zu können.

»Du hättest niemals zurückkehren dürfen!«
Der Schlag traf sie hart, doch Marie hielt tapfer stand.
»Als du mich im Krankenhaus besucht hast, hast du da den Brief an dich genommen, den Loïc mir dagelassen hatte? Antworte! Ja oder nein?«
Jeanne war sehr blass, genau wie ihre Tochter. Mit dem Kinn wies sie auf die Tür.
»Verschwinde. Und mach die Tür hinter dir zu, es zieht.«

Als Kind hatte Marie sich immer zu Milic geflüchtet, wenn Jeanne sie bestraft oder mit ihr geschimpft hatte. Milic widersprach seiner Frau nie, aber er beschäftigte die Kleine mit irgendwelchen Arbeiten, die sie von ihrem Kummer ablenkten.
Milic las auch heute noch im Gesicht seiner Tochter wie in einem offenen Buch. Und so bat er sie jetzt, kaum dass sie eingetreten war, ein altes Netz aufzurollen, das er gerade geflickt hatte. Er redete von diesem und jenem und beantwortete Maries Fragen nach der Kindheit ihrer Brüder ohne jedes Misstrauen.
»Das muss ja eine ziemliche Rasselbande gewesen sein, oder? Wer war der Anführer?«
»Die kleine Le Bihan …«
»Gwen? Ein Mädchen? Ich fasse es nicht …«
»Und Pierric lief ihr natürlich ständig nach, aber er zählte nicht für die anderen.«
»Pierric … Hat man eigentlich nie herausgefunden, warum er so plötzlich verstummte?«
»Der alte Pérec sprach von einem Schlaganfall. Der arme Junge war in einer Unwetternacht stundenlang über die Insel geirrt … Yvonne hat sich nie richtig um ihn gekümmert, das muss man wirklich sagen.«
Marie hielt den Atem an.
Vielleicht weiß er es ja, betete sie innerlich und sah zu, wie

ihr Vater seine Arbeit wieder aufnahm. »Wann war das? Kannst du dich noch daran erinnern?«

»Na, und ob!«, rief er und richtete sich auf. »Es war genau zur gleichen Zeit, als mir deine Mutter mitteilte, dass sie mit dir schwanger war. Damals war ich schon sehr lange auf einem großen Fangschiff unterwegs, aber deine Mutter hat es irgendwie hingekriegt, mir über einen Kollegen einen Brief zukommen zu lassen. Ja, und da hat sie mir auch das mit Pierric geschrieben. Ist das nicht schrecklich, der arme Kerl. Es war das schwere Unwetter im Mai 1968.«

Diese Information traf Marie wie ein Schock. Um ihren Vater nicht zu beunruhigen, wandte sie sich ab und räumte ein paar Kisten zur Seite, wobei sie sich viel Mühe gab, das Zittern ihrer Hände zu kontrollieren. *Das schwere Unwetter im Mai 1968.* Die Worte hallten in ihrem ganzen Körper wider.

»Was ist los?«

Obwohl sie sich so viel Mühe gegeben hatte, war es Milic nicht entgangen, wie verstört sie war.

»Ich bin müde, Papa«, flüsterte sie nur, doch ihre Stimme zitterte.

»Achte ein bisschen auf dich, Liebes.«

Sie spürte seine Sorge und legte den Kopf an seine Schulter in der Hoffnung, ein wenig von seiner Kraft und Ruhe werde auf sie übergehen.

18

Alle Einwohner von Lands'en standen unter Schock.
Im Radio war gerade die Meldung gesendet worden, die alle gefürchtet hatten: Christan Bréhats Rennyacht war von den Hubschrauberpiloten aus Lann-Bihoué endlich gesichtet worden. Doch leider hatte die Besatzung des Marineschnellboots, das sofort entsendet wurde, niemanden an Bord des Schiffes gefunden.
In der Hafenkneipe herrschte allgemeine Bestürzung. Anne war zusammengebrochen.
Marie saß am Steuer ihres Wagens, als sie die Nachrichten hörte. Sie hielt am Straßenrand und war völlig am Boden zerstört. Es war nicht möglich, immer hatte sie geglaubt, auf dem Meer sei Christian unbesiegbar …
Dann nahmen ihre Gedanken eine ganz andere Richtung: Und wenn es ihretwegen passiert wäre? Wenn er zu kämpfen aufgehört und sich dem Meer überlassen hätte, weil sie nicht mitgekommen war? Wieder einmal hatte sie das Gefühl, ein Fluch laste auf ihr.
Ihr Handy klingelte. Es war Lucas. Sie ging nicht dran.
Er war hin- und hergerissen zwischen seiner Sorge und dem Zorn darüber, dass sie nicht zu erreichen war, obwohl er sie darum gebeten hatte. Dann begriff er, dass auch sie die Radionachrichten gehört hatte. Wahrscheinlich musste sie jetzt allein sein. Er empfand Enttäuschung darüber, ihre Trauer

nicht teilen zu können, und Eifersucht, weil sie um eines anderen willen litt.

Der Techniker, ein langer dünner Kerl mit dünnem Haar, quasselte die ganze Zeit über die technischen Vorzüge der neuen Infrarotkameras, die er gerade auf Ty Kern installiert hatte. Lucas fuhr dem armen Jungen über den Mund und entfernte sich dann ein paar Schritte, um einen Anruf entgegenzunehmen.

»Fersen. Ja, ich höre … Okay … Und von den Pérecs und den Le Bihans abgesehen – haben Sie sich auch mit dem Fall Jeanne Kermeur befassen können?«

Er schaute angestrengt.

»Sind Sie sicher? Sie hat nie im Lotto gewonnen? Danke, Franck. Bitte sagen Sie Marie vorerst nichts. Salut.«

Er holte tief Luft, überlegte kurz und ging dann zum Wagen. Wenn es überhaupt jemanden gab, der wusste, wohin sich Marie verkrochen hatte, um mit ihrem Kummer fertig zu werden, dann war das ihr Vater.

Milic sah ihm entgegen. Ruhig hörte er zu, wie Lucas ihm auseinander setzte, dass er Marie wegen der Ermittlungen sprechen müsse. Der alte Fischer schwieg, als erwarte er noch mehr.

»Ich möchte nicht, dass sie in einem solchen Augenblick allein ist«, gab Lucas ehrlich zu.

Jetzt erst verriet Milic ihm, wo Marie schon als Kind über ihrem Kummer brütete.

Ganz am Ende der alten Pier sah er Marie. Sie saß zusammengekauert und mit dem Gesicht zum Meer. Er blieb einen Augenblick lang stehen, dann ging er näher und setzte sich in einigen Metern Entfernung neben sie. Er versuchte es gar nicht erst mit tröstenden Worten, sondern schwieg einen Moment. Dann erklärte er ihr unvermittelt, die Familie Pérec habe nie Geld besessen.

»Und Hervé Le Bihans Lebensversicherung hat nie existiert.«
Er brachte es nicht übers Herz, ihr zu sagen, dass Jeanne den Lottogewinn erlogen hatte. Aber er hatte sein Ziel erreicht, Marie hatte angebissen. Sie drehte sich zu ihm um.
»Die Pérecs können leider nicht mehr sprechen, aber Yvonne wird einiges zu erklären haben.«
»In Ordnung, Chef«, antwortete sie nur mit einem angedeuteten Salutieren.
Sie stand auf und ging neben ihm her zum Geländewagen.
»Ich habe es gehört, das mit Christian. Es tut mir sehr Leid, Marie ... Ehrlich.«
Sie brachte ein trauriges Lächeln zustande.
»Wie hast du mich gefunden?«
»Dein Vater hat mir gesagt, wohin du als Kind immer gingst, wenn du Kummer hattest ...«
»Das war gut.«

*

Yvonne stand völlig reglos in einem Winkel des Treppenhauses. Mit einem Ausdruck von Abscheu auf ihrem Gesicht belauerte sie raubvogelartig ihren Sohn Pierric, dessen Bewegungen noch fahriger waren als gewöhnlich. Er schüttelte heftig seinen großen Kopf, offensichtlich befand er sich in äußerster Erregung. Ungeschickt zerrten seine Pranken ein kleines Blechkästchen aus einem Versteck unter der kostbaren Marmorverkleidung des Wohnzimmerkamins. Er schob es in sein Lumpenbündel und rannte ungeduldig grummelnd die Treppe zu den Schlafzimmern hinauf.
Wie eine Spinne löste sich Yvonne aus ihrem Versteck und folgte ihm in einer gewissen Entfernung.
Pierric ging in Ronans Schlafzimmer und leerte die wenigen Münzen und Scheine aus seiner Schatzkiste auf dessen Bett. Ronan, der gerade die letzten Sachen in eine Tasche packte,

wandte sich um und protestierte: Er könne doch nicht Pierrics sämtliche Ersparnisse annehmen.
»Mach dir keine Sorgen, wir kommen schon zurecht, Juliette und ich. Wir haben ganz viele Freunde auf dem Festland.«
Doch Pierric scharrte das Geld zusammen und stopfte es in die Reisetasche. Dann wiegte er sein Lumpenbündel wie ein kleines Kind. Ronan umarmte ihn gerührt.
»Danke, Pierric, du bist wirklich ein Schatz. Ich verspreche dir, sobald das Kind da ist, werde ich dir ein Foto schicken …«
Er verstummte, als er bemerkte, dass Pierric sich jetzt ängstlich in eine Ecke kauerte. Er drehte sich um und stand direkt vor seiner Großmutter.
»Du gehst nirgendwohin. Und dieser Bastard wird das Licht der Welt nie erblicken. Merk dir das!«
»Juliette und ich, wir werden dieses Kind bekommen! Es ist uns scheißegal, was ihr untereinander für Ärger habt und was ihr über uns denkt!«
»Ihr dürft es nicht, es ist unmöglich!«
Von dem Geschrei aufgeschreckt, war Gwenaëlle dazugekommen.
»Was ist unmöglich?«
»Es hat genug erblichen Schwachsinn in dieser Familie gegeben. Ich werde nicht zulassen, dass noch ein Idiot zur Welt kommt!«
Yvonne hatte alle in ihren Bann geschlagen.
Sie, die vor nichts und niemand Angst hatte, wich jetzt dem Blick ihrer Tochter aus. Gwen verstand, dass sie noch nicht ihr ganzes Gift verspritzt hatte.
»Na los, sprich, warum hast du das gesagt?«
»Ich will überhaupt nichts wissen!«, schrie Ronan und griff nach seiner Reisetasche. »Ich hab euren Hass auf die de Kersaints einfach satt! Juliette ist anders als sie …«
»Juliette ist deine Cousine ersten Grades!«
»Was? Willst du damit sagen, dass …«

Gwen weigerte sich, das Undenkbare zu glauben.
Ronan fasste seine Großmutter fast brutal am Arm.
»Heißt das, dass Maman Pierre-Maries Schwester ist? Dass …?«
Auch er brachte die unvorstellbare Wahrheit nicht über die Lippen.
Yvonne machte sich mit einer brüsken Bewegung los und baute sich vor ihrer Tochter auf.
»Arthus de Kersaint ist dein Vater.«
Gwen schwankte bei dieser Eröffnung.
Yvonne und Arthus, die schlimmsten Feinde auf Lands'en, sollten ein Liebespaar gewesen sein? Und sie sollte die Frucht dieser Liebe sein? Von Geburt an hatte ihr ihre Mutter den Hass auf die de Kersaints gepredigt. Wie konnte sie jetzt zugeben, dass sie, Gwen, zu dieser verhassten Sippschaft gehörte?
Wie Dominosteine fielen ihr die Konsequenzen aus diesem Geständnis eine nach der anderen auf die Seele und weckten ihren Schrecken, ihren Abscheu und ihren Zorn.
Ronan war erschrocken an die Seite seiner Mutter getreten, die sich jetzt auf ihn stützte. Yvonne betrachtete die beiden einen Augenblick lang. Sie taten ihr Leid. Dann wandte sie sich zum Gehen, doch auf der Schwelle drehte sie sich noch einmal um. Ihre Stimme klang ungewöhnlich ernst und müde, als sie Gwen ansprach:
»Das darf auf keinen Fall bekannt werden. Und ihr dürft das Kind auf keinen Fall behalten«, sagte sie zu Ronan.
Dann schloss sich die Tür hinter ihr.

Gwen hatte den Schreck einigermaßen überwunden, nun kämpfte sie vor allem mit ihrem Zorn. Dieses Miststück von PM war ihr Bruder! Yvonne hatte Recht, das Kind durfte nicht zur Welt kommen und Ronan musste Stillschweigen bewahren.

Der Härte seiner Großmutter hätte Ronan vielleicht noch die Stirn bieten können, nicht aber der Intelligenz und dem Bitten seiner Mutter. Gwen wusste sofort, dass sie sich ihrem Sohn nicht entgegenstellen durfte, sondern ihn ganz im Gegenteil davon überzeugen musste, dass sie auf seiner Seite stand. Außerdem musste sie seine romantische Neigung nutzen. Um ihn noch besser beeinflussen zu können, übertrieb sie den Schock, den die Enthüllung bei ihr ausgelöst hatte. Ronan bekam Angst.

»Maman, Maman! Sieh mich an! Sprich mit mir!«

Gwen warf sich ihm schluchzend in die Arme.

»Es ist schrecklich, was uns da passiert ist ... Ronan, ihr müsst vor allem an euch beide denken ... Der Zorn der de Kersaints wird fürchterlich sein ...«

»Keine Angst, sie können uns nichts tun, wir haben beschlossen, gemeinsam fortzugehen, sie erwartet mich ...«

»Nein, tut das nicht!«

Unter Tränen malte sie ihm aus, dass eine Flucht das Allerschlimmste sei, denn dann würden PM und Armelle nicht ruhen, bis sie sie gefunden und voneinander getrennt hätten. Sie würden Juliette ans Ende der Welt schicken, eine Abtreibung organisieren, und Ronan würde sie nie wiedersehen. Sie müssten neben ihrer Liebe auch viel Mut aufbieten. Sie müssten geduldig und stark genug sein, um auf das Kind zu verzichten. Juliette sei minderjährig, sie könnten ihre Beziehung und ihre Zukunft nur retten, wenn sie ihre Volljährigkeit abwarteten. Dann seien sie frei und die de Kersaints könnten nichts mehr gegen ihre Liebe unternehmen.

Gwenaëlle versicherte ihrem Sohn, sie werde immer für sie da sein und alles dafür tun, dass Juliette so wenig wie möglich unter dem Verzicht auf das Kind leide.

Ronan ließ sich davon überzeugen, dass es keine andere Lösung gebe.

Als er in der Abtei ankam, umarmte ihn Juliette, glücklich und voller Vertrauen.
Es fiel ihm entsetzlich schwer, sich von ihr loszumachen. Es war eine Qual, sie anzulügen, zu sehen, wie ihr die Tränen in die Augen traten. Voller Schmerz, Verständnislosigkeit und Zorn sah sie ihn an, während er ihr zu erklären versuchte, dass er das Kind nicht mehr wolle. Sie müssten vernünftig sein …
»Vernünftig? Was erzählst du da? Das ist nicht wahr! Du kannst doch nicht wirklich meinen, was du sagst!«
Er versuchte sich stammelnd zu rechtfertigen, sagte immer wieder, sie müssten auf ihre Pläne verzichten, Geduld haben … Juliette schnitt ihm das Wort ab.
»Ich hasse dich! Ich verabscheue dich! Ich will dich nie wiedersehen! Nie wieder!«
Mit hängenden Armen stand er da und sah ihr verzweifelt nach, als sie davonrannte.

Während Gwenaëlle niedergeschlagen auf die Rückkehr ihres Sohnes wartete, hatte sich Yvonne auf den Weg zum Schloss gemacht. Sie musste sich mit Arthus besprechen. Er würde ganz sicher einer Meinung mit ihr sein: Eine de Kersaint durfte auf keinen Fall einen Le Bihan zur Welt bringen.
Sie sah ihn noch vor sich, so deutlich, als wäre es nur einen Tag her. Mit vor Hass blitzenden Augen hatte er ihr befohlen abzutreiben, als sie ihm gesagt hatte, dass sie von ihm schwanger sei.
Sie war so in ihre traurigen Erinnerungen versunken, dass sie Pierric nicht bemerkte, der ihr folgte.
Plötzlich versperrte er ihr den Weg. Er machte ungelenk Anstalten, sie am Weitergehen zu hindern. Yvonne dachte, sie könne ihn wie sonst mit einer Ohrfeige vertreiben, doch er wich keinen Fingerbreit von der Stelle. Sein Mund verzerrte sich in alle Richtungen, und er stieß heisere, unverständliche

Laute aus. Und dann kam zum ersten Mal seit seiner Kindheit wieder ein Wort heraus, ein deutlich verständliches Wort.

»Baby ...«

Und dann sagte er noch ein paar Wörter, die sie klar verstehen konnte.

»Baby!... Nicht totmachen ... Baby!«

Yvonnes Verblüffung wandelte sich in Abscheu und dann in Wut. Sie schlug ihm so hart ins Gesicht, dass er schwankte und mit seinem ganzen Gewicht nach hinten fiel. Dabei schlug sein Kopf mit einem hässlichen Geräusch auf einen Stein. Er lag auf dem Rücken, zappelte hilflos wie ein Käfer, der nicht wieder auf die Beine kommt, aber er redete weiter:

»Alles sagen, ich ... tote Dame ... Alles sagen, Gold, alles ...«

Yvonnes Augen verengten sich, als hätte sie den Verstand verloren, sie packte den Kopf ihres schwachsinnigen Sohnes und schlug ihn auf den Stein, wieder und wieder.

Lucas sah sie als Erster.

Sie waren auf dem Weg zur Manufaktur und hatten damit gerechnet, Yvonne anzutreffen.

»Was macht sie da? Ist sie verrückt geworden?«

»Pierric!«

Sie rannten los. Lucas konnte Yvonne nur mit großer Mühe bändigen, während Marie neben dem leblosen Körper niederkniete und feststellte, dass Pierric das Bewusstsein verloren hatte.

»Sein Puls ist sehr schwach!«

Sie tippte auf ihrem Handy schon eine Nummer ein.

»Stéphane? Marie hier ... Bestellen Sie den Hubschrauber vom Zivilschutz. Wir haben hier einen Schwerverletzten vor der Manufaktur der Le Bihans ...«

Noch ganz benommen wendete sich Marie Yvonne zu. Lucas hatte ihr Handschellen angelegt, und von ferne schaute sie zu, als ob sie das alles nichts anginge.

»Das wird Ihnen Gwen nie verzeihen! Niemals!«

Für einen Sekundenbruchteil spürte Fersen, dass es im Panzer dieser eiskalten Frau eine Schwachstelle gab. Maries Pfeilspitze hatte sie verwundet.

Yvonne leugnete nichts, als sie verhört wurde, doch sie verweigerte jede Erklärung für ihr Verhalten.
»Gegen Sie wird ein Verfahren wegen Mordversuchs eingeleitet«, erklärte ihr Lucas. »Und wenn Pierric nicht überlebt, wird man Sie wegen Mordes verurteilen.«
Dann holte er ihre Akte.
»Ihr Mann, Hervé Leguellec, hat seine Behinderung an Ihre Kinder vererbt, außer an Gwen.«
»Sie ist wohl widerstandsfähiger als ihre Brüder«, murmelte Yvonne.
»Oder sie ist nicht seine Tochter«, präzisierte Marie. »Mein Vater hat mir erzählt, dass sich damals alle sehr über Ihre plötzliche Heirat gewundert hätten. Die hübsche Bäckerin, die einen geistig Zurückgebliebenen ehelicht …«
»Meine Kollegin glaubt also nicht an Märchen«, spottete Fersen. »Ich übrigens auch nicht. Wer ist der Vater Ihrer Tochter, Madame Le Bihan? Wollten Sie Pierric töten, weil er es herausgefunden hatte?«
Keine Antwort.
»Auch wenn die Tötung der Babys verjährt ist, bei der Urteilsfindung wird sie erschwerend hinzukommen«, warnte Lucas. »Richter haben wenig Mitleid mit Kindsmörderinnen.«
Yvonne begnügte sich damit, die beiden Polizisten abwechselnd anzustarren, erst herausfordernd und verachtungsvoll, dann gelangweilt und müde. Sie blieb völlig unzugänglich.
»Wer hatte die Idee, Marys Leiche damals, in der Nacht des 20. Mai 1968, vor Molène ins Meer zu werfen?«, fragte Lucas überraschend. »Sie oder der alte Pérec?«
Nicht die geringste Reaktion.
Sie setzten Yvonne ihre Hypothese auseinander: Die Kinder

hätten das Schiffsunglück verursacht. Wie in der Legende müsse eine Art Schatz angeschwemmt worden sein, den sich die Familien untereinander geteilt hätten. Ihr Anteil sei möglicherweise in den Bau der Keramikmanufaktur gesteckt worden …

Doch außer einem leicht mitleidigen Gesichtsausdruck ließ sich Yvonne keine Reaktion entlocken. Nur einmal noch, als Marie wieder ihren Schwachpunkt berührte.

»Sie haben ein dickes Fell, aber Gwen ist vielleicht nicht so unempfindlich, wenn wir sie verhören.«

Die Antwort kam sofort und voller Hass: »Marie Kermeur! Du bringst allen nur Unglück, seit du zurückgekehrt bist! Bretonen vergessen nie, mein Mädchen! Du magst die Wahrheit vielleicht herausfinden, aber du wirst einen hohen Preis dafür zahlen! Und du wirst nie wieder einen Platz auf dieser Insel haben!«

»Bringen Sie diese Hexe in eine Zelle!«, brüllte Lucas nach einem Gendarmen, als er Marie bleich werden sah.

Sobald sich die Tür hinter ihnen geschlossen hatte, gab Lucas seinem Verlangen nach, Marie in die Arme zu schließen.

»Hör nicht auf diese verrückte Alte. Sie würde jeden Unsinn erzählen, nur um dir wehzutun.«

»Es ist kein Unsinn.«

Sie machte sich los.

»Verzeih, aber ich muss jetzt allein sein.«

Lucas wusste, dass es hatte keinen Sinn hatte, weiter in sie zu dringen. Es gab ihm einen kleinen Stich, dass er sie nicht trösten konnte.

*

Als Marie im Hotel ankam, wurde sie zu ihrer Überraschung von Milic erwartet. Er war in einem der Sessel in der Empfangshalle eingeschlafen. Er schlug die Augen auf, erkannte

seine Tochter und lächelte ihr voller Güte und Liebe zu. Sie fühlte sich getröstet und dachte, sie könne wirklich von Glück sagen, dass sie einen solchen Vater hatte.
»Ich wollte nur kurz hereinschauen und dir einen Kuss geben. Ich habe mich hingesetzt und dann bin ich wohl eingeschlafen. Siehst du, ich bin ein alter Mann geworden … Das Meer hat mich schon so oft wieder hergegeben …«
Bei ihm, der so wenig Worte machte, musste man auch auf deren versteckte Bedeutung achten. Er wollte über Christian sprechen, denn er ahnte, in welches Durcheinander von widersprüchlichen Gefühlen seine Tochter verstrickt war.
»Ich habe ihn idealisiert und dachte, er würde mich immer beschützen … Und dann hat er sich als feige, verlogen und egoistisch erwiesen. Aber er hat keine Chance bekommen, sich zu rechtfertigen«, murmelte Marie.
Milic schwieg und knetete seine verschlissene alte Mütze zwischen den Händen.
Dann schien er das Thema zu wechseln.
»Man muss das Meer lieben, aber man muss auch Distanz halten können, und man darf sich ihm nie überlegen fühlen. Eine zu starke Leidenschaft tötet die Demut, und die Sünde des Hochmuts ist eine Sünde, die das Meer nicht vergibt. So ist das Meer eben …«
Er stand unvermittelt auf, gab ihr gelassen einen dicken Kuss und tätschelte ihr den Rücken.
»Dass eure Hochzeit nicht stattfinden konnte, ist vielleicht ein Zeichen. Vielleicht ist dir dieser Mann nicht bestimmt.«
Sie schwiegen beide nachdenklich, dann beschloss Milic, dass sie am besten schlafen gehen sollten.
Als er sich zum Gehen wandte, ließ er sehr beiläufig noch einen Satz fallen.
»Es beruhigt mich, diesen Polizisten an deiner Seite zu wissen. Ich habe das Gefühl, er ist ein anständiger Mensch.«
Marie sah ihm nach, als er sich langsam und mit wiegenden

Schritten entfernte. Sie empfand Frieden. Er hatte die Gabe, sie wieder ins Gleichgewicht zu bringen. Jedenfalls für diesen Augenblick.

*

Spät in der Nacht kämpfte Lucas noch immer mit Yvonne.
»Wissen Sie, was ich glaube, Madame Le Bihan? Sie haben Ihr ganzes Leben lang die de Kersaints beneidet ... Sie haben viel Erfolg mit Ihrer Manufaktur, aber es wird Ihnen immer etwas fehlen ...«
»So ein Scheiß-Schloss und Domestiken?«
»Der Stil, Madame Le Bihan. Sie haben keinen, und so etwas kann man nicht kaufen.«
Er sah, dass sie sich versteifte und dass ihre Kieferknochen hervortraten, doch das waren die einzigen Zeichen, dass er einen empfindlichen Punkt getroffen hatte.
Als er – nachdem er nichts, aber auch gar nichts aus ihr hatte herausbringen können – ins Hotel zurückkam, blieb er vor Maries Tür stehen. Er hörte etwas wie Schluchzen. Lucas zögerte, dann betätigte er vorsichtig den Türgriff. Die Tür war abgeschlossen.
Besorgt blieb er noch ein wenig stehen. Das Stöhnen und Schluchzen hielt an.
Er wusste nicht, was er tun konnte, um sie zu trösten, und es blieb ihm nichts anderes übrig, als sie allein bis ans Ende ihres Kummers gehen zu lassen.
Marie war in den dunkelsten Tiefen ihres Albtraums.
Sie war ruhig eingeschlafen. Doch als hätte sich das grässliche Ungeheuer in einem Winkel ihres Schlafs versteckt, kam es nun wieder hervor, entfaltete sich zur vollen Größe und quälte sie mit einer überwältigenden archaischen Angst.
Die riesige Welle, von Blut gerötet, die Strähnen üppigen Haars, die wie Schlingen in den schaumigen Strudeln unter-

gingen, die im Sand versickernde Blutlache, der Schrecken, als eine Hand auftaucht, dann ein furchtbares Röcheln, das Schwindel erregende schwarze Loch, aus dem rhythmische dumpfe Schläge drangen ...

*

Der Dunst, der Lands'en über Nacht eingehüllt hatte, löste sich nur widerwillig in der Sonne auf, als Marie Lucas zur ersten Fähre begleitete.

Er bemerkte die Müdigkeit auf ihrem Gesicht und nickte, als sie ihm mitteilte, dass sie lieber nicht mit ihm fahren wolle.

»Ich möchte noch eine Hypothese über diesen so genannten Schatz überprüfen ... Wenn er aus einem Verbrechen stammte, könnte das erklären, warum Mary in einer Unwetternacht allein in einem Boot unterwegs war: Sie floh.«

»Gute Idee ...«

»Ich werde die Zeitungsartikel von 1968 durchkämmen, vielleicht finde ich etwas Interessantes.«

»Pass auf dich auf«, sagte er zärtlich. »Und vor allem: Ruf mich an, wenn irgendetwas ist! Versprochen?«

Sie nickte lächelnd und wünschte ihm viel Erfolg. Yvonne musste an die Kripo in Brest überstellt werden, und er hatte einen Termin mit dem Staatsanwalt vor sich.

»Ich werde die Gelegenheit nutzen und bei Pierric im Krankenhaus vorbeischauen.«

Vereinzelt standen Schaulustige am Hafen herum. Sie ließen sich nichts entgehen. Leise kommentierten sie Yvonnes Abreise in Begleitung zweier Gendarmen. Es blieb auch nicht unbemerkt, dass Fersen sich um Marie bemühte. Die Bemerkungen dazu waren nicht gerade nachsichtig.

»Jaja, Flics unter sich, die verstehen sich eben bestens ...«

»Allerdings – die kleine Kermeur hat nicht sehr lange um ihren Seemann geweint ...«

Die Stille in dem Büro, in das sie sich eingeschlossen hatte, beruhigte sie. Marie blickte konzentriert auf den Bildschirm, während sie auf der Website des *Télégramme de Brest* Suchbegriffe eingab. Sie hoffte, irgendeinen Artikel mit einem Hinweis auf eine wertvolle Beute zu finden. Nach vielen vergeblichen Anläufen gab sie zwei Begriffe ein: Mai 1968 und Gold. Es tauchten verschiedene Texte auf und dann eine Notiz, die ihre Aufmerksamkeit erregte.

Am 20. Mai 1968 war in die Hostier-Bank eingebrochen worden. Der Wert der Beute, eine größere Menge Goldbarren, wurde auf hundert Millionen Franc geschätzt.

Marie fühlte es, sie war auf ein wichtiges Puzzleteilchen gestoßen. Sofort rief sie Caradec an und bat, ihr so schnell wie möglich weitere Informationen über diesen Einbruch zu beschaffen.

Als Morineau einige Stunden später das Fax, das Marie so ungeduldig erwartete, aus dem Gerät nahm, konnte er es kaum fassen.

»Hundert Millionen! In Euro macht das ... Das ist wirklich ein Ding! Und die ganze Knete ist verschwunden! Lands'en, die Schatzinsel? Das wäre schon irre!«

Marie entriss ihm das Fax und las es aufgeregt.

»Der Einbruch soll von zwei Brüdern verübt worden sein, Tom und Sean Sullivan ... Sie sind nie wieder aufgetaucht!«

»Dann sind sie wirklich clever!«

»Iren! Genau wie Ryan! Und der ist am 20. Mai 1968 verhaftet worden, wenige Stunden nach dem Einbruch!«

»Ja, aber in Rouen. Die Hostier-Bank ist in Paris ...«

»Morineau, Rouen ist nur eine Stunde von Paris entfernt, und es ist eine Hafenstadt!«

»Äh ... Ja?«

»Eine Hafenstadt! Mit Schiffen!«

Stéphane konnte ihr offensichtlich nicht folgen. Marie sprudelte fast über, doch sie half ihm auf die Sprünge.

»Ryan verübt gemeinsam mit den Sullivan-Brüdern und Mary den Einbruch, sie setzen sich nach Rouen ab, um sich mit der Beute einzuschiffen, doch unglücklicherweise wird Ryan kontrolliert und bringt versehentlich einen Polizisten um. Er wird verhaftet, und seine Komplizen setzen ohne ihn die Segel!«
»Und dann erleiden sie vor Lands'en wegen ein paar Bengeln Schiffbruch! Ihre Geschichte klingt verrückt, aber es passt alles zusammen ... He, wo wollen Sie hin?«
Marie hatte ihre Waffe aus der Schreibtischschublade genommen und schob sie ins Holster.
»Mal schauen, was Ryan zu meiner Hypothese sagt!«
»Ich komme mit! Nicht, dass ich besonders scharf darauf wäre, aber Fersen macht sonst Hackfleisch aus mir.«
Marie lehnte kategorisch ab: Caradec stelle noch weitere Nachforschungen an und solle das Ergebnis ins Revier faxen. Stéphane müsse auf jeden Fall die Stellung halten. Morineaus Standfestigkeit war nicht so groß, dass er sie hätte überzeugen können. Also sah er ihr sorgenvoll nach, als sie aufbrach. Er versuchte, Fersen anzurufen, geriet jedoch an die Voicebox und gab auf.

Lucas' Handy war tatsächlich ausgeschaltet. Er befand sich im Krankenhaus. Gemeinsam mit Gwenaëlle wurde er über Pierrics Zustand aufgeklärt. Der Arzt meinte, ein Hämatom unter der harten Hirnhaut habe sich aufgelöst. Der Patient sei sehr widerstandsfähig und werde wahrscheinlich überleben. Über die Langzeitfolgen des Traumas könne man jedoch noch keine Aussagen machen.
Sobald der Arzt weg war, sah Lucas Gwen forschend an.
»Können Sie sich vorstellen, weshalb Ihre Mutter mit solcher Gewalt über Ihren Bruder hergefallen ist?«
Gwen schien ehrlich erschüttert, sie verstand das Ganze nicht.

»Ich muss mit ihr sprechen … Wenn Sie mir eine Besuchserlaubnis geben, kann ich vielleicht etwas herausfinden …«
Lucas sah in die großen blauen Augen, die ihn anflehten. Dieser Ausdruck passte so wenig zur stolzen Tochter Yvonnes, dass er ihn keinen Augenblick lang für echt hielt. Dann hatte er eine Idee, wie sie wieder ihr übliches Verhalten an den Tag legen würde.
»Ich kann Ihnen eine Besuchserlaubnis verschaffen, das schon …«
Er ließ ihr genug Zeit, damit sie sich entspannen und ein wenig freuen konnte. Dann fuhr er fort:
»Vorausgesetzt, Sie tragen ein Mikro bei sich, dass ich Ihr Gespräch mithören kann.«
Der erwartete Effekt trat umgehend ein, Gwen schleuderte ihm ihre Verachtung entgegen.
Achselzuckend stellte er klar, dass er ihr keine Wahl lasse. Und sie nahm sein Angebot schließlich zornerfüllt an.

Yvonne blieb völlig unberührt, als Gwen ihr sagte, dass Pierric fast gestorben sei.
»Das wäre noch das Beste für ihn gewesen … Sieh mich nicht so an! Worüber beklagst du dich? Habe ich dich nicht aufgezogen wie eine Prinzessin?«
»Weil ich die Tochter eines de Kersaint bin?«
»Dieser Mistkerl! Er hat mich davongejagt wie einen Hund, als ich zu ihm kam und ihm sagte, dass ich schwanger wäre …«
»Weiß Arthus etwa, dass ich seine Tochter bin?«, rief Gwen.
»Natürlich … Er hat mir Geld gegeben, ich sollte abtreiben und die Klappe halten.«
Beide schwiegen. Lucas, der sich in einem der Büros verschanzt hatte, zuckte zusammen bei dieser Enthüllung.
»Was ist eine arme Bäckerin schon im Vergleich zu den Schlossherren? Sie waren allmächtig. Ein Wort von ihnen und niemand mehr hätte mein Brot gekauft!«

»Also hast du Hervé Leguellec geheiratet, damit alles respektabel blieb. War es so?«
»Mein guter Ruf war mir egal, aber ich wollte Arthus demütigen, indem ich seinem Kind den schwachsinnigsten aller Väter gab, den Inseldeppen mit angeborener geistiger Behinderung!«
»Und wo blieb die Liebe?«
Yvonne lachte zynisch auf.
»Die Liebe ist ein Luxus, Gwen, das weißt du sehr gut. Du und ich, wir sind aus demselben Holz geschnitzt. Du hast diesen Schwächling Philippe geheiratet, und ihr führt auch keine besonders glänzende Ehe. Aber wenigstens hat er dir kein schwachsinniges Kind gemacht!«
Gwen rückte ihren Stuhl, was das Ende der Unterhaltung ankündigte. Lucas nahm die Kopfhörer ab. Er hörte nicht mehr, was Yvonne leise vor sich hinflüsterte:
»Aber dich, mein Kind, habe ich mehr geliebt als mein Leben, und auch deinen Vater habe ich geliebt, weiß Gott, mindestens so sehr, wie ich ihn hassen kann …«

*

Als Marie am Leuchtturm ankam, stand die Eingangstür halb offen.
»Ryan? Ryan?«
In dem hohen Treppenhaus war nur das Echo ihrer eigenen Stimme zu hören.
Sie ging hinauf zur Wohnung. Die Schränke standen offen, sie waren leer, genau wie der Kleiderspind. Die Küche war sorgfältig geputzt, die Stecker sämtlicher Elektrogeräte waren herausgezogen worden. Nur ein großer Seesack auf dem Boden wies darauf hin, dass Ryan vielleicht noch nicht endgültig abgereist war.
Marie stieg rasch zur Galerie hinauf und erschrak, als sie

keine zehn Meter von der Steinbrücke entfernt ein Schnellboot ankern sah. Sie sah auch Ryan, der eine Tasche in den kleinen Führerstand warf, um dann in ein Beiboot zu steigen und Richtung Leuchtturm zu paddeln.
Marie, die sich aus seinem Blickfeld heraushielt, überlegte kurz und verschwand dann im Leuchtturm. Sie rannte die Treppe hinunter bis zum Eingang und konnte sich dort gerade noch rechtzeitig verstecken, um Ryan zu überraschen.
»Sie wollen uns schon verlassen?«
Der Schriftsteller hob nur eine Braue und lächelte dann ruhig, er wirkte kaum überrascht.
»Ich will für ein paar Tage eine Inseltour machen, haben Sie Lust mitzukommen?«
Marie musterte ihn prüfend, konnte jedoch nicht das kleinste Anzeichen von Hinterhältigkeit entdecken. Sie kämpfte die instinktive Sympathie nieder, die er ihr immer wieder einflößte, und sprach mit harter Stimme.
»Tut mir Leid, aber ich möchte Ihnen zuerst noch ein paar Fragen stellen.«
»Scheint was Ernstes zu sein.«
Die Ironie in seinen Worten irritierte Marie. Sie stellte sich so hin, dass sie ihm den Weg zum Ausgang versperrte, und fragte dann ohne Umschweife:
»Wie erklären Sie es sich, dass die Polizei keine Verbindung zwischen Ihnen und dem Bankraub bei Hostier hergestellt hat? Weil Sie, anders als die Sullivan-Brüder, noch nicht aktenkundig waren?«
Er zog die Brauen hoch.
»Das auch. Und weil ich niemals etwas gesagt habe.«
Er ließ eine kleine Pause eintreten, dann lächelte er sie offen an. »Schon bei unserer ersten Begegnung war mir klar, dass Sie eine sehr intelligente junge Frau sind. Unser Gespräch könnte sich in die Länge ziehen. Sollen wir uns nicht irgendwo hinsetzen?«

Er machte eine Bewegung, und ihre Hand zuckte reflexartig zum Pistolenhalfter. Er schüttelte den Kopf.
»Marie, wenn ich Ihnen etwas hätte tun wollen, hatte ich doch schon tausend Mal die Gelegenheit dazu, oder nicht?«
Doch sie blieb auf der Hut.
»Sie müssen der Mörder von Lands'en sein, wie konnte ich Sie nur für unschuldig halten?«
»Weil Ihr Instinkt Sie nicht getrogen hat: Ich bin unschuldig. Sie haben das Wesentliche im Großen und Ganzen verstanden, aber Ihre Schlussfolgerungen sind falsch. Wirklich, soll ich Ihnen das alles nicht woanders erklären, statt hier so zwischen Tür und Angel?«
Sie beschloss, ihm zu trauen. Wenn auch nicht uneingeschränkt: Sie ließ ihn als Ersten die lange Treppe hinaufsteigen und behielt die Hand an der Waffe.
Als sie oben ankamen, setzten sie sich hin, und dann erklärte er es ihr in aller Ruhe: Der Bankeinbruch sei ein Kinderspiel gewesen, weil die Polizei mit den Studentenunruhen beschäftigt gewesen sei. Sie hätten sich bedient und seien dann – ungesehen und unerkannt – verschwunden.
»Wenn man mal davon absieht, dass die Fingerabdrücke der Sullivan-Brüder gefunden wurden«, bemerkte Marie.
Er nickte lächelnd und erzählte dann weiter.
»In Rouen wollten wir ein Schiff besteigen ... Während Tom und Sean die letzten Goldbarren verluden, bin ich losgezogen, um Lebensmittel zu besorgen. Ich geriet in eine Kontrolle, und den Rest der Geschichte kennen Sie ja.«
Sie hielt ihren Blick weiterhin fest auf ihn gerichtet.
»Warum erwähnen Sie Mary nicht? Welche Rolle spielte sie bei der ganzen Sache?«
»Ach, das haben Sie auch herausgefunden? Bravo! Mary war Seans Frau. Sie beteten sich an und waren buchstäblich unzertrennlich, sonst hätten wir sie gar nicht mitgenommen. Ich habe aus der Zeitung von ihrem Tod erfahren. Und dann

erschien noch eine kurze Notiz, nachdem Taucher vor Lands'en einen Anker der *Sirius*, so hieß unser Schiff damals, gefunden hatten … Da über Sean und Tom nichts mehr gemeldet wurde, vermutete ich, dass auch sie nicht mehr am Leben waren. Seltsamerweise haben die Taucher auch die Beute nie gefunden, daher nahm ich an, dass sie von jemandem geborgen wurde.«

»Von Bewohnern dieser Insel …«

Ryan schien sich nun in seine Erinnerungen zu verlieren. Er sprach vom Gefängnis: Fünfunddreißig Jahre Haft seien wahrlich genug Zeit, um zu grübeln, sich zu informieren und in Erfahrung zu bringen, dass einige Familien auf der Insel Anfang der siebziger Jahre plötzlich zu Reichtum gekommen seien. Also habe er angefangen, sich leidenschaftlich für diese Insel zu interessieren, für ihre Einwohner, ihre Traditionen und Legenden …

»So sehr, dass Sie Romane darüber schrieben, die zu Bestsellern wurden«, bemerkte Marie.

»Ironie des Schicksals. Ja, diese Insel, die mir alles genommen hatte, gab mir auch etwas zurück … Als ich aus der Haft entlassen wurde, konnte ich nirgendwo anders leben als auf Lands'en.«

»Um sich endlich zu rächen. Sie haben meinen Bruder Gildas ermordet, und dann …«

»Nein, Marie. Ich habe ihm nur eine Kopie des Artikels über die Unbekannte von Molène geschickt … Und damit alles ins Rollen gebracht … Er wurde getötet, dann Yves, dann …«

»Verantwortlich, aber nicht schuldig?«, fragte sie mit schmerzlicher Ironie.

Er sah sie mit ehrlichem Mitgefühl an.

»Ich bin davon überzeugt, dass einer der Strandräuber von damals meine Anwesenheit hier genutzt hat, um die anderen aus dem Weg zu räumen, damit sie nicht mehr reden konnten.«

»Und Sie, was hat Sie daran gehindert, gleich nach Gildas'

Tod zu mir zu kommen und mir all das zu erzählen? Damals hätte ich Ihnen noch glauben können.«

»Ich weiß, alles spricht gegen mich, aber ich habe die anderen nicht getötet, Marie. Ich wollte sie nur dazu bringen, mit mir zu sprechen. Seit fünfunddreißig Jahren will ich wissen, wo der Rest der Beute ist.«

»Der Rest der Beute?«

»Etwa zweihundert Goldbarren.«

»Das Motiv für Ihre Verbrechen! Sie haben unschuldige Menschen getötet, Familien zerstört. Gestehen Sie es, Ryan! Und Sie haben uns die ganze Zeit Indizien untergeschoben!«

»Ich habe sie nicht getötet!«, widersprach er ihr entschieden. »Es stimmt, ich wollte, dass sie für den Tod meiner drei Freunde bezahlten, dass ihr Leben so ruiniert würde wie meines! Aber jedes Mal, wenn ich zu einem von ihnen Kontakt aufnahm, hat sie ihn getötet!«

»Sie? Wer ist *sie?*«

»Gwenaëlle Le Bihan. Gwen und ich wissen, dass diese Goldbarren auf der Insel sind. Sie hat die anderen Strandräuber aus dem Weg geräumt. Und jetzt will sie mich aus dem Weg räumen, indem sie mir die Morde anhängt.«

Er sah sie eindringlich an.

»Marie, überlegen Sie doch! Wenn ich wirklich schuldig wäre, wäre ich dann in aller Ruhe hier geblieben, um Ihnen alles zu erzählen?«

Sie wandte den Blick ab. Sie musste unbedingt Ordnung in ihr Gedankenchaos bringen. Sie sah zu, wie er aufstand, am Wasserhahn trank, dann ein Glas füllte und es ihr reichte, bevor er sich wieder ihr gegenüber hinsetzte.

»Ehe Gwen an die Beute kommt, möchte ich sie gefunden haben, damit verschwinden und dafür sorgen, dass man mich vergisst.«

»Sie gehen nirgendwo hin«, sagte Marie scharf und griff wieder zur Pistole.

Ryan zuckte die Achseln, er wirkte bekümmert.
»Wenn Sie das tun, zwingen Sie mich, über die Rolle zu sprechen, die Ihre Mutter in dieser ganzen Geschichte gespielt hat …«
Maries Herz schlug heftiger, ihr wurde übel.
»Wie meinen Sie das?«
»Wir machen das Schritt für Schritt: Sie kommen mit mir an Bord. Ich erzähle Ihnen alles, aber dafür müssen Sie mich laufen lassen.«
Marie versuchte, dem Ansturm ihrer Gefühle standzuhalten, und legte auf ihn an.
»Kommt nicht in Frage! Gehen Sie vor mir her, na los!«
Der Schriftsteller sah sie einen Augenblick lang wie ein sprungbereites Raubtier an, dann schien er enttäuscht zu sein und drehte sich langsam um.
Sie stiegen die endlos lange Treppe hinunter, ohne dass Ryan den geringsten Widerstands- oder Fluchtversuch unternommen hätte.
Doch als sie an der Tür ankamen, wirbelte er plötzlich herum, schlug ihr mit einer präzisen, harten Bewegung die Waffe aus der Hand, stieß sie zurück und schloss dann die schwere Tür ab.
Marie war rasend vor Wut, dass sie sich so hatte überrumpeln lassen. Sie rappelte sich wieder hoch und nahm ihre Pistole. Drei Schüsse musste sie abgeben, bevor das Schloss endlich nachgab. Sie stieß die Tür auf und stürzte hinaus.
Sie hatte nur einen Schritt gemacht, als der Schlag sie traf.

19

Während Ryan schon Kurs aufs offene Meer hinaus nahm, kam Lucas gerade aus Brest zurück. Er telefonierte völlig aufgeregt mit Morineau, der am Leuchtturm war und ihm berichtete, dass das Türschloss zerschossen worden sei, wahrscheinlich mit Maries Dienstwaffe.
Lucas brüllte.
»Verdammt noch mal, Morineau, wo ist Marie?«
Stéphane stammelte, sie sei verschwunden, genau wie Ryan.
Lucas fühlte sich dem Wahnsinn nahe. Er fasste sich mit Mühe und begriff, dass er jetzt nur noch mit einem Hubschrauber etwas ausrichten konnte.

Marie lag auf dem Achterdeck des Schnellboots, das mitten auf dem Meer gestoppt worden war. Plötzlich wurde ihr Gesicht mit Wasser bespritzt, sie schlug die Augen auf und versuchte, immer noch ziemlich benommen, sich aufzurichten.
Ryan beobachtete sie. Sie zuckte zurück, als sie ihre Dienstwaffe in seiner Hand sah.
»Geben Sie sie her!«
Er lächelte, leerte gelassen die Kugeln aus dem Magazin in seine Hand und warf sie über Bord.
»Beruhigen Sie sich, für das einzige Verbrechen, das ich je begangen habe, musste ich fünfunddreißig Jahre büßen, das hat mir gereicht.«

Dann gab er ihr völlig unerwartet die Waffe zurück.
»Da, bitte sehr.«
Marie zögerte, dann nahm sie die Pistole. Ryan hielt ihr seine Hand hin, um ihr aufzuhelfen. Sie sah sich um – Wasser, so weit das Auge reichte. Das Boot dümpelte ruhig vor sich hin.
»Ich werde Sie auf einer unbewohnten kleinen Insel vor der Küste des Finistère aussetzen. Dann hole ich den Rest der Beute von Lands'en und verschwinde. Sobald ich aus den französischen Hoheitsgewässern heraus bin, rufe ich die Bullen an und sage ihnen, wo Sie sind.«
»Die sind längst benachrichtigt und auf der Suche nach mir!«
Seine Stimme wurde scharf.
»Hören Sie auf zu bluffen! Wir haben keine Zeit zu verlieren. Sind Sie allein zum Leuchtturm gekommen, um zu erfahren, was ich über Ihre Familie weiß. Ja oder Nein?«
Maries Schweigen reichte ihm als Antwort. Er wandte sich ab, griff nach einem Blouson und legte ihn ihr fast liebevoll um die Schultern, denn ihre Kleider waren durchnässt. Anschließend bat er sie, mit zum Steuer zu kommen.
Er stellte den Motor auf eine niedrige Drehzahl ein.
Dann begann er zu erzählen. Er sprach ruhig und wandte den Blick nicht vom Horizont: Loïc, Gildas, Yves und Gwenaëlle hätten den Schiffbruch verursacht. Jeanne habe nie im Lotto gewonnen, der Werftausbau und das Hotel seien mit Geld aus der Beute bezahlt worden, genau wie die Keramikmanufaktur und die Laboratorien.
Marie war verstört. Sie unterbrach ihn nicht, denn alles klang so wahr. War sie wirklich von allen belogen worden, und das schon immer?
Ryan warf ihr einen Blick zu.
»Die Wahrheit über die Menschen, die man liebt, ist oft sehr schwer zu akzeptieren, ich weiß.«
Sie konnte nicht verhindern, dass ihre Stimme brach.
»Und Nicolas? Und Chantal?«

»Ich vermute, sie waren zur falschen Zeit am falschen Ort …«
»Ich kann einfach nicht glauben, dass Gwen sie getötet hat!«
»Die Le Bihans halten sehr zusammen. Wer weiß, wozu auch Yvonne, Pierric und sogar Ronan fähig wären?«
Er brach ab, weil der Motor ins Stottern geraten und jetzt ganz aus war.
»Was ist los?«, fragte Marie.
»Ich weiß nicht, bleiben Sie hier, ich sehe nach …«
Er ging rasch zum Cockpit. Marie fröstelte und zog den Blouson enger um die Schultern. Sie sah sich an Deck um und wagte es, eine Plane anzuheben, um nach einem Gegenstand zu suchen, der als Waffe taugte. Sie versuchte sich rasch einen Plan zurechtzulegen. Am einfachsten würde es sein, Ryan niederzuschlagen, sobald er zurückkäme. Dann würde sie es schon irgendwie bis zur nächsten Küste schaffen. Doch andererseits quälten sie noch Hunderte von Fragen, und er würde sie nur beantworten, wenn sie mitmachte: Woher wusste Ryan so sicher, dass die Kinder den Schiffbruch verursacht hatten? Waren es nur die vier gewesen? Woher wollte er wissen, dass Gwen die Morde begangen hatte …?
Plötzlich hörte sie einen Schrei, und Ryan sprang wie der Teufel aus der Kajüte.
»Gwen hat das Boot sabotiert, es geht gleich in die Luft! Los, springen Sie!«
»Was?«
»Springen Sie, hab ich gesagt! Springen Sie!«
Als er sah, dass Marie sich der Gefahr nicht bewusst war, packte er sie und warf sie unter Aufbietung aller Kräfte über Bord, so weit weg vom Schiff wie irgend möglich.
Sie tauchte kurz unter und als sie wieder an die Oberfläche kam, konnte sie gerade noch das Boot sehen, das sich in einigen Metern Entfernung langsam vorwärts bewegte.
Dann gab es einen dumpfen Knall, und sie sah, wie Ryan aus der Kajüte stürzte und Flammen nach oben schossen.

Entsetzt sah sie, wie er Feuer fing. Er schlug wild um sich und fiel dann aufs Deck.
Sie schrie und wollte schon zu ihm schwimmen, da wurde das Boot von einer zweiten Explosion buchstäblich auseinander gerissen. Brennende Teile flogen in alle Richtungen, und ein Trümmerregen ging über Marie nieder.
Dann wurde sie bewusstlos.

*

Lucas bat um logistische Unterstützung bei den Luftstreitkräften der Marine, die in Lanvéoc-Poulmic stationiert waren.
Er saß in einem Hubschrauber und suchte mit einem Weitsichtfernglas das Meer ab. Dabei stand er in ständiger Funkverbindung mit Morineau, der mit seinen Leuten die Suche vom Polizeischnellboot aus unterstützte.
Fersen versuchte sich selbst gut zuzureden. Bislang hatte Ryan Marie kein Leid angetan. Er hatte ihr ganz im Gegenteil schon zwei Mal das Leben gerettet. Er konnte keinen vernünftigen Grund haben, sie zu verletzen oder zu töten. Doch auch Valentine hatte sich auf die so genannte Vernunft verlassen, als man sie umgebracht hatte.
Sosehr er sich auch dagegen wehrte, ihn quälte der Gedanke, dass sich alles wiederholte und er noch einmal die Frau seines Lebens verlieren würde, ohne etwas dagegen tun zu können.
Er entdeckte Schiffstrümmer.
Und wenige Meter entfernt trieb ein Körper …
Heiser benachrichtigte er Morineau, der mit seinem Schnellboot allerdings noch weit vom Unglücksort entfernt war.
Der Pilot ging so dicht wie möglich an den Körper heran und blieb dann darüber stehen. Lucas wurde blass: Er erkannte rotblonde Haarsträhnen, die in den vom Rotorwind verursachten Wellen trieben.

Marie.
Sie trieb auf dem Bauch und hielt sich mit beiden Armen an einem Stück Holz fest. Kein Lebenszeichen.
Atemlos sah er zu, als sich der Froschmann mit vor der Brust verschränkten Armen direkt nach unten fallen ließ, und zu ihr schwamm. Er machte sie von dem Holz los, zog eine Schlinge unter ihren Schultern hindurch und befestigte diese an seinem Anzug: Sie konnten hochgezogen werden.
Lucas ließ sie nicht aus den Augen, als sie ihm entgegenschwebten. Als sie auf Türhöhe waren, griff er mit zu, um Marie an Bord zu hieven. Dann legte er sie vorsichtig auf die Bahre. Ihre extreme Blässe und die blutleeren Lippen ließen das Schlimmste befürchten.
Ein Militärarzt stieß ihn rücksichtslos beiseite, um mit der Reanimation zu beginnen.

Marie hatte das Gefühl, in einem langen Tunnel zu treiben, an dessen Ende Gildas und Loïc standen, von Licht umflossen. Sie winkten ihr zu, sie solle zu ihnen kommen. Ihr wurde warm ums Herz, als sie den kleinen Nicolas auf sich zustolpern sah, beide Ärmchen nach ihr ausgestreckt. Sie hatten ihr so sehr gefehlt. Eigentlich war das Sterben gar nicht so schwer. Man brauchte keine Angst zu haben, und sie begann, sich auf sie zuzubewegen. Sie freute sich schon darauf, sie in die Arme schließen zu können. Aber irgendjemand hielt sie davon ab. Eine erstickte Stimme, sie kam von sehr weit her, sagte ihren Namen und bat sie zurückzukommen. Lucas' Stimme. Sie hatte keine Lust, ihm zu gehorchen, sie war so müde. Doch die Stimme ließ nicht locker. *Halt durch, Marie. Ich flehe dich an.* Dann dachte sie an Ryan, an das, was er ihr kurz vor der Explosion gesagt hatte. Er hatte sein Leben für sie geopfert. Sie schuldete ihm etwas. Sie lächelte ihren Brüdern und dem kleinen Nico traurig zu. Dann drehte sie sich widerstrebend um.

Lucas' Herz machte einen Satz, als er sah, wie sich ihre Züge verkrampften und sie mühsam das Meerwasser aus ihrer Lunge zu husten begann. Er erlebte keine Wiederholung. Marie war gerettet.
Der Blick ihrer grünen Augen wurde stetiger. Ihre Lippen bewegten sich, und er streichelte ihr zärtlich die Wange.
»Psscht … Alles ist gut. Ich bringe dich nach Hause.«
»Ry-an«, flüsterte sie mit Mühe. »Er war … an Bord … Er … sagt, es war … Gwen.«
Dann schloss sie erschöpft die Augen.
Während Lucas die Information an Morineau weitergab, der Taucher für die Suche nach Ryans Leiche anfordern sollte, hob sich der Hubschrauber, beschienen von der untergehenden Sonne, die im Ozean zu ertrinken schien, und nahm Kurs auf Lanvéoc-Poulmic.

*

Auch diejenigen, die Marie am schlimmsten beschimpft hatten, waren jetzt froh, dass die »Kleine von Milic« halbwegs wohlbehalten wiedergefunden worden war. Sie begossen die gute Nachricht in der Hafenkneipe, wohin sich zur Überraschung aller auch Pierre-Marie de Kersaint und seine Gattin bemüht hatten. Zwei Mal in einem Monat, das gab, auch wenn die dramatischen Ereignisse einen solidarisierenden Effekt haben mochten, schon einigen Anlass zur Verwunderung. Oder hatten sich die de Kersaints heimlich den Sozialisten angeschlossen?
Pierre-Marie, der sich noch sehr gut an die Lektion erinnerte, die ihm seine Frau beim letzten Auftritt in der Öffentlichkeit erteilt hatte, ging von Tisch zu Tisch, schüttelte Hände und sprach die Leute persönlich an. Armelle unterstützte ihn tatkräftig, indem sie im Bedarfsfall die Namen seines Gegenübers soufflierte.

Er hatte gerade eine Lokalrunde ausgegeben, als Gwen eintraf.
»Zeigen Sie sich hochherzig, PM«, flüsterte Armelle ihrem Gatten ins Ohr. »Bringen Sie der armen Gwen ein Glas, als wären Sie ein fairer Gegner, der grundsätzlich nicht zuschlägt, wenn der Feind am Boden ist.«
Yvonnes Tochter verzog das Gesicht, als sie PM mit einem Lächeln auf den Lippen und einem Glas in der Hand auf sich zukommen sah.
»Für eine Kandidatin im Wahlkampf bist du nicht sehr pünktlich«, zischte er ihr zu, bevor er laut rief: »Auf das Wohl von Marie Kermeur!«
Ein Toast, in den alle einfielen.
Gwenaëlle nahm ein Messer, das sie auf einem Tisch liegen sah, und klopfte damit gegen ihr Glas, bis Ruhe eintrat.
»Ich bewundere vor allem Maries Mut«, sagte sie mit heller Stimme. »Denn sie brauchte Mut, um derart schwierige Nachforschungen auf einer Insel anzustellen, auf der praktisch jeder Einwohner mit ihr befreundet oder verwandt ist. Es war falsch, dass wir uns ihr gegenüber so feindselig verhalten haben. Ich bekenne mich da als Erste schuldig, und ich möchte, dass sich von nun an jeder an ihrer Suche nach der Wahrheit beteiligt. Denn wir alle werden keinen Frieden finden, solange der Mörder nicht entlarvt ist und hinter Schloss und Riegel sitzt.«
Sie legte das Messer ab und hob das Glas.
»Auf die Wahrheit!«, rief sie.
Alle hoben die Gläser. »Auf die Wahrheit!«
Philippe, der schon seit einiger Zeit an der Bar lehnte, begegnete dem Blick seiner Frau und tat, als applaudiere er ihr für die Vorstellung.
»Sie ist sehr stark, das lässt sich nicht leugnen«, murmelte Armelle. »Und sie hat es nur mit Dummköpfen zu tun.«
»Meinen Sie damit etwa mich?«, erkundigte sich PM spitz.

»Worauf warten Sie noch mit Ihrer Antwort? Darauf, dass sie ins Rathaus einzieht? Ein bisschen mehr Mut, zum Teufel! Denken Sie an Ihre Vorväter und bezwingen Sie sie!«
PM, der bereits zwei Gläser und entsprechenden Mut intus hatte, warf sich ins Gefecht.
»Die Wahrheit? Aber die kennen wir doch alle, die Wahrheit! Wir müssen bloß überlegen, wer auf dieser Insel schon Blut an den Händen hat. Wer schon einmal getötet hat …«
»Oder wer ein Interesse daran hat, nacheinander all die verschwinden zu lassen, die Land besitzen, das früher den de Kersaints gehört hat«, erwiderte Gwen, wild entschlossen, sich nichts bieten zu lassen.
Sie waren so in ihren verbalen Schlagabtausch vertieft, dass sie Fersen, der gerade die Kneipe betrat, nicht bemerkten. Er beobachtete die beiden. Die Szene wirkte ganz anders, wenn man wusste, dass Gwen und PM denselben Vater hatten, dachte Lucas.
»Was meint ihr dazu, dass der Mörder sich nie an die Schlossbewohner gewagt hat?«, fragte Gwen. »Ich finde das auffallend!«
»Was mir ›auffällt‹, ist die Neigung der Le Bihans, sich gegenseitig auszurotten. Dann dürften sie ja bei anderen noch weniger Hemmungen haben!«
»Sehr lustig, wenn man bedenkt, dass das jemand sagt, dessen Vorfahren den Schiffbrüchigen die Kehle durchschnitten!«
Der Geist der Legende schwebte durch die Kneipe und verbreitete eisige Stille. PM hatte schon die nächste Beleidigung in petto, doch da bemerkte er Fersen, der ihn aufmerksam betrachtete. Die Worte blieben ihm im Halse stecken.
»Gut gebrüllt, PM«, spottete Armelle. »Sie können von Glück reden, wenn Sie im nächsten Gemeinderat noch einen Klappsitz innehaben!«
Sie ging, und ihr Gatte folgte ihr.
Nachdem sie weg waren, nahm Fersen Morineau beiseite, der

mit einem anderen Gendarmen zusammensaß und sein Gläschen Weißwein genoss. Er zeigte auf Gwen, die sich ebenfalls zum Aufbruch bereit machte.
»Folgen Sie ihr unauffällig und lassen Sie sie nicht aus den Augen.«
»Wissen Sie, Commandant, sie bellen oft, aber sie beißen selten«, beschwichtigte Morineau, der wenig Lust auf eine Beschattung bei Einbruch der Dunkelheit hatte. »Ich glaube nicht, dass wir Grund genug haben …«
»Ryan war davon überzeugt, dass sie die Mörderin ist und auch ihn beseitigen wollte, und er hat sein Leben gerade als Feuerwerkskörper beschlossen«, unterbrach ihn Lucas halblaut. »Deshalb will ich wissen, wohin sie geht, wen sie besucht und welchen Besuch sie empfängt. Ist das klar?«
Morineau tippte mechanisch ans Käppi.

*

Marie war zwar sehr geschwächt, doch sie wollte nicht über Nacht zur Beobachtung im Militärkrankenhaus bleiben. Lucas hatte sich von einer unerwartet autoritären Seite gezeigt.
»Dann musst du bei deinen Eltern schlafen.«
Er ließ ihr keine Zeit für Proteste.
»Entweder das, oder ich bleibe bei dir. Aber es könnte für Klatsch und Tratsch sorgen, wenn wir die Nacht zusammen verbringen.«
Sie hatte nachgegeben.

Milics wettergebräunte Haut war eher grau, und es waren bestimmt ein oder zwei Falten mehr, die sich in sein Gesicht gruben, als er seine Tochter bewegt an sich drückte. Dann löste er sich von ihr, um auch Jeanne Gelegenheit zu einer Umarmung zu geben. Lucas sah, wie Marie fast unmerklich steif wurde, und fragte sich, was diese Reaktion auslöste.

»Ich habe dir in deinem alten Zimmer das Bett hergerichtet«, sagte Jeanne undurchdringlich wie immer. »Ruh dich erst mal aus.«
Lucas verstand den Wink sofort und verabschiedete sich recht schnell.
Marie schlief sofort ein, doch nach und nach bevölkerte sich ihr Schlaf mit Gespenstern.
Ihre Mutter saß an ihrem Bett und bemerkte ihre Unruhe. Gerade als sie ihr über die schweißbedeckte Stirn streichen wollte, klopfte es an der Haustür.
Sie ging still hinaus und sah nicht mehr, dass ihre Tochter sich zusammenkrümmte, die Arme um ihren Körper geschlungen, und ihren Mund zu einem stummen Schrei öffnete.
Jeanne fuhr zurück, als sie die seltsame, fast Angst einflößende Gestalt von Arthus de Kersaint vor sich aufragen sah. Er sah sie an, seine runden Augen erinnerten an die eines Raubvogels.
»Nun, Jeanne, wollen Sie mich nicht eintreten lassen?«
»Doch …, Monsieur …, natürlich«, sagte sie unsicher und trat zur Seite.
»Ich wollte fragen, wie es der lieben Kleinen geht«, erklärte der Patriarch.
»Aber … Gut. Sie schläft.«
Jeanne sah zur Treppe hinüber, die zu den Schlafzimmern führte. »Sie hätten sich nicht herbemühen sollen. Das ist unvorsichtig …«
Er hob leicht den Stock, um sie zum Schweigen zu bringen.
»Genau darüber wollte ich mit Ihnen sprechen.«
Sein Ton war schon deutlich weniger liebenswürdig.
»Ihre Tochter muss vorsichtiger sein, Jeanne. Bei einem nächsten Mal hat sie vielleicht weniger Glück …«
Jeannes Züge veränderten sich.
»Maries Leben hängt an Ihrem Schweigen, vergessen Sie das nicht.«

»Ich weiß«, flüsterte Jeanne.
Arthus de Kersaint schien noch etwas sagen zu wollen, doch da knarrte eine Stufe.
Im nächsten Augenblick tauchte Marie auf, sie ertrank fast in einem Pyjama ihres Vaters, und der alte de Kersaint empfing sie mit einem schiefen Lächeln.
»Ich hoffe doch, ich habe Sie nicht geweckt, mein Kind.«
Für Marie klang es wie das Echo einer sehr fernen Erinnerung: *Damit ich dich besser fressen kann, mein Kind …* Sie riss sich zusammen und leugnete höflich.
»Nun, dann gehe ich jetzt.« Und an Jeanne gewandt: »Passen Sie gut auf den kleinen Trotzkopf auf.«
Jeanne schloss die Tür hinter ihm, dann wollte sie in die Küche gehen. Doch Marie hielt sie auf.
»Was wollte er?«
»Fragen, wie es dir geht.«
Marie nahm die heftig zitternden Hände ihrer Mutter in ihre eigenen und sah sie fest an.
»Aber das ist doch nicht der Grund für deine Angst.«
Jeanne warf einen Blick auf den Wasserkessel, der leise zu summen begann, doch Marie ließ sie nicht los. Der Tee konnte warten, die Wahrheit nicht. Wieder versuchte Jeanne auszuweichen.
»Ich hätte es nicht ertragen, dich zu verlieren.«
»Aber genau das wird passieren, wenn du mir nichts sagst.«
Jeanne schwieg einen Moment, als wollte sie das Für und Wider einer solchen Konsequenz abwägen, dann wandte sie ihrer Tochter ihr Gesicht zu, das Gesicht einer Unterlegenen.
»Was ist in der Nacht des 20. Mai 1968 geschehen?«, drängte Marie.
Jeanne senkte die Lider und sprach ganz leise. Eine Nacht, auf der ein Fluch lag, wie auf der Legende. Die mit einem Spiel beginnt und mit einer Tragödie endet. Ein Leuchtturm

außer Betrieb. Kinder, die Lampen schwenken. Ein Schiff, das auf die Klippen aufläuft.
»Wer war noch dabei außer meinen Brüdern?«, fragte Marie und hielt den Atem an. »Christian?«
»Sie haben mir nur von Yves erzählt«, sagte Jeanne und sah ihr dabei gerade in die Augen.
»Weiter …«
»Sonst ist nicht viel zu sagen«, erklärte Jeanne bitter. »Wegen unserer Jungen sind Menschen ums Leben gekommen. Dein Vater war gerade für mehrere Monate auf einem großen Fangschiff unterwegs, und ich war schwanger mit dir – eine schwierige Schwangerschaft … Ich habe mit deinen Brüdern zusammen die erste Fähre genommen, und die beiden bei Tante Soizic gelassen. Dann bin ich ins Krankenhaus gegangen und dort bis zu deiner Geburt im September geblieben.«
Der Wasserkessel begann zu pfeifen, doch sie achteten beide nicht darauf.
»Du hast nie im Lotto gewonnen, oder? Das Geld stammte aus der Beute der Schiffbrüchigen.«
»Ob du es mir nun glaubst oder nicht, ich habe keinen einzigen Pfennig für mich genommen. Und ich hätte dieses unglückselige Geld niemals angerührt, wenn deine Brüder nicht hätten weggehen wollen, weil sie hier keine Arbeit hatten. Sie sahen, welchen Profit Yves mit den Laboratorien machte, die sein Vater mit dem Erlös aus den Goldbarren gebaut hatte, und da …«
Sie nahm den Dampf spuckenden Kessel vom Herd, und Marie beendete den Satz für sie.
»Und da bist du zu dem alten Pérec gegangen und hast deinen Anteil verlangt«, sagte sie mit leiser Verachtung.
»Ich bin nicht stolz auf das, was ich getan habe, Marie, aber ich würde es wieder tun. Brich nicht den Stab über mich. Es gibt Dinge, die man erst erleben muss, um zu wissen, ob man nicht zu noch Schlimmerem fähig ist.«

»Die typische Ausrede der Feiglinge, Maman.«
»Du kennst kein Erbarmen.«
»Von wem hab ich das wohl?«
Marie seufzte.
»Nein, das wollte ich nicht sagen.«
»Doch, natürlich. Und du hast wahrscheinlich Recht. Aus Feigheit habe ich nie etwas gesagt. Noch nicht einmal nach dem Tod deiner Brüder.«
Jeanne schüttelte den Kopf.
»Dein Vater hätte mir meine Lügen niemals verziehen. Und du auch nicht, oder?«
Milic, der gerade durch die Tür kam, ersparte ihr die Antwort.
»Was heckt ihr beide denn da aus?«, fragte er und legte seine Pfeife auf den Küchenschrank.
Marie begegnete dem flehentlichen Blick ihrer Mutter, deren Lippen lautlos »Bitte« formten.
Sie rang sich ein Lächeln ab.
»Nichts. Wir haben nur auf dich gewartet und wollten einen Tee mit dir trinken, Papa.«

*

Trotz der Ringe unter ihren Augen und der Müdigkeit, die sie quälte, fand Lucas, dass Marie noch nie so schön gewesen war wie im transparenten Licht dieses Junimorgens. Sie standen auf der Aussichtsplattform des Leuchtturms, umgeben vom Meer, aus dem sie ihre Kraft zu schöpfen schien. Lucas ertappte sich dabei, wie fasziniert er von ihr war, und fragte sich unwillkürlich, ob sie wohl in Paris leben könne.
»Glaubst du, deine Mutter hat dir alles gesagt?«
»Nein, nur einen Teil. Sonst hätte der Besuch von Arthus de Kersaint sie nicht in solche Angst versetzt.«
Lucas dachte an den öffentlichen Streit zwischen PM und

Gwen. Ob die beiden sich so sehr hassten, weil das gemeinsame Wissen um ein Geheimnis sie miteinander verband? Oder war es nur eine perfekte Inszenierung gewesen, um die anderen hinters Licht zu führen? Waren Sie Gegner oder Komplizen?

»Du wusstest, dass meine Mutter nie Lotto gespielt hatte. Und um mich zu schonen, hast du es mir nicht gesagt«, sagte Marie mit sanftem Vorwurf.

»Ryan war da weniger rücksichtsvoll«, sagte er ablenkend.

»Und dennoch stünde ich jetzt nicht hier, wenn er nicht gewesen wäre.«

Sie betrachtete das Meer, seine glitzernde Weite, und dachte an diesen Menschen, dessen Leben in Irland seinen Anfang genommen und in Lands'en sein Ende gefunden hatte. Immer auf einer Insel.

Sein Schicksal hatte ihn eingeholt. Doch wie konnte sie Mitleid mit einem Menschen empfinden, der den Tod ihrer Brüder und ihres Neffen hätte verhindern können, wenn er früher die Wahrheit gesagt hätte?

Stéphane riss sie aus ihren Gedanken. Er war gekommen, um ihnen mitzuteilen, dass man die Wrackteile ins Kriminaltechnische Labor gebracht habe und Ryans Leiche immer noch verschollen sei.

Er hielt ihnen das *Télégramme de Brest* hin. Ryan lächelte in die Kamera, das Foto war an genau der Stelle aufgenommen worden, an der Marie jetzt stand.

TRAGISCHER TOD DES SCHRIFTSTELLERS PATRICK RYAN
Ist der Exhäftling ein weiteres Opfer des Mörders von Lands'en?

»Und wenn Ryan doch Recht hatte?«, fragte Marie nachdenklich. »Wenn Gwen tatsächlich die anderen Strandräuber aus dem Weg geräumt hätte, um sich die restliche Beute unter den Nagel zu reißen?«

»Sie ist eine ehrgeizige, entschlossene und intelligente Frau. Es ist ganz klar, dass ihr die Firma nicht genügt. Deshalb will sie ja auch unbedingt Bürgermeisterin werden. Sie versucht auf anderem Wege das zu erreichen, was ihre Geburt ihr vorenthalten hat.«

Er legte eine Pause ein, bevor er hinzufügte:

»Obwohl sie ein Recht darauf hatte.«

»Du sagst das, als sei sie benachteiligt worden«, bemerkte Marie stirnrunzelnd.

»So ist es.«

Er fasste kurz zusammen, was er im Gefängnis erfahren hatte. Marie war wie vom Donner gerührt.

»Die Tochter von Yvonne und Arthus … Eine gefährliche Mischung«, murmelte sie.

»Ja, ihr Profil passt hervorragend auf das des Mörders.«

»Aber sie hätte Nicolas niemals ein Leid angetan«, protestierte Marie entschieden.

»Sie vielleicht nicht. Aber vielleicht jemand, der ihr nahe steht, der vollständig von ihr abhängig ist.«

Marie glaubte sekundenlang eine humpelnde Gestalt auftauchen zu sehen. Mit einem Lumpenbündel unter dem Arm.

Lucas schien ihre Gedanken zu lesen und nickte.

»Pierric hätte ihr sehr gut die Drecksarbeit abnehmen können.«

20

Der Apfel fällt nicht weit vom Stamm, dachte Lucas, nachdem er Gwenaëlle Le Bihan eine Stunde lang verhört und ihre giftigen Antworten über sich ergehen lassen hatte. Standhaft hatte sie alles geleugnet: den Schiffbruch, die Beute und selbstverständlich auch die Morde.

In den betreffenden Nächten sei sie bei ihrem Mann zu Hause gewesen.

Zu ihrem Pech äußerte sich Philippe, der gleichzeitig von Marie verhört wurde, nicht ganz so eindeutig. Deshalb wurden die beiden Eheleute jetzt zusammen befragt. Seine Frau und er schliefen in getrennten Schlafzimmern.

»Yvonne hat behauptet, so werde das bei ›vornehmen Leuten‹ eben gehandhabt«, erklärte Philippe.

»Meine Schwiegermutter meint, normale Ehepaare würden die größere Nähe nur mangels Geld und Platz ertragen, nicht etwa aus Liebe«, sagte er mit einem bitteren Lächeln und einem Blick auf seine Frau.

Ehrlich gesagt wolle er gar nicht wissen, ob Gwen außer Haus schlafe, aber er habe sie zwei oder drei Mal zu Uhrzeiten nach Hause kommen sehen, die von »vornehmen Leuten« als unpassend empfunden würden.

Diese »zwei oder drei Mal« stimmten nun zufällig mit den Nächten überein, in denen Gildas, Yves, Chantal und Nicolas ermordet worden waren.

»Ich war bei Loïc«, erklärte Gwen daraufhin. »Er war schon seit mehreren Jahren mein Geliebter«, fügte sie herausfordernd hinzu.
Und dann gab sie, ihren Mann fest im Auge behaltend, weitere intime Details über ihr Verhältnis mit Maries Bruder zum Besten. Philippe wurde blass, er kämpfte mit einer Übelkeit. Marie empfand Mitleid mit ihm.
»Das kann er nun alles leider nicht mehr bezeugen«, wurde sie von Fersen brutal unterbrochen.
»Warum legen Sie mir nicht gleich seinen Tod zur Last, wo Sie schon mal dabei sind!«
»Loïc hat Selbstmord begangen«, sagte Marie sanft.
Diese Nachricht traf sie offensichtlich sehr. Ihre Augen verschleierten sich und ihre Schultern sackten nach vorn. Marie hatte einen kurzen Eindruck davon, wie Gwen in zehn oder fünfzehn Jahren aussehen würde.
Selbstmord. Für einen Sekundenbruchteil hasste Gwen den Mann, den sie so sehr geliebt und der sie vorsätzlich verlassen hatte. Der kein Vertrauen gehabt hatte.
Tränen des Zorns stiegen ihr in die Augen.
»Ich hatte eine Mutter, die ich respektierte, einen kleinen Bruder, den ich beschützte, und einen Mann, der behauptete, mich zu lieben. Jetzt sitzt meine Mutter im Gefängnis, Pierric liegt im Koma und Loïc hat mich verlassen. Ist Ihnen das immer noch nicht genug? Wollen Sie mir wirklich vorwerfen, ich hätte zwei Freunde getötet? Und außerdem Nicolas, Chantal und diesen Schriftsteller, den ich kaum kenne? Nur zu, nur keine Hemmungen, ich habe ohnehin nichts mehr zu verlieren.«
»Ryan hat dich direkt beschuldigt, Gwen.«
»Das kann er nun alles leider nicht mehr bezeugen.« Mit bitterem Spott zitierte sie Fersen.
Das hätte auch Yvonne sagen können, aufs Wort genau, dachte Lucas.

Marie betrachtete die Frau, die vor ihr saß, und fragte sich, ob Gwen sich verändert hatte oder ob ganz im Gegenteil sie selbst Gwen nie so gesehen hatte, wie sie wirklich war. Wie auch immer, Gwens Worte trafen sie tief, und ihre Erinnerungen wurden eine nach der anderen abgestreift wie bei einer russischen Puppe, bis fast nichts mehr da sein würde.
Marie zwang sich zu einer nüchternen Bestandsaufnahme. Eins war sicher: Gwen hatte Angst, große Angst. Entweder weil sie fürchtete, bald des Mordes angeklagt zu werden, oder weil sie glaubte, bald das nächste Opfer sein?
»Welche Gründe sie auch haben mag«, meinte Lucas, nachdem sie Philippe und Gwen nach Hause geschickt hatten, »sie kann nur davonkommen, wenn sie Lands'en so schnell wie möglich verlässt.«
»Da kennst du sie schlecht. Sie wird nicht einfach auf alles verzichten, was sie gemeinsam mit ihrer Mutter aufgebaut hat. Ihr Leben ist fest mit dieser Insel verknüpft. Anderswo wäre Gwen ein Nichts, das weiß sie.«
»Ab jetzt werde ich sie Tag und Nacht beobachten lassen.«

Kaum waren sie zu Hause angekommen, da hatte Philippe angefangen, seine Frau zu schikanieren.
»Mir ist ein seltsamer Gedanke gekommen, als du da von deinem Liebhaber schwärmtest. Eigentlich ist es doch gar nicht deine Art, dein Privatleben so auszubreiten, es sei denn, du kannst damit etwas anderes verschweigen.«
Er tat zerknirscht.
»Verzeih, ich hab mich ungeschickt ausgedrückt. Bist du ganz sicher, dass du in den Mordnächten mit Loïc zusammen warst?«
»Hast du nichts Besseres zu tun, als mir wie ein Hund nachzulaufen?«, schnappte sie. »Lass mich in Frieden!«
»Ich habe mir viel zu lange Vorschriften machen lassen. Damit ist jetzt Schluss, Gwen. Deine Mutter kann dich nicht

mehr unterstützen, und ich habe vor, meine Rechte als Ehemann und Vater auszuüben.«
»Ach?«, erkundigte sie sich giftig. »Schau mal einer an, der kleine Fifi hält sich für Rambo!«
Er ignorierte die Retourkutsche.
»Ich habe mit Ronan gesprochen. Ich weiß Bescheid über Juliettes Schwangerschaft, und ich werde nicht zulassen, dass du ihre Beziehung kaputtmachst, so wie Yvonne unsere kaputtgemacht hat. Notfalls bringe ich die beiden von hier fort.«
»Und wie gedenkst du das anzustellen?«, fragte sie und rieb Daumen und Zeigefinger, um auf das Geld hinzuweisen, das er nicht hatte. »Dir gehört weder das Haus noch die Manufaktur. Ich darf dich daran erinnern, dass wir Gütertrennung vereinbart haben und du hier nur einfacher Angestellter bist.«
Philippes sanfte braune Augen wurden hart.
»Der Angestellte möchte dich daran erinnern, dass die Totenwache für Loïc und Nicolas in zwei Stunden beginnt.«
Sie zuckte zusammen.
»Du hast doch nicht etwa vor, dorthin zu gehen?«
»Nicht nur ich werde hingehen, wir beide werden hingehen und allen zeigen, dass wir uns einig sind, seit der Störenfried so rücksichtsvoll war, seinem Leben ein Ende zu setzen.«
»Niemals! Hörst du? Niemals!«
»Du hast keine Wahl, Gwen. Oder ich gebe Marie diese Kassettc.«
Er zog ein Diktaphon aus der Tasche und drückte auf die *Play*-Taste. Sie wurde blass. Es war die Aufnahme des letzten Gesprächs, das Loïc vom Krankenhaus aus mit ihr geführt hatte … Sie riss ihm das Diktaphon genau in dem Augenblick aus der Hand, als Yvonnes Stimme erklärte, sie werde Marie *davon überzeugen können, dass sie besser schweige.*
Er zuckte die Achseln.

»Ich habe natürlich eine Kopie. Weißt du, das ist der Vorteil des Getrenntschlafens. Ich kann all die Krimis sehen, die du so hasst. Natürlich sind sie nicht alle gut, aber man kann eine Menge dabei lernen.«

»Was willst du?«, fragte sie, noch erschüttert darüber, dass sich ihr Mann so verändert hatte. »Geld?«

Er lächelte traurig. Sie verstand ihn einfach nicht.

»Das habe ich doch gerade schon gesagt: dass wir wieder eine Familie werden.«

*

In der dämmrigen, niedrigen, nur von Kerzen beleuchteten Stube der Kermeurs waren alle Möbel an die Wand gerückt worden, und in der Mitte waren die beiden Särge aufgebockt. Die Inselbewohner kamen vorbei und brachten Blumen und Kränze.

Arthus de Kersaint hatte darauf bestanden, sich zu seiner treuen Haushälterin zu bemühen und ihren Schmerz zu teilen. Er verneigte sich vor ihr, sicherte ihr seine Unterstützung zu und machte dann Platz für seinen Sohn, seine Schwiegertochter, seine Enkelin. Und für Gwenaëlle, Philippe und Ronan …

Marie stand in einer Ecke und sah, wie Gwen und der alte Schlossherr aneinander vorbeigingen, ohne sich eines Blickes zu würdigen. In ihren Adern floss dasselbe Blut. Sie waren vom selben Fleisch, das von Stolz und Hass beherrscht wurde. Welch ein Jammer.

Sie war nicht die Einzige, die Gwen beobachtete. Obwohl eher Anlass zu innerer Einkehr bestand, waren viele gespannt, wie sich Loïcs Geliebte verhalten würde. Sie kamen nicht auf ihre Kosten. Gestützt von Philippe, dessen fester Griff eher Mahnung zum Anstand als Mitgefühl war, beherrschte Gwen ihren Kummer. Sie legte mit zitternder Hand einen Blumenstrauß auf den Sarg.

Alle zuckten zusammen, als die Fenster aufflogen. Eine heftige Windbö fuhr herein, wirbelte durch die Stube, löschte die Kerzen und riss alles auf ihrem Wege mit, bevor sie, Blütenblätter in ihrem Gefolge, wieder zum Fenster hinauswehte. Der Himmel draußen war hell und klar, an den Bäumen rührte sich kein Blatt. Der Windstoß war ebenso plötzlich vorbei, wie er aufgekommen war.
»Der Wind der Druiden«, murmelte Milic und bekreuzigte sich flüchtig.
Lucas ging zu Marie hinüber, deren Gesicht sich genau wie die Gesichter der übrigen Anwesenden verändert hatte. Er fragte sie, was ihr Vater gemeint habe.
»Die Alten sagten, dass ein Windstoß bei heiterem Himmel ein Zeichen für den Zorn der Toten sei.«
Lucas grub in seinem Gedächtnis nach seinen Geographiekenntnissen – Aufeinandertreffen von Kalt- und Warmfront –, um eine plausible Erklärung liefern können, doch schon riss ihn ein unterdrückter Ausruf Jeannes aus seinen Überlegungen.
Maries Mutter starrte versteinert auf einen der Kränze auf Loïcs Sarg. Er trug eine Schleife. Mit einem bretonischen Text. Goldene Buchstaben auf rotem Grund:

Für Marie, so wird es der Hohe Herr beschließen,
Licht wird flammen und Blut wird fließen
aus dem Herzen von Stein.

»Wer kann das gewesen sein?«, rief Marie, die leichenblass geworden war, aber die Anwesenden – mindestens dreißig Personen – aufmerksam musterte.
Die de Kersaints in voller Stärke, Anne, Ronan, Philippe …
»Jemand, der uns unbedingt mitteilen wollte, dass Loïc zu den Strandräubern gehörte und sich durch seinen Selbstmord der Rache dieser Person entzogen hat«, antwortete Lucas.

»Gwen! Sie ist nicht mehr da!«, fiel ihm Marie ins Wort.
»Ich fordere Unterstützung an«, sagte er und unterdrückte einen Fluch. »Der Wind der Druiden! Fast hätte ich daran geglaubt!«
Als er sein Handy benutzen wollte, flackerte das Display kurz auf und erlosch.
»Scheiße! Die Batterie ist leer!«
»Nimm meins.« Marie hielt ihm ihr Telefon hin.
Er entfernte sich, Maries Handy am Ohr, und bedeutete Morineau mit einer Kinnbewegung, ihm zu folgen.
Marie ging zu Ronan und Philippe und fragte sie, ob sie wüssten, wohin Gwen gegangen sei. Sie bemerkte Ronans plötzliche Verlegenheit.
Auch Philippe war sie nicht entgangen, und er befahl seinem Sohn zu sprechen. Als er immer noch zögerte, geriet Marie in Wut.
»Möchtest du, dass deine Mutter genauso endet?«, fragte sie rücksichtslos und zeigte auf die Särge.
»Nein, natürlich nicht!« Ronan geriet in Panik. »Ich weiß nicht, wohin sie gegangen ist, aber heute Morgen hat sie mir noch gesagt, ich solle das Schlauchboot mit dem kleinen Außenborder herausholen und in Lancouët festmachen.«
»Wenn das stimmt, dann wird sie nicht weit kommen, denn die Zündkerzen sind hinüber«, sagte Philippe.
Lancouët war eine kleine windgeschützte Bucht, die nur einen knappen Kilometer von der Manufaktur entfernt lag.
»Du willst doch nicht etwa gehen?«
Marie wandte sich um und sah ihre Mutter auf sich zukommen. Sie versuchte ihr zu erklären, dass sie Gwen unbedingt finden müsse. Doch Jeanne reagierte nur mit Unverständnis, denn es konnte nichts Wichtigeres geben, als die Totenwache zu halten.
»Es tut mir Leid, Maman, aber die Toten können warten, die Lebenden nicht.«

Jeannes Gesicht wurde verschlossen. Sie ging zurück zu den Toten. Der Waffenstillstand zwischen den beiden Frauen hatte nicht lange gehalten.

* * *

Der Wind der Druiden.
Ich habe es als kleine Unterstützung des Hohen Herrn betrachtet.
Ich habe gesehen, wie Gwen die Gelegenheit nutzte und sich verdrückte. Ich bin ihr gefolgt, als sie rasch ins Innere der Insel strebte.
In meinen Augen trägt sie von allen die meiste Schuld. Wahrscheinlich, weil sie eine Frau ist oder wegen der Dinge, die ich über sie weiß. Der Gedanke, auch sie könne mir die Rache vorenthalten, die ich so sorgfältig vorbereitet habe, und mir noch einmal stehlen, was mir so wichtig war, beschleunigte meine Schritte.
O nein, sie würde sich nicht herauswinden können.
Das hatte ich mir geschworen, und ich pflege meine Schwüre nicht zu brechen.
Mein Herz stolperte, als ich merkte, dass ich sie aus den Augen verloren hatte.
Unruhig spähte ich ins Dunkel. Nichts. Kein Laut. Nicht die leiseste Bewegung. Ich fluchte halblaut. Sollte die Schlampe doch noch das letzte Wort behalten?
Ich ließ mich vom Hass führen.
Von einem tiefen Hass.
Und da sah ich sie.

* * *

Gwen ging zügig den schmalen Pfad an der Bucht entlang, über den sich schon ein zarter Nebel legte. Sie schaute sich immer wieder um, denn sie hatte das deutliche Gefühl, verfolgt zu werden. Doch sie sah nur Heidekraut, das langsam im wattigen Dunkel versank.

Ein Knacken. Sie zuckte zusammen. Wieder sah sie sich um. Vergeblich. Sie ging noch schneller, getrieben von einer zunehmenden Angst. Flüchtiges Rascheln. Schnelle Schritte. Atmen? Sie verließ den Pfad und ging geradewegs durch die Heide. Sie fing an zu rennen. Die Schritte waren noch zu hören, sie kamen immer näher, und sie meinte, einen heißen Atem im Nacken zu spüren.

Völlig außer Atem erreichte sie die Bucht. Der Anblick des Schlauchboots, das am Steg vertäut war, beruhigte sie kurzzeitig. Ein paar weit ausholende Schritte, dann machte sie die Leine los, warf sie ins Boot und sprang hinterher.

Sie versuchte den Motor zu starten, wie verrückt zog sie am Anlasser. Der erste Versuch misslang, und sie unterdrückte einen Fluch. Dann schrie sie auf, als sie eine Gestalt am Ufer entdeckte.

»Hast du wirklich geglaubt, du könntest einfach so weglaufen, Gwen?«

Die zusätzlichen Scheinwerfer, die auf dem Dach des Gendarmeriefahrzeuges installiert waren, leuchteten die Straße nach allen Richtungen aus. Es war früher Abend, und Lucas befand sich auf dem Weg zu den Le Bihans, als sein Handy klingelte. Er hörte eine angsterfüllte Frauenstimme über den Lautsprecher: »Marie … Marie …«

Er sah aufs Display, es stand nur ein Vorname darauf: Gwen.

»Madame Le Bihan?«, schrie er erschrocken. »Gwen? Sind Sie es? Hallo?«

Die Lautsprecher blieben stumm.

»Gwen! Antworten Sie mir!«

»Hilfe … Marie … Hilfe …«
»Wo sind Sie? Antworten Sie, zum Teufel!«
»Am Strand … von Argoz …«
Die Stimme war schon ziemlich schwach.
»Halten Sie durch, Gwen, ich komme! Sprechen Sie weiter. Weitersprechen!«
»Schnell … Schnell …«
Er griff zum Funkgerät und versuchte Kontakt zu Morineau aufzunehmen. Gleichzeitig hielt er Gwen an, weiterzusprechen und die schwache Verbindung aufrechtzuerhalten. Doch er hörte nur ein leises Keuchen.
»Morineau? Argoz, wo ist das?«
Drei Minuten später fuhr der Geländewagen an einem kleinen Sandstrand entlang, den die Ebbe freigegeben hatte. Lucas richtete die großen Scheinwerfer auf den Strand und spähte ins Dunkel, den Ohrhörer noch im rechten Ohr.
»Ich bin da, Gwen. Ich bin am Strand. Sagen Sie etwas. Können Sie mich sehen?«
Das Atmen war nur noch ein kaum hörbares Stöhnen.
Endlich entdeckte er etwas. Eine menschliche Gestalt, an der schon die ersten Wellen der Flut zu lecken begannen.
Er rannte los, blindlings vorbei an dem Schild mit der halb verwitterten Aufschrift: *Vorsicht – Treibsand.*
Ganz auf die Gestalt konzentriert, jagte Lucas in langen Schritten über den Sand, als dieser plötzlich unter ihm nachgab. Unwillkürlich geriet er in Panik. Er war mit einem Mal bis zur Taille in der rieselnden Masse, die sich immer enger um ihn schloss.
Er tastete nach dem Ohrhörer, der immer noch in seinem Ohr steckte, und erschrak, als er das lose baumelnde Kabel zu fassen bekam. Das Handy war ihm aus der Tasche gefallen und versank unaufhaltsam in den Tiefen des Treibsandes.
Lucas hielt still und sah zu dem Körper hinüber, der wenige Meter entfernt lag und langsam vom Meer überflutet wurde.

Und plötzlich begriff er, dass man ihn mit ein paar Lumpen und Algen auf einem Sandhaufen an der Nase herumgeführt hatte. Ein einfacher Trick, den jedes Kind im Ferienlager am Strand lernen konnte.
Und jetzt war ihm klar, dass er sterben würde. Auf dieser Insel am Ende der Welt. Und er brach in verzweifeltes Lachen aus.

Gwen war sichtlich erleichtert, als sie in der Gestalt Marie erkannte. Sie sah sie herausfordernd an, während sie weiter versuchte, den Motor zu starten.
»Die Zündkerzen sind kaputt. Dein Mann wollte sie am nächsten Wochenende auswechseln.«
Gwen ließ den Riemen los und lachte. Dieser verdammte Philippe, bis zum bitteren Ende machte er ihr Schwierigkeiten.
»Wovor bist du geflohen, Gwen? Vor der Gerechtigkeit? Vor dem Mörder?«
Gwen zuckte nur leicht die Achseln und schwieg.
»Oder wolltest du dir vielleicht die Beute aus dem Bankraub holen?«
Gwen, die immer noch auf dem leicht schwankenden Schlauchboot stand, sah mit einem Mal sehr müde aus.
»Verstehst du denn nicht, dass ich alles verloren habe, Marie? Dein Bruder war der einzige Mann, den ich je geliebt habe. Er sagte immer, nichts könne uns trennen. Ich hätte die Kraft für zwei. Gemeinsam mit mir könne er alles überwinden. Aber er hat nicht fest genug an mich, an uns und an unsere Liebe geglaubt, um weiterzuleben.«
Ihre Augen füllten sich mit Tränen.
»Und wie soll ich jetzt ohne ihn weitermachen? Mein Leben hat keinen Sinn mehr. Und du redest von Geld? Ich habe mehr, als ich ausgeben kann!«
Sie lachte kurz auf, es klang wie ein Schluchzen.
»Ja, ich wollte fliehen, aber anders, als du denkst. Ich wollte

aufs Meer hinausfahren und mich ins Wasser gleiten lassen, damit dieser Albtraum aufhört und ich, so Gott will, zu Loïc zurückkehre.«

Ihre Stimme brach. Die Tränen rannen still über ihr Gesicht. Marie hatte sie noch nie weinen sehen. Doch sie war keineswegs gerührt, sondern begann langsam zu applaudieren.

»Eine hübsche Szene, aber mich beeindruckt sie nicht. Los, komm. Wir haben schon genug Zeit verloren.«

Gwen schien sich geschlagen zu geben und ihr folgen zu wollen, doch als sie aus dem Schlauchboot steigen wollte, kippte es, und sie fiel ins Wasser. Marie eilte ihr zur Hilfe.

Gwen fasste nach Maries Hand und zog sie mit unerwarteter Härte nach vorn, so dass sie ins Wasser stürzte.

Sie konnte gerade noch dem Paddel ausweichen, das Gwen auf sie niedersausen ließ. Marie tauchte, machte ein paar rasche Züge unter Wasser, kam dann hinter Gwen wieder nach oben. Diese fuhr herum und wollte wieder zuschlagen, doch Marie kam ihr zuvor, packte das Paddel und zog mit aller Kraft daran.

Gwen verlor das Gleichgewicht, und Marie gelang es, sie zu überwältigen.

»Für jemanden, der seinem Leben ein Ende setzen wollte, hast du aber noch ganz schöne Kraftreserven!«

Lucas hatte sich so wenig bewegt, dass sämtliche Muskeln verkrampft waren, aber immerhin hatte er sein Absinken auf diese Weise verlangsamen können. Der Sand reichte ihm inzwischen bis zum Bauch, seine Arme hielt er weit ausgebreitet. Ein schwaches Bollwerk gegen die tückischen Sandkörnchen. Die Flut hatte das, was er für Gwens Körper gehalten hatte, vollständig weggespült, die Lumpen trieben wie Quallen an der Oberfläche. Die Wellen kamen immer näher. Lucas schloss Wetten mit sich selbst ab, wer ihn als Erster unter sich begraben würde: der Sand oder das Meer.

Warum hatte er nicht gewollt, dass Morineau mitkam? Warum hatte er ihn losgeschickt, um die Keramikmanufaktur und das Haus der Le Bihans zu durchsuchen? Weil er immer den einsamen Ritter spielen musste? Er lachte über sich selbst, ein bitteres Lachen. Von Anfang an machte er eine Dummheit nach der anderen. Seine Verliebtheit hatte ihm seinen klaren Kopf und seine Konzentrationsfähigkeit geraubt. Und das musste er jetzt teuer bezahlen.

Eine größere Welle lief in weniger als einem Meter Entfernung aus.

Er war mittlerweile bis fast zum Brustkorb im Sand eingegraben, und die Lumpen bewegten sich immer weiter auf ihn zu: Es waren doch Quallen, diese flache, gallertartige Masse mit den schrecklichen Tentakeln.

Als kleiner Junge hatte er einmal Nesselfieber durch eine Qualle erlitten. Und seither reagierte er allergisch darauf.

Das Meer. Der Sand. Die Quallen. Er sah, dass seine Quote sank, und mit dem Wettschalter schloss er auch die Augen.

Gwen saß zusammengesunken auf dem Beifahrersitz des Méhari und klapperte mit den Zähnen. Marie hatte sie mit Handschellen gefesselt und ihr eine Decke um die Schultern gelegt. Morineau hatte sie über Funk verständigt, dass Lucas einen Hilferuf von Gwen Le Bihan empfangen habe und zum Strand von Argoz aufgebrochen sei, und das schon vor zwanzig Minuten. Erschrocken schaute sie Gwen an, die keinerlei Reaktion zeigte.

»Das ist unmöglich, Gwen ist hier bei mir!«, rief Marie. »Kommen Sie nach Argoz, Stéphane!«

»Ja, aber ... Fersen hatte mir befohlen, die Manufaktur im Augen zu behalten ...«

»Sofort!«

Einige Minuten später hielt der Méhari neben dem Geländewagen, dessen Scheinwerfer noch den Strand ausleuchteten.

Und da entdeckte sie ihn, mit weit ausgebreiteten Armen, die der Sand schon fast bedeckt hatte.
Marie biss sich auf die Lippen, um nicht zu schreien. Sie sprang aus dem Wagen, holte das Abschleppseil und entrollte es, noch während sie über den Sand lief. Bis sie spürte, wie der Sand auch unter ihren Füßen immer weicher wurde.
Sie war noch etwa zehn Meter von Lucas entfernt.
»Ich bin da, Lucas.« Sie zwang sich, ruhig zu sprechen. »Beweg dich nicht.«
Unter anderen Umständen hätte Lucas über diesen Rat gelacht, doch jetzt starrte er wie hypnotisiert auf die Qualle, die von der letzten Welle zehn Zentimeter vor seinem Gesicht abgesetzt worden war.
Marie streckte sich auf dem Sand aus und robbte langsam auf ihn zu. Als sie nur noch drei Meter entfernt war, blieb sie liegen.
»Ich werfe dir jetzt ein Seil zu. Versuch es unter deinen Armen hindurchzuziehen und befestige es mit dem Karabinerhaken.«
Nach drei erfolglosen Versuchen landete der Karabinerhaken neben Lucas' rechter Hand. Seine Finger schlossen sich um das Metall.
»Schön langsam. Sachte. Bleib ganz ruhig. Schieb das Seil vor deinem Körper entlang … Ja, genau …«
Der Tentakel kam immer näher, als er es fast geschafft hatte. Er zuckte unwillkürlich, und der Haken fiel ihm aus der Hand.
Marie stieß einen erstickten Schrei aus, als sie ihn noch ein Stückchen tiefer sinken sah.
»Jetzt, Lucas. Bitte. Der Haken ist zwanzig Zentimeter vor deiner linken Hand. Nimm ihn«, ermutigte sie ihn atemlos.
Lucas versuchte, das glitschige Ungeheuer zu ignorieren, tastete, spürte das kalte Metall unter seiner Hand und hakte es ein. Endlich.
Marie begann zu ziehen, doch sie schaffte es nicht. Bis sie

zum Auto gelaufen wäre und den elektrischen Motor der Seilwinde in Gang gesetzt hätte, wäre Lucas versunken.
Tränen der Ohnmacht traten ihr in die Augen. So kurz vor dem Ziel.
Ein Wagen raste heran.
In der nächsten Minute packten schon Morineau und ein weiterer Gendarm zu.
Lucas war gerettet.
Auf die Angst, die Marie ausgestanden hatte, folgte jetzt eine Welle von Zorn. »Kannst du mir sagen, was du hier ganz allein zu suchen hattest?«
»Mit Sandförmchen spielen, was denn sonst?«, gab er gereizt zurück. »Und wieso bist du so nass?«
»Ein nächtliches Bad im Meer genommen, mit Gwen.«
Sie zeigte auf den Méhari, in dem immer noch Gwen saß, an die Autortür gekettet.
»Morineau erzählte, dass Gwen dich angerufen hätte.«
»Sie hat angerufen und um Hilfe gefleht ... Genauer gesagt, hat sie *dich* angerufen und um Hilfe gefleht. Aber ich hatte ja noch dein Handy, deshalb ist der Hilferuf bei mir gelandet. Verdammt noch mal!«
Er stürzte zum Méhari, riss fast die Tür aus den Angeln und ließ Gwen aus dem Wagen taumeln.
»Sind Sie eigentlich von allen guten Geistern verlassen? Sie wollten Marie aus dem Weg räumen! Pech gehabt! Eine winzig kleine Batterie hat Ihre Pläne durchkreuzt, und stattdessen bin ich in die Falle gegangen.«
Er drehte sich zu Marie um, die ihm erschrocken nachgelaufen war.
»Gib mir die Schlüssel für die Handschellen.«
Sie reichte sie ihm.
»Wozu?«
Er befreite Gwen, drückte sie, mit dem Gesicht zur Kühlerhaube und mit leicht gegrätschten Beinen, rücksichtslos ge-

gen den Méhari und tastete sie schnell vom Kopf bis zu den Füßen ab.
»Aber was hast du denn? Lass sie los!«, schrie Marie.
»Ich suche ihr Handy.«
»Es ist mir gestern gestohlen worden«, murmelte Gwen. »Ich habe den Diebstahl sogar der Gendarmerie gemeldet.«
Sie zeigte mit dem Kinn auf Morineau. Dieser nickte.
»Das beweist höchstens, dass Sie an alles gedacht haben«, wandte Fersen ein. »Wir können also auch noch vorsätzliches Handeln auf die Liste setzen.«
»Sie hat dich nicht angerufen, Lucas.« Marie legte ihm die Hand auf den Arm.
»Weil du ihr glaubst?«, murrte er.
»Ich war mit ihr zusammen, als du diesen Anruf bekommen hast.«
Fersen blickte auf den Sand, der Maries Handy und mit ihm das Geheimnis dieses Anrufs unter sich begraben hatte. Unwillkürlich erschauerte er.

*

Es war Nacht geworden, und Marie hatte Lucas nicht ohne Mühe dazu überreden können, ihr das Verhör mit Gwen zu überlassen. Allein. Wenn Gwen überhaupt etwas offenbarte, dann sicher nicht vor einem Fremden.
Doch schon seit einer halben Stunde hegte Marie ernsthafte Zweifel, ob es ihr gelingen werde, etwas aus Gwen herauszubekommen.
»Du gehst mir auf die Nerven mit deiner Wahrheit, Marie Kermeur. Du bist mir schon immer auf die Nerven gegangen. Du bist nur ein verzogenes Gör, das von seinen Eltern, seinen Brüdern und von der Natur verwöhnt worden ist. Und nun kommt die kleine Prinzessin von Lands'en mit ihrem Sheriffstern zurück und will für Gerechtigkeit sorgen. Du weißt

nichts über das Leben, und doch erlaubst du dir, im Leben der anderen herumzuschnüffeln! Begreifst du es denn nicht: Je mehr du dich darauf versteifst, die Wahrheit herauszufinden, desto mehr Unglück und Tote gibt es! Du bist ihr gar nicht gewachsen, deiner Wahrheit! Geh zurück nach Brest, da kannst du weiter Räuber und Gendarm spielen, aber lass uns hier in Frieden.«

Die hellblauen Augen hatten etwas Furchteinflößendes. Marie konnte sich gut vorstellen, wie gebieterisch diese Augen auf Loïc und Gildas gewirkt haben mochten, als die beiden klein waren. Doch sie hatte keine Angst vor Gwen.

»Wir haben den 20. Mai 1968. Du warst ungefähr zehn Jahre alt. Es war eine Unwetternacht, der Leuchtturm funktionierte nicht ...«

Keine Reaktion.

»Die ideale Kulisse, um Strandräuber zu spielen. Aber um es richtig zu machen, musstet ihr zu sechst sein. So besagt es die Legende. Du und Gildas, Loïc, Yves ... und wer waren die beiden anderen?«

Immer noch keine Antwort.

»Hohe Wellen brachen sich an den Riffen in der Bucht. In jener Nacht geriet vor der Insel ein Schiff in Seenot ... Sag, Gwen, habt ihr es mit der Legendentreue so weit getrieben, dass ihr Laternen an die Hörner von Kühen gebunden habt? Oder habt ihr einfach nur mit der Hand Sturmlaternen geschwenkt?«

Nicht die Spur eines Wimpernzuckens. Ein Fels. Aber auch der härteste Fels hat Spalten. Und Marie kannte den Schwachpunkt von Yvonnes Tochter.

»Ist schon verrückt, wie sehr ihr euch ähnelt«, sagte sie. »Dieselbe Überheblichkeit. Dieselbe Verächtlichkeit.«

»Lass meine Mutter aus dem Spiel!«

»Ich sprach von deinem Vater, von Arthus.«

Zornrot richtete Gwen sich auf: »Es macht dir gar nichts aus, mit dem Messer in den Wunden anderer zu wühlen, wenn du zum Ziel kommen willst, nicht wahr? Na schön, du sollst sie haben, deine dreckige Wahrheit! Ja, ich war auf dem Steilfelsen in jener Nacht, mit deinen Brüdern, mit Yves und auch mit Christian.«

Obwohl Marie auf diesen Schlag gefasst war, zuckte sie zusammen, als der Name ihres Verlobten fiel. Gwen hatte es deutlich gesehen.

»Das tut weh, oder? Dein Held trägt genauso viel Schuld wie wir, vielleicht sogar noch mehr.«

Ihre Augen verschleierten sich, als sie die Bilder jener Nacht, die ihr ganzes Leben verändert hatte, an sich vorüberziehen sah.

»Wir liefen im Zickzack über den Steilfelsen, genau oberhalb der Bucht, wie es unsere Vorväter vor Jahrhunderten auch gemacht hatten. Dumm, wie wir damals waren, schwenkten wir unsere Lampen. Als wir das Boot sahen, war es schon zu spät. Es fuhr genau auf die Riffe zu und zerschellte unter schrecklichem Krachen. Und dann hörten wir Schreie ...«

Sie stand am Fenster und starrte blicklos Richtung Ty Kern.

»Ich muss nur die Augen schließen, dann höre ich sie wieder. Wir waren wie versteinert. Und dann hörten sie auf. Wir wollten hinunter in die Bucht, doch die Wellen der steigenden Flut trieben uns zurück. Wir sind alle weggerannt. Und am schlimmsten war ...«

Sie sah Marie aus feuchten Augen an.

»Am schlimmsten war, dass ich nichts sagen konnte. Ich bin nach Hause gelaufen, und meine Mutter hat mir eine Tracht Prügel verpasst, weil ich mich draußen herumgetrieben hatte und meine Kleider verdreckt waren. Und ich habe nichts gesagt. Wir haben alle nichts gesagt. Wir hatten es uns geschworen.«

»In der Legende ist von sechs Strandräubern die Rede. Und wer war bei euch der Sechste? Pierre-Marie de Kersaint?«

»PM?«

Gwen lachte verächtlich.

»Der Thronfolger mischte sich doch nicht unters Volk, die Armut hätte ja ansteckend sein können. Wer soll es schon gewesen sein? Pierric natürlich. Er war noch keine sechs, aber er hatte schon damals diese lästige Angewohnheit, uns ständig nachzulaufen. In meiner Panik hatte ich ihn völlig vergessen. Wir haben ihn erst am nächsten Morgen gefunden. Er hockte allein und starr vor Kälte in der Nähe des Hügelgrabs und hat wahrscheinlich alles mitverfolgt. Seit jenem Tag hat er kein Wort mehr gesprochen. Und es ist seither nichts mehr, wie es war …«

Sie senkte niedergeschlagen den Kopf.

»Loïc und ich, wir liebten uns schon als Kinder, und wir hatten fest vor zu heiraten. Aber nach dieser Nacht wurde alles anders zwischen uns … Da war dieses schreckliche Geheimnis, da waren die Toten. Wir dachten, wir würden es mit der Zeit überwinden. Ich bin aufs Festland gegangen und habe meine Ausbildung gemacht. Als ich zurückkam, war dein Bruder mit Catherine verheiratet. Dann lernte ich Philippe kennen. Er war nett, und ich dachte, er könnte mir helfen, deinen Bruder zu vergessen. Das war ein Irrtum. Vor drei Jahren saßen Loïc und ich mal abends auf dem Festland fest, und ich wurde seine Geliebte. Ich hatte vor, mich scheiden zu lassen, wenn Ronan älter wäre …«

Sie brach in Tränen aus.

Dieses Mal applaudierte Marie nicht.

21

Die Sonne kam mit einem Mal heraus, und man hätte nicht sagen können, ob sie aus dem Himmel oder aus dem Meer leuchtete, so sehr schienen beide zu dieser besonderen Tageszeit noch verschmolzen zu sein. Die leichte Brise war voller Düfte, Gischt und Versprechungen. Nur der Schrei der Möwen, die haarscharf über den Kutter hinwegfegten, störten den Frieden dieses Morgens.

Doch, doch, doch, schienen sie zu schreien, wie Marie es als Kind tat, wenn sie ihren Vater plagte, er solle sie mit hinaus zu den Hummerreusen nehmen.

Sie hatte in der vergangenen Nacht keinen Schlaf gefunden. Eine nach der anderen waren die Gewissheiten ihrer Kindheit in Stücke gegangen. Der Gnadenstoß kam, als Marie Gwen nach dem Sinn einer Bemerkung gefragt hatte.

Vielleicht sogar noch mehr …

Warum hatte Gwen behauptet, Christian habe genauso viel Schuld gehabt, vielleicht sogar noch mehr?

Gwen hatte mit den Schultern gezuckt.

»Ganz einfach. Christian war der Erste, der sich aus dem Staub gemacht hatte, er war schon damals ein Feigling.«

Der Dieselmotor verstummte. Sie befanden sich auf dem offenen Meer. Die Zeremonie konnte beginnen.

Sie ging zu den beiden Särgen, die ihr Vater an Bord gebracht hatte, und half ihm, sie zu Wasser zu lassen.

Es war Loïcs Wunsch gewesen, nach seinem Tod im Meer versenkt zu werden. Auch Nicolas hätte sich sicher dasselbe gewünscht, wenn er alt genug geworden wäre, um über solche Fragen nachzudenken. Aus Liebe zu ihnen war Marie bereit, gegen das Gesetz zu verstoßen.
Sie hielt die Hand ihres Vaters, der ein bretonisches Seemannsgebet sprach, während die mit Blei beschwerten Särge langsam in die Tiefe sanken.
Das Meer hatte sie wieder in Besitz genommen.

*

Als Marie nach Lands'en zurückkam, erfuhr sie, dass Christian offiziell für auf dem Meer verschollen erklärt worden war. Sie sah darin ein Zeichen eines Schicksals, das ihn mit fünfunddreißig Jahren Verspätung ereilt hatte. Der Strandräuber, der den Schiffbruch anderer provoziert hatte, hatte ihn nun selbst erlitten. Der Kreis hatte sich geschlossen.
Sie saß noch am Kai, als Lucas zu ihr kam und sie geradezu zwang, mit ihm die Fähre nach Brest zu nehmen.
»Es kann dir nicht schaden, wenn du für ein paar Stunden von der Insel wegkommst«, sagte er sanft.

Der Brief lag auf der Anrichte in der Eingangshalle, neben der Zeitung und der übrigen Post. Auf dem Umschlag stand nur ein Vorname: Juliette.
Der Gärtner, der später befragt wurde, sagte, er habe ihn einfach zusammen mit den anderen im Briefkasten gefunden. Nein, er habe niemanden bemerkt, der ihn hineingeworfen haben könnte.
Juliette öffnete ihn vorsichtig, während Armelle die Titelseite des *Télégramme de Brest* und die Tatsache kommentierte, dass man die Suche nach Bréhat eingestellt hatte.
»Das müsste doch die Erbfolge und auch die Maßnahmen

vereinfachen, die im Hinblick auf den Rückkauf der Werft zu treffen wären. Was meinen Sie, Vater?«
Arthus setzte zu einer Antwort an, doch ein unterdrückter Ausruf seiner Enkelin ließ ihn stocken.
Alle Blicke richteten sich auf Juliette, die das Blatt auf den Tisch fallen ließ.
Der Satz war aus Buchstaben zusammengesetzt, die jemand aus einer Zeitung ausgeschnitten hatte.

GWENAËLLE LE BIHAN IST ARTHUS' UNEHELICHE TOCHTER.

PMs erste Reaktion war ein Höllengelächter – der anonyme Briefschreiber hatte wohl einen schlechten Scherz gemacht –, doch das plötzliche Erbleichen seines Vaters bestätigte den Inhalt des Briefs deutlicher als jedes Geständnis.
Dem einzigen Erben der de Kersaints wurde buchstäblich schlecht bei dem Gedanken, Yvonnes Tochter könne seine Halbschwester sein und damit auch das Recht haben, die Hälfte des Erbes zu beanspruchen, dem er schon seit Jahren entgegenfieberte.
Arthus stieß seinen Stock auf den Boden.
»Verbrennt diesen Wisch! Auf der Stelle!«
Niemand reagierte.
Der alte Mann erhob sich mit einer Geschmeidigkeit, die bei einem so schwerkranken Rheumatiker nur erstaunen konnte. Er warf den anonymen Brief in den Kamin, in dem ständig ein Feuer in Gang gehalten wurde.
»Ich weigere mich, auch nur einen Augenblick lang zu glauben, ein de Kersaint könne so vulgär gewesen sein und mit einer Kreatur wie dieser ... Bäckerin ...« Armelle sprach den Satz nicht zu Ende.
Wider Erwarten löste ihr angewiderter Gesichtsausdruck ein kurzes wehmütiges Lächeln beim Patriarchen aus.

»Wenn Sie sie vor vierzig Jahren gekannt hätten, hätten Sie keinen Augenblick lang daran gezweifelt.«
Er betrachtete das blasse und magere Dekolleté seiner Schwiegertochter und verzog das Gesicht.
»Sie war als junge Frau die verkörperte Sinnlichkeit, aber ich bezweifle, dass Sie wissen, was das ist, meine Liebe.«
Er wandte sich seinem Sohn zu, der ihn mit offenem Mund aus großen Augen anstarrte.
»Machen Sie nicht so ein blödes Gesicht, Pierre-Marie, und um eine Erbe, das Ihnen noch gar nicht zugefallen ist, brauchen Sie sich keine Sorgen zu machen. Es kommt gar nicht in Frage, dass ich diesen Bastard anerkenne.«
»Gwen kann Sie dazu zwingen, Vater«, erwiderte Armelle spitz. Sie hatte ihm noch nicht verziehen, dass er sie so wenig elegant heruntergeputzt hatte. »Ein DNA-Test genügt. Und wenn er nicht zu Ihren Lebzeiten durchgeführt wird, hat sie bestimmt keine Hemmungen, Sie notfalls ausgraben zu lassen.«
»Wenn sie es wüsste, wäre sie schon hier. Die Information darf dieses Haus nicht verlassen«, donnerte der alte Herr. »Habt ihr verstanden? Nie!«
Erst jetzt bemerkte er, dass Juliette nicht mehr da war.

*

Die Junisonne heizte das Blech auf. Trotz der guten Belüftung war die Temperatur in dem Hangar, wo die Kriminaltechniker die Bruchstücke von Ryans Boot untersuchten, auf fast vierzig Grad gestiegen. Franck Caradecs Hemd hatte große dunkle Flecken unter den Achseln. Es ärgerte ihn, dass Fersen trotz der stickigen Hitze seine natürliche Eleganz behielt. Nach Bréhats Tod hatte er sich wieder Hoffnungen gemacht, doch er brauchte nur zu sehen, wie Marie den Fachmann für Ritualverbrechen ansah, um zu wissen, dass er keine Chance hatte.

»Die Explosion hat die Bruchstücke mehr als fünfhundert Meter weit geschleudert. C4-Plastiksprengstoff. Genau wie auf dem Steilfelsen«, erklärte Franck. Da hätten die Techniker auch auf den Felsbrocken Spuren davon gefunden. Die Sprengsätze auf dem Boot seien direkt neben den Tanks montiert gewesen.
»Das erklärt die Feuerkugel, die du gesehen hast, Marie«, bemerkte Lucas. »Ich will wissen, woher dieser Sprengstoff stammt und wie er nach Lands'en gebracht wurde«, setzte er noch für Franck hinzu.
Der hätte ihn am liebsten geohrfeigt.
»Wir befassen uns bereits mit dieser Frage. Ich habe einen Bekannten bei der nationalen Antiterroreinheit, er will sich umhören.« Franck verwies nicht ungern darauf, dass er Beziehungen zu dieser wichtigen Dienststelle hatte.
»Schicken Sie Hundeführer durch die Manufaktur der Le Bihans«, befahl Lucas. »Wenn der Sprengstoff dort zwischengelagert wurde, werden die Hunde es herausfinden.«
»Meine Leute nehmen die Mittagsfähre«, gab Franck im selben Ton zurück.
»Immer noch keine Spur von Ryan?«, fragte Marie, um die greifbare Spannung zwischen ihren beiden Kollegen ein wenig zu mildern.
»Doch. Blutspuren an den verschiedenen Wrackteilen, sowohl am Heck als auch am Bug. Das Blut wurde mit den Angaben in Ryans Krankenakte aus dem Gefängnis verglichen. Die Fische dürften sich über den Festtagsschmaus gefreut haben«, sagte Franck langsam.
Aus unerfindlichen Gründen empfand Marie Schmerz bei dem Gedanken, dass sie den Schriftsteller nie wiedersehen sollte. Und dieser Gedanke verfolgte sie bis zum Gefängnis, wohin sie Lucas begleitete, um Yvonne über Gwens Mitschuld am Schiffbruch von 1968 zu befragen.

Yvonne schnappte nach Luft und ihre Knie wurden so weich, dass sie sich auf den Stuhl fallen ließ, den sie eben noch abgelehnt hatte, als die beiden Polizeibeamten in den Raum gekommen waren.

»Das kann meine Tochter nicht gestanden haben! Das ist unmöglich!«

»Ihr zehnjähriges Töchterchen kommt in einer Unwetternacht triefend nass nach Hause. Am nächsten Tag wird Ihr sechsjähriger Sohn Pierric auf dem Steilfelsen gefunden und kann nicht mehr sprechen – und Sie wollen uns weismachen, Sie hätten sich damals keine Fragen gestellt?«

Yvonne starrte Lucas überrascht an und schien dann von einer fernen Erinnerung gestreift zu werden.

»O mein Gott, ja … natürlich ja«, murmelte sie. »Aber ich war weit davon entfernt zu denken … Meine arme kleine Gwen! Und ich habe ihr auch noch eine Tracht Prügel verpasst, weil sie sich draußen herumgetrieben hatte und ich vor Sorge fast umgekommen war! Wenn ich bedenke, dass sie diese schreckliche Geschichte all die Jahre für sich behalten hat …«

Fersen warf Marie einen Blick zu. Sie war sichtlich beeindruckt von der Szene, die Yvonne ihnen gerade so perfekt vorspielte.

»Und der arme kleine Pierric?«, fragte er sarkastisch. »Seinetwegen sind Sie nicht vor Sorge umgekommen? Ach, wie dumm von mir. Sie haben wahrscheinlich gar nicht bemerkt, dass er nicht in seinem Bett war?«

»Glauben Sie, er hat den Schiffbruch mit angesehen?« Yvonne riss die Augen auf. »Dass er deshalb stumm geworden ist? Vor Schreck? Und dass der alte Pérec gelogen hat, als er von einem Schlaganfall sprach?«

»Jetzt reicht's aber!«, donnerte Lucas. »Sie haben die Keramikmanufaktur zwei Jahre nach dem Unglück eröffnet. Woher hatten Sie das Geld, Madame Le Bihan? Und kommen Sie

mir nicht mit dieser Lebensversicherung, die Ihr Mann nie abgeschlossen hat!«
Gwens Mutter zuckte die Achseln.
»Die Früchte meiner Arbeit und Mühe.«
»Gewiss. Und die Millionen, die Sie damals brauchten, haben Sie von dem zusammengespart, was Sie als Prostituierte im Hafen von Lands'en verdienten!«
»Mein armer Junge«, sagte sie nur verächtlich.
»Sollten Sie um eine Ausrede verlegen sein? Sie haben uns schon bessere serviert. Aber natürlich ist es auch nicht leicht zuzugeben, dass man ein Unternehmen mit der Beute aus einem Einbruch aufgebaut hat …«
»Ich verstehe kein Wort von dem, was Sie da sagen«, grollte Yvonne.
»O doch, Sie verstehen sehr wohl«, sagte Marie kühl. »Sie haben schön abgewartet, bis Leguellec tot war, um diesen plötzlichen Geldsegen als Versicherungsprämie auszugeben, die genauso echt war sie seine Vaterschaft.«
Gwens Mutter lachte, als hätte Marie gerade einen prächtigen Witz gemacht. »Also wirklich, ihr habt überhaupt nichts verstanden! Arthus hat mir das Geld gegeben, damit ich Stillschweigen darüber bewahrte, dass Gwen seine Tochter …«
»Da hätten Sie aber mehr aus dem Schlossherrn herausholen können«, spottete Fersen. »Viel mehr.«
Yvonne kauerte sich auf ihrem Stuhl zusammen.

*

Die Gendarmen, die schon seit Stunden auf dem Gelände der Le Bihans Wache schoben, hatten Juliette de Kersaint auf ihrem Fahrrad ankommen sehen. Ronan hatte sie an der Haustür abgefangen. Einen Augenblick lang hatten sie überlegt, ob sie eingreifen sollten, aber schließlich hatten sie nur einen Vermerk in ihrem Bericht gemacht.

Als die Limousine vorm Schloss vorfuhr und sie Pierre-Marie aussteigen sahen, dessen Gesicht von unverhohlener Wut verzerrt war, sagten sie sich, dass sie vielleicht jetzt doch eingreifen sollten. Aber dann überlegten sie ein wenig feige, dass Madame le Capitaine Kermeur ihnen befohlen hatte, die Besuche lediglich aufzulisten, nicht jedoch, sie zu verbieten.
So hielten sie es auch, als sie Gwen vor die Tür treten sahen: Solange sie auf ihrem Grundstück blieb, hatten sie keinen Grund dazwischenzugehen. Sie konnten zwar nicht hören, was sie sagte, doch es war klar, dass sie Pierre-Marie nicht gerade zum Eintreten einlud.
»Glaubst du etwa, du könntest hier jederzeit aufkreuzen und bräuchtest dich nicht anzumelden, weil du mein Halbbruder bist?«, fuhr sie ihn wild an.
Sie wusste es also! Natürlich wusste sie es. Ihm kam der Gedanke, dass vielleicht sie den anonymen Brief an Juliette geschrieben hatte.
»Wenn du meinst, ich würde tatenlos zusehen, wie du dir die Hälfte meines Erbes unter den Nagel reißt, dann träumst du!«
Er fuhr zusammen, als er plötzlich Juliettes Rad erkannte.
»Meine Tochter hat bei dir nichts zu suchen!«, kreischte er.
Gwen genoss seine Reaktion im Voraus, bevor sie ihm die gute Nachricht servierte, dass seine kostbare Tochter Juliette, nebenbei auch Ronans Cousine ersten Grades, von ebendiesem schwanger war.
»Das Schloss ist groß genug für uns alle. Ich habe mir schon immer eine große Familie gewünscht, vor allem an Weihnachten!«, fügte sie noch zuckersüß hinzu.
Ihre Worte brauchten eine gewisse Zeit, bis sie bei Pierre-Marie eine Reaktion hervorriefen, doch als es dann so weit war, waren die Folgen umso verheerender. Die Augen traten ihm aus dem Kopf, in seinen Mundwinkeln stand Schaum. Er packte Gwen am Hals und drückte zu.

»Nichts bekommst du! Hörst du? Nichts!«, brüllte er. »Eher bring ich dich um!«
Die Gendarmen wechselten einen entsetzten Blick und sprangen aus dem Wagen.
Zum Glück war Philippe schneller. Gefolgt von Ronan und Juliette, stürzte er aus dem Haus und befreite seine Frau aus PMs Klauen.
Trotz Atemnot und roter Striemen am Hals weigerte sich Gwen, Anzeige zu erstatten.
»Pierre-Marie hatte nur einen Wutanfall«, erklärte sie den beiden Gendarmen hochherzig. »Wahrscheinlich hat es ihn aus der Fassung gebracht, dass er bald Großvater wird.« Sie setzte zum Todesstoß an: »Ich habe gerade erst erfahren, dass ich Arthus' Tochter bin. Und ich kann doch unmöglich meinen eigenen Bruder anzeigen.«

*

Sie hatten die letzte Fähre genommen. Marie stand, die Ellbogen auf die Reling gestützt, am Bug und sah mit gemischten Gefühlen, wie die Lichter von Lands'en immer größer wurden.
Die Insel ihrer Kindheit erschien ihr fremd, fast feindlich. Zum ersten Mal in ihrem Leben fürchtete sie sich vor dem Ankommen. Lucas schien zu spüren, was sie empfand, und legte ihr die Hand auf die Schulter. Gemeinsam sahen sie den Leuchtturm von Ty Kern vorüberziehen, die Menhire, die Bucht, die Grotte …
Ihre Blicke tauchten ineinander.
Und das Begehren erwachte. Gebieterisch. Stürmisch.
In wortlosem Einverständnis gingen sie ins Hotel. Kaum hatte sich die Tür der Suite hinter ihnen geschlossen, presste er sie gegen die Wand und küsste sie. Er löste Myriaden unbeschreiblicher Gefühle in ihr aus.

Christian Bréhat hatte die Liebe mit ihr praktiziert, doch Lucas Fersen offenbarte sie ihr. Nachdem er sie an den Rand der Ekstase gebracht hatte, hielt er sie sanft von sich ab und sah ihr, wie um Erlaubnis bittend, in die Augen. Sie war es, die ihn bat, sie zu nehmen. In seinen Armen war sie abwechselnd die Sklavin, die zu sein sie sich nie hätte vorstellen können, und die Geliebte, die sich auf unerkundete Territorien vorwagte. Leidenschaft. Verschmelzung. Zum ersten Mal in ihrem Leben erlebte sie, was es heißt, eins zu werden.

Während sie sich in seinen Armen ausruhte, fragte sie sich, wie es möglich war, dass sie, obwohl sie Christian so sehr geliebt hatte, zugleich in ihrer Sinnlichkeit und Körperlichkeit so tief von Lucas berührt wurde.

Die Hand, die wieder zwischen ihre Schenkel glitt, machte allen Fragen ein Ende, und die Antworten erstarben unter den Lippen ihres Geliebten.

Er erstickte ihre Schreie unter seinen Küssen, als die Tür von heftigen Schlägen erschüttert wurde.

Sie hatten ihre Umgebung völlig vergessen, das Klingeln ihrer Handys nicht gehört.

Es war Morineau.

»Die Hunde haben C4-Spuren in einem der Lagerräume der Manufaktur entdeckt«, schrie er durch die verschlossene Tür.

Der Anblick von Fersen, der halb nackt aus dem Zimmer kam, traf ihn etwas unvorbereitet.

»Was sagt Gwenaëlle Le Bihan dazu?«

»Äh … nichts. Sie ist verschwunden. Ihr Mann hat uns benachrichtigt«, sagte Stéphane und gab sich alle Mühe, das zerwühlte Bett zu übersehen. »Ihr Wagen wurde in der Nähe des Schlosses gefunden.«

Der Umschlag lag gut sichtbar auf dem Fahrersitz. Er war leer. Auf dem zerbrochenen Siegel waren drei senkrechte, parallele Striche unter einem Oval.

Eine Qualle.
»Die Falle von Argoz war ein weiterer Versuch, dich zum Zeugen zu machen«, sagte Lucas zu Marie, bevor er sich wieder Morineau zuwandte. »Trommeln Sie alle Leute zusammen, wir müssen sofort die Strände absuchen.«
»Wir haben Flut, wir müssen warten«, wandte Marie ein. »Stellen Sie zwei Männer als Wachen vor den Menhir mit diesem Zeichen, Stéphane. Wenn unsere Theorie stimmt, dann müsste er in den nächsten Stunden anfangen zu bluten.«
Als sie wenige Zeit später zum Geländewagen gingen, setzte sich Marie wortlos auf den Beifahrersitz. Lucas wusste, dass sie schrecklich unter der Vorstellung litt, Gwen sei vielleicht etwas zugestoßen, während sie sich geliebt hatten. Aber daran konnte er nichts ändern, was immer er sagte.
Er startete den Motor und sie fuhren Richtung Schloss.

Pierre-Marie de Kersaint war höchst ungnädig, als er zu ihnen in die Bibliothek kam, wohin Armelle die beiden Beamten höchst widerwillig geführt hatte.
»Meine Frau hat Ihnen bestimmt schon gesagt, dass ich überfallen wurde? Dann möchte ich Sie bitten, sich kurz zu fassen, damit ich mich wieder hinlegen kann.«
Er erklärte, er habe einen kurzen Anruf von Gwenaëlle Le Bihan erhalten. Sie habe sich mit ihm um einundzwanzig Uhr auf dem privaten Strand der de Kersaints treffen wollen.
»Was wollte sie?«
»Gute Frage, aber die müssen Sie ihr stellen, denn sie hat mich versetzt. Stellen Sie sich das vor! Das heißt, eigentlich hat sie mir eher aufgelauert. Ich kam eine Viertelstunde zu spät. Niemand war da. Ich warte, und dann plötzlich: ein schwarzes Loch. Jemand hat mich von hinten niedergeschlagen. Ich bin wieder zu mir gekommen, ins Schloss zurückgekehrt und habe mich hingelegt. Es war schon nach zweiundzwanzig Uhr.«

Er bemerkte, dass Marie und Lucas einen seltsamen Blick wechselten.
»Ich nehme an, Sie glauben mir nicht.«
»Philippe behauptet, Sie seien es gewesen, der seine Frau angerufen hat«, erklärte ihm Lucas.
»Das stimmt nicht!«, protestierte PM. »Lassen Sie es bei der Telefongesellschaft nachprüfen. Sie werden sehen, dass der Anruf von ihr kam. Philippe irrt sich. Oder er lügt.«
»Und die Gendarmen, Monsieur de Kersaint, lügen die auch, wenn sie behaupten, Sie hätten Gwen gedroht, sie umzubringen?«
PMs Gesicht verfinsterte sich. »Das war so dahergesagt.«
»Es ist schlimm zu erfahren, dass die fünfzehnjährige Tochter ein Kind erwartet. Vor allem, wenn der Vater des Babys ihr Cousin ersten Grades ist«, sagte Marie nachdrücklich.
Pierre-Marie unterdrückte mehr schlecht als recht einen Anflug von Übelkeit. »Ich bin wütend geworden, das ist doch verständlich, oder? Mir ist nicht klar, was Sie hier eigentlich suchen. Ich bin doch der Angegriffene.«
»Zeigen Sie Ihre Hände.«
Der Erbe der de Kersaints war so verdutzt, dass er gar nicht nach dem Zweck dieser seltsamen Aufforderung fragte, sondern seine sorgfältig manikürten weißen Hände ausstreckte und dabei auch den Siegelring mit dem Familienwappen zur Schau stellte.
Fersen drehte und wendete die Hände, musterte die Innenflächen der Finger und schüttelte gerade den Kopf, als Arthus de Kersaint auf seinen Gehstock gestützt die Bibliothek betrat.
»Eine seltsame Zeit für einen Besuch, scheint mir.«
»Yvonne Le Bihan behauptet, Sie hätten ihr das nötige Geld für den Aufbau der Manufaktur gegeben, Monsieur de Kersaint«, sagte Fersen, der sich nicht weiter mit Begrüßungen aufhalten wollte.

»Ist das ein Problem für Sie?«
Sein Sohn starrte ihn an, seine Überraschung war ungeheuchelt: »Wenn ich bedenke, dass ich regelrecht betteln muss, wenn ich ein paar Francs für einen ordentlichen Anzug brauche, und dass Sie …« Er erstickte fast an seiner Wut.
»Was für mich ein Problem ist«, erwiderte Fersen, »ist die Tatsache, dass Ihre Familie Ende der sechziger Jahre nicht gerade im Geld schwamm. Wie sind Sie also an die nötige Million gekommen?«
»Durch den Verkauf eines Grundstücks an den alten Pérec«, erklärte Arthus, der den Einwurf seines Sohns gar nicht beachtet hatte.
»Im notariellen Kaufvertrag ist nur von etwa hunderttausend Franc die Rede.«
»So kann man dem gefräßigen Fiskus entkommen«, erwiderte Arthus. »Aber das hätte ich natürlich nicht tun sollen. Ich bekenne mich schuldig.«
Der alte Herr schien die Situation sehr zu genießen.
»Besteht weitere Neugier, die ich befriedigen könnte?«, erkundigte er sich.
»Im Augenblick nicht. Aber ich möchte Sie bitten, sich zu unserer Verfügung zu halten. Und Sie auch«, fügte Lucas noch an PM gewandt hinzu.
»Darf man fragen, warum?«
»Gwen ist verschwunden«, sagte Marie.
PMs Brauen zogen sich in die Höhe, ein leichtes Lächeln umspielte seinen Mund.
»Ach? Und Sie sagen das nicht nur, um mir eine Freude zu machen?«.
Marie warf ihm einen bösen Blick zu.
»Wir können nur hoffen, dass wir sie lebend wiederfinden«, sagte sie. »Das wäre nicht nur für Gwen besser, sondern auch für Sie, PM.«
»Gute Nacht!«, verabschiedeten sie sich.

Die Rückwand des Bootsschuppens war an die Felsen angebaut, die den privaten Strand der de Kersaints umgaben.
Die Sonne war schon seit einer knappen halben Stunde aufgegangen, und langsam begann das Wasser abzulaufen und ließ die Schienen der Slipanlage sichtbar werden, mit deren Hilfe die Yacht bei jeder Tide und jeder Windrichtung zu Wasser gelassen werden konnte.
Auf seinen Gehstock gestützt, beobachtete Arthus de Kersaint die gleichmäßigen Bewegungen des Meeres, das sich zurückzog. Es erinnerte ihn an sein Leben, das ebenso unaufhaltsam in ihm verebbte. Von seinem erhöhten Standpunkt aus konnte er einen Großteil der Insel sehen, die einst ganz seiner Familie gehört hatte. Und er betete zum Hohen Herrn, dass er ihm genug Zeit lassen möge, das Werk zu vollenden, von dem er so lange geträumt hatte. Er war schon so kurz vor dem Ziel …
Die Wellen zogen sich zurück, wie von einem großen Nichts verschluckt, und hinterließen auf dem Sand Dutzende von Quallen, als wäre ihnen deren Gewicht lästig geworden. Als kleiner Junge hatte Arthus gern mit einem Stock in dem glibberigen Fleisch herumgestochert.
Er sah, wie Gendarmen *seinen* Strand abschritten und einer von ihnen mit einem Ausruf des Ekels über eine der Quallen stolperte.
Aus dem Sand ragte ein blasses Gesicht, dessen blaue Augen einen Himmel fixierten, den sie nie wieder sehen würden.
Gwen. Yvonnes Tochter. Seine Tochter.
Da wusste Arthus, dass der Hohe Herr sein Gebet erhört hatte.
Er ging, ohne sich noch einmal umzuwenden, ohne jegliche Gefühlsregung.

Die Sonnenstrahlen hatten die Nebelstreifen über der Heide und dem Strand geradezu wegradiert. Die gelben Plastikbänder leuchteten in dem grellen Licht. Sie umgrenzten einen Abschnitt des hellen Sands, der jetzt wie Löschpapier langsam die gestrandeten Quallen aufsaugte. Und in der Mitte lag die tote Gwen, die inzwischen von den Gendarmen ausgegraben worden war.

Marie kniete neben Lucas und betrachtete das noch etwas sandige Gesicht. Diese bleiche Maske hatte eine frappierende Ähnlichkeit mit Yvonne.

Lucas hatte gerade die ersten Indizien gefunden.

»Sieh her …«

An den Fingerspitzen waren deutlich Einstichstellen zu sehen, und Gwens linke Hand war zur Faust geballt. Nachdem er seine Latexhandschuhe angezogen hatte, löste er einen Zettel aus ihren Fingern.

Es war dieselbe Botschaft in bretonischer Sprache, die sie schon kannten.

Für Marie, so wird es der Hohe Herr beschließen,
Licht wird flammen und Blut wird fließen
aus dem Herzen von Stein.

»Der Albtraum geht weiter«, murmelte Marie verzweifelt.

Sie musste sich eingestehen, dass sie nicht hellsichtig genug gewesen war. Sie hatte vor allem deshalb an Gwens Schuld glauben wollen, weil diese schreckliche Mordserie damit ein Ende gehabt hätte.

»Philippe …«, flüsterte Lucas, als er Gwens Mann auf sie zu eilen sah.

Marie ging ihm einige Schritte entgegen, doch Philippe schien sie gar nicht zu bemerken. Er brach neben seiner Frau in die Knie. Sein Schweigen und seine völlige Reglosigkeit verwirrten die beiden Polizeibeamten. Marie legte ihm die Hand auf die Schulter. Er blickte auf, schien sie jedoch erst nach einigen Augenblicken zu erkennen. Ein Ausdruck von Hass verzerrte sein Gesicht. Er sprang auf und packte Marie in einem Anfall unkontrollierter Wut.

»Du wusstest, dass er sie umbringen würde! Du wusstest, dass PM sie schon immer gehasst hat! Ihr wusstet es alle, und ihr habt nichts unternommen! Er hat sie bedroht, und ihr habt ihn gewähren lassen! Ihr seid schuld!«

Lucas konnte Marie nur mit Mühe aus Philippes Griff befreien und musste schreien, um sich Gehör zu verschaffen.

»Gwen wurde von vier Beamten überwacht! Sie selbst hat ihren Tod besiegelt! Die Getränke, die sie ihnen von Ronan hat bringen lassen, waren mit Schlafmitteln versetzt!«

Philippe war keineswegs beschwichtigt.

»Habt ihr denn nicht kapiert, dass PM euren Leuten die Schlafmittel verpasst hat? Er hat alles so wunderbar arrangiert. Sie glaubte, dass er mit ihr über die Kinder, über die Erbschaft oder sonst was reden wolle – und er hat sie umgebracht!«

»Philippe …«, sagte Marie versuchsweise.

Er hörte sie gar nicht, so sehr war er von seiner Wut beherrscht.

»Ich habe Gwen vor den de Kersaints gewarnt! Warum hat sie nie auf mich gehört? Gwen! Warum hast du mich immer abgewiesen?«

Er hatte sich wieder neben ihre Leiche geworfen. Der Kummer ist stärker als der Zorn, dachte Marie, die diesen Zustand nur zu gut kannte.

Doch eine Stimme riss Philippe aus seinem Schmerz. PM war gekommen und ließ sich leutselig von einem Gendarmen über das Neueste unterrichten.

Philippe schnellte hoch wie von einem Stromstoß getroffen und packte ihn am Hals.

»Mörder! Du hast sie umgebracht!«

Lucas musste zwei Gendarmen zu Hilfe rufen, um Philippe zu bändigen. Er beruhigte sich ein wenig, als er den Befehl hörte, den Lucas gab.

»Bringen Sie Pierre-Marie de Kersaint in die Gendarmerie!«
»Was? Was ist denn in Sie gefahren? Ich werde überfallen, und dafür will man mich einbuchten?«, begehrte PM auf.
Lucas blieb unbeirrt. PM spuckte immer noch Gift und Galle, als die beiden Gendarmen ihn mit einem gewissen Vergnügen in den Streifenwagen bugsierten.
Und dann erhielt Lucas den Anruf, den er schon befürchtet hatte.
Auf Ty Kern blutete ein weiterer Menhir.
Er trug das Zeichen der Qualle, genau wie das Siegel auf dem Brief in Gwens Wagen.
Und – jetzt wurde Morineaus Stimme am anderen Ende heiser – die beiden Gendarmen, die die Begräbnisstätte bewachen sollten, waren niedergeschlagen worden.

Als Marie und Lucas bei den Menhiren ankamen, waren die Gendarmen wieder bei Bewusstsein und konnten Auskunft geben. Dürftig genug: Sie hatten nichts gesehen, gar nichts. Sie hatten einen Schlag auf den Hinterkopf bekommen, obwohl sie vorher niemanden bemerkt hatten.
Fersen stürzte zu den Kameras, sie schienen alle in Ordnung zu sein.
Also würden sie sehen können, wie es dazu gekommen war, dass der Menhir blutete!

In der Gendarmerie starrten Lucas und Marie gebannt auf die beiden Bildschirme und ließen die Video-Aufzeichnungen im Schnelldurchgang ablaufen.
Die Bilder der ersten Kamera zeigten eine Gesamtansicht der Begräbnisstätte. Man sah deutlich, wie sich die beiden Gendarmen, die Wache hatten, bewegten.
Die andere Kamera zeigte eine Großaufnahme des Menhirs, der das Symbol der Qualle trug. Unten am Bildschirmrand wurde die Aufzeichnungszeit angegeben.

Ihre Augen wanderten vom einen zum anderen Bildschirm, ihre Nervosität wuchs mit jeder angezeigten Stunde, doch es ereignete sich nichts, was der Rede wert gewesen wäre.
»Sechs Uhr, Sonnenaufgang, wir werden es regelrecht sehen können, anders ist es unmöglich ... Hier tun sie noch ihren Dienst ... Sieben Uhr, acht Uhr ... Verdammt!«
Marie schrie im selben Moment auf und konnte nicht glauben, was sie sah: Der erste Gendarm ging plötzlich in die Knie, dann stürzte er nach vorn und fiel mit dem Gesicht auf den Boden. Im nächsten Augenblick passierte mit dem zweiten genau das Gleiche.
»Niemand hat sie angerührt!«
»Da, sieh, das Blut!«
Aus dem Menhir, der in Großaufnahme gezeigt wurde, quoll langsam ein Blutstropfen.
Hektisch spulte Lucas das Band zurück und spielte es dann noch einmal in normaler Geschwindigkeit ab.
Was sie sahen, war nicht zu glauben: Die beiden Männer gingen wie von selbst zu Boden. Gleich darauf begann das Blut aus dem Menhir zu fließen, ohne dass eine Einwirkung von außen erkennbar gewesen wäre. Es war einfach unmöglich.
»Diese Sache bringt mich noch um den Verstand! Völlig verrückt! Ich weigere mich, an Gespenster zu glauben!«
»Die Bilder müssen manipuliert worden sein.«
Lucas warf Marie einen dankbaren Blick zu und rief nach Annick.
»Die Festplatte muss ins Kriminaltechnische Institut.«
Er ging zu Marie, die am Flipchart stand und mit Filzstift die sechs Menhire mit ihren Symbolen aufgemalt hatte. Er nahm sich auch einen Stift und schrieb die Namen der Opfer darunter.
»Gildas, der Vogel ... Yves, der Krebs ... Loïc, der Fisch ... Gwen, die Qualle ... Bleiben noch zwei Menhire ... einer für Christian, einer für ... sagen wir XY.«

Er sah, dass Marie unverwandt auf das Wellensymbol starrte, und begriff, dass sie an Christian dachte, der auf dem Meer verschollen war.
Der Menhir mit der Welle hatte zwar nicht geblutet, doch es passte seltsam gut zusammen. Sie versuchte die Erinnerung an Christian zu verscheuchen.
Sie betrachtete das letzte Symbol und dachte nach: Sie war ganz sicher, dass sie kürzlich dasselbe Zeichen irgendwo anders als auf dem Menhir gesehen hatte.
Annick kam herein und wollte die Sendung für die Kriminaltechnik holen, dabei flüsterte sie ihnen zu, dass Armelle de Kersaint gerade angekommen sei und wissen wolle, wie lange ihr Mann voraussichtlich dabehalten werde.
»Ich hab's!«
Marie, die immer noch vor dem Sonnensymbol stand, hatte sich endlich erinnert. Lucas schickte Annick ohne weitere Erklärungen weg.
»Erinnerst du dich an das Porträt des De-Kersaint-Ahnen im Schloss? Desjenigen, der die Strandräuber bei der Plünderung der *Mary Morgan* angeführt haben soll? Erwan-Marie de Kersaint ... Auf dem Bild trägt er ein Medaillon mit demselben Zeichen, da bin ich sicher!«
Lucas machte eine kleine bewundernde Verbeugung, griff nach dem Filzstift und schrieb Pierre-Marie unter den sechsten Menhir.

22

Pierre-Marie de Kersaint betrat in stolzer Haltung die Gendarmerie, doch einige Stunden später, nachdem ihn Lucas und Marie verhört hatten, hockte er zusammengesunken auf seinem Stuhl, die elegante Kleidung war zerknittert und er drückte sich schon deutlich weniger gewählt aus.

»Ist mir doch scheißegal, was mein Urahn vielleicht angestellt hat! Und ich habe nie mit den Dorfkindern gespielt, mein Vater pflegte mich schon für kleinere Vergehen mit dem Rohrstock zu bestrafen …«

»Sie sind alle tot, PM, außer Ihnen …«

»Glauben Sie, ich finde das lustig? Aber was kann ich dafür?«

»Sie haben ausgenutzt, dass Ryan auf die Insel gekommen ist, und die anderen aus dem Weg geräumt. Sie haben es ihm in die Schuhe geschoben und ihn getötet, und dann musste Gwen daran glauben …«

»Nein, nein, nein, nein! Ich war es nicht. Ich war doch bewusstlos, als sie getötet wurde! Und bei jedem Mord war ich zu Hause, im Bett bei meiner Frau. Wie oft soll ich Ihnen das noch sagen? Auf dieser Insel läuft ein Irrer herum, das ist alles!«

»Meinen Sie Pierric?«

PMs Nerven lagen blank. Er sah fast so aus, als wollte er in Tränen ausbrechen, doch dann wurde er aggressiv.

»Mit Ihren Foltermethoden bringen Sie mich noch dazu, alles Mögliche zu sagen! Der arme geistesschwache Pierric bringt keine zwei zusammenhängenden Gedanken auf die Reihe, und man muss schon ziemlich blöd sein, um ihn mit dieser elenden Geschichte in Verbindung zu bringen. Und was Gwen betrifft: Ja, ich habe immer davon geträumt, ihr den Hals umzudrehen, das stimmt! Als hätte ich sie nicht so schon genug gehasst, muss ich auch noch erfahren, dass sie meine Halbschwester ist und ihr Sohn meine Tochter geschwängert hat! Da darf man wohl aus der Haut fahren und sie ein bisschen schütteln, oder?«
»Sie sind also aus der Haut gefahren, haben sich mit Gwen am Strand verabredet und sie umgebracht …«
»Nein, nein und nochmals nein! Sie ist nicht gekommen, das habe ich doch schon gesagt!«
»Aber es ist schon ein wenig merkwürdig, dass sie genau an der Stelle gefunden wurde, an der Sie beide verabredet waren, nicht wahr?«
»Unglaublich! Diese Schlampe! Selbst tot muss sie mir noch Scherereien machen … Hören Sie, auch ich bin überfallen und niedergeschlagen worden. Aber das ist Ihnen völlig egal!«
»Man merkt Ihnen nur nichts davon an. Keine Spur, keine Wunde, nicht den kleinsten blauen Fleck. Wie erklären Sie sich das?«
PM verlor nun wirklich die Nerven. Hilflos brüllte er:
»Ich verstehe es nicht! Ich verstehe diese ganze irrwitzige Geschichte nicht! Und außerdem ist es Ihr Job, das Ganze zu verstehen, verdammte Scheiße! Das ist Ihre Bullenarbeit – tun Sie sie gefälligst! Oder wollen Sie warten, bis alle auf Lands'en umgebracht worden sind und nur noch der Mörder übrig ist?«
Sein Geschrei alarmierte Armelle, die schon seit Stunden auf dem Stuhl im Flur saß.
Trotz ihrer zur Schau getragenen Ruhe kaute sie unruhig auf

ihren Lippen und schabte sich nervös den Nagellack von den Fingernägeln. Jetzt zückte sie ihr Handy und rief ihre Freundin Carline Dantec, die Frau des Staatsanwaltes, an.
Es wirkte. Einige Minuten später klingelte Fersens Telefon und er musste PM schweren Herzens gehen lassen.
»Ihre Beziehungen werden Sie nicht in alle Ewigkeit schützen. Wenn Sie der letzte Strandräuber sind, wird das Blut der de Kersaints bald über einen Menhir fließen«, gab ihm Lucas noch mit auf den Weg.
Armelle ergriff, nachdem sie bestätigt hatte, dass PM in den Mordnächten tatsächlich bei ihr war, wieder energisch Besitz von ihrem Gatten und zog ihn, schlapp und willenlos, wie er nach dem stundenlangen Verhör war, einfach mit sich.
»Er war kurz davor auszupacken … Ohne den Staatsanwalt hätten wir ihn so weit gebracht.«
Doch Marie hörte Lucas nicht zu. Auch sie war erschöpft und sah den beiden nach. Kurz bevor PM in die Limousine stieg, wandte er sich noch einmal zu dem Fenster um, hinter dem sie stand.
Sein Blick war fast animalisch und völlig hasserfüllt.
Alle auf Lands'en hatten sich verändert, dachte sie, als hätte sie bei ihrer Rückkehr auf die Insel wie eine böse Fee die dunkelste Seite eines jeden erwachen lassen.
Sie erschrak, als sie Lucas' Hand fühlte, die sich in ihr Haar wühlte. Sie machte sich los, zwang sich zu einem Lächeln, nahm ihre Jacke und ging zur Tür.
»Bis morgen …«
Lucas nickte nur. Er unterdrückte seine Enttäuschung und respektierte ihren Wunsch nach Alleinsein. Für ihn war es lediglich ein schwieriger Fall, doch für Marie ging ein ganzes Leben in die Brüche.

Als er in seinem Hotelzimmer war, fehlte sie ihm noch stärker, daran konnte auch eine eiskalte Dusche nichts ändern.

Es klopfte an der Tür. Noch bevor er etwas sagen konnte, wurde sie geöffnet, und Marie stand auf der Schwelle, barfuß und nur mit einem weißen T-Shirt bekleidet.
»Du hast mir zu sehr gefehlt ...«
Mit einem Mal war sie in seinen Armen. Sie waren sich so nah, und ihre Körper nahmen ihnen die Entscheidungen ab. Völlig losgelöst von ihrem Willen bewegten und begegneten sich ihre Hände, sie ließen sich davontragen von den Wellen der Lust, und nichts drang in ihr Bewusstsein außer ihrer Erregung, ihren intimsten Düften und ihrer Wollust.
Und dann fielen sie gemeinsam in den Schlaf.
Marie hatte, was bei ihr ganz selten war, alle Selbstkontrolle aufgegeben, sie hatte alles gewagt und gegeben, sich zugleich mächtig und beschenkt gefühlt. Sie hatte eine Art Frieden gefunden, durch die Liebe war sie verändert und geradezu neu geworden.
Ihr Unterbewusstes war so frei von allen Barrieren, dass der Albtraum, als er sie wieder packte, noch intensiver wirken konnte als sonst. Der wirbelnde Tanz von Blut, Schaum, Blitzen, Schreien überkam sie mit zunehmender Gewalt und steigerte sich bis zur letzten Vision eines starr funkelnden riesigen Auges, das in ihrem Kopf explodierte.
Sie schrie.
Lucas musste sie fast brutal schütteln, um sie in die Realität zurückzuholen.
»Schon wieder dieser Albtraum? Willst du mir nicht davon erzählen?«
Marie brachte kein Wort heraus. Sie stand auf und kühlte sich das Gesicht mit Wasser, bis sie das Gefühl hatte, wieder wirklich bei Sinnen zu sein. Mit einer Bewegung, die ihm schon vertraut war, fasste sie ihr Haar zusammen und zwirbelte es zu einer Art Zopf.
»Es ist schwierig, es ist so vage, aber ... Jedes Mal habe ich kurz vor dem Erwachen das Gefühl, ich sei kurz davor, etwas

zu verstehen, das ich schon ... wie soll ich sagen, physisch weiß. Als sei es schon in mir ...«
Sie verzog ein wenig hilflos das Gesicht. Doch Lucas hakte nach.
»Seit wann hast du diesen Albtraum?«
»Als ich ganz klein war, ist Maman mit mir zum Arzt gegangen. Er hat nächtliche Ängste festgestellt, wie sie oft bei Kindern vorkommen ... Als ich acht oder neun Jahre alt war, hörten die schlimmen Träume auf. In der Nacht, als Gildas starb, fingen sie wieder an, viel heftiger als jemals zuvor.«
Lucas sah sie sehr ernst an, was in völligem Widerspruch zu den beiden rebellisch hochstehenden Haarzipfeln an seinem Hinterkopf stand – Marie fühlte sich an den Federschmuck eines Indianers erinnert – und zum Abdruck des Kopfkissens auf seiner Wange. In einer Aufwallung von Zärtlichkeit, die ihr wieder eine gewisse Leichtigkeit schenkte, hüpfte sie zu ihm ins Bett und zauste sein Haar.
»Vielleicht war ich in einem früheren Leben Schiffsjunge auf der *Mary Morgan*, und die Strandräuber haben mir die Kehle aufgeschlitzt ...«
Lucas blieb ernst, die Symptome seien zu ausgeprägt, als dass man sie auf die leichte Schulter nehmen dürfe. Sie müsse einen Psychologen konsultieren, um eine Erklärung für diese immer wieder auftauchenden Visionen zu finden. Auch durch Hypnose könne viel erreicht werden, und vielleicht könne man ein verdrängtes traumatisches Erlebnis zutage fördern ...
Marie zog ein zweifelndes Gesicht.
»Ich bin ganz bestimmt wenig empfänglich für solche Therapien ...«
»In solchen Fällen verabreicht man vor der Therapie ein leichtes Beruhigungsmittel ...«
»Ein Beruhigungsmittel? Wie Mésadrol?«
Sie hatten beide denselben Geistesblitz und redeten gleichzeitig los.

»Und wenn der Mörder die ehemaligen Strandräuber vor der Tat hypnotisiert hätte, um sie zum Reden zu bringen?«
»Vielleicht um zu erfahren, wo die Beute versteckt ist!«
»Wir müssen möglichst schnell herausfinden, ob diese Hypothese mit den rechtsmedizinischen Befunden vereinbar ist. Wir sollten einen Spezialisten fragen ...«
Marie nickte.
»Und bei der Gelegenheit fahren wir auch zum Gefängnis. Ich möchte Yvonne die Nachricht vom Tod ihrer Tochter selbst überbringen ...«

Kurz bevor sie am nächsten Morgen auf die Fähre gingen, wurden Fersen die wichtigsten Ergebnisse der Autopsie an Gwens Leiche mitgeteilt.
Wie die anderen hatte auch sie Mésadrol im Blut.
Sie dachten laut nach.
»Wenn wir richtig gedacht haben, bedeutet das, dass der Mörder Informationen von Gwen haben wollte ...«
»Aber welche?«

*

Als sie die Haftanstalt von Brest betrat, dachte Marie beklommen, dass Gwenaëlle wahrscheinlich der einzige Mensch auf der Welt war, den Yvonne liebte.
Der Schrei, den sie dann ausstieß, noch bevor Marie ihren Satz zu Ende gesprochen hatte, war so unerträglich wie ihr Schmerz.
Das energische Gesicht fiel in sich zusammen, Yvonnes Augen verdrehten sich kurz, ihr Körper wand sich, sie fasste sich mit beiden Händen an den Magen, als hätte man ihr gerade die Eingeweide aus dem Körper gerissen.
Zwei Wachleute tauchten erschrocken auf.
»Wir kommen später wieder«, stammelte Marie.

Yvonne stieß mit unerwarteter Kraft die Wachen, die sie wegführen wollten, zur Seite.
»Nein! Bleiben Sie! Sie haben sie umgebracht, sie sollen dafür zahlen! Ich will nicht, dass die Schuldigen davonkommen!«
»Die Schuldigen?«
»Ja, wir! Wir sind schuld! Wir, die Eltern! Sie waren doch damals noch Kinder! Gwen ... meine Gwen ...«
Sie wurde von Schluchzen geschüttelt. Lucas hakte nach.
»Welche Kinder?«
Yvonne sah Marie an, doch ihr Blick ging durch sie hindurch und fiel auf längst Vergangenes.
»Meine Gwen, deine beiden Brüder, Yves Pérec, PM de Kersaint und Christian. Ja, er gehörte auch zu der Bande ... Kinder, den Kopf voll mit dieser verdammten Legende. O meine Kleine, es ist mir nicht gelungen, dich in jener Nacht unter meiner Obhut zu behalten ...«
»In der Nacht des 20. Mai 1968?«
Yvonne nickte unmerklich und begann mit ihrer Erzählung wie mit einer Litanei, die ihr Erleichterung verschaffte, wenn auch leider zu spät.
»Ja, es war eine schreckliche Nacht ... Es war fast fünf Uhr morgens, als sie nach Hause kam und mich weckte. Ich hatte nicht bemerkt, wie sie sich aus dem Haus geschlichen hatte, um sich mit den anderen Kindern zu treffen. Ich schlief ja wie ein Stein, weil ich so erschöpft von der Arbeit war. Ich habe nichts begriffen. Ich habe sie geohrfeigt, die arme Kleine ... Sie zitterte, sie zitterte am ganzen Körper vor Angst und vor Kälte. Sie sagte, sie hätten eine schlimme Dummheit begangen. Ich müsse zur Bucht gehen, es sei ein Unglück geschehen ... Ihre Kleider waren ganz nass und voller Schlamm. Ich habe sie angeschrien und ins Bett geschickt ...«
Yvonne rang um Atem, ihr Gesicht war ganz wächsern, doch als Marie eine besorgte Geste machte, wehrte sie mit einer Handbewegung ab und erzählte weiter.

»Ich ging zum Steilfelsen und verstand sofort, als ich die Laternen sah, die die Kinder hatten fallen lassen ... Unten waren schon der alte Pérec und Arthus ... Er war mit seinem großen Motorboot gekommen und sie zerrten gerade die Leichen hinein. Es waren drei ... Zwei junge Männer und eine junge Frau, noch jünger als die beiden, glaube ich. Sie war voller Blut, ihre Kleider, ihre Brust, ihr Bauch, alles klebte vor Blut ...«
Eine Übelkeit schien in ihr hochzusteigen, endete jedoch in einem bitteren Auflachen.
»Arthus und Pérec hatten schon alles abgemacht. Sie wollten die Körper mit Gewichten beschweren und auf hoher See über Bord werfen. Ich sollte alles aufsammeln, was herumlag, und es verbrennen, alles verschwinden lassen ...«
Sie nickte gedankenverloren.
»Unsere Kinder hatten das angerichtet ... Man kann doch nicht seine eigenen Kinder denunzieren ... Und die Schiffbrüchigen waren ja auch alle tot, wozu noch darüber reden? Als das Wasser abgelaufen war, sind wir durch die Grotte gegangen, um zu sehen, ob die Flut nichts darin hinterlassen hatte ... Und da haben wir die Goldbarren gefunden, drei Kisten. So viel Gold! Es hat uns den Verstand geraubt ...«
»Was haben Sie damit gemacht?«
Yvonne brauchte einige Sekunden, um aus ihren Erinnerungen aufzutauchen. Sie wirkte erschöpft und sah Lucas mit einem zynischen Lächeln an.
»Arthus ist schnell auf die Verbindung mit dem Einbruch in die Hostier-Bank, der gerade in Paris verübt worden war, gekommen. Und natürlich hat er alles in die Hand genommen ... Er hat beschlossen, das Gold zu verstecken und abzuwarten, ob jemand danach verlangte ... Dann, am 5. Juni, wurde die Leiche der jungen Frau von Fischern geborgen. Wir dachten, nun käme alles heraus, doch das arme Ding wurde nie identifiziert. Arthus hatte verkündet, dass wir ein

Jahr warten müssten, bevor wir den Schatz teilten. Aber nachdem er dann lange Zeit kein Wort mehr darüber verlor, haben der alte Pérec und ich unseren Anteil verlangt. Dieser Raffzahn! Er hat uns nur so viel gegeben, wie er wollte! Wir mussten uns fügen, denn wir brauchten ihn, um die Goldbarren zu verkaufen. Na ja, ich habe genug bekommen, um meine Firma aufzubauen, und Pérec genug für seine …«

»Und was hat meine Mutter getan?«

Diese Frage hatte Marie von Anfang an auf den Nägeln gebrannt. Yvonne zögerte und betrachtete sie nachdenklich.

»Marie, liebe deine Mutter und respektiere sie. Gleich nachdem deine Brüder ihr gesagt hatten, was sie angestellt hatten, hat sie sich die beiden Jungs unter den Arm geklemmt und sich bei deiner Tante in Brest verschanzt … Dein Vater war ja auch auf hoher See, und sie war mit dir schwanger, eine schwierige Schwangerschaft …«

Ihr kalter Blick blieb auf Marie fixiert. Marie hatte der ganzen Erzählung reglos und gebannt gelauscht. An Yvonnes Gesichtsausdruck erkannte sie, dass sie wieder zu einem Schlag ausholte:

»Noch nicht auf der Welt, und schon hast du ihr Sorgen beschert … Deine Brüder haben zwar gewartet, aber als sie wirklich Geld brauchten, haben sie sich ihren Anteil geholt, genau wie Christian …«

Marie verzog keine Miene, aber ihr war, als fiele sie in ein tiefes Loch. Lucas sah sie besorgt an und griff ein.

»Können Sie mir die Schiffbrüchigen genau beschreiben?«

»Die beiden jungen Männer waren rothaarig, sie ähnelten sich. Das junge Mädchen war sehr hübsch, es hatte langes braunes Haar … Aber ich sah vor allem die große Wunde an ihrer Kehle und all das Blut … Dieser Anblick machte mich ganz krank, und den armen Pierric auch, der das alles mit angesehen hatte …«

Sie stockte. Lucas und Marie wechselten einen Blick.

»Sie haben Ihren Sohn das alles mit ansehen lassen?«
»Ich wusste ja nicht, dass er sich dort herumtrieb.«
»Sie wussten es nicht? Das kann nicht sein! Sie müssen es gewusst haben, denn er hat es ihnen nicht erzählen können, er ist ja stumm seit jener Nacht ...«
Yvonne sah sie abwechselnd an, zuckte dann die Achseln und begann in einem herausfordernden Ton zu sprechen.
»Sie brechen den Stab über mich? Sie halten mich für ein Monster, oder? Aber ich habe nie etwas grundlos getan! Ich habe meine Babys getötet, weil sie so missgebildet waren, dass ihr Leben ein Leidensweg geworden wäre. Und diesen geistesschwachen Pierric habe ich mir vorgeknöpft, weil er die Sprache wiedergefunden hatte. Ich musste ihn zum Schweigen bringen! Er wollte alles erzählen, die Frau mit der aufgeschlitzten Kehle, das Gold, alles! Ich musste meine Tochter schützen, ihren Besitz, ihre Zukunft. Meine Tochter war mein Leben! Diese grauenvollen Dinge sind nur wegen Arthus passiert! Er hat uns schwören lassen, niemals etwas zu sagen. Er hat alles eingefädelt, wie immer. Haben Sie das inzwischen verstanden? All diese Morde, das waren von Anfang die de Kersaints! Sie haben meine Gwenaëlle umgebracht. Und sie haben deine Brüder getötet, Marie. Du musst sie rächen!«
Yvonne hatte die letzten Worte herausgeschrien. Sie war fast wahnsinnig vor Hass. Die beiden Wachleute kamen mit einem Pfleger und schleppten die alte Frau Richtung Krankenstation. Noch in der offenen Tür schrie sie:
»Arthus ist ein Teufel! Er, sein Sohn und Armelle, sie sind die Monster! Sie haben alle umgebracht. Sie sollen dafür bezahlen! Räche dich, Marie! Räche uns! Sie sollen krepieren!«
Marie hielt sich die Ohren zu, um sie nicht hören zu müssen. Lucas legte ihr schützend den Arm um die Schultern und führte sie aus dem Verhörzimmer.
Im Gang blieben sie stehen. Inzwischen war ihm ihr Gesicht

vertraut, und an den leicht zusammengekniffenen Augen und zusammengepressten Lippen erkannte er, dass etwas an ihr nagte. Und er spürte, dass sie diesen Gedanken mit ihm teilen wollte. Sie fing an zu stammeln …

»Ich habe … Als Yvonne erzählte, was sich in der Strandräuberbucht zugetragen hat, diese Frau mit der aufgeschnittenen Kehle, das ganze Blut, da habe ich …«

Sie zögerte, fürchtete eine sarkastische Bemerkung, doch Lucas betrachtete sie so aufmerksam, dass sie weitersprach.

»Eine Sekunde lang hatte ich das Gefühl, dass ich diese Szene erlebt hätte … Nur winzige Fetzen, aber die waren sehr klar, wie eine Erinnerung, die plötzlich auftaucht und sofort wieder verschwindet … Ja, als hätte ich es erlebt …«

»Aber du warst noch nicht geboren, das ist absurd …«

»Ich weiß«, murmelte sie und schwieg.

Sie hatte in den letzten Tagen so vieles erlebt, das noch viel absurder war. Sie hatte das Gefühl, die ganze Insel sei in eine andere Welt abgeglitten, in der seltsame und böse Kräfte herrschten, und sie befände sich auf der anderen Seite.

Eine Tür wurde zugeschlagen, eine andere aufgerissen, plötzlich war der Flur voller Geräusche, die sie in die Realität zurückbrachten.

Eine Bahre tauchte auf. Sie wurde zügig von zwei Männern in weißen Kitteln geschoben. Als sie an ihnen vorüberkam, erkannten sie Yvonne unter einer Sauerstoffmaske. Sie wirkte leblos.

Marie stürzte hinterher und erfuhr von einer Krankenschwester, dass Yvonne einen Herzanfall erlitten hatte. Anscheinend eine allergische Reaktion auf das Beruhigungsmittel, das man ihr verabreicht hatte.

Lucas, der dazugekommen war, reagierte sofort: »Ein Beruhigungsmittel? Mésadrol oder etwas Ähnliches?«

»Ja, ein Generikum«, sagte die Krankenschwester rasch und eilte davon.

Blitzartig zogen die beiden ihre Schlüsse.
»Ich bin sicher, dass Yvonne unter Mésadrol stand, als sie in der Keramikmanufaktur gefunden wurde!«
»Der Mörder wurde durch den dadurch ausgelösten Herzanfall überrascht und konnte sie nicht mehr befragen. Das erklärt, warum sie nicht getötet wurde. Und da sie anschließend ins Gefängnis kam ...«
»Der Mörder vermutete also, dass Yvonne die Information hatte, an der er interessiert war«, fiel Lucas ein.
Doch Marie schüttelte den Kopf. »Es gibt einen Widerspruch: Sie sagt, dass Arthus den Rest der Beute behalten habe, und zugleich beschuldigt sie die de Kersaints, sie seien die Mörder. Dann hätten sie nicht wegen der Goldbarren getötet ...«
»Bei einem Ritualverbrechen mit einer derartig sorgfältigen Inszenierung wie hier gehorchen die Morde nicht den üblichen Regeln. Die Beweggründe sind viel komplexer, fast immer krankhaft und oft auf einem Trauma beruhend«, erklärte Lucas.
»Die de Kersaints sind tatsächlich jeder auf seine Weise ein wenig ungewöhnlich ...«
»Nicht auszuschließen, dass sie alle dabei mitgemacht haben. Anscheinend mangelt es PM an Intelligenz und Arthus an der nötigen Körperkraft, und Armelle ist alles andere als dumm.«
»Das würde erklären, warum sie sich gegenseitig decken und warum der Mörder so geschickt vorgeht – es ist nicht nur cincr.«
»Außerdem hatten sie das Mésadrol zur Hand ... Aber ...«
Lucas stockte, sie spürte seinen inneren Widerstand.
»Aber was?«
»Eines lässt mir keine Ruhe: Ryan hatte nur Gwen im Visier.«
Marie schwieg nachdenklich. Auch wenn es sie enttäuschte, sie musste zugeben, dass Ryan sie auf eine falsche Fährte gelockt hatte ... Sie seufzte.

»Und er hat mir auch nicht gesagt, dass Christian zu den Strandräubern gehörte. Sicher aus Rücksicht auf meine Gefühle. Anders kann ich es mir nicht erklären …«
Lucas sagte nichts, er erinnerte sie lieber nicht daran, dass Christian sich mit den de Kersaints über die Werft geeinigt hatte, ohne ihr ein Wort zu sagen. Es war nicht auszuschließen, dass er mit PM unter einer Decke steckte. Auf jeden Fall würde ihm wohler sein, wenn man Christians Leiche endlich gefunden hätte.
»Woran denkst du?«
»An Ryan!«, behauptete er mit dem Elan eines Lügners.
»Seine Komplizen und er waren Iren, warum sind sie nach dem Einbruch nicht geradewegs nach Irland geflohen?«
Marie konnte sich keinen Grund dafür vorstellen. Es war wirklich seltsam.
Die Informationen über die Sullivan-Brüder, die Caradec ihr zugefaxt hatte, waren dürftig, und über Ryan gab es noch weniger.
»Schade«, sagte sie. »Ich hätte gern mehr über ihn erfahren.«
»Ja, ich auch. Der Kerl hat im Gefängnis Jahre damit zugebracht, alles über Lands'en und seine Bewohner zu erfahren … Vielleicht wäre es hilfreich, wenn wir wüssten, ob es noch Dokumente gibt, die er verwendet oder sogar selbst verfasst hat …«
Sie waren gerade vor dem Ausgang angekommen, als Marie stehen blieb.
»Er hat doch einen Großteil seiner Strafe hier in der Haftanstalt abgesessen. Sie müssten doch noch seine Akte haben, nicht wahr?«
»Und es ist ja auch noch gar nicht lange her, dass er entlassen wurde …«
Sie machten kehrt und gingen zum Büro des Direktors.
Der Direktor, ein charmanter Mann, war sichtlich entzückt, eine so attraktive junge Frau in seinem tristen Gebäude emp-

fangen zu dürfen. Zu Lucas Ärger wandte er sich ausschließlich an Marie und erstickte sie in einem Redeschwall, von dem sie nur das Wesentliche behielt: mustergültiger Gefangener, arbeitsam, immer auf ein Buch oder den Computerbildschirm konzentriert, nie ein Besucher – alles in allem war Ryan ein bequemer Insasse gewesen.

»Außerdem hat er dank meiner Genehmigung während seiner Haftzeit in meiner Anstalt erfolgreich Bücher schreiben und veröffentlichen können. Das hat mir eine ausgezeichnete Bewertung und den Glückwunsch des Ministers eingetragen.«

Marie und Lucas sahen die Akte durch, erfuhren jedoch kaum mehr daraus. Ryan war in flagranti erwischt worden, hatte Geständnisse unterzeichnet, und die Richter hatten ihr Urteil in zwei Tagen gefällt. Damals hatte die Justiz sich nicht so sehr für die Hintergründe interessiert. Lucas, der es nicht länger ertrug, wie sich der Direktor an Maries Schönheit weidete, beendete die Unterredung barsch.

Doch der Hausherr wollte sich nicht drängen lassen und erzählte ihnen noch, dass Ryan sich trotz seines Einzelgängertums für eine Zeit mit einem sehr speziellen Zellengenossen angefreundet habe, einem bekannten Psychiater, der wegen wiederholter Vergewaltigung eingesessen habe.

»Ist es möglich, eine Kopie der Akte über den Mithäftling zu bekommen?«, erkundigte sich Marie sehr interessiert.

Während der Kopierer Seite um Seite ausspuckte, unterhielt sie der Direktor, dessen Augen jetzt kaum noch von Maries Dekolleté wichen, mit Anekdoten über diesen seltsamen Arzt, der beim Umzug in das neue Gebäude Selbstmord begangen hatte. Lucas unterbrach ihn.

»Ich nehme an, die alte Zelle der beiden existiert nicht mehr?«

»Aber ja doch, wir warten immer noch auf die Mittelzuteilung für die Renovierung.«

»Könnten wir sie sehen?«

»Gewiss! Ich bringe Sie hin, wenn Sie möchten.«
»Das wird nicht nötig sein!«
Lucas setzte bedeutungsschwer hinzu, dass seine Kollegin und er jetzt unbedingt ein streng vertrauliches Gespräch über die laufende Ermittlung führen wollten.
Marie sah ihn erstaunt an, wartete aber, bis sie allein waren.
»Was bezweckst du mit dieser Zellenbesichtigung? Glaubst du etwa inzwischen an Wände, die sprechen?«
»Ich hätte sonst was gesagt, um dich aus den Klauen dieses Typen zu befreien.«
Er versuchte, Maries spöttisches Lächeln zu ignorieren.
»Nein, mal ganz im Ernst, es ist immer aufschlussreich zu sehen, wo ein Mensch einen so großen Teil seines Lebens verbracht hat«, setzte er schwungvoll nach.
Der Wärter, der ihnen den Weg zeigen sollte, schien allerdings wenig begeistert von dem Ausflug. Ihre Schritte hallten in den langen düsteren Gängen. Es stank nach Schimmel, undichten Abflüssen und nassem Zement.
Der Wärter stieß eine Tür auf, die entsetzlich knarrte, und bat sie einzutreten.
Drei mal zwei Meter, ein Latrineneimer, zwei Bettstellen aus Gussbeton, ein winziges vergittertes Fensterchen, durch dessen schmutzige Scheibe nur wenig Licht sickerte … Wenn man es hier zu zweit aushalten musste, flüchtete man sich sicher entweder in den Wahnsinn oder in den Tod. Oder aber in Bücher und ins Schreiben.
Lucas lieh sich die Stablampe des Wärters, und auch Marie holte ihre kleine Taschenlampe hervor. Sie ließen die Lichtstrahlen über die Wände gleiten, überall waren Inschriften und kleine Malereien.
Momentaufnahmen seelischer und körperlicher Not … Versuche, sich selbst davon zu überzeugen, dass man noch lebte, lächerlicher Widerstand gegen die Tatenlosigkeit, das Vergessen, die Zeit. Ergreifende Hoffnungen – Botschaften, die nur

an den Absender gerichtet waren, als schlüge jemand mit dem Kopf gegen die Wand.

»Wie viel Kraft es wohl kosten mag, das alles fünfunddreißig Jahre lang auszuhalten …«

Marie stockte, der Lichtstrahl ihrer Taschenlampe verharrte auf einem Punkt.

»Das ist doch nicht möglich, es sieht aus wie …«

»Was?«

Lucas trat näher. Auch auf seinem Gesicht zeichnete sich Verblüffung ab. Denn genau wie sie hatte auch er erkannt, was da tief in den Stein geritzt war: das Wappen der de Kersaints.

23

Auf dem steinernen Wappenschild am Giebel des Schlosses kreuzten sich eine Lanze und ein Salamander über der Inschrift *Halten und Bewahren*.

Arthus stand mit dem Rücken zum monumentalen Kamin des großen Salons und richtete sich zu voller Größe auf, als sein Sohn und seine Schwiegertochter, die er zu sich zitiert hatte, eintraten.

Armelle fingerte nervös an ihrem schwarzsamtenen Haarreif herum – der Gehirnklemme, wie Juliette ihn frech nannte, um ihrem Großvater ein Lächeln abzuringen –, und PM wirkte eher gelassen, was sich jedoch beim ersten Satz seines Vaters schlagartig änderte.

»Ich wollte euch meinen Entschluss mitteilen, Gwenaëlle Le Bihan post mortem als meine rechtmäßige Tochter anzuerkennen.«

Er genoss PMs halb entsetztes, halb verblüfftes Gesicht und den konzentrierten Gesichtsausdruck seiner Schwiegertochter, die wahrscheinlich schon berechnete, welche Vorteile dabei winkten.

»Und ich möchte, dass wir für sie eine Beerdigung organisieren, die einer de Kersaint würdig ist.«

PM schnappte nach Luft.

»Aber … Aber Vater, Sie sind ja völlig verrückt! Er hat den Verstand verloren, er ist krank!«

»Halt den Mund und denk zur Abwechslung mal nach«, fuhr ihm sein Vater über den Mund. »Offiziell werde ich so tun, als hätte ich gerade erst erfahren, dass sie meine Tochter ist ...«

»Das verstehe ich nicht!«

»Kein Wunder.«

Armelle musste PM beschwichtigen, damit ihr Schwiegervater die Überlegungen darlegen konnte, auf die sie schon neugierig war: Die de Kersaints hatten in dieser Situation einiges zu gewinnen. Nicht nur würde diese noble Geste das Ansehen steigern, auch würde Ronan dadurch – und das war ein viel interessanterer Aspekt – zu Arthus' Enkel. Der Alte ließ eine kleine Pause eintreten, um das Folgende zur vollen Wirkung kommen zu lassen:

»Und da der liebe Ronan der Alleinerbe der Le Bihans ist, brauche ich ihn nur noch mit Juliette zu verheiraten und einen entsprechend geschickten Ehevertrag aufzusetzen, damit alle Güter und Ländereien seiner Familie wieder vollständig in unseren Besitz übergehen.«

Armelle schenkte ihrem Schwiegervater ein bewunderndes Lächeln.

»Ein guter Schachzug, Vater!«

»Es ist lediglich gerecht, uns steht einfach zu, was unserer Familie früher gehörte. Meine liebe Armelle, ich verlasse mich ganz darauf, dass Sie alles bestens organisieren werden«, sagte Arthus feierlich.

PM schwieg und dachte im Stillen, das dies in der Tat interessant und seinen Plänen sehr förderlich sei.

Er beobachtete Armelle im Gespräch mit dem Alten. Wie er jetzt erfuhr, verhandelte sie schon seit dem Vortag mit den Großeltern der kleinen Pérec über den Rückerwerb der Grundstücke und Laboratorien. PM fand, dass seine Frau neben der Elefantengestalt seines Vaters einem eifrigen kleinen Yorkshire-Terrier glich.

»Vater, Ihre geschickten Verträge mit dem armen Christian Bréhat, Friede seiner Seele, haben uns zwar alle Wege geebnet, was die Werft betrifft, aber ich fürchte, es wird uns schwer fallen, die Kermeurs zur Aufgabe des Hotels zu überreden …«

»Ich habe gute Gründe, zuversichtlich zu sein, meine Liebe. Bald werden die de Kersaints wieder die ganze Insel besitzen.«

Er lachte lautlos.

»Man könnte meinen, der Mörder von Gildas, Yves, Loïc und Gwen stünde auf unserer Seite, nicht wahr?«

PM rang sich ein schmales Lächeln ab, das in völligem Widerspruch zu der Feindseligkeit stand, mit der er seinen Vater jetzt ansah.

Als sie hinausgingen, forderte er Armelle barsch und nachdrücklich auf, ihn stets vor seinem Vater zu informieren. Doch sie wehrte ihn mit einer Geste ab und duldete keinen Widerspruch:

»Sie sollten mir vertrauen, mein Lieber … Schließlich habe ich Sie nie gefragt, was Sie in den Mordnächten getrieben haben … Der Polizei gegenüber haben Sie behauptet, Sie seien bei mir gewesen. Und wenn ich mich nun daran erinnere, dass es nicht stimmt?«

Es war früher Nachmittag. Marie saß im Fahrgastraum der Fähre und las die Akte von Ryans Mithäftling.

Lucas hingegen stand an der Reling und überlegte, während er Lands'en immer näher rücken sah, dass es jetzt außer den de Kersaints sowie Pierric und Yvonne, die jedoch beide in schlechter Verfassung waren, nur noch Jeanne Kermeur gab, die als Zeugin für das Geschehen in jener Unwetternacht in Betracht kam.

Ihm war aufgefallen, dass Yvonne gezögert hatte, bevor sie sie von allem freisprach.

Er brauchte Maries Vertrauen, damit sie ihm erlaubte, ihre Mutter noch einmal zu verhören. Er sah sich nach ihr um und schon entdeckte er ihre rotgold leuchtende Mähne, denn sie lief gerade mit einem Ausdruck der Begeisterung auf ihn zu. Sie strahlt regelrecht, dachte er, und mein Leben wäre ganz schön düster, wenn sie daraus verschwände.
»Gib mir deine Hand!«
»Meine Hand? Ist das ein Antrag?«
Sie packte seine Hand und stach ihm völlig unerwartet und ohne Vorwarnung mit einer Nadel in die Fingerspitze.
»Autsch! Sag mal, spinnst du? Was war das?«
»Ich habe endlich die Erklärung für die Einstiche! Der Seelenklempner konnte damals wegen einer seltsamen Übereinstimmung, die alle Opfer aufwiesen, überführt werden: Alle hatten sie Einstichstellen an den Fingerspitzen. Das heißt, er vergewaltigte seine Opfer, nachdem er ihnen ein Beruhigungsmittel verabreicht hatte und sie anschließend in Hypnose versetzte. Auf diese Weise nämlich konnte er sich ganz sicher sein, dass sich die Frauen vor der Vergewaltigung in einem tiefschlafähnlichen Zustand befanden!«
»Du lieber Himmel! Ryan hat sich im Gefängnis das Hypnotisieren beibringen lassen und dann alle hypnotisiert, die seine Freunde auf dem Gewissen hatten!«
»Vorsicht! Das heißt nicht, dass er sie auch getötet hat: Ryan war schon tot, als Gwen ermordet wurde und der Menhir geblutet hat … Entweder hatte er einen Komplizen, oder jemand hat seine Methoden erkannt und kopiert.«
»Überhaupt: Du hattest doch auch Einstichstellen an den Fingern. Könnte es sein, dass er dich auch hypnotisiert hat?«
»Stimmt … Aber statt mich zu töten, obwohl es ganz leicht möglich war, hat er die Polizei gerufen. Das beweist, dass er nicht der Mörder ist.«
»Oder aber …«
Lucas ließ den Satz in der Luft hängen. Das machte er gern,

um den Inhalt noch einmal zu reflektieren. Aber jetzt dachte er, dass sie sich nicht über diesen Satz freuen würde, denn er hätte ihrer These widersprochen. Er versuchte es lieber mit einem Frage-Antwort-Spiel.
»Was könntest du wissen, was ihn so sehr interessieren konnte, dass er dich hypnotisierte?«
Marie starrte ihn verdutzt an.
Er redete weiter. »Vielleicht wollte Ryan gar nichts von dir erfahren. Hypnose kann ja auch dazu dienen, jemandem etwas zu suggerieren, ihn zu konditionieren. Es wäre sehr gut möglich, dass er dir uneingeschränktes Vertrauen einflößen wollte.«
»Was erzählst du da?«
»Ihm war klar, dass du die Ermittlungen auf keinen Fall einstellen würdest, und er hat dich so konditioniert, dass du ihn niemals verdächtigen würdest.«
»So ein Unsinn!«
»Du musst doch zugeben, dass du dich seit jenem Tag weigerst, ihn zu verdächtigen.«
»Das ist nicht wahr! Die Tatsachen sprechen ihn frei!«
»Da haben wir den Beweis!«
»Dessen ungeachtet scheint inzwischen alles auf die de Kersaints hinzuweisen, zumal sie die einzige Familie sind, die keine Opfer zu beklagen hat, obwohl eines ihrer Kinder ein Mittäter ist.«
»Siehst du, und schon wieder lenkst du ab.«
Maries Miene verdüsterte sich, sie war zwar ein bisschen aus dem Gleichgewicht gebracht, wechselte aber erneut das Thema.
»Na schön. Aber wie erklärst du dir, dass in Ryans Zelle das Wappen der de Kersaints in die Wand eingeritzt war?«
»Deine Mutter steht seit fast fünfzig Jahren im Dienste der de Kersaints. Wenn es Familiengeheimnisse gibt, müsste sie sie doch am ehesten kennen. Oder?«

Fersen war sehr zufrieden mit sich, er hatte die Sache gut eingefädelt, ohne Marie zu verletzen.

*

Jeanne hatte sich sehr ungern verhören lassen. Es stehe ihr nicht zu, das Privatleben anderer Leute zu enthüllen, hatte sie argumentiert.

Lucas hatte sie daran erinnern müssen, dass ihr, wenn sie ihre Hilfe verweigere, möglicherweise eine Untersuchung drohe. Schließlich habe sie im Lotto Millionen gewonnen, ohne je gespielt zu haben. Und es sei doch sehr zu bezweifeln, dass Milic über solche Informationen erfreut sei.

Jeanne hatte sich geschlagen gegeben und sie in die Küche des kleinen Fischerhäuschens geführt. Während sie hin und her ging, um ihnen einen Kaffee zu machen, sprach sie wie zu sich selbst. Sie schien die beiden gar nicht zu beachten und wich ihren Blicken aus.

»Sie hatten mich als Dienstmädchen eingestellt, das war ... Das war einige Jahre vor PMs Geburt. Der arme Junge, er war so schmächtig und immer krank ... Arthus hat sich nie für ihn interessiert, auch seine Mutter kaum. In dieser Familie schauten eigentlich alle nur auf den Ältesten, Erwan.« Jeanne schluckte und fuhr fort: »Nur zu verständlich, denn er hatte lauter gute Eigenschaften: Er war bildschön, intelligent, voller Begabungen. Auch ich habe diesen Jungen sehr geliebt. Er war liebenswürdig, ehrlich, offen ... Und gerade seine Rechtschaffenheit ist ihm zum Verhängnis geworden, er ...«

Jeanne stockte. Sie goss den duftenden schwarzen Kaffee in die Tassen aus der Keramikmanufaktur von Lands'en. Sie schwieg, weil sie sich scheute, die Privatangelegenheiten anderer auszubreiten. Doch Lucas ermunterte sie.

»Alles, was für die Ermittlungen nicht unbedingt nötig ist, bleibt unter uns, darauf gebe ich Ihnen mein Wort.«

Jeanne betrachtete ihn prüfend, und er hielt ihrem Blick stand.
Maries Mutter seufzte, ließ sich ihnen gegenüber schwer auf einen Stuhl fallen, legte ausnahmsweise ihre Hände tatenlos auf die Tischplatte aus gewachstem Holz und kehrte in ihre Erinnerungen zurück.
»An dem Tag, als Yvonne Le Bihan zu Arthus kam, um ihm zu sagen, dass sie von ihm schwanger war, bekam Erwan mit, dass sein Vater sie behandelte wie eine räudige Hündin und dann hinauswarf. Daraufhin ist er zu Arthus gegangen und hat ihn zur Rede gestellt. Es war furchtbar. Arthus liebte seinen Erstgeborenen abgöttisch. Erwan warf ihm Verrat an seiner Mutter vor und Grausamkeit und Verantwortungslosigkeit gegenüber Yvonne. Er beschimpfte seinen Vater als Feigling und Lügner. Dass sein Sohn ihn verachtete, war zu viel für den Stolz von Arthus de Kersaint.«
Jeanne schwieg. Marie beugte sich vor und bat sie sanft weiterzusprechen. Jeanne betrachtete ihre Tochter mit einem Blick, der aus weiter Ferne zu kommen schien, dann nickte sie.
»Erwan verlangte von seinem Vater, dass er sich bei Yvonne entschuldigen und ihr und dem Kind eine lebenslange Rente aussetzen solle. Und da verfluchte Arthus ihn. Er sagte seinem Sohn, dass er ihn nie wiedersehen wolle. Er hat ihn mit leeren Händen aus dem Haus gejagt. Der arme Junge. Er ist nie zurückgekehrt, niemals … Seiner Frau hat Arthus erzählt, Erwan sei der Einberufung zuvorgekommen. Ich weiß nicht, ob Gaïdick ihm geglaubt hat, ob sie überhaupt etwas von der ganzen Sache wusste. Aber sie wurde depressiv, und als ihr Arthus kurze Zeit später mitteilte, dass ihr Sohn im Algerienkrieg gefallen sei, hat sie sich vom Steilfelsen gestürzt. Arme Gaïdick … Armer PM …«
Sie hing wieder ihren Gedanken nach. Dieses Mal schaltete sich Lucas ein.

»Wieso armer PM?«
»Er betete seine Mutter an. Er ist allein in diesem Schloss groß geworden, ohne jede Liebe. Manchmal hörte ich ihn stundenlang weinen, doch Arthus verbot mir, ihn zu trösten. Immer habe ich mich nicht gebeugt. Der arme Junge. Kein Wunder, dass er unter Albträumen litt, dass er schlafwandelte, Gedächtnisausfälle hatte … Was konnte ich tun? Es macht mich ganz krank, wenn ich an diese Zeit zurückdenke.«
Sie stand auf und räumte die Tassen zusammen. Für sie war das Gespräch offenbar beendet. Fersen dankte ihr und verabschiedete sich.
»Ich möchte noch mit meiner Tochter sprechen.«
Er nickte und ging. Jeanne wartete, bis er die Tür geschlossen hatte, dann holte sie aus einer Schublade der Anrichte einen Gegenstand, den Marie sofort erkannte.
»Ein junger Mann vom französischen Seglerverband ist heute Vormittag bei mir gewesen und hat mir das für dich gegeben.«
Sie hielt ihr das geöffnete rote Lederkästchen entgegen. Marie sah die golden glänzenden Eheringe.
»Er wollte dir kondolieren. Sie haben das bei Christians Sachen gefunden.«
Jeanne machte einen Schritt auf sie zu und hielt ihr das Kästchen entgegen. Marie wich zurück, wandte den Blick ab.
»Mir ist es lieber, wenn du es behältst …«
Marie war schweigsam und angespannt, als sie nach einer halben Stunde zu Lucas in den Wagen stieg. Er nahm ihre Hand. Sie zog sie rasch zurück. Er folgte ihrem Blick und sah, wie sich Jeannes Küchengardine bewegte.
Kommentarlos ließ er den Motor an und versuchte sie aus ihren sichtlich schmerzlichen Gedanken zu lösen, indem er sie sofort wieder in die Ermittlungen hineinzog.
»Ich habe in der Zwischenzeit meine exzellenten Beziehungen zum Verteidigungsministerium genutzt und mich

erkundigt. Erwan ist nicht auf dem Feld der Ehre gefallen. Arthus' Ältester war gar nicht im Algerienkrieg. Ob wir mal nachhaken bei dem alten Ungeheuer?«
Marie lächelte ihn an, jetzt war sie es, die nach seiner Hand griff und sie fest drückte.

»Ja, das stimmt«, antwortete Arthus ruhig und gelassen.
Der Alte hatte sie ziemlich lange warten lassen. Marie hatte die Zeit genutzt und Lucas das Porträt des Ahnen gezeigt, der tatsächlich an einer Kette ein Medaillon trug, auf dem dasselbe Zeichen eingraviert war wie auf dem letzten Menhir.
Arthus musterte die beiden hochmütig.
»In einer Familie wie unserer wäre es undenkbar, allen kundzutun, dass der Sohn ein Feigling war, der sich zu kämpfen weigerte. In Wahrheit ist Erwan einfach nur bei einem Autounfall in Dublin umgekommen.«
Die beiden Beamten zuckten zusammen, als sie den Namen der irischen Hauptstadt hörten.
»In Dublin? Was machte er in Irland?«
»Keine Ahnung. Wir hatten uns endgültig voneinander losgesagt.«
Lucas und Marie spürten beide dasselbe aufregende Kribbeln – sie hatten eine interessante Spur. Fersen fragte sofort weiter.
»Welche Verbindung bestand zwischen Ihrer Familie und Patrick Ryan?«
Der alte Herr wirkte aufrichtig verblüfft. Er ließ sich die Frage, auf die er sich keinen Reim machen konnte, wiederholen. Ja, Ryan sei ein, zwei Mal zum Abendessen eingeladen worden, weil Armelle so neugierig gewesen sei auf den Schriftsteller …
»Aber er hat das Wappen der de Kersaints in die Wand seiner Zelle geritzt«, mischte sich Marie ein und behielt Arthus dabei fest im Blick.

»Sind Sie sicher? Seltsam, das verstehe ich nicht …«
»Yvonne Le Bihan sagt aus, dass Sie bei dem Schiffbruch, den die Kinder 1968 verursacht haben, eine aktive Rolle übernommen haben. Und dass Sie die meisten der Goldbarren für sich behalten haben.«
Das war nun wirklich ein Schlag für Arthus. Er brauchte einige Zeit, bis er antwortete.
»Sie erzählt allen möglichen Unsinn. Das nächste Mal erfindet sie eine andere Geschichte, um mir zu schaden. Sie werden sehen, das sind unhaltbare Anschuldigungen.«
»Wir werden Sie einander gegenüberstellen, sobald Madame Le Bihans Zustand dies erlaubt.«
»Ich stehe ganz zu Ihrer Verfügung.«
Ihnen war, als glitte ein leichtes Lächeln über die Züge des Alten.

Arthus wusste sehr genau, dass diese Gegenüberstellung nicht stattfinden würde. Am frühen Vormittag war er nach Brest gefahren und hatte sich an Yvonnes Krankenbett begeben.
Von seinem Freund Dantec hatte er die Genehmigung zu einem kurzen Besuch erhalten. Dieser Besuch war ihm wichtig gewesen, denn er spürte, dass es ihre letzte Begegnung sein würde. Sie hatten sich lange angesehen. Jeder hatte dabei an ihre gemeinsamen Erlebnisse gedacht. Yvonne hatte zuerst gesprochen.
»Du bist ein Ungeheuer, Arthus.«
»Möglich. Du und ich, wir sind die Ungeheuer von Lands' en.«
Sie hatten dasselbe gedacht, im selben Augenblick, und sie hatte es ausgesprochen, kaum hörbar flüsternd:
»Dabei habe ich dich geliebt …«
Doch sie hatten beide nicht an diese Liebe geglaubt.
Sie waren beide zu stolz gewesen.
Arthus hatte geglaubt, die hübsche Bäckerin, der er verfallen

war, könne es nur auf sein Vermögen und seinen Titel abgesehen haben, und hatte die Schwangerschaft für eine perfide Falle gehalten. Yvonne hingegen hatte sich dafür gehasst, dass sie nach diesem Aristokraten verrückt war, von dem sie glaubte, dass er in ihr, der Mittellosen, doch nur eine Hure sehen könne.

Sie hatten es sich nie gestanden, aber sie hatten sich geliebt, mit derselben Leidenschaft geliebt, mit der sie sich zerrissen hatten. Und aus dieser unbegreiflichen Liebe war der Hass erwachsen, den sie an ihre Kinder vererbt hatten. Und für den sie alle teuer hatten bezahlen müssen.

»Unsere Tochter ist tot, Arthus, jetzt ist mir alles gleich … Die Hölle kann mir keine Angst mehr machen. Ich habe auf Erden Schlimmeres erlebt …«

Da hatte er seine Hand auf ihre gelegt, und sie hatte die Augen geschlossen und ihn für immer allein gelassen.

In dem großen Krankenzimmer, das von zwei reglosen Beamten bewacht wurde, hatte er nur noch das Pfeifen der medizinischen Geräte gehört.

Als Lucas und Marie von Yvonnes Tod erfuhren, erkannten sie, wie zynisch dieser schreckliche Alte sein konnte.

Ihnen kam sogar der Verdacht, dass er bei ihrem Tod ein wenig nachgeholfen haben könne.

Doch in diesem Punkt ließen die medizinischen Untersuchungen keinen Zweifel: Yvonne war unbestreitbar eines natürlichen Todes gestorben.

*

Marie und Lucas waren zurück in der Gendarmerie und hatten beide das Gefühl, mit den Ermittlungen nicht mehr recht voranzukommen. Stundenlang hatten sie immer neue Hypothesen aufgestellt, verworfen, neu kombiniert, doch keine

deckte wirklich alle Fakten ab. Ihnen fehlten immer wieder Bruchstücke in Argumentationsketten. Vor allem suchten sie nach einem klaren Motiv.
Zunächst hatte ihnen die Kriminaltechnik bestätigt, dass die Videoaufnahmen der Menhire manipuliert worden waren, genau wie sie vermutet hatten. Lucas hatte zwei Stunden lang die Techniker am Telefon beharkt, doch es half alles nichts, die fehlenden Bilder waren nicht mehr zu rekonstruieren. Nur Marie konnte ihn mit einer guten Nachricht beruhigen. Sie stürzte mit einem Fax, das gerade angekommen war, in sein Büro und legte es ihm auf den Schreibtisch.
»Aus Brest! Die Untersuchungsergebnisse zu dem Dubliner Unfall, bei dem Erwan de Kersaint ums Leben kam.«
»Na und?«
»Rate mal, wem der Wagen gehörte! Patrick Ryan!«
»Das erklärt das eingeritzte Wappen in seiner Zelle: Erwan und Patrick kannten sich sehr gut!«
»Allerdings sind die Auskünfte über Ryan dürftig: Seine ganze Familie ist beim Brand des elterlichen Bauernhofs in Irland ums Leben gekommen, als er drei Jahre alt war. Das Kind soll dann von Nachbarn aufgenommen worden sein, deren Namen sich nicht mehr herausfinden lässt. Es gibt keine Spur von ihm, bis er fünfundzwanzig Jahre alt ist.«
Marie war erschöpft, auch verärgert, weil sie so wenig Fortschritte gemacht hatten. Und ein Blick auf die Uhr – es war schon spät – gab ihr den Rest. Da merkte sie, dass Lucas sie lächelnd ansah. Fragend und leicht misstrauisch hob sie die Brauen. Sein Lächeln wurde breiter.
»Du gefällst mir. Sogar wenn du schlecht gelaunt bist. Ich glaube, es ist etwas Ernsthaftes, Frau Doktor.«
Das Klingeln des Telefons stoppte ihn, als er gerade mit eindeutigen Absichten auf sie zukommen wollte. Es war Caradec. Lucas wurde sofort wieder ernst.
In die Akte der Unbekannten von Molène war vor zwei Jah-

ren Einsicht genommen worden. Der Name dessen, der sie ausgeliehen hatte, war gefälscht und die Dokumente waren nie zurückgebracht worden.
»Caradec kümmert sich noch um weitere Informationen«, erklärte Lucas Marie. »Ich bleibe hier und warte. Geh schon mal ins Hotel. Sobald es etwas Neues gibt, rufe ich dich an. Nein, keine Diskussion, du bist müde! Geh schlafen!«
»Ich hasse es, Befehle zu erhalten. Außer von dir. Ist das etwas Ernsthaftes, Herr Doktor?«
»Ich glaube, unser Fall ist hoffnungslos.«
Sie lächelte, dann tat sie, als sei sie von einer Kugel mitten ins Herz getroffen worden, und warf sich mit heiserem Röcheln in ihren Stuhl zurück.
Nach dieser gelungenen Vorstellung suchte sie lachend das Weite.

*

Sie schlief friedlich, nackt, eine Hand auf dem Kopfkissen.
Der Knauf der Zimmertür begann sich langsam und lautlos zu drehen. Sie hatte nicht abgeschlossen, weil sie auf Lucas wartete. Die Tür öffnete sich. Im Zimmer war es sehr dunkel. Eine Gestalt trat ein und lehnte die Tür an. Der Schatten glitt zum Fenster, schob die Vorhänge beiseite, beugte sich dann über Marie und legte ihr eine Hand fest über Mund und Nase.
Marie riss erschrocken die Augen auf und strampelte, doch sie hielt inne, als sie den Angreifer erkannte.
Lucas bedeutete ihr mit der freien Hand, kein Geräusch zu machen. Er gab ihren Mund wieder frei und zog langsam etwas aus der Tasche. Dann hielt er ihr den kleinen Gegenstand vor die Augen. Sie runzelte ratlos die Stirn. Doch als sie sah, dass er auf das Bett stieg und mit der Hand suchend über den Baldachin tastete, verstand sie.

Er zeigte ihr die Beute: ein winziges Mikrophon.
Marie stand vorsichtig auf und schlüpfte in einen Jogginganzug. Sie beobachtete Lucas, der das Zimmer absuchte und zwei weitere Wanzen fand. Danach verließen sie das Zimmer, und erst in einiger Entfernung vom Hotel sagten sie die ersten Worte.
»Das Beste, was derzeit an Abhörmaterial auf dem Markt ist.«
»Wer kann das in meinem Zimmer angebracht haben?«
Er lächelte geheimnisvoll. Er schien es zu wissen, genoss es jedoch sichtlich, sie noch ein wenig auf die Folter zu spannen.
»Das wirst du nie erraten.«
»Sag schon! Wer war's?«
»Möchtest du ein Phantombild sehen?«
Er gab ihr einen Bogen Papier, den sie neugierig betrachtete. Verblüffung zeichnete sich auf ihrem Gesicht ab.
»Der sieht ja aus wie … Das ist doch nicht möglich!«
Wieder betrachtete sie die Züge, den Mund, die Gesichtsform, den Haaransatz, aber sie konnte nicht fassen, was sie da sah … Sie blickte staunend zu Lucas auf.
»Das ist …«
»Nicht zu glauben, oder? Und genau deshalb haben wir uns auch von diesem Dummkopf Morineau hereinlegen lassen.«
»Stéphane«, flüsterte sie, immer noch ungläubig.
»Franck hat noch einmal angerufen. Er hatte die Beschreibung des Mannes erhalten, der die Akte über die Unbekannte von Molène ausgeliehen hatte. Morineau wie aus dem Gesicht geschnitten!«
»Ich kann es einfach nicht glauben … Aber welche Verbindung kann zwischen Mary und Morineau bestanden haben?«
»Ryan! Ich habe deinen Verehrer, den Gefängnisdirektor, angerufen und erfahren, dass Morineau ehrenamtlich Computer-Kurse im Gefängnis gegeben hat. Einer seiner Schüler war Ryan.«

Es gelang Marie einfach nicht, das Bild des lieben, harmlosen Stéphane mit dem eines Machiavelli in Einklang zu bringen, der alle Leute – und sie zuallermeist – manipuliert haben sollte. Lucas berichtete weiter.

»Er hat vor anderthalb Jahren beantragt, auf diese Insel versetzt zu werden. Wahrscheinlich hat Ryan ihn dafür bezahlt, Erkundigungen über die Familien einzuziehen, die sich bereichert hatten. Für einen Gendarmen war das ganz einfach. Er ist ein genialer Bastler, wenn es um Informatik, Elektronik, Video- und Tonaufnahmen geht. Es war ihm ein Leichtes, die Videobänder von Ty Kern zu manipulieren.«

»Und er hat auch Yves Pérec aus dem Gefängnis gelassen! Nichts einfacher als das! Wahrscheinlich war er es, der Nicolas und Chantal tötete, und …«

»Aber der Kopf dahinter war ganz sicher Ryan!«

»Er hat ihm bestimmt versprochen, die Beute mit ihm zu teilen. Ryan hat geglaubt, Gwen wolle ihn aus dem Weg räumen, dabei war es Stéphane! Und nachdem Ryan tot war, hat Stéphane seine Methode übernommen, um herauszufinden, wo die Goldbarren sind.«

»Du kannst es einfach nicht lassen, Ryan reinzuwaschen …«

»In der Nacht, als Gildas starb, war er im Gefängnis!«

»Bewacht von Morineau! Ein prächtiges Alibi!«

Marie war auf so schmerzhafte Weise ernüchtert, dass sie Lucas schließlich Recht geben musste. Sie fand es selbst beunruhigend, dass sie so traurig war über die Beweise für Ryans Schuld. Sollte er sie durch die Hypnose so sehr konditioniert haben?

Sie hatte keine Muße, diesen Gedanken weiter nachzuhängen. Lucas hatte sie schon am Arm gepackt und zog sie mit: Sie hatten keine Zeit zu verlieren, sie mussten so schnell wie möglich Stéphane dingfest machen.

Der junge Gendarm wohnte in einer Straße hinter dem Hafen. Er hatte von der Gemeinde eines der schmalen Fischerhäuschen gemietet, die, mehr schlecht als recht renoviert, im Sommer als Ferienwohnungen dienten. Es dämmerte gerade, als sie sich an Morineaus Haustür anschlichen.
Lucas öffnete sie leise mit einem Dietrich, dann traten sie rasch und mit gezogener Waffe ein. Im Halbdunkel gingen sie durch die beiden Zimmer, das Wohnzimmer und das angrenzende kleine Schlafzimmer, beide waren leer.
Morineau war nicht zu Hause. Sie nutzten die Gelegenheit zu einer schnellen Durchsuchung. Marie machte sich im Schlafzimmer zu schaffen, während Lucas die Treppe hinauf zur Galerie über dem Wohnzimmer ging. Er hörte sie unten in den Schränken wühlen.
»Findest du was?«
»Nein. Vielleicht hat Gwen ihm gesagt, wo die Goldbarren waren, und er ist schon über alle Berge.«
Das Schlafzimmer, das sehr karg eingerichtet war, hatte keine Indizien zu bieten. Doch plötzlich meinte sie einen Lichtstrahl unter dem Spiegel aufleuchten zu sehen, der die ganze Wand gegenüber der Tür einnahm. Der Eindruck war so flüchtig gewesen, dass sie sich fragte, ob sie sich das Licht nicht nur eingebildet hatte.
»Seltsam«, murmelte sie.
Lucas oben auf der Galerie konnte es nicht hören. Marie, neugierig geworden, ging auf den Spiegel zu, der bis auf den Fußboden reichte. Sie entdeckte die Spuren auf dem Boden. Sie verstand sofort.
Der große Spiegel verdeckte ein Zimmer, und dorthin hatte sich Stéphane wohl geflüchtet. Wenn dieser Spiegel von der anderen Seite her durchsichtig war, dann beobachtete er sie jetzt schon die ganze Zeit und zielte vielleicht sogar mit einer Waffe auf sie. Darauf musste sie sofort reagieren.
Sie zwang sich, völlig entspannt zu wirken, und tat so, als

betrachte sie ihr Spiegelbild, um sich das Haar zu richten. Inzwischen hatte ihr Körper schon große Mengen Adrenalin freigesetzt, und es fiel ihr schwer, wirklich unbefangen zu wirken.
Dann plante sie den Bewegungsablauf, den sie im nächsten Augenblick ausführen wollte. Sie drehte sich langsam um, machte zwei Schritte Richtung Tür, wirbelte anschließend herum, entsicherte und schoss auf den Spiegel, der splitternd zerbrach.
»Marie!«, brüllte Fersen.
Mit vorgehaltener Waffe machte sie einen Schritt auf das scheinbar leere Zimmer zu, als sich plötzlich Morineau wie vom Himmel gefallen und mit erstaunlicher Kraft, Wendigkeit und Präzision auf sie stürzte, ihr den Arm verdrehte und sie ins Wohnzimmer stieß. Das Ganze hatte nur wenige Sekunden gedauert.
Er entdeckte Fersen, der von der Galerie aus auf ihn zielte, und zögerte keinen Augenblick lang: Er schoss. Lucas röchelte, und dann hörte Marie voller Grauen, wie sein Körper in sich zusammensackte und auf den Holzboden aufschlug.
»Lucas! Nein!«
Morineau hatte Marie im Schwitzkasten und erwürgte sie fast, um sie zum Schweigen zu bringen. Er schleifte sie zur Treppe.
»Ich gebe ihm den Rest, dann kann er mich nicht mehr nerven! ›Morineau, tun Sie dies, Morineau, tun Sie das …‹ Scheißkerl!«
Marie versuchte trotz des schmerzhaften Griffs Widerstand zu leisten. Sie erstarrte, als sie die Blutstropfen sah, die immer zahlreicher vom Holzboden der Galerie herunterfielen. Stéphane lachte befriedigt auf.
»Na, der ist erledigt!«
Er stieß Marie in Richtung Haustür.
»Dumm für dich, Herzchen, oder? Er hat's dir doch so wun-

derbar besorgt im Bett! Ich hatte zwar keine Bilder, aber schon allein die Töne waren äußerst aufschlussreich! Weiter, oder ich lege dich auch um!«

Er bohrte ihr den Pistolenlauf in die Rippen.

Sie spürte keinen Schmerz mehr in der Schulter und im Arm, den er ihr rücksichtslos verdrehte, so sehr stand sie unter Schock.

»Schnauze! Keinen Laut, oder ich knalle dich ab! Los, weiter!«

Marie versuchte nachzudenken. Besser, sie ging mit ihm hinaus. Vielleicht würden sie jemandem begegnen, dann könnte sie Alarm schlagen und Lucas bekäme Hilfe – wenn er überhaupt noch eine Chance hatte.

Doch die Gassen waren menschenleer, die Fensterläden noch geschlossen.

Sie kamen am Hafen an. Die Fischer waren schon mit der ersten Flut hinausgefahren. Weit und breit keine Menschenseele, so früh am Morgen. Das Schicksal war gegen sie.

Stéphane führte sie zum Polizeischnellboot. Sie wehrte sich, aber er warf sie buchstäblich an Bord und sprang hinterher.

»Geh ans Steuer, Richtung Festland!«

Marie schaute kurz zum Hafenamt hinüber. Selbst wenn jemand sie gesehen haben sollte, würde es niemanden wundern, dass sie mit Morineau aufs Meer hinausfuhr. Sie startete den Motor und fuhr auf die Hafenausfahrt zu. Sobald sie außer Sicht waren, entspannte sich Stéphane, er konnte der Versuchung nicht widerstehen, die Umkehrung der Situation auszukosten.

»Du hast mich für blöd gehalten, nicht wahr? Du glaubst ja nicht, wie ich gelacht habe. Die Gesichter, die ihr gemacht habt, als Pérec verschwunden war! Und als ihr die Videobänder abgespielt habt!«, feixte er.

»Meine Brüder, Yves, Gwen – Sie haben sie alle getötet? Und Sie haben Nicolas getötet und Chantal …«

»Ich hatte ihnen gesagt, dass sie verschwinden sollten, aber sie lungerten in der Nähe der Gendarmerie herum. Das passte mir eben nicht …«
»Und weshalb das alles? Wegen des Geldes?«
»Ab einer gewissen Anzahl von Millionen nennt man das nicht mehr Geld.«
Das Schnellboot näherte sich der Fahrrinne vor Molène. Marie drosselte den Motor.
»Was soll das?«
»Hier gibt's lauter Riffe! Da und da …« Sie zeigte auf die Untiefen und Felsen, um Stéphane abzulenken, denn für einen Sekundenbruchteil glaubte sie einen anderen Bootsmotor gehört zu haben. Während er auf die Riffe starrte, sah sie sich verstohlen um. War es eine Halluzination?
Etwa hundert Meter entfernt sah sie ein anderes Schnellboot. Sie hätte schwören können, dass die Person am Steuer Lucas war …
Sie holte tief Luft, um ihren Herzschlag zu beruhigen, und rammte absichtlich eine Felsspitze knapp unter der Wasseroberfläche, um Stéphanes Aufmerksamkeit weiter zu fesseln.
»Scheiße! Pass doch auf!«
Er beugte sich vor, um den Schaden zu begutachten.
Sie drückte den Gashebel ganz herunter, und die plötzliche Beschleunigung brachte Stéphane aus dem Gleichgewicht. Mit einem Tritt schlug sie ihm die Waffe aus der Hand. Morineau stürzte sich rasend vor Wut auf sie.
Fersen hatte sofort verstanden, was sie vorhatte. Er folgte ihnen so schnell wie möglich. Marie und Morineau kämpften verbissen, während ihr Boot mit Vollgas weiterfuhr.
Lucas war dem Tod nicht durch ein Wunder entronnen. Seine Reflexe hatten ihn gerettet. Als Stéphane auf ihn geschossen hatte, hatte er blitzschnell reagiert und die Kugel hatte ihn nur um Millimeterbreite verfehlt. Dann hatte er so getan, als sei er getroffen worden, und ging lärmend zu Boden. Zum

Glück stand der Medizinschrank direkt neben ihm. Er hatte rasch ein Fläschchen Jod aufgeschraubt und über dem Bretterboden geleert. Ein riskanter Trick, doch Stéphane war darauf hereingefallen. Marie auch.

Das Polizeischnellboot, auf dem der Kampf erbittert weiterging, schoss direkt auf den Deich von Molène zu, ohne dass die beiden etwas davon merkten. Lucas holte auf und brüllte, so laut er konnte: »Spring, Marie, spring!«

Marie, von diesem Schrei aufgeschreckt, drehte sich um. Sie erkannte die Gefahr. Sie versuchte, wieder ans Steuer zu kommen, doch Stéphane nutzte ihre Unaufmerksamkeit zu einem heftigen Schlag und eroberte seine Waffe zurück.

Das Boot raste auf die hohe Deichmauer zu, während Morineau auf Marie zielte.

Ein Schuss.

Stéphane ging in die Knie und versuchte, noch auf Marie zu schießen, doch sie war schon über Bord gesprungen.

Im nächsten Augenblick prallte das Boot gegen die Mauer und explodierte. Die Trümmer wirbelten durch die Luft.

Sie sagten nichts, als sie sich in die Arme fielen. Alle Worte wären zu schwach gewesen, um auszudrücken, was ihnen dieses Wiedersehen bedeutete. Sie wussten, dass sie sich ohne den anderen nicht mehr als vollständige Menschen fühlten.

Sie überließen es der Wasserschutzpolizei, Stéphanes zerrissenen Körper einzusammeln, und kehrten umgehend zu seiner Wohnung zurück, um sie zu durchsuchen.

Das Zimmer hinter dem Spiegel war erstaunlich gut ausgestattet: Monitore, auf denen Ty Kern und die ganze Umgebung zu sehen waren – was bedeutete, dass die Kameras oben auf dem Leuchtturm versteckt sein mussten –, eine hoch technisierte Abhör- und Überwachungsanlage, ein Schaltpult, das mit mehreren digitalen Aufnahmegeräten verbunden war. Marie las die Namen ab.

»Er hat alles abgehört: Hotelschlafzimmer Marie, Hotelschlafzimmer Lucas, Büro Gendarmerie … Unglaublich!«
»Sieh dir das an: ein Stimmen-Synthesizer. Damit kannst jeden Beliebigen alles Mögliche sagen lassen.«
Er nahm einen Stapel von etikettierten CD-ROMs in die Hand. Stimme Gwen, Stimme Nicolas …
»Er hat uns alle manipuliert.«
Marie schwankte zwischen Zorn und Ekel. Nur der Wunsch, alles verstehen zu wollen, die Fäden miteinander zu verknüpfen, hielt sie bei der Stange. Sie setzte sich an einen der Computer und gab Begriffe ein.
»Wenn ich bedenke, dass er uns den Idioten vorgegaukelt hat! Dass er angeblich nicht in der Lage war, im Internet zu surfen … Schau dir das an! Stéphane hat mehrfach Websites besucht, die auf Illusionskünste und Zaubertricks spezialisiert sind!«
Sie klickte die zuletzt besuchte an. Das Fenster öffnete sich und bot einen Demonstrationsfilm an. Sie wählte ihn aus und ließ ihn ablaufen.
Sie starrten wie gebannt auf den Bildschirm und sahen, wie man einen Menschen in eine lebende Fackel verwandelte. »Dreißig Sekunden lang ohne jede Gefahr«, sagte ein Kommentator, während ein Stuntman in Brand gesetzt wurde.
»Nun wissen wir, wie Ryan seinen Tod vorgetäuscht hat: Erst hat er dir die Panne und dann die Nummer mit der lebenden Fackel vorgespielt!«
Wieder fühlte sich Marie auf schmerzhafte Weise verraten. Sie wusste selbst nicht, warum es ihr so viel ausmachte.
»Und dabei war ich so sicher, dass er sein Leben für mich gegeben hat.«

24

Das schrille Geräusch des elektrischen Schraubenziehers, das nicht recht in diesen der Stille geweihten Rahmen passte, vertrieb die Möwe, die auf dem Familiengrab der de Kersaints gehockt hatte. Armelle warf einen besorgten Blick auf ihren Schwiegervater, dessen Blässe noch durch seinen schwarzen Hut betont wurde.

»Sie hätten bei PM im Schloss bleiben sollen, Vater.«

Dann sah sie Marie und Lucas, die der Exhumierung beiwohnten, zornig an.

»Das ist schlicht und einfach Grabschändung.«

Trotz der Hitze fröstelte Marie beim Anblick des Sarges auf dem hölzernen Gestell. Die helle Eiche hatte den Jahren getrotzt, doch die Messinggriffe waren schwarz geworden. Genau wie die Messingtafel mit der Inschrift *Erwan de Kersaint, 9. April 1944 – 12. Februar 1962.*

Am Tag vorher war das Fax aus Dublin gekommen.

Patrick Ryan starb am 3. April 1947 in einem Feuer, das den elterlichen Bauernhof verwüstete. Er war drei Jahre alt.

Marie war bleich geworden. »Der Mann, der Ryans Identität angenommen hatte, wählte ihn aus, weil er ebenfalls 1944 geboren war. Es gab durch das Feuer keine Angehörigen mehr und somit auch keine Zeugen.«

»Eine bei IRA-Aktivisten beliebte Methode«, hatte Fersen bemerkt, als er selbst das Fax überflog.

Wieder hatte Marie flüchtig das Gefühl gehabt, manipuliert worden zu sein.

»Die Gruppierungen radikalisierten sich, und die Katholiken stellten sich schließlich unter den Schutz der IRA«, hatte ihr Ryan erklärt, als er ihr von seiner stürmischen Liebe zu einer jungen Belfaster Protestantin erzählt hatte.

»Er hat die standesamtlichen Register gefälscht, damit das Todesdatum darin nicht aufgeführt wurde«, sagte sie angewidert, »und die Geburtsurkunde benutzt, um im Januar 1962 einen Pass zu beantragen.«

»Und einen Monat später kam Erwan de Kersaint am Steuer von Ryans Wagen um«, ergänzte Lucas.

»Warte mal ... Erwan ist auch 1944 geboren!«

»Und er wurde als Deserteur gesucht. Ein guter Grund für eine neue Identität.«

»Sollten Ryan und Erwan ein und dieselbe Person sein?«

»Das ergäbe völlig neue Perspektiven.«

Sie hatten sich angesehen, und in ihren Blicken hatte dieselbe Frage gestanden: Wer lag in der Gruft der de Kersaints begraben?

Der Staatsanwalt hatte die Exhumierung erlaubt. Widerstrebend.

Die letzte Schraube war herausgedreht, und der Angestellte des Bestattungsinstituts hob den Deckel. Das Holz hatte sich in der Feuchtigkeit verzogen und knarrte düster.

Der alte Herr schwankte. Die knotigen Gelenke seiner Hand krampften sich um den Knauf seines Gehstocks.

Armelles Neugier war stärker als ihr Widerwille. Sie beugte sich vor, um zu sehen, was ihren Schwiegervater derartig aus der Fassung brachte.

Sandsäcke. Drei Säcke ruhten auf dem gesteppten Satin, der teilweise von Schimmelflecken verunreinigt war.

Arthus de Kersaint war totenbleich. Er betrachtete die Sandsäcke, dann Marie und Lucas, die ihm gegenüber standen, und war zutiefst verwirrt.

»Soll das heißen, dass mein Sohn nicht tot ist?«

»Es bestätigt nur unseren Verdacht«, antwortete Lucas und erwähnte den Identitätswechsel, den sie vermuteten.

»Aber das ist doch lächerlich«, protestierte Armelle, nachdem sie sich von dem Schock erholt hatte. »Ryan war mehrmals bei uns zu Gast. Wenn er Erwan gewesen wäre, hätte Vater ihn doch erkannt!«

»Er war achtzehn, als er Lands'en verließ«, erinnerte Marie. »Und dieses Jahr wird er zweiundsechzig. In vierundvierzig Jahren verändert sich ein Mensch, vor allem, wenn er drei Viertel der Zeit im Gefängnis verbracht hat.«

Arthus' Schwiegertochter ließ sich nicht beirren.

»Aber die Augen? Der Blick! Das bleibt doch ein ganzes Leben lang gleich.«

»Farbige Kontaktlinsen«, sagte Marie.

Sie hielt dem alten Herrn, der keinen Ton mehr von sich gab, einen Laser-Farbausdruck unter die Nase.

»Wir sind von einem Porträt des siebzehnjährigen Erwan ausgegangen, haben es mit einem entsprechenden Computerprogramm altern lassen und die grauen Augen durch blaue ersetzt. So in etwa würde Ihr Sohn heute aussehen.«

Die Ähnlichkeit mit Ryan war frappierend, obwohl der Schriftsteller weder die Tränensäcke noch den Doppelkinnansatz des Phantoms hatte. Schönheitschirurgie.

Nachforschungen sollten später ergeben, dass Ryan sich wenige Tage nach seiner Haftentlassung in der *Clinique du Rond-Point* hatte behandeln lassen.

Das Foto zitterte in den Händen des alten Mannes.

»Ryan ... Erwan ... Was macht das schon für einen Unterschied«, sagte er mühsam. »Sie sind beide tot.«

»Ja, es gibt zwei Tote, aber es fehlen auch zwei Leichen«, entgegnete Lucas. »Die Schlussfolgerung überlasse ich Ihnen.«

Lucas sah Arthus an. Die blauen Augen, die er an Erwan vererbt hatte. Er sah darin ein winziges Flackern. Angst. Todesangst.
»Seine Überraschung vor dem leeren Sarg war nicht gespielt«, murmelte Marie, als sie dem alten de Kersaint nachblickten.
»Sein Rachefeldzug ist noch nicht beendet. Ich meine Ryan«, ergänzte Lucas. »Er wollte nicht, dass seine Familie ihn erkannte, das bedeutet, dass er noch nicht mit ihr fertig ist.«

*

Pierre-Marie hatte zugesehen, wie sein Vater und Armelle in die Familienlimousine stiegen. Nachdem der Wagen den Schlosshof verlassen hatte, griff PM zum Telefon, um den nächstmöglichen Auslandsflug ab Brest zu buchen.
Ein Blick auf die Wanduhr in seinem Schlafzimmer hatte ihn beruhigt. Wenn er sich ein wenig beeilte, würde er mühelos die letzte Fähre erreichen.
»Ich sagte doch, das Flugziel spielt keine Rolle, das lässt Ihnen doch eine gewisse Wahl, oder?« Er schob einen Hocker an den alten Kleiderschrank und kletterte hinauf, um einen Koffer herunterzuholen. »London? Gibt es keine weiteren Flüge als bis nach England?«, maulte er. »Schon gut, schon gut … Also London.«
Er fasste nach dem Koffer, als er ein leichtes Rascheln hörte. Er sah sich um. Plötzlich überkam ihn eine solche Angst, dass er fast vom Hocker gestürzt wäre.
Ein Umschlag war unter der Tür hindurchgeschoben worden. Er kletterte vom Hocker herunter und öffnete ihn mit zitternden Händen.
Er war leer.
Das Siegel war aus Wachs und in der Mitte durchgebrochen. Es war ein Kreis darauf, umgeben von acht vertikalen Strichen.

Vorsichtig schaute er aus dem Zimmer. Niemand. Leise ging er ein paar Meter den Flur hinunter. Immer noch niemand. Er betrachtete den Umschlag, den er in der Hand behalten hatte, und ging zurück.
»Ja … was?«, brüllte er ins Telefon, »na schön, dann setzen Sie mich eben in die Economyclass.« Seine Stimme war schrill vor Angst.
Er zog die Tür hinter sich zu, schloss sie ab, wandte sich um und erstarrte, als er ein vergilbtes Blatt mitten auf seinem Bett liegen sah.
Die Unbekannte von Molène.
Das Original des am 5. Juni 1968 im *Télégramme de Brest* erschienenen Artikels. PM starrte noch wie betäubt auf das Blatt, da hörte er eine Stimme.
»Wer hatte die Idee, in jener Nacht damals Strandräuber zu spielen? Gildas, Yves, Loïc, Gwenaëlle, Christian – oder etwa du, Brüderchen?«
PM erkannte diese Stimme mit dem zugleich zärtlichen und ernsten Timbre sofort. Dabei hatte er sie nicht mehr gehört, seit – guter Gott! – seit er ein kleiner Junge war.
Er fuhr herum.
Und da stand er, in seinem Schlafzimmer, trotz der abgeschlossenen Tür.
Ryans Gestalt. Doch die Stimme und die blauen Augen gehörten Erwan.
PM krümmte sich unter diesem Blick. Einen Augenblick lang glaubte er wirklich an Gespenster.
Dann packte ihn eine Hand an der Kehle. Eine Hand, die nicht realer hätte sein können. PM versuchte sich zu wehren, doch er war dem anderen völlig ausgeliefert.
Mit hervorquellenden Augen und zusammengedrückter Luftröhre stammelte er, Gwen habe sie angestiftet. *»Wenn du kneifst«*, hatte sie damals herausfordernd zu PM gesagt, *»darfst du nie in unserer Bande mitmachen!«*

Dann ging ihm die Luft vollends aus, seine Worte wurden erstickt.
Das letzte Bild, das sein Bewusstsein noch aufnahm, war das einer aufschwingenden Wand. Dann war alles dunkel.

Es fühlte sich kalt, feucht und rau an. PM schlug vorsichtig die Augen auf, kniff sie aber gleich wieder zusammen, weil er von einer Taschenlampe geblendet wurde. Er brauchte eine Weile, um zu begreifen, dass er auf dem nassen Boden eines unterirdischen Raums saß. Ryan – oder sollte er sagen, Erwan? – hatte ihn dorthin geschleppt.
Der Raum war wie ein Basislager ausgestattet: mit dem unbedingt Notwendigen. Es gab nur einen einzigen Luxusartikel: einen kleinen Gasgefrierschrank. Jedenfalls meinte PM einen solchen zu erkennen, als sich seine Augen ans Halbdunkel gewöhnt hatten.
Die blauen Augen des Mannes, der in einem anderen Leben sein großer Bruder gewesen war, blieben unergründlich. PM streckte seine schmerzenden Glieder, massierte sich den Nacken und stand mühevoll auf. Reden. Solange man spricht, lebt man.
»Wo sind wir?«
»Unter der Bibliothek.«
»Ich wusste gar nicht, dass es hier solche unterirdischen Räume gibt.« PM war darüber so erstaunt, dass er seine Angst für ein paar Sekunden vergaß.
»Die kennt nur der Erstgeborene.«
Ryan neigte den Kopf.
»Ich höre.«
PM wich unwillkürlich zurück, sein Rücken stieß gegen die Steinmauer. Er saß in der Klemme. Er wusste nicht recht, wo er beginnen sollte. Vielleicht mit der einzigen Frage, die ihn wirklich quälte.
»Willst du mich töten? Wie die anderen?«

Ryan lächelte kurz, ein Lächeln ohne jede Wärme.
»Habe ich Grund dazu?«
Ohne Luft zu holen, überstürzt und abgehackt erzählte ihm PM, wie sie damals zum Steilfelsen gegangen waren, in jener Nacht im Mai 1968 …
»Pierric war uns nachgelaufen, aber der zählte ja nicht. Wir waren sechs, wie in der Legende …«
»Erzähl mir lieber etwas Neues«, unterbrach ihn Ryan eisig. »Erzähl mir von dem Gold, das du gestohlen hast.«
Unter anderen Umständen hätte PM laut gelacht. Das Gold? Das hatte er nur ein einziges Mal zu sehen bekommen. All die Jahre hatte er um jeden Pfennig betteln müssen, um sich halbwegs standesgemäß auszustatten.
Er sah die Goldbarren im Sand wieder vor sich. Die aufgebrochene Kiste. Die drei Menschen, die am Ufer lagen. Er sah sich selbst, wie er die Hand nach einem der golden glänzenden Stücke ausstreckte. Und dann den Sand, den der Schuss wenige Zentimeter von ihm entfernt aufspritzen ließ.
Der Mann wurde von einem Felsen halb verdeckt. Er hielt einen Karabiner im Ellbogen. Sein rechtes Bein war aufgeschlitzt. Der Schienbeinknochen war zu sehen. Ein anderer Mann war ein Stück weiter weg angeschwemmt worden und kroch nun auf den Ellbogen vorwärts. Seine Beine standen in einem seltsam verkehrten rechten Winkel ab. Über sein Gesicht lief Blut.
»Sie drohten, sie würden uns töten, wenn wir ihnen nicht helfen würden, sich mitsamt den Goldbarren zu verstecken. Also haben wir sie in die Grotte getragen. Die Flut hatte eingesetzt. Als ihnen klar wurde, dass sie in der Falle saßen, hat der mit dem Karabiner auf uns angelegt. ›Du‹, hat er gesagt und auf Christian gezeigt. ›Du holst Hilfe, und zwar schnell. Deine Freunde bleiben hier. Als Geiseln. Wenn wir krepieren müssen, dann krepieren sie mit uns.‹ Christian ist sofort abgehauen. Und nicht zurückgekommen.«

Arthus' jüngerer Sohn fröstelte bei der Erinnerung an die schreckliche Nacht.

»Sean. Der Mann mit dem Karabiner. Der andere hieß Tom. Sie waren Brüder. Wie du und ich«, sagte Ryan kühl. »Ihr habt sie absaufen lassen wie Ratten.«

PM hätte ihm gern gesagt, dass ihnen gar nichts anderes übrig geblieben war, aber er bezweifelte, dass sich Ryan mit einer so erbärmlichen Entschuldigung abspeisen ließ. Nur Gildas und Loïc wussten, dass es einen Ausgang unter dem Dolmen gab. Gildas hatte ihn zufällig gefunden, als er eines Tages von der Flut eingeschlossen worden war und fast ertrunken wäre. Aber er hatte niemandem davon erzählt. Nur seinem Bruder.

Die beiden schwer verletzten Männer blieben dem Ansturm der Wellen überlassen, und als die Grotte voll gelaufen war, waren die sechs einer nach dem anderen durch den Gang ins Freie gekrochen.

»In dem Zustand, in dem sie waren, hätten sie nie hinterherklettern können«, stotterte PM. »Wir waren Kinder, es war nur ein blödes Spiel ... Wir hätten niemals gedacht, dass ein Schiff vom Kurs abkommen und auf die Riffe auflaufen könnte. Wir wollten doch niemandem etwas tun ...«

»Und die junge Frau, die dabei war, hast du die auch nur im Spiel getötet?«

Die Klinge des Springmessers blinkte kurz, bevor Ryan sie an Pierre-Maries Kehle setzte. Panik stieg in ihm auf, als er den kalten Stahl spürte. Der Raum begann sich zu drehen, die Wände schwankten. Aber was ihm am meisten Angst machte, war die Leere in den blauen Augen, die fest auf ihn gerichtet waren.

»Du bist als Letzter auf den Steilfelsen hinaufgekommen«, sagte Ryan kalt. »Gildas, Yves und Gwen haben erst viel später erfahren, dass eine Frau bei den Schiffbrüchigen war. Das haben sie unter Hypnose gesagt, und da sagt man die Wahrheit!«

»Ich wollte es nicht, das schwöre ich dir«, stotterte PM mit zitterndem Kinn. »Hab Erbarmen.«

»Erbarmen?«

Ryan lachte hasserfüllt auf.

»Hast du Erbarmen mit Mary und dem Kind gehabt, das sie unter dem Herzen trug?«

PM war völlig erstaunt. »Welches Kind?«, krächzte er.

»Mary war schwanger. Fast im neunten Monat.«

»Nein! Nein, das ist unmöglich.«

Die Klinge drückte sich ins Fleisch, PM jaulte auf.

»Ich schwöre es dir!«, schrie er. »Wenn sie kurz vor der Geburt gestanden hätte, hätte sie uns nicht folgen können!«

Ungläubig zog Ryan die Klinge um ein winziges Stück zurück.

»Du hast eine Minute Zeit, um alles zu erklären.«

Zu Ausflüchten war PM nicht mehr in der Lage. Gerade hatte sich seine Blase entleert.

»Als das Wasser die Decke der Grotte erreicht hatte, sind wir alle in den Tunnel gekrochen. Einer nach dem anderen. Und dass ich der Letzte war«, erklärte er nicht ohne Bitterkeit, »lag daran, dass die anderen mich nicht vorgelassen haben. Als ich in der Krypta ankam, war niemand mehr da. Ich bin die Stufen hochgeklettert, und als ich endlich unter dem Dolmen ins Freie kam, packte mich eine Hand am Fuß. Ich habe gebrüllt, aber die anderen waren schon zu weit weg.«

Die letzten Worte erstickten in einem Gurgeln.

»Sie wollte mich nicht loslassen. Sie sagte, ich müsste für den Tod der beiden Männer büßen. Sie sagte, ich müsste ins Gefängnis«, schluchzte er. »Und da habe ich Schiss bekommen, verstehst du? Da lag ein Stein. Ich hab auf sie eingeschlagen, immer weiter, bis sie mich losließ.«

Manchmal sah er nachts noch das lange braune Haar vor sich, das Blut, das ihr über das Gesicht lief, die grünen Augen, die sich endgültig schlossen …

Er weinte.

»Und dann bist du ins Schloss zurückgegangen«, ergänzte Ryan schonungslos.

»Ja.« PM schniefte geräuschvoll. »Vater hat mich ins Bett geschickt und gesagt, er werde sich um alles kümmern. Er kam erst spät am Vormittag zurück. Er sagte mir …«

PM schluckte mühsam.

»Er sagte mir, sie sei tot gewesen. Ich hätte zu fest zugeschlagen. Er hätte die Leiche verschwinden lassen und sich mit den Eltern der anderen arrangiert. Ich musste ihm schwören, niemandem davon zu erzählen, sonst würde ich im Gefängnis oder auf dem Schafott enden.«

»Und du hast es ihm geschworen …«

PM weinte nun hemmungslos.

»Ich war noch keine zehn Jahre alt. Ich wollte sie doch nicht töten. Ich schwöre dir, ich wollte das nicht …«

Er schloss die Augen und erwartete den Gnadenstoß. Doch er hörte nur das Klicken der Klinge, die in den Griff zurückschnellte.

»Nicht du hast sie getötet.«

PM öffnete halb die Augen. Er verstand nichts. Wollte sein Bruder ihn zum Narren halten? Aber die Worte hatten ehrlich geklungen. In ihm keimte Hoffnung auf. Eine kleine, zaghafte Hoffnung. Vielleicht würde er doch nicht sterben.

»Man hat Mary die Kehle durchgeschnitten«, sagte Ryan schlicht.

PM sah die junge Frau vor sich, die seit so vielen Jahren durch seine Nächte geisterte. Die Kehle durchgeschnitten? Wie war das möglich? Er war doch der Letzte gewesen … Sollte einer von den anderen zurückgeblieben sein? Sollte sich Christian dort versteckt haben, statt Hilfe zu holen? Und Pierric? Er hatte ihn vom Strand weglaufen sehen, als sie die Männer in die Grotte schleppten. Nein, Pierric war ja noch nicht einmal sechs Jahre alt gewesen …

»Wer kann das getan haben?«
»Wer hat dir gesagt, du hättest zu fest zugeschlagen?«
PMs Augen weiteten sich, als er begriff, was sein Bruder meinte.
»Nein ... Nein ...«
Er wollte schreien, doch Ryan legte ihm brutal die Hand auf den Mund.
Man hörte das anschwellende Geräusch einer Sirene.

Armelle hatte die Polizei verständigt. Sie hatte sämtliche Räume des Schlosses durchsucht und war zu dem Schluss gekommen, dass ihr Mann verschwunden war.
»Er wäre niemals weggegangen, ohne mir vorher Bescheid zu sagen«, erklärte sie Lucas und Marie. Sie wirkte sehr ängstlich. »Das ist doch nicht normal, und gerade jetzt, nachdem wir entdeckt haben, dass der arme Erwan ... Man könnte meinen, es läge ein Fluch auf unserer Familie.«
Fersen verkniff sich die Bemerkung, die Familie de Kersaint sei für sich genommen schon ein Fluch, und ging weg, um Verstärkung anzufordern.
Arthus, der sich nach der Rückkehr vom Friedhof in sein Zimmer zurückgezogen hatte, reagierte verärgert auf ihr Kommen. Er öffnete seine Tür nur einen Spaltbreit und betrachtete die junge Beamtin mit kühlem Blick.
»Wir suchen Ihren Sohn.«
»Welchen?«
Marie antwortete nicht, sondern ging an ihm vorbei in sein Zimmer. Lucas folgte ihr.
»Das ist eindeutig ein Rechtsverstoß«, protestierte Arthus. »Ich werde mich über Sie beschweren!«
»Ihre Söhne scheinen beide eine Neigung zu haben, sich in Luft aufzulösen«, sagte Fersen nur. »Wie erklären Sie sich das?«
»Ich bin müde ...« Er ging auf sein Bett zu.

»Was haben Sie Ihrem ältesten Sohn Schreckliches angetan, dass er sich jetzt schon zum zweiten Mal tot stellt?«, fragte Lucas drängend.
»Für mich ist Erwan an dem Tag gestorben, an dem er dieses Haus verließ.«
»Sagen Sie besser: An dem Sie ihn aus diesem Haus warfen und ihm verboten, zu Ihren Lebzeiten zurückzukehren«, korrigierte Marie. »Und all das nur, um Ihre heimliche Liebschaft mit Yvonne Le Bihan zu verbergen, die von Ihnen schwanger war.«
Der alte Mann wandte ihr sein Raubvogelgesicht zu.
»Seine Mutter ist vor Gram um ihn gestorben.«
»Ihre Frau hat sich vom Steilfelsen gestürzt, als sie kurz nach dem angeblichen Tod Erwans in Algerien die Wahrheit erfuhr«, gab Marie trocken zurück.
Arthus' blaue Augen wurden fast milchig.
»Ihr älterer Sohn ist zurückgekehrt, um sich zu rächen, Monsieur de Kersaint. Ihr jüngerer Sohn ist verschwunden. Ich kann mir kaum vorstellen, dass Ihnen das gleichgültig ist.«
»PM ist aus dem Alter heraus, in dem man seinen Vater um Erlaubnis bittet, das Haus verlassen zu dürfen«, zischte Arthus.
»Alle Ausgänge des Schlosses wurden bewacht. Trotzdem ist er verschwunden. Ich an Ihrer Stelle, Monsieur de Kersaint, würde vor dem Schlafengehen noch einmal unter dem Bett nachsehen.« Mit dieser giftigen Bemerkung verließ Lucas den Raum.
Der Alte wartete, bis die Schritte der beiden Beamten auf dem Gang verhallt waren, dann schloss er die Tür ab. Er ging zu einem Wandteppich, schob ihn beiseite und stand vor einem in den Stein eingelassenen Safe. Er tippte fieberhaft eine Ziffernfolge ein und öffnete ihn.
Es lagen einige Dokumente darin, aber auch ein alter Dolch, auf dessen Griff ein Kreis mit acht kleinen Strichen eingra-

viert war. Einst hatte dieser Dolch einem Vorfahren gehört, Erwan-Marie de Kersaint.
Erwan, dem Strandräuber.
Arthus betrachtete das Messer, dann schloss er den Safe wieder und änderte die Zahlenkombination.

»Seit fünfunddreißig Jahren hält mir der Alte beim geringsten Anlass vor, ich sei ein Mörder«, sagte PM, dessen Zorn wuchs, als er sein Leben an sich vorüberziehen ließ. »Seit fünfunddreißig Jahren benutzt er diesen Vorwurf, um mich unter seiner Knute zu halten. Seit fünfunddreißig Jahren belügt er mich. Er hat immer gesagt, Maman sei deinetwegen gestorben. Ich war dir so böse deshalb, so böse … Er hat mein Leben verpfuscht, und deines auch.«
Durch seine Augen ging ein wahnsinniges Funkeln.
»Aber damit wird er nicht davonkommen. Ich will, dass er krepiert!«
»Erst, wenn er gesagt hat, wo sich die restlichen Goldbarren befinden.«
»Die berühmten Goldbarren, von denen ich im Laufe der Jahre immer mal einen Krümel zugeworfen bekam? Die suche ich schon seit fünfunddreißig Jahren. Wenn welche übrig wären, hätte ich sie gefunden.«
»Nach meinen Berechnungen müsste noch ein Kasten übrig sein. Knapp fünfzig Millionen.«
»Euro?«
PMs gierige Augen entlockten Ryan ein kurzes Lächeln.
»Francs. Aber das ist auch nicht schlecht. Und außerdem wäre der einfache Tod für einen Mann wie ihn ein zu leichtes Los. Wir werden ihn leiden lassen, wie er uns hat leiden lassen.«
»WIR?«
Ryan zog ein Zigarrenetui aus der Innentasche seiner Jacke und hielt PM eine der beiden Havannas hin.

»Ich werde deine Hilfe brauchen, Brüderchen. Halbe-halbe?«
PM streckte automatisch seine Hand aus, stockte jedoch mitten in der Bewegung.
»Was garantiert mir, dass du mich hinterher nicht tötest?«
Ryan zuckte die Achseln.
»Nichts. Nur dass ich dir mein Wort gebe.«
PM schwieg kurz. Dann nahm er die Havanna.
»Langsam. Mit dem Alten. Wir müssen ihn langsam leiden lassen.«

*

Es wurde schon dunkel, als die Gendarmen, die das Grundstück absuchten, PM über den privaten Strand zurückkehren sahen. Er genoss gelassen die letzten Züge aus seiner Havanna.
Zur Rede gestellt, und zwar nicht nur von den Flics, sondern auch von seiner Gattin, erklärte er nur, er habe einen Spaziergang über die Insel gemacht. Ja, genau, zu Fuß. Aber das sei doch kein Grund, die gesamte Gendarmerie ausrücken zu lassen.
Armelle hatte wenig Sinn für seine Ironie. Ihr war wirklich nicht mehr nach Scherzen zumute. Nicht, seit sie vom Friedhof zurück war.
PM riss scheinbar erstaunt die Augen auf, als er erfuhr, dass Erwans Leiche nicht im Sarg gewesen war. Dann verzogen sich seine Lippen zu einem Lächeln.
»Er ist doch ein Mordskerl! Er hat sich schon immer gern wichtig gemacht!«
»Sind Sie sicher, dass Sie sich gut fühlen, PM?«, erkundigte sich Armelle besorgt.
»Ich habe mich nie besser gefühlt!«
»Sicher aus Freude darüber, dass Erwan noch am Leben ist … Auch wenn er sich inzwischen Patrick Ryan nennt«, bemerk-

te Marie sarkastisch. Sie hatte ihn die ganze Zeit nicht aus den Augen gelassen.

PMs Lachen klang durch den ganzen Park. Doch als er Armelles betretene Miene sah, wurde er übergangslos ernst.

»War das etwa ernst gemeint? Das würde ja bedeuten … dass ich der Bruder eines Mörders bin?«

»Und vielleicht auch sein Komplize«, sagte Lucas.

Pierre-Maries Gesicht verfinsterte sich.

»Kommen Sie.« Er nahm Armelle beim Ellbogen. »Vater hasst es, spät zu Abend zu essen.«

»Was hatte Ihnen Ryan versprochen, damit Sie ihm helfen?«, fragte Fersen. »Die Hälfte der restlichen Goldbarren?«

»Welche Goldbarren? Sind Sie jetzt auch schon verrückt geworden?«, rief Armelle, der die Ereignisse allmählich über den Kopf wuchsen.

Marie warf Lucas einen scheinheiligen Blick zu.

»Also wirklich, Commandant, Sie glauben doch nicht etwa, dass Pierre-Marie …«

Sie schüttelte den Kopf.

»Nein, das ist unmöglich. In den Mordnächten war er bei seiner Frau. Armelle würde niemals zehn Jahre Haft wegen falscher Zeugenaussage riskieren.«

Sie schielte zu PMs Frau hinüber, die nervös an ihrer Perlenkette zerrte.

»Gewiss nicht«, sagte sie in plötzlich scharfem Ton.

»Sie haben einen Pakt mit dem Teufel geschlossen.« Fersen sah PM fest in die Augen. »Ryan wird Sie noch leichter manipulieren als Ihr Vater! Der verschluckt Sie einfach.«

»Ich bin zäher, als ich aussehe.«

»Auch Gwen hat sich stark gefühlt, und deshalb ist sie gestorben. Wo ist Ryan?«

»Sagen Sie mal, mein Lieber, wollen Sie etwa, dass ich hier an Ihrer Stelle aufräume?«

Fersen lächelte böse.

»Wenn Sie nicht reden, wird vielleicht Ihr großer Bruder das Aufräumen übernehmen.«

*

Sie konnte einfach nicht glauben, dass Ryan das alles nur um des Geldes willen getan hatte. Seit Stunden schon grübelte sie darüber nach.

»Suchst du immer noch nach mildernden Umständen für ihn?«, fragte Lucas aufgebracht und stellte ihr die x-te Tasse Kaffee hin.

»Nein, das ist es nicht ... Ich spüre, dass da noch etwas anderes ist. Etwas, das ich nicht mitbekommen habe. Erwan de Kersaint war ein anständiger Mensch, als er mit achtzehn Jahren von seinem Vater aus dem Haus geworfen wurde.«

»Richtig. Bis er in eine Bank einbrach und einen Polizisten umbrachte.«

»Das war ein Unfall.«

»Ich sage es ja: Du suchst nach Entschuldigungen für ihn.«

»Ich will es nur verstehen.«

»Was denn verstehen, Marie? Geld ist immer noch das häufigste Motiv für ein Verbrechen. Gleich danach kommt die Liebe. Dann die Leidenschaft. Und die Rache.«

Sie sah ihn mit einem seltsamen Blick an.

»Was ist?«, fragte Lucas.

»Ryan hat mir erzählt, dass er in den sechziger Jahren ganz fürchterlich in ein Mädchen aus Belfast verliebt war.«

»Ryan hat dir auch erzählt, Gwen sei schuldig.«

»Er wirkte ehrlich. Und dann hat er mir noch erzählt, dass seine Angehörigen starben, als er jung war. In gewisser Weise stimmt das. Erwan hat sie verloren, als er Lands'en verließ.«

»Er hat den Banküberfall gemeinsam mit den Sullivan-Brüdern verübt. Ich habe den Bericht gelesen, den Caradec dir gefaxt hat. Gauner, die schon aktenkundig waren und im

Verdacht standen, zum bewaffneten Arm der IRA zu gehören.«
Marie sprang auf und verschüttete dabei ein wenig von ihrem Kaffee.
»Ja, genau!«, rief sie, »ich wusste doch, dass ich etwas nicht mitbekommen hatte!«
Sie wühlte in der Akte über den Einbruch in die Hostier-Bank, zog ein paar zusammengeheftete Bögen heraus und legte sie vor Lucas auf den Tisch.
»Das ist der Bericht, den Franck mir gefaxt hat, als ich zum Leuchtturm gefahren bin, um Ryan zu verhören. Schau es dir an.«
Sie zeigte auf die linke obere Ecke.
»Darauf steht, dass er aus neun Seiten besteht, einschließlich Deckblatt. Es fehlt aber eine.«
Lucas blätterte die Bögen rasch durch. Sie hatte Recht. Seite sechs war verschwunden.
»Wer hat das Fax angenommen?«
Noch während er die Frage stellte, wusste er die Antwort. Morineau natürlich. Sie nickte.
Einige Minuten später faxte ihnen Caradec die fehlende Seite. Lucas überflog sie gerade, als Marie von der Toilette zurückkam.
»Mary war nicht Tom Sullivans Frau, sondern seine kleine Schwester. Oder vielmehr die kleine Schwester beider Sullivans.«
»Ryan hat mich also auch in dem Punkt belogen«, murmelte Marie enttäuscht. »Warum?«
»Um sein wahres Motiv zu verbergen, weit stärker als Geld – Liebe und Rache.«
Marie erschauerte.
Sie war Seans Frau, sie beteten sich an …
Ryan hatte von sich selbst gesprochen, natürlich. Warum hätte er sonst erwähnt, wie groß diese Liebe war?

»Ich wusste doch, dass es um etwas anderes als Geld ging.« Ihr Blick wurde träumerisch.
»Er muss Mary wirklich leidenschaftlich geliebt haben, um sie fünfunddreißig Jahre später noch rächen zu wollen.«
Lucas suchte ihren Blick und fand ihn.
»Wenn man der Frau, die ich liebe, die Kehle durchschneiden würde, dann würde ich mein ganzes Leben nach ihrem Mörder suchen.«

* * *

Ich ging zwischen den Menhiren durch, ohne mich um die Kameras zu kümmern, die am Boden lagen, und begab mich direkt zum Steilfelsen. Gerade lief die Flut auf, zwanzig Meter unter mir brachen sich die ersten Wellen schäumend an den Riffen.
Instinktiv fasste ich nach dem Medaillon, das ich um den Hals trug. Auf der einen Seite war ein ovaler Kreis mit acht vertikalen Strichen eingraviert.
Ich dachte an Erwan-Marie, meinen Vorfahren, der unwissentlich eine weitere Generation von Strandräubern gezeugt hatte.
Ich dachte an die Kinder, die nur hatten spielen wollen. Wenn sie hinterher wenigstens Gewissensbisse gehabt hätten. Aber nein, sie haben auch noch Profit aus ihrer Untat gezogen.
Ich dachte an die Frau, die hier fünfunddreißig Jahre zuvor ihr Leben verloren hatte.
Ich öffnete das Medaillon, das ich mir gleichzeitig mit dem Dossier über die Unbekannte von Molène beschafft hatte, und schob das winzige Foto hinein, das ich mehr als fünfunddreißig Jahre lang stets bei mir getragen habe. Sean hat es aufgenommen, 1967 in Belfast.
Ich betrachtete das Gesicht dieser Frau, die ich mehr als

alles auf der Welt geliebt habe. Ein einziger Blick in einem lauten, verräucherten Pub hatte genügt. Ein einfacher Blick. Ein, vielleicht zwei Sekunden lang. Sie hatte mich angelächelt. Und ich sie. Und unsere Leben nahmen eine völlig neue Richtung.

Ich hatte ihren Vornamen innen ins Medaillon eingravieren lassen und wartete nur darauf, meinen eigenen wieder offiziell tragen zu können, um ihn auch im Medaillon mit dem ihren vermählen zu können. Fünfunddreißig Jahre lang verging keine Stunde, keine Minute, keine Sekunde, in der ich nicht an sie gedacht hätte. Und an den minutiös ausgearbeiteten Plan, der an einer Lust auf Erdbeeren gescheitert war.

Sie hatte den Obststand erspäht, als wir auf den Docks von Rouen angekommen waren. Und ich, verliebt, verantwortungslos und dumm, wie ich war, war losgegangen, um ihr welche zu kaufen, und dabei in diese banale Ausweiskontrolle geraten. Das Schiff war ohne mich Richtung Amerika in See gestochen und wenige Stunden später an den Riffen von Lands'en zerschellt. Vor meiner Insel. Das Schicksal hatte mich mit seiner ganzen grausamen Ironie eingeholt.

Und mich einmal mehr von jenen getrennt, die ich liebte.

Ich betrachtete noch einen Augenblick lang das blasse Gesicht, auf dem beim geringsten Sonnenstrahl Sommersprossen erblühten, das dunkle lange Haar, die riesigen grünen Augen, dann schloss ich das Medaillon.

Mir wurde schwindelig vom Geräusch der Wellen, die sich mächtig an den Riffen der Strandräuberbucht brachen.

Ich war versucht, zu ihr zu gehen.

Ein Schritt nach vorn würde genügen, dann wäre alles zu Ende.

Dieses Monster so leicht davonkommen lassen?
Niemals.
Ich warf den Heidestrauß, den ich gepflückt hatte, in die aufgewühlte See.
»Bald, Mary, bald, meine Geliebte«, murmelte ich und schloss die Augen.

* * *

Fötusstellung. Knie unterm Kinn, Arme um den Oberkörper geschlungen. Sie öffnete den Mund, um verzweifelt nach Luft zu schnappen. Lucas stürzte aus dem Badezimmer und nahm sie in die Arme.
»Psscht … Ganz ruhig …«, murmelte er und wiegte sie.
Sie klammerte sich an ihn wie eine Ertrinkende, und das war sie ja auch.
»Dieses starre kalte Auge, das mich ansieht … Jedes Mal habe ich das Gefühl, nun würde ich es gleich verstehen und …«
Sie machte eine resignierte Handbewegung und bemerkte dann erst, dass er angezogen war.
»Gehst du weg?«
»Die Verstärkung, die ich angefordert habe, ist angekommen. Es sind an die fünfzig Leute. Ich muss sie briefen.«
»Glaubst du wirklich, dass er auf der Insel ist?«
»Ja.«
Er streichelte ihr zärtlich die Wange.
»Es ist früh. Schlaf noch ein bisschen.«
»Kommt nicht in Frage. Ich dusche und komme nach.«
Sie stand in ihrer herrlichen Nacktheit auf und kam nicht bis zur Badezimmertür. Er streckte die Hand aus und zog sie an sich, gemeinsam fielen sie aufs Bett.
Wieder staunte sie über die Empfindungen, die er in ihr auslöste. Durch ihn begegnete sie ihrem eigenen Körper und all den unerwarteten und unerschöpflichen Quellen der Lust. In

seinen Armen vergaß sie alles. Alles, was nicht Marie und Lucas war.
Es klopfte es an der Tür.
Plötzlich ernüchtert, schlüpfte sie in einen Morgenmantel und öffnete.
Milic sah sie an, er wirkte bestürzt.
Maries Herz fing wild an zu klopfen.
»Papa ... Was ist? Was ist los?«
»Ich weiß nicht, wie ich es dir sagen soll. Es ist ... Es ist so ...«
Er geriet ins Stottern, als er im Standspiegel sah, wie Lucas, seine Kleidung über dem Arm, hastig ins Badezimmer verschwand. Doch er zwang seinen Blick zurück zu seiner Tochter.
»Christian. Sie haben ihn gefunden.«

25

Seine hohe Gestalt stand am Bug der Privatyacht seines Sponsors. Sein von den Strapazen ausgehöhltes Gesicht wirkte geradezu abgezehrt, seine tief liegenden Augen schienen ein bisschen weniger blau, Wangen und Kinn waren von einem blonden Bart bedeckt, doch er lächelte. Dieses Seebärenlächeln, bei dem Marie schon als kleines Mädchen schwach geworden war.

Jetzt stand sie starr zwischen ihren Eltern und hatte nur den einen Wunsch: dieser allzu gut organisierten Maskerade zu entgehen. Doch sie rührte sich nicht. Sie wusste, dass Lucas da war, irgendwo, sie brauchte nur den Kopf zu drehen. Sie wollte es gerade tun, da legte ihr Milic die Hand auf die Schulter. Er wusste, was sie empfand. Und er wusste auch, dass sie nicht kneifen würde.

Die Yacht fuhr langsam in den Hafen ein, eskortiert von Dutzenden kleiner Boote mit Journalisten, unbekannten Verehrern und Freunden von der Insel, die ihm entgegengefahren waren … Christian wirkte glücklich. Er grüßte alle, die sich zu seinem Empfang im Hafen versammelt hatten.

Die Yacht glitt längsseits an den Ponton, er setzte seinen Fuß auf die Insel.

Sie applaudierten ihrem Helden.

Lucas, der etwas abseits von der Menge stand, kämpfte mit Mordgelüsten.

Bréhat lebte. Diese Neuigkeit hatte auf ihn gewirkt wie ein Faustschlag mitten auf die Brust.
Der Skipper verdankte sein Leben einer Blinddarmentzündung. Ein russischer Frachter hatte seine Route verlassen, um einen Seemann, der unter schrecklichen Schmerzen litt, an Land zu bringen. Dabei hatte die Besatzung einen Mann entdeckt, der im Wasser trieb, weit entfernt vom Ort seines Schiffbruchs, aber auch mehrere Meilen weg von allen Frachtrouten.
Eine Chance von eins zu einer Million, dass sich ein Schiff in diese gefährliche Fahrrinne vor der Küste Neufundlands wagte.
Eine Chance von eins zu einer Million, in einem von kalten Strömungen durchzogenen Wasser mehrere Tage lang zu überleben.
Eine Chance von eins zu einer Million. So schätzte Lucas die Wahrscheinlichkeit ein, dass Marie bei ihm blieb.
Der von den Journalisten belagerte Wunderskipper – so nannte man ihn auf den Titelseiten – bat schließlich um Gnade.
»Hört mal, Jungs, ich träume schon seit Tagen von diesem Augenblick, in dem ich die Frau wiedersehe, die ich liebe … Ihretwegen habe ich durchgehalten … Die Pressekonferenz machen wir später, ja?«
Verständnisvoll zerstreuten sich die Presseleute.
Lucas wurde übel, als er sah, wie sich Christian einen Weg zu Marie bahnte.
Von ihr konnte er nur den ordentlich geflochtenen Zopf und das leichte Sommerkleid sehen, das in der Brise wehte. Er sah sie erbeben. Vor Kälte? Vor Abscheu? Vor Lust?
In Wahrheit empfand Marie in diesem Augenblick überhaupt nichts.
Sie sah, wie Christian auf eine Frau zustürzte, die ihr verblüffend ähnelte, diese Frau in die Arme nahm und sie unter dem Blitzlichtgewitter der Fotografen herumwirbelte.

Und da fing sich ihr Blick in Lucas' Blick. Wie ein Blitz.
Sie hätte ihm so gern gesagt, dass nicht sie es war, dass eine andere dieses Spiel mitspielte, weil man es von ihr erwartete. Eine Sekunde lang schloss sie die Augen. Sie war sich ihrer Feigheit bewusst, und als sie die Augen wieder aufschlug, ging Lucas davon.
Was hatte es in ihrem Zustand für eine Bedeutung, dass Christian sie küsste?
Keine.
Marie behielt nichts von dem in Erinnerung, was sich in den folgenden Stunden abspielte.
Endlich waren sie allein. Sie beide. Im Hotel.
Christian stellte seine Tasche aufs Bett und wartete einige Zeit, doch sie brachte die Zähne nicht auseinander. Seit er auf Lands'en war, hatte sie kein Wort gesagt.
Er wusste, was sie seit seiner Abreise durchgemacht hatte, aber auch er hatte gelitten. Diese Prüfungen durften und konnten sie nicht auseinander bringen. Ihre Liebe musste stärker sein, und er musste die richtigen Worte finden, um ihre Nähe zurückzugewinnen.
»Ich möchte so sehr, dass wir alles vergessen«, murmelte er. »Alles, was nicht uns betrifft.«
An dem Blick, den sie jetzt auf ihn richtete, erkannte er sofort, dass er keine schlimmeren Worte hätte finden können.
Der Deich brach, und dann kam die unaufhaltsame Flut.
»Gildas, Loïc, Nicolas ... Yves, Gwen, Chantal ... sie alle sind tot, und du möchtest, dass ich sie vergesse?«, fragte sie fassungslos. »Was soll ich sonst noch vergessen? Dass du mich damals nachts in der Abtei angegriffen hast? Dass du das Boot gestohlen hast? Dass du den Kompass an Bord gebracht hast? Dass du das Beiboot in Morgat versteckt hast?«
Er öffnete den Mund, doch sie ließ ihm keine Zeit zu sprechen.
»Versuch nicht, es abzustreiten! Wir haben Beweise!«

Mit einem Mal wirkte er sehr erschöpft.
»Ich hatte nicht vor, es zu leugnen. Ich hatte mir sogar geschworen, dir alles zu erzählen, sollte ich das Glück haben, dich je wiederzusehen.«
Ihr angewiderter Gesichtsausdruck traf ihn härter als eine Ohrfeige.
»Und das ist alles?«
»Ich habe keine Entschuldigung, wenn du das meinst. Allenfalls meine Liebe zu dir.«
»Aha. Und aus Liebe zu mir hast du mir nicht von dem Unglück von 1968 erzählt?«
Sie wusste es also. Aber kannte sie die Details? Nur Gildas und Loïc wussten genau, welche Rolle er in jener Nacht gespielt hatte. Gildas hatte bestimmt keine Möglichkeit mehr gehabt, es ihr zu sagen. Aber Loïc? Jetzt musste er sehr behutsam vorgehen.
»Ich hatte geschworen, nichts zu sagen«, erklärte er vorsichtig.
»Gwen hat mir erzählt, du hättest dich feige aus dem Staub gemacht.«
Der Skipper wurde kreidebleich.
»Warum hast du niemanden alarmiert?«
»Ich wollte es. Ich schwöre dir, ich wollte es. Ich bin nach Hause gerannt, aber mein Vater war wie gewöhnlich sturzbetrunken. Er hat mich gar nicht erst reden lassen. Er hat mich gleich in den Keller gesperrt. Ohne Yvonne Le Bihan wäre ich da vielleicht gestorben.«
Er lachte freudlos auf, als er Marie blass werden sah.
»Du hattest ein ganz anderes Bild von mir, nicht wahr? Du dachtest, mein Vater müsse ein genauso feiner Kerl gewesen sein wie Milic. Davon hätte ich geträumt, dass deine Familie meine wäre, und fast wäre sie es geworden«, fügte er bitter hinzu. »Siehst du, Marie, die Wahrheit ist oft wenig erfreulich. Also habe ich meine ein bisschen aufpoliert. Du warst

noch zu klein, als mein Vater endlich so nett war zu krepieren. Du hast nie in Zweifel gezogen, was ich dir erzählte.«
Maries Blick verschleierte sich. Sie musste sich beherrschen, um nicht weich zu werden.
»Du hast gesagt, dass du ohne Yvonne Le Bihan vielleicht gestorben wärst …«
»Dein Polizisteninstinkt schläft nie, was? Sie hat mich am nächsten Tag befreit. Ich hatte zwei gebrochene Rippen. Der Alte schlief in einer Ecke seinen Rausch aus. Sie hat mich zum alten Pérec gebracht, der mich versorgt hat, und sie hat mich schwören lassen, nie zu erzählen, was sich auf dem Steilfelsen zugetragen hatte.«
»Und was hast du dafür bekommen? Goldbarren?«
Christians Kiefer verkrampften sich.
»Anne. Sie war gerade erst drei Jahre alt. Yvonne hat gedroht, meinen Vater bei den Behörden anzuzeigen, mich in eine Besserungsanstalt stecken zu lassen und Anne in ein Heim. Ich würde meine kleine Schwester nie wiedersehen, sagte sie. Also habe ich es geschworen.«
Unter seinen halb geschlossenen Lidern hindurch sah er das Mitgefühl in ihrem Gesicht. Er wusste, dass sie gerührt war. Sie war es wirklich. Aber sie streckte deshalb nicht die Waffen.
»Wenn du mir nur vertraut hättest. Ich hätte dich verstanden.«
»Bist du da so sicher? Ich nicht. Für dich war ich ein Held ohne Fehl und Tadel. Nicht ein geprügeltes Kind, das nur überlebte, weil es in jeder Beziehung Leine zog. Du bist so kompromisslos, Marie. Für dich gibt es die Guten und die Bösen und dazwischen nichts. Wenn ich dir die Wahrheit gesagt hätte, wäre das Bild vom Helden zerbrochen. Ich hatte zu große Angst, dich zu verlieren, um ein solches Risiko einzugehen.«
Jeanne, Loïc und jetzt Christian. Hatten sie wirklich ihret-

wegen, aus Liebe zu ihr, Stillschweigen bewahrt? Ihr schwindelte bei dem Gedanken, dass sie so oder so für die Tragödien verantwortlich war, die über ihre Familie gekommen waren. Eine Woge der Verzweiflung schlug über ihr zusammen.
Christian trat zu ihr und legte ihr zaghaft die Hand auf die Schulter.
»Habe ich dich verloren?«
Rasch legte er ihr einen Finger über die Lippen, um sie am Sprechen zu hindern.
»Nein. Sag nichts. Nicht jetzt.«
Angesichts ihrer sichtlichen Verwirrung beschloss er, die Lage zu nutzen, und streifte ihre Wange mit einem Kuss. Keine Reaktion. Auch keine Abwehr. Er wurde kühner und vergrub sein Gesicht an ihrem Hals.
»Wir haben den Mörder immer noch nicht gefasst«, flüsterte sie und machte sich sanft los. »Also pass auf dich auf.«
Er wollte darin lieber ein Zeichen von Zärtlichkeit sehen als einen Vorwand, ihn abzuwehren. Sie sorgte sich also doch noch ein bisschen um ihn? Vielleicht war noch alles möglich. Er nickte, schon etwas glücklicher.
Sie ging, ohne ihn zu bitten, sich ein anderes Zimmer zu suchen. Auch das nahm er als Hoffnungsschimmer.

*

Mit aufs Äußerste gespannten Nerven fasste Lucas die ersten Suchergebnisse zusammen.
»Diese Insel misst fünfzehn mal acht Kilometer. Sie durchkämmen sie zu fünfzig Leuten in alle Richtungen und haben Ryan nicht finden können?«
Chefadjutant Leroux trat einen Schritt vor.
»Bréhats Ankunft hat einen Haufen Schaulustiger angezogen, Commandant. Das macht die Sache nicht einfacher.«
»Möchten Sie ihn etwa wie einen Taschenkrebs auf Ihrem

Meeresfrüchteteller serviert bekommen?«, donnerte Lucas wütend. »Durchsuchen Sie jedes Haus. Befragen Sie jeden Inselbewohner. Ryan ist ein Mensch wie Sie und ich. Er braucht drei Mahlzeiten am Tag, irgendjemand muss ihn gesehen oder ihm Verpflegung gebracht haben! Na los, tummeln Sie sich! Ich will Ergebnisse!«

Die Gendarmen schwärmten aus.

Er bemerkte Annick, die ihn wortlos, aber mit viel sagendem Gesichtsausdruck beobachtete.

»Was ist?«

Sie zuckte leicht die Achseln.

»Die können auch nichts dafür, dass ein russischer Seemann nicht schlau genug war, sich den Blinddarm herausnehmen zu lassen, bevor er sich für mehrere Monate einschiffte.«

Lucas öffnete den Mund zu einer Erwiderung, doch sie fügte hinzu: »Armelle de Kersaint hat gerade angerufen. Sie sagt, im Schloss würden sich seltsame Dinge zutragen.«

»In welcher Weise seltsam?«

Die Sekretärin hob ratlos die Hände. »Sie sagte, das könne man nicht erzählen. Das müsse man zeigen.«

Die Lammkeule war auf den Punkt rosa gebraten. Die Küchenhilfe, die Jeanne vertrat, war wirklich eine Perle. Arthus war trotz der schrecklichen Ereignisse zum Essen heruntergekommen, Juliette strahlte, Ronan verschlang sie mit Blicken, und Armelle hatte Philippe überredet, auch zu kommen. Dieses erste Mahl, das die Allianz zwischen den ehemals verfeindeten Familien besiegeln sollte, hatte sich gut angelassen.

Mit einem Toast, den Pierre-Marie, der bestens gelaunt war, ausbrachte:

»Juliette, Ronan ... Ich trinke auf euch, meine Kinder. Und auch auf Sie, Philippe. Auf unsere Familien, die wachsen und gedeihen.«

Armelle hüstelte diskret, um seine Aufmerksamkeit auf sich zu ziehen. In Anbetracht der Dezimierung der Familie Le Bihan hatte er seine Worte nicht gerade glücklich gewählt.
PM lächelte ebenso breit wie vage, stellte sein Glas ab und begann schwungvoll die Lammkeule zu tranchieren, was seinen Redefluss jedoch keineswegs eindämmte.
»Dass es in dieser Familie Nachwuchs geben wird, ist eine wunderbare Neuigkeit. Übrigens ist ja gar nicht gesagt, dass es auch einen Kn…!«
Wieder lächelte er konfus in die Runde.
»Und dass Erwan noch lebt, ist – wie soll ich sagen? – unverhofft. Ich kann es gar nicht fassen, dass er Schriftsteller geworden ist …«
Er sah Philippe an.
»In seiner Jugend war mein großer Bruder eher am Sport interessiert. Wenn Sie ihn hätten sehen können, wie er vom Leuchtturm herunter einen Kopfsprung machte. Grandios! Ich war noch ein Winzling, aber ich kann mich daran erinnern, als wäre es gestern gewesen.«
Dann wandte er sich an Arthus, der am Kopfende der Tafel saß und dessen Haltung unmerklich steifer geworden war.
»Wenn ich mich recht erinnere, haben Sie ihn doch dabei gefilmt? Ach stimmt ja, wie dumm ich bin! Sie haben sich von all diesen Erinnerungsstücken getrennt, die Ihnen sein Fehlen zu bewusst gemacht hätten …«
Er hob das Messer, von dem ein Blutstropfen perlte.
»Ein blutiges Stück, Vater?«
Der Alte sah ihn unverhohlen feindselig an, stieß seinen Teller zurück und erhob sich nicht ohne Mühe.
»Pierre-Marie, Sie sind ermüdend.«
Armelle stürzte eilfertig herbei, um ihren Schwiegervater zu stützen, und warf ihrem Mann gleichzeitig mörderische Blicke zu. PM heuchelte Reue.
»Der ewige Generationenkonflikt … Der müsste Ihnen doch

auch vertraut sein?«, fügte er an Philippe und Ronan gerichtet hinzu.

Doch er wartete keine Antwort ab, sondern redete weiter. »Habt ihr euch schon einen Vornamen für das Baby überlegt?«

Ronan setzte zum Sprechen an, dazu sei es noch zu früh, wollte er sagen, doch PM kam ihm zuvor:

»Wenn es ein Junge wird, heißt er Erwan, das entspricht der Tradition der de Kersaints.«

Aus dem Augenwinkel beobachtete er, wie sich sein Vater, den Armelle immer noch stützte, brüsk von ihr losmachte und allein aus dem Speisezimmer ging.

Er begegnete dem zornigen Blick seiner Frau und hob fragend die Brauen.

»Was ist? Was habe ich jetzt wieder Falsches gesagt?«

Armelle zog es vor, die Frage unbeantwortet zu lassen.

»Na gut, dann halte ich eben den Mund«, knurrte PM.

Danach hörte man minutenlang nur die Geräusche von Messer und Gabel.

Und dann einen dumpfen Knall wie von einem Sturz.

»Das kam aus Vaters Schlafzimmer!«, rief Armelle.

Alle rannten los.

Der alte Herr hatte sich hinlegen wollen. Die sarkastischen Bemerkungen seines Sohnes hatten ihm mehr zugesetzt, als er selbst wahrhaben wollte.

Als er seinen Gehstock ans Bett legte, fiel sein Blick auf ein Bild, das an der Wasserkaraffe auf dem Nachttisch lehnte. Arthus' Pupillen weiteten sich, seine knochigen Hände krallten sich um den Bilderrahmen.

Auf dem Foto stand Ryan, eine Hand auf Arthus' Schulter gelegt, und lächelte strahlend ins Objektiv.

Der alte Mann war vor Schreck zusammengebrochen, seine Hände umklammerten noch das Bild, seine Augen blickten starr, als sei er das Opfer von Halluzinationen.

Fersen kam aus der Gendarmerie und stand plötzlich Marie gegenüber. Er hatte nicht damit gerechnet, sie so bald wiederzusehen. Das brachte ihn aus dem seelischen Gleichgewicht, und das ärgerte ihn.

»Ich dachte, du wärst auf Hochzeitsreise«, sagte er kühl.

»Hör zu, Lucas, ich wollte nicht, dass du glaubst …«

»Was? Dass ihr miteinander geschlafen habt?«, unterbrach er sie eisig. »Ja, genau das glaube ich. Und du hast keinerlei Grund, dich zu rechtfertigen.«

»Das meinst du doch nicht ernst.«

»Ich habe zu tun.«

Er stieg in den Geländewagen. Als er den Wagen anließ, riss Marie die Beifahrertür auf und sprang hinein. Er warf ihr einen wütenden Blick zu, den sie hochmütig ignorierte. Einige Minuten saßen sie schweigend nebeneinander. Es war unerträglich. Er knickte als Erster ein.

»Ich nehme an, du heiratest jetzt den Helden des Tages«, sagte er mit einem gewissen Nachdruck auf den letzten Wörtern.

Dann bog er in die Allee ein, die zum Schloss führte.

Sie sah ihn aus dem Augenwinkel an, doch sein Blick blieb fest auf die Straße gerichtet.

»Ich habe es versprochen«, gab sie lakonisch zurück.

Er grüßte mechanisch die Gendarmen, die den Haupteingang bewachten, und hielt im Schlosshof, nicht weit entfernt von einer weiteren Wache.

»Du willst dir also dein Leben verderben, weil du dein Wort gegeben hast.«

»Das verstehst du nicht …«

»Da hast du ganz Recht!«

»Er und ich … Das ist eine lange Geschichte … Ich darf ihm eine zweite Chance nicht verweigern.«

Er stieg aus dem Wagen und sah sie an. »Du bist mindestens schon bei der dritten oder vierten … Aber man zählt ja auch nicht, wenn man liebt«, fügte er wild hinzu.

Zur Antwort schmetterte sie ihre Tür zu und ging mit laut hämmernden Absätzen zur Eingangstür, die von zwei Gendarmen bewacht wurde. Fersen hielt Marie am Arm zurück.
»Ich verstehe nicht, wie du dir auch nur einen Augenblick lang vorstellen kannst, mit einem Lügner, der außerdem ein Feigling ist, zusammenzuleben. Und ein Angeber noch dazu. Er hatte es so eilig, zu dir zurückzukommen, dass er sich keine Zeit zum Rasieren genommen hat! Das heißt … ich bin ja blöd. Wahrscheinlich wusste er gar nicht, dass die Presse da sein würde, sonst hätte er es ja getan.«
Sie verübelte ihm, dass er in Worte fasste, was sie empfunden hatte. »So oder so, es hätte nicht geklappt mit uns beiden«, gab sie zurück und befreite ihren Arm.
»Ach«, spottete er. »Hast du etwa geglaubt, ich würde um deine Hand anhalten?«
»Keine Sorge. Zumal wir nichts gemeinsam haben.«
»Außer Sex.«
Sie wurde rot vor Wut und kannte nun auch kein Halten mehr. »Stimmt. Wir hatten einige angenehme Momente zusammen.«
»Nun, es gibt ja auch sonst wenig Zerstreuung in diesem Nest.«
Zerstreuung! Ihre Augen blitzten.
»Das war genau das Wort, nach dem ich suchte!«
»Wenn du deine Mitarbeit an den Ermittlungen einstellen willst, um dich ganz deinem künftigen Gatten zu widmen – also ich könnte das sehr gut verstehen.«
»Das ist ganz reizend von dir«, höhnte sie. »Aber wenn ich einmal etwas zusage, gebe ich nicht auf halbem Wege auf. Das weißt du doch.«
»Na wunderbar.«
Er zog heftig an der Kette der Türglocke.

*

Immer noch starren Blicks, als schaue er in sein Inneres, lehnte Arthus in einem Sessel am Fenster. PM beugte sich über ihn und sprach ihm halblaut Mut zu.
»Halten Sie durch, Vater … Es wäre schrecklich, wenn Sie uns verließen, bevor Sie den lieben Erwan wiedergesehen hätten.«
Der alte Herr antwortete nicht, doch die Knöchel seiner Hände, die er um die Armlehnen geschlossen hatte, wurden ein wenig weißer. Er hatte ihn also verstanden.
Sein Sohn wandte den Kopf zur Tür, als er Armelle mit Fersen und Marie kommen hörte.
»Die Polizei ist da, Vater. Jetzt kommt alles wieder in Ordnung.«
PM zog ein besorgtes Gesicht, als die Polizeibeamten eintraten.
»Er hat immer noch kein Wort gesagt. Aber ich bin sicher, dass er mich verstanden hat.«
Marie nahm das Foto, das Armelle ihr hinhielt, und zuckte zusammen, als sie das Porträt sah. Sie reichte es an Lucas weiter.
»Ich war genauso erschrocken wie Sie, Marie«, stotterte Armelle. »Es ist völlig verrückt. Wir haben nie ein gemeinsames Foto von Ryan und Vater gemacht …«
»Wie lange war niemand in seinem Zimmer?«, fragte Lucas hochmütig.
»Vater ist um zwölf zum Essen heruntergekommen«, teilte ihm PM mit und trat dabei auf ihn zu. »Er hatte wenig Appetit, der Arme … Nun, ein knappe halbe Stunde, würde ich sagen …«
»Vielleicht hatte derjenige, der das Foto hier aufgestellt hat, einen Komplizen im Schloss«, sagte Marie und sah erst Armelle und dann ihren Gatten an. »Hat einer von Ihnen zu irgendeinem Zeitpunkt den Tisch verlassen?«
»Also, wenn Sie andeuten wollen …«, begann PM.

»Antworten Sie!«, bellte Lucas.

»Niemand. Wenn Sie uns verdächtigen, werden Sie den Verbrecher niemals finden!«

»Haben Sie einen bestimmten Namen im Sinn?«, fragte Fersen knapp.

Armelle mischte sich hektisch ein. »Ich verlange, dass jedes Mitglied meiner Familie umfassend bewacht wird!«

»Engagieren Sie Leibwächter!«

»Wenn PM oder sein Vater nicht gute Gründe haben, sich bedroht zu fühlen«, versuchte Marie zu beschwichtigen, »dann können wir keine Leute für eine solche Bewachung abstellen.«

PM legte Armelle die Hand auf die Schulter.

»Unnötig, das Geld des Steuerzahlers auszugeben. Meine Frau reagiert viel zu emotional. Es ist ja nur ein Foto.«

»Ein gefälschtes Foto«, berichtigte ihn Fersen. »Relativ schlecht gefälscht sogar. Offenbar wollte sich da jemand nicht künstlerische Lorbeeren verdienen, sondern Ihren Vater erschrecken.«

Er trat auf Arthus zu und hielt ihm das Foto vors Gesicht.

»Ihr Sohn hat Ihnen eine Botschaft zukommen lassen, Monsieur de Kersaint …«

»Ich? So ein Quatsch«, knurrte PM.

»Soweit ich weiß, sind Sie nicht der einzige Sohn«, gab Lucas kühl zurück und wandte sich dann wieder Arthus zu. »Ryan oder vielmehr Erwan will Ihnen mitteilen, dass er immer ganz in Ihrer Nähe sein wird, ganz gleich, wo Sie sind, was Sie tun, wohin Sie gehen …«

Die Lider des Patriarchen begannen zu zucken wie bei einem nervösen Tic.

»Lassen Sie ihn doch in Ruhe!«, protestierte PM. »Sehen Sie denn nicht, wie geschwächt er ist? Statt sich in ihn zu verbeißen, sollten Sie sich lieber auf Ryan konzentrieren. Finden Sie ihn! Verhaften Sie ihn!«

»Das werden wir, da können Sie sicher sein. Aber Sie und ich, wir beide wissen sehr gut, dass er nicht allein handelt.«
PM hob die Stimme.
»Hören Sie nicht auf ihn, Vater. Das sind Verleumdungen.«
»Verklagen Sie mich doch deshalb«, sagte Fersen herausfordernd. »Ich würde Ihnen zu gern vor Gericht gegenüberstehen.«
Er beugte sich zu Arthus hinunter.
»Sie müssen nur reden, dann stelle ich Ihnen rund um die Uhr einen Polizisten vor die Tür.«
Der alte Herr schwieg hartnäckig. Lucas zuckte die Achseln.
»Wie Sie wünschen.«
Er verließ Arthus' Schlafzimmer.
Marie sah Armelle an und dann PM.
»Hoffentlich finden wir Ryan, bevor er Sie findet.«

Lucas saß im Geländewagen und steckte gerade sein Handy weg, als Marie einstieg.
»Wenn Ryan ins Schloss gegangen wäre, um das Foto hinzustellen, hätten die Gendarmen ihn gesehen. Es sei denn, er ist auf unterirdischem Weg hineingekommen. Alte Schlösser haben oft unterirdische Geheimgänge. Das würde auch erklären, wie PM neulich verschwinden konnte … Auf dem Katasteramt müsste es Pläne geben …«
Sie brach ab, als sie seinen ironischen Blick bemerkte.
»Was ist?«
»Ich habe schon im Rathaus angerufen. Sie haben nachgesehen. Die Pläne sind verschwunden.«

Von weitem sah Jeanne, dass er in der zwischen den beiden Masten befestigten Hängematte lag. Und als sie näher kam, bemerkte sie, dass er schweigend und mit halb geschlossenen Augen über seinem Kummer brütete. Der Mund war ein einziger bitterer Strich. Mit einem Mal stand ihr wieder der klei-

ne Junge vor Augen, sein verschlossenes Gesicht, wenn er zu ihnen kam, nachdem sein Vater ihn verprügelt hatte.
Christian war sieben Jahre alt gewesen, als seine Mutter bei Annes Geburt starb, und fünfzehn, als der alte Bréhat nach einem Saufgelage ins Hafenbecken fiel und ertrank.
Das jedenfalls hatten die Gendarmen behauptet, und niemand hatte herausfinden wollen, ob es stimmte oder nicht. Die alte Schnapsnase war tot. Friede den Seelen der Lebenden.
Christian hatte seine Leidenschaft für den Segelsport schon früh entdeckt. Segeln sei sein Leben, hatte er gesagt. Sie hätte gesagt: sein Überleben.
Sie war schon übers Fallreep an Deck gekommen, bevor er sie bemerkte.
Jeannes Besuch verursachte ihm Gewissensbisse. Jetzt erst wurde ihm bewusst, dass er nicht zu ihr und Milic gegangen war, um wenigstens Anteil an ihrem Kummer zu nehmen, nachdem er von den neuerlichen Todesfällen in ihrer Familie erfahren hatte. Doch Maries Mutter war nicht zum gemeinsamen Trauern gekommen.
»Nach allem, was du durchgemacht hast, fällt es mir schwer, dir das zu sagen, mein Junge, aber du musst Lands'en verlassen«, erklärte sie ohne Umschweife. »Und ich …«
»Ich kann sehr gut auf mich aufpassen, wenn du das meinst.«
Sie beachtete die Unterbrechung gar nicht. »Und ich will, dass du Marie mitnimmst.«
Die blauen Augen verdunkelten sich.
»Sie würde niemals einwilligen.«
Jeanne seufzte innerlich. Männer waren wirklich seltsame Geschöpfe. Tapfer stellten sie sich den Gefahren auf hoher See, doch vor einer Frau streckten sie die Waffen.
»Deine Schwester veranstaltet heute Abend ein Essen, um deine Rückkehr zu feiern.«
Sie sah den Unwillen auf seinem Gesicht und hob gebieterisch die Hand.

»Ob du Lust hast oder nicht – das ist die Gelegenheit. Ergreife sie!«
Sie zog das rote Schmuckkästchen aus ihrer Einkaufstasche und hielt es Christian hin.
»Lade Marie ein. Wiederhole deinen Antrag. Ich kenne meine Tochter. Sie ist rechtschaffen. Sie wird sich nicht herausreden.«
Christian drehte das Kästchen in seinen Händen.
»Und wenn du dich irrst, Jeanne? Wenn ich sie dadurch verliere?«
»Wenn sie hier bleibt, verlierst du sie endgültig.«
Er sah sie lange an.
»Doch nicht wegen der Ermittlungen, oder?«
»In letzter Zeit wird viel über Marie und diesen Flic aus Paris geklatscht. Dir würden sie es nie sagen, sie wollen dir keinen Kummer machen. Und ich sage es dir, weil ich glaube, dass ihr Glück anderswo liegt. Weit weg von hier.«
Christians Blick klarte auf. Ein Hoffnungsstrahl brach durch den düsteren Nebel.
Sanft drückte er Jeannes Hand.
»Ich werde sie glücklich machen, Jeanne, das verspreche ich dir.«
Maries Mutter nickte nur und ging.

*

Der Geländewagen fuhr an der Begräbnisstätte vorbei und holperte weiter zum Museum.
Marie hatte die Idee gehabt, dort vorbeizuschauen.
»Da gibt es einen dicken Wälzer über die jahrhundertealte Geschichte der Familie de Kersaint. Er ist voller alter Stiche, Pläne und handschriftlicher Eintragungen. Als Kind habe ich oft darin geblättert.«
Über Lucas' Gesicht war ein Lächeln gehuscht, als er sich die

achtjährige Marie vorstellte, wie Hermine in Harry Potter über einem Zauberbuch brütend.

Sie zuckte unschlüssig die Achseln.

»Oder hast du einen besseren Vorschlag?«

Hatte er nicht.

Sie zog ihn gleich in den zweiten Raum zu einer Vitrine, in der das Buch auf einem kleinen Pult ausgestellt war. Sie schloss die Vitrine auf und gab es ihm dann triumphierend lächelnd.

Er schlug es auf und ließ die Seiten an seinem Daumen vorbeigleiten.

Sein Gesicht nahm einen seltsamen Ausdruck an. »Sympathetisch«, sagte er.

»Wie bitte?«, fragte Marie.

»Sympathetisch«, wiederholte er und gab ihr das Buch. »Die Tinte war wohl sympathetisch, sprich unsichtbar.«

Die Seiten waren alle leer.

»Er hat wirklich an alles gedacht«, schimpfte Marie ratlos.

»Allerdings. Er will absolut nicht, dass wir im Unterbau des Schlosses rumschnüffeln.«

»Wir können es doch nicht Stein für Stein abtragen.«

»Aber wir können es durchsuchen. Ich werde den Staatsanwalt um eine Genehmigung ersuchen.«

»Ich kenne Dantec gut, vielleicht sollte ich ihn lieber anrufen.«

»Schon gut, Marie, ich werde es schon allein hinkriegen.«

Sie ging hinter ihm her und stieg schon in den Wagen, während er am Telefon allmählich in Rage geriet.

»Einen Bericht? ... Sehr wohl, Sie bekommen ihn in einer Stunde zugefaxt. Auf Wiederhören, Monsieur.«

Er unterbrach die Verbindung, stieg zu ihr in den Wagen und machte seinem Ärger Luft.

»Weißt du, was dieser Vollidiot gesagt hat? Dass Arthus de Kersaint zu den wichtigsten Persönlichkeiten dieser Gegend gehört, dass dessen Schwiegertochter Armelle mit seiner Frau Carline Golf spielt und die Beziehungen des Schlossherrn seiner Karriere sehr förderlich sein könnten. Das nächste Mal rufst du an.«

Sie brach in herzliches Lachen aus. Es war ansteckend, bald lachte er mit. Ihre Blicke trafen sich und ließen einander nicht mehr los. Plötzlich schien das Fahrzeuginnere zu schrumpfen und die Luft knapp zu werden. Er streckte die Hand aus und strich ihr über die Wange. Die zärtliche Berührung elektrisierte sie. Das Begehren war geweckt.

Sein Gesicht näherte sich ihrem, als auf der Konsole ein Handy zu vibrieren begann.

Es gehörte Marie. Sie nahm das Gespräch an und wurde steif. Lucas brauchte sie bloß anzusehen, um zu wissen, von wem der Anruf kam. Der Zauber war gebrochen.

Er ließ den Motor aufheulen.

26

Vor der Hafenkneipe waren lange Tische aufgebaut worden. Dort, wo sonst der Markt abgehalten wurde. Lampions spendeten sanftes farbiges Licht. Die Frauen kamen und gingen mit Töpfen voller dampfender Muscheln, Wein- und Schnapsflaschen machten die Runde. Irgendjemand spielte leise Akkordeon. Es war fast wie am Nationalfeiertag.

Alle waren gekommen, um die Rückkehr des Helden zu feiern. Für ein paar Stunden wollte Lands'en die tragischen Ereignisse der jüngsten Zeit vergessen.

Und niemand nahm Anstoß daran, dass manches Lachen zu laut und manche Umarmung zu fest war, und viele Gläser sehr rasch leer wurden.

Nur Marie war nicht nach Feiern zumute.

Sie sah Christian an, der wieder und wieder von seiner Rettung erzählte, und dachte an Lucas, der seit der Abfahrt vom Museum kein Wort mehr gesagt hatte.

Sie sah den einen an und dachte an den anderen. Den einen, den sie seit vielen Jahren liebte und der sie enttäuscht hatte. Den anderen, den sie bis vor kurzer Zeit noch nicht gekannt und der sie in seinen Bann gezogen hatte.

Und wenn sie sich irrte?

Christian war keineswegs vollkommen. Doch vielleicht hatte Ryan Recht und jeder Mensch hatte seine Schwächen. Und

wenn ihr Abenteuer mit Lucas nur ein Strohfeuer war, eine rein körperliche Leidenschaft?
Sie sah den einen an und begehrte den anderen. Eine Qual.
Christians tiefe Stimme, die um Stille bat, brachte sie wieder in die Wirklichkeit zurück.
»Ich habe es noch niemandem gesagt«, begann er, »aber ich habe beschlossen, es mit den Regatten ein bisschen ruhiger angehen zu lassen …«
Kommentare wurden laut, und er hob beschwichtigend die Hand.
»Ich will das Segeln nicht ganz aufgeben … Ich will mich nur ein bisschen mehr um mein Privatleben kümmern.«
Er wandte den Kopf und sah Marie an.
»Wir werden ein bisschen an uns selbst denken können und an das Kind, das wir uns beide wünschen …«
Vereinzelter Applaus.
Christian trat auf seine Braut zu, deren Muskeln sich unmerklich anspannten.
»Als du einwilligtest, meine Frau zu werden, war das der schönste Tag meines Lebens. Das Leben gibt uns eine zweite Chance, meine Geliebte, lass sie uns nutzen. Das Aufgebot war bereits bestellt. Wir könnten morgen heiraten. Heirate mich.«
Wie durch Zauberei hatte er plötzlich das Schmuckkästchen in der Hand.
Er öffnete es. Die beiden Eheringe funkelten.
»Nein.«
Sie hatte es nur leise gesagt, aber alle hatten das Gefühl, dass ein Schrei durch den ganzen Hafen hallte.

Das Akkordeon war verstummt. Die Gäste hatten sich verzogen, damit die Beteiligten ihre Angelegenheiten unter sich regeln konnten.
Marie war sich der Blicke ihrer Eltern, Annes und Christians,

die auf sie gerichtet waren, sehr bewusst und geriet ins Stottern.

»Ich wollte nur sagen, es war nicht der rechte Moment.«

»Und wann, glaubst du, wird der rechte Moment eintreten?«, erkundigte sich Christian bitter. »Sollen wir noch weitere dreißig Jahre warten?«

»Es gibt noch so viel zu regeln«, stammelte Marie. Sie wusste, dass sie auswich. »Das Hotel, die Werft ... die Angestellten. Wer soll sich darum kümmern?«

»Marie hat Recht«, bestätigte Anne und schenkte sich nach. »Ich höre, wie sie am Tresen darüber reden, sie machen sich alle Sorgen um ihre Zukunft.«

»Was das Hotel angeht, das ist mehr oder minder geklärt«, sagte Jeanne nüchtern.

»Was? Willst du damit sagen, dass du es an die de Kersaints verkauft hast?«, empörte sich Marie.

»Die Interessenten standen nicht gerade Schlange«, eilte Milic seiner Frau zur Hilfe. »Es war die beste Lösung.«

»Das gilt auch für die Werft«, versetzte Christian ihr den nächsten Schlag.

Da kennen Sie ihn schlecht, meine Liebe, hatte Arthus ihr über Christian gesagt. Wie Recht er hatte.

»Gildas würde dir das nie verzeihen«, fuhr sie ihn an, ihre Augen schleuderten Blitze. »Ihr habt wirklich keine Zeit verloren mit eurem Ausverkauf. Dabei solltet ihr doch wissen, dass die Leute im Schloss sich keinen Deut um die Zukunft der Angestellten scheren!«

»Mir wäre lieb, wenn du auch mal an unsere Zukunft denken würdest. Aber damit scheinst du ein Problem zu haben.«

Christian stand auf und steckte das Schmuckkästchen in die Hosentasche.

»Und ich weiß sehr gut, welches!«

Mit langen Schritten eilte davon.

Marie begegnete dem Blick ihres Vaters. Und las darin, wie

feige sie sich verhalten hatte. Sie schlug die Augen nieder und ging ebenfalls.

*

Das fahle Licht der Neonlampen ließ Lucas' Augenringe noch deutlicher hervortreten. Überall offene Aktenordner, im Papierkorb leere Kaffeebecher. Sosehr er seine Gedanken auch zu zügeln versuchte, sie machten, was sie wollten. Sie entwischten zum Hafen. Zur Kneipe. Zu ihr.

Er fragte sich, ob sie dasselbe weiße Kleid trug wie an jenem Abend in Brest. Und schalt sich einen Idioten.

Er stellte sich vor, wie der Skipper Süßholz raspelte.

Als er ihn sah, hielt er ihn erst für eine Fata Morgana. Glatt rasiert, das blonde Haar sorgfältig gekämmt und Entschlossenheit im Blick.

»Für eine Zeugenaussage ist es reichlich spät«, sagte Lucas kühl.

»Deshalb bin ich nicht hier.«

»Was wollen Sie denn von mir? Meine Absolution oder meinen Segen?«

»Ihnen danken«, gab Christian im gleichen Ton zurück. »Dafür, dass Sie sich während meiner Abwesenheit um Marie gekümmert haben. Aber jetzt bin ich wieder da«, fügte er hinzu. »Also halten Sie sich raus.«

»Wenn sie das so möchte …«

»Was sie möchte, ist mich heiraten, möglichst bald, und dann die Insel verlassen. Morgen werden wir das tun.«

Lucas versuchte diese Neuigkeiten zu verdauen, doch sein aufgebrachter Magen verweigerte ihm diesen Dienst. Sie hatte also bis zum Ende durchgehalten … Er schluckte mühsam und sah Christian fest an.

»Ich liebe Marie zu sehr, als dass ich ihren Wunsch nicht respektieren würde. Auch wenn ich ihn bedauerlich finde.

Doch sollte ich je erfahren, dass Sie sie nicht glücklich machen …«
»Verhaften Sie mich wegen Behinderung der Ermittlungen?«
»Die Gefängnisse sind bereits überbucht.« Fersen lächelte leicht, bevor er seine Absichten genauer erläuterte: »Dann bringe ich das Ganze in die Medien. Ich frage mich, wie Ihre Fans wohl reagieren, wenn sie erfahren, wer ihr Held wirklich ist.«
Die Anspielung auf 1968 löste eine sofortige Antwort aus.
»Damals war ich ein Kind …«
»Aber nicht, als Sie Marie in der Abtei angriffen.«
Christian trat unbehaglich von einem Bein aufs andere.
»Sie hat mir verziehen.« Es klang nicht sehr überzeugt.
»Ja, scheint so. Aber ich nicht.«
Schweigen. Kalter Blick.
»Einen Rat gebe ich Ihnen: Testen Sie meine Grenzen lieber nicht aus.«
Ohne ein weiteres Wort drehte sich Bréhat um und ging rasch davon.
Und Lucas fegte mit seinem Unterarm alles von seinem Schreibtisch.

Marie ging in ihrem Zimmer auf und ab, als Christian kam. Sie drehte sich zu ihm um.
In ihrem Blick las er, was sie sagen wollte, und kam ihr zuvor, indem er eine sehr betrübte Miene aufsetzte.
»Ich weiß, was du denkst, und du hast Recht. Es war idiotisch von mir, dich in Zugzwang zu bringen.«
»Hör zu, Christian …«
»Lass mich erst ausreden, ja?«
Er holte tief Luft.
»Ich möchte nicht, dass du dich durch irgendein Versprechen gebunden fühlst. Du sollst frei sein und aus freiem Willen zustimmen. Vor dreißig Jahren habe ich dir versprochen, wenn

ich je heiraten sollte, dann dich und keine andere Frau der Welt. Dieses Versprechen möchte ich erneuern.«

Er zog das Kästchen mit den Trauringen aus der Tasche und hielt es ihr hin.

»Behalt sie. Nimm dir Zeit zum Nachdenken. Ich warte so lange wie nötig. Und vergiss nie, Marie: Wie immer du dich entscheidest, ich werde dich immer lieben.«

Sie griff gerade nach dem Kästchen, da hörte sie auf demselben Stockwerk eine Tür klappen.

Es gab nur noch einen weiteren Gast im Hotel. Dumpfe Angst krampfte plötzlich ihren Magen zusammen. Ein alles überlagernder Instinkt ließ sie jede Scham vergessen. Sie stürzte hinaus auf den Gang.

Er zog den Rollenkoffer hinter sich her und ging auf den Aufzug zu, dessen Türen sich bereits öffneten.

»Willst du gehen?«

Ein heftiger Schrei.

Lucas drehte sich um und sah sie an. Sein Blick glitt über ihr Gesicht, verharrte auf ihren Lippen, erfasste sie ganz – und wurde plötzlich sehr distanziert.

»Ich suche mir eine andere Unterkunft … bis die Ermittlungen abgeschlossen sind.«

Er trat in den Aufzug.

Sie lief auf ihn zu, ihr Herz auf den Lippen, die Augen voller zurückgehaltener Tränen.

»Geh nicht«, murmelte sie.

Sein Finger näherte sich dem Knopf »E«, doch seine Augen waren noch auf sie gerichtet.

»Komm mit. Jetzt. Sofort.«

Das Zögern war kurz – ein Wimpernschlag –, doch zu lang.

Er lächelte bitter.

»Ich weiß, was ich will, Marie. Finde du heraus, was du willst.« Er drückte auf den Knopf.

Langsam schlossen sich die Türen.

Sie unterdrückte ihre Tränen, wandte sich um und sah in die böse blickenden Augen Christians, der in der Tür ihrer Suite stand.
»Es … es tut mir Leid«, stotterte sie nur.
»Nicht so Leid wie mir.«
Er ging an ihr vorbei und die Treppe hinunter.
Sie war allein.

*

Der alte Mann konnte in dieser Nacht vor Angst kein Auge zutun.
Er saß in dem zum Fenster gekehrten Lehnstuhl und sah zu, wie der Wind die Dunstschleier auf den Park zutrieb. Plötzlich hörte er entferntes Lachen. Vorsichtig ging er zur Tür und öffnete sie. Niemand war auf dem Gang. Das Lachen schien von unten zu kommen. Junges Lachen. Und ersticktes Murmeln.
Juliette? Es war nach drei Uhr morgens. Vielleicht hatte sich Ronan heimlich zurückgeschlichen. Er runzelte die Stirn. Langsam ging er die Treppe hinunter, da öffnete oben jemand leise die Tür zu seinem Zimmer.
Der Eindringling steuerte direkt auf den Nachttisch und die Wasserkaraffe zu.
Dann leerte er den Inhalt eines Fläschchens hinein.
Währenddessen ging Arthus auf die sanft erhellte Bibliothek zu. Er öffnete die Tür, und der Fußboden gab unter seinen Füßen nach. Ihm war, als fiele er in einen Abgrund. Armelle, die mit einem Glas in der Hand aus der Küche kam, rief leise seinen Namen.
Doch er war nicht da. Er war weit weg. Weit in der Vergangenheit.
Er starrte auf die Bilder des Super-8-Films an der Wand.
Ein großer Siebzehnjähriger mit hellen Augen verbeugte sich

strahlend vor dem Objektiv und machte dann einen Kopfsprung vom Leuchtturm hinunter.
Erwan. Schön wie ein Gott. Sein Stolz. Sein Augapfel.
Auf den nächsten Bildern tauchte er heiter und glücklich aus dem schäumenden Meer auf. Geschickt kletterte er die Felsen hinauf und lief zu seiner Mutter, die einen Dreijährigen auf dem Arm trug. Im nächsten Augenblick saß der Dreijährige schmollend auf der Erde und eine glücklich lachende Gaïdick wurde von ihrem Ältesten durch die Luft gewirbelt.
»Der kleine Junge ist Pierre-Marie!«, rief Armelle. »Und die Frau seine Mutter … Dann ist der andere Erwan. Gott, ist der schön …«, murmelte sie hingerissen.
Arthus, so abrupt aus seinen Erinnerungen gerissen, musterte sie, als ob sie gerade ein vernichtendes Urteil ausgesprochen hätte, und stellte mit zitternder Hand den Projektor aus.
»Was haben Sie hier so halb nackt zu suchen?«, fragte er heiser.
Seine Schwiegertochter raffte mechanisch ihren Morgenmantel über der mageren Brust zusammen und verschränkte die Arme.
»Sie sollten lieber schlafen, statt sich alte Filme anzusehen«, gab sie spitz zurück. »Wo kommt der übrigens her? Ich dachte, Sie hätten alles zerstört, was Sie an Erwan erinnerte.«
Arthus sah sie nur kalt an und entfernte sich wortlos.
Er ging zum Schlafzimmer seines Sohnes und riss die Tür auf.
Pierre-Marie lag gemütlich im Bett und schmökerte in einem Taschenbuch. Er zog erstaunt die Brauen hoch.
»Irgendein Problem, Vater?«
Der alte Herr sah sich im Zimmer um und beäugte dann misstrauisch seinen Sohn.
»Schläfst du nicht?«
»Das liegt an Ryan … ich meine Erwan«, erwiderte PM süßlich und hob den Roman hoch.

Und die Steine sprachen.
»Wenn man einmal angefangen hat, kann man nicht mehr aufhören. Sobald ich fertig bin, leihe ich ihn Ihnen.«
Arthus verkrampfte sich. Wortlos verließ er das Zimmer.
Sein Sohn klappte das Buch zu und lächelte Ryan an, dessen Bild auf dem hinteren Umschlag prangte.
»Du hattest Recht, lieber Bruder. Es macht viel mehr Spaß, den Alten in den Wahnsinn zu treiben.«

Der Patriarch ging zurück in sein Zimmer, das er unwillkürlich mit den Augen absuchte, als sei er auf ein weiteres Gespenst aus seiner Vergangenheit gefasst.
Alles schien friedlich, nur das vertraute Rauschen des Windes störte die Stille. Trotzdem schloss er die Tür ab. Ein Fensterladen klapperte. Seine Nerven lagen blank, er fuhr zum Fenster herum.
Seine Pupillen weiteten sich.
Auf der anderen Seite der Fensterscheibe schienen zwei große grüne Augen in der Luft zu schweben. Eine Sekunde lang sah er das bleiche Gesicht, das lange braune Haar, das im Wind wehte, die aufgeschlitzte, blutende Kehle.
Dann verschwand das Bild.
Er riss den Mund auf, doch der Schrei blieb stumm. Er glaubte zu ersticken. Kurzatmig und mit einem Beklemmungsgefühl in der Brust schleppte er sich auf den Nachttisch zu. Er suchte fahrig in einer Schublade und ließ mehrere Tabletten fallen, bis es ihm gelang, eine zwischen seine verkrampften Kiefer zu bekommen. Dann griff er nach der Karaffe und schenkte sich ein großes Glas Wasser ein, um die Tablette herunterzuspülen.
Das Anxiolytikum würde in wenigen Minuten wirken, und dann würde der Schlaf ihn erlösen. Seine knotigen Hände schlugen die Bettdecke zurück. Er erstarrte vor Grauen.
Auf dem weißen Laken lag der alte Dolch des Strandräubers Erwan-Marie.

Er war blutbefleckt.
Der alte Mann brach vor seinem Bett in die Knie und begann zu weinen.

*

Marie hatte höchstens eine Stunde geschlafen, dann schreckte sie hoch. Wieder einmal war sie in den Klauen des Albtraums, der sie unablässig verfolgte. Der vergangene Abend hatte die Erinnerung an ein Riesendebakel hinterlassen. Die ganze Nacht lang hatte sie die Möglichkeiten, die sich ihr boten, hin und her gewälzt. Bei Tagesanbruch hatte sie beschlossen, ihre Entscheidung auf später zu verschieben. Wenn sie sich erst von ihren Dämonen befreit hätte, würde sich manches in ihrem Geist klären, dachte sie etwas feige.
Es war noch früh, als sie in der Gendarmerie ankam.
Sie wünschte Annick einen guten Morgen. Die Sekretärin kommentierte weder ihre Augenringe noch ihr trauriges Gesicht.
»Kaffee?«
Marie nickte im Weitergehen.
»Warten Sie, ich mache Ihnen die Fensterläden im Büro auf.«
Marie winkte ab, trat ins Büro und ging aufs Fenster zu. Da stolperte sie über ein quer darunter stehendes Feldbett. Sie fiel in voller Länge auf den Schläfer, der darauf lag. Eine eigentlich den Gefangenen vorbehaltene khakifarbene Decke reichte ihm bis zur nackten Brust.
Lucas fuhr aus dem Schlaf und runzelte die Stirn, als er ihr nur wenige Zentimeter entferntes Gesicht sah. Marie versuchte sich aufzurichten, doch sie rutschte aus und verlor den Halt. Wieder fiel sie auf ihn.
»Zwei Mal, das muss Absicht sein«, murmelte er und schloss sie in die Arme.

Er blickte ihr fest in die Augen.
»Du liebst ihn nicht.«
Sie senkte den Blick.
»Sieh mich an, Marie, und behaupte das Gegenteil.«
Langsam schlug sie die großen grünen Augen auf. Und alles in ihm explodierte. Denn ihr Blick sagte ihm etwas Ungeheuerliches: Sie liebte ihn – Lucas.
Er nahm ihr Gesicht in seine Hände, seine Lippen suchten ihren feuchten, zitternden Mund und baten um Einlass. Der Kuss verjagte alle Dämonen, die Marie bei Tag und bei Nacht verfolgten.
Ohne den Kuss zu unterbrechen, ließ er ihre Blusenknöpfe einen nach dem anderen aufspringen. Endlich vergrub er seine Nase zwischen ihren weichen Brüsten. Da trat Annick mit dem Kaffee ein.
Sie sah, wie sie sich überstürzt voneinander lösten, und stellte die Tasse auf den Schreibtisch.
»Ich hole noch einen«, sagte sie nur.
Doch an der Tür hielt sie inne.
»Auf dem Anrufbeantworter war eine Nachricht aus dem Krankenhaus«, sagte sie und betrachtete interessiert eine Zimmerecke, während Marie ihre Bluse zuknöpfte und Lucas sein Hemd von einem Stuhl zog.
»Pierric Le Bihan ist aus dem Koma aufgewacht. Er kann sprechen. Ich freue mich. Ich freue mich sehr.«
Lucas sah sie an, leicht amüsiert von ihrem Nachdruck.
»Wegen Pierric, meinen Sie?«
»Ja, auch.«
Und dann schloss sie die Tür von außen.

Christian stand an Deck seines Schoners und blickte Marie nach, die aus dem Geländewagen gestiegen war und neben dem Flic auf die Fähre zuging, die zum Ablegen bereit war. Lag es an der Intensität des Blickes oder an der stummen Bit-

te darin? Jedenfalls drehte sie sich um, flüsterte ihrem Begleiter kurz etwas ins Ohr und lief dann auf den Schoner zu.
Er sah sie näher kommen. Er betrachtete die stolze Haltung, den zarten Teint, die großen grünen Augen, die geschwungenen vollen Lippen, die runden Brüste, die schlanken Schenkel. Selbst in einem Sack hätten ihre Formen sinnlich gewirkt.
In diesem Augenblick begehrte er sie leidenschaftlich.
Wenn sie das Fallreep heraufkäme, dann würde er sie in die Kajüte ziehen, sie auf eine der Bänke werfen und sie nehmen, jetzt gleich ...
Sie blieb auf dem Ponton stehen.
»Ich muss kurz nach Brest, abends bin ich wieder zurück. Wir sollten vielleicht miteinander sprechen ... Das heißt, wenn du möchtest.«
Christians verkrampftes Gesicht entspannte sich unmerklich. Wollte sie ihm sagen, dass noch nicht alles aus war zwischen ihnen? Er ging zu ihr hinunter.
»Was ich möchte, ist, dass du glücklich bist, Marie«, sagte er leise.
Um seine Augen lagen tiefe Schatten. Ihr Herz zog sich zusammen.
»Ich komme heute Abend vorbei«, versprach sie.
»Ich warte jetzt schon auf dich.«
Das Schiffshorn kündigte das Auslaufen der Fähre an. Marie lächelte ihm kurz zu und ging.
Er sah ihr nach. Sie ging zu dem verdammten Flic, der sie erwartete, um mit ihr gemeinsam an Bord zu gehen.
Wie ein Paar, dachte er.
In diesem Augenblick hatte er den leidenschaftlichen Wunsch, sie zu töten.

*

Marie freute sich darauf, Pierric wiederzusehen.
Wenigstens er mit seinem schlichten Gemüt, dachte sie, würde sich nicht verändert haben.
Seit ihrer Kindheit empfand sie zärtliche Zuneigung zu diesem freundlichen Menschen, der unablässig über die Insel irrte.
Jedes Mal, wenn sie ihm begegnete, schenkte er ihr ein entwaffnend naives und vertrauensvolles Lächeln, und immer schon hatte sich Marie über die Einsamkeit dieses übergroßen Kindes gewundert. Die meisten Einwohner von Lands'en erwiderten nicht einmal seinen Gruß, teils aus Angst vor seiner Andersartigkeit und rohen Kraft, teils, weil sie ihn als bloßes Inventar betrachteten.
Nur Gwen hatte sich wirklich um ihn gekümmert. Wer würde nach seiner Entlassung aus dem Krankenhaus für ihn sorgen? Marie nahm sich vor, in einem geeigneten Moment mit Jeanne und Milic zu reden. Jetzt, wo er wieder sprechen konnte, würde der Umgang mit ihm leichter sein. Dieser Gedanke heiterte sie auf, zumal der behandelnde Arzt berichtet hatte, Pierrics Sprachvermögen nehme stetig zu, wenn auch in den Grenzen seiner vorherigen geistigen Möglichkeiten. Umso ungeduldiger erwartete sie das Wiedersehen, das ihnen überdies helfen sollte, einen Teil des Mysteriums zu erhellen.
Als sie in sein Zimmer traten, nahm Pierric, der mit einem dicken Turban auf dem Kopf im Bett saß, gerade fröhlich konzentriert die Fernbedienung seines Fernsehers auseinander. In Marie wallte Zärtlichkeit auf, sie nahm ihn in die Arme und küsste ihn auf die Wangen.
»Pierric! Ich freue mich so sehr, dich zu sehen.«
Er wich jäh zurück und betrachtete sie mit gerunzelter Stirn.
»Was bist du? Wer bist du?«
Sie erstarrte, dann schaute sie verwundert den Arzt an. Der gab nun die Erklärung ab, zu der er vorher keine Zeit gefun-

den hatte: Pierric leide infolge der Kopfverletzung an einem Gedächtnisausfall.
Der glücklicherweise nicht irreversibel sei, eine Psychologin habe ihn kurz in Hypnose versetzt und festgestellt, dass seine Erinnerungen noch existierten. In bewusstem Zustand habe er jedoch noch keinen Zugang zu ihnen. Wahrscheinlich sei es nur eine Frage der Zeit. Bei aller Enttäuschung verlor Lucas die Ermittlungen nicht aus den Augen.
»Glauben Sie, dass er unter Hypnose zu einer sehr einschneidenden Kindheitserinnerung vordringen könnte?«
»Natürlich nur, wenn ihn das nicht irgendwie gefährdet«, sagte Marie vorsichtig.
Alle drei sahen Pierric an. Sein Blick ging jetzt ins Leere, krampfhaft knetete er sein Lumpenbündel, während er den Oberkörper vor und zurück wiegte.

Die Yacht der de Kersaints durchschnitt das grüne, durch die Gischt milchig wirkende Wasser.
PM stand am Ruder, seine leuchtenden Augen fixierten den Horizont. Doch zwischendurch warf er immer wieder einen Blick auf das GPS und korrigierte den Kurs.
Dann wurde seine Aufmerksamkeit durch ein undeutliches Knurren von der vorderen Bank abgelenkt. Dort erwachte Arthus, dessen Hünengestalt halb unter einer Wolldecke verschwand, langsam wieder zum Leben.
»Wie komme ich hierher?«
PM drosselte die Geschwindigkeit, stellte mit Hilfe des GPS den Autopilot ein und baute sich dann mit sadistischem Vergnügen vor seinem Vater auf.
»Aber, Vater, letzte Nacht noch flehten Sie mich an, ich solle Ihnen helfen, die Insel zu verlassen.«
»Nie im Leben! Bring mich sofort zurück!«, donnerte der Alte.
»Schade! Endlich einmal haben wir die Gelegenheit zu trauter

Zweisamkeit … Der Nebel wird sich lichten, und wir hätten einen herrlichen Tag vor uns!«
»Ich befehle dir, mich zurückzubringen!«
Arthus verlieh dem verachtungsvoll hingespuckten Befehl durch drohendes Schwenken seines Gehstocks Nachdruck.
In PMs dunklen kleinen Augen blitzte Hass.
»Also wirklich: Wann immer Sie mit mir sprechen, bellen Sie irgendwelche Befehle.«
Er fing die Bewegung des Gehstocks ab, entriss ihn seinem Vater, zerbrach ihn über dem Knie und warf die Überreste samt Silberknauf ins Meer.
»Damit werden Sie niemanden mehr verprügeln. Ich nehme an, für eine direkte Berührung fanden Sie mich immer zu eklig?«
Befriedigt lächelnd betrachtete er den verblüfften Alten, dann wandte er sich wieder dem Steuer zu. Er vertiefte sich in die Routenplanung, ohne sich um die Flüche seines Vaters zu kümmern, der sich aufgerichtet hatte, aber nicht auf die Füße kam. PM stoppte die Yacht und ließ die Motoren im Leerlauf weiterlaufen.
Er warf einen Blick auf seine Uhr, dann ging er rings ums Boot und starrte ins Wasser.
Arthus brüllte vor Wut und Ratlosigkeit. PM gönnte ihm kaum einen Blick.
»Halten Sie die Schnauze, ich muss mich konzentrieren.«
Eine vom Wasser glänzende schwarze Neopren-Hand griff nach der Leiter am Heck des Bootes. Dann tauchte ein triefender Kopf in Taucherausrüstung auf, schließlich hievte sich wortlos ein Mann an Bord.
Am Bug stand PM, die Arme vor der Brust verschränkt, seinem Vater gegenüber und genoss es, ihn zum ersten Mal in seinem Leben die Haltung verlieren zu sehen. Der alte Herr befand sich in einem Zustand äußerster und – zum Entzücken seines Sohnes – flehentlicher Erregung.

»PM, bitte, komm doch zur Vernunft und lass uns bitte zurückfahren …«
»Möchten Sie sich nicht endlich mal in Ruhe mit Ihrem lieben Sohn unterhalten?«
»Gewiss, aber später und woanders, lieber Pierre-Marie. Wir werden uns alle Zeit der Welt nehmen …«
»Ich sprach nicht von mir, sondern von Ihrem Erstgeborenen, dem unersetzlichen Erwan«, spottete PM.
Arthus erstarrte, als er den Froschmann auf sich zukommen sah. Dieser nahm die Maske ab, zog die Neoprenhaube vom Kopf und sah ihn aus blassblauen Augen an.
»Fünfunddreißig Jahre habe ich auf diesen Augenblick gewartet. Guten Tag, Vater.«
Ryan musterte ihn.
In seinem von fünfunddreißig Jahren Haft noch gesteigerten Rachedurst hatte er sich ein dramatisches Schlussduell mit einem gerissenen und kampferprobten Gegner ausgemalt. Endlich hatte er den Schuldigen gefunden. Den Mann, der seiner Frau die Kehle aufgeschlitzt, ihn ins Unglück gestürzt, seine Familie zerstört, Hass gesät und den Tod über Lands'en gebracht hatte. Den Mann, der jetzt nur noch ein zusammengesunkener, zitternder Greis war.
»Sind Sie sich darüber im Klaren, dass Sie bösartig und pervers waren? Dass Sie uns alle zerstört haben?«
»Ich brauche mich von einem Dieb und Mörder nicht belehren zu lassen!«, fuhr ihn der Alte hochmütig an. Seine wahre Natur hatte wieder die Oberhand gewonnen.
Und weckte in Ryan den alten Zorn des jungen Erwan. Er wählte seine Worte sorgfältig. Sie sollten das treffen, worauf sein Vater am meisten Wert legte: seinen Stolz und seinen Namen. »Sie stehen den Le Bihans in nichts nach, Sie sind sogar noch vulgärer: Sie haben nicht nur aus Geldgier getötet. Die Frau, der Sie die Kehle durchschnitten, trug auch noch unseren Namen. Sie war meine Frau und die Mutter meines Kindes.«

»Was?«
»Was haben Sie mit meinem Kind gemacht?«
»Was erzählt Ihr da? Da war kein Kind, das schwöre ich euch!«
Seine Überraschung und seine Verständnislosigkeit wirkten echt, doch Erwan konnte ihm nicht mehr glauben. Die Lügen der Vergangenheit hatten ihn zu tief verletzt.
»Sie lügen! Sie haben immer gelogen!«
»Wartet! Jetzt erinnere ich mich wieder ... Die Frau sagte immer wieder: ›Er hat es mitgenommen, er hat es mitgenommen!‹«
»Aber wer?«
»PM sagte damals, ein Junge sei losgelaufen, um Hilfe zu holen. Vielleicht war er es?«
»Wer – er?«
»Christian Bréhat.«
Ryan hatte alle damals Beteiligten befragt, außer Christian. Vielleicht hatte der Alte Recht. Und wenn der kleine Bréhat das Neugeborene gefunden hatte?
Jetzt machte sich PM bemerkbar, der wieder am Steuer stand.
»Na? Hat er es ausgespuckt? Wo hat er die Goldbarren verscharrt?«
Ryan-Erwan drehte sich zu seinem Bruder um. Ein erbärmlicher Wicht. Wenn man ihn nur ein bisschen drängte, war er für Geld zu allem bereit, sogar zum Töten.
Sogar, wenn es um seinen eigenen Vater ging ...

Die Hypnosesitzung hatte begonnen. Pierric, der von mehreren Kopfkissen gestützt dasaß, hatte die Augen halb geschlossen und wirkte ungewöhnlich ruhig. Unter ärztlicher Überwachung sprach der Therapeut nun leise und gleichmäßig auf ihn ein.
»Pierric, Sie sind ganz entspannt. Sie sind sechs Jahre alt. Es

ist Nacht und Sie laufen Ihrer Schwester und deren Spielkameraden hinterher ...«

»Gwen ...«

Pierric fing an zu flüstern. Überraschenderweise hatte seine Stimme einen kindlichen Klang, und sein Gesicht, das Marie und Lucas fasziniert betrachteten, drückte die unterschiedlichsten Stimmungen aus.

Die beiden Beamten hatten sich lange mit dem Psychotherapeuten unterhalten und ihm alles erzählt, was sie über die schreckliche Nacht wussten.

»Gwen ... Warte auf mich ...«

Der Therapeut wartete ein Weilchen, dann redete er seinem Patienten wieder sanft zu.

»Gwen wartet nicht auf Sie?«

Plötzlich warf Pierric den Kopf nach hinten. Seine Augen waren fest geschlossen und seine Stimme war deutlicher, wenngleich immer noch kindlich.

»Gwen! Hat Angst ...«

Pierric war nicht mehr in seinem Krankenzimmer. Er war wieder sechs Jahre alt und hatte sich nicht weit vom Hügelgrab vor dem Unwetter verkrochen. Er zuckte bei jedem Blitz zusammen, der das schäumende und tosende Meer erhellte, und bei jedem Donner, der erst krachte und dann grollend in der Ferne verhallte. Zitternd presste er sein Lumpenbündel an sich und starrte auf den Dolmen. Als kämen sie aus dem steinernen Ungeheuer, hörte er undeutlich Kinderstimmen. Dann riss er die Augen auf.

Unter dem Dolmen schien sich die Erde aufzutun. Wie einen Kobold sah er Gwen aus der Tiefe auftauchen. Der kleine Junge wollte auf sie zulaufen und streckte ihr sein Bündelchen entgegen, doch Gwen sah ihn gar nicht. Sie rannte davon, als sei der Teufel hinter ihr her.

Dann tauchten Loïc und Gildas auf, ganz durchnässt und voller Schlamm. Auch sie rannten davon, ohne seine Rufe zu

hören. Schließlich erschien Pierre-Marie. PM wollte sich aus dem Loch ziehen, als eine Hand seinen Fuß packte. Er schrie auf vor Grauen.
Dann sah Pierric eine junge Frau, die sich aus dem Loch kämpfte, ohne PM loszulassen. Offensichtlich flehte sie den verängstigten Jungen an, doch der versuchte sich nur mit Tritten zu befreien. Und dann nahm er einen großen Stein und schlug damit auf den Kopf der jungen Frau ein, bis sie losließ und auch er davonrennen konnte.
Der kleine Pierric war außerstande, aufzustehen und wegzulaufen. Er starrte nur die junge Frau an, die sich aus dem Loch zu befreien versuchte. Sie weinte und rief ... Da packte der Kleine sein Bündelchen und kroch auf sie zu. Ihr langes Haar war voller Wasser, Lehm und Blut. Sie klammerte sich an ihn und er zog mit aller Kraft, doch er war zu schwach. Er begriff, dass es ihm nicht gelingen würde, sie herauszuziehen, und brach in Tränen aus.
Der große massige Pierric schluchzte und stöhnte in seinem Bett.
»Bin zu klein ... Kann der Dame nicht helfen ... Zu klein ...«
Marie war bestürzt. Sie wollte den Therapeuten bitten, die Sitzung abzubrechen, doch da schrie Pierric auf.
»Nein! Er! Nein!«
... Im grellen Licht eines Blitzes zeichnete sich eine große schwarze Gestalt ab. Verschreckt kroch der Kleine hinter das Hügelgrab und kauerte sich über sein Bündelchen. Die düstere Gestalt blieb vor der jungen Frau stehen, die sich wand und stöhnte und flehend die Arme ausstreckte.
Der riesige Mann zog plötzlich einen Dolch, der im Halbdunkel glänzte. Er beugte sich über die junge Frau, packte sie am Haar und schnitt ihr knapp und präzise die Kehle durch. Ein Blutstrom quoll hervor.
»Blut, überall Blut! Er hat das gemacht, mit seinem Dolch. Arthus hat das gemacht ...«

»Beruhige dich, Pierric. Ich bin da, ich bin bei dir. Du brauchst keine Angst zu haben. Das Unwetter ist vorbei, es regnet nicht mehr, und es ist heller Tag. Dir ist schön warm, alles ist gut …«

Der Therapeut beruhigte Pierric, über dessen schlecht rasierte Wangen dicke Tränen kullerten. Der Arzt sorgte sich um Marie, die mühsam atmete. Lucas hatte sie schwanken sehen, als Pierric beschrieb, wie Arthus der Frau die Kehle durchgeschnitten hatte. Doch sie fasste sich schnell und lenkte die Aufmerksamkeit wieder auf Pierric, indem sie den Therapeuten ansprach.

»Wie geht es ihm?«

»Ganz gut, er wird sanft aus der Hypnose aufwachen …«

Wie zum Protest begann Pierric herumzufuchteln, als wolle er etwas fangen, sein Gesicht drückte Ärger und Wut aus. Mit seiner Kinderstimme schrie er:

»Mein Baby! Ich will mein Baby! Mein Baby!«

»Er will sein Schmusebündel.«

Marie nahm das Bündel vom Nachttisch und drückte es ihm in die Arme, doch zu aller Überraschung stieß Pierric es rücksichtslos weg.

»Nein, ich will mein Baby! Das Baby, das ich gefunden habe, gib es mir zurück! Es gehört mir!«

Marie und Lucas wechselten einen erstaunten Blick. Lucas gab dem Therapeuten ein Zeichen. Der beugte sich vor.

»Pierric, du bist ganz ruhig, ganz ruhig … Und du denkst an das Baby, an dein Baby. Du hast ein Baby gefunden? Wo hast du es gefunden?«

»Im Sand. Es weint. Es hat Angst, genau wie Pierric …«

… Der verängstigte kleine Junge war unten in der Strandräuberbucht angekommen. Er hörte ganz in der Nähe leises Weinen und sah die junge Frau daliegen. Sie presste ein Stoffbündel an sich, in dem sich etwas regte. Fasziniert trat Pierric näher. Er zögerte, doch dann schob er den Stoff beiseite und

sah in das Gesichtchen eines Neugeborenen. Als er es berührte, drehte das Baby den Kopf und öffnete den Mund, als wollte es an seinen Fingern saugen.
Dann hörte er Schüsse. Instinktiv griff er nach dem Stoffbündel, das ein wenig auseinander rutschte. Pierric hob es auf, raffte alles zusammen, presste das Ganze an sich, kroch zu den Felsen und kletterte vorsichtig hinauf, während in der Bucht wieder geschossen wurde.
Pierrics Gesicht verzog sich, wie es sich damals verzogen haben mochte. Er weinte leise vor sich hin.
»Diebin! Sie hat mir mein Baby gestohlen …«
»Wer hat dir dein Baby gestohlen, Pierric?«
»Nein, nicht das Baby totmachen! Nichts sagen! Darfst mein Baby nicht totmachen …«
Das Stöhnen ging in Schluchzen über. Pierric war so erregt, dass der Therapeut beschloss, dass er sich erst einmal ausruhen müsse.

Marie und Lucas standen noch unter Schock, als sie die Klinik verließen: Mary hatte ein Kind geboren, und es hatte den Schiffbruch überlebt. Ryans Kind!
»Sollte er erfahren, dass Arthus seiner Frau die Kehle durchgeschnitten hat, möchte ich nicht in Arthus' Haut stecken«, bemerkte Lucas.
Marie nickte.
»Höchstwahrscheinlich hat Yvonne Pierric das Baby gestohlen, und dann fürchte ich das Schlimmste …«
Lucas schaltete sein Handy ein und hörte die Voicebox ab. Plötzlich schnaubte er wütend.
»O nein, das darf doch nicht wahr sein! Arthus und PM sind verschwunden. Und die Yacht auch!«

*

Armelle, deren ganze Würde zum Teufel gegangen war, irrte durch den Schlosshof. Der Haarreif war verrutscht und ihr Gesicht voller roter Flecken, als sie Marie und Lucas wild gestikulierend entgegenlief.
Sie fiel geradezu über sie her, denn schuld am Verschwinden der beiden Männer seien eindeutig sie beide, die ihren Mann hätten beschützen müssen.
»PM hat jede Überwachung abgelehnt«, erinnerte sie Fersen. »Offensichtlich auch Ihre …«
»Mit ihm ist nichts mehr anzufangen! Er sagt mir nichts mehr. Ich verstehe ihn nicht mehr. Ich frage mich, ob er nicht langsam verrückt wird! Suchen Sie ihn! Tun Sie etwas, statt dumm herumzustehen!«
Lucas konnte kaum verstehen, was ihm gerade über Handy übermittelt wurde. Er entfernte sich ein paar Schritte und winkte Marie zu sich.
»Die Yacht antwortet nicht mehr auf Funkrufe, die Radarüberwachung hat ein im Meer treibendes Schiff ausmachen können. Aber in dieser Milchsuppe können die Suchmannschaften nichts finden …«
Armelle ließ sich nicht abschütteln, unablässig redete sie auf die beiden ein. Lucas wollte ihr schon eine kalte Abfuhr erteilen, da fiel ihm ein Satz auf in ihrem Redeschwall: Die Putzfrau habe in PMs Zimmer einen seltsamen Gegenstand gefunden.
Armelle führte sie in das Schlafzimmer ihres Gatten und wies mit großer Geste auf ein leichtes Gestell, das hinter der Tür abgelegt war. Man hatte darauf etwas montiert, was einer Frau ähnelte, mit langen Haaren und großen grünen Augen, die in ein schimmerndes Leichentuch gehüllt war und aus deren aufgeschnittener Kehle Blut tropfte.
»Ach? Ist das etwa das Gespenst, das dich am Steilfelsen erwischt hat?« Marie lächelte.
Doch Lucas ließ sich von ihrer Frotzelei nicht aus der Fas-

sung bringen. Er hielt ihr das Gewand unter die Nase und zeigte auf die Löcher im Stoff.
»Und das? Was ist das? Sechs Treffer!«
Armelle verstand gar nichts mehr, sie zappelte herum und verlangte nach Erklärungen. Lucas sah sie streng an.
»Wollen Sie wirklich wissen, was das ist? Das ist der Beweis dafür, dass Ihr Mann versucht hat, einen Polizisten umzubringen!«
Marie ließ ihr keine Zeit zu einer Reaktion:
»In der Nacht, als Commandant Fersen angegriffen wurde, war PM doch angeblich bei Ihnen, nicht wahr? Wollen Sie wirklich zehn Jahre Gefängnis wegen Falschaussage und Mitwisserschaft bei einem Mord riskieren?«
Armelle schluckte, endlich zum Schweigen gebracht.

Im Halbdunkel und in dem sich nur langsam lichtenden Nebel war undeutlich die Yacht der de Kersaints, die still vor sich hin trieb, auszumachen.
PM lag reglos auf einer Bank in der Kajüte. Er stöhnte, seine Lider zitterten. Langsam und noch halb im Schlaf öffnete er die Augen. Dann starrte er erschrocken auf den Boden.
Auf den Holzdielen waren Blutflecken.
Sein Blick folgte den Spuren bis die Treppe hinauf zum Deck. Wie ein Roboter stand er auf, trat widerwillig in die Blutspuren und ging an Deck.
Dort sah es noch schlimmer aus, auch die Reling war voller Blut, und auf dem Boden lag mitten in einer dunklen Lache ein Messer.
PM hob es mechanisch auf.
Plötzlich ertönte eine Stimme über Lautsprecher, starke Scheinwerfer blendeten ihn.
»Hier spricht die Polizei! Hände hoch! Keine Bewegung!«
PM gehorchte verblüfft.

Er wirkte immer noch benommen, als ihn Marie und Lucas in der Gendarmerie verhörten.
»PM, Ihr Vater ist immer noch unauffindbar. Das Blut auf der Yacht stammt von ihm. Auf dem Messer sind nur Ihre Fingerabdrücke. Sonst war niemand an Bord, das lässt vermuten …« Fersen wurde von PM unterbrochen.
»Wie oft soll ich Ihnen noch sagen, dass Ryan an Bord gekommen ist? Im Taucheranzug. Ich weiß nicht, woher er kam! Er hat meinen Vater getötet, ich schwöre es Ihnen! Ich wollte dazwischentreten, da hat er mich wahrscheinlich niedergeschlagen, denn danach kann ich mich an nichts mehr erinnern.«
»Wie bei Gwen? Ein Schlag auf den Kopf und Gedächtnisverlust. Und das gleich zwei Mal, ziemlich häufig, finden Sie nicht?«, säuselte Lucas, bevor Marie weitermachte.
»Meine Mutter hat mir erzählt, dass Sie als Kind manchmal schlafwandelten und Gedächtnisausfälle hatten. Vielleicht waren Sie in einem anderen Bewusstseinszustand, als Sie Ihren Vater töteten, und können sich nicht mehr erinnern …«
»Das ist unmöglich! Völlig unmöglich! Es ist zum Verrücktwerden.«
»Ich würde Ihnen nicht raten, sich mit Geisteskrankheit herauszureden«, warnte Marie. »Lebenslänglich psychiatrische Klinik ist auch nicht besser als Gefängnis.«
»O nein, schlimmer! Das versichere ich Ihnen. Aber damit Sie sich in aller Ruhe entscheiden können, lieber PM, nehme ich Sie jetzt in Gewahrsam«, schloss Lucas das Verhör ab.
Vorsichtshalber stellte er zwei Gendarmen vor die Zelle. Sie hatten strikte Order, den Verdächtigen nicht aus den Augen zu lassen. Marie unterdrückte ein Gähnen. Lucas half ihr in ihre Jacke, den Bericht würden sie auf den nächsten Tag verschieben. Jetzt war eine Mütze Schlaf viel wichtiger.
Er sah ihr an, dass sie mit ihren Gedanken woanders war.
»Was ist los?«

»Ich habe Christian versprochen, noch mit ihm zu reden, wahrscheinlich wartet er schon seit Stunden auf mich ...«
Lucas hatte den heftigen Wunsch, den Skipper zu Hackfleisch zu verarbeiten, doch er verkniff sich alle Verwünschungen, die ihm auf der Zunge lagen.
Er sonnte sich noch im Stolz auf so viel Selbstbeherrschung, als er sich freundlich fragen hörte: »Soll ich dich am Hafen absetzen?«
Auf der kurzen Strecke sagten sie kein Wort. Doch als er vor dem Ponton hielt, an dem Christians Schoner festgemacht war, nahm er ihre Hand und küsste sie.
Marie lächelte ihm gerührt zu und zog die Hand dann langsam zurück.
Er sah ihr nach, als sie auf den Schoner zuging. Dann wendete er.
Als er abfuhr, warf er noch einen Blick in den Rückspiegel. Er sah Christian, der düster blickte und mit einer leeren Flasche in der Hand am Bug saß. Er hatte sie offensichtlich beobachtet, doch Marie hatte ihn nicht gesehen.

*

Marie sprang an Deck des Schoners und beugte sich über den Eingang zur Kajüte, in der Licht brannte.
»Christian?«
Überrascht, dass niemand antwortete, stieg sie die Leiter hinunter.
Es herrschte ein ungewöhnliches Durcheinander. Sie sah eine angebrochene Konservenbüchse und einige leere Bierdosen.
Die Kajütentür wurde heftig zugeschlagen. Sie sah sich um, Christian war hereingekommen. An seinen Augen und seinem Gang sah sie sofort, dass er reichlich getrunken hatte. Sie beschloss, ihm keinen Vorwurf zu machen, sondern ging ruhig auf ihn zu. Doch schon fing er an, sie anzuschreien.

»Hältst du mich eigentlich für total bescheuert? Lässt mich hier stundenlang warten! Du solltest meine Frau sein und behandelst mich wie einen Hund!«
»Christian, bitte …«
»Was treibst du eigentlich mit diesem Typen? Glaubst du etwa, ich hätte euch nicht gesehen? Du benimmst dich wie eine Schlampe!«
Er stieß sie brutal nach hinten. In seinen trüben Augen sah sie Alkohol, Eifersucht und sexuelle Erregung. Eine Mischung, die sie abstieß und ihre ganze Wut aufflammen ließ – Gefühle des Verrats und der Ungerechtigkeit, die sie schon viel zu lange unterdrückte.
Es war zum Verzweifeln: Vor ihr stand der Gott ihrer Kindheit, ihr Idol, die Verkörperung ihrer Träume – verwandelt in eine vulgäre, rotgesichtige Karikatur.
Er trat auf sie zu, drückte sie an sich und wollte sie zu Boden werfen.
»Du bist meine Frau! Meine Frau, hörst du? Ich werde nicht hinnehmen, dass ich dich verliere! Du gehörst mir!«
»Lass mich los! Christian, hör auf! Hör auf!«
Marie kämpfte. Sie spürte seinen erigierten Penis an ihrem Körper, seinen feuchten Mund, der geräuschvoll an ihren Brüsten leckte, sie schrie vor Ekel und Verzweiflung.
Die Kajütentür flog auf. Lucas war zurückgekommen.

Sie konnte sich nicht mehr erinnern, wie sie vom Schiff gekommen war. Schweigend gingen sie und Lucas nebeneinander her. Und dann murmelte er, ohne sie anzusehen:
»Habe ich mich in etwas eingemischt, das mich nichts anging? Bist du mir böse?«
»Nein. Ich bin mir selbst böse.«
Das einzige Bild, das ihr von der schrecklichen Szene noch vor Augen stand, war, als Christian vom Boden aufstand und brüllte:

»Wenn du dieses Schiff verlässt, ist es aus, hörst du! Dann ist es aus zwischen uns!«

Als sie im Hotel angekommen war, zitterte sie immer noch. Lucas legte sie aufs Bett, zog ihr die zerrissenen Kleider aus und massierte sie sanft, bis ihre Tränen versiegten und sie, dicht an ihn geschmiegt, einschlief.

27

Christian, noch benommen von Lucas' rechter Geraden, hatte versucht, sich aufzurichten. Doch die Mischung aus Alkohol, Adrenalin und widersprüchlichen Gefühlen hatte ihn wieder zu Boden geschickt.

Erst das Klicken der Tür riss ihn aus seiner Betäubung. Von einem Hoffnungsfunken belebt, hob er mit einem angedeuteten Lächeln den Kopf, denn er rechnete mit Marie.

Umso größer war der Schlag, als er den Mann erkannte, der im Taucheranzug zu ihm herunterkam.

»Ryan!«

Bevor er am nächsten Morgen das Schiff wieder verließ, nahm Ryan noch das kleine Aufnahmegerät vom Tisch und steckte es in einen wasserdichten Beutel. Er sah noch einmal leicht zögernd zu Christian hinüber, der leblos auf einer Bank lag, dann straffte er sich und sagte leise und monoton:

»Du schläfst sehr tief ... Und wenn du aufwachst, kannst du dich an nichts mehr erinnern, an gar nichts ...«

Er lächelte kalt.

»Du wirst schon sehen: Es gibt Schlimmeres als den Tod, viel Schlimmeres – die Frau zu verlieren, die man liebt ...«

Lucas hatte kaum geschlafen. Der Morgen dämmerte, als er die Augen aufschlug. Er betrachtete Marie. Unendlich vorsichtig und sanft löste er sich aus dem Arm, mit dem sie ihn

umschlungen hielt, und stand geräuschlos auf. Es gelang ihm tatsächlich, das Zimmer zu verlassen, ohne sie zu wecken.
So viel Mühe hatte er sich nicht nur gegeben, um Marie in Ruhe ausschlafen zu lassen, sondern weil er sich unter vier Augen mit Jeanne unterhalten wollte. Wenn jemand etwas über dieses spezielle Findelkind wusste, dann sie.
Er hatte vorher Erkundigungen eingezogen und erwartete sie vor der Kapelle, in der sie morgens ihre Andacht zu verrichten pflegte.
Als sie ihn sah, nahm ihr Gesicht sofort einen verschlossenen Ausdruck an. Sie sah sich suchend um, als erwarte sie ihn in Begleitung ihrer Tochter.
Sie zog Lucas ein Stück weiter, als wäre ihr eine Unterhaltung in unmittelbarer Nähe der Kapelle nicht möglich.
Lucas berichtete ihr von Pierrics Enthüllungen. Sie hörte ihm gespannt zu, ihr Gesicht war ausdruckslos, ihr Blick verlor sich in der Weite des Meeres. Er war auf einen Kampf gefasst, darauf, sie bedrohen zu müssen, um ihr wenigstens die Ansätze eines Geständnisses zu entlocken. Und war fast erschrocken, als sie zu reden begann.
»Ich habe dem kleinen Pierric das Kind weggenommen. Es ist mir gelungen, das Baby aus dem Wäschebündel herauszubekommen und es ihm zu entwinden.«
»Warum haben Sie nie darüber gesprochen?«
»Glauben Sie etwa, ich wäre stolz darauf gewesen? Meine Söhne waren für den Tod dieser Menschen verantwortlich, für den Tod der jungen Mutter ... Und ich ...«
Jeanne senkte den Kopf und bekreuzigte sich, bevor sie flüsternd und sichtlich mit sich kämpfend fortfuhr:
»Ich habe es ausgesetzt, in Brest – noch am selben Morgen ... auf der Treppe der Saint-Séverin-Kirche. Ich habe mich immer gefragt, was aus ihm geworden ist, aus dem armen kleinen Jungen. Ich kann es mir immer noch nicht verzeihen ... Hoffentlich ist er adoptiert worden.«

Sie hob ihr Gesicht Lucas entgegen. Zum ersten Mal gab sie ein Gefühl preis, in ihren Augen standen Tränen.
»Sagen Sie Marie, sie soll mich nicht verurteilen. Später würde sie es bereuen.«
Lucas versprach ihr, die Bitte auszurichten, und empfahl ihr, niemandem etwas von dem zu sagen, was sie ihm gerade gestanden hatte. Außer Pierric war sie die Einzige, die etwas über Ryans Kind wusste.

* * *

Es lebte. Mein Kind lebte, als das Schiff an den Riffen von Lands'en zerschellte! Wenn ich daran denke, dass Mary unser Kind in dieser schrecklichen Nacht zur Welt brachte und ich ihr nicht beistehen konnte, überläuft mich ein Schauder.
Herrgott! Warum habe ich zugelassen, dass sie mit uns fuhr?
Es war vereinbart gewesen, dass sie bis zur Geburt in Irland bleiben und dann später nach Amerika nachkommen sollte.
Nach dem Einbruch in Paris hatten die Sullivan-Brüder und ich uns nach Rouen durchgeschlagen, wo uns ein Schiff erwartete.
Ein Schiff und Mary.
Ich hatte alles versucht, sie davon abzubringen, aber sie wollte unbedingt mitkommen. Eigensinnig hatte sie ihr Kinn vorgereckt und sich durchgesetzt.
Und dann war das Schiff in See gestochen, ohne mich. Aber mit Mary und dem Kind …
Wo ist es heute? Was ist aus ihm geworden? Der Einzige, der es mir hätte sagen können, lag in einem Krankenhaus in Brest und hatte die Sprache verloren.
Ich würde die Insel nicht verlassen, bevor ich nicht her-

ausgefunden hatte, was aus meinem Kind geworden war.
Keine Macht der Welt konnte mich daran hindern, es zu finden, wenn es noch am Leben war. Nichts würde mich davon abbringen.
Ich betrachtete den Leuchtturm am äußersten Ende von Ty Kern und dachte an die Rache. Und die inzwischen völlig unwichtigen Goldbarren, denen ich fünfunddreißig Jahre lang nachgejagt war, ohne auch nur einen Augenblick lang zu vermuten, dass es irgendwo einen viel kostbareren Schatz geben könnte.
Marys Kind. Unser Kind.
Ich ging zur Begräbnisstätte …

* * *

Das Sonnenlicht wanderte auf das Kopfkissen zu, auf dem Marie mit fest geschlossenen Fäusten schlief. Als der goldene Strahl ihr Gesicht erreichte, zitterten ihre Lider und sie tauchte langsam aus ihrem Schlaf auf. Ihre Hand tastete nach Lucas, und seine Abwesenheit machte sie hellwach. Sie war ein wenig verärgert, dass er nicht bei ihr war. Und dann quälte sie wieder der Teufelkreis düsterer Gedanken …
Ihre so grausam dezimierte Familie, Christian, Ryan, Pierric, die Ermittlungen. Sie trat die Decke weg, sprang aus dem Bett und machte sich fertig.
Instinktiv ging sie zur Begräbnisstätte. In den vom Tau glitzernden Büschen hingen noch Nebelschwaden. Sie ging ein wenig schneller und erreichte bald die beiden Gendarmen, die sichtlich erschöpft auf und ab patrouillierten.
»Und?«
»Keine Spur von Ryan! Ich wette, er ist längst von der Insel verschwunden!«
Sie hoben grüßend die Hand. Sie ging langsamer weiter. Im

Gegensatz zu den beiden Gendarmen war sie davon überzeugt, dass Ryan noch auf Lands'en war. Sie spürte es …
Plötzlich traf es sie wie ein Schlag. Als hätten ihre Gedanken sich materialisiert, zeichnete sich etwa fünfzig Meter vor ihr eine Gestalt ab. Sie blieb stehen. Ryan? Ihr Instinkt war sich sicher, doch ihr Verstand zwang sie, die vagen Umrisse zu fokussieren, die zu weit entfernt waren, als dass man die Person hätte erkennen können, die an der Kante des Steilfelsens über der Strandräuberbucht stand und aufs Meer blickte. Ihr Instinkt gewann die Oberhand. So schnell sie konnte, rannte sie auf den unbeweglichen grauen Schatten zu. Das Blut pochte in ihren Schläfen. Die Gestalt rührte sich und bewegte sich langsam auf die Begräbnisstätte zu. Sie versuchte, noch schneller zu laufen, immer wieder stolpernd, weil sie den Schatten nicht aus den Augen ließ. Sie sah, wie er zwischen den Menhiren hindurchglitt, dann unter dem Dolmen verschwand …
Und nicht wieder auftauchte.
Endlich kam Marie bei den Monolithen an, völlig außer Atem. Der einzige Mensch, der so einfach unter dem Dolmen verschwinden konnte, war Ryan. Sie glitt unter den riesigen Stein, doch dann schreckte sie zusammen.
»Was machst du denn da?«
Überrascht drehte sie sich zu Lucas um, der vor ihr aufragte.
»Wusstest du, dass ich hier bin?«
An den beiden Falten über seiner Nasenwurzel erkannte sie seine üble Laune.
»Es kamen keine Videobilder mehr an, irgendjemand hat die Kameras methodisch zerstört.«
Sie unterbrach ihn aufgeregt.
»Ryan ist gerade unter dem Dolmen verschwunden. Los, komm!«
Sie ließ sich nicht weiter beeindrucken von Lucas' sarkastischen Bemerkungen, sondern drückte auf das Sonnenzeichen.

Die Steinplatte bebte und öffnete sich dann über den ersten Felsstufen, die zur Krypta führten.
Marie knipste die Taschenlampe an und wurde fast wütend, als Lucas sie rasch beiseite schob und als Erster hinunterstieg.
Der runde Saal war leer.
»Ich habe ihn keine Sekunde aus den Augen gelassen. Er muss hier hinunter verschwunden sein!«, beharrte Marie.
Lucas sagte nichts, doch sein Schweigen machte seine Zweifel an ihren Behauptungen deutlich genug.
»Ich werde diesen Saal nicht verlassen, bevor …«
Sie stockte. Der Strahl der Taschenlampe war über etwas Seltsames geglitten. Sie machte einen Schritt zurück und ging in die Hocke. Konzentriert betrachtete sie einen Zweig Heidekraut, der zwischen zwei unverrückbar wirkenden Granitblöcken klemmte. Lucas hockte sich neben sie. Vorsichtig bog er das Ende des kleinen Zweigs um.
»Weich, voller Saft, gerade erst von der Pflanze gerissen … Zwischen diesen beiden Blöcken ist ein Spalt …«
»Ich wusste es doch! Es gibt einen Gang, und durch diesen Gang ist Ryan verschwunden. Wir müssen nur den Mechanismus finden.«
»Inzwischen dürfte er schon weit weg sein«, knurrte Lucas.
»Hilf mir lieber, statt zu meckern.«
Mit allen Kräften stemmte sie sich gegen den riesigen Felsblock, doch vergebens. Lucas war einen Schritt zurückgetreten und studierte die Anordnung der Steine.
»Du gestattest? Lass mal den starken Mann ran!«
Er schob Marie zur Seite und drückte an verschiedenen Stellen. Beim dritten Versuch hatte er Glück. Ein schmales Stück der Felswand drehte sich.
»Voilà! Da staunst du, was?«
»Hmm, nicht schlecht«, sagte sie etwas unwirsch. »Wer wagt es, Rittersmann oder Knapp?«

Lucas tauchte in den Schlund, dicht gefolgt von Marie. Der Gang erweiterte sich bald, so dass sie, wenn auch ein wenig gebückt, bequem gehen konnten.
Die roh behauenen Granitwände hatten offensichtlich schon einige Jahrhunderte gesehen, die Luft wirkte etwas abgestanden, doch sie konnten ohne Schwierigkeiten atmen. Lucas zählte die Schritte.
»Achthundert Meter ... Wir sind andauernd im Zickzack gegangen. Ich frage mich, wo dieser Gang herauskommt.«
»Wenn er überhaupt einen Ausgang hat«, bemerkte Marie, allerdings mehr spöttisch als ängstlich, denn es gab Fußspuren in beide Richtungen.
Und dann standen sie plötzlich vor einer Treppe, die nach oben führte und an einer scheinbar undurchdringlichen Wand endete.

*

Armelle de Kersaint hatte allergrößte Mühe, wenigstens den Anschein von Selbstbeherrschung zurückzugewinnen. Die düstere Atmosphäre des verlassenen Schlosses steigerte ihre Nervosität ins Unerträgliche, beim kleinsten Knarren zuckte sie zusammen, mal fühlte sie sich einsam, dann wieder meinte sie die unsichtbare und bedrohliche Gegenwart eines anderen zu spüren.
Als sich plötzlich der große Wandteppich im Korridor nur wenige Meter von ihr entfernt bauschte, flüchtete sie sich mit einem schrillen Schrei in eine Ecke.
Gerade waren ihr zwei Geister erschienen. Marie und Lucas hatten den Ausgang aus der Unterwelt gefunden.
Sie schafften Armelle – nur noch ein Häuflein Elend – auf ein Sofa im Salon und versorgten sie mit einem doppelten Cognac, den sie in einem Zug leerte, um sich halbwegs von ihrem Schrecken zu erholen. Während Lucas über sein Handy Ver-

stärkung für eine Hausdurchsuchung anforderte, sah er fast bedauernd zu, wie sie allmählich wieder ihrer Sinne und leider auch ihrer Sprache mächtig wurde.
»Das ist ja furchtbar! Dann kann also jeder hier nach Belieben ein und aus gehen?«
»Ryan hat diese Möglichkeit sicher genutzt. Und Ihr Mann vermutlich auch …«
Lucas brach ab. Er meinte von draußen einen Schrei gehört zu haben. Alle drei wandten ihre Blicke zur Tür, als sie hastige Schritte hörten. Die Tür flog auf, und der Gärtner, fast noch ein Junge, trat ein.
Er war totenbleich und brachte kein Wort heraus. Er machte ein Zeichen, ihnen zu folgen, und alle stürzten hinaus.
Als sie im Hof waren, blickte der Junge ängstlich nach oben und zeigte auf das Wappen der de Kersaints über der Eingangstür.
Es war blutüberströmt.
Armelle schwankte, Marie streckte reflexartig den Arm aus und konnte sie eben noch daran hindern, zu Boden zu fallen. Mit der Unterstützung des Gärtners schaffte Marie sie zurück in den Salon und versuchte, sie aus ihrer Ohnmacht aufzuwecken, während Lucas das Geheimnis des blutenden Wappens zu ergründen trachtete.

Arthus de Kersaints Leiche lag in einem offenen Leichensack auf dem Kai, wohin ihn die Fischer transportiert hatten. Sie hatten den grausigen Fang mit ihrer Schleppangel aus dem Meer gezogen. Und was noch grausiger war: Man hatte dem alten Mann die Kehle durchgeschnitten, von einem Ohr zum anderen.
Wie der Unbekannten von Molène.
PM, den die Seepolizei zurückgebracht hatte, musste ein weiteres Verhör über sich ergehen lassen, diesmal jedoch mit einem anderen Ergebnis: Alles, aber auch alles war für ihn

niederschmetternd. Entsprechend gering war sein Widerstand. In einem Zustand zunehmender Auflösung gestand er, er habe mit Ryan abgesprochen, ihren Vater zu betäuben und aufs Meer hinauszubringen.

»Er ist mein Bruder! Er wollte, dass wir den Alten erschrecken, um herauszubringen, wo er die Goldbarren versteckt hat. Ich habe ihn gehasst, das stimmt, aber ich schwöre Ihnen, ich habe ihm nicht die Kehle durchgeschnitten. Er hat ihn getötet! Er ist ein Ungeheuer! Ich weiß, wo er ist, Sie werden schon sehen! Ich weiß, wohin er sich verzogen hat, seit Sie ihn für tot halten!«

Fersen und Marie brachten ihn zur Begräbnisstätte. Unterwegs gab er ihnen, endlich gesprächig geworden, Informationen, die nur die früheren Strandräuber und einige ihrer Nachfahren haben konnten.

Im 17. Jahrhundert war die Krypta der alten Druiden durch einen Gang mit dem Schloss verbunden worden. Im Herbst 1968, einige Monate nach der Schicksalsnacht, hatten der alte Pérec, damals Bürgermeister der Insel, und Arthus – unter dem Vorwand, die Begräbnisstätte restaurieren und mit Hilfe des Museumsbaus eine Touristenattraktion daraus machen zu wollen – einen weiteren geheimen Raum angelegt. Dort waren die Goldbarren vor allen Begehrlichkeiten und auch etwaigen Durchsuchungen sicher. Dieser Raum war durch unterirdische Gänge sowohl mit dem Schloss als auch mit dem Museum verbunden.

Sobald sie in der Krypta waren, stürzte PM vor und betätigte den Mechanismus, der den Durchgang zum Museum öffnete.

»Da versteckt er sich! Kommen Sie nur! Sehen Sie doch!«

Er war geradezu hysterisch. Die beiden Beamten mussten die Gendarmen, die sie bei der Durchsuchung unterstützten, bitten, ihn zu bändigen. PM war außer sich. Wütend versuchte er nach einem verlassenen kleinen Zelt zu treten.

»Dieser Mistkerl! Er hat sich mit dem Gold davongemacht.

Er hat sich durchs Museum verdrückt! Dieser Dieb! Mörder! Sie müssen ihn finden!«, schäumte er wild.
Lucas befahl einigen Männern, Ryans Versteck zu bewachen und die Kriminaltechniker zu rufen.
PM bestand darauf, Fersen und Marie die Galerie zu zeigen, die ins Museum führte. Durch den Gang gelangten sie rasch in den größten Ausstellungsraum. Er endete genau hinter den Überresten der *Mary Morgan.* PM brüllte:
»Da ist Ryan! Ryan! Verhaften Sie ihn! Worauf warten Sie noch? Dass er verschwindet?«
Ryan lehnte an einem Pfeiler und beobachtete sie gelassen. Doch Marie sah sofort, dass er sehr blass und erschöpft war, auch seine Stimme klang müde.
»Pierre-Marie, hör auf mit dem Geschrei, du übertreibst. Wenn ich hätte fliehen wollen, wäre ich bereits weit weg.«
»Wo sind meine Goldbarren? Antworte!«
Ryan musterte seinen Bruder mitleidig.
»Armer PM, dich interessiert sonst wirklich gar nichts … Da sind sie doch, deine Goldbarren. Sieh hin.«
Er machte einige Schritte auf das Wrack der *Mary Morgan* zu.
Marie, die ihn scharf beobachtete, bemerkte, dass ihm die Bewegungen Mühe oder Schmerzen zu bereiten schienen. Dennoch beugte er sich über die alte Kiste, die den Museumsbesuchern einen Talmi-Schatz darbot, darunter auch einige grell gelb bemalte Barren.
Ryan kratzte mit dem Fingernagel über einen der Barren, bis unter der Bemalung der warme Glanz von Gold sichtbar wurde.
PM entwischte Lucas' Griff, warf sich auf die Barren und begann ebenfalls wie wild zu kratzen. Fersen winkte zwei Gendarmen herbei und befahl, ihn in die Mitte zu nehmen. Ryan hatte sich inzwischen ruhig auf eine Besucherbank gesetzt und kam Fersens Frage zuvor.

»Während der fünfunddreißig Jahre Haft hatte ich nur einen Gedanken: Ich wollte herausfinden, wer meiner Frau die Kehle durchgeschnitten hatte.«

»Sie haben die ehemaligen Strandräuber-Kinder hypnotisiert und ausgefragt und danach getötet!«, entfuhr es Marie.

»Nein, Marie, ich habe es Ihnen doch gesagt. Ich wollte nur wissen, was passiert war. Alle haben mir davon erzählt, außer Loïc. Er hat sich vorher umgebracht ...«

»Sie haben mir gesagt, Gwen sei die Mörderin gewesen, das war auch gelogen!«

»Aber damals hielt ich es für die Wahrheit. Ich wollte auch sie befragen, aber ich hatte keine Zeit mehr dazu. Sie hatten meine Vergangenheit enttarnt, und ich musste verschwinden ...«

»Und da haben Sie mir Ihr eindrucksvolles Zauberkunststück vorgeführt ...«

»Ich bitte Sie um Verzeihung, Marie, aber ich musste herausfinden, wer meine Frau getötet hatte.«

Lucas hatte nicht eingegriffen. Er verfolgte ihr Gespräch, das nicht im Ton eines Verhörs geführt wurde, sondern eher wie ein intimes Gespräch wirkte. Irgendetwas ging zwischen den beiden vor. Es war nicht das übliche Verhältnis zwischen einem Polizisten und einem Verdächtigen. Marie litt sichtlich unter dem Verrat, den dieser Mann an ihr begangen hatte. Und Ryan fiel es schwer, sie zu verletzen. Sie hatten eine besondere Beziehung. Und er fürchtete, er wusste, warum.

»Als ich Gwen endlich hypnotisieren konnte, sagte sie, es könne nur PM gewesen sein«, gab Ryan zu.

Er warf einen Blick auf seinen Bruder. Von den beiden Gendarmen bewacht, lag Pierre-Marie in der Nähe der Goldbarren auf dem Boden und spähte zu seinem Bruder hinauf wie ein verängstigtes Tier, das auf eine Gelegenheit zum Zubeißen wartet.

»Ich konnte nicht ahnen, dass mein eigener Bruder und mein Vater meine Rückkehr und meine Nachforschungen als De-

ckung nutzen würden, um die ehemaligen Strandräuber-Kinder eines nach dem anderen umzubringen.«
»Der ist ja total verrückt! Das werden Sie ihm doch nicht glauben? Er ist zu mir gekommen! Er hat mir einen Plan vorgeschlagen, wie man die Goldbarren finden und den Alten loswerden könnte!«, geiferte PM.
Ryan schüttelte angewidert den Kopf.
»Hör auf, PM. Du hast mir erzählt, dass Vater Mary getötet hat. Du hast Gildas getötet und Yves …«
PM schrie sich die Lunge aus dem Leib: Das sei alles Humbug, dieser Kerl sei ein Lügner, ein Geisteskranker! Er habe niemanden umgebracht, schließlich habe er Alibis …
»Ihre Frau hat ihre Aussage widerrufen. Sie sagte, dass Sie in den betreffenden Nächten nicht im Schloss waren«, warf Lucas ruhig ein.
PM war wie elektrisiert.
»Armelle? Nein, nicht auch sie … Nein!«
Er sah seinen Bruder an wie eine Geistererscheinung.
»Sie steckte mit dir unter einer Decke? Habt ihr euch alle gegen mich verbündet? Armelle, Vater und du – war es so? Ich wusste es doch! Vater ist ein Ungeheuer. Ihr seid alle Ungeheuer! Ich habe nichts getan! Ich habe nichts getan, das schwöre ich Ihnen …«
Stöhnend sank er zusammen. Er krümmte sich und schlang die Arme um den Kopf, als wollte er nichts mehr hören.
Ryan wandte sich ab. Er schien entsetzlich angewidert.
»Ich nehme an, die Inszenierungen hat sich mein Vater ausgedacht«, sagte er. »Wirklich krank … Aber ich muss zugeben, ich wüsste zu gern, wie sie die Menhire zum Bluten gebracht haben.«
Er sah Marie an.
»In einem Punkt hat PM Recht, ich wollte meinen Vater töten. Er hat sich immer übel verhalten: Er hat Yvonnes Naivität ausgenutzt und sie verstoßen, er hat meine Mutter

verhöhnt, er hat mich von Lands'en verjagt ... Und als ich zurückkam, musste ich erfahren, dass er noch schlimmer geworden war, nämlich ein Mörder ... Deshalb beschloss ich, ihn zu töten. Ich habe PM zu verstehen gegeben, dass ich Vater das Versteck der Goldbarren entlocken wolle. Und ich hatte die Idee mit der Yacht. Und ich bin wie verabredet auf dem Meer dazugestoßen ...«

»Sehen Sie, er gesteht! Er war auf der Yacht, ich habe es Ihnen doch gesagt!«

»Aber kaum hatte Vater uns das Versteck verraten, da hast du dich auf mich geworfen. Du wolltest nämlich nicht teilen, nicht wahr?«

»Was?«

»Du hast mich niedergestochen und über Bord geworfen!«

PM sprang auf wie der Teufel und brüllte herum, das sei falsch, absolut falsch, er habe ihn nicht angerührt.

Ryan zog mit einem bedauernden Gesichtsausdruck seinen Pullover hoch und zeigte einen unordentlichen Verband, der nur notdürftig eine blutige Schnittwunde verdeckte.

PM starrte ihn an, dann brach in hysterisches Gelächter aus.

»Also dann ist er das Opfer? Und ich habe all die Leute umgebracht? Ja, ich habe alle umgebracht. Alle miteinander! Das ist stark! Das Ungeheuer von Lands'en bin ich! Das ist stark! Ich bin stark!«

Marie, die sein irres Gelächter nicht länger ertrug, wandte sich an einen der Gendarmen.

»Bringen Sie ihn in eine Zelle und rufen Sie jemanden, der ihm ein Beruhigungsmittel geben kann.«

Ryan blickte seinem Bruder niedergeschlagen nach.

»Armer PM. Man fragt sich, ob er nicht vor lauter Verrücktspielen tatsächlich den Verstand verloren hat ...«

»Wir nehmen auch Sie mit und verhören Sie. Sobald Sie medizinisch versorgt sind«, sagte Lucas trocken.

Ryan nickte langsam.

»Ich habe Zeit. Es klingt schrecklich, aber jetzt, wo mein Vater tot und PM unter Kontrolle ist, habe ich nichts mehr zu befürchten.«

In der Tat bewies er viel guten Willen und eine unerschöpfliche Geduld. Stundenlang beantwortete er Maries und Lucas' Fragen bis ins letzte Detail.
Vor allem sprach er Armelle von jeder Schuld frei. Sie habe nur ihren Mann decken wollen.
»Aber ihr größter Fehler war, meinen Bruder überhaupt zu heiraten. Die Arme hat in eine schreckliche Familie eingeheiratet, die ihre Intelligenz nur zu Schlechtem nutzte.«
Lucas stand plötzlich auf, rief einen Gendarmen und befahl ihm zu Maries großer Überraschung, Ryan nach Hause zu bringen.
»Sie sind frei. Aber ich möchte Sie bitten, Lands'en nicht zu verlassen.«
»Ich habe keineswegs die Absicht wegzugehen. Zu vieles hält mich hier. Und immerhin gibt es noch eine de Kersaint: die kleine Juliette ... Wer weiß, vielleicht kann ich ihr von Nutzen sein? Marie ...«
Sie blickte in seine Augen, in denen eine fast zärtliche Sorge stand und eine Reue, deren Echtheit sie spürte.
»Ich bitte Sie nochmals um Verzeihung.«
Sie war zu verwirrt, um antworten zu können. Sie machte für ihre Erregung jedoch Lucas' Entscheidung verantwortlich, Ryan auf freien Fuß zu setzen. Eine Entscheidung, die sie heftig missbilligte.
Sie hatte keinerlei Abwehrreflex, als Ryan ihre Hand nahm und sich darüber neigte, als wollte er sie an die Lippen führen. Dann verließ er mit vor Schmerz und Erschöpfung schweren Schritten den Raum, der Gendarm folgte ihm.
»Du bist von seiner Schuld überzeugt und lässt ihn trotzdem laufen!«, empörte sie sich sofort.

»Siehst du eine andere Lösung? Er hat sich teuflisch geschickt aus der Schlinge gezogen. Ohne handfesten Beweis müsste er nur noch ein paar Stunden in Gewahrsam bleiben. Wenn wir ihn einsperren, werden wir ihn nicht zu fassen kriegen.«
Sie verzog das Gesicht.
»Eines verstehe ich nicht. Er hätte sich leicht das Gold verschaffen und damit verschwinden können. Warum ist er hier geblieben?«
»Meiner Ansicht nach sucht er nach etwas anderem.«
»Glaubst du, er weiß von seinem Kind?«
»Grundsätzlich nein. Aber ich glaube, das ist sein schwacher Punkt ... Und wenn er erfährt, dass Pierric wieder sprechen kann, knöpft er ihn sich womöglich vor.«

*

Solange Pierric im Krankenhaus war, konnte man ihn problemlos überwachen. Übrigens versuchte auch niemand, seine Rekonvaleszenz in irgendeiner Weise zu stören.
Während dieses kurzen Friedens schien sich auch die Insel zu erholen. Ein hartnäckiger Nieselregen ging auf Meer und Heide nieder. Er wusch alle Spuren von den Menhiren, und Ty Kern verschmolz mit dem Grau von Himmel und Meer. Alle blieben zu Hause und schienen dort etwas zu erwarten. Die Jahreszeit war stehen geblieben, als gäbe es keinen Sommer, als wäre schon September.
Regelmäßig schaute Ryan bei Juliette und Ronan vorbei, die über ihrem ungeborenen Kind gluckten. Jeanne kümmerte sich um das junge Paar und verwöhnte es nach besten Kräften, solange sich Armelle noch in Brest aufhielt, wo PM in einer psychiatrischen Anstalt untergebracht war.
Bei den Le Bihans konzentrierte sich Philippe ganz aufs Geschäft. Nachdem er von dem erdrückenden Matriarchat befreit worden war, erwies er sich als außerordentlich tüchtig

und fand darin einen gewissen Trost. Was Marie und Lucas anging, sie lebten wie in einer Luftblase. Sie verbrachten ihre Tage in der Gendarmerie und stellten weitere Nachforschungen an, besonders nach dem Kind, das im Mai 1968 in Brest ausgesetzt wurde.
Ihre Nächte verbrachten sie hinter zugezogenen Vorhängen und lernten sich immer besser kennen. Es gab keine Versprechungen. Sie erwähnten nie die Zukunft, sie versuchten jeden Augenblick dieser Zeit, die wie angehalten schien, zu genießen. Denn sie wussten, dass ihre Luftblase jederzeit platzen konnte.

*

Und dann wurde Pierric aus dem Krankenhaus entlassen.
Philippe, Juliette und Ronan waren im Hafen erschienen, um ihn abzuholen. Marie wunderte sich, dass sich auch Ryan eingefunden hatte, enthielt sich aber jeglichen Kommentars.
Alle auf dem Kai winkten begeistert, sobald er zu sehen war, einen weißen Turban um den Kopf und das unvermeidliche Lumpenbündel unter dem Arm.
Die Kripo Brest hatte zwei Polizisten zu seiner Bewachung abgestellt, mit denen er sich offensichtlich angefreundet hatte, denn er schlug ihnen immer wieder kräftig auf die Schulter und stibitzte ihnen die Käppis.
Marie hatte Philippe und Ronan auf Pierrics Gedächtnisverlust vorbereitet, und in der Tat brauchten sie einige Minuten, bis er genug Zutrauen zu ihnen fasste, um mit ihnen zu gehen.
Marie umarmte ihn herzlich und versicherte ihm, nun sei alles gut und sie werde ihn jetzt seiner Familie überlassen. Doch mit einem Mal begann er wie wahnsinnig zu gestikulieren, seine Augen traten hervor und er stieß schrille Schreie aus.
Alle stürzten herbei, um ihn zu beruhigen, und dabei fiel sein

Lumpenbündel zu Boden. Es gab einen seltsamen dumpfen Knall.
Marie hob das Schmusebündel hastig auf.
Nur Ryan hatte gesehen, was Pierric so aus der Fassung gebracht hatte: Jeanne, die gerade nach Hause ging. Pierric starrte sie voller Grauen an und murmelte ängstlich:
»Mein Baby, mein Baby! ... Diebin! Du Diebin!«
Marie hörte seine Worte nicht. Sie starrte fasziniert auf die Puppe, die aus dem Lumpenbündel gerollt war.
Eine alte Puppe mit einem Porzellangesicht.
In genau diesem Augenblick fiel ein Sonnenstrahl auf das Glasauge.
Das runde Glasauge mit den gemalten Wimpern.
Marie sah nur noch dieses Auge. Den Lichtstrahl in diesem weit aufgerissenen, starren Auge.
Alles um sie herum verschwand.
Die blutige Woge ihres Albtraums überflutete sie.
In einem Sekundenbruchteil sah sie alles wieder vor sich: Marys langes Haar, das im Wasser trieb, die Welle, die sie an den Strand der Bucht warf, das Licht der Taschenlampen, die Schüsse, den blutigen Sand, die Hand des kleinen Jungen, die auftauchte und sie wegtrug, sein Keuchen, das dumpfe Schlagen seines Herzens, den plötzlich aufragenden schrecklichen Schatten, die blitzende Klinge, das spritzende Blut, den erstickten Schrei ... Wieder das aufgerissene Puppenauge, das dicht an ihr Gesicht gepresste Puppengesicht ...
Ihr Mund öffnete sich zu einem stummen Schrei.
»Marie, geht's dir gut? Du bist ganz blass ...«
Sie versuchte sich zu fassen und sah Ronan, der sich besorgt über sie beugte.
Sie riss sich aus ihrer Betäubung und richtete sich mühsam auf, um ihn zu beruhigen. Dann gab sie Pierric die Puppe zurück. Er hatte sich inzwischen beruhigt und lächelte sie strahlend an.

Ihre Blicke trafen sich, leuchtend, klar und innig. Sie nahm ihn spontan in die Arme.
»Danke«, sagte sie, es kam aus tiefstem Herzen.
Da erst bemerkte sie, dass Ryan nicht mehr da war.

*

Jeanne wusste nicht, wie er hereingekommen war. Plötzlich stand er in der Küche vor ihr. Sie fröstelte vor Angst, ihr Blut schien zu erstarren. Doch die Kraft, die sie von Generationen bretonischer Seemannsfrauen vererbt bekommen hatte, rettete sie.
Sie beherrschte sich und sah Ryan geradewegs in die Augen, stumm und allem Anschein nach unerschütterlich.
»Ich dachte, Sie hätten mich wiedererkannt bei dem Abendessen damals im Schloss ... Sie haben das Tablett fallen lassen ... Warum haben Sie nichts gesagt?«
»Im ersten Moment wusste ich, dass du es warst. Doch dann kamen mir Zweifel. Du hattest so kalte graue Augen, nicht die zärtlichen blauen Augen, die ich kannte. Und dann erfuhr ich, dass Ryan einen Polizisten getötet hatte, und dachte, ich hätte mich geirrt.«
Ihre grauen Augen sahen ihn fest an.
»Das hätte mein Erwan nie getan ... Dazu war er zu rechtschaffen.«
»Zu rechtschaffen, um hinzunehmen, was sein Vater Yvonne angetan hatte. Und so rechtschaffen, dass er um jeden Preis die Wahrheit herausfinden wollte und dafür einen hohen Preis bezahlt hat.«
»Deshalb darf man sich noch lange nicht mit irgendwelchen Spitzbuben einlassen und eine Bank überfallen.«
»Manche Dinge muss man erst erlebt haben, Jeanne, um zu wissen, ob man nicht zu noch Schlimmerem fähig ist.«
»Das ist die Ausrede der Feiglinge, sagt meine Tochter.«

»Oder der Verzweifelten.«
Sie schüttelte langsam den Kopf.
»Ich verurteile dich nicht, aber ich muss dich bitten zu gehen.«
»Sobald Sie meine Fragen beantwortet haben.«
Sie ging zur Tür, doch er packte sie fest am Arm. Diese Rücksichtslosigkeit passte schlecht zu seiner sanften Stimme.
»Zwingen Sie mich nicht, Sie mit anderen Mitteln zum Reden zu bringen.«
Jeanne verlor ein wenig von ihrer Haltung.
»Was ist aus dem Baby geworden, das Pierric gerettet hat?«
»Welches Baby? Lass mich los, du tust mir weh.«
Unwillkürlich warf sie einen Blick aus dem Fenster, als warte sie auf Hilfe, und erstarrte.
Marie kam aufs Haus zu.
Jeanne sah Ryan eindringlich an.
»Bitte geh, ich flehe dich an.«
Sie zeigte aufs Wohnzimmer, das auf einen kleinen Hof hinausging.
»Da entlang, dann kommst du auf die Gasse.«
Er sah Marie und verstand.
»Wenn Sie Ihre Tochter lieben, kein Wort über meinen Besuch! Keinen Mucks, ist das klar?«
Er konnte gerade noch rechtzeitig hinter der Wohnzimmertür verschwinden, bevor Marie eintrat. Sie war so mit ihrem eigenen inneren Tumult beschäftigt, dass sie die ungewöhnliche Aufgeregtheit ihrer Mutter nicht bemerkte.
»Du kommst ein bisschen ungelegen, Liebes. Ich wollte gerade gehen«, sagte Jeanne und griff nach einer Jacke.
»Lass doch, Maman … Ich weiß alles …«
»Ich habe wirklich keine Zeit«, murmelte Jeanne und versuchte, sie zur Tür zu drängen.
»Lass das, Maman, bitte, hör mir zu! Dieser schreckliche Albtraum, den ich als Kind immer hatte … Den habe ich er-

lebt. Ich bin Marys Kind, das Kind der Unbekannten von Molène …«

Nur wenige Meter entfernt lehnte sich Ryan schwer gegen die Wand. Er konnte es nicht fassen. Er hörte, wie Jeanne empört gegen ihre Tochter aufbegehrte.

»Was erzählst du da? Halt den Mund! Das ist doch alles Unsinn!«

»Hör auf zu lügen! Ich weiß es, es ist in mir! Pierric hat mich vom Strand weggeholt. Er ist mit mir in den Armen weggerannt. Gemeinsam mit ihm habe ich den Mord an dieser Frau miterlebt. Es war meine Mutter, der Arthus die Kehle durchgeschnitten hat!«

Ryan war leichenblass geworden. Er stand reglos da, nur sein Atem verriet seinen inneren Aufruhr.

Marie schluchzte und griff nach Jeannes Händen.

»Du warst so hart zu mir, ich konnte deine Zurückweisung nicht ertragen, aber jetzt verstehe ich es. Du wolltest mich schützen, indem du mich wegzuschicken versuchtest … Alles, was du getan hast, hast du für mich getan. Ich sollte nicht erfahren, dass ich die Tochter eines Verbrechers war …«

»Schweig! Erwan de Kersaint war ein wunderbarer junger Mann! Loyal und mutig!«

»Ein Betrüger, der gestohlen hat, gelogen und getötet … Ich verabscheue ihn!«

»Du verurteilst ihn, wie du mich verurteilt hast, und wieder bist du im Irrtum! Arthus hat das Böse auf dieser Insel gesät. Er hat das Unheil über sich und seine ganze Familie gebracht, und auch über unsere Familie und die Le Bihans …«

»Mein Vater und mein Großvater sind Mörder! Wie soll ich damit leben?«

Ryan fühlte, wie sein Leben aus den Fugen geriet. Da war der Sinn seines Lebens, Marys Kind, ihr gemeinsames Kind, nur wenige Schritte entfernt stand seine Tochter, deren Dasein, hätte er nur darum gewusst, augenblicklich jeden Rachedurst zum Erlöschen gebracht hätte. Da war sie. Wunderbar, unverhofft – und sie hasste ihn …

Jeanne standen Tränen in den Augen, sie strich Marie übers Gesicht. »Du wirst die Kraft finden. Auch ich habe sie gefunden. Ich habe mit dem Wissen gelebt, dass meine Söhne für den Tod deiner Mutter verantwortlich waren. Deshalb habe ich dich behalten. Und dann habe ich dich geliebt, mein Kleines … Mehr als sie …«

Marie nahm Jeanne in die Arme. Sie hätte ihr so gern gesagt, wie sehr sie sie liebte, doch bei den Kermeurs drückte sich Liebe nur in Taten aus. Das Schamgefühl verbot ein einfaches »Ich liebe dich«. Je stärker und wesentlicher das Gefühl war, desto stärker die Hemmung, es auf diesen Satz zu reduzieren. Zum ersten Mal hatte Jeanne ihr dieses Geschenk gemacht.

»Dir und Papa verdanke ich alles, was ich bin, niemandem sonst.«

»Du darfst deine Eltern nicht verleugnen, Marie. Sie hatten nicht das Glück, dich aufwachsen zu sehen.«

»Ich habe alles getan, um Ryan zu verteidigen. Ich hätte so sehr gewünscht, dass er unschuldig wäre … Er hat meine Brüder und meine Freunde getötet. Ich verleugne ihn, niemals soll er mein Vater sein.«

Diese Worte trafen Ryan wie ein Dolchstoß. Und doch fühlte er sich seltsamerweise besser. Seine Tochter hatte ihn mit einem Schlag von all seinen Dämonen befreit. Von seinem Hass, seinem Aufbegehren gegen ein gar zu ungerechtes Schicksal, von all seinen Obsessionen und allem, was an seiner Seele nagte.

In ihm stieg eine Empfindung auf, wie er sie seit fünfunddreißig Jahren nicht mehr erlebt hatte. Das Schönste, das er je erlebt hatte, seine Liebe zu Mary, war wieder auferstanden. Es war wunderbar, es war heil und es war konkret. Ihr Kind lebte und glich ihrer Leidenschaft, eine strahlende junge Frau,

ein ganzer und mutiger Mensch. Das Glück ihrer gemeinsamen Tochter war für ihn jetzt das Wichtigste überhaupt. Es war beglückend, etwas für sie tun zu können.
Nur Jeanne hörte, wie sich die Tür zum Hof leise schloss. Während des Gesprächs mit Marie hatte sie sich gefragt, was er wohl tun würde, und gebetet, dass Erwan de Kersaint stärker sein würde als Ryan. Besorgt sah sie Marie an.
»Was wirst du jetzt tun?«
»Ich weiß es noch nicht ... Vielleicht gar nichts. Ich muss nachdenken.«

Als sie wieder vor ihrem Wagen stand, kam ein Anruf von Lucas. Sie ließ ihn von der Voicebox entgegennehmen. Sie konnte ihm diese Entdeckung, die sie selbst erst fassen musste, noch nicht mitteilen. Sie war noch zu verwirrt. Sie musste sich selbst bestimmen und unbeeinflusst entscheiden, wie sie sich Ryan gegenüber verhalten sollte.
Sie öffnete die Wagentür und erstarrte, all ihre Sinne waren gespannt: Mitten auf dem Fahrersitz lag eine Kassette.
Sie sah sich um, konnte jedoch nichts Außergewöhnliches entdecken.
Marie zögerte, dann fuhr sie an einen ruhigen Ort und schob die Kassette in den Recorder. Sie zuckte zusammen, als sie Ryans Stimme hörte.
»Erzählen Sie mir vom Schiffbruch ...«
»Eine wüste Nacht«, antwortete Christians Stimme. »Sieben Meter hohe Wellen, Windgeschwindigkeiten von über fünfzig Knoten. Ich würde verlieren, und das konnte ich nicht ertragen, also organisierte ich mein Verschwinden.«
Marie schluckte. Trotz der seltsamen, fast roboterhaften Aussprache war der Skipper gut zu verstehen. Sie merkte sofort, dass er unter Hypnose stand. Und an Ryans veränderter Stimme merkte sie, dass er überrascht von diesem Eingeständnis war.

»Wie meinen Sie das, *organisiert?*«, fragte er.
»Mein Sponsor hat sich um alles gekümmert ... Sie haben mich unauffällig abgeholt und ein paar Tage versteckt, danach haben sie mich im Meer ausgesetzt, auf der Route des russischen Frachters. Ein Riesenwerbetrick ...«
»Hatten Sie vor, Marie eines Tages die Wahrheit zu sagen?«
»Wozu? Auch sie wollte ich um keinen Preis verlieren ... Ich würde alles tun für sie ... Alles ...«
Die Stimme verstummte, Marie war am Boden zerstört. Ihre letzten Illusionen über Christian waren zerstört. Und sie hatte sich schuldig gefühlt, weil sie ihn mit Lucas betrogen hatte!
Jetzt sprach wieder Ryan. Er brachte den Skipper auf einen ganz anderen Schiffbruch, im Jahr 1968 ... Sie hielt den Atem an. Was würde sie noch alles entdecken müssen?
Christians Stimme wurde seltsam dünn. Als wäre er wieder zehn Jahre alt. Er erzählte von Pierric, von dem Baby ...
Heftige Übelkeit überkam Marie, als sie weiter zuhörte.

*

Christian lag in seiner Hängematte, als sie an Bord des Schoners kam.
Als Erstes sah er ihre vor Tränen glänzenden grünen Augen. Weil er ihr so heftig fehlte wie sie ihm? Von wilder Hoffnung gepackt, stand er auf und ging ihr entgegen. Er war auf alles gefasst, nur nicht auf das, was sie jetzt sagte.
»Du wusstest das mit dem Baby, und du hast nichts gesagt.«
Er fuhr zusammen. Wer mochte es ihr erzählt haben? Pierric? Der sollte zwar wieder sprechen können, aber auch das Gedächtnis verloren haben ...
»Das Kind war nur wenige Stunden alt, Christian«, fuhr sie erstickt fort. »Als du über den Steilfelsen ranntest, rief Pierric dir nach, er hatte sich hinter dem Hügelgrab versteckt. Er bat

dich, ihn mitzunehmen, ihn und das Baby, doch du hast ihn ganz allein gelassen.«
»Hat er dir das erzählt?«, fragte er leise.
»Nein. Ich weiß es, weil ich dabei war.«
Sie sah ihn zusammenfahren und schluckte, bevor sie weitersprach: »Dieses Baby war ich, Christian.«
Ungläubig sah er sie an. Einen Moment lang meinte er den Verstand zu verlieren.
»Ich war noch ein Kind ...«
»Pierric war noch keine sechs Jahre alt. Er hat mir das Leben gerettet, indem er mich die ganze Nacht in seinen Armen hielt.«
Christians Gesicht wurde bitter.
»Ich kann die Vergangenheit nicht ändern, Marie. Aber ich kann mich ändern, damit unsere Zukunft eine Chance hat. Verlang von mir, was du willst.«
»Hör mit dem Segeln auf.«
Die Worte waren blitzschnell heraus. Einfach. Direkt. Unmissverständlich. Er runzelte die Stirn und antwortete einen Sekundenbruchteil zu spät: »In Ordnung.«
»Du belügst mich immer noch, Christian, und was schlimmer ist, du belügst dich selbst ... Dein ganzes Leben ist eine einzige Lüge. Wenn es anders wäre, hättest du nie den faulen Trick mit deiner Rettung eingesetzt. Wozu das alles? Damit du im Gespräch bleibst? Um ein paar Verträge mehr zu bekommen?«
Sie hielt ihm die Kassette hin.
»Was ist das?«, murmelte er.
»Ein Teil von dir, den ich noch nicht kannte.«
Sie ging, taub für seine Rufe.

*

Nachdem sie einmal in Aktion getreten war, musste sie bis ans Ende gehen, das wusste sie. Sie würde Ryan sagen, wer sie war. Sie wusste nicht, wie diese Begegnung aussehen sollte, aber sie musste stattfinden.
Sie ging zum Leuchtturm. Die Tür stand offen. Sie zögerte, doch unter ihrer Jacke fühlte sie die beruhigende Anwesenheit ihrer Dienstwaffe. Sie trat ein. Die Tür schlug von allein hinter ihr zu. Sie zuckte zusammen.
Ryans Stimme hallte durch das hohe Treppenhaus zu ihr hinunter: »Ich habe Sie erwartet.«
Seltsamerweise hatte sie keine Angst mehr. Sie stieg die Stufen empor und dachte dabei, dass ihr Schicksal, das sie immer für banal und friedlich gehalten hatte, sich als besonders grausam erwies: Am selben Tag, an dem sie erfuhr, wer ihr Vater war, musste sie ihn vernichten. Stufe um Stufe sagte sie sich, es sei ihre Pflicht. Denn sie hatte einsehen müssen, dass dieser faszinierende Mann ein Verbrecher war. Er hatte Mitglieder ihrer Familie getötet. Sie durfte es niemandem sonst aufbürden, ihn zu verhaften. Auf den letzten Stufen war sie ganz und gar davon überzeugt. Sie fühlte sich ihrer selbst wieder sicher und der Aufgabe gewachsen.
Und dann stand sie vor ihm. All die Liebe, die sie in seinen Augen sah, fand in ihr ein so großes Echo, dass einige Sekunden lang für nichts anderes Platz war. Er lächelte, ein entwaffnendes Lächeln voller Zärtlichkeit und Glück. Dann wiederholte er den Satz, der jetzt das Wesen seines Lebens ausdrückte: »Ich habe Sie erwartet …«
Marie war verwirrt. Ganz offensichtlich wusste er es. Ryan sah sie an wie das Kostbarste auf der Welt, sein Kind und das der Frau, die er immer geliebt hatte und deren Züge er jetzt in denen seiner Tochter suchte. Sie musste sich sehr zusammennehmen, um nicht einfach das zu werden, was er in ihr sah. Doch obwohl sie sich selbst Gewalt antat, war sie überrascht, wie liebevoll ihre eigene Stimme klang.

»Ryan, ich kann Ihren Hass auf die Menschen verstehen, die für den Tod Ihrer Frau verantwortlich waren ...«
Er unterbrach sie und ließ sie dabei nicht aus den Augen.
»Die, die ich liebte, habe ich immer verloren ... Und fünfunddreißig Jahre Gefängnis machten aus mir ... wahrscheinlich einen Irren, ein Raubtier, das nur überleben konnte, weil es von Rache träumte.«
»Sie gestehen es?«
»Ja, ich gestehe, dass ich meine ermordete Frau und mein verlorenes Kind rächen wollte ...«
»Ihr Kind ist nicht verloren ...«
»Ich weiß, Marie. Und wenn ich dich auch nicht verdient habe – ich bin so stolz auf dich.«
Einen Augenblick lang sah sie das verrückte, heitere und beglückende Bild eines Arm in Arm am Strand spazierenden Paares, Vater und Tochter, sie und er, lachend und scherzend, die Vision eines banales Glücks. Das sie nie erleben würden. Sie verscheuchte den Gedanken.
»Würden Sie ein einziges Mal in Ihrem Leben etwas für Ihr Kind tun?«
»Glaubst du, dass ich dir irgendeine Bitte abschlagen könnte? Du gleichst deiner Mutter so sehr: dieselbe Starrköpfigkeit, dieselbe Schönheit.«
»Wenn ich die ganze Wahrheit von Ihnen verlange, werden Sie sie mir sagen?«
»Ja, ich schulde sie dir. Komm.«
Er zog sie auf die Galerie, diesen Kreuzungspunkt von Himmel, Erde und Meer, den er so liebte. Er wurde ernst.
»Ich weiß, dass du mich verhaften musst. Mein Schicksal und das deiner Mutter sind tragisch. Auch deines ist schwer, denn du musst deinen Vater zerstören. Doch ich erhoffte ...«
»Was?«
»Einen Moment der Zärtlichkeit ... Einmal in meinem Leben möchte ich den Kuss meines Kindes spüren.«

Er machte keine Bewegung in ihre Richtung, sah sie nicht bittend an.
Es war Marie, die sich gar nicht bewusst dazu entschloss, sondern einfach auf ihn zutrat, ihn auf die Wange küsste und sich von ihm in die Arme nehmen ließ. Einen Augenblick lang überließen sie sich ganz ihren Gefühlen.
Doch plötzlich ließ Ryan Marie unerwartet los, griff nach der Pistole in ihrem Holster, zog sie wieder an sich und bedrohte sie mit der Waffe.
»Lass mich los! Du hast kein Recht, mich zu verraten! Du nicht! Nicht jetzt!«
»Du hättest deinen Freund nicht herbestellen sollen.«
Er drehte sie so, dass sie die Landstraße sehen konnte. Lucas' Wagen raste heran, gefolgt vom Geländewagen der Gendarmerie.
»Das wusste ich nicht! Lass mich los!«
»Marie, versuch doch zu verstehen. Ich habe den größten Teil meines Lebens im Gefängnis verbracht. Ich könnte es nicht ertragen, dorthin zurückzukehren. Hör mir zu, wir haben nur wenige gemeinsame Minuten. Wir dürfen sie uns nicht verderben …«
»Du willst mich als Geisel, damit du davonkommst, ist es das? Du wolltest mich nur benutzen!«
»Unsinn. Deine Mutter war eine außergewöhnliche Frau, ich will, dass du das weißt. Für sie wäre ich bis ans Ende der Welt gegangen …«
»Und hättest unterwegs Banken überfallen, während sie euer Kind austrug!«
»Mary hat nichts getan. Sie erwartete mich in Rouen. Wir wollten fortgehen und ganz von vorn anfangen. Für dich, um dich großzuziehen, wie du es verdientest.«
Heftige Schläge gegen die Eingangstür des Leuchtturms unterbrachen ihn. Völlig unerwartet hielt Ryan Marie die Waffe hin, die er ihr entwunden hatte.

»Da, nimm. Die Tür hält höchstens eine Minute lang stand.«
Marie zögerte, sie vermutete eine weitere Falle.
»Nimm sie«, drängte er. »Aber gib mir diese Minute.«
Marie nahm die Waffe und legte zögernd auf ihn an, während er, den Rücken ans Geländer gelehnt, die Arme ausbreitete. Er war völlig wehrlos.
»Wenn ich gewusst hätte, dass du überlebt hattest, wäre alles andere bedeutungslos geworden. Dann hätte meine Rache keinen Sinn mehr gehabt. Ich hätte dir nichts gesagt, ich hätte mich damit begnügt, deinem Leben zuzusehen. Ich hätte von ferne und diskret alles getan, um zu deinem Glück beizutragen, mit dem einzigen Ziel, einfach nur dein Freund zu werden. Nur ein lieber Freund. Aber das war uns wohl nicht beschieden.«
Marie war verwirrt. Genau wie er hörte sie die Schritte im Treppenhaus, sie klangen wie ein Count-down.
»Ich bin froh, dass es dich gibt, Marie. Du bist das Beste, was mir je geschehen ist. Ich wünsche dir alles erdenkliche Glück mit Lucas.«
Er zog etwas aus seinem Hemd und drückte es ihr in die Hand.
Ihr blieb keine Zeit mehr zu einer Reaktion. Lucas stürzte wie ein Wahnsinniger auf die Galerie. Er zielte auf Ryan.
»Keine Bewegung! Rühren Sie sie nicht an!«
»Lass doch, Lucas, ist schon gut. Du siehst doch, dass ...«
Da stieß Ryan Marie brutal in Lucas' Arme. Die beiden gerieten ins Schwanken und sahen gerade noch, wie er sich über das Geländer der Galerie schwang.
Erwan de Kersaint wechselte einen letzten Blick mit seiner Tochter, dann wandte er sich der See zu, breitete die Arme aus und machte einen Kopfsprung.
Marie schrie.
Sie beugten sich über das Geländer, doch sie sahen nur eine riesige Welle, die sich an den Felsen zu Füßen des Leucht-

turms brach und, als sie sich zurückzog, nichts hinterließ als schäumende weiße Gischt.

*

Marie saß auf einem der Felsen unterhalb des Leuchtturms und betrachtete all das Leben in den von der Ebbe zurückgelassenen Pfützen. Sie konzentrierte sich auf eine Seeanemone, deren viele bunte Arme sich sanft bewegten. Sie war von faszinierender Schönheit und der Zärtlichkeit einer tödlichen Falle ... Sie sah die beiden Froschmänner, die einige Meter entfernt auftauchten. Sie hatten nichts gefunden, wie sie Lucas mit einem Zeichen zu verstehen gaben.

Zwei Tage lang hatten sie ergebnislos getaucht. Keine Spur von Ryans Leiche. Marie war insgeheim erleichtert, als sie hörte, dass Lucas die Suchaktion abbrach.

Gedankenverloren grub sie in ihrer Tasche und stieß auf den glatten runden Gegenstand, den Ryan ihr noch in die Hand gedrückt hatte. Sie betrachtete das Medaillon: In das glatte Gold war eine Sonne eingraviert, die aufs Haar der Sonne auf dem letzten Menhir glich, dem Menhir, der nicht geblutet hatte.

Es war also Ryans letzte Tat gewesen, ihr dieses Schmuckstück zu geben, das traditionell an den Ältesten der de Kersaints weitergegeben wurde. Damit sie das Erbe annahm und an ihr eigenes Kind weitergab? Nein, beschloss sie. Sie hatte gekämpft, um auf Lands'en zu bleiben, um sich ihrer Vergangenheit zu stellen und deren traurigste Momente zu erleben. Diese Prüfung war von Trauer begleitet gewesen, von Schmerz und Enttäuschungen. Sie wollte diese Kette nun unterbrechen und ihr Geschick selbst in die Hand nehmen.

Lucas' Blick folgte Marie, als sie rasch hinauf zur Brücke kletterte, die den Steilfelsen mit dem Leuchtturm verband. Ihre Bewegungen waren gelöst und sicher, ihr Haar leuchtete.

Als sie auf dem Weg ankam und ihm zuwinkte, entdeckte er in ihren Bewegungen eine Leichtigkeit und Heiterkeit, die er noch gar nicht an ihr kannte. Innerlich lachte er.
Er, der professionelle Erforscher und Ergründer des Unerklärlichen, gab es auf, dieses für ihn existenziell bedeutsame Rätsel zu lösen: Mit welchem Zaubertrick war es dieser Frau gelungen, einen zynischen Macho in einen hingerissenen Liebenden zu verwandeln. Einen hart gesottenen Junggesellen in einen romantischen Träumer, der an Hochzeit und Nachkommenschaft dachte …
Mit einem lauten Seufzer kletterte er hinterher. Er wusste nicht mehr, wie er auf diese starrköpfige Bretonin verzichten sollte, genauso wenig, wie er eine Möglichkeit sah, diesen hinreißenden Parameter in sein Leben als reisender Ermittler zu integrieren.

*

In den folgenden Tagen wurde die Insel wieder für den Publikumsverkehr geöffnet. Der Sommer kam zurück und sorgte für einen vermehrten Touristenzustrom. Lands'en trieb unter einem gleichmäßig blauen Himmel in einer braven, flachen See, die nur liebevoll an den Füßen der Sommerfrischler leckte.
Auf der Begräbnisstätte folgten ganze Familien einem ausgeschilderten Pfad, flüsterten sich die grausigen Einzelheiten der Geschichte zu und suchten auf den Menhiren vergeblich nach Blutspuren, um ihren grauen Alltag mit einem gefahrlosen Schauder zu würzen. In den Gassen wimmelte es von Fahrrädern, der Hafen roch nach Frittierfett und Zuckerwatte. Lands'en war wieder ein Ferienort wie viele andere.
Marie litt darunter, ihre Insel so gezähmt, entstellt und dem Geld der Touristen dienstbar gemacht zu sehen. Angesichts der fröhlichen Banalität ringsum konnte man fast glauben,

die schrecklichen Ereignisse der vergangenen Wochen seien nur ein Albtraum gewesen.

Maries Albträume waren verschwunden, als wären sie vom Wissen um ihren Ursprung ausgelöscht worden. Die Tage vergingen mit der detaillierten Dokumentation des Falles und dem Warten auf die letzten Analyseergebnisse. Marie hörte zufällig ein Telefonat mit an, aus dem hervorging, dass Lucas sich schon für einen neuen Fall interessierte: Menschen im Land der Katharer verschwanden. Sofort begab sie sich nach Brest, um den Kontakt zu der Mannschaft herzustellen, mit der sie bald wieder zusammenarbeiten würde. Weder sie noch er wagte an dem stillschweigenden Pakt zu rühren, nicht über eine etwaige gemeinsame Zukunft zu sprechen.

Dann kam der Moment der Abreise. Die erste Morgenfähre entließ ihre Ladung bunt gekleideter Touristen, die sich rasch auf die Gässchen des Dorfes verteilten. Dem Strom entgegen bewegten sich Marie, Jeanne und Milic auf den Hafen zu.

Vom Deck der Fähre aus entdeckte Lucas ihre goldene Mähne. Er sah, wie sie sich umarmten.

»Ich hasse Abschiednehmen«, hatte sie ihm noch am selben Morgen gesagt.

Das taten offensichtlich auch Milic und Jeanne. Ihre Rührung machte Marie verlegen.

»Pass auf dich auf, Kleines«, murmelte der alte Fischer nur und trat von einem Fuß auf den anderen.

Marie nickte und war überrascht, als Jeanne sie plötzlich in die Arme nahm und fest drückte.

»Schnell, geh, er wartet auf dich«, flüsterte sie ihr zu und löste sich nicht minder plötzlich von Marie.

Am anderen Ende des Hafens traf Christian auf seinem Schoner die letzten Startvorbereitungen. Aus dem Augenwinkel sah er, wie sich Marie von ihren Eltern trennte und den Platz überquerte, ohne sich noch einmal umzusehen.

Marie war sich der Blicke bewusst, die auf ihr ruhten.

Ihre Eltern, Christian, Lucas …

Sie beschleunigte ihre Schritte und rannte fast über die Gangway aufs Schiff.

Dann stützte sie sich neben Lucas auf die Reling. Er spürte, wie sich ihre Schulter und ihre Hüfte an ihn lehnten. Das Horn tutete zur Abfahrt. Der Motor vibrierte dumpf im

Rückwärtsgang, die Fähre legte ab und entfernte sich vom Kai, das Wasser im Hafenbecken brodelte.
Wortlos sahen sie zu, wie der Schoner rasch auf die See hinausglitt, am Steuer war deutlich Christian zu erkennen. Mit einem Stich von Eifersucht dachte Lucas, dass er doch prächtig aussehe, und fragte sich, ob Marie nicht etwas wie Bedauern empfinde angesichts der Trennung von diesem Mann, den sie lange Jahre bewundert hatte. Als hätte sie seine Gedanken gelesen, wandte Marie ihren Blick wieder der Insel zu, die sie jetzt langsam umrundeten.
Zwei kleine Jungs rannten kreischend in sie hinein, der kleinere fiel genau vor Lucas' Füßen auf sein Hinterteil. Lucas zog recht ungeschickt an seinem Ärmchen, um ihn wieder auf die Beine zu bringen. Der Kleine jammerte kurz und rannte dann weiter. Lucas begegnete Maries Blick und ihrem leicht spöttischen Lächeln. Herausfordernd sah er ihr in die Augen.
»Ich bin lernfähig, ich warne dich nur schon mal vor, damit du dir keine Sorgen machst.«
Sie zuckte die Achseln.
»An dem Tag, an dem ich den Vater meiner Kinder erwähle, brauche ich niemanden, der irgendwelche Warnungen ausspricht.«
»In Anbetracht deines Charakters und deiner Gene wäre das aber vielleicht fair ... Ich frage mich übrigens, ob du gut daran getan hast, dein Erbteil auszuschlagen. Mit einem Schloss, einem Vermögen und einem Haarreif à la Armelle wärst du vielleicht leichter an den Mann zu bringen ...«
»Ich werde darüber nachdenken ... Sobald ich genug habe von den chauvinistischen Zynismen eines Flics, der nicht einmal kapiert, wie man Menhire zum Bluten bringt ...«
Die Fähre fuhr jetzt an Ty Kern vorbei. Gemeinsam betrachteten sie die wie Wachen gruppierten großen Steine.
Marie sah, wie sich ein Lächeln über Lucas' Züge breitete.

Das Lächeln eines kleinen Jungen, der einen Streich ausheckt. Er ging zu einem Süßwarenautomaten, zog ein Himbeereis am Stiel und schälte es aus der Verpackung. Er kam zu ihr zurück und hielt es ihr unter die Nase. Sie war zwar etwas überrascht, machte jedoch Anstalten, danach zu greifen. Er zog es schnell weg.

»Das ist nicht zum Essen, das ist nur zum Anschauen.«

Sie sah ihn verständnislos an.

»Fandest du es nicht erstaunlich, dass Ryan sowohl in seiner Wohnung im Leuchtturm als auch in seinem Versteck unter dem Schloss einen leistungsfähigen Mini-Tiefkühler hatte?«

Doch Marie hatte es gerade begriffen: Das Himbeereis begann in der Sonne zu schmelzen und tropfte langsam auf Lucas' Hand.

»Ich habe die Kriminaltechniker gebeten, etwas entsprechend einer Hypothese, die ich ihnen dargelegt habe, zu simulieren. Kurz bevor ich zur Fähre ging, kam das Ergebnis. Die Technik ist ausgefeilt, aber das Prinzip ist einfach.«

»Ryan hat das Blut seiner Opfer eingefroren?«

»In Formen, die den tief eingeritzten Symbolen auf den Menhiren entsprachen. Wahrscheinlich hat er Morineau schon vor langer Zeit beauftragt, Abgüsse anzufertigen. Die mit Granitstaub überpuderten Eisfiguren klebten in den eingeritzten Zeichen, bis sie in den ersten Sonnenstrahlen langsam schmolzen.«

Wieder hielt er Marie das tropfende Eis unter die Nase, doch sie wandte sich angewidert ab.

»Das muss alles erst bewiesen werden.«

»Daran wird schon gearbeitet. Gib zu, das war doch clever, auf diesen Trichter zu kommen ...«

»Stimmt, Ryan war wirklich sehr clever ...«

»Ich sprach von mir, du Sturkopf. Wirklich, mit einem IQ wie meinem, gemischt mit Ryans Intelligenzgenen, müssten unsere Kinder gefährliche Überflieger werden.«

»Was? Was erzählst du da?«
»Dummheiten. Jetzt müssen wir sie nur noch machen.«
Er nahm sie in die Arme und küsste sie, lang, leidenschaftlich. Und schamlos, dachten einige Augenzeugen und wandten sich ab.

Lands'en verschwand am Horizont.
Auf der noch menschenleeren Begräbnisstätte von Ty Kern trafen die Strahlen der aufgehenden Sonne auf die Stirnseiten der Menhire.
Aus einem von ihnen, dem Menhir mit dem Sonnenzeichen, quollen Blutstropfen. Langsam zogen sie ihre Spur über den Granit.